U0879653

夾竹桃集

周越然集外文

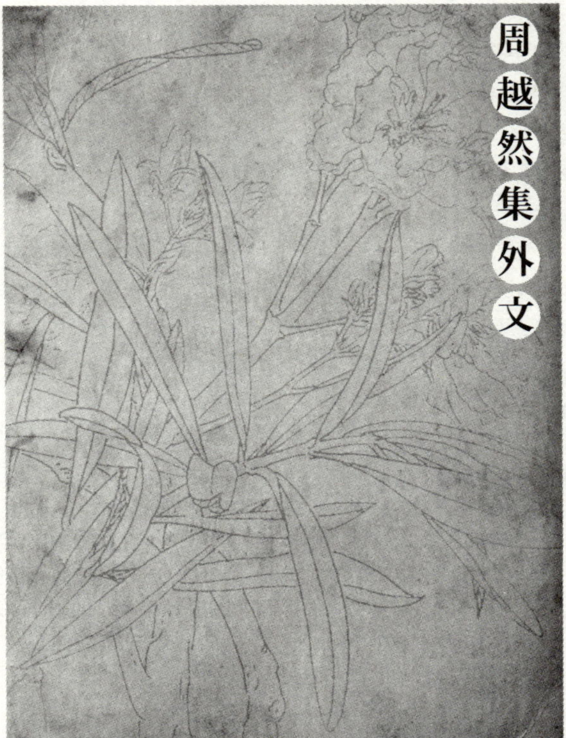

周越然 著 / 金小明、周炳輝 編

中央编译出版社
CCTP
Central Compilation & Translation Press

图书在版编目（CIP）数据

夹竹桃集 : 周越然集外文 / 周越然著 ; 金小明，周炳辉编.

-- 北京 : 中央编译出版社, 2013.3

ISBN 978-7-5117-1519-7

Ⅰ. ①夹…

Ⅱ. ①周… ②金… ③周…

Ⅲ. ①中国文学—现代文学—作品综合集

Ⅳ. ①I216.2

中国版本图书馆CIP数据核字(2012)第267313号

夹竹桃集：周越然集外文

出 版 人：刘明清
出版统筹：谭 洁
责任编辑：贾宇琰
责任印制：尹 珺
出版发行：中央编译出版社
社 址：北京市西城区车公庄大街乙 5 号鸿儒大厦 B 座（100044）
电 话：（010）52612345（总编室） （010）52612375（编辑室）
（010）66161011（团购部） （010）52612332（网络销售）
（010）66130345（发行部） （010）66509618（读者服务部）
网 址：www.cctphome.com
经 销：全国新华书店
印 刷：北京中印联印务有限公司
开 本：787 毫米 ×960 毫米 1/32
字 数：354 千字
印 张：14.75
版 次：2013 年 3 月第 1 版
定 价：69.00 元

本社常年法律顾问：北京市吴栾赵阎律师事务所律师 闫军 梁勤
凡有印装质量问题，本社负责调换。电话：（010）66509618

出版說明

本書輯錄了民國時期著名的藏書家、編譯家、散文家周越然的大部分集外佚文。為了更好地保持作品的原初狀態和文獻性質，我們在出版過程中，採納了作者家屬和編者的建議，對原文刊發時期慣用的標點、通假字以及一些帶有作者個人風格的英文詞句翻譯等語文現象，一仍其舊，未按現行有關標準予以調整，並保留繁體字排版。特此說明。

中央編譯出版社
二〇一二年十一月

目　　録

第二輯：《晶報》隨筆

第三輯:修身小品

一位飽受非議的藏書家——周越然

（代 序）

躲　齋

藏書，本是雅事，因藏書而飽受非議，似乎匪夷所思。然而確有這麽一位藏書家，這就是言言齋主周越然。

周越然，如今知者不多。但在二十世紀上半葉，在讀書界中卻是無人不知的大藏書家。錢海一《現代海内藏書家》（《大衆》一九四四年十月號）一文將他與李盛鐸、傅增湘、董康、劉承幹等并列，可以想見周越然當年的盛名。

周，原名之彦，又名復盦，浙江吴興（今湖州）人。生於一八八五年。一九四四年，他出版過一本《六十回憶》，略叙其經歷與買書藏書的甘苦逸趣。據其回憶，他是清光緒三十年（一九零四年）的秀才，南社社員，曾在江蘇高等學堂、安徽高等學校和上海中國公學任教。他精通英語，是嚴復的學生，得到過辜鴻銘的賞識，戴季陶曾向他從學，是他的弟子①。一九一五年起，周任職於商務印書館編譯所英文部，至一九三二年，編譯各類英語教科書和參攷輔助讀物三十多種②，其中尤以《英語模範讀本》銷行最廣，幾乎壟斷了全國的初中英文課本，而且長達二十五年之久。他因此得以其豐厚的版稅購置圖籍，并於上海閘北天通庵路三省里建其書室"言言齋"。關於齋名的取義，周越然自云："當時所儲之漢文本，大部分爲詞曲小説，而詞曲小説皆以'言'字爲邊旁，故取名'言言'，不作'高大堂皇'解，亦不作'意氣和悦'解，如《詩》所謂'崇墉言言'或《禮》所謂'二爵而言言斯理矣'也。"（《六十回憶·言言齋》）可惜言言齋於一九三二年"一·二八"之役遭焚，他辛苦搜羅了十六年的藏書毁於一旦，被焚爲灰燼的古本書計一百六十餘箱，西書十幾大橱，約五千册，其中不少是元明孤本、名家抄稾和稀見的西書古籍。但他并不因此而稍挫，言言齋毁後，移居西摩路（今陝西北路），繼續廣事搜購，不數年又復坐擁書城。而且從三十年代起，周越然除了編寫各類英語教科書、教輔書，又著有《書 書 書》（上海中華日報社初版，一九四四年五月）、《六十回憶》（上海太平書局初版，一九四四年十二月）、《版本與書籍》（上海知行出版社初版，一九四五年八月）和一册爲香港藏書家黄俊東稱爲“用俏皮的筆調來寫性故事的妙書”（《書話集》，香港波文書局一九七三年九月）：《性知性識》（上海天馬書店初版，一九三六年七月）。此外，還以“走火”、“九一三”、“洲亞”等筆名在上海《晶報》、《學燈》、《太白》以及淪陷時的《風雨談》、《天地》、《文友》等報刊上發表短文，内容涉及甚廣，或説書林掌故，或探版本源流，或敘購書趣聞，或辨古籍真僞，或譯稀見西書，或談域外風情，用語文白參半，風格莊諧并濟，頗受讀者歡迎。衹是這些散見於報刊的短文，在作者以爲不過是“游戲文字”，生前未予結集。

一九四五年以後，周越然之名再也不見於書報雜誌，於是有人以爲他謝世了。因此鄭逸梅在其《南社叢談》（上海人民出版社，一九八一年）中説周“抗戰勝利後逝世”。之後，《浙江歷代名人録》（杭州大學出版社）、《湖州文化藝術誌》（浙江古籍出版社）、《湖州人物誌》（上海社會科學出版社）均定周的卒年爲一九四五年；然《中國近代人物名號大辭典》（陳玉堂編，浙江古籍出版社，一九九三年五月）則定爲一九四六年，《上海近代藏書紀事詩》（周退密、宋路霞著，華東師大出版社，一九九三年四月）因之，并咏詩曰：“藏書曾記言言齋，厄運來時戰火埋。文字飄零誰爲拾？一編聊以見莊諧。”除惋惜言言齋藏書遭“一·二八”之役焚毁，復嘆惜其遺文飄零，寄托了一腔哀思。其實周越然并没有去世。衹是因爲淪陷時期，他曾出席日僞拼湊的“大東亞文學者大會”，深自懺悔；抗戰勝利後再不著文撰稾，衹願深埋於古紙堆中，聊以“喘息”餘生。直到上海解放以後，他才重作馮婦，在上海水産學院執教英語。但未幾，因俄語風行，學校不再開英文課而輟教，到圖書館工作，直到一九五五年辭歸，時年七十。一九六二年病逝。

然而這樣一位藏書家，因何横遭非議？是由於他政治上的原因麽？并非，倒確實是因爲他的藏書。細繹周一生的藏書，有許多地方與傳統相違。他的藏書理念，由於得時代風氣之先，而與傳統觀念多所抵牾。譬如關於版本,傳統藏家講究宋槧元刊,周固然也重視,但并不唯宋元是尊,即使是宣統刊本,衹要所刻精良,亦列入善本,一反陳見。而這,還不過是抵牾中的小焉者。

最不能爲傳統藏家以至學界所容忍的,是他致力於搜羅庋藏涉及性學的詞曲小説,如《金瓶梅》版本多達十數種,以及一再被禁存世極稀的《痴婆子傳》、《燈草和尚》、《空空幻》、《浪史》以至明刻殘本《素娥篇》、《昭陽趣史》之類。而且不僅收藏中國的,還竭力搜求外國的。收藏西書,於傳統的藏書家而言,多不涉及;在現代藏書家中,據我所知,也衹有西諦和宋春舫的"褐木廬"。但宋藏以西歐戲劇爲主,而言言齋則側重於性學著作,尤其是十八、十九世紀歐洲的性書和以性描寫爲主要内容的小説。不僅如此,他除了搜求庋藏,還常常選擇某些饒有趣味的著作,形諸筆墨,或介紹,或譯述,公諸報端。這在三十年代自然引起非議,抨擊者有之,詈駡者有之。因爲性這一敏感的問題,向來是既受關注卻又始終諱避的"禁區",而周越然大量地譯介,而且撰寫了一部《性知性識》,這在當時勢必遭到諷嘲譏刺。周越然曾經感慨於自己的横遭抨擊,説:"北平某報譏余專藏淫書,南京某報駡余專譯淫書,其實,余所藏所譯皆名著也。"(《兩大家之言》,一九三五年十二月五日《晶報》)

其實,這些被指責爲"淫書"的書,得從什麽視角看待。周所譯介的如卡薩諾瓦(Casanova,一七二五年——一七九八年)、沙德(Sade,一七四零年——一七九零年)、薩克爾·馬索(Masoch,一八三六年——一八九五年),在歐洲性文化史上都占有極重要的地位。沙德的著作被英國性心理學家靄理士評爲"十八世紀的性變態百科全書",馬索則被奥地利性學先驅拉夫特·埃賓作爲性變態的代名詞,并從而創造了性受虐癖(Masochism)一詞。至於英國勞倫斯的《查泰萊夫人的情人》更是一部世界文學名著,我國的《金瓶梅》也同樣如此,其意義和價值決不限於性學,更不能簡單地以"淫書"論之。即使是猥褻之作,如《綉榻野史》、《姑妄言》以及西歐的《銀梨花下》、《全夜在後宫中》之類,對於研究中國小説史、西歐性文化史以至於社會史、民俗史、婚姻史、醫學史、性學史等等都具有一定的參攷價值,乃至是重要史料。

鋭意窮搜性學著作及其相關的詞曲小説，而且中西并蓄，固然是言言齋藏書的一大特色，實際上言言齋并不囿於此，他的廣博向爲識者所敬佩。衹因周越然搜求圖籍大多出於興趣，不像鄭振鐸、吴梅、馬廉等人側重學術，故常"取人所不取，或人所不知而他認爲有價值的奇書僻書"（鯤西:《足以永日的〈亂花漫拈〉》，二零零五年三月十一日《文匯讀書週報》）。例如宋抄本《愧郯録》、萬曆仙源余成章刻本《牛郎織女傳》、明清江堂刊本《唐書誌傳》、華琴珊謄真稾本《續鏡花緣》等，不論從版本源流還是學術角度論，都非一般。再如所藏戲曲，如明嘉靖刻本《寶劍記》、明刻本《盛世新聲》、明富春堂刻本《雙忠記》、《躍鯉記》、《白兔記》，抄本《誠齋樂府三種》、清内府舊抄劇本六種，王國維的舊藏《金鎖記》、《上林春》、《翡翠園》、《十義記》、《金貂記》以及十二種版本的《西厢記》、八種版本的《琵琶記》以至於英、法譯本等，難怪戲曲藏家吴曉鈴見言言齋所藏戲曲草目後贊嘆道:雖草目"不足概其全部珍庋，然即目中所載已泰半不見前人著録，其見諸徵引者，傳本亦極罕覯，誠可貴也。"（《吴興周氏言言齋善本戲曲叙録》，《國文週刊》第十九、二十期，一九四三年）。至於西書，涉及益廣。單就周在書話中提及的而論，從古羅馬詩人奥維德、賀拉斯，波斯大詩人薩迪以迄於當代英國的威爾斯，面廣量大，而且無一不是名家名作。特别值得注意的是:他所提及的某些詩人、名家，即使到了二十一世紀的今天，依然爲讀書界感到陌生，如古羅馬詩人卡圖盧斯（Catullus），這位哀歌體抒情詩的奠基者，至今未見其譯品。又如北歐古歌《Hovamol》，北京、上海的大圖書館都未見收藏。再如西班牙現實主義小説的開拓者費爾南·卡瓦列羅（一七九六年——一八七七年），在我國讀書界，怕也知者寥寥。

言言齋的藏書，除了廣涉西書、有所側重（性學）、不囿於一、唯善唯罕之外，還有一個特點是關懷當代。例如清末民初的小説，尤其是譯本小説，除阿英等極少數人因從事近代文學的研究而加關注外，一般藏家皆以草芥視之。但周越然先後列出五十種不見於孫楷第《中國通俗小説書目》著録的稀見小説，以及四十種譯本小説。其中有我國最早出版的"科學小説"《夢遊天》（不著撰人，清光緒三

十三年丁未上海科學儀器館印行)，署名孤桐撰的《绿波傳》(民國元年商務印書館印行)、《�娘遺恨記》(民國四年上海中國圖書公司和記鉛字本)，光緒二十五年素隱書屋托昌言報館代印的《巴黎茶花女遺事》(署曉齋主人口述，冷紅生筆記)和陳冷血、包天笑譯述的《冷笑叢談》(清宣統二年群學社發行)等。這些著譯，雖不都是名人筆墨，然均爲市上稀見，而於研究近代通俗文學，却是極爲重要的資料。這種注目於當代，在言言齋，還不僅僅着眼國内，也延展於域外。他的介紹威爾斯(Wells，一八六六年——一九四六年)即是一例。威爾斯是二十世紀以科幻小説的形式揭露現代生活矛盾冲突的大小説家，從處女作《時間機器》(一八九五年)起，以迄於周越然曾執筆介紹過的《將來事物的形式》(一九三三年)，著作甚豐。然而在當年即見於言言齋的筆下，由此可見這位大藏書家是如何地敏感和關注當代了。

遺憾的是：言言齋這些新的藏書理念不爲當時理解，以至備受抨擊，飽受譏諷；再加上淪陷時期在民族氣節上周的自感慚愧，致使他在抗日勝利之後，退出學界，銷聲匿迹，消失於人們的視野③，於是也就漸漸地爲人淡忘了。

然而記起他的人總是有的。上世紀九十年代起，不知什麽原因，周越然生前的《書 書 書》、《六十回憶》、《版本與書籍》一再爲學界注目，加以重編，先後出版了《書與回憶》(遼寧教育出版社，一九九六年九月)、《言言齋書話》(徐雁等編，陝西師大出版社，一九九八年九月)、《周越然書話》(陳子善編，浙江人民出版社，一九九九年三月)。隨之，讀者們自然地關注起這位藏書家的藏書以及他的遺文：那些别具一格的豐富的藏書如今如何了？星散了，還是依舊完好地保存着？還有那些散見於《晶報》等報刊上的短文又怎樣了，是否如周退密所吟"文字飄零誰爲拾"？

關於前者，一九九七年七月二十八日《浙江日報》副刊發表了周越然之孫周炳桐的一篇文章，其中説："'一·二八'事變後，祖父將家遷到上海租界内的西摩路(今陝西北路)，由於他愛書如命，當然又繼續買書，藏書又漸漸多起來，其中有不少是中外文珍本。上海解放後，一九五七年，祖父已年逾古稀，主動將他所珍藏的中文古籍珍本數百種通過當時的上海市文物保管委員會捐獻給國家。另外還有一卡車(不知有多少本)外文書捐獻給某大學。至於其他一般藏書,一直保存在陝西北路寓中。直到祖父去世後,文化大革命期間,我們家的人都十分擔心這些'四舊'書繼續留在家中會增添麻煩,囑我全部上交當地派出所,而派出所指令我立即送往廢品收購站。這就是祖父自己也料想不到的第四次'亡書'。"(《對〈言言齋書談〉的幾點補正》)

關於後者,言言齋主的嗣孫周炳輝於近年從各報刊上搜尋,先後輯就出版了三本:《言言齋古籍叢談》(遼寧教育出版社,二零零一年二月)、《言言齋西書叢談》(遼寧教育出版社,二零零三年三月)、《言言齋性學札記》(廣西師大出版社,二零零四年十二月)。特別是《性學札記》,據編者説,乃是當年《性知性識》一書的增擴,所收短文超過原書一倍以上。而且編者仍在繼續搜求佚文,不久,可望編成《言言齋佚文匯輯》(暫名)。如此,我想,於泉下的周越然當是慰藉;而於讀者,也就毋需有"文字飄零誰爲拾"之嘆了。

二零零五年七月二十五—二十六日於上海

(原文曾刊二零零六年《萬象》第五期,此次作者做了修改)

注　釋:

① 關於精通英語、嚴復與周越然的關係,見其《追憶先師嚴幾道》(刊《雜誌》第十五卷第五期,一九四五年八月)。關於得辜鴻銘賞識,見《六十回憶・編譯之味》。關於戴季陶從周越然學英文,見鄭逸梅《南社叢談》(上海人民出版社,一九八一年)。

② 據《六十回憶・編譯之味》(一九四二年八月二十五日),作者自列的關於英語教科書與教輔書,從一九一二年起至一九三九年共編了四十三種,目如下:(一) 一九一二——一九一三年,爲國華書局編譯:《英文共和新讀本》三册,《天演論注釋》、《英語引鑰》、《美國制度大要》(與沈彭年合譯,漢文本)。(二) 一九一五——一九三二年,爲商務印書館編、譯、注:《英字切音》、《英字讀音》、《初級英語讀音教科書》、《英文啓蒙讀本》、《國民英語入門》、《新學制英語教科書》二册、《新法英語教科書》三册、《現代初中英語教科書》三册、《英語會話公式》、《中等英語會話》四册、《初級英文法教科書》、《英文造句法》、《英文作文易解》、《英文作

文要略》、《英語三十二故事》(與桂裕合編)、《英語模範短篇小説》(與桂裕合編)、《愛神及其戀人》、《女水仙》、《禽與獸》、《伍倪奇緣》、《鬼沼緣》、《英美文學要略》(與鄺躍西合編)、《英語初學詩選》、《書與觀念》、《英語中國故事》、《文學片面觀》、《生命與書籍》、《英語教授法》、《小學外國語教學法》(漢文本)、《德國學校近世語教授法》(漢文本)、《莎士比亞》、《英語歧字辨異》、《英語模範讀本》(成於一九一八——一九一九年,原爲四册,後改三册,暢銷二十餘年)。(三) 一九零九年——一九一二年注釋:《伊爾文見聞雜記漢文釋義》、《金河王漢文釋義》、《天方夜譚漢文釋義》、《海外軒渠録漢文釋義》、《古史鈎奇録漢文釋義》。(四) 一九三九年編寫:《英字拼音入門》(作者自云此書"甚合初學之用。余編次之時雖不費力,但極得意"。)

③ 據柯靈於一九八七年七月二十三日致傅葆石函,談到孤島時期上海的文化人,説:"上海淪陷期間,有個以周佛海爲後臺的文人小集團,在一次宴席中,有人對周佛海吹吹捧捧,肉麻當有趣。周越然却説:'説到民族氣節,我感到很慚愧。'在這樣的場合,敢於説這樣的話,不但説明了他的坦率,也需要一定的道德勇氣,不能不使人對他另眼相看。"(《收獲》一九九二年五月號第八十一頁)。所以周越然在抗日勝利之後的退出學界,自匿於古紙叢中,深自懺悔,實屬必然。

第一辑

文史雜記

《天方夜譚》弁言

羅綺被身,熊蹯在口,吾人覺身口之適矣;倘一究其來源而知羅綺之何以成,熊蹯之何以得,於心不更安乎。讀《天方夜譚》,亦猶是也;知其書之饒有興趣,而不問其書之由來,豈足厭吾人之心乎。夫然則《天方夜譚》之由來,不可不一述之。

《夜譚》之入歐也,自西曆一千七百零四年始。有法蘭西人曰𤟥楞(Antonine Galland)者,名士也,遍歷亞西各國,訪察風俗,譯爲是書,歸餉國人。書中每篇首句云:"姊乎,吾姊如未熟睡者,請爲我述一有趣之故事,如吾姊所素知者。"書既出版,法人中幾於人手一編;有童子數人,讀是書後,心念念不能忘,曾於寒天暮夜,衣單布之衣,奔赴𤟥楞家,叩門曰:"𤟥楞君,君如未熟睡者,請爲吾輩述一奇妙之故事,如君所素知者"。即此一事,可以知書中之趣味矣。

自後各國傳譯,所至紙貴一時。而英文之有譯本,則始於一千八百四十年,譯者賚痕其姓,愛德華其名(Edward Laue),亦久居亞西各國者也。

《夜譚》之原文,爲亞剌伯字之手鈔本,名曰《一千零一夜》(*The Thousand and Nights*),然不如《夜譚》(*Arabian Nights' Entertainments* 簡稱 *Arabian Nights*)之名之普通也。論者謂原文雖爲亞剌伯字,而構造之者,必非盡出於亞剌伯一國之人。德國譯者,謂書中故事,係傳自印度及波斯,而亞剌伯不過集其成而已;彼又參攷亞西各國之典籍,而謂此種故事,十世紀時已通行於彼邦。法國譯者反之,謂書中故事,必在十世紀後,自埃及傳至亞剌伯者,以書中風俗人情,頗染回教習氣;即使出自波斯,亦必中經後人之筆削矣。而英之賚痕,則折中於兩説之間,謂德國譯者所謂傳自波斯者,其説至確,惟十六世紀間,亞剌伯人,則採取故老之流傳一一筆之於書,而又益以臆造數事,遂成今日之亞剌伯文原本。然賚痕之説,亦未足據爲定論也。

今試攷之,書中官尹之名稱,宗教之典禮,皆非十三世紀以前之事。且桃之一果,見於亞剌伯市中者,實始於十三世紀中葉;礮之一字,見於東方各國之載籍中者,實始於十四世紀中葉;而《夜譚》中載有是果，并有是字，亦可以見原文之成，至早當在何時矣。亞西各國之知用咖啡爲飲品也，已在十五世紀之終，而書中未有其字，可見原文之成，至晚當在何時矣。

善夫，美國某君之言曰："世界古國，故事之多，以印度爲最。"印度之故事，大半借駝象等物，隱寓訓誡之旨，以爲誘掖王子之用；自與波斯交通，波斯人得之，參以本國之人情風俗，演成波文，而印度之事，遂一變而爲波事矣；由波斯傳至亞剌伯，亞剌伯人從而增飾之，遂由波事而再變爲亞剌伯之事；且亞剌伯人，自沙漠之生活，進而爲城市之生活，發明造作故事之才能，亦緣之而俱進，遂將己之所造作者，合以自波傳來者，潤色增益，裒集成書。《夜譚》之由來，如是而已。

嗚呼，《夜譚》一書，自入歐洲後，歐人孜孜研究不遺餘力，足以見其人之注意於他邦文物矣。近是書經奚君若譯爲華文，而吾人購閲其書，僅視爲稗官小説，未嘗一孜孜其由來，一究其文物，豈吾人之智，不若歐人歟？毋亦東西民族性質之不同耶？波印皆與我同洲，乃其書不先傳來東國，而獨盛行於西方，遂增價值，書而有知，當亦深自慶幸矣。書中文字，淺明流利，歐美文家，均盛稱之英文模範，是其一也。

民國三年三月　周越然識

［原載《原文〈天方夜譚〉（附漢文釋義）》］

書　談（一）

鈔本·《愧郯録》等

藏書家於宋槧，元刊，及明清佳刻外，尤注重鈔本。然鈔本不皆可貴，可貴者在其非常見之品，且特異於尋常之本耳。昔年有人搜羅古籍，每遇舊鈔本，其值常較刻本爲高。於是雇用寫手，取近代各家所刻叢書中之卷帙較少者，依樣謄録，儲諸架中，以爲後人得此，必售善價，既而此人之書盡行散出，而其自製之鈔本，售價反不及當日所付工料之半，因此種鈔本，既未校勘，又多刻本，殊不足取也。

此可見鈔本之可貴,不在其爲鈔本,而在其不同於常本耳。大率鈔本之可貴者,必具有下列諸要素之一:

甲、名家手鈔,爲一般人所認定者。

乙、有名人手跋,或收藏印記者。

丙、經名手校正,其校正之字,又較刻本爲勝者。

丁、字句與刻本不同,其不同處,較刻本爲佳者。

戊、行格與通行本不同,但與宋元本或明刻本吻合,可决其爲影鈔者。

己、通行本之字句,有爲鈔本所缺者,而所缺之字句,反足以證明刻本中文字,有非撰著人原文之處者。

庚、刊本久佚,存者僅此鈔本,則此鈔本之價值,實與孤本或稾本無異。

辛、雖無收藏圖記,或名人手跋,而紙色古雅,書法精工,與凡品不同者。

十餘年來,余每於購讀西書之暇,喜收讀我國古書。然古書之搜求,實爲至艱至苦之事。非常常跑書鋪,謁冷攤,欲得精本難矣。

余求書已晚,經濟與經驗既不如人,欲求精品,已不易言,遑論孤本。十餘年來,辛苦購求,僅得一千餘種。内有明清精刻數百種,而宋元刊則僅數種而已。鈔本之可貴者,約有三十種,其中《愧郯録》一書,實爲各本之冠,本篇言鈔本,即先述明鈔本《愧郯録》。

《愧郯録》十五卷,宋岳珂撰,記宋代之制度,多爲史誌所未備者。"其曰愧郯者,取《左傳》郯子來朝,仲尼問之官事,言通知掌故,有愧古人也。"(《四庫全書總目提要》)吴縣黄蕘圃氏,常熟瞿氏鐵琴銅劍樓,吴興陸氏皕宋樓,皆藏有宋本。黄氏之書,早已散去。陸氏之書,大半售與日本静嘉堂文庫。瞿氏之書,尚爲其後人所守。查蕘圃《藏書題識》卷五,《鐵琴銅劍樓藏書目録》卷十六,《儀顧堂集》卷十二,知三氏之書,行格相同(半葉九行,每行十七字),而缺葉之數(共計十葉),亦復相合,是三書同出一源也。

宋以後重雕之《愧郯録》,有明岳氏校刻本,《學海類編》本,鮑氏《知不足齋叢書》本三種,余均庋有之。鮑氏之書,行格一遵宋刊,校訂精詳,實爲各書之冠,惟其缺葉與宋明清各本均同,豈世間竟無完本耶！

去年春間，余在上海某書店購得明鈔本《愧郯録》首七卷，半葉十二行，每行二十四字，卷首護葉有明萬曆戊子澹翁手跋，并有"秀水朱氏潛採堂圖書"，"静妙山房"，"秀水朱彝尊錫鬯氏"三圖記。序首葉有"均伯過眼"，"錢均伯珍藏秘書記"，"虞山汲古閣字子晋圖書"，"季振宜字詵兮號滄葦"四圖記。目録首葉除毛季二氏印記外，尚有"竹泉珍秘圖籍"，"謏聞齋"二圖記。卷一首葉，衹有毛氏圖記，卷七末葉有"毛扆之印"，"斧季"兩圖記。

余得此書後，細加點閲，見宋元明清各本之缺葉，此本均有之，不禁狂喜。適商務印書館古書部有影印宋本《愧郯録》之舉，遂以此本送去，後得張菊生先生復信，謂欲借鈔以補宋本之不足，余允之。深冀商務印書館早日影印，使此向傳殘缺之十葉文字，可得重見天日也。

附録澹翁手跋一則，如下：

士大夫學問，以國朝制度典章爲第一，近世宋文憲之外，鄭端簡，雷司空皆其人也。後生學文，徒獵古人唾餘以相賁飾，而實用微矣。岳亦齋所著述，余及見其三，《桯史》，《金陀粹編》，《愧郯録》是也。《愧郯録》於國之典制，名數，蓋三致意焉。《書》曰：學古入官，議事以制。學者得此意，攷古通今，不至虚用其力，其可免於面墻也夫。

萬曆戊申四月澹翁命侍史録成，手校一過，因記。

此明鈔本《愧郯録》，有名人手跋手校，又有收藏印記，且可補足他本之缺文，實合前述鈔本可貴之要素乙丙庚三項，故余頗珍之。

除《愧郯録》外，尚有明清鈔本多種，兹擇其較佳者，依筆劃之多寡，列舉於後：

一、《三餘集》四卷　宋黄彦平撰

陸心源手鈔本，半葉九行，每行二十一字。

二、《山木居士集》不分卷　清魯九皋撰

舊鈔本，半葉十行，每行二十一字。孔葒谷藏書，有"孔繼涵印"，"葒谷"兩圖記。

三、《方蛟峰文集》七卷　附《山房集》及《蛟峰集外編》　宋方

逢辰撰

烏絲欄鈔本，半葉九行，每行十八字，有朱筆校字，并“掃葉山房”，“月汀過眼”，“謙牧堂藏書記”，“謙牧堂書畫記”等圖記。

四、《水鏡詩》一卷　元元淮撰

明鈔本，半葉九行，每行二十一字，巴陵方氏碧琳琅館，華陽高世異疊藏。

五、《丙丁龜鑒》十卷　宋柴望撰

紅絲欄明鈔本，半葉九行，每行二十，二十一，二十二字不等，浙東沈氏抱經樓藏書，紙色古雅，疑是天一閣早年散出者。

六、《名家詩文集》十三種　清王方岐、羅煜、姜生齊、張瑶房、徐去疾、吴寅、郭嗣齡、謝九成、謝旭、謝天霽十人撰

焦里堂手録本，半葉十一行，每行二十四字。

七、《曲律》四卷　明王驥德撰

影明寫本，半葉十行，每行二十字。内有缺文，亦有可補董氏新刻本之缺字。

八、《春秋集傳纂例》四十卷　唐陸淳撰

烏絲欄鈔本，半葉十一行，每行二十字，版心下端有“藤梧館”三字，孔繼涵校字并跋。

九、《明皇十七事》一卷　唐李德裕撰

青芝山房烏絲欄鈔本，半葉十行，每行二十四字。孫氏小緑天藏書，有“諛聞齋”，“竹泉珍秘圖籍”，“惕甫經眼”，“王鐵夫閲過”，“惕甫借觀”等圖記，及王惕甫手跋，黄蕘圃校字并跋。

十、《東游記》二十四卷　顧道民撰

鈔本，半葉十行，每行二十二字，書中文字，多作古體或俗體者，甚不易讀。繆藝風《雲自在龕隨筆》（稾本）曾言及此書云：“客魏蠱惑熹宗，撰進此書，名曰《東游記》（或作《征東記》），描寫淫穢之事，過於僞撰《控鶴秘記》百倍。熹宗短折，此亦一端。曾見一册，爲歙程春海侍郎所藏，鈔寫極精。侍郎年止四十，捐賓客之日，阮文達公哭之慟曰：‘其人其學，其年其位，均不料其止於此，命也，亦天下學人之不幸也。’其亦誤於是書歟？”

十一、《奇門寶鑒臆解》不分卷　不著撰人

精寫本，半葉十二行，每行十四字。

十二、《所安集》一卷　元陳泰撰

影鈔本，半葉十行。每行二十一字，有"歸安陸心源字剛父印"，"光緒戊子湖州陸心源捐送國子監之書匱藏南學"，"國子監印"等圖記，及陸心源校字并跋。

十三、《林公輔文集》一卷　明林右撰

吳梅村手鈔本，半葉十二行，每行二十字，有"吳印偉業"，"梅村"，"謙牧堂書畫記"，"謙牧堂藏書記"，"某會里朱氏潛採堂藏書"，"朱彝尊錫鬯"等圖記。

十四、《金鎖記》二卷　不著撰人

精寫本，半葉十行，每行二十二字，有"王國維"印記。

十五、《禹貢論》二卷　後論一卷　宋程大昌撰

紅絲欄明鈔本，半葉十二行，每行二十二字，浙東沈氏抱經樓藏書，紙色古雅，疑是天一閣早年散出者。

十六、《南史》八十卷　唐李延壽撰

清《四庫》鈔本，半葉八行，每行二十一字，書面紅色，每册首葉有"古稀天子之寶"，末葉有"乾隆御覽之寶"二圖記。

十七、《庭聞州世説》七卷　《先進風格》一卷　清宫偉鏐撰

焦里堂手鈔本，半葉十一行，每行二十四字，有"里堂"，"焦循手録"兩圖記。

十八、《笠澤叢書》八卷　唐陸龜蒙撰

鈔本，半葉九行，每行二十字，有"士禮居藏"，"蕘翁"，"松山高子藏書"，"順卿"等圖記，及黄蕘圃、戈順卿二氏校字并跋。

十九、《敏求機要》十六卷　晋劉實撰

鮑氏知不足齋鈔本，半葉十行，每行二十字，有朱筆校改，間有缺字。收藏印記有"孔繼涵印"，"葒谷"，"素王子孫"，"鑒湖珍藏"等。

二十、《曹文貞公詩集》十集　元曹伯啓撰

祁氏澹生堂藍絲欄鈔本，半葉十行，每行二十字，有"澹生堂經籍記"，"曠翁手識"，"子孫永珍"，"山陰祁氏藏氏之章"等圖記。卷首護葉陰面有朱文篆書之藏書銘，其文曰："澹生堂中儲經籍，主人

手校無朝夕，讀之欣然忘飲食，典衣市書恒不給，後人但念阿翁癖，子孫益之守勿失。——曠翁銘”。

二十一、《道德經取善集》十二卷　宋李霖撰

藍絲欄明鈔本，半葉十一行，每行二十二字，浙東沈氏抱經樓藏書，紙色古雅，疑是天一閣早年散出者。

二十二、《道德經三解》四卷　元鄧錡撰

紅絲欄明鈔本，半葉十一行，每行二十二字，浙東沈氏抱經樓藏書，紙色古雅，疑是天一閣早年散出者。

二十三、《蜕庵詩集》五卷補遺一卷　元張翥撰

鮑以文手鈔本，半葉十行，每行二十一字，有“昭燦”，“星岩”，“昭焯之印”，“字曰俊三”，“知不足齋鮑以文藏書”，“鮑以文”，“奚岡”等圖記，及鮑以文題詩并跋。

二十四、《楊仲弘集》八卷　元楊載撰

藍絲欄明鈔本，半葉九行，每行二十字，高世異藏書。

二十五、《翡翠園》二卷　不著撰人

烏絲欄精寫本，半葉九行，每行二十字，王國維藏書。

二十六、《疑獄集》三卷　後周和凝及其子和𡼏撰

兔床後人吴長元手鈔本，半葉九行，每行十八字，有“吴”，“太初”，“延陵季子”等圖記，及陸心源手跋。

二十七、《遼史拾遺續》三卷　清楊列歐撰

汪曰楨手鈔本，半葉十二行，每行二十四字，有汪氏手跋。

二十八、《樵歌》二卷　宋朱敦儒撰

毛氏汲古閣烏絲欄鈔本，半葉十行，每行十八字，版心下端有“汲古閣”三字。分卷與今鉛印本不同。

二十九、《闕史》二卷　參寥子撰

藍絲欄明鈔本，半葉十行，每行二十字，字句間有與知不足齋所刻之《唐闕史》不同，浙東沈氏抱經樓舊藏，紙色古雅，疑是天一閣早年散出者。

三十、《藏一話腴》四卷　宋陳郁撰

白皮紙舊鈔本，半葉十行，每行二十字，有“江標汪鳴瓊夫婦同賞藏書記”，“蕭江書庫”，“明珠易得”，“汪士鐘藏”，“秀水朱氏潛採堂

圖書"，"檇李項藥師藏"，"汪標孜藏"，"靈鶼藏書"，"蕭江書庫藏書"等印記，卷末附王振聲校勘記。疑是劉氏嘉業堂新刻本之祖本。

三十一、《寶峰集》二卷　宋趙偕撰

鈔本，半葉九行，每行十八字，孔憲珪手校，有"知不足齋鮑以文藏書"九字圖記。

（原載一九三一年五月《小説月報》第二十二卷第五號）

書　談（二）

稾本·《螟巢日記》等

余之收集稾本也，今已一十八年矣。初意專在收集先人之遺著。民國三年，得先伯大父縵雲公手録嘉興錢警石原校本《史記》（并有補校之處，爲張文虎《校刊史記集解索隱正義札記》所取資）。逾年，家兄由廛，復得公所過録汪堯峰評校《前漢書》（亦有補校之處）。嗣後與家兄各續有所得。雖片紙隻字，凡爲先人手澤，莫不什襲珍藏。惟先伯大父蓮伯公所校《北堂書鈔》，不知流落何所，抑是否在人間，爲可惜耳。然使余起收集先人遺著之心者，乃爲《螟巢日記》。

《螟巢日記》者，先本生大父岷帆公手寫之日記也。先大父諱學源，清咸豐壬子進士，精於音韵之學。書法顔、柳，筆力雄健。工詩詞。有《蚓竅集》，據家譜，謂已散亡。現存者衹《古音》四卷，及此日記而已。日記中所載，皆在燕京時事。兹録二則於後：

二十六日晴，赴部投供。……出城……至水月庵。時松泉方放風箏。余爲收而下，鄰院忽飛起一箏，在旁飄瞥，意欲乘不備絞取之。余縱綫稍緩，鄰箏墜其上。因用連手曳至墻内。隔墻群兒大嘩索箏。松泉解箏擲還，嘩始息。十餘年來，南北奔走，不作此戲。今一爲之，猶是童時伎倆也。……

十三日晴，風。耕香令坦入贅。……一切儀制，與南方同。而參拜時，以紅氈幕户，不令人見，則北方風氣矣。沈也魯述某家入贅，新婦艷妝端坐於庭，新郎入，向婦四拜。婦不動。出，然後行禮。余笑其妄。而也魯以爲目擊其事，確鑿可據也。……

先本大父日記，現只存清道光二十五年（乙巳）二十六年（丙午）兩全年，及二十七（丁未）元月初一至三月二十一日止。此外流散於他處者，想尚不少。如有遇之者，伏祈不吝見告，俾余小子得匯而存之。他日財有餘，還當録付手民，公之於世。

民二之夏，余以暑假由皖回里，酷暑無事，取日記讀之，如得先人耳提面命。於律身處世之道，得益不鮮。遂發訪求先人遺著之願。但十餘年來，先人手澤，所得不多，而他家著述，則所得已不少。今略著於篇，以志景仰前賢之意。

稾本與鈔本異。鈔本者，其書世間已有流傳，惟字句之殊異，次第之順逆，篇段之增删，或與流傳之本不同。頗可據以校訂傳本之誤。故甚可貴也。稾本者，或爲撰著者手寫之原稾，或其編定後倩人繕正者，世間尚無刊行之本。即有之，亦不及原稾之正確。故藏書家每奉爲至寶焉。李日華《味水軒日記》云："先賢手墨……士人視之，猶其祖先之物。即貧甚，當竭力購之。又如釋子之遇佛菩薩遺跡，自當不惜髓腦，爲之擁護。"至哉斯言。

稾本不皆可貴。有文字不雅馴者，亦有見識偏激庸陋者。此類稾本，書肆中往往遇之。收藏未免無謂。若名家手稾，或因當時本人以爲尚未完美，不願刊行；或其子孫無力刊行，流落在外，或因藏書家視之太重，不肯輕以示人，至今始發現者。此種稾本，甚可寶貴，收藏者應時時注意及之。

稾本大概可分爲二大類。

（甲）未刻稾本　有已謄真者，有未謄真者。未謄真者，雖書體不工，然筆法高雅，自爲希世之寶，不可忽視。

（乙）已刻稾本　書已刊行，惟此確是刊行前之手稾。雖稾中添注涂改之處甚多，然借此可以知前人作文用字之苦心，尤爲可貴。

兹將余歷年所得稾本之一部分，略舉於後。至對於書之内容，則余學識淺陋，不敢妄加評斷也。

一、《九疑仙館詩鈔》一卷　《詞鈔》一卷（附談印蓮女史《平洛遺草》一卷）　清談印梅女史著

謄真未刻稾本。每半葉十二行，每行二十二字。卷首有錢明善題辭。印梅字湘卿，印蓮字步生，歸安人。

二、《小學盦遺稾》四卷　清錢馥著、邵書稼録

精寫未刻稾本。每半葉十二行，每行二十四字，卷首有阮元序，卷末有邵書稼識語。目録葉有"權""羿"二印記。卷一首葉有"以應大稷"朱文方印。全書勞權手校，用藍朱兩筆。馥字廣伯，海寧布衣，精六書之學。自題其讀書處曰小學盦。書稼，錢塘舉人，馥之弟子也。

三、《弓齋日記》（清光緒四年全年，五年正月初一日至四月十三日止，八年十一月二十三日至十二月三十日止。九年正月初一日至六月初二日止，十年全年，十三年全年，十五年正二兩月，十六年四月十三日至十月朔日止）　清姚覲元撰

手寫未刻稾本。行格逐年不同，絲欄亦不一色。覲元字彦侍，號弓齋，歸安人。官至巡撫。精許氏之學，性耽古物，與吴平齋、陸存齋、錢念劬友善，刻有《咫進齋叢書》。光緒十五年正月初七日，有記録鈔本《江月松風集》之黄蕘圃題跋一則，似爲各刊本所無。兹特轉録於下：

錢思復《江月松風集》，余向未之見。今見諸玉峰玫棚汗筠齋書籍鋪，蓋太倉金元功家物也。卻爲吾郡人手録本。翁名栻，字又張，號南陔，其景仰昔賢之意可見。住東洞庭山。則太湖具區兩書中，當必有其人。惜案頭無其書，不之詳。然愛書如命，手澤猶新，其人固可想見。且爲金侃，亦陶之高足。宜其流風餘韵，洋溢於縹緗翰墨間也。余生平嗜書，并嗜藏書之人。書賴人以傳，人亦賴書以傳，安得離而二耶。此書罕有，固不待言。藏書之人，於此僅見，余故表而出之。爲今撰修郡誌者有玫焉。

四、《王際華日記》（乾隆三十七年全年）

手寫未刻稾本，紅絲欄。每半葉十行，每行字無定數。卷首護葉有"王際華"又"白齋際華"兩方印。際華字秋瑞（一作秋水），號白齋，錢塘人。乾隆乙丑進士。官至户部尚書。卒謚文莊。有《白齋詩存》。

五、《元詩嗣音集》十六卷　清顧詒禄輯

謄真未刻稾本。每半葉十行，每行二十一字，小字雙行，字數同。全書精寫，作趙松雪體。目録及卷一、卷九第一葉，均有"顧廣

圻印批校藏書"，"北平翁方綱藏書印"，"查瑩藏本"，"賜硯堂書畫記"，"聽雨樓查氏有圻珍賞圖書"，"文淵閣校理"，"依竹主人"等印記。詒禄長洲人，字禄百，號花橋，又號瑗堂。貢生。以古文辭鳴於時。爲沈德潛高弟。有《虎丘山誌》，《寒讀偶編》，《吹萬閣集》，《瑗堂文述》，《瑗堂詩話》。

六、《不廢集》八卷　清許焞撰

寫樣未刻稾本。每半葉十行，每行二十字。焞字純也，雍正進士，有《載道集》。

七、《天上人間》第一卷　清胡公藩著

不全，未刻稾本。每半葉九行，每行二十五字。述趙世忠（妻錢氏，女月姑），虞士誠（妻華氏），袁子卿（妻楊氏）數家事。言情小説也。公藩原名紹昌，江蘇華亭人。

八、《古稀瑣言》一卷　清鄭序撰

手寫未刻稾本。每半葉十二行，每行二十四，五，六，七字不等。卷首有康熙戊辰，康熙庚午，康熙丙子鄭序自序三首。序字鷺墀，號鹿痴，濟寧人，未冠入庠，博聞强記，歷佐秦，晋，燕，吴諸當道幕。以諸生終。年六十八時，在蔚州自記一生事實，曰《古稀瑣言》。

九、《有餘地遺詩》六卷　清邱孫錦著

謄真未刻稾本，每半葉十二行，每行二十四字。孫錦字餘甫，震澤人。

十、《里堂道聽録》首二卷　清焦循記

手寫未刻稾本。每半葉十一行，每行二十四字，前有嘉慶甲戌自序云："余……每得一書，無論其著名與否，必詳閱首尾，心有所契，則手録之。……歷二三十年，盈二尺許矣。今歲所著《易學三書》，稾初就而陽氣虚憊，不耐冥思。性又不樂閑曠，求爲其易而不甚用思者。夏秋以來，乃取此而編次之，爲四十卷。……"書中所紀，皆足以廣見聞之事。惜祇存首二卷，未獲窺其全豹也。循字里堂，江蘇甘泉人，乾隆舉人。通經學，尤精天算，有《雕菰樓集》，《周易補疏》，《天元一釋》等書。

十一、《易經象類》一卷　清丁晏輯

手寫稾本。紅絲欄。每半葉九行，每行約二十字，版口下方題

"頤志齋"三字。卷首有咸豐乙卯撰著人自序。正文第一葉"精思軒珍藏"、"頤志齋主人珍藏"及"山陽丁晏之章"三圖記。卷末有田毓璠手跋。查近人南陵徐君乃昌編刊《鄦齋叢書》中,有丁晏輯《易經象類》一卷。想此手稾,即其祖本也。晏,江蘇山陽人,字儉卿,一字柘堂,道光舉人。精鄭氏之學。手校書籍甚多,有《頤志齋叢書》。

十二、《易在》不分卷　清謝濟世撰

謄真稾本。每半葉十五行,每行三十字。卷首有雍正壬子自序。卷末有雍正乙卯門人伍世拔題識。濟世字石霖,號梅莊,全州人。康熙進士。有《ौ匯十經史評》,《西北域記》,《纂言内外篇》。

十三、《易安齋集》八卷　清邱孫梧著

手寫未刻稾本。每葉行數與每行字數均無定。孫梧字後同,震澤人。

十四、《金剛鳳傳奇》二卷三十齣　不著撰人

未刻稾本。每半葉九行,每行十字。卷首孫氏星衍圖記。

十五、《南阜山人詩集類稾》四十一卷　清高鳳翰撰

乾隆甲子山人自編謄真稾本。藍絲欄。每半葉八行,每行二十一字。全集分五類:(一)《擊林集》四卷,(二)《湖海集》七卷,(三)《岫雲集》一卷,(四)《鴻雪集》二十一卷,(五)《歸雲集》八卷。計詩二千三百餘首。較近年鉛字排印之宋弼選本,多詩一千八百餘首。鳳翰字西園,晚號南阜山人,膠州人。因患風痹,廢右體不用。博學精藝術,尤豪於詩。山人所著文集十五卷,内分序,傳,記,書,表狀,誌銘,題跋,書後,碣文,説,議,日記,紀行,賦,尺牘,雜著等門,其原稾亦在余處。

十六、《染學齋詩集》十卷　清余元遴撰

謄真稾本,藍絲欄。每半葉十行,每行二十字。卷首護葉有道光丙申江慎修手跋。元遴字秀書,婺源人。少好學,家貧,兼行樵汲。補縣學生。其所著《染學齋詩集》,有咸豐壬子露蕭草堂刊本。惟第六,七,八,九四卷,於刻成後,剜去詩十五首。此稾中均有之。

十七、《望樓壁書》五卷　清丁有曾著

手寫未刻稾本。每半葉九行,每行二十一字。有曾一名先甲,字象辛,山陰人。此其教子之書也。

十八、《筆峰吟草》不分卷　清邱岡撰

手寫未刻稾本。每半葉七行,每行二十一字。塗改之處甚多。徐達元《吴江黎里誌》云:"邱岡字昆奇,附監生。性平易誠樸。多雅致。嘗應京兆試。多游覽之作。平居好方外交。讀書寺院中,每經月不出。間畫蘭草,作隸書。晚更明於醫。所著有《筆峰吟草》稾本。藏家未刻行世。"

十九、《雲自在龕隨筆》一卷　清繆荃孫撰

未刻稾本。白口烏絲欄。每半葉七行,每行十二,三,四,五字不等。其間所紀,或名家題議,或書林佚事,皆有實用之文字也。荃孫字小珊,號藝風,江陰人。有《藝風堂文集》七卷,外篇一卷,《藝風文續集》八卷,《文外集》一卷,《藝風藏書記》八卷,《續記》八卷。

二十、《碑版異文録》不分卷　清梁同書撰

手寫未刻稾本。每半葉七行,每行字無定數。有翁同龢手跋。同書字元穎,嘗得元人貫酸齋書"山舟"二字,因以顔其齋。世稱山舟先生。乾隆舉人。工書法,能詩;有《頻羅盦遺集》。

二十一、《梅影盦詩》六卷　清邱孫錦著

此即《有餘地遺詩》之手寫原稾也。每半葉十二行,每行二十四字。

二十二、《業海扁舟》六齣　蓮池居士填詞

全書用紅,黄,藍,墨四色謄寫,每半葉八行,每行十八字。末齣有缺文。蓮池居士,姓氏里居未詳。其作此曲之主旨在使青年子弟不習優伶賤業。蓋"以毒攻毒,以火滅火"之意也。

二十三、董氏手稾三種

《陰符經》一卷　清董士錫解

《煙波釣叟歌》一卷　清董士錫章句

《三決賦》一卷　清董士錫注

手寫未刻稾本。每半葉八行,每行二十三字。塗改之處,有用朱筆者,亦有用墨筆者。卷首護葉有"嘉慶戊辰四月江都焦循借録一通"十四字,并"焦循手録"印記一方。士錫字晋卿,一字損甫,武進人,嘉慶副貢,精虞氏易,兼通壬遁之學。著有《遁甲因是録》。

二十四、《爾雅一切注音》十卷　清嚴萬里纂輯

手書稾本，烏絲欄。黑口，每半葉十二行，每行二十四字。卷一首葉有“嚴可均印”，“鐵橋”二圖記。萬里一名可均，字景文，號鐵橋，歸安人（一稱烏程人）。精於許氏之學。有《説文聲類》，《鐵橋漫稾》等書。

二十五、《漚波舫近稾》不分卷　清王芑孫撰

手書稾本。緑絲欄，每半葉十行，每行二十一字。共九十一葉。有已刻全集中所未見之文。芑孫字念豐，號惕甫，一號鐵夫，又號楞伽山人。乾隆舉人，精書法。有《淵雅堂詩文集》。

二十六、《樊榭詩注》不分卷　不著撰人

未刻稾本。每葉行數與每行字數均無定。卷首有樊榭先生墓圖，及丁丙不全手札一件。

二十七、《德芬堂集》不分卷　清邱岡撰

此即《筆峰吟稾》之編定謄真本也。每半葉十行，每行二十三字。

二十八、《餐花室詩稾》不分卷　清嚴錤撰

改定稾本。每半葉九行，每行二十四字。錤字伯牙。桐鄉人。

二十九、嚴氏手稾十二種　清嚴萬里輯

《蔣子萬機論》一卷　《典論》一卷　《杜氏體論》二卷　《仲長子昌言》二卷　《杜氏篤論》一卷　《桓氏世要論》一卷　《劉氏正論》一卷　《典語》一卷　《袁子正書》一卷　《袁子》一卷　《袁子正論》一卷　《雜録》二十二則

手寫稾本。烏絲欄。黑口。每半葉十二行，每行二十四字。全書勞格手校。

（原載一九三一年六月《小説月報》第二十二卷第六號）

書　談（三）

套印書

套印書，亦稱套版書，始於明末萬曆間。首創之者，爲浙江吴興

凌、閔二氏。吴興刻書絶早,刻工亦佳。宋代已有大字本《通鑒紀事本末》之刻行。款式精雅,爲世所重。明清二代,佳本尤多,不能殫述。此篇所載,專記凌、閔二家之套印書。

明末套印書,有用朱墨二色者,有用藍朱墨三色者,甚至有用朱墨藍黄四色者。創之者智力之巧,財力之足,概可想見。清代廣東亦有彩色套印之書,但精本甚少。不及凌、閔二家刻本之多,而且精遠甚。

一般售書人,見明代套印書,統以閔刻稱之。其實與閔氏同時同地者,又有一凌氏,亦刊印彩色套版書,而其成績并不在閔氏下。意者兩家當日,席豐履厚,其賢者伏居鄉里,不問世事;誦詩讀書之餘,專以刻書相競。斯亦足見當日民風之淳矣。閔氏之刻書者,有齊伋、昭明、元衢、繩初、無頗、振業、振聲、暎璧諸人。凌氏則有稚隆、濛初、瀛初、澄初、弘憲、啓康、杜若、毓枬諸人。其最著者,爲齊伋、昭明、稚隆、濛初。《湖州府誌》、《烏程縣誌》均有傳。兹不贅録。

刻書之用彩色套印也,其主旨在於眉上加評語,於行間加圈點。評點之人不一,則所用之顔色亦不一。例如凌刻《世説新語》八卷,除正文墨印外,評點之爲藍色者,劉辰翁筆也;朱色者,王世貞筆也;黄色者,劉應登筆也。明代用五色套印之書,余未見過,有無不可知。

凌、閔二氏所刻之書,大半皆用上等白皮紙印成。間有用竹紙者,其質地亦堅韌耐久。言言齋中藏有《列子冲虚真經》一卷,即竹紙印成者也。嘗見市上有一種竹紙非套印之本,書賈每索以與皮紙套印本相同之價。細審版式字形,墨色書品,確有凌、閔二家刻書神氣,而卷末又有刻書人識語,似非後人覆雕之本。余以不知其書是否絶無套印本,且疑其非真品,故不敢多收。齋中僅有《公羊傳》十二卷,《穀梁傳》十二卷,屬於此格。凌、閔二氏刻書,本以套印著名。無彩色者,既不美觀,又失其刻書之原旨,不知何以有此本。遍攷誌乘,不得其故。或者後之得其版片者,因套印費時,且工價加倍,乃改而爲此乎?

昔年藏書家,鮮有注意凌、閔二氏之套印書者,蓋視爲普通讀物故也。猶憶民國八九年間，銀幣一枚，至少可購套印書之原釘者一册。今則不然。搜羅二氏所刻之書者，日見其多，書價亦因此抬高。四色套印之書，如《世説新語》者，每部售價總在三十元左右，而附有圖像之曲本，如《西厢記》、《琵琶記》、《綉襦記》等，若確係初印而風傷蛀蝕不至過甚者，每種非百元不可。可謂貴之至矣。

收藏凌、閔二氏套印書者，有二事極應注意。（一）必紙張潔白者，（二）必爲彩色套印者。二氏所印之書，天地頭闊大者絶少。想當地無闊大皮紙之故。然遇原釘者，其封面之絹簽，每每存在，雅致可愛。得之者當保存之。

余已得之套印書，共計五十八種。茲將其名依筆劃之多寡，排列於後，閔刻者書名上以□爲記。凌刻者以△爲記。有不能確定爲閔刻或凌刻者，則以○爲記。

一、□《文心雕龍》四卷　附音注二卷　劉勰撰　楊慎批評　曹學佺參評　梅慶生音注

藍黄朱墨四色套印。每半葉九行，行十九字，音注小字雙行，字數同。前有萬曆壬子曹學佺序，劉舍人本傳，閔繩初引，凡例，校雠姓氏，及楊升庵與張禺山書。

二、□《文致》不分卷　劉士鏻原選　閔無頗、閔昭明集評　沈聖歧、閔元衢正定

朱墨套印。每半葉八行，行十八字。前有沈聖歧序，閔元衢序，及劉士鏻《文致》原序。

三、○《文選尤》十四卷　蕭統撰　鄒思明評閲　鄒德延校

朱黑套印。每半葉八行，行十八字。前有明萬曆二年鄒思明序，韓敬序，凡例，及梁昭明《文選》序。

四、△《王摩詰詩集》七卷　王維撰　劉辰翁評（附顧璘評）

朱墨套印。每半葉八行，行十九字。前有王縉表，劉昫《舊唐書·文苑傳》，宋祁《新唐書·文藝傳》，及凌濛初跋。

五、□《史記鈔》九十一卷　茅坤評選

朱墨套印。每半葉九行，行十九字。前有陳繼儒序，茅坤引，閔正業引，凡例，續凡例，《讀史記法》，諸家總評，及《史記鈔》批評姓氏。

六、△《史記纂》二十四卷　凌稚隆評纂

朱墨套印。每半葉九行，行十九字。前有明萬曆己卯王世貞序，及凌稚隆序。

七、△《世説新語》八卷　劉應登、劉辰翁、王世貞評點

黄藍朱墨四色套印。每半葉八行，行十八字。前有王世懋序，劉應登舊序，明嘉靖乙未袁褧序，明萬曆辛巳喬懋敬序，無姓氏舊題，宋紹興八年董弅舊跋，宋淳熙戊申陸游舊跋，凌瀛初識語，及《世説》名字異稱。

八、□《攷工記》二卷　郭正域評點

朱墨套印，每半葉八行，行十八字。前有郭正域序。

九、□《老子》一卷　閔齊伋校

朱墨套印。有圈點，無批評。每半葉九行，行十九字。前有葛玄序，後有閔齊伋識語。末卷附音義。

十、□《列子冲虛真經》一卷附音義　閔齊伋評校

朱墨套印。竹紙。每半葉九行，行十九字。前有漢永始三年劉向序，後有閔齊伋識語。

十一、△《西厢記》五本　附元人增《對弈》及《會真記》　王實甫填詞

朱墨套印。每半葉八行，行十八字。前有即空觀主人（即凌濛初）凡例十則，《西厢記》舊目，及精圖二十面。每卷末附解證。

十二、△《吕覽》（即《吕氏春秋》）二十六卷　陸游評　凌稚隆批

朱墨套印。每半葉九行，行十八字。前有明萬曆己丑凌稚隆序，王世貞序，方孝孺序，高誘序，後有凌稚隆跋。

十三、△《李詩選》五卷、《杜詩選》六卷　楊慎攷訂　劉辰翁批點　凌濛初案評

朱墨套印。每半葉八行，行十八字。前有楊慎序，及凌濛初凡例。

十四、△《李長吉歌詩》四卷　附外集　李賀撰　劉辰翁評

朱墨套印。每半葉八行，行十九字。前有杜牧序，李商隱《李長吉小傳》，宋祁《李長吉本傳》，及凌濛初跋。

十五、□《杜子美七言律》一卷　郭正域評點(附劉辰翁評)

藍朱墨三色套印。每半葉八行,行十八字,前有郭正域序,後有閔齊伋識語。

十六、△《周禮》二十卷　吴興潛齋先生訓箋

朱墨套印,每半葉八行,行十八字,前有凌杜若序。

十七、□《武經七書》七卷　王守仁批評

朱墨套印,每半葉八行,行十七字。前有明天啓元年徐光啓序,同年孫元化序,明嘉靖二十二年胡宗憲序,及茅震東小引。

十八、□《孟子》二卷　蘇洵批點

藍朱墨三色套印。每半葉八行,行十八字。前有明嘉靖元年朱得之序。後有閔齊伋跋。

十九、△《孟浩然詩集》二卷　孟浩然撰　劉辰翁評　李夢陽參

朱墨套印。每半葉八行,行十九字。前有王士源序,又有劉辰翁,李夢陽,李克嗣識語,及凌濛初跋。

二十、△《孟東野詩集》　國材評(附劉辰翁評)

朱墨套印。每半葉九行,行十九字。前有宋景定壬戌國材序,同年舒岳祥《和韓昌黎贈詩》,宋敏求序,韓愈《貞曜先生墓誌銘》,及凌濛初識語。

二十一、△《東坡書傳》二十卷　凌濛初集評

朱墨套印。每半葉九行,行十九字,前有凌濛初序。

二十二、△《東坡文選》十卷　鐘惺評選　徐亮、閔振業、振聲參閱

朱墨套印。每半葉九行,行二十字。前有明萬曆庚申鐘惺序。

二十三、□《東坡禪喜集》十四卷　馮夢禎批點　凌濛初輯增

朱墨套印。每半葉八行,行十八字。前有陸樹聲序,陳繼儒序,天啓辛酉凌濛初跋,馮夢禎跋,及凌濛初識語,後有唐文獻跋。

二十四、□《空同詩選》一卷　冒宗起選

朱墨套印。每半葉九行,行十九字。前有楊慎題辭,後有閔齊伋跋。

二十五、□《花間集》四卷　趙崇祚集　湯顯祖評

朱墨套印。每半葉八行,行十八字。前有唐廣政三年歐陽炯序,明萬曆乙卯湯顯祖序,後有明萬曆庚申無瑕道人跋。每卷末附音釋。

二十六、△《約述》三十卷　陳有元輯

朱藍套印,每半葉九行,行二十字,前有黄立極序。

二十七、□《春秋左傳》十五卷　孫鑛批點

朱墨套印。每半葉九行,行十九字。前有明萬曆丙辰韓敬序,及閔齊伋《家刻分次春秋左傳凡例》。

二十八、□《春秋公羊傳》十二卷　閔齊伋裁注

竹紙墨印。每半葉九行,行十九字,小字雙行,字數同。前有齊伋《公羊傳攷》,及漢何休序。

二十九、□《春秋穀梁傳》十二卷　閔齊伋裁注

竹紙墨印。每半葉九行,行十九字,小字雙行,字數同。前有齊伋《穀梁傳攷》,及晋范寧序。

三十、○《南華經》十六卷　王世貞評點(附陳明卿批注)

朱紫藍墨四色套印。每半葉八行,行十八字。前有明萬曆乙巳馮夢禎序,徐常吉序,沈汝紳序,郭象舊序,司馬長卿《莊子列傳》。

三十一、○《韋蘇州集》十卷　附拾遺

朱墨套印。每半葉八行,行十八字。前有宋嘉祐元年王欽臣序,及《古賦》一首,後有總論。

三十二、□《柳文》七卷　茅坤評選

朱墨套印。每半葉八行,行十八字,前有茅坤序。

三十三、△《晏子春秋》六卷　凌稚隆批評

朱墨套印。每半葉八行,行十八字。前有劉向舊序,總評,凡例,《晏子列傳》,後有凌澄初跋。

三十四、□《秦漢文鈔》五卷　楊融博批點

朱墨套印。每半葉九行,行十九字。前有萬曆上章涒灘之歲臧懋循序。

三十五、○《悦容編》一卷　長水天放生輯　東明屠赤水評

朱墨套印。每半葉七行,行十七字。前有梁溪一書生序,長水天放生引,及無姓氏跋。

三十六、□《草堂詩餘》五卷　楊慎批點　閔暎璧校訂

朱墨套印。每半葉八行，行十八字，前有楊慎序。

三十七、○《唐駱先生集》八卷又補遺　王衡批釋

朱墨套印。每半葉八行，行十八字。前有明萬曆辛卯汪道昆序，後有《駱集論》、《駱傳》，王衡跋，湯賓尹序。

三十八、□《莊子南華經》四卷　閔齊伋評校

朱墨套印。每半葉九行，行十九字。前有郭象舊序，後有閔齊伋識語。每卷末附音義。

三十九、△《淮南鴻烈解》二十卷　茅坤集評

朱墨套印。每半葉九行，行二十字。前有王宗沐序。

四十、△《琵琶記》四卷四十四折又附録　高東嘉填詞

朱墨套印。每半葉八行，行十八字，小字雙行，字數同。前有即空觀主人（即凌濛初）凡例十則，西湖三珠生跋，及精圖二十面。後有明弘治戊午白雲散仙序。

四十一、○《圓覺經》二卷

朱墨套印。每半葉八行，行十八字。

四十二、○《解莊》十二卷　郭正域評　陶望齡解

朱墨套印。每半葉九行，行十九字。前有焦竑序，韓敬序，郭象序，司馬遷《列傳》，阮籍《莊論》，蘇軾《祠堂記》，林希逸《莊子口義》發題，後有茅兆河引。每卷末附音釋。

四十三、△《楞嚴經》十卷　楊起元評釋

朱墨套印。每半葉八行，行十八字，前有錢穀繪像，蘇軾《釋迦文佛頌》，及凌毓枬跋。每卷末附音義。

四十四、□《楚辭》二卷　閔齊伋集評并校

藍朱墨三色套印。每半葉九行，行十五字。卷末有閔齊伋識語。

四十五、△《會稽三賦》三卷　王十朋撰　南逢吉注　尹壇補注　陶望齡評

朱墨套印。每半葉八行，行十八字。前有凌弘憲序，陶望齡序；訂閱姓氏，《王十朋傳略》及圖説。

四十六、□《戰國策》十二卷　閔齊伋裁注

藍朱墨三色套印。每半葉九行，行十九字，小字雙行，字數同。前有劉向舊序，及閔齊伋識語。

四十七、△《選詩》七卷　蕭統選　郭正域批點　凌濛初輯評

朱墨套印。每半葉八行，行十八字。前有凌濛初序，凡例，批評名公姓氏，詩人世次爵里，每卷末附訂注。

四十八、○《選賦》六卷

朱墨套印。每半葉八行，行八字。前有《梁昭明傳》，梁昭明序，唐李學士《行略》，李善《上注表》，後有《選賦》名人世次爵里。

四十九、□《檀弓》一卷　閔齊伋集評

朱墨套印。每半葉八行，行十八字。前有閔齊伋序。後有齊伋識語。

五十、△《韓子》二十卷　門無子評

朱墨套印。每半葉九行，行十字。前有明萬曆六年陳深序，後有門無子序。門無子，俞姓，吴郡人。

五十一、□《韓文》一卷　郭正域評選

朱墨套印。每半葉八行，行十八字。前有郭正域序，後有閔齊伋識語。

五十二、○《韓文公文鈔》十六卷　茅坤評選

朱墨套印。每半葉九行，行二十字。前有茅坤引，及《昌黎集説》。

五十三、○《綉襦記》四卷四十一出齣　不著撰人

朱墨套印。每半葉八行，行十八字，前有《汧國夫人傳》，并精圖十六面。

五十四、○《癖顛小史》一卷　聞道人撰　袁宏道評

朱墨套印。每半葉七行，行十七字。前有石公袁宏道題辭，及睡庵湯賓尹小引。後有聞修居士華淑跋。

五十五、□《蘇文》六卷　錢豐寰、茅坤評點

朱墨藍三色套印。每半葉九行，行十九字。前有沈闇章序，及凡例。

五十六、○《蘇長公小品》四卷　王聖俞評選

朱墨套印。每半葉八行，行十九字。前有施扆序，凌啓康序，

王納諫序，章萬椿題辭，黄庭堅像贊，及旦庵主人凡例，後有附評名家。

五十七、△《蘇長公合作》八卷補二卷　高啓、李贄批點　鄭之惠評選

朱墨藍三色套印。每半葉八行，行十九字。前有明萬曆庚申錢一清序，同年凌啓康小引，鄭孔肩引，及苕水跂晟閣凡例。後有附録五種。

五十八、△《蘇長公表》三卷啓三卷　錢櫝評選

朱墨套印。每半葉八行，行十八字。前有錢櫝序，及凌濛初序。

除上列五十八種外，凌、閔二氏所刻之書，尚存《管子》，《墨子》，《兵垣四編》，《艷異編》（有圖），《拍案驚奇》初刻、二刻（有圖），《陶靖節詩集》，《王右丞詩集》，《李文饒集》，《崌崍集》，《古詩歸》，《唐詩歸》等。然此皆據他人之言，余未收得，且未得見。故未列入上目。收藏家之藏有二氏之書者，除上目之外，如有所得，幸以書名及其行格開示，俾他日成一較完美之書目，以供後之好事者參攷焉。

（原載一九三一年七月《小説月報》第二十二卷第七號）

《金瓶梅》版本攷

友人史彳亍君將刊行《新文學》，來書欲余作一關於版本之文字。余對版本素無充分之研究，寫作亦非能手，且近來常常“心驚肉跳”，頗難凝思，舊時膽虚之症，似有重發之勢，擬辭卻之。繼思史君家藏有明刊《金瓶梅》，附精刻精印之圖，爲世所珍視，又此書卻爲余所喜閱者之一，其版刻亦有研究之價值，故即以《金瓶梅版本攷》爲題，草成此稾。誤漏之處，閱者諒之。

《金瓶梅》者，俗所稱“淫”書之一也。其中述及性慾實踐之方法甚多，但皆近理。他書有借用“道”家之術，或採陰補陽，或藉藥取樂等事，此則全無，其亦“儒”者之言乎？然書之妙處，并不在是，而在文字。清劉玉衡（廷璣）《在園雜誌》卷二（四十四葉）極稱此書之美，玆引數語如後：

……若深切人情世務，無如《金瓶梅》，真稱奇書。欲要止淫，以淫説法；欲要破迷，引迷入悟。其中家常日用，應酬世務，奸詐貪狡，諸惡皆作，果報昭然。而文心細如牛毛繭絲。凡寫一人，始終口吻，酷肖到底。掩卷讀之，但道數語，便能默會爲何人。結構鋪張，針綫縝密，一字不漏，又豈尋常筆墨所可到者哉？

《金瓶梅》之撰人，傳説不一。有以爲王世貞所著者，誤也。攷書中所記，不外明嘉靖間事，而所用方言，皆屬山東，則作者係嘉靖間山東人，可無疑矣。

《金瓶梅》行世之本甚多，今一一開列於後：

（一）《金瓶梅詞語》一百回，明蘭陵笑笑生撰。

明萬曆間刊本，半葉十一行，行二十四字。去歲北方有私人影印本，不公開發行，極不易得。原本藏北平圖書館。此似爲最舊之本，余未見過，據云文字與他本不同。

（二）《金瓶梅二十卷》一百回。

明刊本，白口，上題"金瓶梅"三字。眉上行間，均有評語。行間又有圈點。半葉十行，行二十二字。卷首有東吴弄珠客序，又目録。每回附圖兩面。此書余家有之。史君所藏，亦是此本。

（三）《金瓶梅》一百回，清彭城張竹坡評。

白口本，上題"第一奇書"四字，附圖一百葉，係明刻者。每回前有長批。卷首有康熙乙亥謝頤序，此書余家舊時有之，已於前歲遭劫被焚矣。余家遭劫之《金瓶梅》尚有：（甲）乾隆覆本，（乙）袖珍本，（丙）湖南白紙活字本，及（丁）日本鉛字洋裝本，題"多妻鑒"等等。上述四種均有張評謝序，均稱"第一奇書"。

（四）古本《金瓶梅》。

近時鉛字排印本。此書删節原書中之詩詞穢語，全無所謂"敗俗傷風"之材料，成年人讀之，但覺干枯乏味而已，現今市上公然銷行者，只此一種。

（五）英譯《金瓶梅》（*Chin Ping Mei*, or *The Golden Lotus*. Translated by Clement Egerton, K. Paul-Routledge）。

此書已於數年前譯成，至今未曾出版，不知何故。

（原載一九三五年四月《新文學》創刊號）

《亭子間嫂嫂》序

宗弟天籟，作《亭子間嫂嫂》既成，欲余爲之序。余曰："此書無需有序，因吾國不論長幼，凡識文字而閲日報者，皆知是作之妙，心中早已各有其不成文之序矣。"天籟微笑而似不信，於是余提出一事證余言之不謬。此事發生於一年以前，爲任何作家所喜遇而不易得者，兹約略述之如下：

某晚，天籟及其友人同飯於南京路之著名西菜館。坐定後閑談之時，彼此以字相呼。此習俗也，本不足奇。不料侍者木立而凝視天籟，許久許久之後始鞠躬而問曰："你就是周天籟先生麼？我没有一天不看《亭子間嫂嫂》的。我佩服，我真佩服。我巴望你做得長些，不要馬上就完。你真寫得好，形容得妙。哪一件不是真的呀！"

如此一事，已足見天籟弟聲譽之隆矣。紀實小説，本不易作。紀實小説如《亭子間嫂嫂》，專記私娼之生活，當其在分期刊行時，非獨讀者不生厭倦，且每晨無不索而閲之，其"魔力"之大，幾與當年英國之狄更斯（生於一八一二年，卒於一八七零年）相等矣。

西洋亦有描寫娼妓之小説，《凱姐》（杜福著），《紅□》（裘陸賽齡著），及《求乞我耻之》（戈順時著）三種是也，但此數書之文字雖美，而其忠實誠篤，遠不及《亭子間嫂嫂》。

民國三十一年五月二十日　周越然序

《螟巢日記》

（一）引　言

《螟巢日記》，先本生祖岷帆公之遺墨也。除日記外，先祖尚有《蚓竅吟集》，因紅羊之劫而失傳矣。本篇所節録者，清嘉慶廿五年、廿六年、廿七年之日記二十餘則而已，全稾當在他日影印之。先祖事略，見本篇後幅。民國三十四年一月越識。

（二）日記節録

嘉慶二十五年乙巳，即公曆一八四五年

正月元旦晴，賀節。欽天監奏風從巽地起，主人壽年豐。

初三日晴，未刻偕同人逛琉璃廠。廠以火神廟爲最盛，書畫骨董，實充牣焉。初三日設市至十六日止，僅半月期。城中豪貴，歲一嘗鑒，車馬填廟門。是日新設市，未暢所觀。申刻回。

初六日晴風，爲沈曉屏書直幅兩張。

初十日晴，寫試卷半頁。鈕香林同年來，鈕秬村來，胡薇史同年招飲。未刻至恒遠店姚一山處談，即赴薇史席，同座者高逸帆、馬金門、薛次軒，酒肴甚佳。戌刻散。

十三日晴，鈕松泉、羹梅來，邀同龐楚漁、邵價人、朱少眉、沈響泉暨余，至廣和居飲。諸君酒户俱寬，自巳刻至申刻始散。戌刻朱安生來。

十九日微雪，寫試卷一頁兩行，戌刻讀文二十遍。

廿六日晴，赴部投供回，至姚一山處吃面。偕沈響泉至筆管胡同定小寓，言明房租京錢十六千文，當付定錢二千。主人富姓，即去年舊地也。出城拜余文竹，吕梅村，程英伯，徐郇雨，沈亦園，蔣梧門，又至水月庵談。時松泉方放風箏，余爲收而下。鄰院忽飛起一箏，在旁飄瞥，意欲乘不備絞取之。余縱綫稍緩，鄰箏擲墮其上，因用連手，曳至墻内。隔墻群兒大嘩索箏，松泉解箏擲還，嘩始息。十餘年來，南北奔走，不作此戲。今一爲之，猶是童時伎倆也。吃夜飯回。

*　　*　　*　　*　　*

二月朔，赴部投供。王臒軒教習期滿引見，以知縣用，因往賀喜。又拜徐式庭，徐孟卿，少峰，孫梧江，宋雪帆。回寫試卷三頁半。鈕羹梅來。戌刻理文卅遍。

初三日晴，作“康誥曰如保赤子”二句題文。沈菁士，何五琴，蓮士叔來。酉刻沈可齋招飲，偕沈響泉楊敏齋同往。戌刻回。文未就。

十四日晴，録昨文，書旭齋紈扇一角。鈕羹梅，余文竹來。翰林院送到縵雲俸銀四十四兩。戌刻讀文卅遍。

*　　*　　*　　*　　*

三月初八日晴，進闈。以下七日，以闈事不書。

*　　*　　*　　*　　*

四月初二日晴，巳刻至福興居早飯。偕徐蓉塘，蓮士叔，童薇，硯孫，嚴緇生同至天寧寺。寺去彰儀門二百步許，野田古木，景狀清絶。車行迤邐，從側門入。庭院口若，微有緑陰。寺僧邀延就座。茗罷，導至後園。牡丹數叢，英英相雜。同人捷足者，俱登坡陀月臺上，余亦攝衣從之。臺雖不高，可縱遠月，平蕪無限，遠接山黛。寺僧曰："此臺非止看月佳，雪餘雨後，乃更佳耳。"流覽半晌。由香積厨折入一殿。殿前有浮屠極高峻，無梯級不可登。又前行至一殿，塑銅釋迦，一手托鉢，一手下垂過膝，伸五指若求布施狀。游寺中者，率以錢擲鉢中。鉢去地三丈許，鏗然一中，以爲大佛歡喜。時緇生携聘卿、韻珊同游，索青蚨一千競賭，擲中者寥寥。餘錢亂落地下，香工拾而去。詢諸香工，蓋仗佛力爲沽酒資也，一笑而散。至客堂吃點心，茗話良久。夕陽西匿，膏車進城。至如松館飯，有儀仙蘭舫。

*　　*　　*　　*　　*

五月初七日晴，午刻鈕溥泉來，爲書集錦一角，又爲蔡愚亭書紈扇一角，與價人手談。未刻吴平齋來。平齋名雲，太湖喬溇人，善詩畫，時報捐通判，赴部驗看，余向者但耳其名，未曾識面也。錢篴仙來京，交到宋蓬洲信一件。申刻王小沂來。戌刻作唁張半帆丁艱信，并奠信，托田吉生同年寄南。

廿五日晴，巳刻縵雲南旋。蓮史邀觀劇。未刻偕沈響泉、邵價人至廣德樓。晚至福興居飯，有枝仙、聘卿、婕仙、儀仙、芝香，夜雨。

*　　*　　*　　*　　*

七月初五日晴，馮小亭來。徐蓉塘、慎芙卿，蓮士暨余，公請陳墨樵昆季。時墨樵新昇河南睢州知州，赴部引見，席設匯元堂。巳刻至賈家□□送張蓉江行，即赴匯元堂席。有伶名小玉，演賣藝一齣，舞槍弄棍，變化如意，真宜僚累丸之技，冠絶一時矣。……沈響泉來。菁士購蝦蟹，余沽酒佐之，課畢後，飲於□□，爲射覆之戲，頗有佳者。清談娓娓,直至四鼓,響泉止宿。

* * * * *

十一月初八日晴風,爲張助卿書横幅、直幅各一紙。戌刻作家信,并薇莊外舅、凌一帆舅岳、宋蓬州各一信。沽燒酒四斤,以瓻貯之,加緑豆冰糖,蓋爲夜坐御寒之計也。

* * * * *

十二月十三日晴,僕人連昇死,年二十餘,患傷寒症。時醫多投凉透之劑,汗出不止,遂至於殆。昔人言:"不服藥爲中醫。"真篤論也。

* * * * *

嘉慶二十六年丙午正月

初四日晴。徐蓉塘來,縵雲來。未刻院中頑雜耍,累丸弄棍,皆常技也。繼用方桌横立,以顱承其一角,桌約數十斤,徐行而桌不墮,亦極粗極笨中之翻新出奇者矣。同人擲狀元籌。

十九日晴。菁士因昨晚揭去燈謎甚多,殫一日之力成二十餘枚,余亦成十餘枚。巳刻響泉去。未刻復偕蓮士來,即去。陸海生來,面有憂色,詢之,蓋太夫人患病,南信命之回也。菁士與余俱勸其南歸。書襄哉合錦一角。戌刻挂燈,揭去三十餘條,亥刻收燈。

* * * * *

四月十三日晴風。耕香令坦入贅。午刻押轎至章宅。新郎登轎後,偕汪鶴先生行,未刻轎至,陳儀庭鄭樹齋二君口禮。一切儀制,與南方同;而參拜時以紅氈羃户,不令人見,此則北方風氣矣。沈也魯述某家入贅,新婦靚妝端坐於庭。新郎入,向婦四拜,婦不動,出然後行禮。余笑其妄,而魯以爲目擊其事,確鑿可據也。三鼓客散。

* * * * *

五月二十日晴。巳刻至興隆街賀陳豹叔生男喜,即回。臨多寶塔一張。未刻何小慈有字來,云"有要事相商",因買車往。比至,則蓮士叔,沈響泉方在座,知爲徵逐起見也。大陣雨。申刻,朱春園邀至福興居小飲,同坐者何小慈、徐蓉塘、蓮士叔、響泉六人。飲畢,小慈又邀至福盛飲。余以書齋扃門早,固辭。同人怒不許。有儀仙、聘卿、月香、蘭舫，金迷紙醉，幾忘歸。月東昇，促之再三，始罷席。而蓮士叔悻悻之色，見於眉宇，似以余爲不能盡歡竭忠也。菊部班頭，司空見慣，今春以後，狂興頓消，非特囊無餘錢，且狂飲厭厭，精神亦恐消耗。懞乎蔗乎？願與局中人細細參之！

*　*　*　*　*

六月初十日晴，余文竹來，談次，甚怨縵雲不爲渠推薦筆墨。文竹自去秋以後，惑於三慶部歌郎小玉。槖中所有，耗去靡遺。不得已從朋友乞貸，纔入手即作纏頭費。朋友稍稍厭之，不復應矣。而又各處謀寫稟帖，竭數日之力得數兩之金，酒地花天，輒復作老門。縵雲北上時，曾過其家。子出見，衣服甚襤褸。述及家境窘乏，都中絶無接濟。囑爲轉達文竹。縵雲抵都，屢欲陳述，而文竹方津小玉，無可進一言。嗚乎！親莫親於妻子，而饑寒可置之不顧，此豈人之情也哉？己則不情，而責朋友以賙恤之情，而一快其偎香倚玉之情。非顛倒如文竹者，亦孰信之而孰應之耶？年逾五十，年已高矣。玩弄於污□孺子之手，而冥不一悟，可悲也已！借京蚨五緡，余以爲數甚微，贈之去。臨多寶塔百廿八字。楊蕉雨來。戌刻至菁士處談。

*　*　*　*　*

八月初六日，卯刻雷雨。宣旨進簾。巳刻至沈菁士處吃餛飩。慎芙卿有字來催，即偕菁士往，至則已行矣。因徑至舉廠外龍門，泥濘車多，頗形擁擠。詣至公堂坐候監臨提調。派入彌封所共四人：一内閣中書唐伯華（恩壽），一刑部主事曾曉滄（兆鰲），芙卿暨余也。餘内外收掌受卷各所俱掣簽。菁士掣受卷所，甚樂，心之所欲手適得之也。申刻提調送菜四簋，點心二盤。又供給所下馬飯一桌，粗惡不堪下箸。酉刻又雨，階前水溢。

中秋節晴。受卷所移來墨卷四百五十本，午刻移付又四百五十八本，酉刻移付又三百六十九本，未移付二場卷紅號已用畢。與芙卿閑步庭心，天無片雲，月華皎甚。聞近號有拇戰，度曲聲。至三鼓始寐。

*　*　*　*　*

九月廿二日晴。余初度，恐僕從紛擾，晨起即至恒遠店談。飯後何小慈邀聽嵩祝部。是日軸子演落馬湖，係施公捕盗公案，技藝便捷，三慶諸部不能及也。申刻回寓，陳儀庭、小岩、爾嘉、柳西圃俱來祝壽。余於是晚偕鈕松泉、章芷梁、羅煦庭、張小峰、王紫卿、田吉生，公餞張吟舫，即至鈕宅赴席，亥刻回。

* * * * *

十二月二十日晴風。作復縵雲信第六號（内汪蘋卿、馮小亭、徐蓉塘各一信，菊坡家信），即交龍翰臣附寄。徐世兄又邀觀劇，在廣德樓；申刻往聽探母一齣，大勝昨日，蓋四喜素以此齣擅長也。晚仍至悦來飲，無尉青而增一魏君，有蕊韵蘭。戌刻仍趁芷梁車回。蓮士叔遷至本宅住。

* * * * *

嘉慶二十七年丁未正月

元旦晴，風從乾地起。衣冠南向叩頭。出門拜年，申刻回。

* * * * *

二月初七日晴風。寅刻行禮，余在孟子位前司帛。卯刻禮畢，至南學稍坐。黎明出城，回看馮柳塘、汪介眉。申刻沈紫卿、陸小舫來。作家信第十二號（内有蓮伯信，縵雲廣西信，咏花卷子），次日托朱春園附寄。戌刻爲許雲生師書册頁。

（三）事　略

先祖之事略如下：

先祖諱學源，字星海，號岷帆，生於嘉慶十九年，卒於咸豐十一年。懷抱時喜聞讀書聲，入塾後即終日讀，功倍他人。年十九入邑庠。道光甲午科舉人。戊戌考取覺羅學漢教習第三名，甲辰考取國子監學正學録第三名，丙午充順天鄉試彌封官，辛亥充順天鄉試受卷官，昇博士。咸豐壬子恩科貢士，殿試二甲第八名，賜進士出身，授翰林院庶吉士，遂乞假回里，以違親久，不欲遽出仕。丙辰先曾祖促進京，散館改授編修，充國史館協修纂修，己未充教習庶吉士，恩科順天鄉試欽命同考官。是年大考，文宗親拔置一等第二名，命以侍講學士昇用，召見一次。旋以先曾祖捐館舍，丁憂回藉。早歲先祖左股上生贅疣一，公車緇京時，醫家某以藥除之。惟存一管，雖於起居無礙，而每逢夏令，時流膿水，頗覺不便。庚申冬遇鄉醫褚姓者，以藥綫貫管中，又封以藥。未幾管枯，而藥毒作於他處，生一疽，潰後流血，至辛酉春而增劇矣。彼時先祖避難菱湖鎮，進城就醫，内外兼治，迄未見效，遂日夜誦佛經不輟。至六月二十七日，命人左右扶之起，趺坐宣佛號而逝。先祖接人以和，遇是非則力争不苟；人有急難，必多方拯助之。書宗顔柳，有求書者必次第以應。詩宗老杜，著有《蚓竅吟集》，今已失傳。著作之存在者，只此《螟巢日記》之手稾本也。

（原載一九四五年二月《雜誌》第十四卷第五期）

《理想的婚姻》

這本册子——《理想的婚姻》（Ideal Marriage）（意即“最圓滿的婚姻”）——是每個青年（不論男女）應該閲讀的性學書。世上的性學書，真是“車載斗量”；就是寒齋所收藏者，也不下一百五十餘種。其中有簡易易讀者，也有艱難難懂者；有專家寫作的，也有“素人”（日本名詞，作非專家解）亂塗的；有科學專書，也有色慾奇談。大多數總是不合“啓蒙”之用，不宜“初學”之用。

閲衆——閲者們——你們看到上文中“啓蒙”“初學”四字，請不罵我，或者笑我。我知道你們都自以爲是性學專家了。你們之中已經嫁娶生子者，自以爲已經明白對性的一切。就是未曾嫁娶者，也聽過朋友的教導，也看過色情的小説，“區區男女之事，何必像科學那樣的去研究？女子既不必學養子而後嫁人；男人亦不必學養子而後娶妻。况且健全的男人，略有財産，何處何時不能娶妻？美麗的女子，雖無妝奩，何處何時不能嫁人？”——我似乎聽見你們這樣盤問我。你們的盤問，實在是你們的謬見的表露呀！

性學（sexology）是科學；科學是不可不仔細研究的。黄包車夫也知道力學，不過他不研究力學。他上橋的時候，雙臂用力向前拖；他下橋的時候，雙臂用力向後擋。這不是應用力學麽？然而因爲他没有好好地攻究過力學的緣故，有時他跑不上橋，有時他冲下橋去。

婚姻頗似拉車。不明力學原理者，可以上橋下橋；不明性學原理者，可以嫁娶生子。……但是男女的事，總比拉車爲要。男女的事(婚姻),有關本人,有關子孫,有關社會,有關國家。不圓滿的婚姻,比覆車之害更大。所以,從前没有研究過性學的男男女女,不論已嫁未嫁,不論已娶未娶,理應趕快閲讀我今天在此介紹的《理想的婚姻》。

《理想的婚姻》是一册啓蒙性學書。類此者,并且我可介紹者,約有五六種,但此爲最善。因它所講的,全是科學,全是原理,但不抽象,亦不引誘。著者是醫學家費魯德(Velde),荷蘭人,曾任哈蘭(Haalem)城婦科醫院院長多年。他雖然是個醫師,但所用的字句,却像一個文人。在這本書中,他多方教導你;同時,他引起你攻究性學的興趣。在這本書中,他用極淺近的文字,説明全世醫師所發明的性知性識——性方式,性理論。

我所見的,是英語本,由倫敦漢滿(Heinemann)公司出版。市上的"盜"印本,似乎甚好,惟彩圖不良。

費氏的著作,計分四份,十七章(共三百二十一頁,序文,緒言,及引得不計)。第一份三章,言實際的與理想的婚姻,普通生理,性事生理。第二份四章,言成年男女的性生理與性機構。第三份五章,言性交——藝術與方式。第四份五章,言婚後衛生,例如破膜,洗滌,頻率等等。

這不過一個大綱;原書所言,上自腦神經,下至生殖器,無不博採諸家理論,無不全合科學。原書所言蝌斗的尺度,天癸的長短,——皆有實證。總之,種種性的問題,如——事前如何預備?事後如何安慰?經期中及懷孕時可否行房?少年人與老年人的頻率,應如何不同?——此種問題,皆有肯定的答復。其他如接吻的功用,體氣的異同,毛髮的濃淡,皮膚的黑白,無不一一説明。

説得最明白者,莫如第三份第十一章(二百十一頁至二百四十三頁)的性交方式。著者分(一)面對面者六式,(二)面對背者四式。前者包含(甲)普通姿勢,(乙)伸展姿勢,(丙)曲折姿勢,(丁)騎跨姿勢,(戊)平坐姿勢,(己)并側姿勢。後者包含(庚)貼腹姿勢,(辛)并側姿勢,(壬)曲側姿勢,(癸)平坐姿勢。每種姿勢,有何激刺,能否受孕,均有確切的指示。惜原文甚長,不便節譯於此;閲者們非購讀費氏的著作不可。

費氏的著作,有日本文本,印度文本,希臘文本,波蘭文本,猶太文本,葡萄牙文本及羅馬尼亞文本。吾國尚無譯本;將來紙張排工低落時,倒可一試。

(原載一九四五年八月《風雨談》第二十一期)

關於《皇明諸司廉明奇判公案》

全書四卷,余象鬥集,明萬曆戊戌(二十六年,即西曆一五九八年)刊本;大黑口,單魚尾,上圖下文,每半葉十行,每行十七字。查孫子書兄所著的《日本東京所見中國小說書目提要》明清部四(二五三至二五五頁),見類似之書兩種:(一)藏帝國圖書館,題名《皇明諸司公案傳(六卷)》,(二)藏內閣文庫,題名《皇明諸司廉明奇判公案傳(上下兩卷)》。帝國(一)本上圖下文每半葉十行每行十七字,與吾家藏本相合,惟分類不同,只有人命,姦情,盜賊,詐偽,爭佔,雪冤六門。吾家藏本,分人命,姦情,盜賊,爭佔騙害,威逼,拐帶,執照,旌表十六門。內庫(二)本的分類,與吾家藏本全合,亦為十六門,惟行格不同——每半葉十二行,每行二十二字。

帝館內庫兩本,與吾家藏本,尚有不同之點,如下:

帝館本題"山人仰止余象鬥編述,書林文臺余氏梓行"。內庫本題"建邑書林鄭氏萃英堂刊"(孫氏注稱"鄭"字用墨筆補寫)。吾家藏本題"三臺山人仰止余象鬥集,建邑書林餘氏建泉堂刊"(第三卷改用"雙峰堂"三字)。帝館內庫兩本,均無序文;吾家藏本有余象鬥序。帝館本係萬曆原刊,內庫本翻版不精。

此書在中國極少見,在日本有兩種;可見小說之傳於國外者,反較國內為多。《廉明公案》,吾家既藏全部,總算沒有失傳。且著者原序,日本已失,吾國尚存,大有流傳的必要。讓我把它照錄出來罷,如下:

漢宣有言,庶民之安其田裏而無愁歎之聲者,以政平訟理也。夫自忘言之風遠,靡爭之化遐,欲民之無訟,即聖世猶難。故孔子敘書而取詳刑,豈不慕虞芮之讓,刑措之和哉?亦不得中行而與之,故思狂狷之意也。晚近世則巧深文,拙勤恤,右斷讞,左保嬰,烹鮮束,濕以操切。屠伯乳虎以恣睢,使鷹隼揚威,箝網流酷,民之血渭納甕者,荼毒何訴哉?惟我昭代聖天子,沛好生之德,泣禹囚而解湯網,群有司奉執法之公,勞撫字而堅保障。民飲黃虞之醇,吏茹冰蘗之苦。蓋庭中稱平,而民自以不冤矣。然世變江河,奸僞蔭滋,飲羊穿石者時有,強淩衆暴者比肩。加以訟師舞雌黃之筆,胥吏伺旁緣之機,變遷黑白,以簧鼓司刑。是以儉壬以機智漏網,孱弱以補訥株連,刑之不平,職此故也。況乎聽斷者利以昏智,瞽以冥行,若之乎其平之?夫惟廉則守白,守白則錢神不窺其室,財虜畏躡其庭,而金矢情見。惟明則照遠,照遠則聰兒難鼓其健,祖公莫售其詐,而魑魅怪消,天下焉有冤民也者。不佞景行廉明之風,而思維世道於萬一也,乃取近代名公之文卷,先敘事情之由,次及訐告之詞,末述判斷之公,匯輯成帙,分類編次。大都研窮物情,辨雪冤滯,察人之所不能察者,非如包公案之捕鬼鎖神,幻妄不經之說也。其在良善者,雖一時染逮而終必釋,在惡逆者,雖百計巧避而竟伏辜;使善有所勸而民復淳樸,惡有所懲而俗戒澆繗。且執法者,鑒往轍之成敗,而因此以識彼,察細民之情僞,而推類以盡餘,則東海無久旱之冤,燕獄無飛霜之號,其以明允佐聖治,寧有量哉?然皆諸公之廉明故不冤。繼張於平恕,追李杜默養國家長久之福者,終必賴之也。異日信史所載,稱循良吏盛,而政平民安者,甯讓漢宣時哉?不佞於是上嘉而樂道之。萬曆戊戌季仲夏月之吉,建邑書林三臺山人余象鬥言。

上引序文,約六百字。其中主要之語,為“其在良善者雖一時染逮而終必釋,在惡逆者,雖百計巧避而竟伏辜;使善有所勸而民復淳樸,惡有所懲而俗戒澆繗”。象鬥的編輯方法是這樣的:(一)先敘事情之由,次及訐告之詞,末述判斷之公。卷二姦情類中有極趣的“故事”惜太長,未便抄錄於此。茲錄卷三騙害類中《汪侯判經記》一全則,以見本書每篇的結構,如下:

豐城縣耿文,狀告為虎牙呑騙事:揭本買糖往蘇貿易,棍牙朱秀,口稱高價,攔河餌接,囑稍灣船,滿載貨物,盡行抬至伊家,私自發賣,鬼名出數,三日一空。議案十日畢帳,延今半載無收。孤客牢籠,恐作江湖怨鬼,號天迫究,望光上告。朱秀訴曰:狀訴為黑冤誣陷事，身充牙行，刁客耿文，將糖投賣，現價交易，並無賒帳。因取牙用飯錢八兩，梟圖白騙，黑心反誣。乞準查明；若系吞騙，罪該斧劈；上訴。

汪侯審雲：朱秀以喇虎市棍，私充牙行，攔耿文糖貨，盡行吞騙。此以唇吻為劍鋒，門戶為坑穽，廛稱為弋矛，而劫殺客商者也。夫糖曰五十桶，亦已多矣，價曰六十兩，不為少矣。豈惡令無恥棍惡，一概鯨吞，而俾異鄉孤客累累然如喪家狗耶？理合追還，疏通客路。

一九四五年五月在上海

（原載一九四五年《文帖》七月號）

《白雪遺音》

這是清嘉慶道光間的一部白話情歌匯刊；編撰者姓華，名廣生，號春田。讓我先來引一首《淒涼兩字》歌，以見本書的文字：

淒涼兩個字兒實難受。（何日方休？）恩愛兩個字兒，常掛在心頭。（誰肯輕丟？）好歹兩個字兒，難舍難丟。（常在心頭。）佳期兩個字，不知成就不成就。（前世無修。）團圓兩個字，問你：能夠不能夠？（莫要瞎胡調。）（附注：引文中括弧內之辭句，原書用小一號字）。

上面的歌，太悲觀了，太傷心了。請看下面的《燈下笑解》歌——完全歡樂：

燈下笑解香羅帶，遮遮掩掩換上睡鞋。羞答答——二人同把紅綾蓋。喜祇喜——說不盡的恩和愛。櫻桃口咬杏花腮——可人心！月光正瞧紗窗外，好良緣莫負美景風流債。

已經引的兩歌，都用女子口吻。書中也有用男人口吻的；例如：

（變一面）變一面青銅鏡，常對姐兒照。變一條汗巾兒，常繫姐兒腰。變一個竹夫人，常被姐兒抱。變一根紫竹簫，常對姐櫻桃。到晚來，品一曲，才把相思了——才把相思了。

但原書所載，不皆風流歌曲——也有寫風景的與言史事的。今舉例如下：

(一)夏　景

夏來避暑涼亭下。(景致瀟灑。)班竹扇兒,手中輕拿。(搖涼實可誇。)好炎天,有如烈火難招架。(汗透羅紗。)路行人,個個奔進柳萌下。(薰風陣斜。)高樹鳴蟬,深林棲鴉。(熱落石榴花。)忒團圓——一輪紅日正中掛。(炎威更加!)望青山,白雪出洞空中架。(爽氣來天涯。)

(二)三國志

三國出了些英雄將。(蓋世無雙!)挑園結義,劉備關張。(志氣剛強!)他三人,同請軍令師諸葛亮。(來訪臥龍崗。)趙子龍,獨擋曹兵千員將。(全仗手中槍。)火燒戰舡,炮打襄陽。(一片火光。)好一個周公瑾,活活氣死在船頭上。(至死不肯降。)恨老天!既生瑜兒何生亮?(孔明比我強。)

全書四卷,所含歌曲,幾乎一千。常南樓在他的序中說道:“……是歲閏月望後,與平陵華春田(即編撰者)二兄,會於平昌官舍,見幾頭曲詞兩帙,乃春田夙昔搜選輯錄也。……”又高景齋在他的序中說道:“……詢之吾友(指華春田);曰——初意手錄數曲,亦自作永日消遣之法。迨後各同人皆問新覓奇,筒封函遞,大有集腋成裘之舉。日暮握管,凡一年有餘,始成大略。……”可知那位華春田,非獨勤於搜集,並且親自謄寫——倒是個編輯家。無怪書中所載,字字動人,曲曲風雅!陳小樓在序中贊道:“……春田真智者也!正如李清照詞雲——也莫向竹邊辜負月,也莫向梅邊辜負雪!公公同好,未必不拍案驚奇。……”

書中所載,以《馬頭調》為最多。馬頭調的工尺(樂)甚是悅耳。我抄錄二十餘字於下,以為例。能琴能笛的讀者們,不訪一試。

例子:

——黃(尺尺上上)昏(上尺六工六尺)卸(五六凡)得(工工工尺工六)殘(上上上尺工工工工尺上四合上)。——(過板)工六工尺上四上——妝(工尺上上上尺工工尺工六乙)罷(上尺尺工工六工尺上尺四上)。窈(尺尺)窕(上)可(四合)誇(乙四合)。——(過板)五五六工六合六——窗(工工工尺)外(乙四合合四上)西(尺尺上上)風(尺上合四)。冷(工工工尺)透(上)碧(上尺工工工尺上上尺工六六五五六工六尺)沙(上上尺尺六六五六六尺尺尺尺一四合四)。淒(上)涼(尺六工)更(六工工六)加(工尺上)。——(過板)上六工尺上四上。……

(附注:全曲的工尺太長,不便盡錄)。

卷四末一曲,幾乎成一書。它佔卷四的大部分——自二十五葉起,至九十九葉止(共計七十五葉)。它就是《玉蜻蜓》,演申貴生的事,演他"盜尼"而傷身的事。這故事的綱要如下:

貴生,名連,蘇州人,幼孤,賴義僕王定撫養成人。聘張吏部千金為室,因星家言行娶不利,入贅了張府。張小姐,名雅雲,豐姿豔麗,惟性端嚴而淡於情。貴生怨其過於"避嫌",雖不公然反目,但暗暗不樂。

貴生因雅雲淡於夫妻之情,意欲美婢芳蘭為妾。一日,芳來外園採花,為生所遇,即牽她入室。正在好事將成之際,為茶僮文旦衝破。

次日,貴生遊山塘法華寺,遇見豔尼志貞。因與至友沈君同往,未便久留,遂與志貞約定第二日(三月初六)一人重去。

貴生留於庵中約三月有餘,染病而亡。雅雲因夜間得一怪夢,求鐵嘴先生吳松年蔔貴生之生死存亡。松年道:"我想個人,到子六月二十八日,要到來個地方去哉介沒那呢?"(蘇州土白,作"死"解)。求蔔之日,是七月初一。

十七年後,徐元宰(即申貴生在尼庵中與志貞所生之子,徐知府購去作螟蛉者)中解之後,夢見親父,因悟自己為申姓之骨肉,而非徐氏之子孫。次日,是在乳母房發見玉蜻蜓,遂立志訪求生身父母,後來屢謁尼庵,得貴生遺像,而又得生母志貞。

這個故事,盛行於蘇杭申江;男女說書"先生"靠它吃飯,已經多年了。在《白雪遺音》中,《玉蜻蜓》分為(一)戲芳,(二)遊庵,(三)顯魂,(四)問卜,(五)追訴,(六)訪庵,(七)露像,(八)詰貞,(九)認母九段。

《玉蜻蜓》係道光八年(西曆一八二八年)玉慶堂寫刊本,大型,白口,單魚尾,四周單欄,每半葉十行,每行二十字。卷首有高景齋序,常南樓序,陳小樓序,及華春田自序。各卷之首,有詳細目錄。

此書最不易得;各收藏家及嗜歌曲者,總以未見為憾。但是我的運氣真好!我同時購獲兩部,一白紙,一黃紙。前者自己留用,後者讓與鄭君(振鐸)。

(原載一九四五年《文帖》八月號)

江蘇省小學英語教師的資格評審

一九一八年三月十六日,我因接到下列公文而深感榮幸:

據江蘇省教委令:委任周越然爲江蘇省小學教師資格評審委員會臨時委員。

次日,我被邀至教委主任辦公室,在那里召開了評審委員會全體成員的會議,我們討論了有關出題和閱卷可能遇到的種種問題。會議要求我擬訂十套攷題,分別供十個地區的攷試之用;這些攷題是英語科的測試,其水準不可太低於標準。

我回到所任教的學校,當晚即忙於擬訂攷題。我很興奮,這倒并非因被任命爲小學教師資格評審委員會的臨時委員,而是爲教委主任重視江蘇省的外國語教學感到高興。江蘇省在外國語教學方面,一向被認爲是最佳的,但是,如果仔細加以審視,其外語教學的效果仍是很差的;以今日之要求來看,無論中學還是小學教師均尚未達到要求;大部分小學英語教師"幫助"其在中學任教的兄長,一起"扼殺"學生學習外國語的興趣。我之陳述是嚴厲的,但希望那些偶讀本文而教學效果欠佳的教師原諒我,并相信我之陳述中有許多是事實。

三月十八日,我把全部試題送交小學教師資格評審委員會主席。下面附録我所擬訂的十套試卷中的四套,供對小學英語教攷證有興趣者,以及準備參加下一期江蘇省攷證(或其他省類似的攷試)者參攷。

試　卷　(一)

Ⅰ. Answer the following questions:

1. Can you manage a class containing more than fifty students? How?

2. What is the best size for a class of language students?

3. Which subject is easier for you to teach, pronunciation or grammar?

Ⅱ. Write a short composition on the subject, "My Native City".

Ⅲ. Fill the following blanks with appropriate words:

Mr. Brown is thirty two years ____________.

His wife is three years ________________ than he.

They have two ________________: a boy named John and a girl Mary.

The boy and the girl go to school ________________.

They ________________ their parents very much.

Ⅳ. Translate the following sentences into English:

譚兒將卧,指燈而言曰:"汝夜夜照我讀書,其我之好友乎,時已晚,汝我皆宜休息矣。"乃息燈而睡。

試　卷　(二)

Ⅰ. Answer the following questions:

1. Is there any difficult English sounds for the Chinese student to learn?

2. Have you a good method for teaching English sounds?

3. Do you know anything about a science called Phonetics?

What is the use of this science?

Ⅱ. Write a short composition on the subject, "The Value of Time".

Ⅲ. Fill the following blanks with appropriate words:

The sun ________ during the day, the moon and the stars shine during the ________. When it is ________, we ________ the lamp or the gas. We sleep in a ________ during the night. On Sunday we do not ________. The sun, the moon, and the stars are in the ________. In Summer day begins ________ and finishes ________. You light a lamp with a ________. In the morning the ________ rise, and in the evening sets.

Ⅳ. Translate the following sentences into English:

養生之事,不可一日無火,燈燭非火不明,飯與菜非火不熟,天寒之日,燒炭爐中,又可藉以御寒。

試 卷 (三)

Ⅰ. Answer the following questions:

1. Can you teach the meanings of new words without speaking Chinese?

2. Which is better, to explain by translation or to explain by some other methods?

3. What is the most important thing for a beginner,—reading, writing, or speaking?

Ⅱ. Write a short composition on the subject, "The Four Seasons".

Ⅲ. Fill the following blanks with appropriate words:

The things we eat are ________. The things we ________ are beverages. With our mouths we ________ and ________.

We ________ soup, bread, meat, and other foods. We drink ____. We drink coffee and tea. Some people wine. Wine is ________ or ________. In Germany people ________ beer. The color of beer is yellow or brown.

Ⅳ. Translate the following sentences into English:

禽獸之屬,饑知食,渴知飲,又能營巢穴,以避風雨,其奇者能效人言,惟不能讀書,故其知識終不如人。

試 卷 (四)

Ⅰ. Answer the following questions:

1. Some teachers can teach more than twenty hours a week, while others cannot teach so many hours. How many hours a week can you teach?

2. A certain teacher said, "Grammar is more important than pronunciation." Is his statement true? Why?

3. Can a pupil learn to write well without learning to speak well?

Ⅱ. Write a short composition on the subject, "The Uses of a Dictionary".

Ⅲ. Fill the following blanks with appropriate words:

The highest part of the ________ is the head. ________ the head we have the hair. On each side of the head ________ the ears. ________ the two ears are the cheeks, and ________ the cheeks is the nose.

The nose is for smelling. The tongue is for ________. The eyes are for ________. The ears are ________ hearing.

Ⅳ. Translate the following sentences into English:

今日能爲之事,勿待至明日爲之,蓋恐明日或有他事,不能爲今日之事耳。

四月九日,小學教師資格評審委員會主任來信,云各地試卷已匯總,我們應於次日開始閲卷。

行前,我以爲此次閲卷工作會很艱巨。江蘇省是個大省,想應試者一定甚多,然使我驚奇的是,試卷根本不多;已答的試卷,比空白卷少得多。是不是我出的題太難了?由我來回答這個問題,是不公正的,還是讓已閲前文的讀者來替我回答吧。讀者或許會説,題目其實不難,但對於應試者是够難的。我同意這個看法。應試者準備不够,他們只學過幾本英文讀本和一本納氏(Nesfield)文法,想通過速成成爲英語教師。這在十年或十五年前,或許是可能的,而在現今,是不可能的了。

欲當一位稱職的小學英語教員,必須能够:

一、用英語讀、寫、説一般的事物;

二、教學生如何用英語讀、寫、説一般的事物。

這些能力,不可能由碰運氣而來,必須經由學習而獲得。獲取這些能力的最好的地方,當然是師範學校。然而,有些人没有條件就讀師範學校,他們該怎麽辦?要麽放棄從教的念頭,要麽經由其他培訓的方法。對於未通過此次江蘇省攷試,而仍想在下次攷試中獲得成功者(包括想參加其他省份類似攷試者),我提出如下幾點建議:

一、學習幾本有關英語發音和英語教學法的書,譬如,商務印書館出版的 *Primer of English Sound* 和 *Notes on the Teaching of English*。

二、定期閲讀《英文雜誌》(*The English Student*),其中有許多關於英語發音、英語教法、英譯漢、漢譯英、以及時事等方面的好文章。如果你覺得這些文章太難,那麽——

三、報名就讀商務印書館函授學校。費用不多,却可獲得小學英語教師許多必備的知識。

最末,謹向通過這次攷試者表示祝賀,希望他們教學工作順利。對於未通過者,請允許我説:"别灰心,再試試。"

(原載一九一八年六月《英文雜誌》第四卷第六期,周炳輝譯、賀善鏞校)

國立南京高等師範的英語教學

一九一七——一九一八年，國立南京高等師範的英語教員有：Mrs. C. D. Giauque，Mr. Francis Price，Mr. C. G. Ruby，Mr. Timothy H. Ling，以及我本人。Mrs. Giauque 於一九一八年初辭退，由 Mrs. William R. Stewart 接替。

南高師在 Dr. P. W. Kuo① 以及其他得力領導人的管理下，在選聘教員方面從未犯過任何差錯，他們總是嘗試盡可能聘到最好的教師。然而，聘我當教員却是一個大錯：我既未在國外受過教育，又非生於國外，我之了解英美及其語言，是從他們在中國的代理人那裏，以及通過書本學到的；因而，我的英語知識是不完全的，我的工作也不可能得到滿意的成果。除我之外的其他教員，無論是中國人或者外國人，他們都是工作效率高、效果好的合適人選。

前面提及的五位教師，每週總共授課五十六學時，這五十六學時被分配到七個專修科十個班，如下：

一、國文科：兩個班，八學時；

二、理化科：兩個班，八學時；

三、農業科：一個班，三學時；

四、工藝科：兩個班，七學時；

五、商業科：一個班，六學時；

六、體育科：一個班，三學時；

七、英語科：一個班，二十一學時。

明年，學校將新增辦教育專修科；該科將安排十二學時英語課。體育科的英語課也將由三學時增加到十二學時。但這些計劃不涉及我們過去一年的工作，在此不去討論。我接着要說的是一九一七——一九一八年我們的工作。

在攷慮高校任一專業的工作時，下列四件事必須加以攷慮：（一）入學要求；（二）行政管理；（三）學習課程；（四）教學方法。下面分段叙述這四件事。

關於入學條件，學校要求高標準。應試者必須是國立或私立中學的正規畢業生。對他們的攷試分三個方面——聽寫,語法以及作文。聽寫攷試,是測試應試者的聽力;語法攷試,是測試英語語法中的詞法部分,不要求過於瑣細的語法分析;作文攷試,是測試他的書法、標點以及構思能力。大部分應試者,雖然都是中學畢業生,但是水平并不高,不够四十分者,就没有希望入學。上一次攷試,從二百二十個應試者中,只選出三十五個。這樣的攷試實在是嚴格的,然而,爲了取得較好的教學效果,學校不得不這樣做。

至於英語課在各科的管理,每個教員在他的活動範圍内是獨立的。在教科書方面,由相關教師自行抉擇,當需要協調時,報請學校教務長和英語科主任批準。不同的課程,均衡地分配到各科,并頻繁地輪换教員。譬如,某教員在英語科教寫信一個學期,下個學期去商業科教文學;另一教員在英語科教英國文學;同時又教工藝科一年級的會話。可以相信,這樣的安排,可以使教員在重復的教學工作中,不致感到疲乏,而且,教一門基礎課,對一位習慣於教高年級課程的教師,可起到一帖補藥的作用。

爲了表明教學目的,最好的辦法是列出教學的課程。師範學院的英語教學課程組合情况如下:

一、國文科

頭兩年設英語課。第一學年的教學目的,是從“説”發展到“讀”和“寫”,提供希氏(Hill)《修辭學基礎》(*Foundations of Rhetoric*),十九世紀各作家的選集,以及較短的報紙和雜誌文章。第二學年的教學目的是使學生能更廣泛地使用實用英語,同時提高對文學的鑒識,提供十八世紀和十七世紀作家的選集,以及較長的關於教育的雜誌文章,課外閲讀大多爲教育方法和訓練的書籍。

二、理化科

頭兩年也設英語課,其教學目的和教科書幾乎與國文科相同;所不同者,課外讀物大部分是科學一類的。

三、農業科

在這個科,我們只教一個學年的英語課,其目的主要是爲了矯正,衹授予實用英語最必不可少的知識。

四、工藝科

衹在頭兩年中教英語，其目的和採用的教科書，有些像理化科。

五、商業科

着重説、寫信，以及書寫商業文件，也提供十九世紀、十八世紀和十七世紀作家的選集。

六、體育科

整個三學年中，都設英語課。在這個科，我們教英語的目的是使學生能讀體育和健康方面的書籍、雜誌和報紙；只教少量的古典文學。會話不可忽視，因爲體育教練必須能與外籍人士交談，至少目前的情況如此。

七、英語科

這個科是爲本省和外省中學培養英語教員，爲達到這個目標，我們努力在英語的説、聽、讀，以及寫等四個方面都對學生認真訓練。該科所教的課程是：語音學、會話、寫信、語法和慣用語，十九、十八、十七世紀甚至更早的文學、修辭和作文、應用文寫作、英譯中和中譯英、英國文學史、當代文學、語言學以及教學法。第一學年的學時數爲二十一；第二學年，二十學時；第三學年，二十四學時。對於去年纔辦的這個科，我們只做了第一年的工作。在這一年中，文學史、語言學、應用文、教學法等課程尚未試行，但是，英語科的前景是光明的。

關於教授的方法，可以相信，每個教師有他自己的最好的方法。每當一門課分配給某個教師，他可以自由地選擇他所喜歡的任一種方法去進行。然而，對於全體教師有以下幾個共同要求：首先，選用的教材衹起引導作用，而非聖經；第二，每周至少組織一次教師和班級學生之間的討論會；第三，一些普通的教學原則，是全體教師應該遵循的，這些原則有以下十個：

一、先發音，後文字；

二、説、讀、寫是語言的三位一體；

三、重實用，次求美；

四、先感受，後表達；

五、循序漸進，少而精；

六、現代外國語言,是學習外國語的要旨;

七、一盎斯的應用,好於一英磅的規則;

八、最好的方法來自所有的好方法;

九、獨立學習的能力,是教學的最終成果;

十、學生的過去和將來,是教師現在之兩極。

(原載一九一八年十一月《英文雜誌》第四卷第十一期,周炳輝譯、賀善鏞校)

湖城英語教師之先鋒

湖州人在本城開始學習英語,大概在三十九年以前,即戊戌變政之際也。戊戌變政,在光緒二十四年,即西曆一八九八年。是時余年十四,已讀畢四書及《毛詩》《左傳》,已能自閱《東周列國》《三國演義》等書,此皆家母教導之結果也。家兄由廑,長我三歲,在外從師,歸來時亦常以熟習而心得者授我。但余生性倔强,視其年歲與我相若,自身又是學生,不肯聽話。余至今淺陋,非無因也。——上述數語,頗似自傳,但本篇言湖州外國語先鋒教師,雜以余之瑣事,犯出題之病,乞閱者諒之,余當"言歸正傳"也。

(一)朱、金兩姓

我湖英語教師之最早者,有二人也,一在南街時務館設館,姓朱,名不詳,蘇州人;一在西門鈕宅授徒,姓金,本地人,其名已忘。在南街習英語者十餘人,内兄汪益群君,友人范霞軒君,皆朱之學生也。朱姓所用之教本,似爲《國民讀本》(*National Readers*),美國人所編。當時範君課畢常來余家。余聽彼反復背誦"歡多育寡"(Where do you go?)等語(歡多育寡,譯言"你往哪里去"),真是悦耳。范君聲音,響亮尖脆,又善作手勢,尤像外國人講話。余羡慕之至,亦有加入之意。但一再請求家母,而終不允許,謂吾家素走正途,不習異術,讀書人總以進秀才、中舉人、取得功名爲要務。余無法,只得暗譏母親不知天下大勢,而同時又深恐自己落伍而已;後來余果入泮,且名次極高,然至今不通,秀才真"换不到豆腐吃也”。

在西門讀英文者，亦不過十餘人，課本似是《英語啓蒙》(English Primer)，舍親張繼昌君在其内。某日之晨，余奉母命往堂子灣收房租，順便潛入鈕宅，竊聽金先生教書。余站在藍布帳外，窺見金君坐上首主席，兩旁全是學生，或默讀，或朗誦，或習字，或發問，無不專心用力，内一人請金君將“各得罵人”(Good morning)之西文，寫於小册子上。金君允可，并再三説明此語之用法。謂“祇可用於早晨見面之時，下午斷然不可用，晚上亦不可用。早晨遇見外國人，彼如此説，我亦如此説，彼此請安，互相祝福，……”當時余極疑惑，西禮既然要“互相祝福”，何故又“各得罵人”耶。余混合中西語文，幼時愚笨，可以想見矣。後來攻讀比較言語學，獲得中西音似意反之字極多，例如漢文之“頭”與英語之 toe(足趾)，其顛倒矛盾，實不亞於此也。

余自從學得南街之“歡多慫寡”及西門之“各得罵人”後，欲習英語之志願愈堅，而吾母終不準余入任何英校。是年之秋，余於無意中，在彩鳳坊小書攤上，購得石印小字本《英字入門》一册，著者上海人曹姓，余即從卷首拼字起，早夕自習，不上一年，已將全書熟記。單字短句，無不一一明白。讀音全依申江口氣。草書字體，亦能倣摹，惟不敢以所知者告人，因自己不信任自己也。一日三成族叔來吾家，聞余在小室中作迷迷(me，我也)呼猫聲，又見余在紙上大寫蟹行之字，謂吾母曰，“老二的西文，倒有點像樣了，我見他寫字，又聽他念書，似乎還不差。何不讓他出去從師呢?”此語之功甚大，吾母意動，竟令我入城隍廟學習英文。講英語先鋒，又涉及自己，再請閲本篇者原諒。

(二)吴作舟

在烏程城隍廟内設館教學英語者，姓吴，名濟航，號作舟，四川人。吴先生精於國文，曾在上海廣方言館肄業，蓋“半途出家”也。彼所授我者，大體爲丁家文之《英文法程初集》(*C. D. Tenny's English Lessons*)。丁氏之書，每課首生字，次句語，末翻譯。全書共一百課。余依照讀四書五經之方法，攻究西語，隨習隨温，故無字不知，無句不懂。同學皆以好學生目我，而吴師亦稱美不絕。當時同窗（實在是同廟），有姻長湯濟滄先生，開課不久即去，因上海某校（疑是務本女學）聘彼任國文教師之故。又有凌姓小囝，其名已忘，聰明活潑，已讀《文法入門》（*Grammatical Primer*）半本，已能操西語與吴師談話。年歲身裁均較余爲小，所以余望之生畏生敬，非獨不敢欺彼，竟不敢"友"彼。聞此君後來不□，大大湖城，竟無居所。可知資質過人而不習上者，必無成就也。其餘各同學，約二十人，後來有業攝影師者，亦有做三只手者，大概無好結果，與余亦完全不相往來。

吴作舟先生，道德高尚，性情謙和，惟口音不大像西人，例如念英語第十四字母（n）爲"思屋"，似不及曹氏（《英語入門》）"愛痕"之佳，不易學，亦不宜學也。至其攷課，則全無差誤。後來吴師待余友愛之至，即不付學費，亦得於便時提出問題，請求解答也。

（三）周硯農

是時湖城又有周硯農者，住壽仙橋西堍，父名小亭，兄名夢胥，大事招帖，開門授徒，因請教者少，不久即止。周君身體矮小，余曾與之遇見多次，曾請其爲我拼寫姓名，似是 Chow Yee Zan 三字。同時東門有西人于有朋者，爲我作 Tseu Yih Zan 三字。余年幼無知，以爲來路貨必較杜做[②]貨爲佳，故採用後者，即于有朋者。余後來編著西文書籍之姓氏，即是此君所拼。聞周君現在申江，多年不見，想必康健。

（四）馮季常

後來沈譜立辦志正學堂（似在潯溪公學之前），英語專任教師，馮季常先生也。季常後改稱驥才，歷任鹽務要職。多才學，善文字，當時已然，今日尤甚。馮君在湖教授時，頭戴金邊眼鏡，脚穿發音皮鞋，在街中行走如飛。余有時見之而心慕之，以爲馮君者，真新派之代表，西學之活例也。爲人若此，可以足矣。不知馮君不自以爲足，不久即去日本留學，以求深造。歸國後，即任要職，今日閱歷愈多，才學愈富，誠吾國數一數二之財政家，可知人無止境。安居鄉里，足於一時之高位，或崇拜一時之紅人者，決然不能上進。馮君現年五十有奇，魁偉壯健，髮略帶金黃色，遠望之，好像一個英國紳士。

（五）孫叔謀

繼吳馮等而來湖教授英語者，有孫叔謀先生。孫先生雙目不明，其授課也，先由助手非正式將文字讀出，然後由彼正式朗誦，從長講解。當時最著之助手，有鈕恒之戴輔堂二人。鈕君曾在蘇州博習書院肄業，除做助手外，亦獨立教授；戴君完全是本地貨，未聞其自由設館也。鈕有二子，均在申江。長名荷生（和聲），職書記官；次名植滋，自設綢莊。孫先生有小姐在商務印書館廠中工作。戴君子女，余全不知。孫先生出身，余亦不知。不過余尚知當時湖人，無不信任孫先生者，衆皆以爲孫先生即英語之代表，欲學英語，非面從孫先生不可。余亦其徒也。

余之從孫先生，已在府中時代，不是正式生，而是附讀生，期間不過半年。與余同資格者，有一史君，即史捕廳之子。學期攷試，余得第一，史君次之。史君處處比我長，今居我下，史君似乎不悦，余亦自覺慚愧不安。

孫師，菱湖人，在湖除任府中，英算，吴興等校教師外，又曾在小西街章谷老家，平安巷田老闆家，口授英文。孫師又有一絶技，即與明眼人作雀戰賭輸贏，而不常負是也。

（六）雷姑娘

在湖城教英文之歷史最久者，美國人雷姑娘（Miss Lochie Rankin）也。余曾入其所辦英華學堂（Memphis Beademy）。該校由南監理會出資，故學費極廉。雷師到湖後，最初設校於馬軍巷，後遷至白頭街，三元洞府等處。直至梅島東吴三中成立，始告老返國。當時與余同在雷師處肄業者，有韋作民，陸伯觴等君。現韋在京擔任要職，陸在城“作育英才”。其他如朱某，惲某，何某等等，皆非本城人也。本年六月由盛谷人，凌錫耀，王治心三人發起，在八仙橋青年會舉行湖州海島旅滬同學會，包括英華，中西，海島，東吴等校。

到會者除發起人外，有陸家汶，陸家洪，馬文龍，金仰韵，童承鴻，王乃文，樊仰山，王宗榮，柳子言，余天韵，余天培，章鼎峙，徐則達，沈耀洲，潘善餘，盛稚梅，吴文惠，周宗型，章事三，韋倬，慎焕琳，邱祖訓，劉以模，張星海，王佐才，程芹香，姚克思，鄭繼翰等君。各人職業不同，有宗教家，有工程師，有製瓦者，有造琴者，有藥劑師，有銀行家，有茶業商，有保險員，并有業航運者及售影片者。雷師之"高足"，可謂行行精通矣。

雷師有一特點，即不輕視中國人是也。某日，余作文誤拼一字，彼指而告我曰，"此字字書上没有的，不信可一查。"余答曰，"有的，有的，我已查過了。"彼又曰："此決非英文，你查的字典，怕恐是日本人編印的，他們的拼法，很靠不住。"余妄言欺人，於此可見。後來自己教人，不肯受生徒些微欺騙，衹知自己吹牛，不準别人説謊，態度甚爲强硬，故蘇人有以"老虎"稱我者。四十歲後，余性情大變，不作慌言，不發脾氣，豈閲世較深乎，蓋年長退步耳。

雷師尚有一事可記，即彼喜以書借人是也。余之《英語歧字辨異》(*Crabb's English Synomyms*)(商務印書館出版)，其原本似彼處借來，而永不歸還者。余於課外借得其書，并由其面授者，尚有《愛立司愛鄉紀游》(*Alice in Wonderland*)，《莎氏樂府本事》(*Lamb's Tales from Shakespeare*)等等。雷師已逝世，今無法償還矣。當馬軍巷英華學堂時代，余不出學費而得常常請教者，尚有韓明德夫人(Mrs Hearn)及畢立文夫人(Mrs Pilley)。前者余從之讀莎氏劇本，後者余從之學風琴鋼琴。在東門傳教或行醫之于有朋，賴得茂等西人，余友而非余師也。賴君曾介紹余往沈譜老家教授其最長之子女五人。

湖城英語名教師，尚有葉樹樑君，徐孟荄君。葉君寧波人，聖約翰出身，與本城英語家丁蓮伯爲前後同學。葉君余全不認識，似未見過。徐君南洋出身，即現任外交部常次之胞兄，與余常常會面。在一個時期中，余等甚爲親近。葉徐二君，到湖雖遲，然其教授，均著成績也。

(原載一九三七年六月《新湖州》第一卷第二期)

馬眉叔的才學及其被罵

馬眉叔(建忠),可以算得清末一個有才有學的人了。但是他命運不佳,雖然做得小官(候補道),却遭受大罵。罵得他最猛烈的是李慈銘,在其《越縵堂日記》中云:

吴松招商局之鬻干米夷也,合肥誤信匪人馬建忠之言,私取米夷銀五十六萬。建忠素事英夷領事威妥馬爲父,與李鳳苞、唐廷樞等,皆世所謂漢奸也。(見光緒十年八月初八日)

上文中"米夷"指美國人,"英夷"指英國人,皆輕視語。"威妥馬",即 Thomas Wade,由翻譯員漸漸升級爲公使,亦十九世紀的一位奇人,著有西人用之漢英字匯。合肥,即李鴻章。當中法戰爭將要爆發的時候,馬眉叔適任招商局總辦,恐怕開戰後,法人把招商局船捕去做戰利品,所以採用假抵押法子,挂美國國旗,不是真正賣給他們(詳見馬相伯口述的《一日一談》第十九節),李慈銘倒是錯怪了他。不過李氏對於眉叔,總無好感,其在日記的另一頁上云:

馬建忠者,市井無賴,與夷厮交結,張樹聲等皆倚任之。前年朝鮮之役,樹聲聽建忠言,執大院君,於是朝鮮遂爲互市通商之國。中外和約皆與中國并列,時崇綺爲盛京將軍,疏争之。黄侍郎體芳屢疏請誅。今朝事愈亟,合肥疏謂東事非建忠不能辦,而米國公使亦言招商局售賣事須建忠還,蓋皆恐朝廷治建忠罪也。祭酒盛昱請革職羈管,學士延茂請立正典刑,皆不報,而街市傳言將殺馬建忠,菜市口之傭販皆收攤以待行刑,——此直道之在人心者也。(見光緒十年十月二十六日)

當時一般北京人都恨他,都要他死,倒是一片愛國的熱心。不過執大院君一事,决非他的主張,或者是他傳達消息罷了。後來王闓運在《湘綺樓日記》中,及翁同龢在《翁文恭日記》中,也提及馬眉叔,但皆稱他有才。兹引兩記中所言者如下:

(一)《湘綺樓日記》光緒十五年二月二十五日。——馬建忠,黄通政所謂漢奸者,曾爲郭曾隨員,美秀而文,自言奔走之材,未見兇惡。

(二)《翁文恭日記》光緒二十三年六月二日。——候補道馬建忠,號眉叔,來見。前十年人争欲殺,要是俊才,所舉嚴復等皆通西法者。

翁記稱他“俊才”稱他能“保舉……通西法者”——當是公正話。王記稱他“美秀而文”,我很相信,因爲我雖然没有見過眉叔先生,卻見過他的哥哥相伯先生(即百歲老人)。親兄弟總歸相像的呀!

相伯眉叔兩先生的面貌,想必相像,但是他們的文字則不相似。相伯先生在《一日一談》(三十八)云:“眉叔的文重氣勢,尚聲調。我則反之,專以意義經緯。君看我的致知淺説序,可不是嗎?”但我以爲眉叔先生的文章,非獨容易讀,并且容易懂,兹隨便舉一百數十字以爲例子:

……既應政治試畢,然後應文詞科。六月底試第一場,期二日。第一日以拉丁文擬古羅馬皇賀大將提督征服猶太詔,又以法文譯埃及希臘水戰臘丁歌章。次日,孜問輿圖及希臘、臘丁與法國著名詩文,兼問各國史學。復得宗師優奬,謂願法人之與孜者,如忠斯可矣。一時在堂聽者,不下數百人,咸鼓掌稱善,而巴黎新聞紙傳揚殆遍,謂日本、波斯、土爾基人負笈巴黎者,固有孜取格致秀才及律例舉人,而東土之人,獨未有孜取文詞秀才者,有之則自忠始也。……

上引者,見《記言》卷二《上李伯相言出洋工課書》。眉叔先生著作不多,除《記言》四卷,《記行》六卷外,尚有《馬氏文通》十卷。

《馬氏文通》中間略有誤處——此爲創作所不能免。民國二十一年楊樹達君作刊誤十卷(由商務出版),好極,好極!不過卷一第八頁有一個例子,就是The standed man,太差了,將來再版時,不可不改。

眉叔先生精於行書。余曾得其致招商局總辦鄭陶齋一函,兹將原函影印在本刊發表,并録其文字如後:

陶齋先生大人閣下:别後久稽魚雁,入春敬想　起居萬福爲念。招商局得有老成如　公者,必能整頓,亦宫保(越案:宫保即盛宣懷)念舊之盛意也。粤路覆呈(已聞刊報),想已寓目。　此中情形,公素持正,當能見諒耳,不盡。此請　臺安!弟建忠頓首(十九)

又及：晤同鄉諸公及譚幹兄各位，乞詳陳一切。

眉叔先生，丹徒（南徐）人，生於道光二十四年（一八四四年），卒於光緒二十六年（一九零零年），梁啓超在《適可齋記言記行》序文中，極贊其才，謂："使向者而用其言，寧有今日？使今日而用其言，寧有將來？"

（原載一九四二年十一月《古今》第十期）

翁狀元軼事

翁狀元，即翁曾源，常熟人，清同治二年（公曆一八六三年）癸亥欽定第一甲第一名（狀元），咸封之曾孫，心存之孫，同書之子也。心存有子三人：長同書，次同爵，三同龢。翁氏一門，除咸封——因余手頭無地方誌——無可攷查外，餘皆高官厚爵者，而曾源之所遇尤異，惜多病短壽，默默無聞而終，不能以政績或文學著稱也。

曾源以監生而連賜舉人，進士，受恩已重，而應廷試又爲臚唱第一，科舉時代之得意者，清代漢人恐無其匹矣。曾源於入翰林後，又遇更奇之事，余當述於篇末。兹先將其祖父（心存），父（同書）及叔父（同爵，同龢）之事略，言之如下，想亦攷古者所欲聞也：

（一）翁心存，字二銘，號邃庵，道光進士，咸豐間官至體仁閣大學士。服官四十年，凡所規劃，皆崇大體而不言利。卒謚文端。

（二）翁同書，心存長子，字祖庚，號藥房，道光進士。咸豐間與洪楊軍戰於江北，復揚州，官至安徽巡撫。剿陝甘回，卒於軍，謚文勤。同書孳孳學問，深通經學，有《廳軒雜記》。

當曾源應廷試爲狀元時，同書因剿寇失機，與江督何桂清（昆明人，字根雲，咸豐進士）同論大辟，下刑部獄。都人清議，咸謂死不蔽辜。心存方再詔入閣，常以子罪不測，居輒戚戚。清廷沛恩，擢曾源以慰其心。《翁文恭（同龢）日記》云，"大人（即心存）奉懿旨在弘德殿授讀。……三兄（即同書）爲曾國藩所劾，有旨拿問。三兄談笑自若，但言局外人不知其難耳。送入北監。"（同治元年二月二日）

未幾，何桂清以失守蘇常，擅殺索然無辜，伏法，而同書赦罪，後膺疆寄，恩寵不少替。

（三）翁同爵，心存次子，字玉甫，咸豐間由蔭生官主事。同治間屢遷陝西布政使。擊退甘肅回，官至湖北巡撫，光緒間兼署湖廣總督，疏免湘鄂米厘，民甚德之。卒於官，有《皇朝兵制攷》。

（四）翁同龢，心存三子，字叔平，晚號瓶庵居士，又號松禪。咸豐進士，穆宗、德宗兩朝，皆值弘德殿（皇帝傳膳辦事處）爲師傅，官至協辦大學士，户部尚書，參機務。光緒戊戌，以贊助德宗變法罷職。宣統初復原官，卒於家，謚文恭。

同龢工書法，善繪事，詩文皆簡重有度。其《翁文恭日記》爲世所珍。

今繼言曾源之軼事：

曾源體弱多病，二十餘歲尚爲“白衣人”而未攷得秀才。但於二、三年間，由捐監，欽賜舉人，進士，一躍而爲狀元（二十七歲），其揚眉吐氣，決在（彈詞中主角）方卿之上。《翁文恭日記》中云：“源侄得一甲第一。源侄近年爲病所困，深慮不能成名。今得此庶足答先人未竟之志，稍伸吾兄不白之冤乎？”（同治二年四月廿四日）

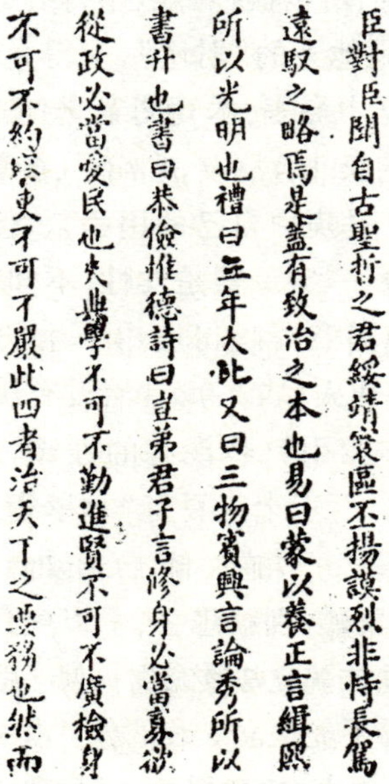
臣對臣聞自古聖哲之君綏靖寰區丕揚謨烈非恃長駕
遠馭之略焉是蓋有致治之本也易曰蒙以養正言緝熙
所以光明也禮曰三年大比又曰三物賓興言論秀所以
書升也書曰恭儉惟德詩曰豈弟君子言修身必當寡欲
從政必當愛民也夫典學不可不勤進賢不可不廣檢身
不可不約察吏不可不嚴此四者治天下之要務也然而

（翁曾源殿試策之一頁）

但何以曾源入翰林後即稱病出都耶？豈其天性曠達，不屑屈節奔競乎？野史中載其軼事一則，稱曾源儀貌秀艷，入翰林有旨召見。入則后一人坐便殿，謝恩畢，跪案側。温旨問學業及文端（心存）起居，忽曰："義山詩有'身無彩鳳雙飛翼，心有靈犀一點通'句，余嫌其未愜。如改爲'靈犀一點有心通'，則上句苦難妥洽，汝爲余改之。"曾源膽怯，戰栗不知對。后大笑，令内監引之出。曾源懼，佯狂出都，托心疾終。——此荒唐之談也，余不之信。

曾源之殿試策，余家有之。民國二十六年（一九三七年）之春，余曾送入蘇州文獻展覽會公開陳列，兹再影印半葉，以略見其真。

（原載一九四二年十二月《雜誌》第十卷第三期）

從林庚白想到南社

不久之前，大兒祉民在朋友家中發現林庚白的著作——詩集一册及日記數册——都是未刻手稾。他借來給我看。我粗粗翻閲，見詩有極雅者，記有極奇者；本擬抄録數十行於此，以表現他的文字，後想那兩種稾本，都是他人的"財産"，未得允許，不敢冒昧。庚白的詩，從前常在各雜誌中發表，本刊閲衆，想已見過。他的日記，雖然没有刊行，然所記的無非會朋友，吃館子，擬電報，寫情書種種"鬼混"而已（"鬼混"二字是庚白自己的用語）。但幾幾乎每日總有一句妙語，就是"夜夢璧"三字。璧是女性，不知何姓，也不知哪一位女士的閨名。……我渴意要曉得庚白一生的事跡，但真是難找。《中國人名字典》專收死人（古人），當然没有庚白之名，就是《中國新文學大系》的《史料索引》，也没有的姓氏。後來想到柳亞子的《南社紀略》，果然在二百三十三頁有"林學衡，字浚南，號愚公，别號庚白，福建閩侯人　二一九"一條，又在九十四頁有"林庚白，原名學衡，字浚南，一字衆難，别號愚公，今以庚白行，福建閩侯人，中國同盟會會員，現任立法院立法委員"一條。我甚爲得意……

寫至此，適舍親希平兄來訪。我問他："你知道林庚白一生的事跡麽？"他立刻答道："林庚白，名學衡，字衆難，福建省閩侯縣人，一八九六年生。北京大學卒業，中國大學露文學專修館教授，歷在衆議院秘書長。國學造詣極深,後轉向左翼。所著有《庚白詩存》,《走哪一條路》,《赤裸裸的我》,《王女士》,《人鑒》等書。一九四一年底死於香港。"

關於庚白的事跡,恐怕這是最完備的"報道"了。希平兄知識既富,記心又强,真是國内的學問家呀!

希平兄走後,我又翻閱《南社紀略》,見二百三十二頁有"周越然,原名之彦,字越然,浙江吴興人　四四八"一條,知道我自己也曾做過南社社員。當時南社"……以研究文學,提倡氣節爲宗旨",文學氣節……我真慚愧!

南社成立於清宣統元年(公曆一九零九年),第一次雅集到者十七人,其中有同盟會會員十四人,可見革命空氣的濃厚。南社的"魂靈"是東南大詩人、大文豪柳亞子。亞子先生近來不作韵文,不作文言,改寫白話。他在《紀略》一百二十三頁上説道:

新文化運動發現之初,文言和白話的争論,盛極一時。我最初抱着中國文學界傳統的觀念,對白話文,也熱烈的反對過;中間抱持放任主義,想置之不論不議之列。最後覺得做白話文的人,所懷抱的主張,都和我相合,而做文言文去攻擊白話文的,却和我主張太遠了。於是我就漸漸地傾向到白話文一方面來。同時我覺得用文言文發表新思想,很感困難:恍然於新工具的必要,我便完全加入新文化運動。

這是亞子先生改寫白話文的原因,也就是他革命的精神。但他終究是文言專家。我在購得的《南社記略》中間,發現夾藏着亞子先生遺下的手稾兩紙,都用的文言。

這不是文言麽? 亞子先生雖不因書法著名,但他的筆法很好。

我把他的原稾影印數行出來罷:

上稾大概寫於他離開上海之前。亞子先生的神經衰弱,從民十六年就開始了。他自己説:"……在短時期中間,神經興奮,像火一般的狂熱,什麽事情都高興做,并且一天能寫幾千言的白話文和幾十首舊體詩。而在長時期中間却神經麻木,像冰一般的奇冷,甚麽事情都不高興做,并且不論詩和文章一個字都寫不出來。"(見《南社紀略》一八零頁)

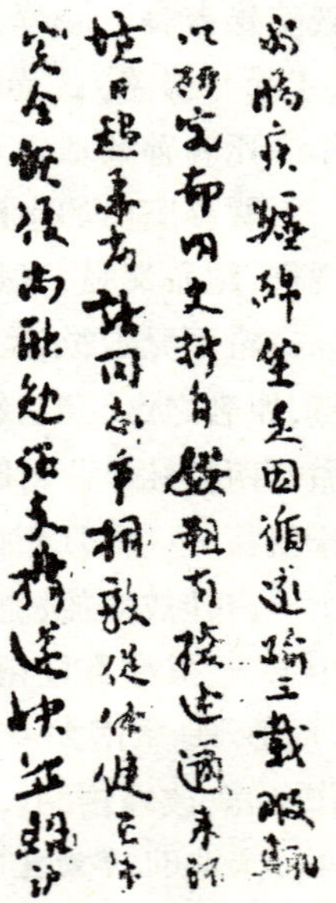

（柳亞子手稾）

我談南社，竟把林庚白丢了。然而不丢也不可；除了柳亞子的《南社紀略》和錢希平的自由報道外，我全然找不到材料。不過關於庚白的死亡，滬上有一種傳説。讓我把它寫出來：

庚白精於命理。他推算自己的八字，知道在民國三十年必遭兵災。他又推算他夫人的八字，知道絶無危險。他們當時在重慶，常有被炸之虞。他怕死，所以千方百計地跑到香港。等到十二月八日發生戰争，他自知必死。然而事實恰恰相反：他與他的夫人，居然安安穩穩的度過了。他以爲那是夫人命好；他靠夫人的福，所以不死。他們在戰争中，同坐并行，形影不離。

戰争告一終結之後，他們倆常在近處散步。一日傍晚，夫婦兩人行至街角時，忽聽得“托買來”的猛聲。這是停止令。他們不懂。他的夫人先奔了。士兵疑她爲奸細，開了一槍，臂部略傷。庚白自己也奔了。士兵又開一槍，他中槍而死。

上面的故事，出於滬上某名公之口，想必可靠。

（原載一九四三年六月《風雨談》第三期）

蘇曼殊與我

在未曾親見蘇曼殊以前，我已經聽得他的大名了，并且知道他是個詩僧（能做詩的和尚）。他所做的詩，雖然不多，但皆美雅。下面一首——《花朝》——已足以見他的詩才：

江頭青放柳千條，知有東風送畫橈。

但喜二分春色到，百花生日是今朝。

他的散文，也極老到。下面引的，是他一九一二年的《華洋義賑會觀》：

昨日午後三時，張園開華洋義賑會。衲往參觀，紅男緑女，極形踴躍。足征中外衆善之慈祥，衲當爲蒼生重復頂禮，以謝善男善女之隆情盛意也。惟有一事，所見吾女國民，多有奇特裝束，殊自得意，以爲如此則文明矣。衲敬語諸女同胞，此後勿徒效高乳細腰之俗，當以“静女嫁德不嫁容”之語爲鏡臺格言則可耳。

他確然是一個僧人，確然做過和尚。柳亞子在《曼殊新傳》中說道：“年十二，遂爲沙門。始從慧龍寺主持贊初大師披鬀（普替，俗作剃）於廣州長壽寺，法名博經，號曰曼殊。旋人博羅，坐關三月。詣雷峰海雲寺，具足三壇大戒。嗣受曹洞衣鉢，任知藏於南樓古剎。”

我開始認識他的時候，他不服僧服，他穿西裝，完完全全是個留學生。我没有看見過他做詩，也没有聽見過他念佛。我認識他的那一年，他三十歲（民國二年，即公曆一九一三年），早已習過美術，攻過政治，學過陸軍，做過教師，寫過文章，當過主筆……他非獨精於漢文，他的西文也很好——能寫，能譯。他從九歲起就學習歐洲文字。他的《潮音自序》，全用英文，甚爲“出色”。他的譯詩，有巴倫（Byron）的，有戈德（Goethe）的，有薛立（Shelley）的，均屬上等文字，尤其是巴倫的《哀希臘篇》。我開始認識他的時候，他已經成名了——上面的那許多工作，他已經做過了。

我開始認識他的情形是這樣的：

那是民國二年（公曆一九一三年）陰曆正月，地點是安徽省城安慶。我因爲受了高等學校之聘，正月初七日即由吴興（湖州）動身到上海，再由上海搭輪赴安慶。我去得太早，高校尚未開學，所以先在應溥泉兄家中小住幾天。我搬進高校的第二天，教務主任鄭君來了，與鄭君同船來的，有化學教員沈君及蘇曼殊和尚。鄭君是我老同學的弟弟。他早歲赴美游學，雖然没有和我見過，但一經應君介紹，立成“至交”。沈君是我二十四五歲常常見面的朋友，無需他人介紹。“和尚”我全不認識。沈君和我見面後，即告我道：“周先生，與我們同來的，有一個和尚。你知道麼？”我答道：“我知道的，溥泉太太已經對我講過了。他在哪裹？我們去拜望他，好不好？”沈君道：“你不必去。讓我喊他出來。”他馬上提高聲音，大喊：“和尚，和尚，到此地來！”

我聽見右邊一室中有人答應道："來了，我來了。"遂即走出一位西裝少年。他的面目有點像廣東人，也有點像日本人——他不像和尚。沈君對我道："他就是和尚，曼殊大師。"他又招呼曼殊道："這裏有位周君。你來，你來，來見見面。讓我來做介紹。"

我們握手，我們各道姓名。曼殊的聲音頗沉重。他講官話，略帶些廣調。我們五個人——鄭君，應君，蘇君，沈君及我——談談笑笑，坐坐立立，不知不覺地已經過了兩三個鐘點，天將夜了。沈君忽然發起吃館子，并且主張"荷蘭待"(Dutch treat)(荷蘭待是聚餐，派公分，自吃自，各人平均分派的意思)。當然大家都贊成。我記得我那晚盡醉而歸，所付的費不過銀圓一枚。

在半途中——没有到酒館以前——我暗暗問沈君道："我們去吃館子，和尚怎樣？要不要另備素菜？"他道："你不要管。等一等自會知道。"到了館子之後，我們點的都是葷菜，和尚一聲不響。鄭君又要了一個甜菜，説："這是專爲和尚的。"後來菜來了，非魚即肉，還有蝦絨海參。我們動筷，和尚也動筷，我們用匙，和尚也用匙——我們吃的，他都不忌。不過他不喜飲酒，并且他的食量不大。餐畢歸來的時候，沈君順便買了一包蜜棗。我問他道："吃得這樣飽，你還怕夜間腹饑麽？"他道："不是的，我夜間哪裏會饑？這包蜜棗是買去送給和尚吃的。他最喜吃的，非酒非菜，而是蜜棗。有一次，他窮極了，腰無半文，他無法可想，只得把金牙齒拔下來，抵押了錢，買蜜棗吃。不要笑，不要笑！這是事實，我不説謊。"

自從那晚聚餐之後，我們幾幾乎每晚聚餐。單獨請客的時候也有，然而不多。某晚回校的時候，我也順便買了一包大蜜棗送給和尚。他喜極了，説道："周君，你要我繪畫，我真的不行。不過無論如何，這幾天我總要試一試。"我想他一定没有試，因爲他没有送畫給我。他的畫清秀萬分，但傳世極稀。他的書法，亦極工整，與已故報人戈公振的相差不遠。

我們夜間宴飲，日間教授——玩耍的時候玩耍，正經的時候正經，深受學生的歡迎，外界的稱揚。我們以"名士"自居，别人也以此相待。不過我們中的和尚，未免太懶，太不肯用力。第一：教務主任派功課的時候，他再三聲明他的西文不良，不能擔任高級。高等學校没有低級西文班。三年二年的學生,他不願教,連一年的新生也不願教。文學修詞,他不願教,連簡易作文也不願教。教務主任大笑而問道:"和尚,那末你願意教補習班麽?他們没有讀過西文。今年開始學習字母,每日一小時。你願意教麽?大才小用麽?"他道:"我很願意,最好也没有了,我喜歡教愛皮細(字母)。"

第二,開課的那一天,茶役引領他到課室中去——我親眼見他拿了書本"慢吞慢吐"地下樓。不久——約半小時後——他又垂頭喪氣地回上樓來。我問道:"和尚,鐘還没有打,爲什麽就回來了?"他道:"我已經教過他們五六遍——這二十六個字母。他們還記不清楚。我一個人念來念去就是這幾個字母,真難爲情,只好回來。"

次日蘇曼殊教授(和尚)因病請假。第三第四天,又因病請假。到了第五天,他不請假。茶役打過鈴後,見他不到,特地跑到房間里去請他,大喊"蘇先生,鐘點到了,請去上課。"他蓋了被,睡在床上,一聲不響。茶役見他真的病了,趕快奔到樓下去報告。那時我没有功課,在樓下走廊中閑蕩,聽到這個消息,馬上趕上樓來看他。我推進門去,他的頭剛巧從被中伸出來。我問道:"和尚,怎樣又病了?昨晚,今晨都是好好的。"他舉起手來摇了幾摇,輕輕問我道:"茶房——茶房去了没有?"我答道:"去了,早已去了。"他道:"好,好,我起來了。"

他爬起身來,整整衣服——他睡下去的時候連皮鞋都没有脱去——然後對我説道:"我不生病,我依舊好好的。今晚我們依舊可以聚餐。我怕去上課。已經請過三天假了,再去請假,豈不難以爲情?周君,明天摇鈴的時候,我仍舊要這樣的。倘然茶房碰見你,叫他不要到房間里來。拜托,拜托!"

據此,足見曼殊脾氣的特異,但他生平尚有更古怪之事,簡述如下:

他寄居在南京路第一行臺(旅館名)的時候,每晚必叫堂差(招妓),且不止一人。他所叫的,都是長三(書寓)——她們的名字,我忘記了。堂差到了之後,他喊菜喊酒,請她們吃。他自己因爲有胃病,不陪她們。等到她們吃完之時,他已經上床了。倘然他還没有睡着,她們非静坐恭陪不可,見他入睡,她們可以立時離去。和尚的堂差，多數是蘇籍，并且美貌，但他對於她們，無不恭恭敬敬——從不動手動脚，從不碰她們半根毫毛。據我所知，曼殊没有破過色戒。

他與我在安慶共事，恐怕不過一個月罷。他離開安慶，即至盛澤，又赴蘇州，與鄭沈兩君合編《漢英辭典》。是年冬往日本。

三十一、二兩歲，他在日本。三十三歲（民國五年，即公曆一九一六年），他又來中國。三十五歲陽曆五月二日，卒於廣慈醫院。曼殊生於民國紀元前二十八年（即公曆一八八四年），始名宗之助，後改玄瑛，字子谷，小字三郎。他的"祖先"是日本人，祖父忠郎，父宗郎，母河合氏。他的《文學因緣》是譯本，我在未認識他以前，已經讀過。他的《梵文典》我没有見過。他的《斷鴻零雁記》是我所最喜讀的書——這是一本含自述性的小説。

曼殊的友人，都是名士聞人。讓我來略舉幾位：章太炎，陳去病，柳亞子，楊性恂，包天笑，湯國頓，陳仲甫（獨秀），居覺生，章行嚴，趙伯先，劉季平，劉申叔，蔣介石，陳英士，陳果夫，沈燕謀，朱少屏，高天梅，張溥泉，葉楚傖，鄭桐蓀，程演生，邵元沖，劉半農……講曼殊逸事的書，有陳果夫的《曼殊大師軼事》，陸靈素的《曼殊上人軼事》，張卓身的《曼殊上人軼事》，程演生的《曼殊軼事》。

最末，我有過一件對不起曼殊的事情，至今萬分抱歉。他在逝世的前半年，交給我手稾本兩厚册，叫我爲他印行或者售稾。我翻閲好多天，見里面都是譯文，并且與《文學因緣》大半雷同。我無力代印，我不敢兜售。所以我趁便交還給他。我不知道他半年後就要死的。這兩本親筆寫成的詩稾，何等寶貴！我不該馬上交還，我理應遲遲送去。我應該爲他保存。這兩册稾本不知哪裏去了？想已散失了！

（原載一九四五年三月《雜誌》第十四卷第六期）

追憶先師嚴幾道

在他以前，製造局已經翻譯了許許多多西洋書；在他之後，各書肆也曾翻譯過許許多多西洋書。但是他的譯著，讀起來好像是創作，總覺得容易懂些。他的文字，并不淺顯——他不寫白話。他好用古典,又喜製造新名;例如,“拓都”(total),“么匿”(unit)等(現已收入《辭源》)。關於翻譯西書,他雖然不一定能够“絶後”,但他實已做到“空前”。他的譯著所以這樣盛行,所以取得當時讀者無限的欽佩,都因爲他實行“信,達,雅”主義的緣故。

上文所指的他,就是嚴幾道先生,福建侯官人。先生諱復,字幼陵,晚號幾道,早歲留學英倫,習海軍,歸國後,與吴汝倫爲友,研求經史,嗜古文辭。書法半真半草,婉然“争坐位”(顔體)。他的譯著,甚稱於世者,有《天演論》,《原富》,《群學肄言》,《穆勒名學》,《群己權界論》,《社會通詮》……我想我不先講他的書,我先講他與我的關係。

他與我的關係——師生的關係——開始於清光緒三十三年(公歷一九零七年)。先此我已經讀過他的書,不過没有見過他的面。那一年,他是吴淞復旦公學的校長,我是吴淞復旦公學的學生。校長與學生講話,無非訓詞。學生與校長講話,應用呈文。校長與學生,絶無接觸的機會。不過我們——先師與我兩人——有過這種機會。那年春夏之交,我們湖州城内,發生一件鬧學罷課大案。我是教師,不過我是主動者之一。倘然下學期我還想在本城任事,那末我一定得不到好面子,一定站不住,一定站不穩。所以,我决定在暑假中到上海來投攷學校,以求取較高之知識。我先擬投攷南洋公學,後來拿簡章一看,知道我的數學不及格,就此作罷。

我改“攷”復旦,居然以第一名入選。我是秀才,國文作文不成問題。我的英語作文,也不成問題,因爲我已經受過“來路貨”金元國人嚴格的訓練。普通理化,普通代數,尚能敷衍。最成問題的,是生理學。主試者,張汝楫醫師,一口好英國話。他的題目并不難——都是“試將什麽,什麽作一定義”。但在我真難,真正困難!叫我怎能下定義?我没有讀過生理學!好在我手頭有本高林氏字典。我暗暗打開來一查,自撰幾個定義。卷子交上去的時候,張醫師馬上打開來看,即對我說道:“好,好。”據説,我的攷入復旦,不是因爲生理學,也不是因爲國文算學。我的攷入復旦,實在是因爲我的翻譯。那天的翻譯題目,是校長親自出的。其中有“嫠婦”之名,除我之外,大皆都不知道是什麽意思,所以有不完卷者,有交白卷者。校長閲卷時，只見我一本完全卷子。他在卷面寫了“翻譯妥當，英文極佳”八個大字。這是後來學長兄章鳳階告訴我的話。

我的翻譯，校長親自批閲——當然算得接觸，不過是背面的，非當面的。

當面的接觸，我們也有。開學約一星期之後，我們看見一個通告云，“明日下午一時，校長莅臨致訓，屆時全體學生應在大廳静候。”（原文已忘，此是大意）

我吃過午餐之後，不敢亂跑，不敢回房，就静静的在廳上坐候。一點左右，警笛（火車）大鳴，三分鐘後，庶務員某姓滿頭大汗，狂奔而入，説道：“到了，來了，校長來了。進廳時，請大家起立，臨走時，也請起立。”

我們坐在凳上，回顧頭去遠遠地望。不久，他（校長）果然走進大門來了。他有小鬚，他持手杖。他快步而入，後面跟了好幾個人——有的是職員，有的是僕從。他走進大廳的時候，我們趕快站立。他很客氣，伸出了并且放平了左手，向地上按而又按——就是叫我們坐下的意思。他自己及其他的人，全不停留，他們向前進，進，進——到後面的“客室”中去。

我們或坐或立，或默談，或張望，等了好久好久之後，經過相當時間之後，庶務員又來報告道：“校長今天不講話，就要走了。”

一瞬眼間，他出來了——依舊携手杖，依舊有人跟，依舊用手向地上按而又按。我們當然起立歡送。

在那一日間——不，在那一日的一百分鐘左右——我們師生兩人，豈不是有兩次的見面麽？後來——約民國四五年（？）間，我和先師還有接觸，我曾經到他家裏去求過他的親筆信。他的住處，似乎很近北火車站，詳細的路名里名——荒唐得很——我已經忘了。我求他寫信，爲的是什麽，我也記不起來——更荒唐了！不久，他即北上，我們因之全無接觸。

民國四五年後，我與先師的當面接觸，雖然完全無有，但是背面的接觸，至今不絶。我性喜讀他的著作，常常拿他的譯文與原本對照。——到了現在，還是如此。“他的譯著，甚稱於世者，有（一）《天演論》，（二）《原富》，（三）《群學肄言》，（四）《穆勒名學》，（五）

《群己權界論》,(六)《社會通詮》……”我在上文已經提過了。這些書,除了《穆勒名學》之外,我都讀過。這些書的優劣,我不敢談。我是學生,他是先生。學生批評先生,等於學生攻擊先生,豈不卑鄙麽?但是我想我可以説些故事,講它們出版時受全體學術界欽佩的故事。

不,不,我在講故事之前,還要簡述一件實事。我要描寫他的手杖。

手杖之色不一,有黑的,有黄的;先師的手杖是黄的。手杖之質亦不一,有藤的,有木的;先師的手杖是木的。手杖又有彎柄的與不彎柄的,先師的手杖是不彎柄的。普通手杖,不鑲金銀,先師的手杖是鑲金的,并且附以寶石的。我在他家中,用手偷偷提了兩提——輕而堅,不知是何木料,何處出産。他出門時提了那根手杖,真是“神氣”,他圓圓的臉,微微的鬚,緞袍緞褂,瓜帽便鞋,加以隨從者數人——雖然是個候補道臺,但比實缺更加大方。

手杖講畢,繼言譯著:

《天演論》是他的處女作。最初出版者,是大型本,由吴芝瑛(女士)手書上石。那時正是清末新學將興,知識饑荒之際。此書一出,最頑固的蒙師,也談起“弱肉强食”來了,也講起“適者生存”來了。我有個同鄉,出入無不以此書自隨。他親口對我説道:“我已經念過五十餘遍。我能背誦全書,一字不漏。”我没有試驗他,不過閱衆可以明白當時此書的流行力,及文化界的誠意欽佩。

《原富》的分量,比較《天演論》大得多,但是它的文字,比較容易些。吾國素貧,且無工業——清末尤甚。所以當時試官出的策題,不外理財、工業兩門。先師的書,適應其時。靠它取得功名的人,指不勝屈。某科某省解元,一字不改地抄襲了一二千字。浙江某科舉人,也有類似的行爲。我們不能怪試官無目力,我們只能稱嚴氏文章好。

《群學肄言》通論一般科學,比較難懂。因此,它的讀者没有前兩種那樣多。同時,進學堂者進學堂,想革命者去革命——人總要求飯吃,謀職業,科舉已廢,何必在家裏潛心研究“文章”呢?

《穆勒名學》,我没有仔細對過,先師似乎未曾全譯。這本書所得的讀者，恐怕最少罷。

《群己權界論》的讀者也不多，但是它的功勞真不小。當時許多人，以爲自由是無限制的。他們常常説："這是我的自由（例如道旁便溺）。你哪里可以干涉我？"其實，你有自由，我也有自由，你我的自由，是相互牽制的。這一類人的誤會，《群己權界論》打破了不少。

《社會通詮》那本小册子，復旦曾經做過教科書。原著的文字，哪裹及得到譯本的文字來？我們對於原作，越讀越多惡感；我們對於譯本，越讀越多好感。我們逐字逐句地比較，覺得嚴氏實在是一位翻譯高手。但是我們在課堂中故意地瞎話道："他（指校長）收了我們的學費，還要譯出書來騙我們的錢。可惡啊，可惡！"

上面六種，不是先師的全體名著。他還有哩，不過因爲本刊篇幅有限，我不講了。我將講他一種不出名的，傳世極稀的譯本，以爲結束。

諸位，你們曾經看見過或者聽見過《支那教案論》麼？先師也有譯本。原著者英人宓克，出版者南洋公學譯書院，原書成於清光緒十八年（公曆一八九二年）。"時長江教案蜂起，作者蓋深憂夫民教不和，終必延禍兩國，而又憫西人之來華傳教者，膠執成見，罕知變通，徒是己而非人，絶不爲解嫌釋怨之計，故作是書以諷之。書凡四篇：首發端，次政治，次教事，終調輯。"大旨謂教案之起，皆因教士之處置失當，至於助以兵力，堅以盟約，尤足動吾人仇耻之念。著者之言，真能洞見症結！現在英美教士絶跡中華，條約全體取消，我們已經忘記從前的困苦了。這本書倒是一種記録，將來復印嚴先生全集的出版家，似乎可以收入，改題《嚴譯名著十種》。

先師嚴先生一生中，曾經兩次受冤枉。第一次是在拳亂之時。從前北方人稱他"漢奸"。他們以爲聯軍之所以先能够攻入天津，因爲他受了五十萬元的賄賂，發令開城投降的。是否確實，全無證據。不過我以爲此事是不可能的。亂世重武，一個文弱書生，哪裹敢獨吞五十萬元？哪裹會有人聽他發的令？

第二次是在洪憲時代。大家知道他是"六君子"之一。所謂"六君子"者，就是楊度，劉師培，孫毓筠，嚴復，李燮和，胡瑛等人。

《中國近百年史》中有這樣一段記載：

(民國)四年八月,公府顧問美人古德諾,有一"共和不適於中國"之論,遂爲一般野心家所借口,楊度、劉師培有《君憲救國論》、《君憲論》之撰著,與孫毓筠、嚴復、李燮和、胡瑛等,發起籌會,時稱爲籌安六君子,通電各省,請派遣代表,來京參加討論。……

據此,先師一定是個"君子"。但他是受愚的。我家有本小册子,詳述洪憲的情形,"君子"的被迫。可惜那書不在手頭,否則倒可引用幾節在此,以明真相。據我所知,先師不是誠意的"六君子",他是多年的"癮君子"。他喜吸鴉片,并且煙癮不小。

(原載一九四五年八月《雜誌》第十五卷第五期)

大伯父家訓

引　言

先大伯父,諱兆祎,字費伯,號小帆,生於清道光二十二年(壬寅),卒於民國十三年(甲子)。幼時身弱,十四五歲即患肺病;後來得享高壽(八十三歲),想是自知保養之故。

大伯父於十七歲出攷,府試取前十名,院試取進佾生。十八歲由監生遵籌包餉例報捐主事。自二十九歲起至四十一歲止,除在部中"當差"外,曾五次應順天鄉試,每次薦卷,惜不得售。大伯父書法趙體,文多古風,讀之令後輩生敬。其生平事跡,因本刊篇幅有限,不能盡述。兹選擇家訓中有關國家,家庭,及本人之至要者,分(甲)掌故,(乙)訓語,(丙)自述三份,節録於此③。將來紙價稍退,當再刊印全文。

大伯父致余兄弟之家訓,起自戊子變政,終於逝世之年——總數約三百封,短者數千字,長者萬餘字。現存者不過百封,因余等東搬西遷,繼以閘北之變,喪失大半,甚可惜也。

(甲)掌　故

(一)……四月廿八日,皇上召見康有爲後,言聽計從,力主變法；而康有爲係粤東人，不過一工部主事，性本狂妄，功名心又熱，結黨數十人，以講學爲名，梁啓超其大弟子也。在上海立保國會，被誘入會者，已有數百人。來京後，交結言官，干謁當軸，皆其同鄉張蔭桓（户部侍郎）爲之引薦。今春會試，於公車雲集之時，其初開堂講學，即在南海會館，計聽講者有三百數十人。許應騤（廣東人，禮部尚書）恐其鬧事，當即驅逐。二次開講，移在嵩雲草堂，聽講之人，尚二百有餘，又被潘慶瀾（監察御史）劾逐。詎意康有爲正各處辭行之時，而徐致靖（翰林院侍讀學士）已薦章早上矣。召對之下，竟敢蠱惑君心，由是私進内廷，汲引同黨，鬼計百出，逆謀漸成。所最可恨者，兵圍頤和園，劫制皇太后，與改國號，易夷服，於八月初八日與十三日次第舉行，已有定議矣。若非事機暗泄，皇太后回鑾親政，則此日之京城，其被禍之酷，可不言而喻。現除正法者六人，發新疆者二人，永遠監禁者一人，内監刑斃者四人外，而首逆康有爲，從逆梁啓超，俱尚在逃，潛匿外洋；雖庇匪有人，勾捕不易，而一身作孽，株累多人，想天網必不令終漏也。前此裁衙門，裁官缺，以及廢八股，設立大小學堂，皆非朝廷本意。今諸事復舊，攷試仍用四書文，均已明奉諭旨。從此當各理舊業，以圖進取。……

（越案：此信記戊戌變法，可謂簡而賅矣。當時人人罵康梁，大伯父所言，尚算不得過分。）

（二）……皇上患病已久，漸成弱症，且虚不受補，用藥甚難。究其得病之由，康逆（名有爲，廣東人）實爲禍首。然康逆之獲罪於朝廷，尤有甚焉者；現雖身處香港，逍遥事外，恐處決之六人，死而有知，亦必有索命之一日也。皇太后親政後，事事悉遵祖制，不重西學。京師之大學堂，因房舍未齊，尚無開設的信。至外省之中小學堂，現人心已涣，已皆視爲不急之務。……

（越案：此暗言光緒之被禁受苦也。）

（三）……五月十五拳匪在永定門外同甘軍擒殺日本書記生，人心驚惶。十九燒順治門内老天主堂，與各處教堂；又燒老德記藥房，遂延燒觀音寺街，煤市街，珠寶街，楊梅竹斜街，西河沿……由前門西橋頭至西荷包巷，上及前門城樓，穿城燒太升橋飯館。城内精華之所，盡付灰燼。有識者携眷回籍，連日不斷。余爲朱古薇力勸，於二十二日送眷至順義縣屬之羊房村，投奔康兒乳母家暫住，計離城六十餘里。廿五日兵勇與拳匪攻打東江米巷與西什庫。拳匪於城之内外，搜殺教民。

拳匪頭扎布巾，身扎布肚兜，腿纏寬布帶，計分紅黄黑三色。黄爲乾，紅爲坎，茹素；黑爲老團，養濟顛師，飲酒食肉。此黑團人不多，城中亦不多見。該匪游行市街，一手或執刀，或執槍，一手伸五指空舉，見人作和尚問訊狀。又有紅燈照，係十餘歲閨女，手中不持兵器，持扇子一把。余并未親見。自廿五以後，兵連禍結，遂成不可收拾之局。

六月間各衙門辦事人少，奉旨清查。余於十六日回京，槍炮之聲，日夜不絶。寓中亦飛落槍子，幸未傷人。

七月十三李鑒帥出京後，信息日壞。十七日内城不啓。城東居民，紛紛西來，争出西便門，兵勇進家，强拿車馬。十九日回兵至前門大街，人人以爲救兵至京。當夜城内火光已起，槍炮之聲，較往日尤甚。二十，二十一，居民逃者，日夜不斷。余啓後園小窗，見城上旌旗虚插，已無守兵；城北火煙甚大。明知大事不好，於廿三清早，携内表弟叔姪與兩家人，空手亦出西便門。沿城至德勝門，至小關，已遇洋兵；至黄寺，又遇洋兵；將身邊搜檢一過，并不傷人。回望安定門以西，在後門一帶，火煙數處。難民慌不擇路，不知凡幾；亂兵土匪，隨處皆有。余冒險而進，於日落時至羊房村。上賴祖宗福蔭，竟無意外之虞；何幸如之！麗兒於五月底回家。其妻與女，於六月下浣回家。至七月廿二，麗兒自願看家，不肯同行。廿三日美國兵進家，尚不翻動箱籠。厥後换德國駐扎；每次進門，内處細查，無物不動。因無金銀鐘表，及珍貴之物，以槍對麗兒胸前，令其交出，而麗兒推説是看房人，實不知情。計前後共進十七次；除木器外，凡稍值錢之物，大半爲隨來之人竊去；雖非一空如洗，然亦相去不遠。末一次洋人進家，承其美意，令麗兒製旗一面，由洋人親書洋字一行，釘挂大門以外。從此洋人過門，亦不進來。此又蒙祖宗默佑之力也。

九月廿八余與内表弟回京。進門之後，所見所聞，無不傷心。

幸而人口保全,實屬萬幸。皇太后皇上,已西幸長安。各國和議,毫無消息。順治門外,北自城根起,至菜市口北,西自西便門起,至海岱門西,皆屬德國地面。居民上街,常被拿去,令做苦活。街上情形,甚爲蕭索。寓之東西街鄰,有搬而未回者,有又搬往別國地界者。夜間雖無小賊,然地甚荒門凉,有草木皆兵之苦。

(越案:"東江米巷",想即後來之"東交民巷"。"麗兒"係大伯父之長子,名壽耆。)

(四)……京城聯兵,已陸續撤退,中華已接手辦事。邇來距城三四十里,土匪蜂起。調到之山東營勇,爲數無多,不敷防剿。……兩宫回鑾,已展期八月廿四。但願届期啓行,早日到京,庶幾人心可以大定,諸事亦有歸宿。……

(越案:大兵之後,必有土匪——此定理也。)

(五)……都門近狀,自兩宫回鑾後,一切漸復舊觀。新正前半月,若琉璃廠甸,若白雲觀,車馬宣鬧,游人如蟻,較昔年尤甚。今日者民國肇造,五旗共龢——汴梁袁公入任大總統,改正朔,剪發辮,易服色,命令已公佈矣。而民智未開,沿用舊習,不獨直隸一首爲然也。至經濟困難,較前清猶甚。大借款久未議决,庫空如洗,而言利之子,注意國民債、印花税,鹽□加價;甚則欲調查房地契據,棄舊易新,分等收税。若果次第施行,則民間之擔負愈重。况生齒益繁,孰無家室之累?對兹苛政,恐有鋌而走險之一日,尚何望秩序之安寧,幸福之同享耶?……

(越案:觀此信,知大伯頗不贊成當時之民國。但彼所説,何嘗不確?)

(乙)訓　語

(一)……吾侄兄弟,今歲在何處附學?前禀文理雖欠明順,且有白字,而字體端整,余心甚喜。日後可常作信寄京。好在家信不拘文理,只要説得明白。無論家事與城中近事,俱可寫入信中,以作面談。……

(越案:此信及下面七信,皆在戊戌以前。"兄弟"指家兄與越而言。)

（二）……來禀白字雖多，而所説事情，尚屬明白，亦爲可造之才。玆將原禀略行批示，收閲可也。讀書人要求文理通順，四書中小注，即是文章，熟讀深悉，日久自能領會。如講寫信，則於尺牘中，挑一部淺近易曉者，細看細思。若四六句之尺牘，其中典故甚多，且不必買看。今年業師既已從定，可於工課完時，請其將讀過之書，每日細講一章或兩章，先難後易。果然日日如是，則數月之後必另有一番進境也。……

（越案：要“文理通順”，非“熟讀深思”不可。大伯父確明教導後輩之道。）

（三）……作文與寫信，名雖異而實同。汝由讀書不多，讀書時亦不肯用心，故一經動筆，即有格格不妥之病。爲今之計，須擇淺而易曉之書，隨時翻看，即閑書中如《三國演義》、《水滸》、《蕩寇誌》、《聊齋》，皆能開人心思，教人用筆。此等况味，有不能言傳之苦。至於算學書，門徑極多，且有藉人指示這處，非投師不可；即英法兩國之語言文字，亦當今急務，有志者宜兼習也。……

（越案：此信開家兄習算學之門，開越習英語之門。同時家兄與越——尤其是越——大看小説。）

（四）……彦侄改習英文，正應爲之事。余詢之他人，與攷之書籍，凡習英文者，先貴辨音，次學拼法。好在有字即有音，有音即成語言。各國同此字母，熟習之即可類推。所難者，動物，植物，及一切物件之名目，種類繁多，名稱不一，必須逐一記明。至於文理，并不深奥，實易解悟，不如華文之難。……

（越案：余於習英語之時，并不全拋國文，“兼”習而非“改”習也。音、字、名三層，今日視之，似爲淺顯，但在當日，則爲奇論。“彦”即越，越譜名“之彦”。）

（五）……彦侄既改習英文，斷不可偏重語言一邊。然識字與拼字法，實爲讀洋文要訣，緣西國字母本於羅馬，西人口音各國雖有不同，而字母則止有此數。若學者得其門徑，止要將字母之本音辨正，則拼法已定，而各國之語言文字不難全行通曉矣。……

（越案：此亦當時之奇論。）

（六）……院考約在何時？讀書人以讀書爲主；功名之得失，不必問也。彦侄寄來之信，文理已通；從此用功，亦必有成。弟從兄讀，不特執經問難，兩人各有進益；而一室言笑，手足之情，愈見親密。聰侄既看注疏，即不可間斷。然讀時文之外，須帶讀古文，蓋以時文中好句調，皆從古文□□出來也。……彦侄寫字，不甚得法，現在已臨歐否？歐帖趙帖，俱易摹倣，且可救彦之弊。寫字不能懸腕，終不能作大字。執筆止用三指，要空要活動，筆尖落紙，要直要莊，不宜平軟。作字八法，不可不講究也。

（越案："聰"係家兄之乳名。家兄譜名"之棟"，字"由廑"。余從小不知習字，所以至今書法惡劣，到處吃虧。）

（七）……閱《申報》知文宗按臨湖郡。吾侄院試正忙，余遠處都門，日盼喜信。昨日接來稟，得悉侄已蒙文宗取中，以三十名入泮，欣喜之至！此次場作，卻無大疵，勝於縣府試文多矣。……以余兄弟輩論，雅材、静齋、小雲皆由佾生而取進。余於戊午已得佾生，因次歲即分部供職，故不得身列膠庠。迄今思之，覺得吃虧頗不小也！……

（越案：此賀家兄入泮之信也，雅材、静齋、小雲係老房與老二房三位伯父之字也。）

（八）……侄此次場作，文筆條暢，學業大有進步，可喜之至！至補廪一節，余意似當趕辦，不可失此機會。此次需費稍多，力有不濟，則余以骨肉至親，無袖手之理；屆時應接濟若干，自必極力玉成也。但願侄於課徒之暇，多讀書，多閱報章，多擬闈題，隨文期自課。倘邀祖宗默佑，一戰成功，則區區一廪生，不補亦不足惜。至於應讀之新書，實屬太多。目下上海各局所印售者，報紙上俱有之。如親友中有購得者，可於借閱時，將緊要事實，分類手録一册，以備檢查（此係極便易之事），否則選其極新者購置數部。凡政治、法律、外交與工農商業製造，天算輿地，聲光化電，及練兵警備等西法，皆當逐要録存。内惟聲光化電，試官亦未嘗攷究，故試題每不及此，尚可置爲緩圖。中學之講史事者，漢唐與元各朝，本朝則東北一帶題目最多。經學則《周官》、《禮記》、《尚書》、《左傳》，列子則《管》《墨》等書。若《荀子》、若《吕氏春秋》、若《孫子》，亦皆試官所重視之書。故目下攷試，實非易事；而去歲一科，其唾手而得者，又不知凡幾。此又視各人之命運如何也。科目一途，他日必廢，且爲期亦不甚遠；有心人當及早著鞭也。……

（越案：此家兄於入泮之次年，過歲攷後所得者也。信中所開各科書目，皆爲鄉場——攷舉人——之用。）

（原載一九四四年十一月、一九四五年六月《文史半月刊》第一期、第二期）

小攷在清末

小攷在光緒二十年甲午（公曆一八九四年）以後，已經遭受輕視了，因爲上上下下都知道國力日弱，欲整頓内治，欲避免外患，決非學問淺薄的、不知時務的、連“豆腐都換不到”吃的秀才所能爲力。所以當時有提倡興辦學校者，有提倡出洋留學者，有提倡改試策論者，亦有提倡廢除科舉者。這許多事，後來雖然經過戊戌年的一度改而不改，變而不變，後來雖然經過不少波折——這許多事，後來無不逐漸一一舉行。但到了今天，國家依舊不强，外患依舊未除，做過舊八股的人，又做起新八股來了。

做過舊八股的人，又做新八股——我倒是一個實例。我於二十歲（光緒三十年甲辰，公曆一九零四年）入泮（進秀才）。那年科舉雖尚未廢，然已改試經義策論。不過我十四五歲時已有人教我讀“時文”（八股）、做“時文”；我的秀才不由八股換來，但我深知它的作法，到此刻六十歲，我仍能明白全篇的結構：破題，承題，起講，起股，中股，後股等等，所以我敢稱自己爲“做過舊八股的人”。但是爲什麽我是個“做新八股”的人呢？八股在今日——不，八股在清末——已視爲無用之物，無益於國，無益於身的文字。現在我常常在刊物上所發表的議論與感想，有幾個人要看？能够有益於國家麽？可以有益於身心麽？我的文字既不合科學原理又絕無美術趣味，豈不是等於廢話，等於八股麽？

本篇言清末的小攷，我離題了。讓我"言歸正傳"罷：

小攷就是攷秀才。但攷舉人，攷進士，不稱大攷；攷舉人叫做鄉試，攷進士叫做會試。我没有赴過鄉試，没有中過舉人，當然不能會試，當然不能中進士、點狀元。鄉試會試的情形，我一點都不知道。我所知道的，衹有小攷，并且是清末光緒二十年以後湖州府屬的小攷。

小攷分三試：(一)縣試，(二)府試，(三)院試。縣試在各縣舉行，府試院試則在府城舉行。院試，亦稱道攷。

我們湖(州)府，共有七縣：烏程，歸安，長興，德清，安吉，攷豐，武康。我家世居城内，居於首縣烏程。程安兩縣名額不多，而"士子"(文童)較多，不易獲取。外縣"士子"不多而名額較多，容易獲取。但當時定例：屬於甲縣者，不得投攷乙縣，否則犯"冒"攷之罪。所以當小攷盛行之時往往發生一件極不公平之事：首縣之失敗者，反較外縣之成功者爲佳，其差别決在師生(老師與學生)之上。某學臺莅某府(不是湖州府)的時候，看到三個士子的三本卷子，一本都不通，一本都没有完篇，他自忖道，"那一縣的文化太差了。然而朝廷的定額是十六人，現在只有三人來攷，非全取不可。這三本卷子，一本都不通，一本都不完篇。……好，好，把他們都取了罷！讓我來批。"

他在最好的一本上，批了"放狗屁"三字；在其中的一本上，批了"狗放屁"三字；在最劣的一本上，批了"放屁狗"三字。

他的"幕賓"在旁微笑而問道，"請教這三個批語有何不同？"

學臺答道，"不同，不同，很不同。放狗屁者，尚有人性，他偶然放一狗屁；狗放屁者，固然是狗，但他不以放屁爲主要之事；放屁狗最劣，他非獨是狗，并且以放屁爲正業。"

閑話少説，續談小攷——縣試、府試、院試：

(一)縣試。——縣試亦稱縣攷，分三場：頭場，復試，終復，地點大概總在縣署内。縣試的攷官,是知縣(縣長)。唱名,封門……等等儀式,無不一一舉行,但士子在歸號後,無人查察,無人監視,任你翻書,任你槍替,全不遭受干涉。其原因是,縣攷無非形式,被黜者,仍得過府攷。

(二)府試。——府試亦稱府攷,亦分三場。攷官是知府。地點在我們湖州。因爲府署太小,借用右文館。右文館(俗名"紅門館")是專爲學臺而設的正式試場。

府試亦不嚴格——可以帶書,可以槍替。府試被黜者,亦得過院試。但是縣攷府攷在前十名者,學臺無不録取,一則因爲這十個人的程度總比較好些,二則因爲府縣官的面子,也不得不完。我在二十歲第二次出攷那一年,府縣攷都在三名前;第一次出攷(十七歲春),名次也不低,在前五十名的所謂"頭圖"内。但是因爲提復(解見後)時,誤解了題目《孟獻子》(即仲孫蔑,魯大夫)請城虎牢以逼鄭,未曾獲取。

(三)院試。——院試亦稱道攷,分正場、提復、終復三場。正場甚嚴,要收檢,受監視——不準夾帶,不準槍替。(此二字作"捉刀"解),頭場被黜者,全無秀才的希望,只剩文童的空名。

提復更嚴。場中人數既少,監視之力愈增。非獨不準夾帶,不能翻書,并且按時按刻要完篇(三百字以上),要交卷。不完篇者不取,遲交卷者奪去。我們攷在十名前的,更加苦悶。我們"吊"在大堂上,時時刻刻受道差的怒視,并且學臺自己也坐在堂上,東看西看地查察我們,有時他還要跑到我們桌子邊來看我們起稾,看我們謄清。

我復試的題目是"有心哉擊磬乎"。那一年的"大宗師"(學臺)姓陳名兆棻,性情似乎比較前科張亨嘉和平些;監視的道差,也没有像張氏那樣多。我的遠戚,因爲年輕,被"吊"爲幼童,也在大堂,坐在我前一排,他趁監視者遠離之際。輕輕道:"月哥(我在二十歲前,以'月船'爲字,'越然'是後來改的。我的攷名是'之彦'兩字。)救救命!題目解説不出。救救命!寫一二十個字給我。"

他一而再,再而三的哀求,我聽得心亂了,寫了五六十個字,揉做一團,置於桌邊,輕輕道:"寫好了,在桌邊。小紙團,自己拿。當心，當心——要當心道差。”他快得很，一舉手紙團失踪。那年他果然入泮，不過他穿“紅靴子”（末一名）。

或者問道，“然則在那種謹嚴的監視情形之下，槍替亦非絶對不能？”

是呀，是呀！就是在我入泮那一年的正場中，也發生一件破記録的槍替事件。據説有一位姓沈者，年已三旬，屢試不售，那一年的題目（正場）“是或一道也”，他又不知出典，無法動手，旁座剛巧有個健於文者，并且是姓沈的“熟人”。沈對他説道：“你替我做一篇，可不可以？替我做一篇，隨你什麼條款（條件）。”那人道：“可以，可以，每字一元（一個銀圓）。”沈道：“算數（決定），算數。不進（入泮）怎樣？不進半數，好麽？”那人道，“算數。”

後來發榜，沈姓被黜。沈付半數，那人不受，説道，“我的文章，不會不進學的。我恐怕你誤謄了，寫了白（别）字了。待學臺去後，原卷拿出來看，再定奪罷。”

卷子拿出來的時候，果然發現許許多多别字。那人因爲每字一元的關係，多添“之”字（總寫得半真半草）。沈姓性急慌忙，誤視了，以爲都是“三”字，都誤寫了。沈姓未曾入泮，請人評理，又評不過。只得忍氣吞聲地依照每字一元的“潤格”，白費三百二十餘元。

插入的故事，未免太長，我當立時停止，繼言院試的最末一場——終復。

終復也有叫做大復試者。那一場完完全全是形式，學臺固然也要點名，也要封門，也要出題，但不收檢，并且你所做的文章（包括八股、經義、策論、五言詩）不論怎樣不通，你不會被黜的；就是你抄篇刻文，也不妨大事，你總是一個秀才。我是個膽小人，在大復試時當然不敢抄刻文。我静坐默思，對於題目看了又看，看了又看，一句話都没有，一個字都寫不下去。我已經是秀才了，我樂極了——全身發抖。後來我不知道自己寫些什麽，怎樣完卷。但是我們同鄉中也有膽大的人，就是後來大革命家沈虬齋（事實見拙著《六十回憶》中的《辛亥革命》篇）。他在終復場中不做文章，謄録全部《三字經》！他被罰——三次停科：不準鄉試。

最末，我還有幾句話：

取得秀才之後,倘然没有經過"歲攷",不能進鄉場、攷舉人。這種新秀才,倘然要進鄉場,應當先攷"遺才"。歲攷是下一年或者下一科,與攷秀才同時舉行的。遺才當年可攷,實在是鄉場的預試;不親去者,可托門斗(教官的司事,教官亦稱學老師)請人代替。

歲試分别一、二、三、四等。一等前幾名或可補廩。列入四等者,不準鄉試,但可攷遺才。我攷進歲試,真的列入四等。我所以列入四等的緣故,因爲我有兩件錯誤:(一)我好好的做成一篇理則論,開首四句,每句四字——自以爲老到得很!我自言自語道,"這幾句話,不像我做的——太好,太妙。此刻新學已經盛行,讓我在它們上面加幾個字罷,加——斯密亞丹曰——五個字罷。"不料後來將落卷取出來的時候,看見閱卷者(想非學臺本人)在五字之旁打了一個大墨棍!後面的文章,恐怕他一句也不看。(二)我做英文翻譯時,不用"子曰"(The Master said),而用"孔子曰"(Confucius said)。不知哪一位閱卷"大臣"以爲錯了,以爲不合《華英四書》的語調,也在"孔子曰"之下,用朱筆劃一粗劃。同時,我代我的譜兄全録《華英四書》,完成一本翻譯卷,倒攷取一等五名。這位閱卷者,豈不是拿了《華英四書》硬對的麽?

我没有攷過遺才,我無志"上進",没有取得舉人的志願。我當時最大的志願是想學西文,想做個科學家,或者外交家。

確然,確然,上面的"最末"有三四百字,太長了,不像"最末"。讓我换一個形式相像的"最末"罷:

最末,科舉爲國家舊時求取人才唯一之途。我在上面所講,并非科舉或者小攷的全體,我講我所知道的、親歷的。欲研究科舉制度的全體者,可閱《學政全書》。

(原載一九四五年五月《風雨談》第十八期)

"商 編"

本篇講民初與"一·二八"間商務印書館編譯所的幾個逸話,——或關紀律,或多興味,都是我所親見親聞及親身經驗的。"商編"兩字是簡稱,我不喜歡拿五個字或者十個字以爲題目(書名或篇名)。

"商編"已成過去的事,已成歷史上的名詞了。現在的商務印書館,不設編譯所。現在的"商館"(簡稱,下同)設上海辦事處,下面分第一系、第二系、第三系、第四系等等。從前的商館分爲三大所:(一)編譯所,(二)印刷所,(三)發行所。它們的上面,加設總管理處。我從民國四年起,就在編譯所任事,所以知道它的事情頗多。茲擇幾件較有價值者,陳述如下:

(一)準時辦事

商編辦公,有規定鐘點,如上午九時起十二時止,下午一時起四時止。開始與終止,均以摇鈴爲號。各部各有一名册,名職員於到所之時——分上下午兩次——必在自己的姓氏下親書"到"字。否則作曠班論(不給薪水)。此類名册,於摇鈴後五分鐘,由庶務處收去。遲到者或早退者,可在門首簿上自書姓名及遲到早退的時刻(作曠分論,略扣薪水)。

除劃到外,各職員每日須寫日記,略記上下午兩班所作何事,如翻譯何書,約若干字。日記係印成的單頁式,約長六英寸,廣三英寸。

各職員對於日記均無好感,因爲寫它的時候,必在散工之際,精疲力盡的緣故。某編輯精於國文,勤於工作,但最恨日記,每日只寫"日常工作"四字。後來,所長查見了,馬上跑去警告他道:"某先生,這樣寫日記是不對的,一點事實也没有。以後請你寫得仔細些。"第二天,所長查看日記的時候,見那位編輯先生在那張五寸長、三寸廣的單頁上作蠅頭小楷約計五六百字。所長又特地跑過去對他説道:"某先生,昨天的太仔細了。你以後寫二三十字就够了。四個字太少,數百字太多,酌中最好——酌中,二三十字。"

過了數年之後,老所長改職,虛行故事的日記,無影無踪地取消了。同時,劃到簿取消,改用鐘片製。鐘片製就是以最新式的時計,記録職員到館的時刻。各人將紙片插入鐘内,將銅柄輕輕一按,釘鈴一響,而時刻畢露。此製非獨紀録確切并且絶對無弊。商館所用的那些科學時鐘,大半是皮魯克(Burk)公司製造的,據説價值很大。

現在,上海商館的職工,除了四協五襄一代經外,依舊每日打鐘(“四協五襄一代經”,就是四位協理,五位襄理、一位代理經理的意思)。

(二)寒暖不均

“商編”在民十以前,雖分部辦事,然并不分室辦事。上自所長,下至茶役,統統在一間大室。比較老派的幾部,位置在西南角。比較新派的幾部,位置在東南角。中間是一條不用板壁分隔的走廊。入口(門)在正北離北十餘步(約全走廊三分之一),爲所長之席。所長的後背,皆剪剪貼貼、算算數數的助員。所長的前面及左右,則爲各部人員。民初的統間中,約百餘人。

我們的位置已經説明了,讓我來講一個笑話罷:

在東南角的新派,總是不熱的時候時時怕熱,不冷的時候已經怕冷。在東北角的老派,總是未冷的時候時時怕冷,已冷的時候全不怕冷。我不知道是什麽道理,不過我們共事多時,每年總有這種情形發生。某年秋冬之交,天氣悶熱,我們東南角人,把窗子完全打開。清風徐來我們覺得甚爲舒服。不料,西南角上一位紹縣老同事,大聲疾呼地叫:“通寶(茶役名),通寶,通寶! 快點、快點! 風這樣大,疼死我了。你快把亨頭(那邊)的窗子關起來。”兩日之後天氣大變。我們穿西裝者,覺得很冷,馬上叫茶役生火。爐子剛巧“烘、烘、烘”地發聲,對面那位老同事哈哈大笑,并且站起來把西面的窗子都打開了。他坐下去的時候,又自言自語道:“前天那樣冷,他們開窗。今天這樣熱,他們生火。少年人的思想,當然與我們的不同。難道他們的感覺也與我們的不同麽?”

東南角與西南角,雖時有抵觸,然絶不冲突。真正冲突,只有一次,不在對角,在我們的本角——在本角的我與吾友吴君。當日的實情如下:

那天已經是初秋了,天氣并不甚熱。我身旁有轉動電扇一具,不知不覺把它開了。半小時後,我到外面去會客。歸來時,見電扇已經關了,我又把它開了。數分鐘後,我去小便,歸來時,又見電扇關了。我自言自語道:“什麽? 什麽? 有鬼! 難道電扇見我不在會自動停止麽?”我又把它開了。

吴君大怒,大步過來,用猛力把它關了,并且對我説道:“我不要電扇,爲什麽我關了,你又要開?”我答道:“我要電扇,爲什麽我開了,你又來關了?”他説道:“我有病,不能受風。倘然加重,怎樣?”我答道:“你有病,應該請假,在家静養,不應該在此地騙取薪水。”他説道:“我去叫電氣匠來拆除它。”我説道:“我的風扇,我不發命令,誰敢來拆?”從此日起,大約一個月内,我們彼此不理睬。後來知道,這件事雙方誤會,我們兩人仍爲好友。吴君結婚的時候,我非獨送了一份重禮,并且還去賀喜鬧房。

(三)紀律謹嚴

我們的統間中,人數雖然有一百多,但是除了咳嗽噴嚏外,全無談話的聲音。我們和同事互相請教的時候,也得偷偷地講,否則别部同事或者所長,要向我們注視,注意我們。我們在統間中所聽見者,只有所長發電話或接電話與外界辦交涉的人聲。民初“商編”室中,除所長有一臺機得與外界通話外,其他諸人必在室外樓梯間發話或接話。後來改良,全廠及編譯所採用自動電話,部與部間得隨時講談,然與外界通話仍須到固定之處。“一・二八”後,全體人員幾幾乎都在特區辦事,非獨襄協代經各有一臺機,就是各系主任也有種種通話的便利。

講到電話,倒有一件富多興趣的事:

此事大約發生於民九、十的某日下午五時之後。“商編 ”五時散班。有一位“不相識”的同事,在電話室大“喂、喂 ”而特“喂 、喂”——横打打不通,竪打也打不通。他“喂、喂 、喂”的聲音很響,很高,很煩惱人。電話室隔壁是一間小會議室,兩三位巨頭正在裏面討論“大政方針”。“砰”的一響,會議室中跑出一位巨頭來,用極嚴厲的聲音問道:“你是什麽東西? 喂,喂,喂個不了! 打什麽電話? 電話是這樣打的麽? 現在是打電話的時候麽? 你姓什麽? 叫什麽名字? ……滚、滚、滚! 快些滚出去!”

那位同事,到職不久,不認識巨頭是何姓何名。第二天早晨,他把那個“故事”細細講給同人聽,并且請問别人:“他是哪一個? 他是不是大好老?”别人都對他狂笑,推説“猜不出,不知道”。

我講“半天”電話,似乎有些離題。其實藉此亦足以見我們當時管束之嚴,紀律之善。下面所述的故事,真是紀律了:

“商編”同人,在辦公室時間内,不準閲報——這是當年的館規。有某某部長兼博士(以下簡稱“部博”)者,偶然不慎,“偷”看西文日報。主管人(以下簡稱“主管”)察見了,立刻跑過去用英語問道:“博士,你現在正幹何事?”

部博道:“我正在看本日晨報呀。”

主管道:“真的麽?你看報麽?你在公司這許多年,連我們的規則都不知道麽?在辦公時間,公司不準任何人看報,你忘記了麽?”

部博馬上把報紙向抽屜中一塞,同時紅了臉説道:“請原諒我。我錯了——我錯了。”

即此一端已足見商館管理之密。它所以能够成爲最大文化機關者不是無緣無故的。下面還有一個關於紀律的故事:

那天是星期六。我們英文部的多數同人加入西洋人所組織的星期六俱樂部(Saturday Club),每星期舉行一次,時間總是中午,地點總在寧波路卡爾登。我們十二時而往,二時回館,——吃吃大菜,聽聽演説,見見朋友,談談閑天,自以爲是一種極高尚的消遣。那天因爲演講較長,我們回館的時間也較遲些。我剛巧坐下,就有一位滿口哭聲的新同事哀求我道:“周兄,請你救救我。不得了,不得了!你們回來太遲了,我鬧一件大怪事。”我問道:“什麽事?什麽大怪事?快説,快説!”他答道:“我飯後回館的時候,没有事做,我一時坐不定,就在走廊中跑來跑去。跑了十幾遍,被主管看見了。他奔過來問我道:‘你爲什麽跑來跑去不做事?你貴姓?……’我答道:‘某先生,我姓某。我不是不做事,因爲他們出去了,没有事做。……’主管道:‘你年紀輕輕,不要瞎説。我們這樣的一個大公司,哪裏會没有事做?你跟我來!他們不回來,我可以給你工作。你來!這幾本西洋雜誌,你拿去翻譯。……喂,喂,四星期内要翻完的呀。’你看,一共十四本雜誌,叫我怎樣翻得完?請你幫幫忙,救救我。”我哈哈大笑而答他道:“不要着慌,不要着慌!包我身上,你不犯國法,決無人敢槍斃你。”他道:“我心亂如麻,請你不要開玩笑。”

我道："好，好，我不開玩笑，但是主管已經同你開過玩笑了。十四本西洋雜誌，二十四天怎樣翻完？并且統統翻出來，有什麽用？你把它們拿到我桌子上來，過幾天，我代你去交還好了。"他道："不要緊麽？靠得住麽？"我道："我以爲靠得住的，倘然你不以爲然，那末你自己去辦。"他道："好，好，靠得住，靠得住——我托你辦，謝謝。"

（四）定期刊物

上文講過"商編"規定不準任何人在辦公時間内閲讀日報，但我在舊時的"商編"中，曾經大看報而特看報。我進"商編"不久，就爲它的《英文雜誌》（月刊）輯新聞，後來又爲它的《英語週刊》輯新聞。那兩種刊物每期所載的新聞并不多，但是每天非把當地的日報翻翻剪剪不可。有一天，主管查見了，他一聲不響慢慢地走到身旁來。他見我東剪西貼，東涂西改，知道我不是"偷"看日報。他看了"半天"，仍舊不知道我所作何事。他不得已而問道："周先生，這些是什麽？做什麽用？"我站起身來答道："這些是新聞，爲某某刊物編的。"他道："我看你倒很費力呀。"我道："不能不這樣，否則他們要説我們抄襲，弄得不好，還要打官司，哈哈。"他點點頭，去了。我坐下，向隔座的那位老同事做個鬼臉。

商館的定期刊物，不止《英文雜誌》及《英語週刊》兩種。此外還有《教育雜誌》、《婦女雜誌》、《小説月報》、《東方雜誌》等等。資格算"東方"最老。最初由杜亞泉爲主編，後來由錢智修爲主編，更後來由李聖五（現任教育部長）爲主編——直至"八·一三"之後。

當杜老先生做主編的時候，"東方"的銷數極大，每期至少二萬。定期刊物每月銷兩萬，當時之人無不視爲奇事。杜老先生當然很得意，但同時他遇到了"仇人"。陳獨秀的《新青年》印刷不良，紙張不佳，因此銷路不廣。但《新青年》幾幾乎每期譏諷"東方"，批評"東方"。最初罵"雜誌"兩字不通，後來罵"東方"内容不良。杜先生大怒，做了幾篇反駁的大文章。所長勸他不要發表，他不答應。所長召集一次各部會議，問大家到底要不要反駁。大家都主張自己改進，不主張反駁他人。杜先生更加發怒，暗暗地把反駁的幾篇文章在"東方"上發表了。《新青年》又來了幾個辯駁，杜先生憤極辭職("東方"主編之職),而《新青年》則銷數由三四百份突然跳至一萬數千份。辦新報者——包括日刊期刊、大報小報——本有採用譏罵以爲推銷的方法。他們最怕的,是對方不理。倘然對方一理,那末對方讀者的大多數,定必購買新出的報。杜老先生是老實人,不明此理,所以上了大當。我們辦《英語週刊》,也有人在新刊物上作虛僞的責難,然而我們專求改進,全不理睬。某次——在"一·二八"後——他們"罵"得太糊涂了。我們決定回答他們,但是我們不利用"英刊"爲工具。我們請求外面的幾位同志,在不相關的著名刊物上同他們"大鬧",鬧到請律師,到公堂,非獨商館經理全不知道有此一事,就是"英刊"讀者也不知道我們"罵"人,就是某著名刊物的讀者也不知道我們罵的是什麽東西。

上面述者,雖是瑣事,倒是史實。現在文學界諸公看見了,必定大笑——大笑我們從前的幼稚狀况。

(原載一九四四年十一月十日《雜誌》第十四卷第二期)

版税大王

我們上海,豈不是有許許多多所謂"大王"也者麽?我們有了"糊壁大王",還有"漿糊大王";有了"排骨大王",還有"冷面大王"……將來一定會有"白米大王","煤球大王","裁縫大王","包車大王","大厦大王"……但是過去有個大王,叫做"版税大王"——恐怕大家都不知道罷。這個名稱,有它的來源,請閱下述故事:

約民國十七八年的時候,某某大學中有四五位教授在預備室中閑談。其中一位,口銜卷煙而忽然問道,"諸公知道中國的版税大王是哪一個?"發問者何人,已經忘了;姑且稱他姓張罷。

其時有位坐立不定的丁教授答道:"我知道,我知道——不是嚴幾道,定是林琴南。是不是?對不對?"

張教授道:"不對,不對!我所指的,是此刻的人,不是以前的人。嚴幾道與林琴南,都屬於過去,并且他們賣著作權(賣稾),不收版税。他們不是版税大王。就是著作等身的那——那——那個謝洪賚也不取版税,也是賣稟的。”

丁教授想了半天,遲遲疑疑地説道:“那末,是哪一個呢?是哪一個呢?是不是胡適之?是不是魯迅?恐怕是林語堂。……”同時,坐在屋角的陳教授慢慢起立,正正經經地報告道:“我去年——前兩年——在美國出版的《獨立週報》(Independent)上見過一段消息,稱《英語模範讀本》的編者周越然君,每年所得版税約美金五十萬(?)元,這個消息一定確切可靠。那末,他當然是版税大王。”

這個故事,是我的朋友在最近講給我聽的。幾位教授閑談的時候,他也在場;不過他還没有認識我。他們贈我這個尊稱,我理應感激。但是我真不敢當,我何嘗是大王?讓我在下面略談我收獲版税的實情:

我第一次取得版税,是民國七年秋季——數月不過二百多元。我狂奔,因爲那時的米價便宜,家中人口又少;二百元可購米二十石,足够一年食糧。到了次年夏天,我因爲有急用,想向公司預支版税七百元。我請鄺耀西先生代説。他的回音是很客氣,并且很公正。他説道:“我已經向某某先生商量過了,他説‘公司没預支版税的章程。倘然周君有急需,他可以向我自己借,不要抵押品,利息依照銀行通率。還有一件事,請你對周君一説,版税不得作爲正常收入,有時多些,一二百元,有時少些,二三十元。七百元不是小數。預支了這樣一個數目,講不定要兩年三年,或者四年五年,才能償還。利息怎樣算呢?手續麻煩得很。你去勸他不要借錢。’——周君,你想怎樣?我自己因爲在施高塔路造屋,也缺少錢,否則我願意幫助你。”

我道:“鄺博士,我謝謝你。你代我説話,就是幫助我。借錢的事,讓我另處想法罷。”次日,我向朋友借到六百元,拿家中所有珠飾的一部分以爲抵押。

我的臨時“難關”度過了,但是什麽時候有清償的能力呢?七百元既然不是小數,六百元是小數麽?版税無恒固性,“不得作爲正常收入”——他們是内行,他們的“教訓”一定不會錯的,我不應該把版税打在算盤上。我自言自語地自警道:“快快設法還債!不要等待版税!”

到了秋季——八月底——結帳的時候，有個會計科的同事——也是我的同鄉——一天下午，暗暗關照我道："老鄉，你這一期的版稅，一共有七千餘元。公司執政諸公不信有這樣多，以爲我們結數錯誤，叫我們細查。我們查了兩天，毫無錯誤。公司又以爲分館有誤，昨天已經打電報到各處去查問了。他們想必馬上就有回電來。等到他們的回電全來了，我們照例應該重復審查。倘然分館總館都不錯誤，豈不是公司就要付你七千元麽？"

我答道："好了，好了！何必開玩笑？我也不相信有此大數。"同時，我的心動了，我的腿抖了。我有些立不定，坐不穩，自己也不知道自己是樂是悲。不待他離去，我已經自想道："真的七千元麽？那末，我發財了。七百元商借不到，七千元倒快來了。好，好！還債六百元，尚存六千幾百元。六千幾百元——是個大數目，大數目。"

那晚回家，我的脚步很快很輕，望出去看見的房屋，所所都是大厦；在路上碰見的熟人，個個都是朋友。晚餐後在書室中閑走閑坐的時候，我默思道："倘然每期是七千元，一年三期（當時商務分四月底、八月底、十二月底三期結算版稅），豈不是兩萬餘元麽？倘然每年是兩萬元，倘然我能够'分文'不用，都把它們儲蓄起來，那末十年之後，我豈不是有二十多萬現款麽？等到那個時候，我應當辭職，回家鄉，享清福，扮富翁。"

後來《模範讀本》的銷數"日增月盛"，我每年所得的版稅，有不止二萬元者。記得某一期（八月底結帳），我共得一萬七千數百元，這是最高記録，你想大不大？當時的米價，每石約十元左右。一萬七千元，可購白米一千七百石，合月下一萬萬七千萬，數目還不大麽？

在"一·二八"以前的七八年中，我每年總有好幾次一萬萬以上的進款——雖然不是每期一萬七千元；但是每年一萬萬二三千萬元的次數也不少。照此新法計算，有如許版稅的作者，當然是個大王。然而我不知道"急流勇退"——我不馬上辭職，我不馬上返鄉，我不馬上囤米。

我怎樣呢？我買了一塊小地皮，造了一所小樓房——凡爲王者，理應有"土地"，有"宫室"是不是？我已經生了許多兒女——

"人民"有了。我所缺者是"文化",所以我購買古書,購買西書。土地也有了,宮室也有了,人民也有了,文化也有了——我的"國度"還不齊備麼?我還不配做大王麼?

我的命運壞得很——我爲王的時期很短。"一·二八"事變,火神"革命",把我的宮室毁了,把我的文化毁了。土地雖然未毁,但因種種關係,早已讓與"鄰邦"。所存者只有人民,現在還天天吃這些從前未曾囤積的米!

笑話已經講完了。讓我將那部《模範讀本》再提一提,以爲本篇的結束。

《模範讀本》,目下正在冬眠中,正在半死半活中。購買的人,間或有之,然而不多。版税呢?從前已經預付了,現在當然不能重給。所以,從前一期一萬七千,可以算得大王,那末現在分文無着,當然是個小鬼。

最末,商務的版税,最高百分之五十,最低百分之(點)七五。"(點)七五"是半版税,一半賣稟,一半版税。我的版税,最初爲百分之十,後改爲百分之十五,後又改爲百分之十。耳聞最近有人向商務收得百分之十的版税七十萬元,算得大麼?他是不是現在的版税大王?

（原載一九四五年六月《風雨談》第十九期）

廿一年之春冬

（下面節錄者,民國二十一年春冬兩季之日記(?)也。余作日記,全無恒心,有時連寫數日,有時數月不動手,忙耶懶耶?無事可記耶?抑有事而不敢記,不能記耶?此數問,余自己亦不能答之。茲承本刊編者之邀,抽暇抄錄數條以為應答,粗陋不恭,千乞原宥。)

二十一年三月十一日。—— 一個月前車夫小虎往閘北窺探時,見三省里房屋尚未全毁。入門,見書桌上余常用之《牛津袖珍字典》尚無人盜去,即取之而出。今日(言言齋已證實全毁矣)靜坐無聊,余在其封面後,護頁上作一短跋如下:

余藏西書約二千餘種,內有絕版者數十冊。閘北之戰,余家首當其衝,所有三省裏五號自建屋宇,中西書籍,及一切日用之物,均被焚毀。此僅存之西書也,留之以作紀念。

三月廿三日。—— 今日上海各大報均有言言齋被焚之記載。茲錄《時事新報》第二張第一版之詞如下:

英文專家周越然先生,在商務印書館供職,任函授學社副社長及英文編輯主任。其著作尤以《英語模範讀本》為當世所傳誦。居恒儉樸無嗜好。二十年辛勤從事於著述,所集酬資悉數採辦中西典籍。近數年來,所得中西名貴古書尤夥,收藏於閘北天通庵路五號自建寓所。據聞滬變後,全寓被炮火所毀。該寓占地三十九方六,其藏書處名言言齋,藏有宋元明清精本約二千數百種,計一百六七十箱,西文三千餘冊,內有絕版者百餘種,古玩二百餘件,及太平天國文件等,悉付劫灰。(下略)

八月一日。—— 本日商館複業。函校設辦事處於勞爾東路頤德坊十九號。

十月四日。—— 澄華與余合編之《英語三十二故事》,其第一次版稅共得十三元零五分,吾二人已均分矣。

美國人 Sidney Lanier 著有一甚奇之書,名曰《英詩學》(*The Science of English Verse*),現已絕版,有機會時,當托英美留學之友人代訪之。

十月六日。——澄華獨編之《英語短篇散文選》,又澄華與余合編之《英語模範短篇小說》,已於今日午後將全份校樣面交李伯嘉兄(商館出版部長),李君謂此二書最好在滬上重排。倘兩個月內無辦法,只好發港廠代辦。李君所簽名之回單兩紙,已掛號寄澄華保存。

十月十二日。—— 余於本月初得一孫女。擬取名"德成",然不似陰性,故未決定。張梅嶺女醫師接生,費三十六元。

劫餘舊書十餘種,如《大意尊聞》,《石室秘錄》,《司馬氏司儀》,《述學》,《輶軒語》等,因屋小無法保存,已送交中國書店,托其代售矣。

《英語週刊》新一號,今日出版,遲十天矣。一二八事變,商館廠屋全毀,機器盡失,難怪其然也。

十月十五日。—— 上海市災區火險賠款協會,余被舉為委員之一。現乏開銷,余除前三十元外,又送去百元。

十月二十日。—— 英美出版書籍,可作高中及大學教科書之用者,市上皆有翻印,形式甚佳,刷印亦不劣。聞此事始於北方,後推行至蘇,現已盛行海上矣。與其事者,有學校教師與失業工人。彼等以此為生,而外國作家因此死矣! 彼等打倒金價,固然有功,但偽造盜竊之罪,不能逃也。(案八一三前後,翻印西書,已成上海各大行業之一,已由秘密而公開矣。上文所言,尚在民廿一之冬,故不合時勢如斯)

十月廿六日。—— 閘北三省裏焚餘牆壁及鐵門,鐵柵等,由莊百俞君經手代為售去,得價六百五十元。承購人先付二百元,其餘言明月底付清。言言齋為餘半生心血所成,其房屋及其內容,共值十餘萬元,而收回者只此細數,真煩悶亦可笑也。

十月廿八日。—— 家兄主辦之湖州旅滬中小學,今晨忽然發生驅長風潮。晨十時,余接得宣言一紙,閱之不覺狂笑,因所用文字幾與他校驅長宣言相似也。家兄辦事,素主節儉,故該校稍有積儲。余屢勸其略松而不聽,所以造成此次劣師連結劣生之風潮。家兄兩日前往寧,已去電告知矣。

十二月十二日。—— 午後致晶報館函,其詞如下:

(上略)頃閱十二月十二日貴報載有《歐陸秘辛》一則,涉及鄙人藏有類似《銀梨花下》之書籍數冊雲雲。鄙人愛好西歐文學。昔年曾托旅歐美友人收集名著。後見其中有香豔書籍數種,頗寶重之。尤以《香園》,《老漢》,《情鞭記》,《足本天方夜譚》,《百日以外之二日》諸冊,文字情節,有勝《銀梨花下》者,且皆非易得之品。惜閘北之變,寓樓被毀,所有中西書籍,亦同時遭劫。否則如貴報之留意西方文學者,自當舉邀一觀也(下略)。

十二月十四日。—— 學寫外國語,以合於成語為最難。成語,亦稱慣語,即 idiom 也,其音似"意的母"。譬如 dunghill,必用 clear away,而 dirthole 則用 cleanse out 是也。學者非多讀強記,不能成功。死讀文法,硬記生字,均無益也。

十二月十五日。—— 德國詩人 Heine 雲,"倘然英國沒有煤煙,也沒有英國人,我或者要永居英國。煤煙與英國人兩者,我是不能容忍的"。—— 此語可謂怪極,但隱含深意。

十二月二十日。—— 余家由勞爾東路移居西摩路八三九號。函校辦事處已租定本路某號(門牌號數未定)新建之屋,約明年二月間可以遷入。

(原載一九四三年一月《上海藝術月刊》第二卷第一期)

羅思精小傳

羅思精(John Ruskin),生於西曆一千八百十九年,卒於一千九百年,英之倫敦人也。父爲大酒商,家道素康,羅又夙慧,母教綦嚴,新舊二約,自幼即能默誦,不遺一字。初父欲令之入學,則學年未屆,乃延名師,課諸家中。當長夏天炎,學校放假,其父母往往挈赴歐洲大陸,或北至蘇格蘭,因得盡覽其名山大川,遍歷夫通都大邑。每逢山巔水涯,往往低回留之而不能去云。年四歲,畫工爲之繪像,像成補景,畫工問以所好,則對曰:綠水青山。一千八百四十二年,畢業於牛津大學,年二十三耳。自後從師學繪,頗能不涉蹊徑。然羅折節讀書,不屑以文易藝,其所論著,往往長於寫景,而鼓勵藝術,厥功尤偉。論者以英倫藝術之精,推彼爲前導,其有由矣。自《近世畫工》(*Modern Painters*)一書出版,或有譏其文字太艱澀者,而羅則自曰:"余之爲是書也,自首至末,未嘗有一字之苟;而最要之指歸,即以見天工之巧,與帝力之無所不至,因以顯人爲之不及。且余書之所以異於人,而似較勝於人者,則余書之作,不爲名,不爲利,不感情用事,一以見宇宙間之不可無是書而已。"嗚呼,即此數言,羅之寄托,已可概見。故當其壯歲,文乖一代;雖頗蒙世俗之譏,而今之識者,莫不馨香崇拜,推爲近世文豪。羅之晚年,潛心經濟之學,惟文字艱深,讀其書者,往往廢書而嘆,是亦文人之遺憾也歟。

《金河王》(*The King of The Golden River* 或 *The Black Brothers*)者,羅少時之作也。年二十二,有某女士者,佚者姓名,願得羅文而讀之,羅乃爲成是書,意取娛友,非欲問世也。嗣後稾帙存於一友人處，友人力勸付梓，羅頜之，本書遂通行於世；然則世之得見是書，皆其友人保存慫恿之力也。

一九一三年　周越然識

［原載《足本〈金河王〉（附漢文釋義）》］

"給我力量……"

"給我力量，使我可以輕輕地荷負我的快樂和憂悶（Give me the strength lightly to bear my joys and sorrows）。"太戈爾的這一句話，何等意深而寓遠呵！

太戈爾是詩人，哲學家，文學家，兼教育家。當七年前章太炎先生和我們發起亞洲古學會之先，我已經得知太戈爾煊赫的大名，并且也曾讀過他著作中的好幾本書了。不過對於他的行事，還没有十分明了，後來在那個會裏遇見幾個印度朋友，他們告訴我他的爲人，因此而愈益增加我欽佩的信仰。

及讀到 Roy 的《太戈爾及其詩》（*R. Tagore：The Man and His Poetry*）和太戈爾的《我的回憶》（*My Reminiscence*），我更加明白他的爲人了。

現在我且把所知道的關於太戈爾的事，約略地寫在下邊：

太戈爾是一九一三年諾貝爾學獎金的得者，他的文章看起來很淺近，實在含意甚多，都有他的哲學思想包孕着。

在一千八百六十一年的五月六日，我們這位大詩人誕生在印度的彭加爾。他的父親是印度最大的"精神指導者"（Spiritual leader）中的一個，民衆因爲他努力於社會和宗教的改革，都呼他爲"大聖人"。他的祖父是一個地主，地主協社（Landholders' Society）的創設者，慈善家，而且還是個社會改革家。他的叔祖是一個政治的領袖和著作家。他其餘的祖先，有繪畫家，音樂家，法律和教育的著作家，以及許多别的有用而卓越的人材。總之太戈爾的家庭，是一個望族，對於印度的政治和工業的建設，藝術和音樂的恢復，社會和宗教的改革上，都有絶大的貢獻。

太戈爾是他家里八個男孩，三個女兒裏頭的最幼的一個。他起始受教育的確實日期,不能查攷。不過我們可以知道一定極早的;在六歲以前,已受一個家庭教師的管理。到六歲這一年,他看見他的哥哥和外甥,都入學校,他也要求同去,然而他們是拒絕而不應許。他立刻放聲大哭,那家庭的教師,便發怒而摑他的頰,説道:“你現在哭着想進學校,將來更要哭着出來呢。”

這個預言現在實現了。到了可以入學的一年他立刻投入東方學院(Oriental Seminary)内,在那邊他找不到趣味和愉快。於是他轉學到師範學校去,或者該處更能適合於他。然而結果是失敗。許多同學,都因舉動和習慣的異趨,不悦於他;而他也嫌惡一個教師,那個教師,常慣用一種越乎禮節之外辱駡的語調;所以他堅決地静坐了一年,從來不答復他的問題。後來他的家人再轉送他到彭加爾學校,而他的不願意也仍舊。在他的《自傳》内説:“小孩子在這裏,都很會淘氣,不過不致惹人厭惡罷了……”又説:“屋舍用墻壁來圍護,好像巡警,殘忍而幽慘。房間與其説是人類的居室,無寧説是鴿棚。没有裝飾,没有圖畫,没有色彩的接觸,更没有童心的引起。”

太戈爾天生來就是個大詩人。不過没有適當的地方和適當的人,施以適當的訓練。他的父親也覺到這一層,於是決心送他到自然的學校里去;問他願暢游喜馬拉雅山不要,太戈爾一聽到這個消息,便欣然高聲應了一聲“是”。離棄他那監獄般的學校,趨向富有真美的高山。在這山上,他找得他所喜悦和愉快的。“層層的山坡……都被滿開着花的美麗春色所點綴。”他遍山漫游,在岩石,樹木,泉水,和廣闊的天空里,都尋着許多伴侣。

次年,他十二歲了,又回到家裏來。自從旅行以後,他對於學校生活,愈覺不能忍受,乃住在家裏,從事藝術的修養。把彭加爾文的最重要的書籍統統都讀完。在這年他開始出版他所做的詩集。然而那個家庭的教師,却極不滿意太戈爾的努力於此,再送他到英國去學習律師。他住了一年,仍舊返他可愛的家鄉來。

在英國,太戈爾做了一首詩名《碎了的心》(The Broken Heart),得着許多的讀者,而詩人自己也極喜歡它。那時他正十八歲。從十五六歲到二十二三歲,他寫了許多愛情的詩。他早年用一種新的風格,所做描寫情慾的詩,當初頗受舊式學校的道德和新人物所攻擊——其實他的思想裏并没有什麽不道德,他的表述裏并没有什麽鄙俚,不過道德家和新人物,不懂得這位能引進一種新式的詩新式的風格到世界的文壇上的將來的大詩人的初期作品罷了。

太戈爾的侄兒乾耶底(Jyoti)曾教導他詩學。有一天下午,當時他只有八歲,乾耶底叫他嘗試做一首詩。他一試便成功了。

他的原著,凡是會講彭加爾語的地方,没有不讀的。翻譯做英文和别國文的,讀者更其多了。

他的重要的英譯作品,詩集有:*Gitanjali*④,《採思集》,《新月集》,《園丁集》,《飛鳥集》等,戲曲有《齊德拉》,《暗室之王》,《郵局》,《春之循環》和《犧牲》等;小説有《餓石》,《姨母》,《家庭與世界》等;此外更有《生之實現》,《人格國家主義》等論文集;《我的回憶》是一部自傳,描寫他内心生活的唯一杰作。

太戈爾快要到中國來了,我有幾個小小的意見,敬告(我)將來的歡迎者:

(一)他的著作,應細細地看,慢慢地讀;别只看書上的字,當看字内所含的義。否則,萬不能得着他的意思的。

(二)他的英語講得很好,我們和他談話,須十分小心,不可講錯了英語,使他覺得不快。上次他在日本的時候,他説他受了許多苦,因爲日本人講的英語,十分之九八不能了解。我們切莫再像日本人啊!

(三)印度人不喜我們稱他們爲 Indian,喜歡我們稱他 Hindu,講話時應留意。

(原載一九二三年九月《小説月報》第十四卷第九號)

帽不離頭的文豪

不論炎夏或者嚴冬,不論白天或者夜間,不論家居或者旅行,他的頭上總有一個帽子,不是呢制的睡帽(Nightcap),定是絨製的頭巾(Skullcap)。他——他就是法國近代的大文豪法郎士(Anatole France)——小説家、諷刺家兼評論家,生於公曆一八四四年,卒於一九二四年。

他非獨喜好戴帽，并且喜好躺卧。他的帽子，好歹顔色不同，形式新舊不一，據説有好幾百頂，東丢西攢地都在卧室中。他的床鋪，更加糟了。他的床上，除了枕墊被服之外，還有圍巾，還有布頭；大的小的，破的爛的，統統堆在那邊。他這種好堆好攢，疏怠的"態度"，不是天性，而是習慣。他的父親，是開設舊書鋪的老闆——家眷就在樓上。他幼時無人領帶，常常獨自一人跌跌倒倒地，顛顛僕僕地在鋪中東奔西走。他所見到的，見慣的，無非亂堆之物，無非亂攢之物——剛巧收進來的，或者好久賣不出的舊書。他那個帽不離頭的習慣，也是幼時得到的。來淘舊書的顧客，決不與老闆行脱帽禮；老闆的小兒子更不必與顧客行脱帽禮。他從小戴慣了帽子，所以到老不能除去。

他的喜好躺卧，不是有病，不是身體不好。他自己極健，他最恨别人生病。一天，他的書記白樂生（Jean Jacques Brousson）忽然暈倒，病人尚未十分清醒的時候，他就説道："請你不再把這種暈厥的情形，發現在我的面前。我所以愛我的書記，因爲他體健不病。倘然將來有相似之事發生，那末我對於他的感情，一定要減輕了——一定要冷淡了。"白氏插嘴問道："倘然我再發暈，你怎樣辦呢？"他全不遲疑的答道："我就不是你的雇主了——我衹好請你不再到我這裏來了。"

法郎士不問病，不弔喪。他説道："我不愛生病的人；他人苦惱，使我心痛。"他好女色，但是遇見了面如土色的婦人，不論他怎樣美，他必然遠避。

他的好色，并不高尚，并不上等。他喜歡"實事求是"，在街道上作買賣。他不玩"家"妓，而玩"街"妓——他五六十歲的時候，還要打野鷄。他常常被警察拿住；到了警署，他拿出名片來，他們一定放他回家。不過他們見他到署裏來得太勤了，所以爲他起了一個渾名，叫做"一種薩提兒"（Espece de Satyre）（即色鬼或色情狂者）。他對於女子的觀念是這樣的："不論哪一個年少的婦女，總是好的，美的；但是先要把她送入洗澡室，再要把她送至牙醫處。"

他到了年老，灰色胡鬚一大把的時候，對白氏這樣説道："他們都贊美我的學問，但我除了戀愛之外，别的學問，我不再注意。人生是短的;讀書過多,實不必要。我現在所要專心研究的是戀愛。可惜我不能將愛神所暗示的,用我的筆明明白白地寫出來!悲哀的虛飾,滿佈於我國文學中——這種虛飾較中世紀拷問異教徒(Inquisition)的制度更加愚魯,更加殘苛,更加罪惡。”

據此可知他很有意寫些色情文章,但是他没有寫,他不敢寫。他的著作,全是規規矩矩的。他的劇本,我没有讀過;我只知道三種名稱:(一)《高陵處(地名)的新娘》,(二)《娶啞妻者的喜劇》,(三)《人祇能試》。他的演講,集成一册,叫做《未明之曉》;我也没有讀過。他的小説最多,英譯本有二十三種。我對於法國文學,已經“拋棄”了好多年,現在不能把它們完全寫出來,我只記憶下列各種:(一)《編織柳枝細工的婦人》[其中之貝齊賫(人名)性情驕慢而輕視博學的丈夫,即指法氏的髪妻而言。舊時法人之妻,常以“烏龜”(Cuckold)罵他們的丈夫,但法氏在本書中并未提及此稱]。(二)《友人的書》,(三)《細小的畢立(人名)》,(四)《生命之花》(這三册書,都是自述,説他幼時怎樣瘦弱,怎樣怕羞,怎樣避生人而就書本)。(五)《班關島》,(六)《貝道克(人名)皇后》,(七)《天使之叛》,(八)《神明之渴》(這四種是譏諷小説,暗罵大革命時的荒唐行爲,加附一個主旨:正義之建立,決非殘殺所能)。(九)《高擬亞(人名)之意見》(批評本國政治與政客)。(十)《葛蘭克皮葉(人名)》(述窮人之各種痛苦,例如不能沿街求乞,不能明取暗偷,不能在橋下睡眠)。此外如《笪伊施》(言感化娼妓之難)與《鮑納(人名)之罪惡》(言一好書成癖之老人),我國十餘年前,頗多讀者,不過,我至今没有把它們細細的研究——真荒唐呀!

法郎士所著的書,無不暢銷。他所得的版税,真是不少。他自己建造的賽伊德别墅(Villa Suid)想係由版税而成。賽伊德别墅中有一間精美的浴室,他并不以爲洗澡之用;他把它作爲收納本國人或外國人贈送到的書籍之用。他每日得到的贈書有好幾十種,他不開封,也不翻閲,一概堆在浴室中。等到房間堆滿了,他囑咐售舊書者來清除;售舊書者每次付他五十佛郎(Franes)以爲代價。這種清除,他稱爲洗澡。

法郎士的軼事,講述者共有五人:(一)白樂生(即他的書記),

(二)葛師魯(Gsell),(三)賽谷(Segur),(四)高飛克(Goffic),(五)商革時(Shanks)。最後者——商革時——是美國大學教授,生平没有面過法氏,但是他的著作倒是頂好,頂完美。

但他們所講述者,偏於法氏中年老年的事;少年的事,他們不知道,提得不多。他們五位中,没有一個知道他結婚的日期及髮妻的姓名。他們知道法氏在婚姻中,曾經得到一個女孩子,名字叫做葛禄提魯德(Clothilde),後嫁與西薩利(Psichari)爲妻。西亡於第一次歐戰中,葛亡於一九一九年。他們的兒子魯香(Lucien),當法郎士棄世時(一九二四年,十月十二日),曾在床邊送終。

據余所知:一八九一年法郎士與其髮妻正式離婚。他們在一八六四年(前後)結婚,同居已經二十七年了。但是真正的同居不過八載;其他時間中,不過名義而已。他於二十八歲以後,由友人賴梅德(Lemaitre)的介紹,認識一位有才的葛雅非(Caillavet)(姓)夫人。最初葛夫人見他壽頭壽腦,很瞧不起他。法郎士與生人講話,口吃而出言不爽;他又膽小畏羞;所以葛夫人待他全無禮貌。後來葛與他漸漸地親熱起來了——拋棄賴梅德而專重法郎士了。賴梅德是當時文學界之王(Lion,獅)。葛夫人決意另製一"王",專爲一己之用。她爲法作種種介紹,幫他寫無數雜文——果然把他在文學界的地位提得很高很高。法當然感激,葛亦甚爲得意。兩人——一個是有婦之夫,一個是有夫之婦——都有棄舊從新之心志。不過葛先生氣量大,無論他們怎樣"鬧",他假裝不見,假裝不知——他祇顧買他的股票,做他的交易。法夫人到底是女人,氣量不大。她一知道丈夫有外遇,愈加吹毛求疵,愈加嚴密"管束"。到了一八九一年離婚之前,法葛兩人要作數分鐘的談話,非想盡方法,亦所不能。所以某日在大大口角之後,法郎士穿了睡衣,戴了睡帽,離開了家庭,離開了髮妻,獨自一人跑入旅館;不久,即提出離婚的訴訟。

葛夫人的氣量也不大,也極妒忌。法郎士見一個,愛一個。葛時時同他吵鬧。後來愈鬧愈兇,不得已遂互相分居。法於是時,因友人之招,到美洲去公開演講。

在半途中,他遇見一個少年女優——其年歲卻配他的孫女。他們兩人一見如故,馬上就愛上了。那個女優與法郎士同進同出,共食共眠，并且女優以法太太自居，而法見了朋友也稱她爲“內子”。他演講的目的地，阿根廷（Argentine）共和國，很注重男女之私，不贊成“苟合”行爲，所以全體婦女，爲禮法所拘，不能來聽講，而男子之來聽講者爲數亦屬寥寥。此行法氏完全失敗。他回到法國之後，葛夫人又與他大鬧，大大的責問他，因爲阿根廷報紙上曾經登載《法郎氏同法太太來游阿根廷》新聞的緣故。法和聲軟氣地哀求道：“原諒，請恕我！這都是白樂生書記鬧的鬼……”語猶未畢，葛法兩人即出門乘汽車，作長距離的“兜風”去了。在那一次兜風的時候，我以爲他一定不穿睡衣，但是他的睡帽無有不戴的，并且緊緊的戴。

（原載一九四四年《大衆》十一月號）

作家不一定是天生的

文學界常常說道：“作家是天生的，不是人工的。”這句話有例外——不可全信。愛爾蘭作家莫魯（Moore，名卓治 George，生於公曆一八五三年，卒於一九三三年）氏，所寫的小說有極精者，并且愛讀它們的人，世上也不少。但仔細研究他前前後後各種作品，我們知道他所以成名的緣故，不是因爲天才，完全由於人力。他幼時就喜好亂塗亂汰，然而塗汰并非作家造成的主要條件。莫魯有志學人，善於模仿——這倒是他成功的原因。

他最初學做韵文，曾經印過兩册詩集。一册叫做《激情之華》，另一册叫做《無宗教者之詩》。這兩個書名，真是驚人！但他們的內容既極平常，而其文字亦不美雅。莫氏自以爲他所寫的詩全屬施温朋（Swinburne）派——勇敢、膽大。然而施氏真誠，莫魯虛僞；施氏合調，莫魯不調。兩氏的詩，無法比較，不可同日而語。

莫魯是有餘之家的子弟。他常常旅行，到名都，到大邑，到倫敦，到巴黎。當代的小說家，藝術家——法國的，俄國的，英國的——他認識者很多。他非獨認識他們的面孔，還要研究他們的作品；非獨研究他們的作品，還要他們的文章。他看見別人寫了一本懺悔録，自己也就依樣葫蘆，也來一本懺悔録。他看見寫實小説盛行於世，自己就馬上動手寫那種小説。

他於抛棄施温朋之後，最初效慕的作家，是法人宓瑟[⑤]（Alfred de Musset）（生於公曆一八一零年，卒於一八五九年），宓瑟氏是小説家兼戲劇家。他的《懺悔録》，真能感人！莫魯看上了這本書，馬上就寫成他冷淡無情的《一青年之懺悔録》。現在這本書，西洋印刷家還年年重版，因爲文學界還喜歡看它。爲什麼我們還喜歡看它呢？因爲那個青年，不像一個人，活像一只驢。他的言語，他的行爲，都不近情。我們喜歡看那個青年所鬧的笑話，不是要看莫氏所作的文章。

後來法國的大作家左拉（Zola）（生於公曆一八四零年，卒於一九零二年）氏的寫實小説，風行全世。莫魯立即仿效，寫成十多册類似左氏的小説。崇拜莫氏者，以爲那一本《麥葛傅雷哲傳》（Mike Fletcher）是杰作，是真的寫實——遠勝左氏的作品。我雖没有細細的讀過，但我知道它的内容。我覺得他的寫實方法和材料，與别人的完全相同。他的寫實功夫，并無勝人之處。這就是説：他的學徒的年限，還没有滿。

他今天效慕，明天倣造——後來果然自創新法，自成一派。在這個時期，他所寫的小説，共有三種——統統完美，統統受人敬服。第一種叫做《迎與送》，第二種叫做《已過之年的記録》，第三種叫做《自狀》。

先言第一種：《迎與送》（*Hail And Farewell*）的背景，是愛爾蘭文學復興。書中所述的人物及逸事，都與那個運動有關係的，并且都是莫爾的經驗。在這書中，莫氏的文字甚爲明晰；他的方法，也極自然。他採取直陳體（物語體），夾以會話。他所描寫的人物個個是活的，件件是真的。并且書中饒於美句，饒於幽默；我們閲讀這本書的時候，覺得“手不忍釋”。

他用以寫這本小説的方法，後來被愛爾蘭文學復興的領袖葉芝（Yeats）知道了。葉氏就採用那個方法，寫自己的回憶録（名稱《面巾之震抖》。你看莫氏榮耀麽？《迎與送》真的是文學名著！

再言第二種：《已過之年的記録》（*Memoirs of My Dead Life*）是一本很愉快的小説——是一本自古以來没有寫得這樣巧妙的“淫”書。淫書大概不成文學，但是這本小説確爲文學。這本小説的主旨不在導淫而在消遣。它不觸犯人，也不教訓人。没有毛病的人讀了它，決不會出毛病，著者所取的材料，雖然多是"肉慾"的，但同時也是"慎重"的。像這種小説，我們中國没有。可惜我的本子已經遭劫了；否則我想把它翻譯出來。

末言第三種：《自狀》(*Avowals*)最初出版的時候，著者不願意公然發售。他採用的預約法，并且本數有限。本數有限的預約法，是西洋書肆用以推銷名著或淫書的。莫氏的新著，爲什麽要這樣發行呢？當時大家以爲《自狀》繼《已過之年的記録》之後，一定是一本"不上大雅之堂"的淫書。所以大家勇勇往往地去購預約券。等到書出版了，大家東翻西閲，找不到半句色情文字。許許多多失望的買客，將原書退還經售處，并且説道："著者所講的是文學，我們所要的是色情。普通小説，何必預約？我們不要這本書。我們退貨，你還錢。"

其實這是一本英語中數一數二的書籍。著者與艾德門(Edmund)的會話——理想會話——所講及的果然全是文學，但哪一句，哪一字不能使人發生興味呢？英語中以會話爲主體的小説有好多種，但哪一種及得它來呢？

莫魯全無著作的天才，因爲勤於效尤，善於模倣，竟成一位鼎鼎大名的小説家。可知我們"事在人爲"的那一句古話，確實可靠，確實可信。目下我國在高中或大學的青年，大多數攻求科學，攻求工程……那是最好的事——與己與國都有直接關係。但是還有許多學生，依然崇拜文學，希望將來成爲著作名家。這也很好，不過你們要自問有無天才。倘然有的，那末不久你們就可以寫成長的劇本，長的小説，新式的或者舊式的韵文。倘然没有，那末你們非像莫爾氏那樣地潛心學習，奮力效慕不可。

你們的效慕，可從翻譯入手。你們找到了中意的劇本或者小説，可以把它們仔仔細細地化爲漢文。化得滿意，可以售稾；化得不好，作爲練習。今天化，明天再化，今年化，明年再化——化了幾年之後，你們當然知道劇本或者小説的結構和它們的作法了。然後採取某人或某書的"計劃"(Plot)從事創作，一定不會白費工夫，多少總有些成功。西洋的韵文，也似乎可以化爲白話。

最末，我當略述莫魯氏的形相，以爲結束：

莫氏身體不高，臉面蛋狀，髮硬而色黄，鼻大而孔粗，睛青而多光，唇突而且厚。肩聳而步履異常；大宅的客廳中類乎他的人很少。他在愛爾蘭首都步行的時候，無不裝腔作勢，效學時髦；但是不贊成他的人，稱他是"一個酒醉的大孩兒"。他一生的事跡——他没有事跡；他只知旅行，只知效慕。他連自己的生日，也不知道——他從來不以自己的生年生日，告知他人。

（原載一九四四年十一月《風雨談》第十六期）

叠字與叠聲

吾國不論老幼，不論男女，不論文俗，不論古今，往往喜用叠字。叠字者，重複之字也；試舉數例：土話中之"快快"（跑），"慢慢"（走）；鋪名中之"元元"（帽莊），"天天"（飯店）；古詩中之"莽莽"（萬重山），"唧唧"（復）"唧唧"，人名中之（關）"盼盼"，（江）"笑笑"等皆是也。

人名之用叠字者，每含親愛之意，且大都皆爲女性（江笑笑當然例外）。余有孫女四人：德官，義官，姍官，安官。前三人屬之大房，而大媳口頭，總以"德德，義義，姍姍"呼之。安官屬之二房。次媳尚未以"安"改稱，想是出生不久之故。余之孫男三人——炳堃，炳森，炳輝——其父其母，均未改稱。此是力除積習——愛男不愛女——之明證也。除人名外，吾國之稱呼，有用叠字者；如，媽媽，爸爸，伯伯，叔叔，姊姊，妹妹，弟弟是也。

叠字之字形，顯而易見，叠字之聲，清而易聞。惟此機巧，只東方人能之，西人不能也。西人講話或作詩文，不用相同之叠字。其所採用者叠聲（alliteration）也。叠聲者，相同或相似之音，見於前後兩字或多字之開始是也；例如，It' s safe to say（即"敢斷言也"之意），（其中兩S音相同），又off and on（即"開閉"之意），（其中兩O音相似）。

叠聲又得以首韵（head rime）稱之。

英人之用叠聲，盛行於古代之安格魯撒克遜（Anglo – Saxon）詩中。自巢修（Chaucer）⑥始，則廢棄矣。巢修生於一三四零年（？），卒於一四零零年，以爲耗時費力，莫如以叠聲作詩，然韵文不能不分音節，不能缺一種特别技巧，否則與散文無别，不能吟咏，故改用尾韵（end rime）。尾韵者，前後兩行之末，用相類之聲也；例如：

It is not growing like a tree

In bulk，doth make Man better be.

（意譯：人類不似樹木之體積增長，即得以進步稱之。）

上引兩行中之 tree 與 be，其尾音相同，即所謂押韵也，與吾國作詩（舊詩）之意相同。

叠聲在作者固多困難，但其自有一種神妙，讀之者無不覺之；太露太多，果然討厭，然完全廢棄，亦極可惜。所以後來詩人如鄧耐遜（Tennyson）⑦，史文朋（Swinburne）者，"復活"之并改進之也。

兹略舉英人語言中叠聲字之例，以爲研究者之參閲，如下：

（一）Blushing bride（面紅之新娘）

（二）clear as crystal（其明如晶）

（三）dry as dust（其燥如泥）

（四）few and far between（相隔極久）

（五）good as gold（其值如金）

（六）hearth and home（家庭）

（七）judge and jury（審判）

（八）kith and kin（親戚）

（九）last but not least（最後而非不重要）

（十）might and main（大力）

（十一）part and parecel（部分，要素）

（十二）quality and quantity（質與量）

（十三）rime and reason（文辭與條理）

（十四）spick and span（簇新）

（十五）tit for tat（報復）

（十六）visage of vice（作惡之態）

（十七）wax and wane（增減）

（十八）wit and wisdom（聰明與智力）

吾國之白話或文言中,既有叠字,又有叠聲。茲舉例如下:

(甲)叠　字

(一)燕燕於飛(首兩字)

(二)戚戚兄弟(首兩字)

(三)長來長往(一,三兩字)

(四)或肆或將(一,三兩字)

(五)爾服爾耕(一,三兩字)

(六)克岐克嶷(一,三兩字)

(七)有倫有脊(一,三兩字)

(八)志氣昂昂(三,四兩字)

(九)棲棲皇皇(一,二又三,四兩字)

(十)期期艾艾(一,二又三,四兩字)

(乙)叠　聲

(一)發憤爲學(一,二兩字)

(二)踽躇不安(一,二兩字)

(三)傾城之貌(一,二兩字)

(四)各逞其長(二,四兩字)

(五)招搖撞騙(一,三兩字)

(六)連營立寨(一,三兩字)

(七)心寬體泰(末二字)

(八)夜深私語(二,三兩字)

(九)吉星高照(一,三兩字)

(十)不倫不類(一,三兩字叠字,二,四兩字叠聲)

英語叠聲之詩,最通行於安格魯撒克遜時代。此已於前面言之矣。茲擇英古詩(今譯)最完全者一行,抄錄如下:

Much remains undone, for the morning sleeper.

(意譯:早晨遲於起身者,其事業都不完成。)

上引之行,分爲兩半,前半兩 m 音,後半一 m 音,皆叠聲也。下引兩行,亦完全者:

Full long let him look about him.

（意譯：彼應前後左右，仔細審察。）

A better burden may no man bear.

（意譯：無人能負較重之責。）

上引句中之三個 I，又三個 b，疊聲也。下列兩行中之 f 與 m，皆爲疊聲，但依嚴格言，此二行不完全，因只有二音而無三音之故。兩行如次：

Food and clothes must the farer have.

（意譯：旅行者非有衣食不可。）

Shun not the mead, but drind in measure.

（意譯：毋避酒，要節飲。）

下面一行，雖有三個疊聲，亦不得以完全稱之，因前半只一疊聲，而後半反有兩疊聲也：

Wit must he have who wanders wide.

（意譯：行路多者，其智識必多。）

英語散文中，亦有用疊聲者，惟極罕見；例如：

The fine gold is found in the filthy earth;…virtue is harbored in the heart of him that most men esteem misshapen. Do we not commonly see that in painted pots is hidden the deadliest poison? That in the greenest grass is the greatest serpent…?（Lyly）

（意譯：……黃金發現於污泥中：……常人以爲面貌丑陋者，其心中往往多藏美德。不見夫彩色瓶中隱藏毒藥乎？青色鮮明之草中暗伏巨大之蛇乎？……——李立。）

上引文中第一句之三個 f，第二句之三個 h，第三句之三個 p，第四句之三個 g，皆疊聲也。李立生於一五五四年（?），卒於一六零六年，善用疊音於散文中。其姓亦一疊音，一笑！

吾國古詩，有暗合英人疊聲或首韵之理者，請閱下引諸句：

（一）帶甲滿天地……杜甫（末二字）

（二）城春草木深——杜甫（一，二兩字）

（三）虹飛百尺橋——陳子昂（末二字）

（四）功蓋三分國——杜甫（首二字）

（五）石上千尺松——温庭筠（首二字）

（六）憑君傳語報平安——岑參（一，五，六三字）

（七）悔教夫婿覓封侯——王昌齡（一，七兩字，又三，六兩字）

（八）菱歌清唱不勝春——李白（三，四，七三字）

（九）欲卷珠簾春恨長——王昌齡（五，六兩字）

（十）隔江猶唱後庭花——杜牧（二，四兩字，又五，七兩字）

［原載一九四一年三月《宇宙風》（乙刊）第四十期］

“東西不相謀”

現代英國詩人紀伯靈（Rudyard Kipling）云：“西自爲西，東自爲東，——兩不相謀，事各不同。”（多年未讀紀氏詩——舊本被焚，新書未購——其原文已忘，不能轉録於此，乞閲衆原諒）其它文家，如歸化日本之小泉八雲（Lafcadio Hearn），久居中國之施密士（Arthur H. Smith），皆有類此之意見或思想，散見於著作中。兹先以（一）衣，（二）食，（三）住，（四）行等等中西不同之處，或爲余所憶及者，或爲余所發見者，一一述之如後：

（一）先言衣：東方外褂而内袍，西方外袍而内褂。初視之，此語似乎錯誤。其實不然：天寒之時，吾人於長袍之外，加穿馬褂；西人則於“可脱”（coat，即常服之短衣）之外加穿長褂（即大衣，overcoat 也）。惟自歐化東漸以來，沿海大埠（如上海）之居民，除全服西服而成“準西”（新名詞）外，其餘諸人，有“打倒”（不穿）馬褂而外復長褂（大衣）而成半東半西或不東不西者矣。

另有一事，亦值得注意，即東方西方内衣（即 underwear，俗稱汗衫）服法之不同也。西人之内衣，不論冬夏，無不塞入袴内；倘將汗衫懸於袴外，則爲下流矣。吾國之服汗衫者，十分之七懸於袴外；其塞入者不爲茶役，必爲車夫。本年夏季之某夕，余在某銀號便酌，同席有經理者流五人，皆將衫懸於袴外，而“僕歐”二人則塞之入内。主僕之分，上下流之别，薄薄一衫所表示者多矣。余不懸衫於外，非甘居下流也，因舊時曾爲準西者九年有餘，而習於其道也。復次，上海印捕[⑧]在下差之後，亦常以襯衣全部懸之袴外，可見身毒[⑨]受制於英國雖久，則仍不減少其固有之東方性也。

（二）次言食：在筵席間，西人先湯後菜，東方先菜後湯。此顯著之事也，至於未易察者，則爲飲食之態度。吾人以口就碗，以口就菜，故常俯仰。西人以匙就口，以菜就口，故呆坐不動。常見留學來之學生，其飲食之態，有全無西氣者，又見旅華極久之教士，其用筷之術，終不及吾人者。飲食，細事也，而東西方式之不能互換也竟如斯！

（三）再言住：舊時東方之屋，皆四面圍墻，密不通風，非此則不成大宅。西人不喜幽閉而好敞亮，不喜隱藏而好透露——四面皆窗，無窗不巨。且吾人以爲"樓"（Low，此字之音似"樓"）者，彼輩作"低"講，明明"下"（hith，此字之音似江北土白"下"字）者，彼輩作"高"解。東西之相違相反，即此兩字，已足以見其全矣。

（四）末言行：行更顯然矣。不見夫舊時英美人在南京路步行乎？不論男女，不論老幼，無不跨步而行，無不挺胸凸肚。東方古人提倡"讓步"，主張規行矩步。再舊時吾國坐轎子，趁航船；今日西人坐汽車，趁飛機——一遲一疾，相去遠矣。

除衣，食，住，行外，東西不同之事尚多，茲再泛述之：

西人稱"妻"爲"外夫"（wife）（吾人稱"内人"），一異也；稱"足趾"爲"頭"（Toe），二異也；稱"一"爲"萬"（one），三異也；稱"信實"爲"錯"（true），四異也；稱"白"爲"灰"（white），稱"黑"爲"白"（black），五異也；稱"諾"爲"否"（no），稱"咀"爲"茅厠"（mouth），六異也；稱"憂"爲"樂"（lotk），七異也；稱"玉蘭"（女子名，其音似爲 Yran，即 Mary 之反也）爲"曼麗"（Mary），八異也；自稱曰"愛"（I）而稱人曰"憂"（you），九異也；西人見客，互相握手，吾人見客，自握自手（即打拱），十異也。有此十異，而又有衣，食，住，行之不同，可知東方西方確爲"對蹠地"（antipodes），而其居民確爲"對蹠人"也。其互相背馳，亦何足奇耶。

但東西亦有相似之點，請比閱下列諸字：

（一）吞，tongue；（二）帶，tie；（三）拜，bow；（四）拖，two；（五）監（獄），jail；（六）（面）黄，wan；（七）瘦，sick；（八）亮，lamp；（九）印，ink；（十）狗，cul；（十一）殼，coat；（十二）温（暖），warm；（十三）皮，

peel;(十四)懶,lie;(十五)礅,boil;(十六)焙,bake;(十七)㢦,gag;(十八)(推)銷,shop;(十九)梯,trer;(二十)病,pain;(二十一)買、賣,mart;(二十二)簿,book;(二十三)途,door;(二十四)生(育),son;(二十五)快,quick;(二十六)面(貌),mien;(二十七)賠,pay;(二十八)聲,sound;(二十九)妹,mail;(三十)肥,fat。

(原載一九四二年十一月《東方文化》第一卷第六期)

覆新之慶

"覆新之慶"——這四個字,是古人賀年之辭。我現在拿它們來賀本刊閱衆,希望你們人人康健,個個成功。

這四個字早已不通行了。現在最流行的用語,也是四個字:恭賀新禧。不過從前的四個字,其實并不壞。不知道爲什麼緣故,現代人全不採用。從前那四個字的來歷是這樣的:《唐書·禮樂誌》:皇帝受群臣朝賀曰:"元正首祚,景福維新。惟陛下與天同體,臣等謹上千秋萬歲壽。"群臣既上萬歲之壽,制答曰:"覆新之慶,與卿等同之。"

古人另有賀年用語,也是四個字,叫做"履端之慶。"這更加古了,其來歷如下:《左傳》:"文公元年,先王之正時也,履端於始。"按舊時曆法,以十一月甲子朔夜半冬至爲曆元。其時月,日,五星,皆起於牽牛初度,更無餘分,爲步占之始;故云"履新之慶"與"履端之慶"——是古人賀年用語之最著者,且有出典者。賀——賀是預祝,賀是善意的盼望。賀禧者盼望受賀者康健,真正的成功,决非賀禧者所能擔保,還須受賀者自己努力。

人們要怎樣努力,然後可以達到康健與成功之途呢?

那是很容易,很容易的事;只要立志。年初立志,較平時容易。年初有段落,平時無段落。依心理言,立志在有段落的時候,最容易實行。所以别國的青年(不論男女),在新年中,無不自作企劃,决意在本年内實現。辦不到的,固然也有,但大多數必有所獲。某大學生,不喜閲報。對於時事,一無所知,與六七歲之兒童無異;常爲衆同學所笑。一年的元旦,他忽然作誓言道:"我本年决意讀新聞紙。每日兩份——一份是本地的，一份是全國的。我連廣告都要細看。”後來此人越看越高興，加看雜誌，加看外國報。在最後兩年，專門研究經濟，政治。畢業後，即被聘爲日報主筆。後來重入大學的研究院，攻讀國際問題。據説，他現在成爲世界上數一數二的國際專家了。

所以人不可不立志——尤其是在新年中。我深知立志的有用，現在特爲我國士農工商四界，各代立一志。倘有視爲妥善者，望即採用。倘有以爲不然者，請即改正。

（一）士。士，就是所謂“讀書人”也者。其實學生、畢業生之喜閲書者，或好作文者，均得稱士。喜閲書者可自決道：“我今年非把去年所購的那十種名著看完不可。那十種書共計不過五千餘頁。倘然我每日平均看二十頁，不到十個月當然可以完畢的。”

（二）農。農是種田的人。他可立志而説道：“我的本行是耕種田地。去年聽了别人的話，跟了他們去做單幫。鈔票固然來得很多，然而去的也不少。有時我們不得不‘塞狗洞’，有時還要被打被罰。同時，祖傳的田地，因爲没有人種，都荒廢了——可惜得很！今年決定不跑單幫，今年決定回到本行來——多種田，多種菜。俗語説得好，‘農夫田，萬萬年。’還是種田罷。那是吃不盡的。”

（三）工。工的種類很多——有土木工人，有排字工人，又有銅匠，鐵匠，電燈匠。下面所述的，是一個木工——做家具的木工。

那個木工立志道：“我去年上半年幫人作工，薪水雖然小，家用倒也够了。然後看見老闆賺錢實在賺得太多，賺得太容易，我心中不樂，不滿意他，與兩個同事同時告辭。我們三人，東借西湊，弄了數千元，合伙開了一爿木作，自己做老闆。我們三人，因爲都是老闆，常常打馬將，都不做生活。不到五個月，我們的一切——資本，材料——統統‘吃’完了。趕快把店面頂出，勉强還清欠款。歸家的川資，還是落空。今年我不敢自做老闆。我還是幫人作工，并且我已決定較從前更加勤奮。”

（四）商。“我情願賣配給貨；我今年決意賣配給貨，不做黑市。賣配給貨，全無危險，并且利益是一定的（百分之十五?）。我去年偷偷地囤了許多布疋，偷偷地賣了出去。賺的錢真是不少。不料正在花天酒地，狂歡大樂的時候，被人敲了一記大竹槓！連本帶利都去了。橫講竪講，總算没有吃官司——還是大幸呀！我從今之後，决不敢再生妄念。我决意服從命令。”

倘然國内的士農工商，都能在新年中立志不做壞事，各盡其職，那末社會的情形立時得以改進，閲衆亦無不人人康健，個個成功。我重賀你們覆新之慶。

（原載一九四四年《大衆》一月號）

婚姻與生育

倘然大家以爲夫妻的結合是應該的，那末我不必反對婚姻制，也不必贊成婚姻制了，不必爲“婚姻”兩字，大辯而特辯了。我所謂婚姻制，專指配合，不指禮節而言。無論舊式的拜堂，新式的鞠躬，或者其他有儀式或無儀式的同居，我總稱他爲婚姻（闊義）。我所要知道的——其實我不是完全不知道，并且我深信我所知道的，并不十分錯誤——我現在所要知道的，是别人的意見。我現在所要知道别人的意見，可以寫成一個問題，如下：

我們在婚姻中，我們在結合而同居之後，應否生男育女？

我自己的答，是肯定的。我并不“老派”，并不頑固；我并不墨守“不孝有三，無後爲大”等主義。我以爲我們有脚，應當走路；我們有手，應當作工；我們有口，應當吃飯講話……我們既然有了生殖的機能，爲什麽不産兒女呢？倘然我們真的不要兒女，何必結婚呢？一方面要結婚，另一方面不要兒女，——那豈不是等於勤力的農夫，春耕夏耘，全然不希望秋收麽？世間没有不望秋收的農夫，何以世間有不喜生男育女的夫婦呢？

但是經濟問題出現了。夫婦兩人，勤勤懇懇，可以勉强度日。倘然産生一男或一女，當此生活高漲之時，衣食教育等等怎樣辦呢？小孩太多了，非獨父母招呼不周，并且兒女也要吃苦。創此議論者——即節制生育派——發明套袋，以爲陰陽之阻隔。如此，結婚者可得夫婦之樂，而無兒女之累。不知天下的事，不能全然獨立的，總有相互關係的。天下的事，不能只有樂而無苦。况且生男育女，并非絶對不樂,并非絶對是苦。撫養兒女,固然要用心,要費錢,然而没有兒女,有時也甚煩悶。從前有一個美洲聞人,三十歲結婚,到了四十歲,一個孩子都没有。他請名醫爲他們夫婦兩人檢查身體。結果極佳,説他們兩人,從頭至脚,一點毛病也没有。在此後的一年中,及前十年中,他妻子的天癸有時不至,似乎是懷孕;然而不久又來了。他正在懷疑之際,至友某君來訪,無意中説道,“前幾天我看見你的夫人走入某某醫師的診所,是不是有喜,還是身體欠佳?”他答道,“是身體不好。”同時他的面色變了;他明白了。那個醫師,自稱婦科,其實是打胎專家。他自己轉念道,“她去打胎的。她去打胎没有得我的同意。我非調查不可。”第二天,他暗暗雇了兩位名探,到醫師那邊去調查。那兩個暗探,找到了醫師册簿,查見某夫人在結婚後的十餘年中,共計打胎八次。暗探回來報告後,他跟了他們又到醫師哪里去。他對醫師大哭道,“醫師,我是某姓某名,希望兒女已經多年了。我今天才知道我的兒女統統在你的册簿上。現在請你還給我。”

上面的故事,是講一般人,不論貧富,到了中年,總希望自己有親生兒女。古人説得好,“三十無子平平過,四十無子冷清清。”生了兒女,不一定孝順父母,也不一定能爲國家出力。但是全國的夫婦倘然大家打胎,倘然大家節制生育起來,倘然大家不願意生男育女,那末,不到五十年,耕田無人,造屋無人,織布無人,駕車無人——全國之内,一個青年男女都没有了。好得現在主張節制生育的還少,并且節制生育的方法還十分靈妙,否則五十年後,愈文明的國家,愈無人民;愈富貴的家庭,愈無子女。……寫到此,我不覺大怒,而又大恐。

我是主張生育的,但是我全不溺愛兒女。我自從二十四歲結婚,到了四十四歲,共生男女十五胎。有的果然幼時因疾病夭亡了,但是長成的,皆身體健全。我家况雖然不好,但是他們都受過相當的教育,并且他們都没有受過饑寒。我的長次二子,也是多育的。長者已經有子二女三,次者有子三人。我的女兒尚未出嫁,他們兒女之多寡,尚然不知。我們父子三人,確守一夫一妻制,但生産兒女,實在不少——真合俗語所謂“寡慾多男子”之理。倘然國家以人口爲前提的,我們父子可以稱爲“愛國者”了。

我想任何國家,理應以人口爲前提。没有人民,廣闊的土地,及温和之氣候,有什麽用呢?任何國家,在大戰之中,或在大戰之後,尤應注重人口,奬勵生育。第一次歐戰後,法國的人民傷失甚多,因此田地没有人耕種。他們到意國,比國,波蘭,西班牙去招求農夫。那些應召而來的,竟達六萬人。有這許多人,法國的田地,當然不會全荒全白了。但是那些國外來的農夫,非獨不聽使唤,并且不肯久留。有的歸國,有的改行——國家徒然消耗旅費而得不到實益。一國的人口,不可借自國外,總要自己産生的。

我國人口,號稱四萬萬,或五萬萬。在此大戰中,我們不能一人不傷,一人不死。欲補死亡,只有生育。德國名家包邱韋克氏有“維持人口論”。看了它可以知道定常的人口,要它不減,已經不易,倘要增加,更加難了。我現在採取他的主要語,翻譯如下:

我們假定一千個男孩女孩,不一定人人得以長大——三百傷亡,只七百人傳種。若然,則結婚者應産之孩,不是兩個,而是兩個又百分之八十六。計算的公式如下:

$$(1,000 \times 2)/70 = 2.86$$

另外有一件事,我們不得不明白的;就是,少數成年人——約百分之八,是不娶不嫁,抱獨身主義者。因此,凡結婚者所生之子女,非增至三個又百分之十一,不能補足他們的欠缺。

此三個又百分之十一中,已包括結婚而不生産者之欠缺,但其比率當在百分之十以下。超過此率,則結婚者所産之數,應增加至三個又百分之四十六。

簡言之,結婚者所産之孩,應爲三人或四人,否則人口日減,國必不國。自中日事變以來,聽説我們已經傷失了幾百萬的人民。若然,則非增補不足以保持我們的四萬萬(或五萬萬)。所以我主張結婚生育,不主張節制不育。

生育的多寡,是人口的量。與量有相等重要性的是質。人口固然大了,但絶無優秀份子;怎樣呢?這是優生學家的問題,我們過一天再談罷。

(原載一九四四年五月《天地》第七、八期)

環境與道德

環境與道德，有密切的關係。什麽環境，産生什麽道德。

何爲環境？何爲道德？

環境就是我們所居之地，所居之時——就是我們的現在。道德就是我們要做之事，不做之事——就是我們的品行。我們的現在，倘然是惡劣的，那末我們的品行也一定惡劣；我們的現在，倘然是善良的，那末我們的品行也一定善良。换句話説，好道德産生於善良的環境中；不道德産生於惡劣的環境中。

我依照這個題旨，把它們（環境與道德）的相互關係，在下文中約略説明。

先説家庭。大户人家的子女，總比低微人家的子女文静些。大户人家的子女，雖然也有愚笨的，也有貪懶的，但總不像低微人家子女那樣擾鬧，那樣相打相罵。大户人家的子女，總知道念書，總知道習字……總知道規規矩矩地稱呼尊長。爲什麽呢？因爲他們所見的，所聞的，都是好榜樣，没有惡榜樣，所以他們的天性即使不良，他們的品行决不壞至極點。低微人家的子女，每天所見的，全是粗人，所聞的又是粗話，家中没有一張紙、一管筆，他們當然不知道念書習字——不知道上學，衹知道争鬥。

再言地方。倘然全村人口中的百分之六十，都是賭棍，或者都是酒徒，或者都是盗賊，那麽其他的男男女女（百分之四十）漸漸的也會變成賭棍，或者酒徒，或者盗賊。倘然百分之四十中的一人獨自"清高"而對百分之六十中任何人説道："你們賭，我不賭。我非獨自己不賭，并且勸你們也不賭。賭錢不是好事情——是傷身財德的事情。"或者説道："不要狂飲！當此大亂之時，當此米珠薪桂之時，你們還不知道節約，還要這樣荒唐。"或者説道："强搶暗竊，不是君子之行爲，并且觸犯國法。他們哪一個拿過别人的東西的？趕快送歸原主！否則我要去報官了。"聽他話的人，一定向他微微的笑，一定暗駡他"笨漢"。倘然聽話的人，不是賭棍、酒徒，而是小竊大盗，那麽他非獨不能維持他的道德，并且不能保全他的性命。

據此，我們知道在大亂之時，在大亂之世，不道德的人，一定比較好道德的人爲多。在大亂中求道德，求富於道德的人，好比“緣木求魚”。古時羅馬詩人裘維納(Javenal)有短詩四行道：

正直且無過失的人，倘然出現於人群中，
要比一個四手四足的男孩更加稀奇，
要比農夫在稻田中捉到大魚更加稀奇，
要比雌鷄産鴨更加稀奇。

裘維納生於公元(約)六十年，卒於(約)一百四十年。讓我把他的詩譯成我們的韵文罷，如下：

稻田不産魚，鷄腹何來鴨；
亂世求高人，確然是戲狎。

最末，我敢説，一個時代的道德，一處地方的道德，必有限止，必有標準，不論男女老幼，總離不開這個標準。所謂道德全者，不是真全，不過比較好些罷了。天下最易同流合污，最難衆濁我清。

(原載一九四四年十一月《光化》第一期)

文化衰落與補救

今先言書。在本篇中，“書”字指“學術的著作”而言。假定這是定義，那麽一二年來，我們没有新出版的研究高深學問的書本。我們簡直没有文化，我們的文化中斷了。前幾天在攤上看見兩本小册子，一本叫做《西游記》，另一本叫做《活××九》，這兩本雖然是“專門著作”，一導游，一言情，恐怕稱不得出版文化罷。爲什麽呢？因爲真正文化是福利人民的，不是傷害人民的。那兩種書，從頭到尾都是誘惑，所以不是文化。除了這兩本書之外，還有……一類的書，他們雖無誘惑之志向，然而欠缺益人之字句，也不得稱爲文化，倒是耗費白報紙。再説定期刊物，這就是俗所稱的雜誌(日報除外)。近來街攤上陳列的雜誌，真是多呀！……三十餘種，封面紅紅緑緑，板口大大小小，打開來一看，研究學術的果然不少，但是瞎三話四的亦非無有。

最要緊的補救方法是：各文學家，各科學家應當把自己所研究而有心得的,或天文,或地理,或科學,或文藝,忠實的寫作出來,長篇刊成專册,短篇編入雜誌。……次要的補救方法是:志同道合的文化人,聯合起來,組成一個團體,例如西方作者的俱樂部或協會。會員常常見面,正式或非正式討論進行的方針和步驟,研究在某種環境之下,應提倡何事,應制止何事的問題。著述當然要獨自一個人在家中静静地,連續的做上去,不過"閉門造車"有時不合實用;倘然同志的人,組成一個小團體,常常見見面,談談天,一定可以得到許多激勵。從前各大書局,如商務、中華、世界、大東、開明所以要設編輯所,集諸名家於一處,請其在内辦事,不叫他們在家中静做,就是這個道理。現在各書局因爲環境關係,停止進行,我們何不採做他們的意思,自己起來組織一個像而不同的團體呢?

(原載一九四四年十二月《光化》第二期)

今年的願望

何爲"希望"?——這是人所想要的事情。

何爲"不希望"?——這是人所不要的事情。

少年人與老年人不同。少年人富多希望,并且能够滿足他們的希望。多數少年人希望取得五個"子"字,而達到目的者也不在少數。五個"子"字,就是(一)帽子(指大學畢業時所戴的方形平頂帽而言,意即"學問"),(二)娘子(美妻),(三)銀子(高大的薪金),(四)房子(自建的住宅),(五)車子(包車或汽車)。少年人只有希望,幾幾乎没有"不希望"。

"不希望"是老年人特質之一。老年人當然也有希望,但是他們——我們——除了希望之外,還有不希望。我現在先來講一個六十老翁的幾個不希望:

他不希望再進大學苦攻,取得第二頂方帽。

他已娶妻生子,不希望再娶妻,再生子。

他不希望發財,以造成遺産之毒。

他不希望再建住宅,再購汽車。那些東西他早已享受過了。

上面的"他"就是我自己,就是我這個六十歲的老頭兒。

我這老頭兒,雖然有許多"不希望",但是并不"失望",并非没有希望。我仍舊有希望。讓我寫出來,請大家看:

我希望閱衆們人人康健,個個進步。

我希望做些於社會有益的事。

我希望全國無盜賊,無惰民,無煙民,無乞丐,人人急公好義,人人能够生産。

我希望生活程度一天一天的低下去。我希望"菜飯飽,布衣暖"。

我希望全面和平,我希望做一只"太平犬"。

(原載一九四五年一月《雜誌》第十四卷第四期)

孕

孕,孕,孕——我用了三個"孕"字,太多了。要談婦女,要包括她們的一切:正業,副業及其他。我們(男子)只需用一個"孕"字。

對女性談者,你們看到上面那幾句話的時候,請勿馬上批評我。這個主張(?),這個意見,實在不是我的。這個意見是德國哲學家尼采(Nietzsche)的,他説道"婦女的一切,都是謎,婦女的一切,含一義——孕"("謎"作"難解之事"解)。

倘然尼采的意見是合理的,那末婦女的職業問題解決了。他們應該做奶奶,做太太,他們應該做"家庭婦女",不應該做"職業婦女"。他們最要的職業、他們最大的責任,是生男育女——是孕。

或者駡道,"豈有此理! 男女這樣不平等麽? 男子在外面花天酒地,婦女在家中哺乳燒飯——苦樂不均,不近人情。男子能吃大菜,女子不會飲咖啡麽? 男子能嫖婊子,女子不會覓情人麽?"

對於上面幾問(責備),我的答復如下:

(一)平等。——男女是天生平等的。我們來講外國話——講外國故事——好不好? 從前西洋有位宗教家某氏説道:"上帝創造男女,最公平也没有了。夏娃(世界第一個女人)是抽取亞當(世界第一個男人)的肋骨而造成的,這是并行的意思。倘然上帝意欲男勝於女(男子控制婦女),那麽他一定抽取亞當的脚骨。倘然上帝意欲女勝於男（婦女克服男子），那末他一定抽取亞當的腦筋。他不這樣，他抽取肋骨，這不是男女并行，男女平等的意思麽？”

某氏之言，固然太舊太老，但是太陽何嘗不老不舊？我們自己的性——陰陽性——亦何嘗不老不舊？難道二十世紀的陰陽性比十九世紀的、比十八世紀的……改進了麽？

（二）内外。——男子在“外”作工，婦女在“内”管家，男子在外面造屋宇、販米糧、耕田地、當書記，婦女在家中領小囝、揩地板、燒粥飯、縫衣服，——在内在外，都是職業，算不得不公平。生了兒女，母親固然要哺乳，但是父親的責任也不小，母親及兒女的衣食住豈不是都要他弄進來麽？男子當然不能日日夜夜的花天酒地，婦女也不必終日終年的哺乳燒飯。不論男女，不論作工的夫，或者管家的妻，總有些空閑；在外者可以回家來休息休息，在内者可以出去跑跑走走。反過來講，倘然我們一定要男子在内管家，要婦女在外作工，那亦有何不可？世上有許多男裁縫，男厨司，然而没有男乳娘、男母親。哺乳受孕，生男育女——這些事情，男子無論如何不能擔任，只好“拜托”婦女。

（三）懷胎。——但是婦女口口聲聲説“怕孕”。爲什麽怕孕？真的怕孕麽？倘然真的怕孕，那末婦女爲什麽在丈夫之外，或者在未嫁之前，要覓情人？

或者問道：“現在豈不是可以利用空筒[10]（譯音，作“套”或“帽”解）麽？”

誠然，誠然！空筒是有的，并且有很好的，但是你們（女讀者）不要上當，千萬不要上當！（一）國外法律：凡十二個空筒中，必有一個漏氣者，倘然你剛巧遇到這種空筒，試問，你孕不孕？不劣的空筒，幾幾乎每個漏，每個裂；（二）多用空筒者，非獨減少性樂，并且有害體健。西方有許多類似神經病者，即患歇私底里（hysteria）者，不是因爲性交不足，就是因爲濫用空筒。讓我來講個故事，以見避孕之難，如下：

多年多年之前，當空筒還没有發明之時——至少中國還没有售處的時候——農民王阿根，因爲子女過多，想法自製套帽。他採取的材料是鱔魚頭部的殼（皮），試了數次，果然有效！但兩月之後，妻子又懷胎了,他自言自語道:“什麽道理?不靈麽?奇呀,奇呀!”他想了半天,又哈哈大笑道:“喔喔,我明白了,明白了!我没有把‘殻’上的眼孔封閉呀!”第二年春季,他的妻子果然産生了白白嫩嫩的一對雙生子!

這個故事,是一個老笑話,當然是前人虚構的,但據此我們可以知道空筒的不一定有效,并且可以知道無效的空筒,不如無有,——反而增加生育!倘然空筒個個有效,倘然政府任“科學家”自由制造,任各藥房自由發行,那末到了二十世紀公曆一九四五年的今日,世界上的人口還能够這樣多麽?

但婦女何必怕孕?怕麻煩麽?怕痛苦麽?怕難産麽?怕哺乳麽?受孕是婦女的職司,等於男子的作工。男子作工,時時有麻煩,處處遇痛苦——其程度決不在婦女懷胎之下。至於難産,那更不必怕了,按照現代科學的接生,難産不成問題,決不傷命。從前的穩婆,有極荒唐者,有取不出胞衣或挖出子宫者,但平均計算,到底活命者多,死亡者少。哺乳能發生性欒,我在别的刊物上已經提過,兹不贅述。况且自己不肯哺乳,或者不能哺乳,尚有補救之法——用個乳娘。所以,哺乳亦不必怕;所以婦女不必怕孕。但婦女到底真的怕孕麽?“婦女的一切,都是謎”,婦女口口聲聲説怕孕,到底真心怕孕麽?因爲食物價昂,多男多女之家有時嘆息道:“孩子這樣多,養不活了!”但是結婚多年而未曾生育的夫婦——尤其是婦——情願“犧牲”財帛,吃補藥,打補針,求取孩兒。婦女往往“口是心非”——不,心是口非,他們説怕孕,實在是喜孕,所以大多數婦女總贊成婚姻。

(原載一九四五年四月《雜誌》第十五卷第一期)

夏季的理想生活

“在夏季中,讀書人不宜讀書,寫稟人不宜寫稟;因爲天氣太熱,日光太强,最易傷腦,最易傷目的緣故。所以到了大伏炎天,學校停課放假——就是戲園,尤其是舊式的,也要停鑼。”

上面一般“準”(Quasi)衛生家的説話。依照他們的意見,我們在夏季中，應該一事不做，全然休息。

這是錯誤的，我們在夏季中的生活，與其他各季的理應不同。但我們在夏季中的生活——衣食住行——應該怎樣才合適呢？

（一）衣。——西式衣褲，不是用厚呢製的，定是用粗布製的，太熱太悶，易生痱子，當然不可穿。就是短脚褲，香港衫，不用硬領，不用領帶，還是太熱。那末，怎樣呢？上身赤膊，下身赤脚，中間圍塊薄布，或者圍條毛巾，好不好？

講到毛巾，從前我們湖州城中，真有一位夏日祇圍毛巾的紳士。他家有的是錢，他家中有的是女人——美妾美婢。他雖不穿衣，然而忙碌異常。他到東邊去看看這個，到西邊去看看那個——天天滿頭大汗。有時毛巾掉了，他大喊“三姐，四姐”，要她們代他拾毛巾，代他圍毛巾。

這固然是個消夏方法。不過我們辦不到；我們每天非出門不可。我們當然不能圍了毛巾到里弄中或者街道上來。我們出門的時候，至少穿件短衫，穿條長褲。衫褲的材料，夏布也好，紡綢也好——它們的價值，并不在香港衫、短脚褲之上。

去年已經有人提倡不穿長衫；今年想必可以實行了。

（二）食。——夏天還是吃素好呢？還是吃葷好呢？借個名目，我們像蘇州女人地吃觀音素，雷齋素——一條魚也不買，一兩肉也不買——好不好？

很好！很好！葷菜本年買不起；肉價六千，蝦價加倍。但是素菜何嘗便宜？青菜豆腐，何嘗較魚肉便宜？吾家每日飯菜五千元——油鹽醬醋不在内——吃的是大魚大肉麽？吃的還不是素菜麽？倘若素菜確合衛生，那麽吾家的大大小小，男男女女，每人至少活一百歲；因爲我們不獨在夏天吃素，就是在春秋冬三季中，也常常斷葷。

有人以爲消夏的方法，不全在食——大半在飲。我們要免除熱瘡，非多食西瓜，多飲冰水不可。

的確，一點不錯，夏天的冰食比冬天的火爐更加要緊。語云，“私房冰，大皆熱。”冬天熬不住，只要向被筒中一躲。夏天熬不住，到哪裏去躲呢？吃吃冷食——西瓜，涼粉，冰水，冰果子，冰其令——真是好消遣！但目下交通不便，西瓜從哪裏來？電力缺乏，冷食從哪裏來？這種吃冷食、飲冷飲的舒適生活，決非我們所能。

（三）住。——住什麽屋子最合宜？還是大厦好呢？還是茅棚好呀？茅棚太低太狹，大厦當然比較好些。但是洋房敞亮，有太陽曬進來，無法搭冷棚。多年前，我們關上門窗，拉開簾子，打起冷氣，加以風扇——裏面一點暑氣也没有，豈不安樂麽？不過現在因爲時局關係，這種生活已不適合。

那麽，我們應該住什麽房子？

我們應該住天然蔭凉的屋子。那當然不是茅棚，也不是大厦——最好是蘇州那些老屋的大廳，或者上海那些兩樓兩底的、三樓三底的樓下厢房。中間的凉棚不可不搭，厢房門窗可開可關——電扇不可不裝，汗來時可用代蒲扇。

（四）行。——最方便是乘自備汽車，否則三輪車、黄包車也好。不過目下有力乘汽車者很少，乘三輪車、黄包車者也不多。我們平民還是軋電車的好——價廉而無責任。

其實，在炎夏之日，在烈日之下，何必出門。汽車疾行，似乎有風，然而總不及家中的蔭，倘然一定要出門，那麽早出遲歸好了。——趁太陽没有高昇之時出門，等太陽已經西去之後歸來。身穿短衫，手持蒲扇，踱步而歸，等於兜風——豈不大妙？二十年前，我見唐紹儀先生，常常如此（當時他的家在老靶子路）。别人稱他笨人，因爲有車不乘。他實在是個聰明人，真知衛生之法。

講了半天衣食住行，講了半天踱方步，住厢房，吃素菜，穿短衫，我還没有講到正式的消夏方法。這當然不是服西裝，吃大菜，住大厦，乘汽車。穿了西裝坐在大厦中，又坐了汽車出去吃大菜——熱呀，熱呀，真熱呀！

那麽，怎樣才能消夏？

請閲下文，即本篇最後一節：

席地而坐，左手持粗蒲扇，右手持《風雨談》。一篇一篇地看下去——看到第三篇，汗没有了。丢去蒲扇，站起身來，坐在桌邊，拿支鋼筆，寫成一篇兩三千字的文章。還想繼續下去，家中有人請吃晚餐。葷菜也好，素菜也好，熱飯也好，冷粥也好——式式樣樣，都美味可口。晚餐之後，月色大明，穿了短衫在門前乘凉閑談。不久，自覺微倦，趕快上床，一瞌睏到次日天明。

（原載一九四五年七月《風雨談》第二十期）

在日本所見

照地圖上看，日本國固然很小。但是你到了那邊，看見他們許許多多新的舊的大建築，如宫城，如神社，如官署，如報館，如工廠，就知道日本不是一個小國。日本國的國力，與它的地面是不相稱的。我在日本國内二十天，因爲言語不通，耳與口都失了效用，只有勞動雙目的一法。我是近視眼，目力雖然不濟，然而所見的已經不少了。我現在擇最要的并且有興味的，寫在下面。我的文字，我的見解，皆極淺薄，千祈密奶生（日本語，作“諸公”解）原諒。

（一）宫城。我們一到東京，就坐汽車向皇城去——去行禮，“望宫城遥拜”。所謂“拜”者，鞠躬而已，不是真拜。

離城墻數百碼，車就停了。大概那邊也有像我們“軍民人等，到此下馬”的牌示，不過我在匆促間没有看得清楚。一下了車，路上都是散鋪的小石子。穿了皮鞋在上面走，覺得有倒退之勢，但是我們終究走過二重橋，行近城墻，恭恭敬敬地鞠了躬，然後回到車上。日本國内，不論宫城，不論神社，必用那些清潔光滑的小石子爲路，以表尊敬之意。

（二）神社。日本不論大小各地，總有一個以上的神社。他們上自官吏，下至平民，没有不參拜神社者，没有不深信神明者。

神社不像我們的城隍廟，里面没有神像。外面一個鳥居（作“大門”解，形如牌坊），里面空空一屋——就是神社。

神社是他們的祖廟（?）。一家之人——父子之間，祖孫之間——應當互相護衛，互通消息。所以日本人，幾幾乎每天到神社去，把心中所有歡樂或憂悶，告訴他們的祖宗。士官學校的學生，每天第一件事是參拜神社——健雄神社。

正式參拜神社的方法是這樣的：（一）立正，（二）鞠躬，（三）拍手（兩聲），（四）鞠躬。拍手之時，或拍手之後，有心事者，可默默祈禱。日本婦女們——老太太們——跪在神社前作禱告者,甚多甚多。

進了鳥居,未到神殿之前,各大神社均有清潔水槽的設置。凡參拜者,應先在此處取水净口洗手。不設水槽之處,必有天然的河水或溪水。

神社之最宏大者,首推東京的明治神宫。奈良地方有純木所建成的法隆寺,也很著名。

日本有所謂"七五三"節者,即三歲,五歲,七歲的小孩子,穿了新衣服,去謁神社的時候。

(三)官署。日本國的官署,與我們國民政府的宣傳部差不多,好像是一家大銀行。不過他們没有站崗的警察,只有傳達的門士。——軍部例外,當然有衛兵,但爲數不多。

長官見我們的時候,無不挨拶(作"致辭"解)。我們也要挨拶(答辭)。他們招宴,也没有一處不挨拶的。吃本國飯,挨拶在前;吃西式飯,挨拶在後。在前的比較舒服——講了再吃,不論好不好,没有心事了。在後的甚不舒適——吃時要多想,不容易消化。"挨拶"二字,讀如"阿姨殺子"(上海音)。

官署的屋宇,相當的大。辦事員手不停揮,看他們是忙呀!

官署中有用女茶房者,但不盡然。

(四)報館。我在東京最缺憾的事,是没有看見報館的内部。他們著名的報館,如朝日,每日,大陸等,房屋都很大,我都看見。不過他們的内部究竟怎樣,人員如何多,工作如何忙,我没有親眼看見。據説日本的報館,都是財團法人,自己備飛機,自己備無線電,自己備專送報紙的大型汽車。内部工作的人,日夜無暇——打電報的打電報,聽電話的聽電話,記録的記録,排印的排印;發令者與受命者都很自尊,都很努力。不過我没有到報館内部去"見學"(日本名詞,作"參觀"解),不敢瞎作報告。

但是我在東京的時候,也曾一度到過報館,也曾見過報館内部的一小部分。那就是説,我曾經"見學"過《每日新聞》社所設的天文臺。

"每日"天文臺,是最合近世科學的設備。我們於九月廿四日下午三時往觀。其時天氣正熱，所以他們特地爲我們開放冷氣。

我們乘電梯上了樓，一進那間大廳，就聽見極幽雅之音樂。坐定不久，電燈光漸漸地暗去，但不全熄。其時四周墻上所繪的圖畫，在隱隱約約中，宛然變成東京市的全景——大屋宇呀，大橋梁呀……我正在呆看之時，電燈全滅了。於是，衆星發現了，月亮也來了。説明者和翻譯者，言語清楚，能使我們聽而不生厭倦之心。我們聽了兩小時，似乎只有二十分鐘。最後，東方發白，太陽來了，天明了（電燈齊開）。幽雅的音樂又發放了，我們拍手起立而散。

（五）工廠。日本的工業極發達。他們有紡織工業，金屬工業，機械器具工業，窑業，化學工業，木工業，印刷工業，食品工業，煤氣電氣工業。據仔細調查，他們在公曆一九三六年，工場之數共計四萬四千八百八十四所，工人之多可想而知了。我在日本不過二十天，當然不能去參觀各個工廠。我所見到的，有二處最可注意：（甲）三菱重工業，（乙）鐘淵紡織會社。

（甲）三菱重工業，就是飛機製造廠。它地面之廣，建築之大，工人之多，材料之富，真是驚人！它的機器，都是特製的，不是改造的，所以每日的産量决非他國用改造機器者所能及。它的管理極嚴密，一大間無數無數的工人，忽然接得一個假想的防空警報，不到一分鐘，統統不聲不響地一個都不見了。

（乙）鐘淵紡織會社，製造各種軟硬用品。軟的如衣料，化裝品，硬的如家具，玻璃杯，舉凡一切可以銷售到外洋各國之物，無不製造，并且無不精美。他們的貴賓室，真是富麗堂皇！他們的陳列室，真是無奇不有！

最末，我勸我國的同胞，倘然遇到機會，或有空閑時，應當到國外去看看，以見他們之長處，我們之短處，否則我們“夜郎自大”，即要改良，即要求取進步，恐怕也没有辦法。

（原載一九四三年《大衆》十一月號）

日本現今的文化

一年以前，友人某君到日本去游歷。歸國時，我問他道，“你去了這幾個月，究竟看見點什麽？他們國内的衣食住，與虹口同不同？”我的友人答道，“衣食住，這是大問題——文化問題。好的，我就談文化罷。”

於是，他開始講日本的文化。

他説道，“日本舊時完全效摹中國，把中國的文化囫圇吞了。後來又完完全全效摹西洋，也把西洋的文化囫圇吞了。所以我在日本，没有看見什麽日本文化。我所見到的不是中國的文化，必是西洋的文化，或者是中西文化的雙拼。日本人没有自己的單獨文化。”

我聽過之後，大爲失望。二十餘年前我開始讀小泉八雲（Lafcadio Hearm）所撰的論説時，我非獨佩服他的文筆，并且羡慕日本人的風俗人性。照小泉八雲講，日本是有單獨文化的；照友人某君講，日本是没有單獨文化的。小泉八雲説謊麽？我的朋友忠實麽？小泉八雲没有觀察力麽？我的朋友富於見解麽？我相信哪一個呀？

我今年（三十二年）八月得到游歷日本的機會，我所居留的日期雖然很短，然而我所到的地方倒還不少。我曾經碰到上上下下各級的人，我曾經看到新新舊舊各式的屋，我親眼看見一切，我知道我的朋友誤了。簡言這，我知道日本是有單獨文化的，我將在下面粗粗地説出來。

日本舊時固然效法中國，但是它没有把我們的文化囫圇吞下去而不加以消化。我們的袍，我們的帶，他們改爲寬服（Kirmono）與闊索（obi）。我們的筷，用了重洗，洗了再用，不合衛生之理；他們每食必用新筷，用了即丢。我們造屋要墻壁高，進數多；他們造屋要通空氣，要有園場……他們學中國的衣食住，不過採用一部分罷了。

後來倣效西洋，也是如此。現在日本的少年、中年、老年人，豈不是大多數都穿了洋服麽？他們除了國慶，開大會着本國禮服外，常常穿洋裝，然而他們既戴背帶，又用腰帶；西裝的尺度，又與英美的不同。他們的皮鞋，較脚寸長一寸或一寸多；他們的鞋帶，打好結之後，不再解開，這樣一來，走進日本式的房間時，或出來時，可以省去許多麻煩。有時日本人穿了上等西裝——呢帽、領帶、上衣、長脚褲——到街上來散步的時候，豈不是一位正正式式西方的尖頭鏤（gentleman）麽？他跑到你身旁，你望下一看，奇了！他没有着皮鞋，他赤脚拖木屐。你不必笑,也不必默!這是配合,這是適應環境。借這一點,就可以知道日本人採取外國文化而消化它的能力。

他們吃西菜,最後一道往往是飯。另外附帶一碟醬小菜,加上一雙本國筷。你可隨時和飯而食。他們的洋房,固然有完全西式的,然而厠所與浴室,多數爲本國式;并且私人的洋房,總有幾間日本式的卧室。

上面講者,都是形而下的事——衣食住。至於形而上的,如宗教,如教育,也不像吾國這樣天吞活咽而不細嚼的。

先言宗教。日本人從中國學得孔教,從印度學得佛教,他們至今仍尊孔佛兩教——一小部份人也相信耶教,但是他們總不以孔佛耶爲國教。他們的國教是神——神。我們旅行人,到了任何地方,第一件事就是參拜神社(不是到旅館里去休息!),官吏、學生、職工,每日早起第一件事,也是拜神。他們採納孔教、佛教、耶教的宗旨,就是要改進神社,不是要拋棄神社。所以日本現在的神社,包含各教的優點,然而不爲一教所化。

再言教育。他們的教育制度,除了小學教育必强迫外,不像英美,也不像德國。其實,這種制度隱含各國的優點,并且包括本國舊有的特性。二十餘年前,我國某某某某小學,忽然異想天開地採用陶爾登制,弄得學生立的地方都没有,書也没有,字也不寫。日本人對於學制,極其慎重,他們不肯輕採新制,不肯輕改舊制。

一提教育,我就想到文字了。我們豈不是常常説,“中日非獨同種,并且同文”麽?中日同種與否,我不知道,不過中日文字是不同的,我的姓名在日文中變成“秀怡之禪”的音了;就是字義,就是用法,也大大不同。我們稱“諸位”或“諸君”時,他們稱“皆生”(米拿生)。我們説“謝謝”,他們説“有難”(阿李阿篤)。其他的改變還多哩;我因爲不懂日文,不能細述。總而言之,日本人採取了外國的方式或實質——形而上者或形而下者——決然不肯囫圇吞,決然要加以改變。初到日本的人,只見外表,以爲它是先中國化而後西洋化——以爲日本的文化一半是中國的,一半是西洋的,以爲日本没有單獨的文化。是故我的朋友在日本多時,“没有看見什麽日本文化”。倘然張開雙目,仔細一看,閉着眼睛,仔細一想,那末隨處都是日本文化——東京西京没有西洋文化,長崎大阪也没有中國文化。中西文化到了東洋(日本)之後,一經採用,立時消化了,即立時變成了東洋的了。

日本人至今還實行大家庭制,兒女的婚姻全憑“父母之命,媒妁之言”……吾國青年,稍稍有些“新”知識的,非笑他們守舊,即罵他們荒唐。然而他們的青年并非没有教育,并非没有思想,并非没有新知識。他們到外國去留學的青年,比較我們的多;歸國後,仍舊講日本話,仍舊穿寬服,仍舊拖木屐,仍舊娶“父母之命,媒妁之言”的妻;倘然他是大郎(長子),仍舊與父母同居。他們國中留學歸國者的百分之九十九,不娶外國老婆,因爲怕父母看不慣,不能日化(上兩字作動詞用)她,又怕老婆住不慣,要求歐化他。日本那種不娶外國老婆的學生,往往富多科學知識,富多發明能力。那種留學生就是造成日本單獨文化的人——就是採納新文化,改進舊有文化的人。

最末,我敢説日本文化固然是中西文化拼湊,但這種拼湊已經凝合了,已經融和了,已經成爲結晶體了,已經是日本的單獨文化了。日本國有日本的單獨文化。去年到日本去游歷的我那位朋友,未曾仔細觀察,未曾仔細思想,所以錯誤了。

(原載一九四三年十二月《天地》第五期)

漫談裸體畫

日本多裸體畫,然亦可稱絶無。何以故?因日本人作此種畫者,爲數不少;惟過分明露之品,政府隨時取締,令原主移去或遮蔽之也。本篇除略述日本裸畫外,兼及世人對於裸畫之意見。兹先言日本畫家,及畫之公展,然後再談世界。

日本畫家,與中國大同小異,分東西兩派。東派者,作東方式之畫家也。西派者,作西洋式之畫家也。東派人數,較西派爲少。東派之在帝都者約四千人,在同一地帶之西派有六千人。此一萬人中,包含少數雕刻家。除聲名卓著者之出品外,其他各畫必在公展之前,由協會審查蓋章。享特權者,在東京有東派九十五人,西派一百八十七人；在全國則東派一百八十人，西派二百六十人。

三十五年前——清代末年——日本已有裸體畫之展覽。創始者似爲黑田君。是時彼方自法蘭西學成歸國；因親友之聳慂，將其得意之作，在大阪陳列。警士見之，以爲猥褻，立即下令禁止。後經許多周折，雙方（警士與畫家）讓步。警士準畫家陳列其出品，惟畫家非"改進"其出品不可。所謂改進者，即以相當之物（布或綢）遮蓋畫之下半部是也。

日本至今仍由警察檢查畫像。民國二十七年之春，東京舉行第三十五次太平洋藝術大會。其中有中村氏所作之裸畫一幀。中村者，數十年前曾在巴黎留學，德高望重，西洋畫派之老前輩也。但日本警士只管道德，不顧資格，竟將其畫"非難"之，謂爲過度坦白。大會無法可想，只得將畫除去。除畫移像之風，不獨行於日本，即西洋亦然。昔年美國曾將某名手所造之裸像，敷粉，披衣，并加一帽。遠視之，宛然一小型活美人。其滑稽也，遠在日本之上。日本素來注重美術，而尤注重道德。故裸畫之不明露者，無不準其公展；其太"觸目"者，因有關風化而禁止之。民國二十七年以後，大戰開始；日本政府加意注重道德，注重風化。聞從前大旅館中所陳設之石像，現已一一移開矣；不知確否。

講述裸體畫像，不得不提及模特兒（即吾國反對派所謂"不穿褲子的姑娘"是也。）

日本第一位模特兒，姓宫﨑，明治初年人，有膽氣之陰性也。當時日本之西式裸畫，猶在幼稚時代。體健貌美之女子，不論藝術家如何勸説，決不肯身任模特兒，其意以爲此乃世界最賤，最下流之職業也。今宫崎竟説服其夫，出任某長崎名畫家之模特兒——其勇力固大，而其有功於藝術，亦不淺也。

五六年前，日本共有模特兒約一百八十至二百人。每人"姿坐"（作動詞用，直譯 Pose 一字）三小時，可得一元二十錢（日金）；每月約得百元。模特兒皆中級人家之女兒，且皆爲中學畢業生。二十年前，日本有陽性模特兒約二十人至三十人；今已幾乎絶迹矣。業模特兒者，組織公會。凡藝術家有不規則之行爲者，經模特兒報告後，公會除盡力保護其會員外，永遠與"過誤犯者"斷絶往來。談日本之裸畫已畢,今繼言世人對於此類美術品之意見。

自古以來,對於裸畫裸像之意見,不外兩種:(一)贊成者,即性愛派,(二)反對者,即清净派。絶對性愛派,主張推廣,主張公開。絶對清净派,主張廢除,主張消滅。性愛派力求"春色"全露,清净派力求隱没暗藏。藝術本無罪惡,而裸畫裸像目下所有之罪惡,皆由此二派之過激份子造成之。絶對清净者,使人於清白之藝術品中,察見丑陋之形相。絶對性愛者,假借藝術之名,故意供給不道德之形相,使教育不全之人,或起妄念,或入迷途。此兩派均無益於社會。最善莫如中庸之道,即裸畫可繪,裸像可造,惟不得完全坦白,如日本警士所主張者也。

英國詩人密爾登(Milton)(生於公曆一六零八年,卒於一六七四年)氏,似乎贊成裸體。其在《天堂失去》(詩名)中描寫亞當夏娃時,有"彼最初之裸榮兮"一語。

絶對反對派之代表,似爲傅耐思(Furniss)氏。傅耐思,愛爾蘭的高克(Cork)城人,傳教士也,曾著一書,名曰《青年手册》。其中載一故事,稱某某聖女,得上帝之允許,至地獄探訪時,見一少年女子,緊緊爲一鋼衣所縛,且卧於火焰中。口中鼻中所發之氣,與沸油無别,且作唧唧之聲。彼所以如是受苦者,因生前每次沐浴,喜好細觀自己之裸體故也。傅氏所説,未必荒謬,然藉此亦足以見反對派之心理;其切骨之恨,斷非今人之所能及。

羅馬最著名之美術品,費臺士(Phidias)[希臘著名雕刻家,生於公曆前五百年(?),卒於前四三二年]所造愛神之裸像也。反對派曾作歪詩以譏之。余今譯其大意如下:

美哉愛神像!
上有雙峰下有紋,
上截高聳下生芹。
一絲都不挂,
不穿褲子不着裙,
不怕風雨不避蚊。

(原載一九四四年《大衆》六月號)

藝妓説

日本之藝妓，尤蘇申之書寓，女性款待人而非賣淫婦也[11]。“藝妓”之名，誤譯也，應作“藝者”。“藝”(gei)音餩(從食，從人，從亥)，類似英語中之“覯”(gay)字；“者”(sha)音紗，頗似波語中之“王”(Shah)字。本篇從俗，故仍以“藝妓”爲題。

藝妓爲最能保存日本古風者。其頭飾，其服裝，其涂脂抹粉，均依舊制。惟有一事，現已採用西法——唇膏是也。有見藝妓施用唇膏者，問之云：“你衣服的材料是日本的。你理髮的形式也是日本的。你的……一切都是日本的。爲什麽單單採用一種西洋化的唇膏呢？日本的胭脂難道不及西洋的唇膏麽？”藝妓微笑而答曰：“哈，西洋的唇膏，果然比不上日本胭脂這樣美——太紅太膩。不過它也有一件好處，它能護衛——不會被人强吻(Kiss—proof)呀！”妙哉，妙哉，此答也！據此可知日本藝妓，大半皆口才敏捷之女，且曾受相當教育者。

日本女子之習爲藝妓者，一定認識文字，一定爲小學畢業生：并且百分之六、七十總進過中學，百分之十五總進過大學。彼輩主要之目的，在款待貴賓，是故面貌非嬌美不可，聲音非柔和不可，口才非敏捷不可，步態非律動(Rhythmic)不可。在此職業中，非才藝兼全者，萬萬不能“出乎其類”。有吾國古時詩妓之資格者，若赴日本爲藝妓，當然容易成名。

藝妓以京都(Kyoto)爲最有名。諺云，“京都出美人。”但東京藝妓之數較多，且頭等者無不文雅。余在兩處暫留時，均有機會與東友同往。但無力判斷東京與京都之别——孰優孰劣，因余係初往日本之外國人，一時學不到此種眼光也。

公曆一九三六年東京共有妓館四千五百廿六所，藝妓一萬二千五百四十人。是年藝妓業之盛，尚不及三年以後。據警察局之調查，一九三九年之春，東京共有藝妓一萬三千七百九十三人。國家正在戰争中，而專事款待者之數反而日增——此何故乎？曰西洋式之跳舞廳，現已全國停業，常人於勤奮工作之後，不可無消遣，不可無娱樂。所以舞去而藝增也。但近年藝妓之數,遠不及明治中葉之多;其時(一八八九年)之最高記録爲二萬四千二百六十一人。一九三九年前,藝妓全體每月平均收入約一百五十六萬二千七百十四元(日金),每年一月,二月,營業最盛。

據收入言,藝妓共分六種:(一)自己主持者,即自己設館而自作款待人者也;(二)五五分賬者,即以收入之半(百分之五十)歸館而自得其餘者也;(三)三七折賬者,即自得三成而以七成歸館者也;(四)四六折賬者,即自得四成而以六成歸館者也;(五)全數歸館者,即進館時已借到巨款,非清償後不應取"工資"者也;(六)流動不約者,即時來時去,自自由由,不受館章之拘束者也,惟每月必出資百元(頭等)或五十元(二等),以借用其名。除此六種之外,另有"三七折賬者",則三成歸館,而七成自得者也;此種藝妓,想非極"紅"不可。

藝妓"出局"(被召)每二小時五元,或每三小時九元,此頭等之價也。小邑中三等藝妓之價,每小時七角。鐘表未行以前,出局之價,以綫香計算。當時之所謂"一本"(一枝香)者,即現代之一小時也。局價從一九三零年後,已受規定。紅而且紫者不可多索,暗而且黑者不得少取。藝妓個人,每月至少可得二百元,其紅者五百元或一千元不等。

藝妓莫不善於跳舞(古式或西式),莫不善於彈唱。東京有藝妓學校,每年經費約一萬元,大半由各館擔負,小半則取自學生。校中所教者,唱歌也,跳舞也,及鼓、琴、簫、鐃、鈸之使用也。每日上課鐘點,自十二時起至三時止。願入校者,每月學費一元;不願入校者,不受任何强迫。

在今日之日本,藝妓已不受人賤視。彼輩雖來自貧寒之家,然非賣淫者或不道德者。本國人有譏之爲"盜夫者"或"掏金者",但此皆出之妒婦之口,不必盡信。藝妓果然有嫁王公大臣或富商爲妻者,但亦有早歲退職,或終身不嫁者。至於劫人錢財,奪人丈夫,爲絶無之事。你嫁,我娶;我賜,你受——此皆兩相情願事,并不背理也。

余在京都時,曾遇一年老之藝妓,約五十四五歲。彼裝飾樸素,落落大方，非獨言語伶俐，并且招待周到。經余再三再四要求後，彼以名人所繪之“色道十二番”出示。每閱一圖，彼必詳加解說。最後問我有何批評。余曰：“甚妙，甚妙！其中三、四式，余不能行。未知君能行全盤否？”彼笑，余亦笑。是時菜畢飯罷，車已到門，余等即告辭而退。

藝妓稱呼賓客所用之語，與他人微有差別。初次見面，姓氏尚未全明之時，彼輩常以“義意生”稱人。“義意生”者，“尊兄”也，即“哥様”或“哥哥君”之意。彼輩猶喜以縮姓呼人。例如姓“鈴木”者，稱之爲“鈴”君；姓“江南亭”者，稱之爲“江”君；姓“香宗我部”者，稱之爲“香”君是也。藝妓另有呼人之習慣，即以渾名稱脾氣温和之客是也。譬如鼻子大者，彼輩以“哈生”（鼻君）稱之；頭禿頂者，彼輩以“痴生”（秃君）稱之是也。此類習慣，吾國書寓中似亦有之。

吾國書寓中不乏迷信之女，如初一，月半至某廟進香是也。日本舊時藝妓亦有迷信者，但不在求神，而是堆鹽。堆鹽者，取鹽少許，分作三堆，置之大門口，以求潔净，并取吉利也。現今之日本藝妓，大半已受教育。據云，實行此種陋俗者，已不多矣。

日本藝妓，有好穿，有好吃，其生活似極舒適，但不盡然。晨間九、十時，非起身不可，因不赴學校者，亦必在家中練習唱舞諸藝之故。下午四時後，開始裝扮，六時後出局，有時直至晨二時始得歸來。且寬袍闊帶，全套在五百元以上，加以理髮費，化裝品，每月非開支一百五十或二百元不可，藝妓所入雖豐，而支出亦大。

舊時日本男子，喜好藝妓之長臉者。今則不然，圓臉者入時矣。

日本藝妓，起於公曆七一零年奈良（Nara）時代。當時不稱“藝者”，而稱“游女”（Asobime），非美名也。公曆一一零七年後——鳥羽（Toba）時代——有專門歌舞之女子出現，名曰“白調”（Shirabyoshi），真奇名也。白調所作所爲，頗似現今之藝妓。東京真正之藝妓，於一七六二年始行出現。明治之初，在朝諸臣，有以藝妓館爲唯一之集會處者。

東京又有所謂“男藝妓”者，實即唱滑稽者如王無能[12]之流也。東名“合干”（Hokan），即“合歡”（？）之意。數年前，有美國人名華倫(William Warren)者,在藝館任職。據云,日本人之爲後援者,爲數不少,余在東京時,并未見到此類人物。

(原載一九四四年《大衆》四月號)

本輯注釋:

① 即郭秉文,曾任南高師教務長、代校長、校長。

② "杜做"爲吴語,即"自産"之意。

③ "自述"部分,因《文史半月刊》停刊,後未能刊出。

④ 今通譯爲《吉檀迦利》。

⑤ 今通譯爲繆塞。

⑥ 今通譯爲喬叟。

⑦ 今通譯爲丁尼生。

⑧ "印捕"即上海租界的印度裔"巡捕"(警察)。

⑨ "身"又音 yuan(員),"身毒"係古印度之别譯。

⑩ "空筒"即英語 condom 之音譯,意爲避孕套。

⑪ 舊時代蘇州、上海的書寓,雖以賣藝爲主,但與高等妓院相類,實質上是變相妓院,并非絶對不賣淫。日本之藝妓有兩類:一類猶如中國書寓之藝妓;另一類是歌舞伎,類似演員。本文所談的藝妓係前一類。

⑫ 王無能(約一八九零年——約一九三八年),江蘇蘇州人,原名念祖。上海早期獨脚戲藝人。早年曾是上海文明戲演員,一九二零年起正式挂牌演出獨脚戲。代表劇目有《哭妙根篤爺》、《各地堂倌》等。後來被公認爲滑稽戲的創始人。本文談及的日本"男藝妓"實與王無能不相類,而與男娼相接近。

第二辑

《晶報》隨筆

打屁股的堂子

《晶報》編輯先生鑒：

頃讀本月念五日貴報《女同性》篇，佩服之至。同性交，西名“合膜色格壽合理的”不專指男人，亦可指女子也。越舊藏西文小説中，似有言及女同性之故事者，惜均被焚，無法查閲。近來西洋“色慾”界已離性交，而言鞭撻。鞭撻名“Flagellation（福來吉星）”，即打屁股之意，有喜打人者，亦有樂於被打者。此種書籍，英國禁售（英人亦不喜讀，英人喜讀富貴團圓一派之小説），法國盛行，美國無從查攷。聞巴黎打屁股之堂子極多，其設備較學校中之儀器爲貴，未知確否？此請臺安。

弟　周越然上

《晶報》編者注：據云，清代中葉出版的《品花寶鑒》上第五十二回仿佛就有一段，説：“又聽得兩下輕輕打着頑，像打在屁股上的聲，又聽嗣徽低低道：‘樂哉樂哉，其樂只且，其樂只且’念了兩聲。”可見得歐洲無打屁股之前，我國已早流行性慾中的打屁股了。

（原載一九三三年三月二十八日《晶報》，署名周越然）

洪武寶鈔

余近收得明初寶鈔一紙，物極罕見，兹特抄録其文字，并將其花文印記説明之如下，以供研究掌故者之參攷焉：

此寶鈔用厚皮紙印成，烏絲龍形欄，其廣約一英寸半，欄外空白約廣半英寸，全紙高約十三英寸，廣約九英寸；壹貫二字及錢形上蓋一朱印，又文字上亦蓋一朱印，兩印尺寸相等，似爲一印，其文字無可辨認；年代已久，紙成深灰色，不能攝影。

查明律，“凡印造寶鈔，與洪武大中通寶及歷代銅錢，相兼行使，其民間買賣諸物及茶鹽商税諸色課程，并聽收受，違者杖一百。若諸人將寶鈔赴倉場庫務折納諸色課程中買鹽貨，及各衙門起解贜罰，須要於鈔背用使姓名私記，以嚴稽攷。若有不行用心辨驗，收受僞鈔，及挑剜描輳鈔貫在內者，經手之人杖一百，倍追所納鈔貫，僞挑鈔貫燒毀。其民間關市交易，亦許用使私記。若有不行子細辨驗，誤相行使者杖一百，倍追鈔貫，止問見使之人。若知情行使者，并依本律。”

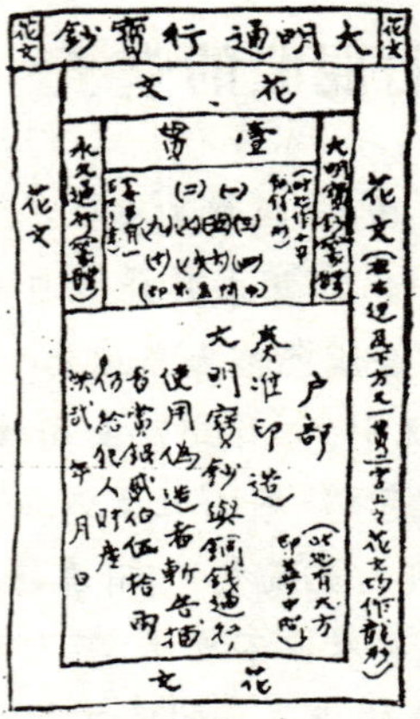

（洪武寶鈔樣式）

余之劫餘藏書中，有僞造寶鈔判語一則，不知何人所作，其辭尚古雅，今録於後：

太公設九府之法，布帛攸行；漢世權一時之宜，鹿皮乃造。蓋公私值乎空乏，而子母調以重輕。今某以匹夫之微，竊九重之棅。邊欄貫例，盡竭諂襲之工；字様花文，深得裁成之妙。輒收輒有，不須工部文移；隨制隨盈，何俟徽池紙扎。龍子利心登壠，實緣此輩肇端；許行市價相欺，因是賤夫作俑。告人充賞，造者伏誅。

余今有一事，請教閲讀《晶報》諸同志，設自洪武元年（一三六八）起，每周利息依四厘計算（複利），至本年底止，此一貫錢應值幾何？可否乞精於算術者一推算之。

（原載一九三三年五月六日《晶報》，署名周越然）

《蹴踘法》

蹴踘，音“促掬”。蹴，以足逆蹋也；踘，亦作鞠，戲具，以韋爲之，實以柔物，今謂之球。蹴踘，即今之踢球，亦云齊雲，“壯士習運之能，英杰游戲之學”也。

相傳蹴踘始於黄帝之時，舊小説如水滸有言及此者。有謂此法現已失傳，亦有謂魯省尚有能作此游戲者，未知孰是。今世足球甚行，當然無人注意此種舊式游戲。余藏書中有《蹴踘法》一種，紅絲欄精寫本，字作趙體，白口，雙魚尾，其間作圓圈一，又横絲欄一，四周雙欄。全書六十九葉，每半葉十行，每行二十四字；不著撰人，前後無序跋，亦無藏書印記；卷中間有缺字之處，想當時所據之本，乃破爛漫漶者，無可辨認，故留空白也。查明汪雲程有《蹴踘圖譜》；雲程，徽州人，清四庫小説家類存目二有其所編《逸史搜奇》一書，其圖譜余求之多年未獲，或者此寫本即其所著之圖譜乎？書中雖多“江湖”之話，然亦不乏“雅氣”之辭；説理用散文，記誦用詩詞；初視之，似是一本佛經，此種教科書，實不多見。

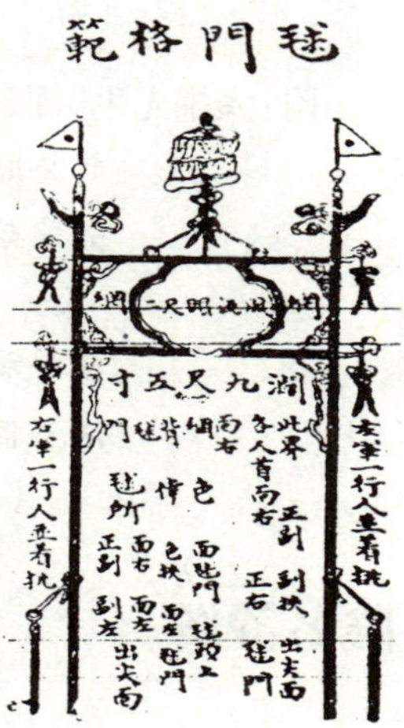

（古之踢毬員布置）

學蹴踘者稱“子弟”，教者稱“師父”，此與學唱戲或者學手藝者相同。子弟應守者五事，仁義禮智信也；不可犯者四，酒色財氣也。卷中有種種條規，較足球有過之無不及；又有種種要訣，均以四字或五字爲之。踢法有括、搭、抄、肩、拍等名目，非精於其術者不知也。場户自一人起至九人止，各有部位圖。其最精之圖，題“球門格範”，玆特複印於此。

附録初入學社詩：

入社須知有社規，錦衣常帶氣球泥。
古今四海風流事，惟有齊雲獨佔魁。

（原載一九三三年五月十二日《晶報》，署名走火）

“白、梨”

致大雄先生：

余家藏石印小版《白頭新》、《梨公雪》傳奇，有相似兩本，擇較潔者贈大雄先生批閲，并做丹翁體，作詩兩絶以爲紀念：

《白》、《梨》釘六册，匆是四本頭。
檢出贈雄公，明知供非求。

舊詩不會做，新詩尤其周。
有意學丹翁，無非打打油。

（按："周"惡劣也，蘇州土白）

周越然識

附：大雄先生"謝越然先生"詩

越公贈秘籍，《白》、《梨》秘籍頭。
若非越公贈，此書何處求。

書好詩亦好，用情格外周。
決不假人看，輕易令揩油。

（原載一九三三年五月三十一日《晶報》，署名州亞）

陰名詮解

五月三十日《晶報》載乖乖君《拉丁陰名》篇，原文均有譯音而無字之確義，玆特詮釋之如下：

（一）星巴 Cymba 杯狀空體物也，擬改譯音爲"性杯"，字典不採用。

（二）根茶 Concha 耳凹也，亦螺狀物也，擬改譯音爲"拱高"，英文新世紀大字典直接採用此字。

（三）陳直 Ager，田畝也，可耕之地也，擬改譯音爲"矮巢"，字典不直接採用。

（四）波打 Porta，門也，户也，擬改譯音爲"婆德"，字典不直接採用。

（五）拉佛 Larva，魂魄也，骨架也，假面也，擬改譯音爲"勞乏"，新世紀大字典直接採用，作"幼蟲"解。

（六）福馬 Vomer，鋤骨也，犁骨也，擬改譯音爲"伏滿"，新世紀大字典直接採用。

（七）薩爾達司 Saltus，跳也，擬改譯音爲"殺爾多事"，新世紀大字典直接採用此字。

（八）薩爾克司 Sulcus，槽也，溝也，裂縫也，擬改譯音爲"塞爾故事"，新世紀大字典直接採用此字。

（九）克利打留姆 Clitoriam，關閉也，引申之作陰核解，擬改譯音爲"嵌里多留"，字典不直接採用。

（十）印達費米牛姆 Interfemineum，由“中間”與“女性”二名合成，即女性中間要件之意，擬改譯音爲“陰德返迷肉”，字典不採用。

附注：英美人現今常用者有三字：（甲）Pussy，音補塞，猫也；（乙）Cunt，音空的，不知原意；（丙）Sex，音塞克施，性别也。（甲）最平，（乙）最俗，（丙）最雅。字書載（甲）（丙）而無其義，（乙）爲字典所無，惟言語中有之。

（原載一九三三年六月二日《晶報》，署名走火）

另一陰名

昨晚閑暇，覆閲《無知幼女之書翰》，見另一陰名可供乖乖君陰名小字典之用，特音釋如下：

Nancy，音難洗，或音男栖、南師、耐塞，均無不可；若音浪水，則太過矣。

此本女子名，含 Grace（音溝水）之意，即文雅也，與 Mary（音美麗）性質相等，全無惡濁之意，不知有何因緣，以之名陰，此實余所不解者也。讀者諸君，其亦有以語我乎？

（原載一九三三年六月十日《晶報》，署名走火）

一、二、三

作詩以嵌數目字爲最難。余藏《空空幻》中有花春與山絳桃小姐洞房中和唱詩兩首，各嵌一、二、三、四、五、六、七、八、九、十、百、千、萬、兩、尺、丈、半、雙等十八字，尚不惡劣，兹録於後：

（一）花春詩曰：“紅樓四面半臨溪，百媚千嬌可性西；萬丈河橋七夕鵲，一宵風雨五更鷄。眉横八字雙蛾斂，裙拽三湘六幅齊；咫尺巫山雲鬟二，兩情九轉笑和啼。”

（二）山絳桃詩曰：“百尺妝樓萬丈溪，四圍花繞半窗西；十年夢幻三更雨，一枕香消五漏鷄。艷妒雙文千古絶，才高八斗二難齊；九回腸斷屏山六，七實情傷兩泪啼。”

（原載一九三三年六月二十三日《晶報》，署名周越然）

西"妓"字匯

漢文"妓"字，從女支聲，言精於藝之女子，一文雅之名詞也。俗語之長三、野鷄、倘白等等，遠不及矣。閑攷西語辭書，言"妓"之字，可以互相換用者約計五十。兹擇最通行常見者作一表，以供好事如余者之研究。表中每一横行，先阿拉伯號碼，即西字依字母排列之次第，再原字，再譯音或譯意。譯音者，漢字後以尖角爲記；譯意者，以圓點爲記；譯意而兼譯音者，則用雙號。

一	adventurese	愛德文德士	△	
二	advoutress	安得無餐事	△	
三	baggage	擺架子，行李	△	○
四	bawd	褒德，庖代	△	
五	bitch	雌狗，婢姬	○	△
六	chippy	趣婢，吃筆	△	
七	cocotte	咕咕啼啼	△	
八	courtesan	絞得善	△	
九	cyprian	捷不靈	△	
十	demimondaine	半世界	○	
十一	demirep	半名譽	○	
十二	drab	毒辣，蛋白	△	
十三	Everybody's wife	人人之妻	○	
十四	Fille de jole	快樂女，妃艷德端	○	△
十五	fornicatress	巫女家得勢	△	
十六	grisette	蛤蜊施德	△	
十七	harlot	黑老	△	
十八	harridan	黑里淡	△	
十九	hona roba	好老婆	○	△
二十	hussy	黑洗，喝水	△	
二十一	jade	卷袋，儉德	△	
二十二	lorette	老練的	△	

二十三	minx	敏給事	△	
二十四	mopsy	貌不衰	△	
二十五	miss	迷施,阿姐	△	○
二十六	nobody's wife	無人之妻	○	
二十七	petile dame	小媽媽	○	
二十八	piece	一片,皮細	○	△
二十九	prostitute	鴇司提督	△	
三十	punk	碰開	△	
三十一	quean	奎紅	△	
三十二	rib	力霸,肋骨	△	○
三十三	sapphist	沙妃之徒	△	○
三十四	skit	施技的	△	
三十五	slut	細樂多	△	
三十六	stpumpet	賽東坡	△	
三十七	street walker	街行者	○	
三十八	trollop	土老婆	△	
三十九	trull	圖樂兒,土老二	△	
四十	unfortunate female	不幸女	○	
四十一	unfortunate woman	不幸婦	○	
四十二	wanton	枉蕩	△	
四十三	wench	温姬,文姐	△	
四十四	white slave	白奴	○	
四十五	whore	花兒,貨兒	△	
四十六	woman	武猛,婦女	△	○
四十七	woman of easy virtue	馴性婦	○	
四十八	woman of the town	城市之婦	○	

上列表中,以八,二十九,三十七,四十五爲最普通;譯音最便利者,則三,十二,二十九,三十九,四十三,四十五是也。乞閲者注意。

西文詩歌或散文中,絶少提及妓之質性者,惟近年肖伯納有“彼也是一種優秀份子,然彼實爲命薄的”一語。又亞拉的詩人華馬氏有“取金錢，丟名譽”一語，爲歐美人所傳頌。

（原載一九三三年七月十一日《晶報》，署名走火）

妓院字匯

妓有住所，俗稱堂子。彼等自稱曰“生意上”，“上”音“浪”，蘇音。漢文中尚有妓院、妓寮、娼家、青樓、勾欄等等名目，字面不同，意則一也。

昨有久讀《晶報》之友人來信，謂余既作西妓字匯（見本年七月十一、十三、十七日《晶報》），應即加編妓院字匯，蓋妓不能無居所也。友人又問西洋小説以妓爲主人翁者，共若干種，可否各作一提要在《晶報》發表。言妓小説，余已查得有三十三種，皆歐美名家手筆而由大印刷公司出版者；作提要不易，天涼當爲之。西文表“妓院”之字有九，兹匯作一表如下。

表中譯音之字，以尖角爲記；譯義之字，以圓圈爲記；雙譯，用雙號。

一	bagnio	白玉，伴俗	△	
二	bordel	鴇兒臺	△	
三	bawdyhosse	鴇的屋	△	○
四	brothel	鴇所，嫖處	△	
五	house of ill fame	伊反好和，劣名室	△	○
六	lupanar	侶配納	△	
七	red light district	紅燈區	○	
八	stows	死都市	△	
九	yoshiwara	要死活拉（日本東京官妓區）	△	

（原載一九三三年七月二十三日《晶報》，署名走火）

作　僞

英美出版書籍，可作高中或大學教科之用而銷數較廣者，市上頗多類似石印之翻本。據最近調查，其數在五十種以上，形式印工與張博士著作之翻印本無異,皆極丑惡也。聞其事始於北平,後推至蘇州,今且盛行於海上矣。投資者兼兜售者,大半皆學校教員,彼等托名金價奇昂,學生無力購買原版。而濫印此種不三不四之書本,使青年學子將來無審美能力,實教育界之罪人也。近來作僞之事甚多,如假鈔票、假文憑等等,今又有“假西書”,此豈社會中之好現象乎?

(原載一九三三年七月二十五日《晶報》,署名走火)

人種不滅

優生學云,女生性好修飭、好閑游……所作所爲皆自私自利、與人無益之事也,待嫁人生子女後,則拋棄其從前種種,而專意於其杜造之品矣。此所謂“母德好”(motherhood)也,亦有稱之爲“母德義悌”(Maternity)者①。

此種原理,余初以爲專對良家婦女而設,不料於“紅燈區之温姬”中亦見之,奇矣。余數年前首識一妓,後聞彼得一恩客,未經正式同居手續已生一女矣;昨日偶於席上遇見,招往茶會,見房中有一年約三歲之女孩;問之,謂養女也。孩貌醜陋,不似其母,余信以爲真。後女擁抱之而出,不久即大哭而歸,蓋携之行走,不慎墮於街上也,額際皮破,不難醫治。其母見之,立時面現土色,欲言無語者久之,可憐可笑。然世間人種至今賴之不滅者,即此母性或母德義悌耳。英詩人濮柏曰:“母性豈能隱,隨時露真靈。”誠哉言也。後孩痛止睡去,余再詰其母,始得實情,曰:“此孩寄養在鄉,月前始領歸。我爲之已費盡心力矣,惟我愛彼……”

(原載一九三三年七月二十六日《晶報》,署名走火)

結婚紀念

西俗,結婚一週年謂之紙婚;七十五週年,謂之鑽婚。夫婦感情不惡而衣食住行之外有餘者,遇之必邀親朋張筵席以作紀念。五十週年之金婚尤爲人所重視。余年四十九,娶妻已廿五足年,今發擬舉行銀婚紀念,非崇尚西禮,實好新奇、學摩登也。惟結婚之日已忘，問之内人，亦不能答，可笑可笑。聞友朋中有好爲此種熱鬧者，故作紀念表，供其參攷，他日有箋約我作陪，可托《晶報》館轉交。

原　名	譯名	年數
The Paper Wedding	紙婚	一年
The Wooden Wedding	木婚	五年
The Tin Wedding	錫婚	十年
The Leather Wedding	皮婚	十二年
The Crystal Wedding	晶婚	十五年
The China Wedding	磁婚	二十年
The Silver Wedding	銀婚	廿五年
The Ivory Wedding	牙婚	三十年
The Woolen Wedding	絨婚	四十年
The Silk Wedding	綢婚	四十五年
The Golden Wedding	金婚	五十年
The Diamond Wedding	鑽婚	七十五年

（原載一九三三年八月五日《晶報》，署名走火）

我亦饞涎

致小英君：

《怡情陣》入禁目，南北藏書家均無之，誠美品也。數月前某書估曾將其名告弟，并謂可代謀得，不料已爲貴友購去矣。十回中不知共含幾個陣勢，便時乞宣布。孫目不完之處極多，如常見之木刻《葛仙翁傳》亦未列入，其一例也；然事屬創舉，非用苦功而有機會者，斷難成此也。

（原載一九三三年八月二十一日《晶報》，署名走火）

《常言道》

何壽慈兄臺鑒：

本月二十六日《晶報》第四版中大札敬悉。

《常言道》係清人著作,原無所謂古本也,惟弟所見者,只光緒乙亥(一八七五年)徐成堂之復刻本,白口,單魚尾,單邊;半葉八行,行二十字;前有嘉慶甲子(一八零四年)西土痴人序(六行,十四字),又目録四葉;全書四卷,十六回。徐成本無葉無訛字,甚難閲讀。兄所得者,爲十二行本,想與此又不同矣。鄭君在法所見者,據云亦非原刻,原刻似不易得。吾兄有暇,何不校勘重印,此書價值當在《何典》之上也。小説非經史,校勘時,不妨"以意爲之"。專此奉復,即請大安。

弟"走火"上　一九三三年九月二十六日

(原載一九三三年九月二十八日《晶報》,署名州亞)

説　乳

乳者,乳頭之簡稱,此本篇之旨也。

乳頭通稱乳房,其數人類爲二,動物較多,男女雌雄均有之。男或雄者退化而小,女或雌者成年後皆大。日前在席間,某君謂乳有饅頭狀、叉袋狀,及破碎平扁不成狀者三大類。余謂尚有茶壺狀者、蓮蓬狀者等等,合計二十四類,曾見某書。歸家查閲,竟不能得。某君囑將其名全數寫出,在《晶報》發表,無從報命矣。惟余於《戀愛經》中發見乳之功用多則,謂女子分四大類,其乳之反應亦不同:一曰蓮女,貌美者也;二曰術女,體健者也;三曰貝女,性劣者也;四曰象女,卑賤者也。蓮、術、貝、象四名詞,均譯自梵語,有所謂(一)接待時日與方法者,如指搔手按之類[編按:中缺]再,乳在英文中,有九個名稱,今於下文中譯述之:

(一)潑乳的(breast),乳頭也,乳房也,女子胸前突出之圓狀物,性柔軟,内含乳汁,爲嬰孩食料,此爲條頓古字,英人採用之年月不詳。

(二)斷渴(dug),獸之乳頭也,原有吸字之意,用以指人,今已不行矣。英人於一五三零年始採用此字。

(三)摸密(mamma),胸也,又哺乳動物之乳房。年月不詳。

(四)摸覓拉(mammilla),女人或男人之乳頭也,此字源於拉丁文。

（五）捏不爛（nippla），乳頭也，胸前突出導乳器也，今專用以指女子 。英人於一五三零年始採用此字。

（六）拔撥（pap），胸部也，乳頭也。因嬰兒吸乳之聲而成此字。年月不詳。

（七）拔必拉（papilla），胸也，乳頭也，源於拉丁文。

（八）舔得（teat），乳房也，乳頭也，古時用以指人，今專指獸。年月不詳。

（九）呼得（udder），雌獸胸前袋狀含乳下垂物，條頓古字。年月未詳。

葉氏《于飛經》云："乳求其壯，無取於堅，乃不創爾胸。"至哉斯言。

（原載一九三三年九月二十九日《晶報》，署名走火）

西洋新年

西洋祝新年之禮節，各國不同，而最重視之者，莫過法蘭西與蘇格蘭。

法人視新年較聖誕爲更重要，成年之人無不互相送禮。初一，初二，初三等日，宴客之家甚衆，路上行人，莫非賀年者。

蘇格蘭人争先拜年，蓋舊時有一迷信，凡入他家賀年爲第一人者，本年必得大利。故天未明，街已多賀年客矣，然此限於下等社會，大户人家未嘗如此也。

美人有視新年極重者，亦有不重視者，然大部分人總以新年爲作樂之時耳。

（原載一九三四年一月一日《晶報》，署名走火）

紙婚攷

結婚紀念，爲現今西人所公認者，一週曰紙婚，五週曰木婚，十週曰錫婚，十二週曰皮婚，十五週曰晶婚，二十週曰磁婚，廿五週曰銀婚,卅週曰牙婚,四十週曰絨婚,四十五週曰綢婚,五十週曰金婚,六十週或七十五週曰鑽婚。去歲八月五日本《晶》有“走火”所作之中西對照表。

本《晶》本月二十九日《王氏銀婚霏屑》篇謂别一表中有“棉婚”之名,此下走所不知也。又“二年方是紙婚”則亦非通行者。一週紀念所以稱之爲紙婚者,因親友所贈禮品,皆紙製也。其他各種紀念之名稱,均有取義,他日有暇,當再詳述。

(原載一九三四年一月三十一日《晶報》,署名越然)

書味猶在胸中

比來不審讀書何似,想以道義敵紛華之兵,戰勝之矣。古人有言,并敵一向千里殺將,要須心地收汗馬之功,讀書乃有味。棄書册而游息時,書味猶在胸中;久之乃見古人用心處如此,則盡心一兩書,其余如破竹數節,皆迎刃而解也。古人嘗喻植楊,蓋楊天下易生之木也,倒植之而生,横植之而生,然一人植之,一人拔之,雖千日之功皆棄。此最善喻,顧衰老終無益於高明,子予以謂如何。

上引者,《山谷老人刀筆》卷十二《答玉雩子予》第二首也。《山谷刀筆》共二十卷,有清紛欣閣刊本。余家藏者,係白口小字本,雙魚尾,左右雙欄,半葉十二行,行十九字;卷首舊封面有冒襄手跋云:

南宋本山谷刀筆頗罕見,可爲寶貴也。巢民藏。

冒襄,字辟疆,號巢民,幼有俊才,史可法薦爲監軍,不就;入清後,著書自娱,有《梅影庵憶語》、《樸巢》等。

(原載一九三四年三月二日《晶報》,署名走火)

“晶”字之西義

晶,西名科理司都(Crystal),英語中於一五三五年時尚作冰或清潔之冰解,後引伸其義,始作透明礦物解,即晶或水晶也。一五九九年以後,則精製玻璃或表面玻璃等義發現矣。文學中有晶字之語甚多,茲略舉數則如後:

(一)“寶座前有玻璃海,澄如水晶”(新約《默示録》四章六節)

(二)“彼之贈送水晶,如小品食物也”(文家韓卜理氏,生於一二九零年,卒於一三四九年)

(三)“彼女有泪之眼,與其眼中之泪,皆晶也”(英曲劇大家沙士比亞)

(四)“彼多含愛情,透明如晶之雙目”(文家韓偉士,卒於一五二三年)。

(原載一九三四年三月三日《晶報》,署名走火)

急趨擁之

有極常見之書,因名家一跋而藝林視爲珍寶者,如余家之《三岡識略》是也。

《三岡識略》十卷,續一卷,清華亭董含撰。含字閬石,號榕庵,别號蓴客,順治進士,有《古樂府閔雜草》等。《識略》之最普通者,申報館鉛字本也。余家藏者,繫烏絲欄抄本,半葉九行,行十九字,前有盧元昌序,沈白題詞,自序,凡例,又目録;十卷末有自述,實一預作之行狀也。《續識略》前有小引又目録,後有戴璐手跋,附録於後:

是書向有藏本,爲人借去無踪已四十年,乙卯春,薄游吴市,見此抄本,亟以《蟫䖙雜記》五部易之,并校正焉。菔塘戴璐跋於金閶舟次,内有忌諱字面,吾子幸弗輕借與人也。

戴璐,字敏夫,號菔塘,清歸安人,乾隆進士,官至太僕寺卿,有《吴興詩話》、《秋樹山房詩稾》等。

《識略》一書,凡耳聞目擊,或見邸報紙,或係傳達,上而日薄星回,下而山崩地震,中而人妖物怪,靡不詳核顛末,付諸赫蹏,叙事詳明,其筆法□不亞於陶九成之《輟耕録》也。兹録卷八淫尹一則,以見本書之文字:

嘉禾有錢柱者,納貲授高密令,性貪淫無檢。縣傍即典史衙署,兩樓相望。史妻有艷色,每曉妝,令必登樓窺探。一日令啓窗,目挑心許,情不能禁,先遣妾往致殷勤,;史妻來答,趨出揖之,然未敢迫也。史忽於中秋夕，設席招令，欣然往，半酣。呼妻捧觴爲壽，情愈蕩。史佯起更衣，令乘間訂以明夜來會。翌日，以公事檄史往某處，盛飾赴約。妻含笑出迎，急趨擁之，長跪求歡。忽見史從外率數僕仗劍入，縛令於地，持刀欲下者再，令叩頭祈哀。索萬金，遥呼家人從樓窗擲下，計將三千金，不許；又益其半并與紙筆，叱之直叙顛末，始釋之。未幾，合邑遍傳，上司遂兩斥之。嘉善孫君爲余説。

（原載一九三四年三月八日《晶報》，署名走火）

游京雜記

十餘年來，余夫婦二人在假期中游玩杭州、嘉興、昆山、蘇州、無錫等處，已不計其數矣，然終不及南京。蓋因余曾在南京工作，每以惡名加之，又因路途較遠，乘車時間較長故也。此次決意往游，實欲引内子去觀新京新氣象新建築，别無其他作用。京中之官，有數人疑余去謀官做，誤也。

京中到處皆官，旅館中有官，茅舍中有官，歌場叫好者有官，提壺泡水者有官……而余所往謁者，亦皆官也。昔年有人戲以“破、大、污”三字形容南京，今不然矣。大仍大也，破則未必，污也全除。目下之南京，可以“大、官、貴”稱之。“大”，地廣也；“官”，官多也；“貴”，無物不價高也。惜後三字不及前三字之押韵，不便記憶也。

京中雇用汽車之價最大，由車站進城，非二元四角不可。余夫婦此次游京，因某長之賜，得借乘其自備汽車，幾乎二日分文未名，真揩油也。京中汽車，照會亦分黑白兩種，與上海同。黑牌者大概皆機關所有；個人自備者，十不及一也。

余等在京三日，所到之處，不外孫陵、譚墓、明墳、靈谷寺、紀念塔、無梁殿、莫愁湖、體育場、五臺山、五洲公園等處。國民政府之五院，余夫婦得盡量參觀其二，便道又入中央大學一觀，此皆至友某君引導之力也。

京中娱樂，以電影歌唱爲最盛。影戲常挂座滿之牌，而歌場亦都有滿座之患。余與内子素不喜電影，故往天□樓聽歌。傳聞該樓歌女林姓者，係已故友人老革命家沈某外室所生，余二人細細審察其面貌，實無一處似沈公者，疑是僞托。然親近此女之人，謂爲決無疑惑，并謂不久擬設法爲之贖身。其中恐別有作用，余等旅客，不敢參加意見。

菜館中不得叫局，惟可請客，每"客"價六角，由菜館與宴席費同開一帳。歸主人付款，此真出錢請人嫖也。旅館中亦不得宿娼，查出，男女各罰洋十五元。夜中查房間極嚴，且每每在夜間十二時後，早晨八時前。余友某君單身寄居旅館時，幾乎每夜不得安睡，而每夜被問者，不外兩語：（一）"幾個人？"（二）"哪里來？"而吾友所答者亦只兩語：（一）"你識字麽？"（二）"爲什麽不看調查單？"答語似極不恭，然彼單身者，故極有效，查房間者必曰"是，是"而去。旅館以中央飯店爲最潔（"潔"，兼形上形下而言），查房之事亦甚罕，故余等居之，一貪安静，一以避免老夫婦於深夜黎明被人在旅店中盤問也。

京中暗操妓業者，爲數甚大，所以不即開禁者，據云非全爲婦女協會之欲保障人權也，其中另有較重要之捐税問題也。

歸來時，車過無錫後，乘客甚爲擁擠。由蘇上車之客，種類不同，其行爲亦多可記。與余等同一列車者有鴇母二人：一老槍，坐定後即嘆息，即瞌睡，失癮乎？去年營業失敗乎？不可知也；一半老徐娘，旁有"打臘司"伴護，口中時呼姆媽而附以笑臉，其聲音容貌，非在車中，決不得見。又有二少年，均燙髮敷粉，面貌之美，身材之佳，決非一般女子所能及，上車後，口不停言，而尤不停食，在蘇申間一小時中，計彼等所須所食所吸者，有瓜子、橄欖、梅干、菊花茶、香煙、鷄絲湯、火腿土司、咖啡等種，可謂勤於辨味者矣。

（原載一九三四年三月十日《晶報》，署名走火）

怕打者，駡拜者

余昨日爲某院長及夫人通譯，得遇照空和尚。和尚匈加利人，善操英法德三國言語，即世間曾疑其以偵探爲職者。因此，彼往京時,有阻其與某院長相見,并謂彼來華亦有暗探性質。中國之事,任人知之,實無"探"之必要,某院長當時云:"他人來打,我們怕;他人來拜,我們駡。非正義也,非公理也。"故仍接見之。照空等男女共十三人。現居於滬西一小洋房中,茹素,食不用碗用鉢。一切佛座拜墊均吾國之式,布置整齊,固一摩登寺庵也。彼等已定本月二十一日離申赴歐。在不久之將來,擬於相當之地,建造相當之寺,服裝一依僧尼之製,粗視之,竟不知其爲西洋人。余問照空,彼等服既變,登岸有無困難,彼云:"決無。"

彼等已能依漢音念咒,聞係某院長及其夫人所傳授。院長夫人,亦爲余同郡人,能操英語與洋尼通話,不必藉舌人②之力。

先時吾國各大寺院,都不允彼等受戒,後經滬上某佛弟子之説項,始依照每名二百元之計算,爲之燙香孔於頭上髮間,此誠一笑話也。

余等往照空處時,有某國領事在,彼亦竭力操英語,惜太不流利,翻譯者頗覺困苦。領事所談者,京粤已成之建築也。照空所問者,我國舊時之佛事也。

(原載一九三四年三月十四日《晶報》,署名走火)

昆邑新長

余於京滬間各縣縣長中,識四五人;昆山新縣長其一也。

昆山新長彭百川君,已於本月十日接印視事,余適是日事忙,未及去賀。彭君江西省人,於留美之前曾在南高畢業,精國文、英文、教育及社會科學等等,此次由教部調任縣長,實含犧牲性質。留美時,得學士、碩士兩學位,其品學爲當時同學所佩服。歸國後,即任京、魯等處重要職務。

彭君性和善,言謙讓,然强於識人,富於決斷;研究國内外社會多年,深知一切利弊。其長昆山,昆山之福也。

離昆邑不遠之甪直鎮,有唐塑佛像,頗有名,余尚未見過,近日擬往一拜,并順便謁賢明之新縣長也。

(原載一九三四年三月十六日《晶報》,署名走火)

奇　妓

昨晚無事，余約親友四五人在福祥里某書寓便飯。座中某公因本《晶》之介，箋召賽春。該妓來時，適余手持《晶報》而觀其相，其實報上所言乃頗夸之者也。然妓瞥見之，偏大不悦，即將某公之原箋擲之桌上，并奪余手中之《晶報》而去，口中自言自語曰："要與他們講閑話。"此種舉動，余等游覽北里二十多年，未曾見過，疑是擺空架子，決非仇恨。

妓女擺架，是自盡之道，能使人生厭棄之心，而不能使人生憐憫之念。余有打油詩兩首，用亮話以言妓也。詩如下：

（一）

怪道長三妓，不及板么二，
既要擺架子，何必做生意。

（二）

長三同么二，高低各墮坑，
老實一句話，你們賣麽生。

（原載一九三四年四月十三日《晶報》，署名走火）

化及三千士

陳濟成先生，熱心教育，在申創辦上中、上師、上小、上幼四校，分爲五院，畢業學生遍數行省。兹值立校十週紀念征文，余有短歌以張其事，歌曰：

讀書爲救國，救國各有職；
工求善其事，農勤稼穡力。
儒生不勝兵，豈遂甘素食；
化及三千士，功業自古極。

（原載一九三四年五月九日《晶報》，署名走火）

放　生(游杭雜記)

放生二字,在本篇中有三個意義:(一)某某約我游杭,余已允之,且已言定動身之日矣,臨時因内子欲往,三人成衆(音吟,衆也),不便同行,余遂將另一人拋棄之,全不關照,此放生之第一義也;(二)余到杭之次日,即陰歷四月初八,爲杭人行善放生之日,沿西湖放生者及看熱鬧者,爲數不少。所放之物,不外龜蛇魚類,余等雖不自放,然得親見此大慈大悲之大舉,亦佳事也。此放生之第二義也;(三)同日又爲余友陸君與沈女士結婚之佳期,余夫婦同去賀喜,并大閙新房,直至半夜始返旅舍。臨别時,余對新郎云,君今夜"放"些新種,明春"生"個兒子,全房之人,皆大歡笑。此放生之第三義也。

新郎陸君,吴興人,業律師,年四十九;新娘沈女士,海鹽人,精家政,年三十九。現今有主張老夫少婦者,謂夫之年至少較妻長十歲,陸律師與沈女士可謂合格矣。爲陸沈作媒者,陳王兩君,亦業律師,且有大名譽。陳君曾任杭縣縣長;王於本業之外,猶精滑稽及種種獸叫,彼同宗王無能在世之日,恐不及也。結婚時,贊禮者蔡君,王律師曰:"蔡,大龜也。"在旁一人問曰:"王是什麽?"王曰:"忘八。"(嘉湖音,忘與王同)又曰:"新郎是緑毛烏鷄。"(嘉湖音,緑與陸同,烏鷄龜也,亦嘉湖土話)末又云:"我們都是烏鷄,今天有人放生麽?"王君善飲,終日不醉。

此次余夫婦游玩,時極短,然所到之處反多,因近來交通既便,車價又廉,一日玩八小時可抵從前三日也。

余等在杭二日,衣食行(内子之衣着潮而皺,囑茶房去燙,費大洋二角四分,故衣亦在内)連同賀敬不過百元,而所享受甚多,頗覺滿意。惟有一事,似乎乏味,即游廟是也。

廟中之茶,本無定價,吾二人略坐片刻,飲水一二碗,似非四角或一元不可,且和尚常常要求"做花頭"(募捐),推托之難,實較"書寓"要求請客時爲甚;廟門口又有野和尚硬欲討錢,不受銅板而要銀角,口中言曰"結緣,結緣",緊隨身旁,與上海三馬路半齋一帶之畢三先生相等，極爲討厭。

吾妻最喜入廟進香，在靈隱寺大雄寶殿點燭燒香，至誠跪拜後，求得一觀音大士籤偈云："萬里雲霞瑞氣濃，千年古鏡面相逢，黑白青黄君自覺，何勞向我決窮通。"（第十四籤）。余問彼所問何事，彼云"日後的一切"，余曰："甚佳甚佳。你眼前所見的，盡是美事，你的好丈夫是你前修來的，他是有名的人，且富有才學，與古鏡之價值相等，此種事你自己早已知道了，何必再來問我呢！"余妻對於余之解釋，全不作聲。數分鐘後，余忽然狂笑，彼問何故，余曰："原來吾家的血肉觀音，較廟中的泥塑觀音更靈敏，更多智，籤上末兩句，明明言之并非我瞎説。"彼細細一看，亦大笑不止。金剛法會壇城之遺迹尚在靈隱大殿，余等得見之，其功用早在佛經中讀過，不敢深信。

余等在北站動身時，適本《晶》小英先生來送行，蓋是日有偉人由申赴杭轉往黄山也。彼順便與余等説"返會"（Farewell），車中之人，竟有誤彼專爲余等而來者，可謂榮幸之至，此天使吾二人揩油也。此次車中所見，不及上次赴京之多。惟有一、二事亦有記述之價值。

余等往時，對余而坐者，爲一女子，其身裁面貌無一處不似中國書店口操松江土白之小伙計，且其雙目視人之態，亦完全相似，而彼又時時視余，表示曾認識我之意；惜余之監督緊在身旁，未便與年輕之異性交談也。同時，面吾妻而坐者爲一蘇州少年，其短衫内環項有一粗大且新之金鏈，似較吾妻所有者分量更重，不知彼鏈所繫者肚兜乎，柳鎖片乎。如彼有胃病，則所繫必爲肚兜；如彼爲獨子，則所繫必爲鎖片，此老年蘇州人告我之言也。

車上又有年約七十之老翁，旁坐一年相仿之老婦。余等初以爲彼等爲夫婦也，後知不然。男者操廣州語，女者操嘉興語；男者向窗外看，女者向車内呆坐，始終不交談，亦不互視，不知其心中有何思想。二人共坐一椅，雖接近而特意隔離，恐有吊膀嫌疑乎？

來時去時，車中均擠得不堪，惟有一奇事，去時站在厠所之外面看守之者，均爲歐美人，來時却無看守厠所者。

余在杭時，聞親友某因斷弦在外冶游，傳得所謂陰虱者，心虚不敢求醫，每日往浴堂囑擦背者捉拿，至今數星期仍不斷根。陰虱，體微，其子更微，非捉拿所能治療。余有良方，敬告本《晶》讀者，即用火油少許，細擦器旁毛中是也（汽油無效），有犯之者，陰陽無别，試之立愈，決不損傷。

（原載一九三四年五月二十六日《晶報》，署名走火）

"哥　哥"

閑嘗攷西字之音義，有與吾國之字極類似者，如 maid（閨女）音"妹"，cry（哭、喊）音"哭"是也。若 toe（足趾）音"頭"，true（誠）音"錯"則音與義相反矣；至於人用以飲食之 mouth（口）而其音爲"毛厠"則可笑矣。然最可笑者，莫如"cuckold"一字，譯言"烏龜"，即奸婦之本夫、戴緑頭巾者，其音頓近吾國"哥哥"二字。

（原載一九三四年八月七日《晶報》，署名走火）

余姚一個半

昨晚與余姚友人飲酒閑談，遠自僞滿，近至秦樓；雅自五經，俗至白話；上自航空，下至地府；高自國際交涉，低至拆白之流，莫不經過吾人之"毛厠"③者。其中可笑可泣之故事甚多，惜不能盡述於此。惟有一事，值得大衆之注意，兹特寫出如後。

友人云："從前余姚地方出的名人不少，現在雖非絶對無有，然爲數已是不多，只剩一個半了。"余問曰："此一個半是何人？"友人答："一個是蔣夢廣，半個是陳藹士。陳君吴興人，其結髮夫人黄氏係余姚人；女婿爲半子，故作半個計算。"

（原載一九三四年八月十三日《晶報》，署名走火）

"愛玩酒"

北里前輩中有行四者，善飲，略識之乎，兼能唱曲，常以不知英語爲憾,欲余教之。余無閑暇,且生平不喜收女生,故兩年以來常常自謝不敏。一夕酒後,彼又强余爲師,繼以許多友人之慫恿,余遂授與“I want you”一語,譯言“我要你”也,其音適合我國北方“愛玩酒”三個。四口齒清楚,天資又高,得余略一指導後即能發音合宜,表達本句之真義,實一學外國語之好女生,此余始料所不及也。

余歸家沐浴後,爲時尚早,且因天熱難睡,上屋頂納凉,呆坐椅中,自言自語曰:“愛玩酒”三字可以爲題作一短簡之情歌,譜以工尺,他日令四學成唱之,豈不甚妙?不久,此歌已成,字少意多,極便初學,兹將寫出以實本《晶》。

歌共四行。第一行音“肚皮瀉”,務來此也;第二行音“哦,媽爹”,我之愛也;第三、四行均音“愛玩酒”,重言我要你也。余暫以“合合乙四,尺尺乙四,上尺工合,乙尺四合”爲譜,未知唱時能合拍否?

I Want You

Do be here,

Oh my dear!

I want you—

I want you—

(原載一九三四年八月十四日《晶報》,署名走火)

大與小

“大衆語”與“小滑頭”是一副絶妙對聯,惜余不善書,否則當用上等宣紙立時繕寫,贈與杞柳先生。

大衆語,即“國内上上下下,男男女女,不論受教育者或未受教育者;北自僞滿,南至香港,……衆皆用以表達思想之工具”之意,因此,吾國的“大衆”太衆了,恐怕他們的語合起來是不成“語”的,弄得不好,反變了“巴别”(即 Babel),典見舊約創世紀第十一章。數十年來,英美人鬧改良拼法(reformedspelling),不知廢去多少紙張,結果是用舊拼法。言語與政治本是逐漸生長,逐漸改進之物,非立時可以定制者也。

妻罵夫,本是極普通之事。湖州人罵夫,有用“死人”者,余少時於街上常聞之。“老甲魚”、“老素菜”是蘇州語。最毒之婦人,罵自己而不罵丈夫;余前有一遠親,性甚急,一不滿意即向其夫曰:“我將來必定做寡婦的。”後果然。

婦人以龜罵夫,想是恨其性力不足之故,(性力不足,西名“陰不登”impotent),決非自認犯奸也。西國男子最忌其妻加以此名,竟有因之離婚而不給贍養費者。西人除龜外(龜即 cuckold,音“哥哥”)又忌人稱彼“頭上生角”,生角即戴綠頭巾之意。

(原載一九三四年八月二十三日《晶報》,署名走火)

湖州之罵人語

余家中上自老母,下至余之子女,鮮有能罵人者,偶然説一聲“混帳”,大家皆面赤矣。日前“老妻”罵我“叫化子”,實隨口冲出,非慣於用此語也。惟湖州人最喜罵人。男子口中常繼續不斷,或自言自語,或竟當面向他人説“那媽搭伍”。“那媽”,你的母也;“搭伍”,和我戲也。下等男子最喜自稱父親,心有不滿時,常云“捺爺偏偏不相信”。“捺爺”,你的父也。

粗俗之婦女,尤善於罵人。其所用語,有如下列者:

(一)瘟死(“死”讀如“殺”)

(二)横死(“死”不讀“殺”,不得好死也)

(三)老變死(“死”讀如“殺”。年老之夫常與其妻滋擾者,必受此罵)

(四)小面皮(“小”讀如“孝”,不要也;“面皮”,臉也)

(五)衆生(讀如“中桑”,禽獸也)

(六)老不正經(罵年老之夫有不規則行動也)

(七)浮屍(意謂游蕩不作正事之人也)

(八)爛傢坯④(意謂好作邪事也)

(九)猪頭(此是新近採用之語,從前無有,想與猪玀同義)

(原載一九三四年九月一日《晶報》,署名走火)

毋忘我

余曾作英語短簡情歌題曰《愛玩酒》者（參觀本《晶》八月十四日第三頁），教四學之，已熟習多日矣。兹又應彼之求，作第二歌，文意似較上次略深，體格亦較嚴，今謄録如後：

FORGET ME NOT

Come when you can……

When time you've got.

But oh, my man,

Forget me not.

詩分四行：第一行音“空歡有何干”，你能來則來也；第二行音“歡通要無角”，你有暇就來也；第三行音“不拖買愛滿”，但是我的人呀也；第四行音“福兒蓋彌諾”，不可忘了我也。此四行詩可譯成五言詩如下：

毋忘我

能來君則來，何時得清暇，

嗟我所思人，思我勿忘也。

（原載一九三四年九月十日《晶報》，署名走火）

十個男子

性學同志老友某君，歐游歸國，見面後余即問以佛國人近况。彼云：“佛人好色，已成天性，小説所言皆事實也。余有短歌一首，可以總括古今佛人之真情，惟余不善歌……”余曰：“請不先談優劣，從速説出歌來。”某君又曰：“歌不甚佳，如有錯誤，乞代改削。”歌共四句，乞借自來水筆，讓我寫出來：

十個男子九個嫖，不嫖必定有蹊蹺；

倘非天閹不成器，當是身體吃勿消。

（原載一九三四年十一月十三日《晶報》，署名九一三）

法家難得之書

岱廬先生臺鑒：

月前由唐鳴時兄轉到大著《中國歷代法家著述攷》一册，是時適爲二小兒完姻，又因其他種種雜事，未能申謝，抱歉之至。近日細閲尊著，見其内容豐富，取去得當，佩服之至。法家類書籍，弟家劫後存者尚有數種，似爲大著中所未載，兹特另單開明，以便參閲之用。專此，敬請

臺安

弟周越然上　十二月四日

（一）《刑臺法律》十八卷，首列首卷、一卷、附卷一卷，又副卷一卷。全書前有徐鑒序，明藝林熊氏種德堂刊本。是書分類注釋，律文之外附告示、判詞等等，似專爲當時書吏之用也。

（二）《清明集》十四卷，明隆慶三年盛時選校刻本。卷一、卷二，官吏門；卷三，賦役門、人事門；卷四至卷九，户婚門；卷十，人倫門；卷十一，人品門；卷十二 至十四，懲惡門。首有張四維序，末有時選序。是書日本有宋刊殘本，弟家藏者係最足之本，亦爲海内外孤本，清《四庫》作十七卷，誤也。

（三）《慎刑録》四卷，明王士翹輯，明嘉靖間刊本，前有士翹序。

（四）《讅辭》十二卷，明張肯堂讞，明崇禎間刊本，有成靖之及司惟標兩序。

（五）《雪史》不分卷，清張三異著，清嘉慶戊辰横經草堂刊本。

（原載一九三四年十二月六日《晶報》，署名周越然）

在蘇六小時

余在蘇任職有五年之久，對於蘇人風俗習慣，知之極明，而於其大街小巷，亦甚熟悉，然皆在清末時也，今者道路加闊矣，洋房加多矣，出門乘車矣，驢馬絶迹矣，平門變爲要道矣，廢居改成公園

矣……種種新事業、新發展、新建設，指不勝屈，皆爲余居蘇時所無。尚有未改去者，士紳之往吴苑飲茶一事也。

蘇地茶園與申江異。蘇人之往之者，大半皆士紳，且彼等所談者，非國政，即哲理，絶無粗聲暴氣，相打相駡等事。倦時躺躺椅子，看看日報，吃吃小食，費錢不多，而能寓休息於盡知天下事之中。蘇之茶園，實即歐美之國俱樂部；而申地茶園，大多爲"茶會"所據，可往講話，不便談心。

余此次因要事與内子趁一點十分車往蘇。車未離站之十分鐘前，一操蘇白搭客云："對面格鐵甲車，勿曉得裝格啥末事。"其旁坐之人，似爲彼之至親或好友，向對面一看，即以蘇白答云："該種鐵甲車，是耐常常坐格，吾是叫俚鐵蓬車格。"鐵蓬車運猪牛，鐵甲車運士兵，二者本有判别；一人誤用物名，其同行者欲更正之，不以直言相告，而轉彎抹角説出一大片來，内含譏刺之意，使彼自覺，後來不敢再將物名誤稱，足見蘇人伶俐，亦足見蘇人之慎於用字也。余與内子到蘇後，先在公園路將欲爲者料理清楚，即往公園散步。是日雖爲星期日（十二月二日）而冷静異常，園中坐椅已收藏，茶棚已全閉，因天氣已凉，鮮有人之者之故。後往十梓街拜客，兩家主人均外出未遇。五時許步行至觀前街購糖果。大侄（現在蘇任事）云："採芝齋最好，因無宿物故。"余等購一大包，重十餘斤，連瓜子在内，約洋八元。吾二人往來車票只七元八角，而在蘇人力車、茶、飯、糖果等等，反費去十餘元，此真諺所謂"囝伍（女兒）大（音'杜'）是娘"也。歸家後，大兒謂"採芝齋之貨，實與採芝村相等。齋價貴而村價賤。村係原主人之孫所設。普通人不識貨，專認牌面，故齋多生意而村幾無也"。大兒學銀行業，近來言語富有"錢鬼"氣，余不信也。

余等在松鶴樓晚餐後，因離十點三十分回申之車太早，又在吴苑一坐。是時正在七點半，早班已散，晚班未至，或因天冷不來，亦未可知。余等見者，只一白鬚老翁與書畫掮客坐一桌；又一桌則爲三四壯年人也，中有一人，頗似老友王伯翁，面赤身肥，縐袍緞褂，出言清楚，全用蘇白，作種種蘇式手勢，然此人決非伯翁。伯翁儉樸，衣布衣，談史學。此人談吃，余尚記得其數語，如"蘇州人貪吃，無物不可口，最妙在本處無特産，而能精製他處之産。他處人來蘇，出重價重運去……”其語固爲原理，彼或見余等之大包糖果，而有意譏笑亦未可知。余最喜聞真蘇人之語，以其軟而雅也。余自己亦能作之，惟於“好”、“老”、“毛”、“帽”等字，則不能精。大侄云：“倘不能説‘帽子’二字之蘇音，可改説湖州‘墨盒子’三字之音，頗多似之。”試之果然。大侄學工程，然幼時曾受語音之訓練，故有此種方法乎，一笑。

余老夫婦此次在蘇，實計不過六小時，然在此短時間内解決人生最大問題之一，又遇見重要人物多人，如中央大學全國著名之外國語教授某公，及舍親某廳長、李法官等是也。此數人皆非余等所往訪者。教授在觀前街遇見，廳長與法官，則在車站之酒吧間。法官曰：“吾等因申來車誤，四時後直坐至此刻。君可搭九點七分錫申加車回去。”余曰：“哪里有此種車。”彼曰：“時間表上無此，然實有之。”後果然。臨别時，法官又云：“吾們真是先落（趁也；搭也）船，晚（音‘滿’，遲也）上岸。”蓋謂彼等待車數小時，尚不能回鎮，而余等衹站不到十五分鐘，即能搭車也。

最後又見一摩登女子之奇口，其狀如棗，而其縐紋亦如之。内子狂笑不已。余問何故，彼曰：“看她的嘴。”余曰：“我早見了，身體上的缺點，是天意而非人爲，犯之者已自覺自醜，旁人再加以一笑，彼亦更覺難過。汝若以爲不雅觀，當注目他處，斷不可向彼細看而發狂笑。汝非小姑娘，何以作此種孩子之態！”後來車中面余等而坐之男子，其狀貌與皮色與猴子無二，且其舉動如嚼食物亦頗似之，幸余已將不可笑人身缺點之理告吾妻，否則彼必狂笑至上海不止。而鄰座不知細情者，必疑余等爲野鴛鴦，在車中謀特别事矣。

（原載一九三四年十二月八日《晶報》，署名九一三）

男八女三

某日之夕，友人麗甫君與薄郎君同宴客於三馬路之某湘川菜館（麗甫與薄郎，均姓也，非名也。余先以西語直譯兩君之姓，再轉譯漢音，故各成二字），余兄弟二人邀焉。同座者，男子八人：許、陶、曹、顧、兩主人及余兄弟也；女子三人：密斯吴、密斯王及四小姐也。

四小姐者，爲本《晶》同志多人所識；密斯王，即王漢倫，電影界前輩也；密斯吴，名繼蘭，識字知書，精於戲劇，曾在申汴等處出演多次。男客許君善吹笛，甚有名望。是夕麗甫君、密斯王、密斯吴各獻其技，由許君義務吹笛；能京劇者，臨時借用堂差之烏師以爲琴師。

余座介於吴、四二人之間，左右招呼，顧忌太多，甚覺乏味。而四忽反常，不語不笑，端坐作戒備之勢，蓋意在防護同座一"老白臉"也。是夕唱工，首推密斯吴，京昆兼長，且各得其妙也。席間吴王兩密斯，有談及電影界事者，兹轉述如後：

（吴）我遲到，因爲全不知王女士在座，否則早已來了……王女士將重入電影界麽？

（王）還没有決定。

（吴）我覺某公司全不記得有功於他們的演員，似乎没良心，王女士以爲如何？

（王）我也覺得如此，不過他們也没有辦法。我在電影界時，每月薪水二十元，差不多同盡義務一樣。現在的演員，薪水總是講百的，甚有一人用自備汽車二三輛的。

（吴）這就見得世間不公平。王女士能昆曲，今天肯賜教麽？

（王）我已多年不唱，大半忘記了，改日還要請教吴女士。

（吴）王女士現居何處？我的住址是……

（王）我住在法界……

密斯王裝飾態度富於"太太"性，密斯吴則完全一輕年摩登女子也。二人講話，除密斯王"没有"二字純用杭音外，餘皆國語。余插口云："二位女士的話，講得真動聽。吾的先父生在北京，家中人能説京語，從前倒也不少。余不肖，幼時因專意學習英語，連上海話至今還説得不像樣……"

言至此，合座大笑，即繼以狂飲。吴、王謂量淺不致，四亦不飲，推説頭痛。

席將散時，麗甫君允爲余代求密斯吴之照相，登之本《晶》。密斯王之相，本《晶》已於數月前登過。至於四，則"其貌不揚"，本人以爲無登之之可能也。是日同席者失物之案二：家兄於席散時，忘將緞褂穿上，後去菜館訊問，謂無有；密斯吴於來菜館時，其手皮夾被"畢三"奪去,内藏重要收據、鈔票、粉匣、名片及胡蝶女士來信等物。密斯吴曰:"最可惜者,胡蝶一信。"余曰:"胡蝶現在,不妨將搶劫細情寫信告訴她,她必來信安慰,密斯豈非又得了一封胡蝶女士的親筆信麽。"吴又云:"搶劫者,當時被二西裝少年所執,送入捕房,明晨我當往法院作證。"余問:"女士的皮夾還是新的,還是舊的? 連内容其值多少洋錙?"彼曰:"不多,約三、四十元。"余曰:"明日作證時,最好説九元九角。"彼問何故,余曰:"凡犯滿十元者,必吃官司一年以上,此上海之法律也。密斯之損失不大,又不在乎此,似不必使此種畢三多受痛苦而生怨懼之心。我代畢三説情,望密斯不以畢三祖師祝我。"彼微笑而言曰:"我明白了。"

(原載一九三四年十二月十一日《晶報》,署名九一三)

訪　彭

"訪彭"二字,頗似曲本中之齣名,然實非也,試觀下列故事,自知其義。

美國某礦區有工頭彭(Brown)姓者,其妻新産一孩,重十二磅,喜甚,奔赴報館而告之曰:"我得一天然之金塊,重十二磅,似乎不是美國所常有的……"報館中人聞之,即派訪員至其家以調查真相。下列者爲訪員與彭氏妻之對語:

(訪員)彭君是住在此處的罷?

(彭妻)正是。

(訪員)他在家麽?

(彭妻)他不在家。

(訪員)我聞得他新得一金塊,重十二磅,有没有那件事?

(彭妻)有的。

(訪員)你可以告訴我他獲得金塊之孔穴麽?

(彭妻)(是時料定訪員有誤會,故笑而答曰)那是私秘之處,我不能從命,他必要反對的。

(訪員)那個地方,離此遠否?

（彭妻）極近極近。

（訪員）他開掘至今，共計多少時候？

（彭妻）約十個月。

（訪員）彭君是否爲開掘的第一個人？

（彭妻）他想他是第一個人。

（訪員）開始的時候，工作苦否？

（彭妻）開始時極難，不久就容易了。

（訪員）他已達到最低處麼？

（彭妻）尚未，但近了。

（訪員）穴中尚有金塊否？

（彭妻）我不知道，昨夜他有意再掘。

（訪員）我想他的工作是完全秘而不宣的。

（彭妻）是的，他總在夜間干的。

（訪員）你幫他麼？

（彭妻）我盡力幫助他。

（訪員）他願意售去他的所有權麼？

（彭妻）他以爲這種工作是最有興趣的，決不拋棄之意。

（訪員）他開始掘時，是否用硝酸甘油（案：此爲炸藥之主要成分）。

（彭妻）否。無須硝酸甘油。

（訪員）那個地方，想來比從前寬大得多了。

（彭妻）還好。

（訪員）他將改良他的礦穴麼？

（彭妻）不可改良。

（訪員）他是否每夜獨自一人苦工作的？

（彭妻）否。我亦爲之幫忙。

（訪員）你可讓我看看他的金塊麼？

（彭妻）那是一定可以的。

彭妻往里面取嬰孩而出，口中曰："你看，對不對，好不好？……明天會罷。"

上述滑稽對話，似爲美國人之新作品。十二日之晨，因宿酒之醒，散步於滬西之兆豐公園，見草地上一紙，拾而閱之，非獨書法清秀，即文理亦極通順也。惟初不明其用意何在，重讀之，始知其妙，亟譯成漢文，以實本《晶》。又美國新生之孩，常喜以“生客”或“金塊”稱之，猶吾國之以“千金”稱女兒也。

（原載一九三四年十二月十五日《晶報》，署名九一三）

蘇白與九一三

毅盦兄鑒：本月十三日君在貴報之《閑説蘇白》篇中謂“九一三先生疑即走火老姻伯”，君之揣測完全無誤。弟前用“走火”二字，省筆之意，非别名也。後有效用自稱“走…”者，弟恐將來或有“走石”、“走醋”、“走狗”、“走陽”……諸名，更不好看，遂中止不“走”，改用今名，取其音似真姓名之湖音也。弟湖城人，自幼學英語，今雖離家鄉有年，仍能用之無誤，且能盡其妙，然弟終以爲不及蘇白之文雅，字字可以寫出也。弟清末居蘇多年，因所任之職缺乏操蘇語文機會，故未學成。今雖年老，尚有志熟習之。近來獲交操純蘇白之伴友多人，得常常請教實習，繼以弟語音學之智識，一二年後恐亦能“在大庭廣衆之間，嘰哩咕嚕”，非真蘇人必以弟爲真蘇人矣，一笑。弟意教學土白，最好面授，求其次者，亦當重音而不重字，是以灌音製片，其功效當較編印讀本爲多。專此，順頌

臺安。

弟九一三上言　　十日午

（原載一九三四年十二月十七日《晶報》，署名九一三）

“天不怕”

余前聞人説：“天不怕、地不怕，單怕湖州人打官話”（“單”，衹也。湖州人喜用“單”字，言語中常有“單單里”等），蓋譏笑湖州鄉音太重，强學國語成就不多也。昨晚遇蘇州陸上惠君，彼謂此語不指湖州，而指蘇州，“蘇州人根本不能説官話，就是‘官’字，説得像‘鬼’字，已經可怕之極……”余不敢決定此語所指爲蘇爲湖。不

過，沿太湖一帶居民，打官話總是靠不住，常常鬧笑話。提起笑話二字，余有一佳者，供獻本《晶》閲者，如下：

清時湖州菱湖鎮某公，少年翰林也，放差後，放山西學臺。菱湖素以新鮮魚蝦著名。一日，某公忽欲食鮮蝦，蝦之湖州土名曰“彎轉”，某公用官話對其僕云：“明天叫厨房中預備彎轉。”僕北方人，不知彎轉爲何物，又不敢多問，順口答曰：“是，是，大人。”

次日飯菜中發現一大碗，内盛大瓦片。官問：“這是什麽東西？”僕曰：“這是大人要的彎磚。”

由此可知學習方言，非獨發音不可不正確，且語法⑤亦宜熟悉也。語法即西人所謂“意的母”（idiom）。如湖州人稱“飯菜”爲“菜蔬”（“蔬”讀如“絲”，去聲）；稱“好極”爲“好得勢唉”（“唉”音 e，語助詞）是也。譬如説“他們的小菜真好”，湖州一般人則曰“渠阿唉菜蔬真唉好得勢唉”（“渠阿”二字，應急讀成一字，他們也），此語倘出之十六七歲之小姑娘之口，其“肉麻”當不在蘇語下也。

（原載一九三四年十二月二十一日《晶報》，署名九一三）

老古話

余幼居湖城時，常聞老輩口出諺語，以爲萬事是非之證斷，“引經據典”者極少。往來余家之人，非皆不讀書者，彼等之所以重視諺語，蓋因經典不通俗而迂闊耳。

諺語，湖州人稱之曰“老古話”，有與别處同者，亦有不相似者，兹舉數語爲例，如下：

（一）“人心不足蛇吞象”，此謂貪也。

（二）“蜻蜓吃尾巴，自吃自”。尾讀如“你”或如西文之“n”音。全語作“吃分份”解。各人出錢之宴，美國人亦行之，名曰“荷蘭式款待”（Dutch treat）。

（三）“熱石頭上（音‘浪’）格螞蟻（音‘衣’或‘迷’）”，此謂人坐立無定也。

（四）“看得點個火介（樣式也，形狀也）即刻（音‘就介’）去特”，意謂來而即去也。

（五）“碧浪湖里罵知縣”，意謂有冤無處訴，又深怕對方勢力，只得在無人聽聞之處咒罵而已。碧浪湖在南門城外。

老古話不專限於男子之口，女子亦多用之。湖城“不三不四”之婦人，與其夫口角時，常自夸可以獨立，其言曰：“身上生隻扁塌塌，走到天邊餓弗死”（“上”，音“浪”；“生”，音“桑”；“隻”，一隻也；“扁塌塌”，女寶之别名也；“走到天邊”，走盡天下也；“死”，讀如“殺”）。此爲余生平所得諺語之至妙者。

（原載一九三四年十二月二十七日《晶報》，署名九一三）

“沉由竿”

嵇三少爺、楊五小姐，由沈田莘君與家兄作伐，於本年元旦日文定，兩家共借大加利爲宴客之所。沈君，湖州人，紳而兼商，并喜“擺測字攤”、“拉黄包車”⑥及玩票者也，其大名早已鼎鼎，實不必再“捧”，但當日與余有三個回答，頗多趣味，兹特寫出如下：

（一）（余）兄爲什麽作媒？

（沈）因爲他們要娶要嫁。

（二）（余）他們爲什麽要娶要嫁？

（沈）因爲要生兒子。

（三）（余）要生兒子，可不娶不嫁麽？不請媒人麽？

（沈）不可。因爲詩經上説：“伐柯如何，匪斧不克；娶妻如何，匪媒不得。”

後來沈君曰：“君在《晶報》上用的别名均佳。”余曰：“未必。倘君亦喜用别名，我可以代君起一個。”彼曰：“何者最善？”余曰：“最妙莫如‘沉由竿’三字，以其形相似也。”

余在嵇揚文定宴席上，聞得除夕之夜百禄門茶舞到者數百人，男客之穿袍褂者，只杜月笙、王曉籟及沉由竿三君，餘皆西服，未知確否。同席某君謂服西裝者不用國貨，皆不愛國。余謂西裝革履，便跳舞；摩登之事，最好以摩登之式行之；愛是之道甚多，豈專在服裝哉？不過，湖州綢商總希望大衆用國貨。席間又有人發起叫“老三”、“老四”等等，余因飲酒已多，且内子在旁催歸，不及終局。

（原載一九三五年一月六日《晶報》，署名九一三）

婦女之今昔

今之婦女强，昔之婦女弱；今之婦女遵從法律，昔之婦女謹守閨訓。何之言之？請看下列之語：

從前夫妻不睦，最凶横的婦人，衹不過採用一哭，二吵，三上吊的方法。現在不然，最文明的女子翻了面孔就不認得人，常實行一駡，二打，三離婚的方法。今昔相比，女性的剛柔相差太大了。

上述之言，爲余在影戲中所竊聞者。發之者似爲一年輕之“的無媿”（Divorcee，即被離婚的人），因其面有憂容也。在其旁同伴，亦一年輕之男子，聞此語後，全不作聲，全無安慰之言語及狀貌，不知何故。余以爲其議論極有價值，凡爲丈夫者，不可不知，故特寫出。

（原載一九三五年一月十日《晶報》，署名九一三）

幕前喜劇

幕前者，在某中學新近落成行揭幕禮之前也；喜劇者，趣事也，即西人之所謂“高密地”（comedy）也。

某中學設在滬西，爲滬北資格最老，聲名最大，同學最多，設備完全之大學之附中。大學校長係道德經撰人之後裔；附中主任，一多才多學之青年，與本篇作者同出該大學之門。今所述者，非大學之人物誌，實幕前一喜劇，全無貶褒也。惟既名之爲喜劇，則必有劇中人，爲列如後：

（一）校長（年高德隆之華人，精於西文語，任揭幕禮之指導）

（二）揭幕者（省主席趙氏）

（三）小趙（同學之一，即趙主席之子）

是時離行揭幕禮之時間不遠，趙氏與校長已到，惟來賓未齊，而小趙忽自外面入，而喜劇開始矣。劇之本身如下：

(甲)校長見小趙進來，即曰："來，來，讓我介紹一下。"

(乙)小趙走至校長前，全不作聲。

(丙)趙主席微笑，靜立不動。

(甲)校長指趙主席向小趙曰："這是趙先生，省主席，今天來行揭幕禮。"又指小趙向主席曰："這是密斯脱趙，功課很好，與您同姓。"

(乙)小趙仍不作聲，亦不作任何行動。

(丙)趙主席亦不作任何舉動，仍微笑。

(甲)校長繼續言曰："你們見過麽?"

(乙)小趙是時亦微笑。

(丙)趙主席答曰："他是買笋。"[按："買笋"即我的兒子(my son)之意。]

(原載一九三五年一月十二日《晶報》，署名九一三)

聚餐會

聚餐會，無壽命極長者，多者舉行十餘次，少者三四次即消滅矣，此足見人之無恒也，惟滬上有一資格極老之聚餐會，其名曰"花晨社"。據雲巢山人言，此社成立以來已經三十餘年，中間雖有違背議規者，或自行告退者，然自始至今未嘗中斷，且最初發起之人，尚有存在者。雲巢山人，浙江吴興人，年六十七歲。雲巢山人，非花晨社最年長之人也。該社年最長者，爲補拙主軒主，七十三歲，上海人；年幼者有四十八歲之鏗經主人，四十四歲之蕓廬主人，四十二歲之天書屋主及愛廬主四君。

花晨社社規第三條云："每週準六時到社，七時入席。上過兩次點心，方能告辭。如遇要事，準托知己代表，惟經述明理由。臨時不到及無代表者，罰酒兩席。"或者此即該社長壽之基乎。

余意嗜飲嗜食者，宜發起或加入聚餐會，因輪值之費不多，而享受獨多也。惟每次所會見之人，絶少變動，無恒心者往往厭之。最好輪值十人，各人另請一生客，新朋舊友，各得其半，板笨之中，寓變化之意，聚餐之興味必更濃厚也。花晨社社規第四條，準“招花侑觴”，可知該社社員非頑固之“老頭子”也。其緣起用美雅之駢文作成，茲照録如後：

浮踪萍梗，草草天涯。過眼風光，忽忽世界。是以春風修禊，王內史逸興流觴；月夜開樽，李供奉雅懷秉燭。此故名人韵事，益徵前輩風流。仰企典型，足資模範；爰開鷗社，藉印鴻泥。或開東閣，訪何遜之梅花；或造武陵，覓劉郎之桃實。接輪流之月琯，追雋永之文章。一酌壺觴，三更燈火。相依爲命，願穩護夫朱幡；有約不來，請罰依夫金谷。光緒二十七年次辛丑孟夏之月。花晨社同人謹訂。

（原載一九三五年一月二十三日《晶報》，署名九一三）

一文錢

吾國古籍中，以“一文錢”爲題者，據余所知有兩個故事。一言敗子回頭，因一錢重整家業，如本《晶報》一九三五年一月廿五日芳菲君所述者是也；一言守錢奴盧善長，省吃省穿，專事積聚，後由如來點化，始不爲銅臭所迷。前者見《里乘》卷一，後者爲《盛明雜劇》之一。文字均美，有説部癖者，可一讀之。

（原載一九三五年一月二十五日《晶報》，署名九一三）

浜畔洋院

滬上妓院之多，爲各地冠。除小花園、福祥里、會樂里、汕頭路等處書寓四百餘家外，尚有所謂幺二與野鷄堂子也。書寓之數，本爲五百家，近來市面不景氣，彼等營業亦因之退步，有自行歇業者，故不滿規定之額。然此皆土貨之“娱樂”場所。至於舶來品，則另有其地，多在浜北。據內中人言，上等者只一家，設於浜畔。余無以名之，名之曰“洋院”。

洋院之主政者，一體胖之米國婦也，年約四十，精於覓貨，兼善招待，故其營業甚爲發達。院中有女二十餘人，皆極美麗，且爲彼之女同鄉也。院規頗嚴，惟易於遵守，茲擇重要者，述之如下：

(一)生客入院後,在大廳坐候;貨品來時,擇中意者即可携之入室。

(二)熟客可用電話預定某時某號貨品。

(三)不論生熟客人,每次短局定價二十元,先付後做;倘客有論減議折者,即令之出門,不再招待。

(四)每一貨品,保證每日展售六次,多恐有害健康也。

(五)二客同時指定同一之貨品時,以擲錢之字背,定前後之次序,不得争先,違者逐之出院。

院主來滬已十年。先在西陸識一男子,不久爲其所棄,無衣無食,遂自售其身,實行短局工作。數年後,略有積蓄,贖身來此設院。一夕,院主略有酒意,告人曰,彼之貨品皆有"來頭",某州有其常年駐扎之代理人。彼又云,彼貨品之來源可分爲兩大類:(甲)略識文字,思想不高,而已出任爲"花瓶"者;(乙)身體活潑,性好歌曲,而意欲習戲者。前者,先雇用美貌男子與之姘識,造成其"半妓"之態;後者,可代爲組織一劇團,給以工資旅費,運之來申,再招之進院。惟彼院中有一奇人,不由此兩路而來,其名高廉,大學生兼交際家也,因耳聞此院生活之安適而自行投到也。

浜畔洋院中,貨品二十人,每人六次,每次二十元,則每日收入爲二千四百元。院主云,三分之一給與各女爲生活費,然則其餘三分之二均由歸院主乎?若每年以三百六十日計算,則院主一人收入之總數額爲六十四萬八千元,可謂巨矣。

(原載一九三五年一月三十日《晶報》,署名九一三)

女主代辦所

女主者何?旅客或鰥夫等夕間之臨時伴侣,非普通勾欄中人也,因其舉動裝飾頗似正式之女主人,故以此名之。代辦所,即爲客招致之機關。此種機關,西名"何四德士,愛近色"(譯音)。據最近旅行家言,惟新大西方之牛腰城有之,其形式與輪船或火車之售票處無異,有寫字臺,有打字機,有保險箱;裝飾品則有名星與名伶親筆簽字之照片;主任一人,助理員數人,皆陰性也。西人某旅行至該

城時,曾訪其所,其與主任者之對話,茲翻譯如後:

(主任)您今晚需一美貌的伴侶罷?

(旅客)是的。

(主任)請您將旅行證給我一看……我們作事,非慎重不可,請您願諒。(看證明云,您喜約哪樣的人品,請細細告訴我。)

(旅客)我要一個身體不肥胖,面白金髮碧眼的人,今夜同我共食晚餐,共觀電影,或共住夜俱樂部一次,亦未可知。

(主任)是否全夜?或至十二時即止?

(旅客)不一定。

(主任)(在抽屜中取出一紙夾,翻閱數女子之容貌圖,指一女子之名而言曰)她業速記,貌美,教養也好,并善於談天(言至此,主任又將該女子之相片給旅客一看,繼續言曰)我想她與您是很相配的。

(旅客)(作猶豫之狀)

(主任)(又出示他人之相片,其時旅客見一美者,注視之,主任即言曰)她真是一個達靈,服裝時髦,精於跳舞,身家清白,出言文雅,價二十元。

(旅客)(尚無表示任何決心)

(主任)(重翻照相册,手指一人,向旅客曰)她是温德小姐,照相所表的美不及本人之半,她與父母同居,并且受他們很嚴的管束。不過,不是富家,所以出來應酬的,價二十五元;特別招待,另外加價。

(旅客)(心猶未決)

(主任)或者您是喜歡佛國產的,此人好麼?

(旅客)(後來選定一人,名林根)

(主任)(打電話向林根曰)希望你今晚没有預約,我此處有人要請教,已決定了。

(旅客)謝謝你(付款,索收條而出。約定晚七時於旅館中之某號房間相見)

林根小姐果然於七時(準)到,面貌嬌美,舉動大方。代辦所主任,非欺人者也。

(原載一九三五年二月一日《晶報》,署名九一三)

性　變

性如電，其實踐必賴接近。所謂接近者，雙方時晤而温存耳。此不專指人類言，即異類變態亦然。

異類變態者何？人與獸也。獸分黄犬烏圓，攫父山子較少。訓練之法，餌腥甘之品，强之食，久而慣爲，於是至必要之際，克婉順知其所趨向矣。

據醫學專家如毛萊蓮（Moraglia）氏之報告，謂獸意無窮，非獨老黄花嗜之，即六珈貴彦亦甘之，彳亍通馗，輒有龍繞膝者，十八九，豈無故哉。傳聞震旦朔方，亦有冠帶而變態者，但事先無所訓導，不足論也。

（原載一九三五年二月十日《晶報》，署名九一三）

洋院地點

本《晶》一月卅日及卅一日所載《浜畔洋院》一文，係根據西友某之文字報告而成，余未曾親往，故不知其街名及門牌號數也。近有多人用電話詢問地點，似有參加之意，余以“尚待細查”答之，皆不相信，實則真話也。

西友現已回國，居處無常，不能通信。彼前謂無意再來滬江，則吾人無引導者，決不能往謁洋院矣。然此實一大幸之事，因此種金錢、精神并銷之窟，無游玩閑譚之意，總以不到爲是。余不食“野味”，至於“異味”更不願嘗，所以年越五旬，而髮黑齒堅，周身無病也。此余之者實話，即是勸戒語，閱者諸君請不以“强盗發善心”目之。

（原載一九三五年二月二十二日《晶報》，署名九一三）

何爲妒？

何爲妒？婦人忌嫉曰妒，妒又作“妬”，義同用亦同。西人稱妒曰“倦老衰”（Jealousy），憤怒也、懷疑也、恐有競争者也，亦有稱之爲“青眼怪”及“情場失意人之地獄”者，然此皆爲妒之定義，而非其實例也。下述者爲一故事，足以見妒之爲妒：

夫婦二人同赴某家喜筵，酒數巡，男賓發起叫“局”，無有者或不見者，罰酒三大杯。“夫”不得已召其熟人，到後與之閑談，略作親近之狀；“婦”在女賓席中見之，大爲憤怒，因客衆不便發作，立即告辭，獨自歸家。次日語人云：“昨晚我酒館中下樓時，眼前一片黑光，雙腿似已軟化，幾乎墜倒”，此數語也，足爲妒字最明顯之解説。

余另有一事，亦足以見婦女妒心之重，妬力之大，述之如下：

一未婚妻往謁未婚夫，見其與二三學友閑談而不甚理彼，大怒，不告而别。到家後，坐既不安，立又不定，先欲打電話責問，又擬雇汽車重往，但皆未實行，終以哭泣而睡。夜中夢話連篇，使同房之妹聞之，亦“一陣陣傷心，一陣陣酸”也。

（原載一九三五年二月二十五日《晶報》，署名九一三）

百里妓數

據最近調查，佛國百里城⑦登記之妓約六千或七千人，其不登記之暗娼共六萬人，待合之所及“默認之室”約三百八十處。凡佛妓之得登記者，必爲本國人，此法令也。

佛國有一奇事，即其中十分之六各有陽性保護人是也。此種保護人之衣食，完全由妓供給，彼輩既非“六索”又非“白板”，而安然靠女子度生而無羞意，似非他國所有也。

已登記之佛妓，每兩星期必赴醫院受檢查一次。西友某謂百里城中營業如此繁忙，檢查之舉似非間日一行不可，誠近理之言也。

（原載一九三五年三月六日《晶報》，署名九一三）

院内告白

西友某，刻游佛京百里，日昨接其來書，謂彼一夕曾往最著名之妓院，見墻上告白兩則，一云："如君有興，請再來，但二十法郎只限一次"，一云："狗不準入内，所以不可咬"。西友信中，已將佛語譯成英文如下：

(1) Come again if you like it ,but not more than once for twenty francs.

(2) Dogs not allowed here. So do not bite.

（原載一九三五年三月七日《晶報》，署名九一三）

兩　忌

花界避忌之事甚多，内有二者，爲冶游郎所不可不知，兹述之如後：

（一）長衫妓女，最怕客人摸自下巴，謂被若是者，必數日脱堂（"脱堂"，無人叫局也）。某君自以爲"長輩"，且資格老到，局來時，常以手在此種處所撫弄，往往受彼等"申飭"而仍不改，豈有意爲難乎？蓋短於記憶力耳。

（二）野鷄拉客，近來强硬異常，竟有上手後非死不放之勢。惟一見被拖住者，以自己之手摸自己之鼻，則較有理性者，口念"觸眉頭、觸眉頭"，而飛奔而去。余測其意，打野鷄最易染梅毒，染梅毒者，最易爛鼻；客未入門，已懼失鼻，則事必不成，"不是生意經"，故放手離去，未知然否？

寫至此，内子在旁問曰："幺二所忌何事？汝知之乎？"又問曰："舞女所忌何事？"余曰，不知。即上述兩忌，亦得之傳聞，"吹吹"而已，非親見親試之事也。

（原載一九三五年三月九日《晶報》，署名九一三）

合乎分乎？

合者，共同也；分者，離裂也。此余"分合"二字之定義也。舍親王遠氏，居滬西某别墅，某夕宴客，余老夫婦被邀焉。其肴，豐盛美麗，罕能遇到，内饅頭一盆，尤爲精品，女主人向衆客曰："請呀，請呀！"余等因其形大質多，不敢動手。女主人又向其夫曰："我與你合吃一個罷。"（"合"讀如"葛"），言後即將饅頭裂爲兩半，自取略小者而開始食之。余於是時言曰："這是分吃，不是合吃。"彼曰："請言其别。"余曰："分吃者，將一物先剖成數份，二人或多人各取其一也；合吃者，二人或多人共食一物，原物不先裂開也。你們二位，倘能實行合吃，則在座諸人必無不願參觀者。"王遠夫人雖多交際之經驗，至此亦不覺面發彩色矣。

（原載一九三五年三月十三日《晶報》，署名九一三）

"外外堡"

阿姆司丢蛋[8]者，泰西汽水國之重要商埠也，其中一邑，世人以"外外堡"（Buurt YY）稱之，富多公開之秘窟。西友某曾至彼處，兹述其所經驗者一事，以供本《晶》同志之閱讀。下文中之"余"係西友自稱之辭也。

余一到堡中，即有年約十三之幼女前來招呼，欲余隨彼而去。余從之，不久，抵一街，幼女指一小屋曰："這是我們的家。"即推我入門，并囑我上樓。

樓上室中燈光不明，中坐之女衹現半面，女年約二十，一見余即曰："請進來。帶君來此的人，名字叫做映雪，她是我的女兒。請坐，請坐。"女又向其妹曰："娣娌，速取酒來。"

余坐定後，女微笑告余曰："我雖是本堡衆女之一，但我與他們不同，我不上街兜攬，我有定價，每次十元，飲料一元，映雪引導費及娣娌服侍費各一元。我覺得軟弱時或不周到時，娣娌可來幫忙。到此來的客人，都喜歡我，因爲我不敲竹杠"。

余曰："你的女兒極聰明，今年幾歲了？"

女曰："今年十二歲，她極能拉客。"

余飲啤酒，與二女閑談時，彼等常以手自弄其乳，口出媚言，目發媚光。余强作不解事者，不與彼等親近，約一小時後付價而出。

（原載一九三五年三月十五日《晶報》，署名九一三）

獨意陽業

獨意國首都之亞力山場鄰近,營秘業者不專屬陰性,尤富於陽性也,兹述趣事一則於後:

夜十二時許,少年男子六七人,徘徊於某店門之前,忽有一中年人健步而來,面黑有鬚,軍官也,猛然向其中一人作引汲之斜視,仍繼續前行,而被邀者已會意,即隨之而去,旁觀中之好事者,尾彼等而行,蓋欲觀其究竟也。

不久,中年人停步,以香煙一枝給少年,二人并肩而行,同時并作默默語,後入一破舊之屋。尾之者遂停步,坐於對面之門檻上,以守候之。

一刻鐘後,二人從原處出來,年少者口銜香煙,態度平淡,若無任何事體發生也;中年人則不然,其大衣之領翻至耳際,且左右觀望,作有所畏懼之狀。少年人待中年人離去後,即在路燈下之細閱并細數手中之錢,後一再囅然而笑,想是滿意之表示。

是時旁觀者倦甚,全無繼續探險之念矣,故決意歸家,但沿途來招呼者,或陰或陽仍絡繹不絶。内一青年頭戴花白便帽,身穿紫色襯衫,手常自提其褲,以現露其碧緑之襪、大紅之帶,目光靈敏,時作邀客之斜視,體格豐滿,顯係斫輪老手,此人似爲業中之傑出者。據云,獨國陽風,一九三三年始盛行,從前暗而不明,不成業也。

(原載一九三五年三月十七日《晶報》,署名九一三)

賣身契

昨晚與内子在大西洋宴客,歸來時,遍覓自備之車不得,正擬穿馬路雇一出差者,余之右足忽爲一物所絆,視之,紙也。拾取閲之,則一賣身契也。余初欲擲還原處,繼思此種文字爲罕見之品,歸家後即行抄出,以充本《晶》之篇幅。其中姓名、年歲、售價等,余已代爲改易矣。契文如下:

立過絶筆據人王黄氏,將小女碧玉,年十四歲,六月六日巳時生辰，今因家寒，自願將此女過絶趙姓名下爲女，過得扶養費洋八百五十元整，當日憑中其洋如數交清。至過之後，聽趙姓作主。門當户對，爲妾爲娼，帶往他鄉，均與過出人無涉。倘有風雲不測，各有天命。來路不明，根底不清，宗族人等，另外生端逃走等情，均向出筆人一面承管，中保理涉。此事兩方情願，并無勒逼，永無反悔。恐後無憑，立此過絶筆據存照。

中華民國十五年三月初二日

立過絶人　王黄氏押

同小女　碧　玉押

中保人　胡阿大押

杜四寶押

代　筆　余　玉

（原載一九三五年三月十九日《晶報》，署名九一三）

他與她

亞東某國有短歌一首，譯其大意當爲："他始而遇見，繼而意欲，終而招呼；她始而面赤，繼而微笑，終而親來。""他"字指一切男子，"她"字指一切女子。言婚姻大事，或男女私情，皆男子主動，女子被動也。或者問曰：被動而不願動者有之乎？余曰"有之"，即曾經面赤，曾經微笑，曾經親往他處而無温習之意者是也。此歌又可譯成英語如下：

He sees, and wants, and beckons;
She blushes, and smiles, and comes.

（原載一九三五年三月二十日《晶報》，署名九一三）

輕視黄種人

"我剛從香港來，不是本地營業的人。君要我閑談則可，倘要我在君面前退衣，我當立即告辭。"此吾友柳君在澳門遇見之妓之導言也。

柳君本非狂嫖者，其遍游各地，專意調查妓業及妓之身世。聞此數語後即答曰："我請你來，原欲談天，全不作非分之想。最好請你爽直地講自己的故事給我聽。"

妓即繼續言曰："我的確是好出身。我的父母均富而有學，可惜我的母親不是白種人。"

柳君插問曰："這是什麽意思？"

妓曰："我的父親是葡人，我的母親是華人，他們都住在香港。識後，即結婚。第一胎就生了我，後來他們的愛情終止了。吾的母親抛了我們跑走了。父親見我的皮色不純，也不十分喜歡我，不過依舊給我衣食。我的父親常常出門經商。我已經十五歲了，當時鄰近有一年少華人，相貌還好，常到我家中來引誘我，我全無經驗，不久就受了他的騙，我很恨他。現在我恨一切黄種人，我甚至於恨我的母親。他（就是那黄色青年）又離我而去，好像我的母親離父親一樣。我生了一個女孩子，也是黄白兩色，和我相同，她將來也要吃苦的。黄種人最不好，常常實行遺棄。我得於父者多，所以没有這種惡遺傳。"

言至此，吾友柳君問曰："你生了小孩子，你的父親知道麽？"妓曰："天下哪里有這種事情，我早已離開家了，我生了孩子之後，那黄色人又不來，我不得已自謀生活，投入堂子。好在我的黄色不深，來的西客總以我爲拉丁種，生意尚不大惡。我自從吃把勢飯以來，未曾接過一個黄皮客，就是君的友人王君，他雖然聲勢極大，我也拒絶他的要求。"

柳君又問："然則你來澳有何目的呢？"

妓曰："難道君無所聞麽？開設本院之老闆，他是葡人，不久就要娶我了。"

（原載一九三五年三月二十二日《晶報》，署名九一三）

五五會

五五會者，余與家兄擬發起之聚餐會也。定名五五，取會員五人，舉行於星期五之意。簡章六條，尚未經全體通過，兹先抄録於後，以便衆覽：

（一）宗旨：本會會員五人，皆謹守小飲不過量之宗旨。

（二）日期：每次於星期五舉行，每三次後停止一次，一歲之廢曆首尾完全停止。

（三）輪值：本會會員，依年歲之長幼順次作主人。作主人者，可另請特客一二人，惟被邀之人，必爲志同道合者。

（四）費用：每次費用，由本次作主人者擔任，惟不得少於五元，亦不得超過十元。餐畢後，會决下次集合之處。

（五）告假：會員非遇重大事故，不得告假。告假接連在三次以上者，令其退出，另招新會員。

（六）告退：會員擔任主人在三次以下者，不得告退。

（原載一九三五年三月二十七日《晶報》，署名九一三）

牛腰黑區

泰西牛腰城之一區曰“喊冷”，富於“義蓋路”人⑨之被玩者，故本城居民多以“黑區”稱之。

現今黑區中有一至大之院，其主政者名梅妹，中年婦也。梅妹（Maimy）一詞系義蓋路人文字，譯言“母”或“媽”，尊稱也。梅妹體肥而聲音宏亮，見之者莫不畏之，即與之用電話通問者，亦不敢支吾。余友甫入門，聞其在電話中問曰：“你的號碼是什麽？”一二秒鐘後繼續曰：“達摩，福兒。”遂將話筒挂好，蓋彼方言語猶豫而狐疑耳。梅妹亦黑族，然其“貨品”，不專於一色，且陰陽兼備也。先余友入者，有一高大健壯之白客，而彼所約會者則一矮小曲背之烏姑，余友微笑而言曰：“世間有此種不均平之配合乎？”梅妹曰：“這并不稀奇。剛剛有兩個白長婦來此約會一個黑矮子，他們不止一次了；矮子業汽車夫，二婦爲大商人之妻，那件事情，不在乎長短、身份或皮色。”

梅妹從前在新烏泠州營業，後因年大，請教者日稀，遂棄彼而就此。到任以來，生意日盛，蓋彼多經驗而知招待之法耳。

余友“胃口”不良，且素無嘗試烏味之志，故略坐後即付費二元而出。梅妹院中,採用摩登式之登記卡片,每人一紙,黑者紅色,白者色白,片上詳載年齡住址等等。

(原載一九三五年三月二十八日《晶報》,署名九一三)

贖身據

有香港女子名皮兒者,爲歹人艾基所愚,騙至金山爲妓。艾基日事脅迫,要求無已,皮兒受累無窮,不得已借款贖身。下列之收據原爲英語,今譯成華文以供衆覽:

立據人艾基,女子皮兒,爲余前年出價在港購得者,今已備齊美金千元,自贖其身,該款已如數交清,由余親自收受。自即日起,皮兒與余斷絶一切關係,嗣後如遇滋擾敲詐等情,惟余是問。口説無憑,立此存照。

立據人　艾　基押

見證人　胡阿氏押

西曆一九三四年五月十八日立

(原載一九三五年四月三日《晶報》,署名九一三)

一個舊主張

昔西方有人曾云:生育不限制,則人種日弱而退化;限制之法,最妙者、最有效者,莫如將一邑陽性嬰孩之至健至美者一人,盡力護養,促其長大,專作傳代之人,其餘者之睾丸一律割去,俾日後無性交之可能;女孩成年後,如有欲爲母者,可將此男之精,用科學方法取出,灌入子宫,如是,則婦女不必受交媾之辱,而人種非獨不絶,且日漸進步矣。當時主張最烈者,美國波斯頓城某女醫師也。

此主張至今不能實行,蓋因凡爲父母者,不願割去其子之睾丸,又因願生子女之婦,必喜常見其夫而與之同居共處耳。

(原載一九三五年四月四日《晶報》,署名九一三)

返湖記

余此次返湖，專爲掃墓，即土語所稱“上墳”是也。余家掃墓，本定春秋兩次，後因無人主持“公堂”，又因余等四出謀生，竟有四五年未往祖宗葬身之處一視如余者，明知管墳人偷斫樹木等事，亦不能過問，誠不肖子孫也。近來政府主張公墓，意在節省土地，以爲種植之用，且後世子孫可無墳地被賣之恐，余贊美之。

余今歲返湖掃墓，完全天良發現，不受外界任何逼迫。但頗覺上山翻嶺之苦，知年老力衰，不及幼時遠甚，倘以後再四五年一往，則祖宗受我跪拜之次數，想已不多，而自己離死之日近矣。余爲此言，并無怕死之意，閱此文者萬萬不可誤會，而爲我傷心也。余一生正直，不作欺人之事；工作雖忙，享受亦多，雖死亦何舍不得、放不下耶。

余於四月六日趁三時一刻車往杭，次日午後搭杭長汽車回湖。同行者爲家嫂、内子及大二三四諸女也。長次兩兒，一經商，一就學，未便請假，不能同往。火車擁擠之至，余購六票，而只占四位，路局欠我兩位。二號查票員來時，余對彼作此半滑稽語，彼知吾意，向我一笑，余亦以一笑還之。歸來時空位甚多，余等任意而坐，路局還我者，何止兩位哉。

余等所乘之杭長公共汽車，適爲一體小而不甚新者，震動之外，加以窗聲，比飛機更響，使人難受。到湖後，非獨骨痛股痛，且有耳聾肉碎之勢，是以歸來時，忍痛定雇“小包車”二輛（號碼：浙一八三三與一八三四），每輛單程二十元。據云，公路新章，每輛乘客不得超過四人，故余雇車二輛。又杭市出差汽車，暫時不準通行公路，未知然否。杭湖公路，以小河站查察最嚴。

滬杭車中，多操廣東語之乘客，蓋粤人好動且早染歐化，深明旅行之利益，不如湖州人之死守家園，至今始知出門之必要者可比。

車中人好閱小報，而不甚注重大報，意在消遣耳。大報按份出售，小報則按套出售，每套八九種，價洋二角。本《晶》往往居首，想因資格最老之故。

車中遇一奇僧，聽其言語，似爲老於訟事，且操必勝之權者。此僧年約三十，而有病容，身穿黑色洋緞袖，識同車之"小伙子"五六人，與內中之穿洋服者最親近，常以右臂環其頸，目視前排之燙髮女子。和尚目送女子，且似有所談論。內子云："這個和尚，真是賊禿嘻嘻。"誠妙評也。

余在湖掃墓，不雇民船而租用碧湖（船名）汽油船，所以節省時間也。掃墓之暇，余等暢游城中最近築成丁氏潘氏等園。丁園廣大，內有樹，有魚有鳥，有奇石，有石佛，又有書畫古玩，非雅人不能有此雅意也。潘園占地不多，惟其中黑白石子路，似非城中他處所有；又客室中女子畫家任雨華之作品精極妙極，亦非常見之物。丁潘兩園主人，招待極殷勤。在湖時，蒙親友招飲多次，席間談及好酒好色之某君，舍親云，城中有一歌，專譏此君，歌曰："西門老者，年已七十，酒色勝人，無與倫匹。"此人姓氏，余當時未記，已忘之矣。湖人近又一歌云："十個男子，九男患痔；倘然無痔，割去卵子。"依余經驗，此非通例也，因湖州男子，無痔者極多，而女子亦未必不患痔疾也。兩歌爲余幼時所未聞，或者其爲民間最近之口頭文學乎。此外，尚有一七言詩，辭太粗，不便寫出。

余等經過杭市時，往返各在某飯店寄宿一夜。第一夜，即往湖之前夕，無意中於樓梯上遇見唐、宋兩公。余問彼等房間號數，彼等不肯直言，蓋因彼等有花有酒，不許外人加入"揩油"之故，或因余妻在旁，未便説明，亦未可知。然余則唐唐皇皇，全無虛心。帶"太太"出門，亦有好處，不必"偷偷摸摸"也。

內子在靈隱燒香時，代余求得觀音大士簽第八十簽，甚佳，其辭曰："立秋鰍跳水生冰，五谷豐登奏聖君，倉庫滿盈無乏少，家家安樂盡歡忻。"彼自得七十五簽，亦佳，其辭曰："月牙印海似銀鈎，驚動鰲魚急速游，月没鈎收寧静海，魚龍快樂意無愁。"

（原載一九三五年四月十六日《晶報》，署名九一三）

誰是主人？

英語中有二字，均作"主人"解，其辨别極難，然爲研究外國語者所不可不知也。茲特用淺顯之例以説明之，如下：

此二字，一爲"不怕倒"（Proprietor），一爲"包失少"（Possessor)，雖皆作主人解，然“不怕倒”只有“主有”之意，而“包失少”則有“占用”之意也。譬如我購一辭典，則爲其“不怕倒”；我若日日參攷之，則我又爲其“包失少”矣。又如，我私人設立一圖書館，購書十萬册，供公衆閱讀，自己并不往觀，則我爲“不怕倒”而非“包失少”；而公衆則爲“包失少”而非“不怕倒”也。又如，堂子中之討人，鴇母爲其“不怕倒”而恩客爲其“包失少”也。

由是可知，得支配者爲“不怕倒”，可使用者爲“包失少”。丈夫對於其妻，同時有兩種權力……吾爲此言，因欲説明字義，絶無他意。女界閲此，請不駡我。

（原載一九三五年四月二十日《晶報》，署名九一三）

袾字攷

欽光先生惠鑒：

讀四月十八日《晶報》“新札璞”，足下有《蓮池立名説》，一舉譚袾，一舉袾宏（袾宏即蓮池）[10]，因“袾”字《説文》所無，疑蓮池以袾字名，爲明時西藏紅衣教猶盛於中國，大師以此意立名云云。然而不然，蓋蓮池之師爲性天文理老和尚，明嘉靖時人，隱居南五臺無門洞，後因雲游杭州，住西山黄龍。蓮池仰其道風，與夫人湯氏歸依座下，不二三年又依之出，其法派爲“家福法德義，普賢行願深，文殊廣大智，成等正覺果”。大師在“殊”字輩，其改爲“袾”者，以洪武時有一高僧，洪武詔見，甚加優寵，特以玉盞賜乳令服，因咏謝恩詩有“一盞瓊漿來殊域，九重恩德自上方”句。洪武姓朱，遂謂殊者歹朱，認爲駡他，即令斬之。蓮池恐殊禍，故改袾以避之，實非關紅衣教也，且紅教即喇嘛，宗“密”（持咒）不宗“浄”（念佛），浄土宗即持六字洪名，一句“南無阿彌陀佛”（六字）耳。博學如臺端，不卜所言爲當否？蓮池事跡，希閲《雲樓法匯》可也。

專此　　即請

撰安

天放教人[11]　　上言

（原載一九三五年四月二十一日《晶報》，署名九一三）

長沙老人

昔年長沙有一老人，私塾師也，善謎語，課餘常將其新制者，使其衆弟子猜測，消遣之中兼有啓發之意也。

一日晚餐畢，老人曰："余刻得一謎語，曰，紅紙寫成紅十字，白紙寫成白十字，隱含一常見之文，試一猜之。"一弟子立時應曰："這是亞字，對麽？"老人曰："然！"

弟子中有狡狡者曰："老師每天製成謎語使我們猜，我們頗有心得，這是我們應該感謝的。今天我們也想製一個，請老夫子猜一猜，不知可準許否？"

老人曰："可。"

弟子曰："我的謎語是很簡直的，不雅之處，要請老夫子原諒。"

老人曰："不必客氣，可從速説來。"

弟子曰："我的謎語是，一横一直，一横一直，一横一直，一直一横，一直一横，一直一横，也含一字。"

老人思想良久，毫無頭緒，曰："胡説，哪有這字？"

弟子曰："有的，就是老夫子那個亞字。"

（原載一九三五年五月四日《晶報》，署名九一三）

楊羊同音

英語中之"噴"（Pun）字，雙關諧語也，即同音異義之字用作戲言之謂。同音字如湖州人之"任"與"人"，"楊"與"羊"是也。

昔年湖城有楊某者，體健步健，爽直人也，惟發言疾速好勝，人多恨之。一日丁宅宴客，同城林某遇楊於席間，林冷態人也，與楊不甚熟識，忽問曰："貴姓是任麽？"

楊曰："不是任（人），是楊（羊）。"

林曰："原來是羊（楊），不是人（任），那麽有角麽？"

楊大怒，駡林曰："狗入的。"

林曰："是，是。"

當時席間聞林楊二人對話者，駭異之至，不敢作聲，後皆狂笑不止，蓋林某之“是，是”，原含“犬生之羊無角”之意耳。林某可謂善開玩笑矣。

開玩笑，不可過分。湖諺曰：“調笑三分毒”，“調笑”讀如“逃仙”，開玩笑也。“三分毒”者，含許多危險也。有因開玩笑而親友變成仇人者，可不慎哉！

（原載一九三五年五月五日《晶報》，署名九一三）

三大原因

婦人所以不忠於其夫者，有三大原因，兹述之如後：

（一）報復。夫常在外眠花宿柳，與髮妻不甚親近。妻測知其有外遇，然無實證，不能據而與之講理；或因限於勢力，不敢多言生事，遂暗中將己身獻人，使親夫爲龜，以雪其胸中之恨。

（二）老弱。夫年老體弱，常忘房事，而妻則正在少壯，非每日來復不可，於是暗結情人，以求解決；又有一種爲夫者，常以無後爲患，且常責其妻不生育，其實自己能力不足，或早或痿，種子達不到目的地，爲妻者不得已“借花獻佛”。此與報復不同，非故意使夫爲龜也。

（三）丑陋。夫富有，惟貌丑而行陋，所以嫁彼者，從父母之命，而非本人之意也。娶此種女子者，多帶緑巾之機會。西洋小説中言一女子將嫁，其未婚夫見其不悦，問曰：“汝何故愁容滿面耶？”女答曰：“汝來求婚，父母允之，非吾之本意也。他日倘有機會，當使汝爲長壽物，此非戲言，我已多次告汝矣。”後來此女竟不失信。

余有一滑稽問題，曰：“甲乙二婦，皆有私情。甲夫美而情人丑，乙夫丑而情人美，問二者孰較合理？孰更無耻？”

總之，婦人結識情人，決非出生真愛，實淫亂也。

（原載一九三五年五月八日《晶報》，署名九一三）

青　浦

凡久居申江者，必知一諺曰“青浦朱家角，有□無人觸”。余喜

搜覓各地老古話之尖鋭且趣味者,得此已數年,但不知其何意。細心猜測,似有三義,如下:

(一)青朱兩地,女多男少,嫁人者與終生爲處女者相較,前者較少,後者數大;(二)兩處男子常出門經商,不帶家屬,而其妻則在家中守活寡,全無天倫樂事;(三)兩處婦女,體健性强,同住或他處男子望之生畏,不敢娶以爲妻。

寫至此,友人某君來談,謂此三義無一合者,因前引之兩語後,尚有下文,云"要有□觸,一個粟子頂個殼"。蓋謂青朱兩地,風俗純正,絶無淫亂之事,凡非正式結婚者,不得行周公之禮。"一個粟子頂個殼"者,即一夫一妻制也。友人世居青浦,其解釋想必可靠。青浦縣,舊屬江蘇松江府,民初改屬江蘇滬海道;朱家角亦作"珠街閣",在青浦縣西十二里。

(原載一九三五年五月九日《晶報》,署名九一三)

九六壽宴

本月八日午刻,兩旦(震旦與復旦兩大學)舊時同學,爲九六老人馬相伯先生祝壽,假海格路復旦中學設宴。到者有于右任、錢新之等數十人。于君演説,謂老人不老,三十年前與今日之狀態全無差别,又謂老人好學,至今不倦,足爲吾輩模範。老人答辭謂吾國固貧,但救國仍在讀書,仍在研究科學,而不在崇拜財神也。

于君所贈之壽聯云:"世界名難并,中華道益光。"下款題:"受業于右任恭祝"七字。

(原載一九三五年五月十日《晶報》,署名九一三)

唱　拳

蘇州士女,多能唱拳。唱拳者何?先歌而後豁拳也。歌辭美雅,調亦文静,其動聽不亞於湖州人之"六門景"。兹由含親小高君覓得原句,特轉録於後,以供衆覽,并以保存民間文學也。

頭品里格頂戴呀,雙眼二花翎,三星高照,四喜共五經,六合又同心，七巧八馬，提督有九門，十全里格齊美呀。拳要豁得清，酒要吃得明。

上文男女二人共唱。畢後，開始豁拳，或冠以"全福"或直喊"一品"，"兩榜"，"三元"，"四喜"，"五魁"等等，均無不可。待勝負分而飲酒後，則續唱下引之語，且另成一局：

忙把酒來飲，吃得兩眼昏。抬頭望月，一路進城，耳聽得譙樓上，鼓打一更，提壺把酒斟，吃得渾沌沌，今宵歸家，必定到二更。

唱畢後，重行豁拳飲酒。量大者可復唱上文，改"二更"爲"三更"、"四更"、"五更"，直至"天明"爲止。

此法既能緩飲，又能醒酒，參加者不必狂醉，而消遣獨多，發明者必聰明人也。

唱拳昔盛行於妓院中，後漸衰，因所謂"大少爺"者不皆爲蘇人，不皆能唱也，且唱時必附加手勢，尤屬不易。今滬上書寓中，能此者尚多。一對美男麗女，帶唱帶演，繼以飲酒，其聲其狀，旁觀者無不動魂也。歌辭非真蘇人所録，且非精於此道者，錯誤必多。彭功甫君見此文後，如有高見，請不吝賜教。

（原載一九三五年五月十一日《晶報》，署名九一三）

烏　力

世傳烏男多力，飲酒食肉後，有夜搏三十度而不怠者，實則欺人之言也。烏亦人耳，再衰三竭，安得再接再厲乃耶？據最確調查，彼族最高之數三，通常之數一，與他國人無異也。

昔烏人新娶一婦，美而貪，夫苦之，商諸醫曰："君有刀圭以助吾張目乎？"醫笑曰："有。"言畢賦以明矾少許，意在調之而已，而其人唱得寶歌去。數日後，此人又來，露齒大笑，似云醫所與者已助其成功矣。但明矾實無任何特用，即此一端，已足見烏人喜作左氏之夸也。

烏人有因性力欠缺而自盡者。昔某地一婦向其夫高聲責問曰："我非你的姐妹，我又無錯誤，爲什麼我來了，你不睬我？"夫不言不語，數小時後，知彼已自縊矣。

（原載一九三五年五月十七日《晶報》，署名州亞）

"死不離地"攷

英語"死不離地"(Spirit)一名,最難解難用,上至天帝,下至妖怪,無不包含於其中,其義可謂廣泛極矣。查牛津字典,知此字有二十餘義,如精神、靈魂、神經、鬼怪、神明、心緒、特性、特質、人情、情緒、骨氣、鋭氣、氣魄、氣力、志氣、膽氣、元氣、流質、酒精等是也。然此尚屬總義,至於分義,則更難計數。所以 Spirit of monkey 一名,當時本《晶》譯者(不是下走)不能猜得其確義也。然不得謂之全非,因依原辭之作法,似不得以"精神"二字譯文。余意最好改成 Saint monkey 二字,即"猴聖"之意,既含尊敬之義,而又簡便似一劇名也,未知"饒舌"先生以爲然否?

(原載一九三五年五月十八日《晶報》,署名九一三)

酒　鬼

酒鬼,駡人語也。"死不離地"(Spirit)雖有"精"字之意,然依廿二日之譯法,當爲精華之精,而非精怪之精也。英語中有現成之字用以稱酒鬼者,如:(一)酥哥(Soaker),(二)温皮白(Winbibber),(三)抵不牢(Tippler),(四)酥脱(Sot)等等,皆指飲酒大大過量者而言,似較酒精(Spirt of Wine)爲佳也。(參觀本《晶》本月廿二日"酒鬼"英譯篇)

《晶報》編者按:酒精之精,乃某君戲語,以其較爲有趣耳,藉博一時之哄堂,非實攷酒鬼之字。今周越然君詳征博引,益覺趣味盎然。

(原載一九三五年五月二十七日《晶報》,署名九一三)

游小上海

小上海,即無錫,所以有此綽號者,因該處工廠發達,幾與申江相等之故。其實,無錫之美半在實業,半在風景。惠山不必説起,梅園、小箕山、黿頭渚一帶，有超過西湖之勢；依旅行者之目光而言，無錫應以“小杭州”稱之，小上海一名，似辱之也。再過幾年，再加以大規模之修築，恐杭州則亦不能及，彼時吾人當以“小天堂”稱之。

余等搭五月二十四日一點十分鐘車往錫，二十六日十二點五十七分車回申，同往者四人：余與内子及次兒與其婦也。大兒經商，未便告假；大媳看家，又須照顧兒女，故不能同往。動身前半小時，余用電話通知“大闆”，謂余等忽有游錫之舉，一二日即返，陳生攷試，務請設法云云。彼問曰，同往者“福”乎？余曰，無福之名，而有福之實。彼曰，不信；余曰，可往車站一送。

余等到錫後，客居新世界旅社，其“大老闆”即曾在揚子[12]任事而今分手者，係余家老親，茶房人等皆知之，故招待愈加周到。開定房間後，即往公園一游，并在九老堂前飲茶。錫人稱公園爲公花園，多一花字，蓋宜於土語耳。從公園出來，時已六下有半，吾等腹中大有饑意，即往聚商晚餐，菜價與申地相等，惟魚蝦較爲新鮮；雖製法欠佳，亦極可口。餐後在路上閑蕩，見一俄國“畢三”尾行人乞錢，而尾此俄丐者，則爲無數本地兒童。内子膽小，不敢前行，遂歸旅舍。十時半往聽(大書)《宏碧緣》，極佳。

余等居二層樓之沿街房間，通夜人聲車聲不絶；天明後，往四鄉之汽油船又時時大放回聲，使人不得安睡。晨七時後，余尚有睡意而軍樂之聲又大作矣，起身觀之，則有人送匾至惠公明醫師處，經過其地也。

晨九時許，余等雇汽車先往梅園，後往小箕山之錦園午餐。下午一時渡湖至黿頭渚，其最高處有一洋房，名曰萬方樓，主人之字曰“心如”，客廳上有胡漢民、邵元沖、蔣夢麟題句，又有孫科一聯云：

神清骨秀無由俗

紅樹青山合有詩

孫氏手書對聯不多見，故録於此。

在錫第二日之晚，忽有潘姓者來謁，自謂曾在某大學肄業，且爲余之學生，余全然記不起來，惟彼所舉諸事，統統合節，想不虚也。潘君能文，已有數種著作出版；與余約談二小時，討論文言、白話及各種讀書問題，皆有趣味；但在旁之師母頗不耐煩，常作逐客之不笑容，潘君不知，仍鼓其好“琴”，余笑既不可，哭又不能，真難受也。

歸來在火車中時，余謂内子曰：“余擬作一無錫游記，惜無材料，倘汝有意見，請告我，我當代汝寫出。”彼曰：“容易，容易。無錫人善講爛泥話，善造爛泥像。我們出了很大的車錢，把他們的爛泥搬到上海去，真是愚笨。你若以此爲題，決定可以寫成一篇包含經濟問題的大文章。”余聞之，不覺狂笑，笑其誠也，笑其愚中帶巧，巧中帶愚也。無錫爛泥像，日新月異，舊時最著名之大阿福，目下已不多見，代之者有洋鬼子、獅子頭、老虎頭、電影名星等，價貴而質料不多，但旅行者無不樂於購買，可知其製造之巧也。余等此次赴錫，共購二十餘件，費洋幾十元。據友人云，爛泥“春宫”極精，余未購，因未見也，又未便探問也。

（原載一九三五年五月三十日《晶報》，署名九一三）

銅元十枚

本月二日，本埠英字報《字林西報》第七頁中有 Mu Sah－Men 君一文，題曰《在華之婚姻道德》，内一段言上海頭等妓院每夜十元，四等則每次銅元十枚。

查上海妓院有長三（書寓）、么二、野鷄、花煙間等判别。依工部局章程，長三不準接客，故夜度資無定數；么二“接綫頭”價亦在六跌倒以上；野鷄之價或四五元或二三元不等；花煙間恐亦非一元左右不可。

Mu Sah－Men 似爲華人，若然，彼講述今日滬埠之事，何以如此之荒謬耶？

《晶報》編者按：二三十前，有人將北平嫖四等茶室之丑態編入平劇以開玩笑，開頭有“手拿着二百錢阿阿”等句，可見當時所謂釘棚跳老蟲之類，嫖資亦需二百文。在昔日，每一銀元换錢千餘文左右，則二百文亦等於今之大洋二毛。物價騰貴之後，如此便宜之夜度資，登徒子已難拾着，此《字林西報》投稾者之言，真向壁虛造耳。

（原載一九三五年六月七日《晶報》，署名九一三）

烏女月事

烏人稱有月事者爲濁物，不準其烹煮食物，亦不準其以手觸男子。已嫁之婦雖經多次懇求，決不與夫共皮而眠（烏人無床鋪，睡於牛皮上，故云）。

烏女在月經期内，身穿不潔之衣，所以表示不便工作也。有因玩忽而將經水流至其所睡之皮上者，次日必以牛尿洗除之。烏女止制之法，不用紙棉而以樹葉或塞或包，無定規也。烏男看中一女，而烏女不之喜者，必曰“我患（月）病”以推托之，此即我國“假騎馬”之意。

世間女子，於經期之中每多異想而好歡樂，所以不明説者，風俗也。又恐衣被染色也。烏國巫醫知此種心理，故常乘機引誘；又有謂經期中最易受孕，故烏女之欲得子者，常於期内與人方便，而自得方便也。

泥哥不食鵊肉，“鵊”亦稱斑馬，西名“洗不落”（Zebra）。所以不食者，因鵊局部之形似人也。烏女曰：“苦馬，耍乏耍乏，嘸多。”（Kuma sawasawa mtu）意即鵊陰似人也。即此已足見烏男之恨女性矣。

烏女月經之期極短，至多不過三天，期後以水洗滌。

（原載一九三五年六月八日《晶報》，署名九一三）

配眼鏡

世間所謂生疑心病者，即夜間安睡而自以爲失眠，一日三餐而自以爲胃痛等等是也。然未有目光鋭利而欲配眼鏡者。有之，其惟下述故事中之少年乎？

某少年多疑，常思自己目力不及他人。一日，入某公司配眼鏡，驗光師問曰：“君是近視還是遠光？”少年曰：“我自己不甚知道，大概近中帶遠，遠中帶近，請細細一驗。”

驗光師將匣中鏡片一一掉換，費去多時而無一合者，皆因度數太高也，不得已將插入之片盡行取出，只留空架於其面上，然後問曰："對麽？"少年曰："是了，是了，這是極合用的！"

驗光師笑曰："君何必配眼鏡呢？你的天然鏡比我的人工鏡好得多哩。看呀，現在没有片子在架中，哈哈！"

上故事舍親王遠氏所述，似是西洋貨，因極滑稽，故轉於此，以博閱本《晶》者之一笑。

（原載一九三五年六月二十六日《晶報》，署名九一三）

"孔夫子"

湖州人喜以"孔夫子"三字稱過分老實者，蓋不敢直呼以"福兒"(Fool)，特假用美名以避免難堪耳。余家親串中有此一人，光宣之際其名爲"清朝孔夫子"；革命完成後，其名爲"民國孔夫子"，聞之者皆知所指爲何人，而得之者，非獨不怒，且甚得意。一夜，其妻與之口角，妻繼室也，年尚輕，言語間隱然責其不勤於"禮"。彼曰："我是孔夫子，你不曉得麽？"其妻曰："難道孔夫子不娶妻生子麽？"彼答曰："孔贊成七日來復，不贊成旦旦而伐。"

世人崇拜孔子，以其公正端莊也，非謂其不飲不食，不妻不子也。無知者尊之過度，反起誤會。兹述一可笑之事如下：

昔北方有一老童生，屢試不售，自責曰："我雖熟讀四書五經，然攷試多年，不能得到一秀才，恐不及孔子之處尚多也。我之内部，想與孔子無别，或者外形不同耳。"一日，彼潛入聖廟，將孔子之像詳細觀察，見耳目無别，手足相同，遂寬其袍，望下一看，果缺一物，彼即歸家中，口中言曰："是了，是了，原來此物作怪。"覓刀割去之，痛極狂叫，流血滿地而死。

（原載一九三五年七月一日《晶報》，署名九一三）

特　藥

世傳烏女有百分之九十皆染花柳病，非也。所以有此種謠言者，因本地男子恐外來男子與其婦女接近，特作驚駭之語，使有野心者，自動退避也。

烏人稱楊梅曰“脱殼”（Tago），稱白濁曰“開鎖拿拿”（Kisonono），二者彼等均有土藥以治之。土藥者何？草根樹葉也。西人治梅用灑爾發散（六零六），烏人謂爲不及土藥之有特效。烏人怕白濁較楊梅爲甚，因多痛苦而經時久也。

烏地荒野，人民倘被蛇咬，重者立斃，治之之藥極多，倘遇找不到時，彼輩先與女子交合，謂如此之後，決不傷命。此種急救法，世間罕有。

（原載一九三五年七月十日《晶報》，署名九一三）

大西女生

大西女生，常有冤枉好人之行爲。茲述數事以明之：

（一）女生八人，年皆十二，一日，入稟校長，謂彼等之國文教師向彼等强行非禮。後經警署審問，始知絶無其事。教員年六十，管教極嚴，彼等恨之入骨，故共作謊言，意欲藉以驅逐之也。

（二）百林城女生，常向生人索錢，遇不允者，則狂喊“强姦”而拖之入警署也。

（三）女生二人，意中共愛其年輕美貌之教師。甲向乙曰：“他今晨與我接吻。”乙答曰：“他昨天摟我，并且以其掌伸入我袋。”此皆二女自夸之辭而非事實，且少年教師全不知曉也。後兩人互夸之虚辭日甚。一日，甲所選者每不及乙所選者，甲信乙爲真，因而大妒，告之校長，盤問後始得實情。

毒哉，大西女生之心也。留學者與旅行者，其慎之。

（原載一九三五年七月十一日《晶報》，署名九一三）

走一步退兩步

懼内者某，朝出晚歸皆有一定時刻，不可逾越，否則受責駡及下跪等罰：一日，天寒且雪，友人招之飲酒，不覺狂醉，妻房之誡全然忘記，待醒來雇車返家，時已午夜矣，彼潛步進房，見妻未睡，急欲説好

話討饒,而其妻敲臺拍凳,大發脾氣矣。下列者爲當時二人之對話:

(妻)“你這僵屍到底在哪里?”

(夫)“在王先生家里。”

(妻)“干什麽?”

(夫)“飲酒。”

(妻)“酒是色媒人,有女客麽?”

(夫)“没有。”

(妻)“王太太當然伴你們同飲酒的。”

(夫)“不。”

(妻)“他們的女兒美麽?”

(夫)“不曉得美不美,她没有出來。”

(妻)“那麽你失望了。”

(夫)“這是什麽話?”

(妻)“你回來這樣遲,閑話還要凶,跪下去,我再問你。”

(夫)“跪就跪。”(向窗跪下)

(妻)“你面上一無酒氣,恐怕不是在王家飲酒吧,快快把實情招出來,否則不要怪我無情,我看你這賤態,必定上過莊的,拔過蠟燭頭的。”⑬

(夫)“那有這種事,你可立時試驗。我的確在王家,明天可以去問。”

(妻)“那末,你爲什麽來得這樣遲呢? 難道我的話都忘記了麽? 自己的家都不要了麽? 你出去的時候,我再三再四叮囑你的。”

(夫)“今天下雪,路上甚滑,我動身回來的時候是早的……”

(妻)“那末爲什麽到此刻才到家呢? ……你真是不打自招了。”

(夫)“因爲路滑的緣故,我走上一步反而退下兩步。”

(妻)“你的言語,真是放屁。既然走一步退兩步, 豈不是愈走愈遠,你哪里能够到家呢?”

(夫)“是呀! 我當然火極了,決定轉身重往王先生處,不歸家了。不料,如此一來,走而退,退而走,慢慢反而近家了,你想奇不奇。”

(原載一九三五年七月十三日《晶報》,署名九一三)

兩個痴孩

下述二故事，皆以小孩無知，惟出言奇妙，使人發笑。故事如下：

（一）

一孩名健美，年約六歲，問其母曰："我曾有兄弟溺死於池中麼？"母曰："没有，你是一個獨養兒子。"孩曰："奇極了。"母曰："何故？"孩曰："今日早晨，我在池旁觀看，見内有一孩，其面貌動作完全與我相似，故有此問。"

（二）

一祖父留鬚多年，忽然剃去，面容清潔，不如從前之污濁矣。其三歲之孫女名勤妹者見之，心中大異，問曰："祖父你今天的新頭從哪里借來的？"

（原載一九三五年七月十四日《晶報》，署名九一三）

酒與菜

善飲者不多吃菜，貪菜者不皆量大，斯二語也，一通例也，下述之故事，足以證明其確實：

（一）每口半碗

馬大，村民也，每晚必往小酒館過癮，定例四碗，不食任何小菜，非不欲也，蓋省儉耳。一日，有持盤售燒肉者來，喊曰："燒肉，燒肉，紅燒塊頭肉要麼？"其時馬大已飲酒二碗，舉頭問曰："是新鮮的麼？"同時向肉一看，飲酒半碗；又問曰："什麼價錢？"又向肉一看，又飲半碗；後又問曰："可否便宜些？"又向肉一看，以飲半碗。最後以手指輕輕觸肉，曰"太小，太小"，粘得之汁以舌舔之，盡飲餘剩之酒半碗。賣肉者問曰："要買麼？"馬大曰："明天買吧，今天我的酒已飲完了。我每天四碗，這是末一碗。"

此故事中之馬大，尚是貪菜者。下述之二人，真能酒不用菜矣。

（二）一粒三粒

前清某省巡撫，善飲高粱。一日謂其手下人曰："本省官紳中有能飲高粱者，告我毋誤。”數日後，知同城首縣教諭最精此道，遂招之來，與之較量。

巡撫曰：“今天我們不講官職，專比酒量。”教諭曰：“卑職量淺，不敢與大人同飲。”

巡撫曰：“我們今天免用大人、卑職等稱呼。你年小，我稱你老弟；我年略長，你稱我老兄就是了。今天我們是酒同志。”

教諭曰：“卑職不敢無禮。”

巡撫曰：“不必客氣，請炕上坐。”

教諭曰：“不敢，不敢。”

巡撫曰：“我叫你坐，你坐就是了。”

教諭曰：“是，是。”

坐下後，二人即開始比賽，瓜子一小碟爲唯一之下酒物也。

是日巡撫飲酒三斤，食瓜子三粒；教諭飲酒七斤，食瓜子一粒。巡撫酒後，昏然睡去，夜半始醒。教諭則衣冠整齊，步行回署，路上士子之遇之者，全不知其曾飲多量白酒也。

次晨又招教諭入署，言曰：“昨天兄弟真的醉了，没有送你，對不起，對不起。吾們昨天的情形究竟怎樣，我完全不知道了，請老弟説一遍好麽？”

教諭曰：“大人昨天飲酒三斤，至二斤時，已盡瓜子一粒；至二斤半時，連食瓜子兩粒，吃相似有點不佳（請大人原諒我這一句話），後來大人向後躺下，睡着了，卑職在旁陪伴，不敢離去。蒙大人賜酒，獨飲數杯竟達七斤了，其時已將上燈，似乎不宜繼續，見大人不醒，只得食瓜子一粒，以作消遣。卑職也醉了，不告而别，萬望不責。”

教諭可謂真能飲酒者矣，下酒之物，不食於飲酒之時，而食於已飲之後，且所食者，衹瓜子一粒也。

（原載一九三五年七月十七日《晶報》，署名九一三）

凉船中之一劇

本月十八夜，余與内子、兒女、媳婦等乘船納凉，過高橋數分鐘後，一西人忽奔至特等艙内與侍役理論，察其面色，聽其言語，知已酒醉矣。西人復反責罵不已，然主要之句不外下譯者："我要酒，你先不作聲，後説没有，難道你不服務麽？要瞌睡麽？你是第幾號？我將報告，且要登報……老鼠吃嫩牛舌（報名），叫你們的第一號來，與我講話，以後我自己帶酒來，不要你們的酒了……你見東洋人的時候，常説謝謝，謝謝，見西洋人的時候，完全不理，不理……"

上述之末一話，大有拈酸之意。其實凉船者，官商協辦，純屬營業性質，侍役皆受特别訓練，素不歧視乘客。西人酒後之語，不可信也。余爲此言，非謂凉船絶無改進之可能性，侍役中不免有驕慢怠惰者，然此亦中外大小各機關之通病，吾人決不可於管理較善之處，即以烏托幫視之，而求全責備也。

（原載一九三五年七月二十二日《晶報》，署名九一三）

命不如人生得低

作對吟詩，雅事也，亦難事也。昔吴興有人出一上聯曰："碧浪湖中起碧浪，碧浪滔天"，征求下聯，無應之者。多年後，一士子行經黄沙路，忽然大喊曰："有了，有了。"旁人曰："請教。"士子曰："黄沙路上飛黄沙，黄沙滿地"，此真絶對也。碧浪湖在吴興城南門外，風景極佳；黄沙路，城中街名，舊時多刻字鋪及售神袍神位之店。

上述者，謂作對之難。兹言作詩之雅：

二老者皆喜吟詩，一日携杖出門，遇於橋上。其一曰"杖藜扶我過橋西"，又曰"兩個胡子一樣齊"，二人反覆口誦，竟無下句。橋下舟中女子聞之，問曰："老先生，你們唱的是什麽歌？"老者答曰："我們做詩，不是唱歌。"女曰："爲什麽只有兩句呢？"老者曰："做不下去了。"女曰："讓我續吧。"老者曰："好極。"女曰："奴奴亦覺些些有，命不如人生得低。"

上老者故事，係舍親名畫家包公超兄所述，即小蝶之尊人也。

（原載一九三五年七月二十七日《晶報》，署名九一三）

活修辭學

下述之故事,譏刺咬文嚼字者。

洪如昇,湖北人,居申多年,以售文爲業,因精於擇字,不或苟且,人皆以“活修辭學”稱之。如昇之髮妻早亡,其獨養女名愛珠,年已十八,畢業於某女中矣。他校男生之赴會攷者,有陸李二人,見愛珠而悦之。愛珠不拒,情書往來,繼以游園電影,已非一日矣,惟如昇不知也。

陸生名祥雲,年十九,面貌堂皇,衣飾入時,且尚未結婚,故愛珠愛之,而祥雲亦似有意娶彼爲妻也。李生年二十,出門常服校服,髮蓬蓬然,性情雖爽直,而經濟不寬,故愛珠不甚理之。一日,李請愛珠曰:“我希望洪女士爲我的終身伴侣,不知肯答應否?”愛珠曰:“我是不嫁人的,就是嫁,也要嫁一個有錢人家的大少爺。”

以後李生不再來,惟陸生仍來。愛珠告之曰:“李君和我説的話,你知道麽?”陸生曰:“不知。”愛珠曰:“他要我做他的終身伴侣,好笑麽?”陸生曰:“阿呀! 洪小姐,我也有一件事要告訴你,前次來時忘記了。我的父母決定於下月初五爲我完姻,那位小姐,有才有貌,是我的同鄉,又是同學,他的父親和我的父親是譜兄弟。”

陸生去後,愛珠作一長信,内言失戀之經過實情,置於堂上,然後吞多量安神藥片而睡於床上。

次日,如昇不見女兒出房,呼之又不應,打門而入,見愛珠兩眼朝天,而呼吸甚促,不知何故。後閲桌上之信始知失戀自殺。如昇嘆息而言曰:“愛珠呀愛珠,你這不長進的東西。不聽我的教訓,該死呀該死,連自己的遺書,還不肯小心,還要寫許多别字。”

(原載一九三五年八月八日《晶報》,署名九一三)

接吻之諸類

接吻,即親嘴,西名“開始”(kiss)(本《晶》中也有譯作“開私”者),歐美禮也,亦戀愛中所必需之事也。

“開始”有種種方法，玆述之如下：

（甲）

（一）普通吻（The normal kiss），此言口與口相接，而男女情人之唇，各無任何動作也。

（二）震動吻（The throbbing kiss），此言女子被吻時，自將下唇顫動也。

（三）接觸吻（The touching kiss），此言女子被吻時，將自己之舌，接觸情人之唇，且雙目緊閉，以手遮蓋雙方之目也。

以上三者，專指少年未婚女子而言。

（乙）

（一）直吻（The strait kiss），此言最單純之接觸也。

（二）彎吻（The bent kiss），此言男女對立，各伸首向前面接吻也。

（三）回吻（The turned kiss），不論男女情人，將對方之頭頂與下頷用手捧住，并轉之向天而後吻之之謂也。

（四）緊吻（The pressed kiss），此言以力緊按對方之下唇也；用力過甚者，可以“大緊吻”稱之。

以上四者，係夫婦間常行者。

（丙）

（一）互吻（The mutual kiss），此言男子吻女子之上唇，而女子吻男子之下唇以報之也。

（二）圍吻（The clasping kiss），此言男或女用雙唇絆住對方之雙唇也。

（三）戰吻（The fighting of the tongue），此言於圍吻時，男或女將舌伸入對方之口，而觸其齒、舌或顎也。

甲、乙、丙三類接吻十法，皆譯自某西書，非下走杜撰者也。

（原載一九三五年八月二十五日《晶報》，署名九一三）

打與拍

俗云“打情”，打字太重，不合，宜以拍字代之。打字西文爲“時帶刻”(Strike),拍字西文爲“脱壓迫”(tap);前者用力大而有傷人之意,後者用力輕而無傷人之意也。

不論男女,以自己之手拍對方之處所有六:(一)頭頂,(二)肩上,(三)胸前(兩乳間),(四)背後,(五)陰間,(六)腰際。拍之法有四:(一)手背,(二)手心,(三)手指(要略彎),(四)拳頭。善用手拍人者,無不受對方之歡迎也;然必行之於合宜之時,合宜之人。

(原載一九三五年八月二十七日《晶報》,署名九一三)

自罵自

余湖人也。從前有以詩罵我者,今引之以見其用意之惡;湖人有以被罵之辭告人,故以“自罵自”名篇。詩共四句,首二句云“一路無情水,兩條禽獸橋”。湖州城内可以行船,其水自一水城門而入,由另一門而出,常不停滯;又城中主要之橋二,一名駱駝,獸也,一名儀鳳,禽也,故曰“無情”“禽獸”也。末二句云“家無三代富,清官更難當”。富貴本由積德而來,富貴之家繼續至三代以上者,非獨湖城,即全世亦鮮有也;清官本不易做,湖民雖多“小家氣”者,然性質柔和,最怕官長,決不强長作貪官污吏也。據友人云,此詩係劉伯温所作,未知《誠意伯文集》中載否?余手頭無此書,未查。

最近五星期中,余先患失眠,繼患胃病,今又患神經痛。一波未卒,一波又起,無日不藥,無日不針,握筆不易,行走更難。今日略愈,作此以爲消遣。所引之詩,得之於來望病之友人。

《晶報》編者按:“橋”“當”非一韵,恐誠意一時戲咏,集中未必載也。

(原載一九三五年九月十四日《晶報》,署名九一三)

女同性愛

據醫學家言,女同性愛,大概因受欺於男子而起。所謂受欺者,如染花柳病是也,兹言二事以明之。

(一)甲女年十六,業酒排間⑭侍役,爲一雇客所誘,患梅毒入醫院治療。自後見任何青年,全無悦之之意,惟喜入貧民習藝所,因所中工女雜然同室而睡,彼得行其所好也。彼自云:"我只與美貌者爲友。"

(二)乙女年十九,通文墨,爲一軍官所誘,得白、梅二症,三年後病愈而性情改矣。彼以男子自居而交女友,嘗服男服,而一切起居如男子,語人曰:"世間至大之樂,莫過於此也。"

大西國尚有因同性失敗而自殺或殺人者,他日有暇,當細述之。

(原載一九三五年九月二十二日《晶報》,署名九一三)

猛猛寬寬

叫人緩緩走或徐徐走時,吾人曰"慢慢",反是則曰"快快"。斯二語也,爲江南江北所通行,故用者皆隨口而出,全不遲疑,因決無誤會,而必能得到意中所欲之結果也。

吾友沈君延祥,即現任湖州旅滬中小學校長者,向游汕頭之黄崗。一日,見一老僕手捧大碗熱湯而來,行走雖捷,似有燙手或丢碗之勢,心懷體恤之意,即發令曰"慢慢,慢慢",不料老僕行走愈捷;又發緊急令曰"慢,慢慢,慢",而老僕反飛奔而至,置碗於桌上,言曰:"急死了,我手没有燙痛,碗也没有擲去,幸氣幸氣。"沈君曰:"我叫你慢慢,你爲什麽這樣快?"僕答曰:"老爺,我已猛無可猛了,老爺没有叫我寬。"

(原載一九三五年九月二十六日《晶報》,署名州亞)

吃鴨麵

常聞人云"昆山鴨麵極佳,不可不吃",余雖一歲數往,然疑其語爲本地人之廣告,或旅行人之吹牛,深恐受騙,未嘗一試。今嘗之,果然不差,從前之疑,自愚也,自欺也,以後當設法補足之。

此次赴昆,非專爲湯清味美之鴨麵而實有包胡夫人之壽麵也。夫人係内子之姨母,能詩能畫,曾留學東瀛;其夫通西文,習律北洋,早故。夫人年少守節,今孫已成人,曾孫滿堂矣。其自述詩草,言一生甚詳,余誦讀多遍,并硬記數聯,歸申後一字不留,故不能引用於此。

壽麵席上,余遇見者,有親戚,有生人;有官員,有商人;有歪頭,有凸肚;有小伙,有老頭子;有本地人,有外省人;有静心念佛者,有高談闊論者。酒席不多,而客類極多,可見包胡夫人爲人之謙和且正大也。

内子云:"女客席上,有某前都督夫人。"余聞之問曰:"約多少年紀?"彼答曰:"約三十以内。"余曰:"民二時,某都督余曾遇見多次,今已年老,此三十以内之夫人必屬之'支店'者無疑。"内子曰:"你也開設支店麽? 共有幾處?"余曰:"不必問我,要自己調查。"

在昆山時,得一瘋犬咬傷方,内主要之藥爲生軍、桃仁、地鱉蟲等。欲得全方及説明者,可向昆山笑園包笑雄君索取。

此次在火車中,所見不多,然亦有一二事可述,如後:僕歐第九號之面相,頗似陳老闆,惟皮色不白,腹部不凸,兩耳太大,行走太快,此所以不役人而役於人,且不貴不富乎。二中年女子,自安亭下車,聽其所操之音,決爲福梅之同鄉,其一口部特突,據余觀察,必不生育也。凡女子口突,子息絶少,未知相書載之否。又一女子,面貌頗與國醫章巨膺相同,發言觀人之狀,尤似之。章,武進人,決非其兄也。

(原載一九三五年十月十一日《晶報》,署名九一三)

鄉下人

故事之言鄉下人進城鬧笑話者,書本中甚多。下述之事,係平律師在席間"左右擁抱"時所説,甚趣,且書本中似無有也。

一鄉下人來申,意欲大大一嫖,但覓尋多日毫無所獲,因路途不熟,又無人指引,不知妓院所在也。

一日,行經眼科醫生之門,見其招牌上所繪之目,誤爲出售"寶物"之暗號,推門而入,問曰:"姑娘在哪里?"

老年之眼科醫生,口銜旱煙管,起立問曰:"什麽姑娘不姑娘,我們是没有姑娘的。我是眼科醫生,你是不是要醫眼睛?"

鄉下人曰："不是的，我是來嫖的。"

眼醫罵曰："放屁！滾出去，難道你不看招牌麽？"

鄉下人曰："我見了招牌進來的。你自己去看，那有醫眼睛的，招牌只有一目，不繪雙目的道理呢？難道你衹醫一隻眼睛麽？"

次晨鄉下人在鏡中見自己之容貌不佳，往理髮店中修面。入門後，一中年婦人，即老闆娘娘，操江北語殷殷勤勤言曰："先生，請坐，你是不是夾平頭？"鄉下人本懷邪念，見色心迷，誤以"夾平頭"爲"嬲姘"，起身答曰："你真聰明，你已知道我的意思了。好極，我是來嬲姘頭的。"言後即以手捧老闆娘娘之面而吻之。

（原載一九三五年十月二十四日《晶報》，署名九一三）

童貞與妓

大西有所謂童貞女者，亦有所謂賣淫婦者，二者天賦相同，其不同者，"寶物"之處置也。童貞女謹守其所不應如此謹守者，賣淫婦拋却其所不應如此拋棄者。倘前者略拋，後者稍守，則西方社會生活必多呈平衡之象矣。或問曰，吾國多娼妓，無童貞，不論商埠或內地，性事每呈不整齊之象，何哉？曰，男多女少之故也。

附注：童貞女與老處女不同，前者立志不嫁，後者無人要娶。童貞女多信某教者。

（原載一九三五年十月二十七日《晶報》，署名九一三）

頭兩日

頭兩日者，十月廿八及廿九也。余趁廿八日下午四時車來京，作此記時係廿九夜間十時，故以之爲題。此次來京，不爲游玩，實有公干，其性質如何，一時不便宣布，將來倘有機會當約略言之。

廿八日四時之車，藍鋼車也；頭等二等，均分成小間而不爲統間，故所見所聞之事不多，惟余等是日適有南京本地人四人同坐於一室中，高談闊論，尚覺不大冷靜。四人中之一人，體肥而發言沉濁，開車不久即歌曰"昨兒今朝道不同"，其友瘦而且長，隨即言曰

"新新那個蘭英的確不差",肥者硬操蘇白曰"好格",瘦者曰"有過交情了",肥者罵曰"猪玀,小鬼("鬼"音"鷄")"。觀此數人,皆爲小商人,則所謂蘭英者,想是淌白,而非正式堂子中人也;且新新二字,似指某大公司之屋頂而言。内子見彼等出言粗暴,問曰:"他們是正經人麽?"余曰:"不必怕,有我在此保護你。"後余等在飯廳上晚餐時,彼等亦來,肥者頭戴壓髮帽,揚揚得意,内子曰:"不好了,你看那人頭上。"余曰:"并不足奇,你難道忘記了劉君海粟在譚君家口述某公使穿睡衣入海輪中餐室之故事麽?"

車抵京站時,舍親桂君來接。次晨八時往楊親家處,午後往見某委員長。余之任務,大約一星期後開始。今日午晚兩餐,在浣花與益州二處,前者之菜似較後者尤佳。明午有許君吃蟹之約,二時有靈谷寺之行,晚間某行長請食西菜,晨間有暇,擬與内子同往謁某院長及其夫人也。

(原載一九三五年十一月二日《晶報》,署名九一三)

千頭萬緒(一)—(六)

(一)

在京兩星期餘,其間曾偷偷返申二日,往鎮一日,所見所聞之事太多,"千頭萬緒"一時無法下筆,兹先將金山寺中壁上之打油詩一首録出,以博本《晶》同志之一笑。詩曰:

辭别鼓來辭别鑼,辭别諸天佛祖阿彌陀;
辭别佛祖歸家去,一心回家討老婆。

詩雖不佳,然含意實深。余不怕罪辜,故録而傳之。

鎮江旅館,以揚子、大華兩家爲最清潔,但侍候之周到反不及形式較舊之五洲。吾友某君出門,常在小客棧中開大房間,真智者也。人力車夫之壞,難以言語形容。金山寺之引導者,伴余等約一小時,約一元鈔票給之,尚以爲不足,可謂貪矣。

余在京所任之事,絶無秘密性質,確爲正當公事。然於十二月十五以前,政府有禁令,不得將余等之名及余等之事告人,故在京開房間不用真姓名,且除至親至友外,一概不應酬也。滬友問余所辦何事，余常含糊答之，竟有疑我作冒險之行爲者，誤也。余文人，此次之事仍爲動筆用墨者，全無危險性質，請諸親友放心可也。京中《朝報》常攻擊滬上某報"走火"之文字，親友中爲我危之，余曰"此走火不是那走火"，余在《晶報》所用之"走火"早已停止，且曾多次以啓事告知大衆矣，諸君不必爲我危也。

京中太平之至，全無謡言，人人安於其業，建築進行猛捷，飲食車價亦較前愈廉，人民儉樸如故。久居申江者，往彼處稍住數日，必覺舒服之至。余之工作尚未畢，年内至少必往一次或二次。

（原載一九三五年十一月二十日《晶報》，署名九一三）

（二）

京中謡言極少，笑話甚多，最奇者莫如某校女生之秘密小組織，凡屬會員，誓不嫁窮夫而願爲官高禄厚之二夫人，此事之確否無從查攷，閱本《晶》者當作滑稽故事看待可也。

余在京時，曾兩次往總理陵及譚墓敬禮，順便又往靈谷寺謁友。寺旁陣亡將士紀念塔極佳，余病足，不敢登。近寺之戰畫畫室主任者粵人梁君，招持殷勤，余得見國民革命軍攻惠州城之油畫，大幸也；聞此畫代價在三萬元以上，未知確否。此外余往游者有第一公園及五洲公園，前者已落伍，幾無人迹，後者正在建設，富有新派之游客。

南京之舊書肆，向皆開設於近夫子廟之狀元境，現其中之有力者遷移至太平路營業，與商務中華爲鄰矣。彼等所發售者，舊書少而新書多，所謂新書者，一折八扣之書也。

（原載一九三五年十一月二十二日《晶報》，署名九一三）

（三）

一夕無事，余與内子同入一氣象較佳者之門，正在東張西望之際，一夥友操揚州語和聲招呼曰："先生裏邊請坐。"余曰："不客氣。"彼又問曰："先生欲購哪一種書？"余曰："小説及曲本之有圖畫者。"彼曰："有，有，我們有。"即以商務影印之《吴騷合編》示我，余曰："我要原刻的，不要翻印的。"彼曰："原刻有圖之小説，南京早已絶跡了。”

在京時，余因某君之介，識一女友，此人能作西文詩，曾出一首，求余筆削。原詩如下：

He says, “Oh, Yes, You're mine.”

She says, “No, you're all mine.”

（譯云：他説：“呀，真好，你是我的。”

她答曰：“不對，你統統是我的。”）

詩之原文，分節明白，韵亦周到，且含意深，不必改削，已成完品，非普通大學文科畢業生所能作也。余當時既將此意告吾新友，并謂到申後當將其佳作登之《晶報》。《晶報》係吾新友每日必讀之刊物也。

（原載一九三五年十一月二十三日《晶報》，署名九一三）

（四）

余本定今日（廿三）赴京，因第二次工作即將開始之故。但返申數日，白天清理積件，晚上應酬友朋，除每夜睡眠約七小時外，身心常在不安中，致頭昏腦漲，聲音啞嗄，勢不得不休息數日而出門也。惟百忙中有喜事二：（一）佛人江雷納之名著題曰《性行爲之倫理》者（英譯本）已到，打開一看，即見一妙事，謂陰人最不注重性具之健康，不論上中下各等人，皆不洗滌其性具也（原文見一九六頁小注）。京報有稱余專以劣辭譯西洋“下流猥褻”之事者，上述數語得自名著，想係事實，當可免罵矣；（二）本地書賈送來明刻本《女騷》一種，共九卷，内有精刻之圖八面，白口本，半葉九行，行二十字，前有萬曆戊午趙時用序，此書《四庫》不收不存，市上亦極罕見，係已購定，價四十元。玆録本卷二十六葉《翠翹》一則，以見本書之取材焉。

翠翹，金陵名妓也，素爲進士左公所鍾情，後左公之任越兩載，翠翹以詩寄之，（詩曰）一點芳心尚未灰，哪知浪性效王魁，楊花有力隨風舞，葵藿留心向日開，萬斛愁腸凝畫錦，兩行珠泪濕香腮，幾回漫把簾高卷，不見尋窠舊燕來。

（原載一九三五年十一月二十五日《晶報》，署名九一三）

（五）

余當再述上次在京時所遇之事。京中白牌出差汽車，舊者多而新者少，惟車價極廉，每小時兩元，雇之拜客甚是合算。人力車講銅子，價尤廉，但不宜走長路。汽車夫濫按喇叭繼續不絶，使車内及車外人均有不能忍受"吃不消"之苦。

余在京中，遇一的的確確"吃不消"之事。某日某女士來謁，欲余開一英文小説書之書單，約廿種，舊者不要，全要新者。余最不注意近日出版之小説，腦中全無此類書籍之名稱，告以實情，又不相信，祇得敷衍之。常常攷人者，此次被人攷倒，真天報也。

（原載一九三五年十一月二十六日《晶報》，署名九一三）

（六）

余此刻（十一月廿六日夜十二時）已至京，且安然坐於館舍中矣。昨晚津訊，謂暴民暴動，家中人恐道路不寧，有些微不許我出門之表示。余因有正事，不能顧慮，故毅然而來。

途中安静如常，一無險象。余乘四時藍鋼車，往北平之客甚夥，内一西人操北方語極佳，想亦往北平者。侍役多津人，聽其發言，可以知之。

車未開時，在窗内望見同鄉唐老老在月臺上送行，余不敢與之招呼，因彼所送者，實一貴客，不宜使彼分心也。車中同坐者，有一倪性男客，錫人，在濟南經商，極稱魯政之善及主席之明，例如警察常常以好言勸人不入某國民所設之煙窟賭場是也。

同室中有女客三人。一摩登女子，身服黄毛大衣，甚活潑，觀其步態，必精於跳舞者；又一女子，新派而非極摩登者，操上海土白，彼因要事返江陰原籍趕趁一點十分鐘車，因人力車遲誤，相差數分鐘而不及，遂與送行女友在站中談心而誤四時藍鋼車，不料稍不小心，身旁皮夾爲人换去，觀其面色，知内藏貨幣不少也；又一女子，不新不舊，貌美而文雅，操揚州語，初不知其爲何如人，後見其行李中有一大刀，始知其爲女伶，且精武戲者。余歸申時（二十八日八時早車），所見不及去時之妙，旁余坐者，係一粗俗不堪之商人，對面係一長面漢，其形容可怕之至。

後三排中有一洋裝者，聲音洪亮而喜與人談，余聞數語云"我帶過兵，你看得出麼？……我屬於黄興部下，我今年五十二歲"，余亦喜談，惜是日車中太擠，座位相隔又遠，無法與彼交换名片，且講野話也。

余離京不及兩星期，而局面已大變矣，懸於街中、書於布上之口號，上次所見者今已大半换去矣。此次所見口號，主要有兩種：(一)防空，(二)鹽政。防空口號，余録得者有二：(一)無防空即無國防，(二)要捍御外侮，必須設備防空。鹽政口號有三：(一)要實行新鹽法，(二)取締劣鹽，(三)恢復人民購鹽自由。防空之要，人人知之，至於新舊鹽法則持論不一，有謂舊法優而新法劣者，亦有謂新法優而舊法劣者。余不知鹽法，不敢發至微之議論，惟知政府聘請專家研究多時，今決意實行新法，其中必有理由也。

余在京之工作，三分之二已畢，其餘一分，半月後始可行之。

（原載一九三五年十二月二日至四日《晶報》，署名九一三）

冰雪世界

吴興林某，鄉居申江，老年喪偶，心中悒悒，故言語日漸減少，而態度亦由熱而冷矣。惟兩子已娶，媳皆伶俐，孫男女三人常呼"爹爹，爹爹"（湖人大多以此稱祖父），日間頗不寂寞，親屬中皆以爲彼決無續弦之意，是以絶無作媒者之來臨也。

一日天寒，林起身略遲，欲進稀飯，覺不甚熱，大怒，擲碗於地而高聲言曰："粥這樣冷，叫我老年人如何吃法呢！真是豈有此理……"

長媳聞之，由房中快步出來而言曰："公公，對不起，都是我的不好，我忘記了，没有叫沈媽重燙。沈媽，你來……"

林某不答，惟低聲自言自語曰："昨夜這樣冷，被頭又這樣薄，我全夜没有闔眼，難道要冷死我麼？唉，在這個冰雪世界中，我是活不下去的。"

日中長子歸來午餐，媳乘間以被薄之事告知之。子曰："容易，容易，我當往先施或永安替他買上等野鴨絨被墊，老年人是吃不起苦的。"

四五日後，鄰家作樂，大吹大打。父問其子曰："隔壁有什麽事？"子曰："陸家伯伯續弦。"父曰："呆極了，笨極了，這種年歲，老婆既然死了，何必再討呢。你可對他説，倘然他厭天氣冷，只要多買些鴨絨被墊就是了。"

子知父言語中隱含怨恨，有續娶之意。次日晚餐時恭然言曰："父親身體甚健，年亦不老，目下無人陪伴，似當立時續弦，惟不知什麽年紀的人始合父親之意。"

父曰："我手頭錢不多，只有一千九百元，倘然每歲百元，我還有力量可辦。"

子曰："曉得，曉得。"

（原載一九三五年十二月十二日《晶報》，署名九一三）

腹中之孩

世間最難斷定者，腹中之孩，或爲陽性或爲陰性也。余家有一簡便之法，即"雙歲雙月，或單歲單月皆生男；否則生女"是也。"歲"指母之年齡，十八、二十、廿二……爲雙；十九、廿一、廿三……爲單。"月"指受胎之月，正、三、五……爲單，二、四、六……爲雙（單雙均依陰曆）。例如一婦人，今年廿八歲，於九月中受胎，則明年六月所生者必爲女孩，雙歲單月也；又一婦人亦廿八歲，本年十月中受胎，則其明年所生者爲男，雙歲雙月也；另一婦人，年十九歲，今年十一月受胎，則所生者亦爲男，單歲單月也。

此法有時不靈，因"母"之年歲或"月"之先後不準確之故。西洋診斷男女之法頗多，最合科學者，莫如聽心跳也，其法：醫師用耳聽腹中孩心跳之數，如一分鐘在一百廿五以内者爲男；其近一百四十五者爲女。據説，此法有時亦不適用。

受孕之婦，請醫師診斷，問其腹内之孩爲男爲女時，大半醫師皆不肯答。其實有一最妥之法，即約略一查而云"女孩"兩字也。倘日後所生果爲女孩，則全家必稱頌醫者之本領；倘所生爲男，則全家狂喜，必原諒或忘記醫者之言矣。

（原載一九三五年十二月二十六日《晶報》，署名九一三）

不及時

男子有一種疾病，曰“不及時”，醫者診爲虛症也。此症可細分爲兩類：（一）投門帖[15]，（二）發傳單[16]。前者較勝，後者更劣。據醫者言，夫婦不睦，大半因此也。

有作動作論者，凡十數以上，雖時間三十秒，不得以早稱。普通之數，約在二十以上。金人抱箭，時達六十分以上，而數以千計者，例外也，亦顛耳。

然究其原因有二，弱與懼也。患是者，應速請專門醫師診治，小心保養。

（原載一九三五年十二月二十八日《晶報》，署名九一三）

佛帽之害

帽[17]有兩種作用：（一）避二豎[18]之侵，（二）避藍玉之種。緣首先發明者爲佛士，故世以“佛帽”稱之。帽之有害無利，兹簡述之如後：

（一）帽大多爲橡皮質，橡皮與人相擦，必有一方受傷者。

（二）帽非待至必要時，無法加戴，然多因帽而削威者矣。

（三）帽質脆薄，顧盼之際，難免破碎，是有帽者等於無帽也。

西方樂户雖極上等者，亦贊成用帽。震旦非極卑下者，必反對之，蓋彼欲卸責，此疑輕視耳。余意苟以是而生猜忌，則帽之爲用，不亦好事乎？

（原載一九三五年十二月三十一日《晶報》，署名九一三）

從前與現今

關於性行一點，從前米國之女子與現今米國之女子大大不同，從前女子亦畏社會，亦畏輿論，一切聽命於父母尊長，全無所謂婚姻自由也；現今女子，主張自主，彼輩常云“只要我肯，這是我自己的事，别人不得干涉”（If I want to，it is nobody's business but my own）。

從前女子，羞言性事，贊成生育；現在女子，贊成性教育，主張生育節制。以前女子恥再醮，現今女子喜離婚。然而米女至今不十分浪，不人人失節者，何哉？曰非畏受孕也，非畏惡疾也，恐自失身份，不爲愛人所尊耳。

（原載一九三六年一月六日《晶報》，署名九一三）

竇之尺寸

新年中，人人説彩頭話，如拾元寶等，故余述竇[19]之尺寸。

成熟之竇，未受任何損折者，其口之直徑約一英寸。曾經外物送入之後，則次數愈多直徑愈增，大概至兩英寸爲止。嬰臨必擴至四英寸，然不久即恢復舊狀，即二英寸也。

竇有深淺，普通者，三英寸至三英寸半，内外二唇之厚薄不計入也。

上述者，得自西洋最新出版之某醫書，非杜撰也。

（原載一九三六年一月七日《晶報》，署名九一三）

渡　洗

讀本《晶》者，未必皆通西文，即通西文者，亦未必皆明術語。余今有一醫學名詞曰“渡洗”（Douche），恐非本報全體讀者所知，特説明之，如後：

“渡洗”法語也，源於拉丁文之“引”字，即“引流質入體”之意。西曆一七六六年，英語中已採用此辭。

“渡洗”者，方法也，亦儀器之名也。器有玻璃製者，亦有橡皮製者，任何藥房中可購得之。用之之法，可將管狀之物插入道中，約深二英寸半或三英寸；所用之暖水，或和藥品，或和皂質，均無不可。藥有紅緑兩種，皂宜無香氣者。洗時坐立聽便。此法可以避孕。

孕而後育，育過多則母病而子不健，國家間接受害，故近人創生育節制之説，而方法之最和平且可靠者，莫如“渡洗”，但此必速爲之。"蝌蚪"進道狂行,每八分鐘能經過一英寸之距離,遲恐與陰蛋相合而成胎也。

"蝌蚪"極細,非經顯微鏡不能看見;蛋之大小,約西文書中每全句後之一圓點,此尺寸於一九二八年始由醫師查得。

婦人生産後,最好過兩個夏天或十八個月再受孕。實行"渡洗"者,期内仍得安然享性樂也。

(原載一九三六年一月十日《晶報》,署名九一三)

持 續

本篇所謂"持續"者,對交之有恒也。此種時間,人人不同,除發傳單與投門帖兩者外,一般人計諸鐘鳴,總在三分至五分之間也。大西專家史德開(Steked)氏謂世間人無有能持續至五密力特[20]者,恐不可信,因非正式研究而無統計之故。正式研究而有統計者,其惟狄更生(Dickinson)氏乎。狄氏曾攷查三百六十三對之偶,而得下列之百分率:

(一)五密力特以内,百分之四十,(二)五密力特至十密力特,百分之卅四,(三)十五密力特以上(六十密力特或六十密力特以上),百分之廿六。

以上百分率,依乾體計算。坤體雖有最高點,而無張弩之表示,故不能計算。再,持續專指實演,游擊之師不可計入。

(原載一九三六年一月十五日《晶報》,署名九一三)

特異之性行爲

特異之性行爲甚夥,今專言最奇突之二者:(一) 犯屍病,西名"揑骷髏非禮"(necrophilia),(二) 舐糞病,西名"可補酪非禮"(coprophilia)。"揑骷髏"屍也,"可補酪"糞也,"非禮"病也,均希臘語。

患犯屍病者,世間不多,因人人怕懼死體而不敢近之之故,但嬌妻或情人於死亡後,未殮前,男子有撫屍接吻或竟"行禮"者,蓋愛之甚,非再親肉體一次不甘與之永别也。兵士攻破一城後,往往姦淫婦女，或殺死之，紛亂之際有與屍交者，非真犯犯屍病也，實不知對手方或死或活耳。患舐糞病者，較患犯屍病者爲多。糞氣固臭，然與“氣斯”（Cheese）亦相差不遠。“氣斯”者，干酪也，其味難聞，大西人皆喜食之，亦猶吾國人之喜食臭芥菜、臭豆腐等等也。患舐糞病者，有一種心理，即“目的人之香氣固然難得，目的人之臭味不難嘗到。香屬乎外表，糞來自腑臟，兩者相較，其優劣不言而喻，我所獲者實多”是也。

真愛兼言死活，兼言香臭。單言其一而不兼言者，偏心也。性行爲耳，豈真愛哉。

（原載一九三六年一月二十一日《晶報》，署名九一三）

體　氣

體氣者，昆蟲、動物及人類身體上所發之氣也，雌有雌氣，雄有雄氣。據西洋學者言，雌氣較雄氣爲强。雌氣之西名曰“我道地反迷納”（Odordifemina）。

人之視、觸、味、嗅四覺，雖因文明進步而減其鋭利，然仍能助長性覺也，故善化妝之女子，多受男子歡迎。昆蟲與野獸不求對方服飾與香料也，濮奇耐（Buchner）氏曰：“倘吾人將雌蛾置於窗口，則不久無數雄蛾自遠道而來。倘將雌蛾幽閉於一室中，窗門完全不開，則雄蛾皆自墻壁火爐之煙囱中飛入矣。”此言人之官能不及蟲也。

某西人云：“東方女子不佳，因爲發氣不强之故。”余曰，東方男子最不喜西方氣强之女子。

（原載一九三六年一月二十九日《晶報》，署名九一三）

“福利闉式”

“福利闉式”（Frequency）者，西字之譯音，次數也，回數也，屢次也，多回也。近時有人以“頻率”譯之，似極妥當。本篇專言頻率之關於交際者。

或者問，交際次數究以少爲貴乎，多爲貴乎；每周一次合格乎，或每日一次始合格耶?答曰,交際之多寡隨人而定,不能一律,吾國人多主張每周一次,隱合“七日來復”之義。

哥蘭經(Koran)規定每周一次,然專對婦女言也。猶法典(Talmud)稱交際次數應依丈夫之身體而定,每周一次或每日一次均無不可。宗教改革大家路得(Luther)曰:“每周兩次,彼與我之康健均無損害。”總之,體健者雖多無害,體弱者寡亦不能。事後舒暢,如釋重負,體强之證也,復之無傷;事後疲倦,頭昏腦漲,體弱之證也,復必受損。最好任其自然,興到則行之,無興不必激之。閲讀妙文、吞食藥丸,以鼓起或維持此物者,是自殺也。西醫有研究結婚男女之交際頻率者,兹將戴、狄、高、史四氏之統計,翻譯如後。

(一)戴維斯(Davis)氏攷查結婚女子一千人,内每周一次或數次者,居百分之七十;平均每周不到一次者,居百分之二十;每日一次或不止一次者,居百分之十。

(二)狄更生(Dickenson)氏攷查五百對配偶,内每周一次至三次者,居百分之六十;每周不到一次者,居百分之二十四;每日一次或不止一次者,居百分之十六。

(三)高普(Kopp)氏攷查男女一萬人,内每周一次或三次者,居百分之八十五;每日一次或不止一次者,居百分之四。

(四)史董(Stone)氏攷查女子三千人,其頻率爲每周二次至三次。

吾國有一打油詩,勸人不貪性樂,辭淺意深,青年男女應注意之。詩曰:

燕爾新婚一夜七,滿月以後七夜一;
早知如此不均匀,悔不當初一夜一。

(原載一九三六年一月三十日《晶報》,署名九一三)

米氏之分類

心理學專家米德(Maeder)氏,曾將大西女子分爲兩大類:(一)子宫類,(二)陰核類。前者志在生育,後者注重性樂;前者喜嫁誠實之丈夫，喜有穩固之家庭，後者喜交美貌之男子，喜入活動之社會；前者善理家政，不常出門，後者裝飾入時，頗能吸引；前者人以賢妻良母稱之，後者人以浪漫女子稱之。兩者相較，前者之數多，後者之數少。世亦有形貌似（一），而行爲似（二）者，公主之與優伶私奔是也；亦有適相反者，妓女之真心從良是也。

或問男子可分類乎？曰可，其數亦當爲二：（一）丸類，（二）陰莖類。（一）主張生育，與子宫類同；（二）主張性樂，與陰核類同。

（原載一九三六年二月一日《晶報》，署名九一三）

上床夫妻

諺云："上床夫妻，落地君子。"蓋謂善爲人婦者日間不嬉戲，不裝飾……夜間則萬事可爲也。西人亦有類似之語，譯云："善爲婦者，在街道中，行止如貴婦；在厨房中，指導如管家；在床寢中，嬌媚如妓女。"兩語相較，前者文雅，後者明晰，各有妙處。

（原載一九三六年二月二十一日《晶報》，署名九一三）

病中之書

"書"含二義，一書籍，二書札。本篇所言，余在病榻上所讀之舊書，所接之函件也。書字兼二義而有之，以爲題目，未免雙關，故特説明。

余在病榻上所讀者何書乎？曰道學書也，其名曰《五種遺規》。余家藏此書已久，幼時視之，覺極迂闊，未曾細閲，今乘病中之閑暇，從頭至尾翻讀一遍，見内中之至理名言、有益心身者，實不少也。兹引二、三則於後，以見余雖在大病中而出言不謬也。

（一）女子陰性，故嫉妒字旁從女，明其非鬚眉丈夫事也，以丈夫而同女子行，豈不可恥。（見《從政遺規》，卷下）

此言男子當量大，不宜有吃醋之心腸或行爲。

（二）婦女聲滿四鄰，不惡也是凶神。（見《教女遺規》，卷中）

上戒婦女言語不宜太響。

（三）一子之母餘衣，三子之母忍饑。（見《奇正遺規》卷下）

上喻詞，言愈少愈專也。

以上述舊書已畢，兹當言余所接得之書札。

丁君來信，謂彼已將《金瓶梅》全書讀完，現擬繼續讀英語中之《金驢》與《查德賚夫人》兩書，問書價各若干及出版之地點。余不能復，因手頭無自藏之本也。

長沙楊君來信，欲余爲彼謀一上海大書館編輯之職，余已托人代復，謂力有所不及也。

錢雲卿表妹自東京來信，問余病是否已愈，擬俟出院後再復。雲卿女士精於裸體畫，曾畢業於上海美專，現在東京攻究更高深之藝術。

（原載一九三六年四月十日《晶報》，署名九一三）

病中之志

志者決心也，人必立志。王陽明曰："志不立，天下無可成之事……志不立，如無舵之舟，無銜之馬，漂蕩奔逸，何所底乎。"余生立志不篤，所以年過五旬一事無成也。今在病榻上，心中忽發生多種欲爲之事，願於將來之十年内或就之，或恒爲之，兹簡述之如下：

（一）自病愈出院後，至少每周或兩周爲本《晶》作文一篇，已得題目有《蠻族勸婚詞》（翻譯），《手環之學》，《雙丸説》，《歐美言妓之小説》等等。又清晨及黄昏余多閑暇，擬將《五種遺規》中之至理名言作成英語論文，傳之歐西。

（二）余家藏書中，以漢文劇本爲最多，擬於一年之内擬一草目，并將各本集而置於一小室中，室擬以"曲全"名之，未知宜否。

（三）余於過去之五年中，飲酒過甚，據醫師陳珩君云，余之神筋全體幾乎硬化，倘再狂飲，勢極危險，今日之病未始非酒之害。陳君爲多才多識者，其言必不欺我，今後余當戒酒也。方孝孺曰："酒之爲患，俾謹者荒，俾莊者狂，俾貴者賤，而存者亡。有家有國，尚慎其防。"觀乎此言，知人人不宜飲過量之酒也。

（原載一九三六年四月十三日《晶報》，署名失攷）

年老戀愛

世有男子甫過三十即萎靡不振者，亦有六旬以上而爲人如常者。前者因遺傳或不保身所致，後者因謹慎或天性强而然。普通人五十左右漸衰，六十五歲全絶。德文豪戈德七十四歲尚狂愛一十九歲之少女，實歷史中絶無僅有之事也。

戈德生於一七四九年，卒於一八三二年，詩家兼曲劇家也，其著述之才至老不竭，性慾亦然。卒年八十三，臨終時自言自語曰："看我的那個嬌女耶，髮卷色黑。而背景亦黑。"

據醫者云，老年能戀愛者，神志必清；反言之，戀愛實返老還童之正途。老而不戀，衰病之確證，死亡之根源也。醫者又云，戀愛能使自私自利之老人，急公好義；多病多痛之老人，活潑康健。長壽者與多作爲者，皆能戀愛者也。

（原載一九三六年四月二十八日《晶報》，署名九二）

"縫"之研究

中有隙罅，而左右兩邊均齊對稱者，俗稱之曰"縫"（去聲）。"縫"字西文中甚夥，如"輕客"（chink），"看你"（cranny），廢孝（fissure），輪得（rent），割脱（cut），拉紋（ravine），高騎（gorge），福爐（furrow）等等是也。而客夫得（cleft）、客拉客（crack）、勢利得（slit）三名，可專指實物外之綫狀者。

以上所引西字，英産也。古時羅馬人用以稱實物之綫狀之詞曰"爾來麼"（rlma）。詩人周維南（Juvenal）竟以之寫入其重要之著作中，可謂膽大者矣。

吾國有綫縫、裂縫、中縫……等名稱，中縫專指古書前後兩半葉中間之摺痕。

（原載一九三六年五月十八日《晶報》，署名舟二）

“我是女人”

五月廿四，浙江文獻展覽會開始第一次會議。余因被聘爲設計委員之一，搭廿三日三時車赴杭，内子同往。車未開前約十分鐘，有少年婦人闖入頭等之列車中，侍役雖不見其所購之票，似知其爲三等車乘者，即向之云：“三等車在後面。”女接口曰：“謝謝，謝謝，我不識字，我實在不識字。我是女人。”婦人身穿素服，左臂抱一孩，右手提一包，活潑伶俐，不似下等人，亦不似不識字者，所以云“我是女人”者，雖明知冗泛，實欲人原諒一切耳。然三等乘客，道經頭等二等列車，并不犯法，亦何必多此一語耶？蓋出門人，不作男女，往往患臨時神經病，發異常之言語，作異常之舉動，旁人聞之見之，覺可笑也。

車抵西站時，有某部長上來，護送之警士爲數不多，同時又來西裝者一人，坐於余之對面，臉圓圓，留小鬚，頗極漂亮。余默問内子云：“對面坐者，似電影明星何人？”内子未及回答而此人已起立招呼曰：“君是否舟一三[21]先生？我們多年不見了！”老衰如余，尚有此種漂亮朋友向我招呼，真出於意料之外；且自己不認識人，待人來招呼後始知之，可笑可恥。招呼我者，邊君也，名竹書，現任渤海化學工業公司上海經理。

到杭後，余等即往西湖飯店開房間。因爲時尚早，先在湖邊散步，後在某菜館吃一元和菜。次早往圖書館開會，遇見許久未面之邵裴子、張梓生、莫叔未等君，又獲得珍貴非賣品多種，如《浙江省立圖書館概況》一册，《新生活運動辦法》六册。圖書館館長陳訓慈君，布雷先生之弟也，面貌頗似之，惟皮膚較白嫩。新生活運動常務干事陳貽蓀君亦在座。二君在杭地位甚高，皆余初次相識之人。是日開會情形，詳見廿五日杭州《東南日報》，兹不贅述。

杭州自新運實行後，更形整齊清潔之狀。惟有一事不能不直陳者，西湖中之電桿也。湖中插木懸綫，雖不剖分之爲二，然已太“殺風景”矣。今又有近岸二桿已被風吹斷，倒於湖上，其餘五六桿亦難免不斷不倒。余意最好改用水底綫；倘因費大，一時不能實行，亦應將已倒者從速修理之，否則必發生危險。

余等此次到杭，共住兩全日，除開會訪友外，尚有一足日之閑，趕緊或坐船或乘車去各勝地游玩。

在公園時，見方亭中有黄文中君題聯云："水水山山，處處明明秀秀。晴晴雨雨，時時好好奇奇。"内子見之，佩服之至，稱賞之至。余不善聯語，不敢批評。又在樓外樓午餐時，見潘公君題詩，内"烈士英靈垂宇宙，文人慧業托湖山"一聯，壯語也。

在樓外樓時，有身穿嗶嘰袍、頭戴玳瑁鏡者，慢步而來，其神氣步態頗似酒友曹湘濤君。見余等後，彼面作笑容，向余等所坐之處而進。細細審視，知非曹君，故不與之招呼。此人實兜售航空券者。彼作畢生意後，即坐下與堂倌大談國事，口口聲聲"老蔣老蔣"，口口聲聲"矮奴矮奴"，其言語頗多杭音，但常附嘉興調，決非本地人也。

杭州話易聽易學，然外路人無論如何講得好，總要露馬脚。舍親某君，居杭二十餘年，竟説"銅鈿"爲"龍臉"，真與本地人無别矣。

余等趁廿五日五時五十分車回申，因已預約木易親家、五遠先生、小輩"婆婆"、"髮夫"小姐等於廿六在滄洲晚餐，不得不先一日歸也。

念三日去杭時，車中發生之趣事甚多，余尚憶其一，追寫於後。

世間最巧而最不幸者，莫如向他人借新衣、吃喜酒，而不到半日即染油跡是也。車中有類似之事，頗可發笑：一中年女子，新製一淡色單大衣，初因天熱，無法穿上，後氣候轉冷，立即披之，不料茶役不慎，將茶杯打翻，沾滿婦人之全身，婦人大發脾氣，將大衣脱下丢去，其丈夫見之，責罵茶役，并欲抄其號數（似爲二百十七號），茶役不得已大賠不是，婦默坐流泪，其丈夫勸之曰："好了，好了，等干了再講。他是賠不起的……"邊君亦見此事，笑向余曰："殺風景，真殺風景。"

（原載一九三六年五月二十九日《晶報》，署名舟二）

八　哥

家中蓄一八哥，即鸜鵒，無人教授，亦無人爲之修舌，已能自稱

"八哥,八哥",鸚鵡能言之力,誠可驚也。查《美國百科全書》,知鸚鵡共約五百六十類,其大數産生之地,在南美、澳洲及馬來等處;北美舊有二類,現已絶種;歐洲全無,蓄之者皆自他處運來也。

鸚鵡貞潔,實行"一夫一妻"制,已結伴侣,終身不離。非洲産之灰色者,最能效人言語,性馴,有活至七十年以上者。

蓄鸚鵡者應注意三事:(一)食物——要新鮮,干者,或汁者皆可;(二)清潔——要常常使之入浴;(三)運動——要使之多飛多跳之機會。

古人如亞力山大、哥倫布、拿破侖等等,均好蓄鸚鵡。本年,美人有用鸚鵡在無綫電中播音者,報載,某夕一鸚鵡云:"諸位,空的時候,請你們到我那邊來。"

(原載一九三六年六月七日《晶報》,署名舟二)

李氏之言

一年以前,吾國法律尚不禁止納妾。自去歲七月一日起,則任何陽性不得公然有妻外之妻矣,今後"幫室"、"姨太太"、"小老婆"等等名詞將成爲過去之事,非攷古家不之研究,亦不知也。但從前吾國實行多妻主義,有餘之人,一妻一妾,或一妻兩妾,常事也。至於大富大貴之家,則一人娶七八位"如夫人"并不稀罕。

吾國古人皆贊成多妻者,當李鴻章出使至美國時,有人問彼云:"先生是不是同别個中國人一樣,也贊成多妻的?"李答曰:"然。"此人又問曰:"有理由麽?"李曰:"有。我是三姨太太所生的,我不得不贊成多妻制。我的身體是因多妻而來的。"

上述問答,見多年前出版於美國之某書,書已失去,書名亦忘。余今所譯者,大意而已。至於李氏是庶出,全屬事實問題,余無暇,未及攷也。

或者問曰:"君還是贊成多妻呢,還是贊成一夫一妻制呢?"

余答曰:"我是守法良民,完全贊成一夫一妻之制,且常常記得女子口中的兩句俗語云:'若要家不和,討個小老婆。'"

《晶報》編者按:李鴻章之父文安先生,家本寒素,從未聞有納妾之事，且鴻章爲其次子，早年所生，尤無所謂三姨太太生的之理。以理推想，鴻章以奉命往賀俄皇加冕大臣，便道游歷歐陸，更不至自稱爲三姨太太所生。西人著述，對於中國，每多捕風捉影之誤，此其一端，原不足較，以轉載本《晶》，故不得不爲辨正，以昭信史。

（原載一九三六年六月二十三日《晶報》，署名州亞）

《痴傳》英譯

熱極，熱極。余怕熱不怕冷，雖無法避暑，不得已設一妙計以"忘"暑，即從事英譯《痴傳》之苦工是也。

《痴傳》[22]不大，但譯成西文後可成一中號册子，約八十頁。《傳》無善本，余已見者，除小字石印本外，有抄本二：（一）八行二十字，多脱漏，（二）九行二十字；鉛字本一，十二行廿八字；又木刻本一，七行十五字。四種之中，以木刻者爲最佳，惜缺葉太多，補寫不易也。余譯《痴傳》已至下卷，最得意者爲"予呼曰：翁污我，姆陷我，皆非人類所爲"諸句之英文。

《痴傳》譯成英語，似較原文更加有趣，不知何故。

（原載一九三六年七月十四日《晶報》，署名舟亞）

譯《傳》已畢

《痴傳》初稾已於昨晚竣事，現正整理寫字臺，洗刷打字機。自明日起，即可從事修改工作矣。惟近來酬應極忙，（中略）《痴傳》之譯，不知何日真能完成也。

《痴傳》譯成後，其流通之法有三：（一）傳抄法：書不排印，專許友人用打字機謄録副本；（二）合股法：譯者不自出資，惟由許多好閱此書者擔任印費，各得若干册；（三）售稾法：全書寄往美國，由某公司排印行世，譯者得稾費若干，一次或一年以内付清。上述三法，似以末一法爲最妥當。

漢文英譯，求相當之字爲最難。"推拉"二字，固可用以代"觸拔"二字也；至於"抽"或"抽送"則英語中竟無之；又《痴傳》序文開首云"情者性之動也",亦難以相當之字譯之,余譯爲 Love usually means sex in activity 未知合否。

《痴傳》妙處,全在女子自述;但不食春藥,性式不怪,亦應受吾人之稱許。

(原載一九三六年七月二十一日《晶報》,署名舟亞)

爲數十三

"十三"之數,西人視爲不吉,故凡宴飲游玩,決無十三人共在一處者。然美洲合衆國(U.S.A)成立時,只十三州,而今富庶異常,則此迷信應早早破除矣。

吾國素不禁忌"十三",但攷之舊書,此數亦不吉利,兹述一事如後。

阿娜(痴婆之閨名)於出嫁之前,先與表弟等結交,嫁後又與翁叔僧優等通好,全不敗露,至末一人(即第十三人)則一切發覺而被棄也。阿娜之十三個人,可開列於此:(一)慧敏(表弟),(二)俊(老奴之子、父之外寵),(三)親丈夫(名克慵),(四)盈郎(家奴、克饕之外寵。克饕,大伯也,夫之兄也),(五)大徒(家奴),(六)克饕(即大伯),(七)翁(名欒饒),(八)如海(年輕之僧),(九)年老之僧(不知名字),(十)克奢(小叔也,夫之弟也),(十一)費(妹婿),(十二)香蟾(伶人),(十三)谷德音(子之師)。依此,"十三"亦爲吾國不喜之數,女界尤宜禁忌。

《痴傳》已經譯全,惟因天熱,又因應酬太多,尚未改正謄抄也。諸君來書,不及一一作復,乞原諒。

(原載一九三六年七月三十一日《晶報》,署名舟亞)

生育與職業

前同鄉某君告余云:"嚴可均之五世孫,身患肺癆,虚弱之至,據醫者診斷,謂先天不足也,未知是否。"余答曰:"是也。讀書人如舊時之攷據家、經學家,用功過度,非獨子息不多,且遺傳不强也。"余爲此言,毫無實據,不過推測而已。今有英國人,細查職業不同者之生育能力,知教師之子息最小,工役之子息最多。兹列一比較表於後,少者在前,多者在後,乞閲者注意之。

(一)教師,(二)傳教士,(三)醫師,(四)著作家,(五)巡警,(六)郵差,(七)路工(即鐵路工人),(八)礦工及酒廠工人,(九)普通工役。

英國之教師與傳教士,與吾國舊時之"讀書人"相等,皆潛心學術,勤奮工作者。其子息較少之因,不在經濟困難或生活不安定也。生活不安定或經濟不充裕者,子息反多,此已成全世界優生學家及經濟學家之通論。閲者諸公,倘欲實證,可往閘北,向草棚中或其左近一看,便能明白。

復次,寒帶之人,生育不繁;熱帶反之,生育甚繁。德人謂有卷煙癮者(女子尤甚)子息不多,想可靠也。

附注:嚴可均,字景文,號鐵橋,清浙江烏程人,嘉慶舉人,精小學,著作甚多。余家藏者,有其手寫稾本《爾雅一切注音》等多種。

(原載一九三六年八月三十一日《晶報》,署名州亞)

備戰歌

一星期前,友人某君來信,欲余作一備戰歌,余立時動筆以應之。寫畢後,自己甚爲得意,因分節不誤,押韵周到,語狀而皆暗藏,全不得罪人也。不料寄往後,次日即退來,謂彼所欲者國語,而余所寫者英語也。十餘年來,余賴鋼筆爲生活,不自瞎寫,即爲人改削,友人知之甚悉,且曾以"好胃口"譏我矣。其不預先説明者,蓋有意開玩笑也。惟英語歌既已作成,棄之可惜,余必使之見天日之光也,故登載於本《晶》,歌文如下:

PREPARE

Said one, "Prepare! To horse and mare, or on foot bare! Prepare, prepare!"

"NO," I declare, "With the planes there, destroy their lair. That's our affair."

上歌可以漢文譯其大意如後:

或曰:"預備!上馬,上馬,步行也可,預備,預備。"

余曰:"非也,乘彼飛機,毁其巢穴,是更合宜。"

(原載一九三六年九月十五日《晶報》,署名州亞)

天天請客

余最嗜吃,故常常吃人,而亦常常請人吃。西階先生之《説小吃》明白實用,余已剪下粘好,今後當以之爲吃之寶鑒,既可多享,又能省錢也。

十一之夕,有人在某處請吃,來者非"錢人"即"牢穴"也。"錢人"係銀行界之略語,"牢穴"(Lawyer)即法律界人之譯音。席間因有年老面板者在,且因他種關係,全無説笑話之人。惟菜將畢時,有唐牢穴者(余至友也)忽引他人之言而言曰:"若要自殺,天天請客。"座中二人頷首表示贊成之意。余恐懼之至,即向唐君言曰:"對不起,請你快快收回引言,我最喜吃,倘然那個理論通行了,以後我不能請人吃,也没有人請我吃了,危險危險危險。同座中已經有二人點頭,贊成你的意思。"

余之"嗜吃",不是"生吞活咽"之意。其吃要辨味,要有方法,譬如吃魚,要曉得何時應該吃何一部份。湖州人有食鲫魚訣云:"春頭夏尾秋背脊,到了冬天吃肚皮。"閩人之"君子不吃翻身之魚",禮而非理也。

湖州人大概好吃,有每日非一猪蹄不飽者,亦有將鷄蛋或鴨蛋去黄,改塞蝦仁;或將豆芽菜挖空,嵌入鷄肉絲,以爲飯菜者。余最喜吃之飯菜,係三四月間已熟而未老之蠶豆,及七八月間之蘿卜蔓加以自製之豆板醬也。

(原載一九三六年九月十六日《晶報》,署名州亞)

兩個更正

本年九月六日《獨立評論》中,金髮君有《我懷疑漢字的改革方法》一文，内提及下走之名，并稱揚之，原文云："一個學生，要讀得文字通順，文法不錯，我相信即其本國人，也非有十年工夫不爲功；至於我們外國人去學它，更要久些時間的；故我敢說，像吴經熊、夏晋麟、鄺富灼、周越然等，能自由寫作，必定讀了半生英文，且賦天禀，才能如此。"吴夏鄺三君，教育完備，外國語周到文雅，金髮君稱之，誠哉是也。惟余家貧窮，幼時無力延聘名師教授，中西文均達不到"通"之程度，後來在各處教讀或編譯，不過"混飯"而已。今蒙金髮君贊譽，心中感激而實不敢當也。

復次，九月十三日《大公報》第四張本市增刊，李一萍君之《城隍廟舊書店與死靈魂百圖》中，亦提及下走之名。李君云："如研究通俗文學的阿英先生，研究文學史的鄭振鐸先生，以及性書收藏最豐的周越然先生，都是城隍廟書店的老主顧。"阿英、振鐸，余固不知，惟余則罕往城隍廟中，即往亦不購書。前年五月，因遷移欲添購一紅木方桌，順便曾進廟一次；去年二月，又因某某病愈，欲去廟中還願，余曾伴往，不得已也。城隍廟中購舊書，余夢中都想不到，李君何得稱我爲"老主顧"耶？余之生物學及優生學書籍，即李君所謂"性書"者，皆直接向英美定購；余之小説曲本，大概在上海大慶里中國書店購得。寧杭書客及本埠掮客，亦時時有書送來，但因價昂貨劣，與之成交者極少。

書賈善吹牛，如"某某常來此地的"，"某某的某書，由我們賣出的"，"此書某君已經見過，他厭價大，未曾取去，恐怕今天還要來罷"，"某某的某書，不是全本，我前天在通州見一足本，月底月初，我再去時總可以想法把它買來"，"某某的收藏真富，關於某類的書，多而且好，你何不買幾本玩玩呢"，此種都是謊話。凡真正老主顧無不知之。

金髮與李一萍兩君，想皆非與余常常來往之友人也，但此亦不一定，因余年老善忘，有時連至親同族之面貌都不認識。兩星期前，在影戲館中，有太姑母和我招呼，而余問彼貴姓，致内子面赤而笑；又新自美洲歸國之雙倍博士陳味淙（維綸）君來訪，因七年未面，余全然不承認其爲舊識者。笑話鬧了又鬧，不久人將以"老糊涂"稱爲矣，如何如何！

（原載一九三六年九月二十三日《晶報》，署名周越然）

答“五口”君

本《晶》本月廿四日，有“五口”君《商編舊話》一則，内涉州亞兄弟兩人，又末一語“涵芬樓典籍，名貴者綦多，今不復睹，最爲商編惋惜，質之九一三然否?”係詢問體，似不得不作一簡答：“一·二八”前，商務圖書，分藏兩部，一涵芬樓，一東方圖書館。不是二而一，實是一而二也。前者私秘，後者公開；前者皆爲精品，後者多普通書；前者之宋金元明佳槧，及各家批校本，曾於民十五六時，提出五百數十種，托銀行保管，故免於難。聞張菊生先生有《涵芬樓燼餘書目》之作，尚未出版，想係此五百多種之詳細記録也。東方圖書館之書，全數遭劫，最可惜者，各省之府縣誌，因其多而且備也；其他西文書籍及通常參攷書籍，實無極名貴者，雖在今日，亦易以相當之國幣鈔票换得類似者。鄙人，即“九一三”，亦即“州亞”，進館年月爲民國四年一月。家兄進館年月爲民國五年九月。四年爲乙卯，五年爲丙辰。“五口”君謂其進館之年爲甲寅(民國三年)。余兄弟先在，而彼後至，此不可能之事也。商編舊時，各部同人在一統間中辦事，與目下相同，故都認識。德文部範圍極小，當時有瞿侃君者，武進人，其進館由蔣竹莊先生介紹，較家兄略遲數日，或者“五口”即瞿君乎？其誤丙辰爲甲寅乎？

“五口”君所提及之惲鐵樵、謝利恒、均國臣，均武進人。此外尚有西醫胡定安(斌)，後游德，現已爲醫官多年矣。又顧壽白(耆)、余雲岫(岩)及劉以祥，現皆在上海行醫。商編管姓者極少，當時兼理德文部雜務者，想係管仲孚(毓昌)君也，管君亦武進人。

“哼格老官”逝世矣，“五口”君想已知之矣。

《晶報》編者按：文中“商編”爲商務印書館所屬編譯所之簡稱，“商務”爲商務印書館之簡稱。“哼格老館”是紹興土話，意指某一位紹興人，諒係著名人士。

(原載一九三六年九月二十五日《晶報》，署名州亞)

又是一催（猜）

“五口”君鑒：廿八日大示敬悉。君既非瞿君，想是李君矣。憶商編當時同人中有李志者，號澹吾，浙江杭縣人，年約二十，與余等有數度拍球之緣。寒舍是否蒙其光顧，余全然忘記。

商編網球時代，爲中古開始時代，亦即張所長將去，高所長未就之時代也。當時英文部有蔣君君毅者，好打遠球，弄碎玻璃多塊，事聞於廠長，而余等幾乎吃賠帳，君尚憶之乎？又蔣君常於鳴鈴散館後，繼續工作不息，爲老茶役通寶（已死）所恨。一日，默將大門鎖閉，蔣君不能出，叫喊亦無人理睬，後設法由寶通路西北角之厠所側爬出，此事極奇，想君必知之。

商編網球時代，余尚未遷至三省里，藏書亦不多。“五口”君稱“琳瑯滿架”者，過譽也。

十月四日，平君將爲其子完姻，地點在大中華飯店，君處有柬否？是日吾等或可遇見也。

“五口”是“吾”之分，商編以“吾”爲號者不多。倘是李澹吾君，請通一電話（三二八八四或三零八五四）。

（原載一九三六年九月二十八日《晶報》，署名州亞）

猜　中

“五口”君，確是李澹吾（志）君，竟被我猜中了，可喜之至。不過，昨日文題，誤“猜”爲“催”，可笑之至。所以誤寫之故，因適於寫文題時，有同鄉盧君來催我去吃中飯也。

澹吾兄已有電話來，問我今年究竟是幾歲？我説四十二歲，坐冷板凳，彼笑我亦笑。李君現某保險，辦事處在外灘十七號，家居赫德路，大約在不久之將來，吾二人必見面，不在網球場，定在高長興也。

（原載一九三六年九月二十九日《晶報》，署名州亞）

辭　亂

上海社會中有一種流行語，最普通者，如“吃豆腐”、“拓眼藥”，不論上下等人皆知之，皆用之，頗類西洋人之所謂“辭亂”（Slang）者；稱之爲隱語，爲黑話，爲切口，似乎欠妥。

“拓眼藥”，謂專在旁静看婦女而不與之兜搭也；“吃豆腐”則接近其身，多言多語，動手動脚矣。往大東茶室之人，有實行其一或兼行其二者。此類言語之解説，社會日報中有專欄，言之頗爲詳盡。

近來又有一種利用西文字母之辭亂，如“大肚皮”則曰“地啞地啞皮”（dodob）；“勿領朋”則曰“愛夫愛兒皮”（flp）。此種新語，似尚無注意之者，但不久必有多數人採用，以其簡便而摩登也。

（原載一九三六年十月六日《晶報》，署名州亞）

雙十之意

西洋“十”字形，隱含“忍耐”之意。“忍耐”者，忍苦也。吾人處此境地，勢必忍耐不可；但忍耐非完全不抵抗，實極端抵抗也。

何哉？因真能忍耐者，不聲不響，非至成熟之時，不作抵抗行爲之故。十月十日，稱雙十節，有兩個十字，吾人應加倍忍耐，以備將來加倍抵抗。下列歪詩，實無深義，録之聊博一笑：

年年雙十節，慶祝永不絶；
所以念先烈，即以啓來哲。
或者費心血，或者動唇舌；
人人敵“小賊”，個個爲豪杰。

（原載一九三六年十月十日《晶報》，署名州亞）

“烏都督……”（到杭州去）

“烏都督，烏都督，烏都督……”

上引者，係夜未盡天將明時之叫喊聲，聲長而陰，遠聞之似爲

“烏都督”三字，實則招人搭船也。

余此次赴杭，在旅舍中寄宿一夜，次早即被“烏都督”喚醒。繼以受訓練者之脚聲，又教官之口令，又脚踏車之玎玲，又汽車之喇叭，竟不能睡，一躍而起，成功一個浙江省早眠早起勤力之好公民，但本年中不過衹此一夜一日，爲可嘆耳。

往來車中極空，大概因爲謡言多，來者不敢來，往者不敢往耳。杭州市面似不甚佳，旅館管事人，除深鞠躬外，亂喊“先生、先生，師母、師母”以表示歡迎歡迎之真誠。

余之赴杭，非爲休息或游覽也，專爲送古本至本月廿六開幕之文獻展覽會也。余所送去之古書，共計十七種，内：（一）嘉靖元年《大統曆》，（二）嘉靖廿八年《浙江鄉試録》，（三）朱孝臧《湖州人物誌》原稾本，（四）吴梅村手抄《林公輔文集》，（五）陸心源手抄《三餘集》，（六）明山陰祈氏澹生堂抄本《曹文貞公文集》，（七）《王際華日記》原稾本，（八）《姚弓齊日記》原稾本等等，皆海内外孤本也，亦珍奇之品也。

（原載一九三六年十月十八日《晶報》，署名州亞）

飛機歌

廿四日下午，與内子、大兒同往飛行港參加獻機命名典禮，歸時因車多交通受阻，閑坐無聊，作四言歌以爲消遣。歌之較佳者，抄録一首如後：

飛機飛機，實在稀奇。
殺敵利器，旅行亦宜。

（原載一九三六年十月二十六日《晶報》，署名舟）

往返申杭

（編按：此處略去部分）余此次赴杭，專爲參觀文獻展覽會。該會布置極妥善，計分十二室：（一）稾本、校本、抄本、刻本，（二）選舉文獻、書院文獻、檔案、鄉賢遺像等，（三）刻書文獻、藏書文獻、郡邑叢書、金石誌、藝文誌等,(四)浙江方誌,(五)鄉賢字畫册頁,(六)鄉賢立軸手卷,(七)陶瓷等,(八)鼎劍磚等,(九)鄉賢遺物,(十)吴越錢氏文獻,(十一)革命文獻,(十二)畲民[23]文獻。余所送去之書籍,有兩種裝於玻璃匣中,且置於人人必經之路口,極爲榮耀,今後恐更有人以藏書家稱我矣。檔案中有楊乃武案,余未見,可惜。(編按:此處略去部分)在杭時購得《滕王閣》劇本四卷,價四元,甚爲得意。(編按:此處略去部分)

(原載一九三六年十一月十五日《晶報》,署名亞舟)

申湖間

江浙原來是一家,申湖間之交通本極便利也,由申赴湖,由湖來申,或水或陸,皆無不可。現有下列各路(申即上海,湖即湖州,今改稱吴興):

(一)當日班:小火輪清早開駛,當晚間抵目的地。

(二)隔日班:小火輪拖一"公司"船,於正午啓程,次日抵埠,遲早不定。

(三)錫湖班:旅客由申先乘火車至無錫,再乘輪船赴湖;或由湖先乘輪至錫,再乘火車來申,亦一日可到目的地。

(四)杭湖路:此即杭州與湖州間之汽車路也。旅客必加乘申杭間之火車。

(五)嘉湖路:此嘉興與湖州間汽車路也。

(六)蘇湖路:此蘇州與湖州間之汽車路也。

昨日爲嘉湖、蘇湖、蘇嘉各路補行通車禮之日,余因被請,與内子、大兒同往參加,六時半起身,洗面早餐後即乘火車至蘇,在汽車公司茶點畢,即按號上特備之車赴湖,途經吴江、平望等處,均不停留,至震澤下車往公園午餐,抵湖約下午二時,茶點談笑,休息多時後,仍乘車回蘇。

火車抵蘇站時,見有"歡迎王曉籟先生"之旗,又一小汽車亦貼有相同字樣之紙,蓋紹興同鄉預知王先生來蘇參加典禮,故有此舉也,王君亦在震澤午餐。午餐畢出公園時,余遇見宗兄健君,彼滿面酒容,向我言曰:"好久不見了,嗄,你帶一個女人呀!"余曰:"然,這是内人。"彼點頭曰:"喔,周……周太太,我們同……同姓……"此一齣滑稽小戲法,使余與内子忍笑而不能言。

六時抵蘇,先在廣州食品公司自費晚餐,後即乘人力車往楊府探病,見譜老已講話如舊,不禁大喜,竟連吸自上海購來之雪茄兩枝。蘇州現在演習防空,大侄在建設局辦事,日夜開會,籌備極忙,故未及見面。震澤午餐,約五十桌,公司中人招待極周到,菜亦甚佳。北京路湖社發行導游指南,欲往湖者,可往索之。

(原載一九三六年十一月十七日《晶報》,署名州亞)

中式英語

最近,某中英半月刊常常以"中式英語"一名,譏國内許多外國語專家之作品,有時竟大膽更改原文。兹舉一二例,以見其荒謬。

某老前輩文中,用 Go with 二字,本有"往來交接"之意,成語也,牛津縮本字典有之。某刊評者,想即編者,不知此義,稱爲不妥,易以 Associate with 二字,"交接"也,可笑可笑。又同篇中,某前輩分豪富與顯宦爲兩類人,評者亦稱爲不妥,謂兩者二而一也,此更可笑。

該半月刊中,所評所改,大都類此,足證編者經驗學問之欠缺;然尤好自作聰明,濫用"奇"字以撰論文,不知此雖可驚倒初學者,不足以迷惑内行人也。該刊某號社論中有 English Language Newspaper 一詞,想是"英語報"之直譯,不成名目,真"中式英語"者。蓋既英語,決不中式;既中式矣,決非英語。

但"中式英語"一名,實非某半月刊所創,而昔時西人用以罵辜鴻銘者也。辜氏文章,流暢動人,被罵之洋人無不讀之,亦無不恨之;既恨之,則不得不稱其劣,然劣在何點,文法乎?修詞乎?曰均非也。某西人,即受罵最多者,一日語人云:"辜氏深受西洋教育,不知何故彼之文字,全是中式。"

(原載一九三六年十一月二十日《晶報》,署名義舟)

大小兩不料

十九日之夕,在廣西路某菜館四號晚餐。餐已畢而座中人健談不休,題目總是東面太陽人。余急不可待,只得出來解除,不料在統間中遇見廿年未面之老友,即著名報人張季鸞先生也。張君係民初與余同時任中國公學教員者。回想當日天天同乘火車,同室預備,同桌飲食,同索欠薪,彼此皆少年人,擔負尚輕,不知甘苦;今日我二人髮皆灰白,閲世當然愈深,然棄之之日,想必愈近矣,噫!

無意中遇見一廿年未面之老友,而彼此一見雖面貌態度各有種種變化,即互相認識,互相呼名,誠不料之事也。但此"不料",爲小不料,是夕尚有一大不料之事,述之如後。

友人耳耐坤君,七年前因戀愛一廛上之女,與髮妻離婚。女除黑膏㉔外,别無所好,耐公盡力供給之,毫無怨言。近來因市面不景氣,人不敷出,飲食雖不缺乏,而燈吸有不能兼顧之勢,且耐君早已同化,日落始能起身,即欲營生,亦所不能。女恐黑白雙饑,兩星期前忽然飛去,自以爲智力過人,於苦難未臨之前,先脱離也。其實此乃不情之甚。耐君爲汝犧牲髮妻,犧牲金錢,汝應與彼甘苦同嘗,非死不離。耐君告我汝出門之情形時,目中隱隱流淚,可知彼愛汝之心,今尚存在也。耐君知汝無第二愛人,知汝氣量極大,汝閲余文後,細想前事,當速歸家。上海多花言巧語者,教人爲非作惡,汝煙癮已深,將來決遇不到較耐君更佳者,更和藹者。此多年常常訪問汝家之余,勸汝之良言。

同夕又聞耐君之宗兄亦於三星期前飛走一女,又友人點水君、木子君、曲日君等,均各飛走一女。近來"俠"者何其多耶,但耐君之俠,不可飛走,因由感情同居也。他人之俠,均得飛走,因由金錢購買也。以金錢購買女人者,大都皆是老頭子;因感情與女同居者,大都皆小伙子。小伙子之女人尚欲飛走,試問老頭子之女人,則應如何?

耐君又告余云:"六年之中,除最初半年外,我們二人分床而睡。"余問何故,彼答曰:"因彼時時喊腹痛,身體不健之故。延醫診斷，又説無病……”余曰：“得了，得了，君性太懶，所以飛也。最初喊痛，當是要求安慰之暗示，非真患病也。”

（原載一九三六年十一月二十一日《晶報》，署名州亞）

“男姓程……”

“男姓程”三字，係蘇主席陳公[25]賀其甥結婚之辭之第一句也。原句寫於一普通信箋上，余因親戚關係，在新郎手中一見，後得其允許，抄録全文如下：

男姓程，女姓汪；

夫爲世傑，婦德賢方；

在家則循規蹈矩，外出則念祖思親；

孝道不忘，好一對夫婦，和合百年健康。

內“世傑”、“念祖”皆新郎名也，又“方”、“蹈矩”皆新娘名也。四十三字中含姓名九字，讀之多趣味而又成自然之調，可謂巧矣。新郎程世傑，原籍江西，現居杭州；新娘汪方，原籍吴興，現居申江。作伐者周越然陳靄士也。陳君爲新郎之舅公，曾親筆書一喜聯，余於新房中見之。聯云：“南國早春紅豆種，西湖圓月緑波光。”寫作俱佳，難得遇見者也。

余此次赴杭，專爲程汪兩府喜事，來往共計四天，可記之事極多，兹擇要簡述於後。

余與內子於廿九日下午赴杭，通車到滬略遲，在月臺上等待時，見乘客中無熟識者，不料上車後即有一西裝少年向余點首，不知何人，豈“老眼彌花”乎，抑記憶不强耶？少年伴一老婦，非母親，即岳母也。車中又遇見六年未面之陳佑華君。陳君任事中央政治學校，請假赴杭省親也。復次，在余之對面座中一男一女，男者似爲小商人，女者似爲向導員。皆操上海普通話。女者時時問：“要到麽？要到麽？”男者曰：“尚未，尚未。”女者要男者想消遣之法，兩人遂決定猜銅元之字背，後改變宗旨，作斷坑吃屎之戲，勝負似乎平均。其實玩此戲之挑擔者，萬無得勝之理，余兒時已得其秘訣，惜是日無機會，未便説穿也。

回申之日(一日),車中極空,與余等同一列車者,只十二人。過艮山門站,第廿二排座位中忽然少去一女性乘客,過嘉興後尚不回來,對面之男客似爲其夫,安若無事,全不查問,余正疑其愚笨無情也,而女子出現矣,蓋女子身體小,天寒欲睡,將全身裹入懸挂於鈎上之皮大衣中,余目光不好,不見人,只見大衣也。可笑可笑。

最可笑者,莫如余往杭時,厠門口之小滑稽也。一中年女子,在厠自濟,門雖關而扣未上,余不知内中有人,推門而入,是時女子正用草紙,急向開門之我一看,我亦對彼一看,兩人皆不作聲,但兩人皆無"面子",余今敬告乘車衆男女,凡自行方便時,必將門扣緊上,否則大家難爲情。現今車上發售之茶葉,每袋分上下兩截,乘客可先用一半,過相當之路程後,再用剩下之一半。此事雖小,用心極巧,實一大改進也。

余回申時,見一西裝中年,用舊時女子所用之眉鉗大拔其下巴之鬚。倘彼試驗成功,則舶來品之平安刀片可以無用矣,因眉鉗至多值洋一角,至少可用三月;刀片每月至少半打,值洋九角。倘此中年人適爲本《晶》之閲者,請於見此文後,將其眉鉗拔鬚之試驗結果報告大衆,千乞不吝賜教。

廿九日之晚,余曾至程府"鬧房",同往者有善於犬吠聲之王律師及主計處長陳先生也。陳先生引用一舊上聯,欲新郎新娘作下聯,并云:"倘然對不出,鬧房衆賓客,全體不散。"上聯云:"大大學生,加兩點,成太太。"後來陳先生見大家已經鬧到九分之九,鬧足十分,未免過度,遂自打閑場,將下聯説出云:"可可糖果,含四口,叫哥哥。"起初以爲下聯平常,後細細一想,實在極妙:新郎新娘本止二口,云"四口",其餘兩口,可以知矣。

(原載一九三六年十二月五日《晶報》,署名州亞)

終身之累(答春江君)

余之以"終身之累"稱最新式、最時髦之卷煙引火機者,過大之辭也,即西人所謂"白老虎"也,并不隱含任何怨恨之意。春江君謂"其詞若有恨焉",想係神經過敏之故。

新式引火機，不打而發火者，有兩種：（一）全不怕風，惟受小震，其絲即斷，（二）怕風怕冷，受大震後，其絲始斷。余最近購者，爲第二類，即六日晚春江君所見者。此物已於七日晚與余脱離關係，今後可不再受其累矣。脱離之方，可略述之。“太太小姐”欲看“生死同心”，意在刨我黄瓜，余允之，當然携帶“終身之累”同行，擬在影戲院中出些小風頭，不料衣袋脱綫生口，中途滑去，全不覺察，待坐下一摸，知“累”已去矣。非獨余不惜，即内子亦極樂，彼云：“新法終不久良，還是老法可靠。你天天服侍它，太辛苦了，倒是讓它去的好，不要可惜，不要可惜。”復次，妻妾兒女、親族朋友之累，當較引火機爲甚，因前者無法離去之，即有法矣，亦不若引火機之直捷也，一笑。

（原載一九三六年十二月九日《晶報》，署名州亞）

美國之狗

據確實調查，美國現有狗約一千五百萬頭，領得公安局執照者共一千二百萬頭。街道中常見“狗出售”、“内有狗宿所”等招帖，可知美人好狗，亦可知狗能賣錢也。

美國之狗，非有相當之食料不活，倘每狗每日之糧爲金洋一分，則全年爲五億四千七百萬金洋，此數遠較其所費於汽車者大四分之三，而較其所費於飛機者幾大八倍。畜狗小事也，而全國統計其銷耗竟如此之大，研究經濟學者對於此種，亦不可不注意之。

（原載一九三六年十二月二十六日《晶報》，署名州亞）

少與貌

（一）世間有一種迷信，即老男與少女相接，得增活力是也。研究西洋宗教或文學者，知耶教聖經中《列王上》第一章載大衛因亞比煞而暖之事，原文云“大衛王壽高年邁，雖蔽之衣衾，仍不得暖，臣僕謂之曰：‘不如爲我主我王尋一處女，可侍於王前，奉養王，卧於王之懷，庶我主我王得暖焉。’遂遍以色列境内尋一美麗童女，尋得書念女亞比煞携至王前……”可知，老接少得以還童之信心及實行，不自今日始也。

（二）美貌與性量無關。有極標致之女子，其身裁、步態較最最上等之女明星更佳，但不能行事，無力應付，却與閹宦相等；娶之者，往往發覺此事於婚後，而口出怨言也。

（原載一九三七年一月二十六日《晶報》，署名州亞）

酒館消息

三日夕，與家兄及至友三人飯酒談心，地點係四馬路之高長興。高長興因豫豐泰停業，生意似覺更好，當蟹上市時，幾幾乎天天無空座，每隻之價總在四角以上，較大較足者，非七角不可，而食之者不絶，可見上海人有錢，不是全然爲蟹味美也。余友李某，請人吃蟹，主客共八人，有吃三只者，亦有吃兩只者，後來算帳一共五十六元餘，内中當然包括菜、酒、局、茶等等，然亦可謂“小吃大會鈔”。高長興不自製菜，代客叫菜，常加一二成，□票上還要“堂彩”，故不論如何省節，五六人共飲，非有十元難出門也。其他熱酒店，如王寶和、童寶泰、毛長順等座太壞，酒則有時較佳。豫豐泰不久即可重開，聞將由王寶和之主人接辦云。

三日夕之高長興，鬧極鬧極。二樓可稱滿座，居中一圓桌人最多，聲音最響，叫堂唱獨多，飲酒亦似不少，有人謂彼等前一夕演全武行，是時適在“拉臺子”，未知確否。

向導社，近來已大大衰敗，但三日夕來高長興兜生意者尚有多家。余坐談坐飲二小時，共得廣告拾紙。廣告有單葉，有雙葉；有白色，有彩色，其名如下：（一）華華導舞社，（二）花來舞導社，（三）滬江伴（授）舞聯誼社，（四）樂鄉向導社，（五）樂路服務社，（六）桃源向導社，（七）香港舞導社，（八）能盤混向導社，（九）三星歌舞社，（十）大上海向導社。

講到向導社女子，有幾個倒是極大方，極美麗。不過余從未叫過，因爲我是畏怕之故。余之友人某君，曾與一導社女子數度開房間，每次給十元，後來此女打電話去説，她的身體完全屬他的了，她每天非有十元不可，否則她要到他所工作的公司里去，告訴他的經理先生，和他大鬧，鬧到他停生意……余之畏導女也，就是恐彼等以"小姐"之身份打電話來談長天，糾纏勿清，或者竟投法院告遺棄亦有可能。

余尚有附帶可喜之事奉告諸君，即劉"老老"與俞秀文仍愛好如初也。劉年七十餘，操首都語，幾幾乎每日到高長興。劉來後，俞必來同桌飲食。近日俞男裝，頭戴烏絨帽。咋晚與余同桌之朱君見彼來，即向余曰："看，看那是一個相公。"余笑而應曰："没柄的。"朱又曰："不是麼？"余曰："猜着了。"

（原載一九三七年二月五日《晶報》，署名州亞）

吴中文獻

余與内子，二十四日往蘇，參觀舉行於滄浪亭對面可園之吴中文獻展覽會。前夕不能安睡，忽想到人至五十以上，總覺已作諸事大都錯誤，未成之事難保不差；親族朋友，或散處，或死亡，找不到閑談之知己；書籍報紙，或太腐，或過新，鮮遇見有用之作品；年歲較輕者，明呼汝老伯，暗視汝爲"蔬菜"㉖；年歲相若者，非……，即……至此，不敢再睡，即起身工作，尚覺不倦，因年老人血衰，缺睡無妨，不作失眠症論。次日下午四時動身，到蘇後先往新蘇開房間，後打電話，後有富紳兼畫家彭恭甫君邀去晚餐，後有大侄（任建設局科長）接去講談，後有楊府諸小輩同作投圈之戲……總之，忙極忙極，樂極樂極。

彭府房屋極大，至少有七進，每進有相當之擺設，相當之布置。新者有火爐電器，舊者有古玩書畫。内子默謂余曰："大極了。上海小的里還及不到此屋的大。"余戲答曰："這里是蘇州的哈同花園呀！"彭府臨時預備之菜，較正式席面上者更加可口，余除飲酒食菜外，又吃飯兩大碗，想男女僕人中必有笑我爲飯桶者。

次早往展覽會，場所不及浙江之大，然陳列之品皆極精者，如《葵園集》、《毛校吴中紀聞》、《洪武蘇州府誌》、《張士誠天佑古泉》、仇十洲白描觀音、石達開告示、王雅宜手抄《南華經》等是也。

潘氏一家文獻室中陳列之品，有世人所未見者，但因人擠，又因時已近午，未及細觀。在會中時，遇見徐積餘君、李拔可君、張伯岸君、潘北山君、朱慰元君、蔣吟秋君、楊八小姐、陳子清君。陳君贈我紀念章一枚(第三十一號)，其古雅可愛。陳潘兩君，邀余晚餐，余因内子欲趁八時快車回申，不得已而力辭之。

余與内子，不到虎丘幾二十年，故午餐後即雇車而往，進斷梁殿後先至試劍石相近之處一坐，後又謁真娘墓，末穿過雙吊桶之石橋而到冷香閣飲茶，并購玳玳花干、玫瑰花干等物。冷香閣係近年費仲深、吴蔭培、汪鼎等君集資所建，風景極佳，可以遥望太湖。在閣上時，無意中遇見多年未見之蔣竹莊(維喬)老先生，亦來蘇參加吴中文獻展覽會也。自虎丘下來，天色尚早，遂決意往西園與留園兩處。

西園全無游客，已達頹廢之極點，沿池之雙亭已倒，只留石脚而已；正廳及居中之六角亭尚存，惟玻璃已破，多用舊報紙糊塞，與余昔日居蘇時之情形，大大差異矣。正欲作一詩以弔之，抬頭見壁上已有一首，起始兩句尚好，末後兩句太不合格，他日非自作不可。壁上之詩云："久聞西園名，未見西園影；今日到臨頭，抱了失望心。"上引之詩，實非壁上最劣者。另有兩首，較此更歪，抄録如下：(一)"由錫到蘇來游玩，先到閶門合觀前；總倉庫裡生活作，又到西園合留園。"(二)"姑蘇城外逢立春，聊作數言寄家人；一年又過一年去，風景依然與前同。"除此兩首最不雅者外，尚有一首，共五句(中間一句可省)，含意極多，惜原作者無辭以達之，兹謄録如下："投軍一載餘，離了枕邊花，日夜夢見她，此地生好女，無錢莫想她。"原作者必爲軍人，家中有妻，彼愛好之，想欲解渴，鞭長不及，而可及者，又皆營業之人，警察局有相當之定價者也。余意此人若不趁早告假還鄉一次，不久必患相思病無疑，倘大戰，適於斯時發生，彼亦難能致力於攻守也，因性慾者，人人所有，較衣食住更重，士兵雖日受劇烈之訓練，然亦不能免此，患性病者，有氣無力，決不能作攻擊或防守之工作也。

西園門票，每人銅元二十枚，强横者得免費。余與内子照付而入，惟覺得太貴，因無物可觀也。留園門票每人一角，亦似不值，因舊景雖在，全無新盛氣象也。西隔壁之佛廟興旺如舊，余等亦進去環走一週。

來往車上所見不多，惟亦有可記之事。一體肥之婦，年約四十左右，面滿涂白粉，貌極平庸，將到蘇站時自匣中取出洋式闊邊大帽（真正舶來品），戴之頭上，察其舉動，似甚得意，其實怕極丑極。奉勸吾國女同胞，萬不戴西帽，一因身材不相稱，反能減少天然之美；二因人之摩登，全不在此也。白面西帽之肥婦，共帶大箱小匣、布包皮夾等，約二十件，又老丈夫一名，女僕二人。在車上又有揚州"紳士"一人，練習牧師一人，皆想盡方法欲獨占雙位之人也。余出門時，總見到此類不肯行方便者。人生在世，尚是暫局，乘車可謂暫中之暫，何必如此貪耶？余意彼等所得之安適，決難償彼等所用之心機也。

（原載一九三七年二月二十八日《晶報》，署名州亞）

烏毛龍

前夕正預備與内子小女等去觀電影，次侄濟民來講故事，匆促中得一極佳者，兹轉述之如下：

清代浙江省吴興某富户，有子名古梅，甚聰穎。年十四時已畢四書五經，能吟詩作對，惟天然事物彼皆不知其名，因父母愛之如掌上珍，不使之出大門故也。當時吾國無公立學校，亦無所謂學制，富有者延師家中，教其子弟；力不足者，附讀他姓。古梅之父經營絲木兩業，又開設當鋪，家産豐裕在三十萬以上，每年必聘邑中最知名者以爲其子之師。本年所請，杜百新孝廉也，精於詞章，且善用典故。

一日，古梅見人牽黑色猪經過大門，問曰："此是何物？"孝廉答曰："是名烏毛龍。"又一日見兩犬打雄，問師曰："彼輩何爲？"師曰："喜相逢耳。"重九前一日之午後，門外足步聲甚大，望之，見一人坐縛於木籠中，爲多人抬去，古梅問曰："此何人耶？"杜孝廉曰："好漢也。"是夕，邑中大火，滿天通紅，古梅大驚而狂呼曰："噫，危乎殆哉，此何事耶？乞老師察視之。"孝廉曰："此名滿堂紅，何必大驚小怪耶。”

孝廉十一年之内,除正課外,授古梅無數典故,皆可作吟詩作對之材料。歲底年頭,塾師依例歸家休養,臨別之日古梅之父設盛宴款待之,以表感謝之心。席間孝廉謂古梅曰:“余明晨行,汝可見我一詩,以作紀念?”古梅略一思索,即吟曰:“先生師母喜相逢,開年養條烏毛龍,將來一定做好漢,一年四季滿堂紅。”

次年元旦,古梅往老師家拜家,一見孝廉,即下跪叩頭。杜曰:“汝善作對,余忽得一上聯,汝坐下,先飲糖湯再對下聯。上聯共七字,即‘今日學生頭着地’是也。”古梅曰:“是,是。”轉瞬即説出下聯云:“昨宵師母足朝天。”

(原載一九三七年三月六日《晶報》,署名州亞)

拳　亂

一九零零年,北方拳匪作亂時,外兵外器之來華者,有下列之統計:

國名	兵數	炮數
日本	一萬	五十四
俄國	四千	十六
英國	三千	十二
美國	二千	六
德國	二百	(原缺)
法國	八百	十二

事平後,各國所得之賠款額如下:

國名	賠款
俄國	一萬萬八千萬元
德國	一萬萬三千萬元
法國	一萬萬元
英國	七千萬元

日本	五千萬元
美國	四千五百萬元
意大利	三千八百萬元
比利時	二千二百萬元

上列統計,譯自英語之《日本時報》,賠款依日幣計算。

(原載一九三七年三月七日《晶報》,署名州亞)

仵　寨

仵有二義:(一)遇敵也。或作伍,音五,阮古切,如"三五嘸類,請比涇仵"(《宋史》)是也;(二)相同也。音悟,五故切,如"以觭偶不仵之辭相應"(《莊子》)是也。本篇所述,仵之新義,即用於"仵寨"一地名者。

仵寨在河南省鹿邑縣,居於寨内者皆以仵爲姓,仵音五。據云,明末有避難者三姓,步行至汴,見其氣候合宜,遂定居焉。三姓皆忠於朱氏者,内一年長者向衆人言曰:"吾人共患難多年,今始能定居於此,余意吾人最好拋却原有之姓,改用一公姓'仵'字。仵者,朱氏上無頭,下無足,而人在旁,即本朝上無天子,下無土地,而忠實人民不得不隱居於僻處之意。"衆皆稱善,遂於是日起改稱仵姓,并其地曰"仵寨"。聞察哈爾民政廳長仵庸君亦仵寨之居民也。

(原載一九三七年三月十二日《晶報》,署名州亞)

交通赤露

"交通赤露"四字,用以暗喻一日内獲得之兩書,即(一)《交通銀行成立三十年紀念册》及(二)《萬國裸體照片》是也。前者托友人代索,後者以先令購買;前者實用,後者美觀。二者皆余所心喜也,兹簡述其内容如下:

(一)《交通紀念册》,用仿宋體排印,用假皮面裝訂,係西人懷中記事簿性質，内中除有關交行本身之各題外，其他如“中國公債一覽表”、“世界各國現行貨幣調查”、“印花税法”、“所得税暫行條例”又“施行細則”、“中外度量衡比較表”，“關内各鐵路干支綫公里表”、“航空公司簡明表”、“全國紡織廠統計”等等，皆切實用之文字也。

（二）《裸體照片》，共計四十八張，代表四十三國，合成一册，價二元八角四分，由商務代售。余最喜者，第一頁之英人、第九頁之法人，及第十三頁之西班牙人。四一頁及四二頁之華人，當是一人，不佳。三七頁之暹羅人，頗像日本人，亦不佳。最怕者三十四頁之剛股婦人也。裸書注重曲綫，故乳部最明白，至於密竇，則無不深藏，此通例也。

（原載一九三七年三月十七日《晶報》，署名州亞）

心不在

美國滑稽大家葛萊孟（Clemens）氏，即以馬克端（Mark Twain）[27]別字著名者，健忘，常犯“心不在”（absent-mindedness）之病。一日，某大家招飲，彼忘戴領頭、領帶而往，主人及其他賓客見之，莫不注視其頸，彼覺奇怪，但不知何故。歸家後照鏡始知之。次晨發函道歉，其文之大意如下：

親愛女主大鑒：昨晚宴會，我享受甚多，故作此函重申謝意。同此信封入者，有硬領及領帶各一條。我所恨者，彼等與余昨晚未能同時至尊處也。此請大安。

克萊孟上

（原載一九三七年三月二十日《晶報》，署名州亞）

忠　犬

日本有犬“敏捷”（Hashiko）者，公家爲之建銅像於澀谷火車站之方場，以其忠於主人上野日部三郎也。上野業醫，每晨必乘車至東京，下午歸來，而敏捷必伴至澀谷站，夕間又獨往迎接。一日，上野暴病，卒於途，敏捷不知，晨夕兩次，仍依時往返，盼其主人之歸來，如是者共十一年。去歲敏捷病死，其忠於主人之故事遍傳全國，男女老幼無不知之。據云，宫中桌上亦有敏捷之小型像也。敏捷葬於上野之墓之旁，公家爲之出殯時，有高僧十六人念經伴送。

（原載一九三七年三月二十四日《晶報》，署名州亞）

養鼠狂

英國近來養鼠之風極盛，據確實調查，目下從事於此種工作者，其數在一千以上。色佳之鼠，每隻值美金七百五十元。每星期英國舉行賽鼠會，至少一次，比賽之鼠顏色不一，大概不外紅，緑，黑，黄，深黄，淡黄，棕色，乳色，紫色，赤色等等。最上之品，得獎金廿五元至五十元不等。

鼠有標準尺度，即自鼻尖起至尾端止，不得短於七英寸，或長過八英寸也。復次，尾之尺寸必與體之尺寸相等，眼睛要大，耳要豎立。

養鼠極易，費用亦小。某養鼠場有鼠約三千只，每日食料總在美金五角與七角半之間。鼠最喜食者，小麥，生蛋，牛乳及麵包也。鼠皮四百張可成“灰背”大衣一件，最佳者值美金三百五十元，故農人多喜養鼠，以其利厚也。

鼠不易病，英人所養之鼠非田鼠而爲小鼠，即所謂“毛烏色”（mouse）是也。養鼠本輕利重，係一易舉之實業，吾國人似可倣而爲之也。

（原載一九三七年三月二十六日《晶報》，署名州亞）

絲毫不爽

美人談話，好求正確，譬如報告年紀，不曰“三十九”或“四十歲”，而曰“三十九歲十一個月又二十天”，吾人聞之，頗覺奇怪，而英法人亦以爲駭異也。

美人又有一惡習，即喜言尺度也，譬如某人購到新式無線電一具，彼不告人曰“某某牌、第幾號”，而曰“高六尺二寸，闊二尺八寸，深一尺四寸”；又如有一生客來謁，手持行杖，口含雪茄，後來提及此人必曰：“那個人手持三尺長的行杖，口含四寸長雪茄，我還記得他的面相，不過姓名已經忘記了。”

講話時，美人之口不大張大閉，其作手勢，亦不及他國人之甚，故常人視之，似極文雅也。

（原載一九三七年三月三十一日《晶報》，署名州亞）

剃　刀

德國哲學大家叔本華（Schopenhauer）氏，最怕剃刀，非獨自己不敢以手持之，即他人用時，亦必遠而避之。然任何男子，不能無鬚，叔本華之鬚濃而且長，遇可厭而不可保留之時，彼仍不用剃刀，而用他種方法除去之，即以火焚燒是也。據云，有時因火力過度，燙傷其上唇與下頷，則不得不入醫院求治也。

叔本華生於一七八八年，卒於一八六零年，德國最著名之厭世主義者也，其所創之理論，世人以“求生之意旨”（Will-to-live）稱之。

（原載一九三七年四月五日《晶報》，署名州亞）

獸精動力

精絲不論屬人屬獸，皆有自動與下種兩力，參觀本《晶》四月七日《兩力》篇。自動之時間，每較下種之時間更長。下列者獸精之動力時間表也：

小鼠	十小時
大鼠	十六小時
豚鼠	四十一小時
猪	四十八小時
馬	四十八小時

人精動力之時間，尚未經醫學大家查明，大概總在四十八小時之内。

（原載一九三七年四月十三日《晶報》，署名州亞）

西會一瞥

下述新聞，似乎陳舊，然實含有永久性之興味也。

余之赴西人納税人年會，被邀而爲旁聽者也，故座位在花樓最中最前一排；汽車上有巡捕房送來之通行證，故來往亦極榮耀。當時所聞所見，有下面三事：

（一）旁我坐者，一精通西語之華籍少婦也，彼常常與其同來之男子談笑。通過加捐一案時，彼隨西人狂然拍手，不知何意。

（二）當日提案者，總是居中之人，而附議者，又每爲旁坐之某人，其他西董都不開口。復次，某納税西人上臺"發神經"時，有拍手者，有大笑者，反對耶，抑贊成耶，余全不明白。

（三）余在樓上向下望去，髮全者極少，禿頂者甚多。近來本《晶》大雄先生亦採西方之時髦，大禿其頂，余曾以秘術授彼，可免禿頂之不美觀，即每晨出門時，向修馬路之工人索些柏油塗在頭上是也。小英説我有意侮辱，其實我是好意，且"方子"是來自某書本，非杜撰也。西人髮黄，不宜用柏油，最好用煙辣。

（原載一九三七年四月十七日《晶報》，署名州亞）

不嫁之樂

近來有人在美國波士登（Boston）某雜誌投稾，謂凡女子之願嫁者，應注意實際，不應專重愛情。愛情者，催眠狀態也。好丈夫者，社會上有地位，銀行中有存款之人也。本月《世界文匯》中，又有許鄧陶樸（Siedentop）通信，稱不嫁有四樂，兹翻譯如下：

（一）不嫁得自由度日，可免種種困苦；

（二）所謂婚姻不圓滿一問題，可置之度外；

（三）不必憂慮丈夫之失業，或小孩子太多；

（四）可以永遠稱"小姐"，永遠不老。

不嫁，即一世童貞之意。倘多交異性之友，隨時與之同居，則是"度罪惡生活"（Live in Sin）矣，其苦比嫁更甚。

（原載一九三七年四月十九日《晶報》，署名州亞）

又是阿七

妓女阿七，自從日前本《晶》爲之吹嘘後，全未獲得好處，反來受到兩種苦楚：登報之日，有"玩"人在旅館中用電話叫局，見面後即問妓爲何要捲逃。不知阿七返申之時滿身是病，連鋪蓋棉衣都藏之大字庫[28]中，後來途中遇見舊客人，勉强借到數十元，始得看病贖當，不餓病，不爲乞丐。此"大少爺"誤彼爲富家之逃妾，惡聲凶相以對待之，又罰坐二小時，真是好打抱不平之過分者；第二困苦，即黎扶君之連日連夜叫打烊堂差，且使之"唱灘簧"也。"唱灘簧"係堂子中術語，約定擺酒請客，臨時不到也。黎扶君問阿七曰："你從前是某某做的麽？……他現在最親近的相好，你認識麽？喏，就是老二，也是我介紹的……"阿七當他是老資格，所以極其把結之能力。一曉，黎扶君與彼之至友約六七人同往茶會，鬧得"天翻地覆"，本家照例請求"幫忙，做花頭"，黎扶君滿口答應，并約定時日持請客票而去，不料後來竟完全忘記。非獨預備之酒菜無人飲食，連阿七之本人，亦不來叫。阿七問我黎扶君之住址，我不肯説，我説："你賠老鴇之酒菜錢，算了我罷。"

（原載一九三七年四月二十二日《晶報》，署名周越然）

我是麵包

麵包萬能，得之者生，否則死亡。美國最近有人作《我是麵包》一文，麵包自述也，兹直譯之如下：

我是生命之標記，身體與心智之創造者；我是士兵、工人、科學家、美術家之食料；我是國王、朝臣、哲學家或愚魯人之依賴；我又爲乞丐之好友、大宴之隨從，不論茅屋，不論宫室，均歡迎我。國家缺我則亡，民族獲我則興，我是麵包。

譯者曰，麵包，即飯碗也，世界一切問題無非飯碗問題耳。

（原載一九三七年四月二十三日《晶報》，署名州亞）

婚姻科

近來美國各大學，競設新課程，最奇者莫如婚姻科也。授此科者，有衣阿華（Iowa）大學、範塞（Vassar）及叙拉古（Syracuse）大學。該科所授，大概不外四事：（一）婚前問題，（二）婚後調整，（三）生産心理，（四）教養孩兒。

美國大學，又有無綫電廣播科、天氣預知科、利用閑暇科、預選家庭科及個人自知科，皆最近設立者也。個人自知科，藉影片及留聲之力，記録學生之言語狀態，以爲教師及同學批評之基本。美人教育，可謂無微不至矣。

（原載一九三七年五月七日《晶報》，署名州亞）

白　髪

頭髪由黑而白，遲早不一，有三十多歲即變灰色者，亦有七十歲髪全黑者。少數醫家主張遺傳之説，稱早白遲白皆因母性，余不謂然。伍子胥過昭關，一夜急白頭髪，決與遺傳無涉也。

或者曰："伍子胥不是我們同時代的人，没有見過他，哪里知道他的頭髪是急白的，或是真白的，也未可知，傳説究竟不可盡信。"

或者之辭，果然有理，但余另有一實證，可以見髪之突然變白，非遺傳也。"一·二八"以前，商務印書館總經理王雲五先生之鬚髪皆黑，完完全全是一個漂亮"小伙子"，現在鬚髪全白，遠望之好像一個"老頭子"。王先生年歲尚輕，不過五十，所以然者，皆因四五年來勞心所致也。

復次，西班牙愛司狄伐（Esteva）氏，即與革命黨表同情者，前因政府通緝，假裝已死，隱身於祖墳中幾二月，入時髪黑黑，出時則雪白矣，此非遺傳，亦心急也。

諺云："少白頭，有人求。"意謂多思想者，髮必早白；髮早白者，無不勤奮；勤奮且負責者，當然有人向之作種種懇求也。

（原載一九三七年五月九日《晶報》，署名周越然）

求死不得

美人梅耐德（Maynard）女士，近在雜誌中發表一短簡、滑稽故事，頗多意味，茲翻譯如下：

昔者某少年厭世，力求速死，於是携帶手槍、繩索、毒藥、火柴、汽油等物，棄家而走。當其行至某大橋時，四顧無人，以爲覓得自盡之所矣，遂吞服毒藥，將繩索縛於頸上，并將汽油倒於衣上，擦火柴而點着之，即縱身跳入湖内，同時以手槍自擊。不料，子彈不中肉體，反而打斷繩索；湖中之水消滅衣上之火；口中所吞之水，又冲淡所服之毒，無力發作；且此少年善於游泳，故雖無人撈救，不久已安然登岸矣。一場空自盡，險哉險哉。

（原載一九三七年五月三十日《晶報》，署名州亞）

西　歸

上海租界將辟時，西洋婦女來者極少，據蘭（Lang）氏言，一八四三年祇二人；八年後，即一八五一年，亦祇十七人；至一八七零年，始有二百九十五人，其時陽性人數爲一千二百七十。蘭氏書中并載一八四四年至一八五一年租界西人全數人口調查表，茲翻譯如下：

年份	1844	1845	1846	1847	1848	1849	1850	1851
人數	50	90	120	134	159	175	210	265

依據上表，可知租界初辟時，西洋人口之增狂進不已也。一八四三年，即清道光二十三年（癸卯）；一八五一年，清咸豐元年（辛亥）。

（原載一九三七年五月十五日《晶報》，署名州亞）

人獸禽

人與走獸相差極微，但人自覺聰明才智皆遠在其上，故輕視之。至於飛禽，吾人大都羡之，以其所能者即吾人所欲行者也。鳥之所覺，以歌曲表之；吾人至高之情感，亦藉詩詞之力達之，此人與禽相似之點也。復次，禽知戀愛，知建築，好家庭而又好遠游，此又人禽之相似處也。

（原載一九三七年五月十八日《晶報》，署名州亞）

乘車時間

美國雜誌中，載一關於鐘表時間之實用問題，茲照譯如下，請本《晶》閱者，不用紙筆，自己先在心中算，再看問題後加附之答案。

問　題

我與君二人，約定搭下午四時火車往外埠游玩。我之表遲十分，而我自以爲快五分；君之表快五分，而君自以爲遲十分。問何人先到車站？

答　案

君先到車站，我太遲，不及乘車。我以爲我表上之四點五分即車站之四點，其實已爲四點十五分矣；君以爲依君表上之時間，非三點五十分趕到車站不可，其實君之三點五十分，即車站上三點四十五分也。

（原載一九三七年五月二十一日《晶報》，署名州亞）

狗價五萬金

美國某月刊之最近一期中，載一滑稽小故事，茲照譯如下：

某日之晨，洛杉磯（Los Angeles）城中之某日報販賣攤旁，有一小狗，其環頸之帶縛一紙片，上書“出售”二字。購報者某君問報販曰：“此狗要賣多少錢？”

報販答曰："五萬塊錢。"

購報者繼而言曰："這個價錢是背理的，反常的，吾們美國全國是没有這個狗價的。"

報販曰："它的實價是五萬元，我非得到五萬元不肯把它售去。"

購報者闊步離去，同時摇首以表示不滿；數星期後，見狗不在，問販報者曰："喂，你的狗售去了麽？"

報販答曰："是的，售去了。"

購報者又問曰："你是不是得到你所欲得之價？"

報販曰："真是。"

購報者面露驚異之狀，又問曰："竟是五萬元麽？"

報販曰："是的，不過你要曉得，我不拿現款，我换了兩隻大猫，每隻值二萬五千元。"

（原載一九三七年五月二十二日《晶報》，署名州亞）

牛　劍

英國最著名之大學二，曰牛津（Oxford），曰劍橋（Cambridge），其所授科目，各有古文、歷史、經濟、政治、法律、神學、近世語、數學、工程等等。所謂"古文"者，即"克拉西克司"（Classics），包括希臘、拉丁及其他各國名作；"近世語"指德、法語而言。"英語"即彼國之國文。二校學生數相差極多，而其所研究者，亦大不同，兹列一表如下：

科目	牛津人數	百分率	劍橋人數	百分率
古文	595	14	340	6.4
歷史	874	20.4	696	13
經濟政治	460	11	262	5
近世語	443	10.3	498	9.3
英語	365	9	256	5
法律	404	9.5	459	9

科目	牛津人數	百分率	劍橋人數	百分率
神學	160	3.7	115	2.1
數學	143	3.3	307	5.7
博物醫藥	512	12	1198	22.4
工程	35	0.8	516	9.7
普通學位	116	2.7	264	5
其他科目	182	3.3	427	7.4
合計	4289	100	5338	100

［注意一］上列調查表係白楷（Barker）教授所作，最近在倫敦出版之《兩週》雜誌中發表。

［注意二］表中學生人數，包括兩性。牛津計有女生四百餘人，白氏未曾注明。

（原載一九三七年五月二十三日《晶報》，署名州亞）

運動與婦女

世人有一種迷信，即運動家不宜娶妻也。

西人稱“未結婚者”曰“白吃老兒（Bachelor）”，或“新結婚者”曰“噴溺抵格（Benediet）”。一般人總以爲白吃老兒，無不壯健，而噴溺抵格，無不柔弱，其實不然。歐美之競技者，且獲勝者非完全爲白吃老兒；而善於節制之噴溺抵格，亦常常得勝也。今有人研究，知至大之問題，不在獨身與不獨身，而在放縱與不放縱。獨身者，即白吃老兒，最易放縱；娶妻者，即噴溺抵格，不難克制也。研究此問題之最著者，名施蒂芬氏（Stevens），醫師兼體育指導也。

施蒂芬氏，除當面盤問體育家外，又印發問題，茲照譯如下：

（一）汝於結婚後，運動有進步否？

（二）汝之結婚，影響汝運動時之脾氣否？

（三）汝之冒險精神減少否？

（四）汝之結婚與汝之訓練有關係否？

（五）汝之忍勞與結婚前相等否？

施氏所得答語，皆極滿意，皆足以證實婚姻不傷害體育。內有二答極妙，一云："我從前神經衰弱，現在好了。"一云："我從前常常在場上亂干，現在不再如此了。"

施氏謂婚姻決與體育無關，惟過度放縱及家庭煩擾應免除之。體育家尤忌遲睡，又忌應酬。

（原載一九三七年五月二十四日《晶報》，署名州亞）

"可惡油鴨齊喫"

英國有一奇字，其音頗似"詼事"（詼音奎）或"窺事"二字，用四個字母組成之，即"可惡"（Q）、"油"（U）、"鴨"（I）、"齊喫"（Z）也（參閱本《晶》本月十七日周友君之《嘔屄膝跌醫》篇），譯言"詼諧"或"查問"，英美大小辭書均稱此字來源不明。其實"詼事"或"窺事"一詞，因游戲而傳，非從任何古今方言中得來也。茲將 Quiz 之簡史說明如下：

多年前，愛爾蘭首都達伯靈（Dublin）某戲院之經理名戴理（Daly）者，當大衆夸言曰："我欲造新字，將使達伯靈全城之人明晨皆知之。"當日之晚，彼用白色粉筆在各街之行人道大書 Quiz（"詼事"或"窺事"）一字，次日之見之者莫不曰："可惡、油、鴨、齊喫——詼事、窺事——我不識此字。何爲'窺事'，何爲'詼事'，此字作何解說？"余代答曰，詼事者，游戲也；窺事者，查問也，Quiz 一字，今含此二義。字之因滑稽而起，而遍傳全世界者，英語中不多；除此字之外，倘本《晶》同志有知其他者，乞告我爲幸。

余今擬效戴氏之法，亦欲創造一字，不過無暇在街上書寫，只得在《晶報》中發表，想三五日後必能遍傳全國也。余所欲造之字，即一"口"字加一直劃，此劃上面不出頭，下面挂下去，所以不是"中"字；倘有將此字寫成篆古體者，其形狀好像喫雪茄煙，決不可使婦女看見（免得受罵）。余意此字最好讀成"咸卵"切，或讀"歡"音亦可，作"靜默"或"絕對不能出聲"解，未知研究字學者以爲然否。

（原載一九三七年五月二十日《晶報》，署名州亞）

風花雪月

有貨幣之形，而不以之作交易之用者，其“風花雪月”乎。“風花雪月”傳世極廣，惟輕重、大小不同，有古雅者，亦有粗笨者。余所見之“風花雪月”，係孫紹修兄家藏至寶，文字佳美（見圖），圖像清楚，銅質極重，非後來倣造者可比。

（“風花雪月”貨幣拓本）

據孫君云，舊歸北方人有兩種迷信：（一）女子出閣時，將“風花雪月”佩之身上，夫婦可永久恩好；（二）富家造屋時，將“風花雪月”嵌入正梁中，主人得大發其財。

今《晶報》拓而印之，將來定購而愛閱者，必較前更多，而“老闆”之進帳亦必因之日增不已也。

（原載一九三七年五月二十二日《晶報》，署名州亞）

公與私

顯而露者曰“公”，隱而蔽者曰“私”，此至理也，吾國無論何人皆知之。然竟有不然者，歐西人之稱兩性藏匿不見之“毛”也，彼等不呼之爲“私”，不呼之爲“陰”，而以“公”呼之。其原因何在，淺學如余，全然不知。英語“毛”字與“髮”字同，其音似爲“黑藹兒”，“公”字之音似爲“怕不裂開”；“怕不裂開黑藹兒”昔人視爲萬不可少之物，凡缺之者得“白虎”之名。今者不然，女子有時用安全刀剃去者；上等裸體畫中，亦已不作“黑藹兒”之形狀矣。男子有茂盛之

"黑藹兒",自腹部起即葱葱者,世人稱之爲"青龍"。友人沈君云:"青龍接白虎,一對好夫婦,不是富氣大,必定子孫多。"

或者問:"年老髮白,此作何色?"曰:"隱藏者不全變色,漸漸脱落而已。"

復次,西女腋下之"黑藹兒",昔時亦視爲至美至寶之物,今已不然,剃於者日增。再,女子發育未全而先"破瓜"者,最易變成"白虎"。

(原載一九三七年五月二十六日《晶報》,署名州亞)

西始西終

此次往無錫,來去車中均聽到西洋外國話,故本篇以"西始西終"爲題。

余與内子出門,其實志不在洋語,而在美景也。離申地近而美景多者,首推京杭,但因限於時間,所以吾二人擇定小上海,即大無錫。無錫天然景致既富而美,而新式建築又日興不已,再過十年,恐浙之西湖亦不能及矣。

余等搭二十二日下午四時車往錫,對座有一外國海軍軍官及其華藉愛人"韓師妹"也。二人滔滔不絶,專用英語談秘事,以爲年老人如余等,全無摩登氣,必不通曉外國話也。實則余夫婦二人,既不能不聽,又不能不懂,惟勉强忍笑,覺得肉麻之至,難過之至,此即本篇題中所指之"西始"。

"西終"者,指劉夫人與其中西友人之對話也。劉博士與其夫人同往無錫演講,歸來時有許多人送行,閑談皆用純熟英語。歸來之車係星期日下午七點十分者。

星期六之夜,余二人開新世界四十九號房間,老闆張君即"二少爺",係余家老親,故招待更加周到。次日本擬往宜興,後因天氣不佳,又因汽車無着,臨時改變方針,雇人力車而往蠡園、漁莊、黿頭渚、錦園(即小箕山)、梅園、惠泉山等處。

蠡園與漁莊,入門必須購票,每客洋五分。其他各處均不要錢。蠡園係王姓所造,漁莊係陳姓之産。據云,兩姓至親,一爲内兄,一爲妹夫，未知然否。在蠡園時見壁上有一七言詩云："三人巧遇到此游，桃紅柳緑是勝地；可惜陰雨綿綿急，只得悶氣轉回頭。"詩下有朱友能、朱雨泉、袁士香具名，可知所謂"三人"者即此三人也。三人合作一詩平葉不調，而又失韵，古典式之韵文真不易爲也。余等出漁莊後，人力車經過新建之長橋時，聞河中舟子高聲而歌，仔細聽之，其文似爲"愛、愛、愛兮，你愛我來我愛你，早相見呀，夕又相遇，一日也難分離，愛、愛、愛兮"。

黿頭渚後門口有飯館二，一老一新。車夫謂老者菜佳價廉，其實不盡然。菜佳而價廉者，無錫之老聚豐也。黿頭渚之游人極衆，除吾國種種男女外，余等又遇見黄毛十餘名，又男女大小"阿媛篤"㉙幾三十名，後者有警察隨時隨地保護。自黿頭渚擺渡至小箕山，渡船雖老式，但因是日風平浪静，頗覺舒適。汽船人多，反爲不美。

錦園梅園，依然如故，無新建設，但舊有者已極可觀，祇要好好保存而已。惠山太陳腐，應大大整理。錫地紳士所以不進行者，恐另有理由，非不知也，非不見也。

星期日（即廿三日），無錫出迎神大賽會，余等未見全體，因在黿頭渚居留太久，歸來略遲，趕不上，可惜之至。

往時，遇見老友周振宏君，歸來時遇見中國書店金老闆，均與余隔座閑談，加以"韓師妹"之情話、劉博士之教育，余二人在車中覺得時間極短，且不寂寞也。

（原載一九三七年五月二十七日《晶報》，署名州亞）

姓甚名誰？

昔美國某處大災，居民之遭之者，不得不速往他地，以暫避其鋒，所以各慈善機關用大量汽車趕赴其地，將災民向外運送，但人多車少，頗覺困難也。某熱心公益之富婦聞之，即自駕私有汽車前往幫忙。抵災地時，見最後之運送車正欲開行，而同時有老年男女兩人因行遲慢，叫喊無力，趕不上車，在道旁默泣，富婦曰："你們二老人趕不上車，不要哭呀，我帶你們到我的家裏去就是了，你們看好不好?”二老人作一度迅速之商議後,即答曰:“好極,好極,我們是很願意的,真感謝你!”

富婦載彼等到家後,即以美食食之。入晚,又携之進客房,且告之曰:“你們倆可同睡在那個床上,明天會罷!”不久,富婦聞其卧室之門有敲擊聲,問曰:“誰?”答曰:“夫人,是我。”富婦曰:“我來開了。”

敲門求見者,即富婦日中載來之女性老人也。富婦曰:“你們還没有睡覺麽? 有什麽事?”老人謙然曰:“我有要事問夫人,不知肯答我否?”富婦曰:“肯,肯,你説出來好了。”老婦曰:“夫人叫我和他一床睡的那個男子,我是不認識的,不知他姓甚名誰,請夫人告我。”

州亞案:二老人年歲雖相若,原來不是夫婦。讀此故事,可知美國婦女大部急公好義,不喜盤問者也。

(原載一九三七年六月二日《晶報》,署名州亞)

年老生子

所謂年老者,夫九十四,妻八十三也,其生子之事由法國科學館(French Academy of Science)證實報告,故非寓言。

老年生子,世間不少。英國陶遜(Dawson)醫師於其所著之《男子性之原因》(The Causation of Sex in Man)中,述一有趣之故事,兹翻譯如下:

一九零四年之春,余應戊丙(E. C.)小姐之召,趕往診斷。戊丙小姐年五十歲,月事終止已二年有餘,前歲春夏之交,彼於無意中遇見其許久未面之舊情人。戊丙以爲癸水已絶,安心“冒險”,不料竟生一强壯之兒,余親自爲之接生也。

依此,月事與受孕實無關係,來者未必生子,止者未必不生也。古籍中亦涉及老年生子之事,兹抄録如後:

其中一人曰,明年屆此期,我必復至,爾妻撒拉將生子。其人後幕,撒拉在幕門聞之。亞伯拉罕與撒拉俱年邁,撒拉癸水已絶。撒拉竊哂云:“我已衰矣,我主亦老,豈復有此樂乎。”主謂亞伯拉罕曰:“撒拉何哂云我已老,豈能生育乎,主豈有不能行之事哉? 屆期

我必復至，撒拉將生子。”(《創世記》十八章十節至十四節)

亞伯拉罕老邁時，撒拉懷妊，屆神所言之期，從亞伯拉罕生一子……撒拉曰，亞伯拉罕年已老，而我從之生子……(《創世記》廿一章二節至七節)

施多博(Stopes)醫師謂昔有英人名柏魯(Parro)者，結婚時年一百二十歲，其與妻接體之勤，與少年無異，此人活至一百五十三歲始卒；又顧伯(Cooper)氏稱彼曾研究九四、九六及百零三者之精，見其傳種之力與少年之精相倣也。

(原載一九三七年六月三日《晶報》，署名州亞)

“歡多育寡”

本篇題目“歡多育寡”四字，不是“寡育多男子”之優生條理，而爲英語“你往哪里去”(Where do you go?)之譯音也。此係余幼時最初學得之西文，有一段小小歷史，述之如下：

三十九年以前，當戊戌政變之際，友人范君霞軒從南門時務館中朱姓學習英語，課畢常來吾家，余聽其反復背誦“歡多育寡”真是悦耳。范君聲尖脆，善作手勢，尤像外國人講話，余不勝羡慕之至，亦有加入之意。但一再請求家母，終不允許，謂吾家素走正途，不習異術，讀書人總以進秀才、中舉人、取得功名爲是，余無法，只得暗譏母親不識天下大勢而已。後來又在西門鈕宅竊聽金君教英文，金君授“各得駡人”(Good morning)一語，謂爲西人晨間見面時之互相祝福辭。當時余極疑惑，西禮晨間既然要互相祝福，何以又“各得駡人”耶？余混合中西文字，幼時愚魯可以知矣。余近作《湖城英語教師之先鋒》一文，將在湖社刊號之《新湖州》第一卷第二期發表。

(原載一九三七年六月二十日《晶報》，署名州亞)

許多錯誤

錯誤有大有小，有有意者，有無意者，有使人笑者，有使人哭者，亦有使人哭笑均不能者。下面三個錯誤，均譯自最近出版之美國報紙：

（一）信箱無着

近美國匹兹堡（Pitts burgh）城築一郵務局，共費金洋六百萬元。開幕之日，寄信者四周細尋，不見信箱，無法投發其所携之件。後郵務司鄧納（Turner）氏知之，查問打樣者及建築師，彼等曰："吾們大家都忘記那件要事了。"

（二）白白修理

美國新埋埠（Newburyport）合作銀行之地産部，費用金洋五百元將某街某號空屋修理一新，後知此屋實非該行之産業也。

（三）文字無效

英國某有聲片攝影場，常有飛機翱翔其上，聲音甚響，不便工作。主事者作巨字於屋頂云"此間是攝影戲之場，聲音請輕些"（Eilin Studio——Quiet，Please），豈知事情反而不妙，凡駕機者見屋頂有字，莫不下降審視也。

（原載一九三七年六月二十一日《晶報》，署名州亞）

蠻人借妻

澳洲中部，實行借妻，名曰"可是奶奶"（Kusenana），風俗也，禮儀也，亦制度也。凡已婚者，依例不得不隨時將其髮妻準任何單身男子借去，惟受恩之人，於自己娶親之前亦不得不先將其"新娘"獻與賜恩之人也。

澳洲又有一種風俗曰"可奔逃"（Kupenda），即女子之不滿於其夫者，可以隨時離去；倘所遇者尚不如願，仍可歸來也。

澳洲有二種主要之舞，曰"伊得達"（Idata），曰"和兒養寡老"（Wulyan Kura）。前者於女子聞任何男子之號筒聲後，即可與吹號者跳舞，且奔逃也；後者準許女子於婚外擇人也。後者有歌，兹翻譯兩節如下：

（一）低胸女子唱聲高，彼等唱聲真是高。

（二）我喉中發癢，我胃中發抖，我肝臟發抖，我腹部也抖，我子宫振蕩。

（原載一九三七年六月二十二日《晶報》，署名州亞）

出　款

米邦暗妓，有每日收入祇六七元者，亦有每月進款二千元者（“元”指金洋言，每元約國幣三元四角），其出款幾何，從來無人研究。近來雷德滿（Reitman）醫師據其多年調查所得，作一常妓支出表，茲照譯如下：

項　目	一九三零年	一九三五年
卧室（在旅館中）	50元	40元
餐食	40元	30元
電話	6元	4元
賞錢（旅館）	5元	2元
醫藥（包括牙科）	20元	10元
化妝品	8元	4元
車費	12元	6元
美容與理髮	8元	4元
家常衣服	8元	6元
出客衣服（每年六套）	11元	7元
鞋與拖鞋	10元	5元
襪（六雙）	9元	6元
帽（每年六個）	1.5元	1.5元
冬季大衣（每年一件）	10元	4元
春季大衣（每年一件）	4元	2元
手套（每年四雙或二雙）	0.75元	0.25元
內衣	3元	2元
瑣碎零件	1元	1元
披肩、圍巾、傘、套鞋	2元	1元
手飾	3元	1元
娛樂	5元	3元
報紙、雜誌	14元	5元
卷煙	6元	7元

借款與送禮	20 元	10 元
酒	20 元	25 元
麻醉品(鴉片、嗎啡)	不詳	不詳
總計	277.25 元	186.75 元

注意一:此表係一九三零年與一九三五年兩年之比較表。

注意二:表中除酒一項外,一九三五年之數總較一九三零年者低,此因米邦亦不景氣,百物廉價之故。酒款獨增者,因妓業衰落,多閑暇也。

注意三:妓無不喜麻醉品者,或吸或打,大多隱掩,故不能計算其所付之數。

(原載一九三七年六月二十八日《晶報》,署名舟)

内外篇

未婚之女,多能“自愛”取樂,其主點在核;適人後,則改變方向,求樂不在口外,而在道内矣。昔有一大西女子,年十九歲,體高約四尺五寸,嫁一丈夫,體育家也,年三十歲。女子告其至友曰:“他接近我身的時候,我覺得很興奮,我多情,我又愛他,不過我完全得不到快樂。他只能激動我,不能滿足我。”後經專門醫師細細盤問,知此女自十歲起已能“自愛”,故核部甚爲發達,及其嫁人後,仍保守舊地而不明移轉之方,天欺人乎,抑人自愚耶。

上述故事,言手淫之害也。

(原載一九三七年六月三十日《晶報》,署名州亞)

順從與强制

順從者,不反抗也,可細分爲二:(一)被動,(二)自動。汝召一妓而悦之吻之,彼不聲不響,任汝戲弄,此被動之順從也。我去情人之家,除談笑外,常有抱腰接唇之行爲,彼非獨不拒我,且往往助我;助我者,即我抱則彼擁,我接則彼吸也,此自動之順從也。

老友某君有一戀人,常常向彼要長要短,要金錢,要衣料,要汽車,要鑽戒,并云:"倘然不快快拿來,我和你一刀二段。"此强制也。女有强制,男亦有强制:女欲向西往,男特意向東,而女者不敢不隨從男者,此亦强制也。强制決非真愛;真愛者,主動之順從也。

男子在妓院中所得者,大概是强制;在家庭中所獲者,大概是順從。然事有相反者,世間事全無通例也。

(原載一九三七年七月三日《晶報》,署名州亞)

婦女與强力

羅馬詩人伍惟德曰:"女子皆喜好暴力者。來强奸者,彼等雖與之掙扎,然心中實未嘗不感激也。"伍惟德(Ovid)生於紀元前四十三年,卒於西曆十七年,原文見其所著之《情術》第一册。

身毒國《愛經》之某章,專言打擊之法,謂背、腹、腿、臀,皆其地也,事前行之,無不興高多倍。《愛經》著者,名法濟藥耶拿(Vatsyayana),英譯本易得,法譯本最佳。

由此可知,古時東西婦女皆好受人打者也,但近代亦然。法醫師席納(Janet)轉述某女病人之言曰:"我的丈夫太好了,太愛我了,他全不能使我受一些小痛苦。但是,未曾受苦,焉能生愛呢!"復次,某奥國女,常將某未婚夫鞭打;一次,男恨極,執其雙臂猛然回擊,女笑而言曰:"好了,好了,我們二人真真親愛,真真一對好夫妻!"成婚之夕,女之全身多是傷痕,但頗覺歡樂也。

(原載一九三七年七月十七日《晶報》,署名州亞)

咏寶之詩

幼時偷閲彈詞《三笑姻緣》,内有兩語云"溪中泉滴滴,户外草栖栖",知是咏寶之詩(《三笑》已多年不讀,且手頭無書,引句恐有誤字)[30]。後習西語,見此類韵文不少,且皆出於名家之手也,兹翻譯數行以爲實例,如下:

示我以阜兮，愛神含笑而栖止；

下有活泉兮，隨時流動而不息。

上譯者，係英國詩人黑力克（Herrick）原作，見其所著之《咏悌媛歌》也。西方詩人又喜以玫瑰（rose）比實物，而謂下有溪水保護之也。黑力克氏生於一五九一年，卒於一六七四年，係詩人之最明性心理者。舊約《所羅門歌》第七章第二節云“臍如圓盂，感以酒醴”，臍實指竇，酒醴則指内汁而言。

（原載一九三七年八月八日《晶報》，署名州亞）

油臭除毒

昨在某社開會，遇見京來某要人，談及抵抗之事，彼謂目前戰争除飛機排炮外，尚有化學藥品可以利用。吾人只知緑氣之可怕，其實此是總稱。軍用毒氣，已發明者有數十種，大部取之煤類，使人氣塞自死也。湖州人於炎夏之時，喜食臭蠶豆、臭豆腐等，皆浸入菜酪中以成者也。據云，菜酪，尤其是臭者，或聞或飲可以除去已受之毒。尿之陳者，有相等之功效，等到要求生存之時，污濁當然不成問題矣。又有一種毒氣，着人皮膚後，即發癢欲搔，搔即碎爛，無法治療；倘於患處涂油或凡事靈，其毒漸漸自消。

上述者，皆出之名人某公之口，想必可靠。某公雖非現任軍人，然曾受完全軍教，其見識又遠大，吾人應尊敬之聽從之。

彼又謂防毒面具，固是對症之藥，但極氣悶，未受相當訓練者，決然不能久戴。

（原載一九三七年八月八日《晶報》，署名州亞）

路上還好

昨晚自辦事處歸來，家母問曰：“路上太平麽？”余答曰：“路上還好，天空倒反來不好。”聞者皆大笑。吾人在國難中，似不應笑，然亦不應哭。自晨至暮，自暮至晨，全家躲在樓下，講逃難之法，講防毒之法。逃既不能，毒亦無有，徒然自擾，於國於家，兩無益也。少壯者應在後方服務，年長者亦應捐助財物。

空戰果然可怕，但飛機之用意，原在擲彈追逐，決非專事祝壽也。內子説得好："吾們的飛機，真的能與敵人打了，將來我還要盡力買航空獎券，可惜一·二八時没有飛機，所以我們的家被毁了！"

（原載一九三七年八月十九日《晶報》，署名州亞）

怪　彈

二十三日之彈，炮彈乎？炸彈乎？二十四日報紙上乃有斷定爲炸彈者，信乎？

此彈由東南角飛來，經過五、四、三、二馬路而斜入大馬路之日昇樓。當時余在石路口國貨公司左近，親見此彈，并親聞其聲也。彈在天空時，其聲頗似狂風暴雨之突至，外加奇響如洋鉛皮之互碰，未幾在余右首下墜，知已出險矣，同時知吾同胞之受傷者或身死者必在百人以上也。同人丁君是時適在大三元午餐，聽得響聲後，只見眼前一股黑煙。大兒祉民在高厦攝影，亦見此彈之飛來；次兒賜民與余并在，全無怕懼之意。

（原載一九三七年八月二十五日《晶報》，署名州亞）

假　具

婦女之"自愛"者，多用假具。假具有正式者與非正式者之分：正式者，用某種物質製成某種形狀與尺度；非正式者，或針或果，臨時取用也。兹先述正式之假具。

舊時假具，以日本所製者爲最精，名曰"鈴之球"（Rinno Tama），大小如鴿蛋，用金屬薄片造成，共兩枚，一空心，即球也；一含水銀或細丸，即鈴也。兩者先後塞入道内，再以腿緊夾，自成樂趣。日本另有一種，名曰"演技"（Engi），泥製或紙製者也。

英國古時所用者，皆玻璃質，其名似爲"底兒倒兒"（Dildol）。法人所用者，亦玻璃質，名曰"安慰機"。德國古名曰"雙檔失"（samthanse），惟富貴之家用之。舊時法人私售，英人公開。假具又可以象牙製之。近世法人所售者,皆橡皮質,色淡紅,形似真物,空心,能藏温乳,於相當之時按住機關,即能滴滴射出。

吾國之名曰“角先生”,大概以樹膠製成,體柔軟,色深紅;又有一種以綢緞縫成者,用時必先取被温水浸軟之木耳塞滿,否則無力,且無温度。

非正式之假具,以香蕉、黄瓜爲最普通。但性烈者,亦採用蘿卜。西土竟有採用下列各物者:(一)鉛筆,(二)封緘蠟,(三)棉花卷,(四)帽針,(五)瓶塞,(六)編織針,(七)蠟燭,(八)香水瓶,(九)鷄、鴨蛋,(十)食叉,(十一)牙簽,(十二)牙刷等等。

(原載一九三八年一月十二日《晶報》,署名州亞)

《十尾龜》

青浦陸士諤先生,著有《十尾龜》一書,出版於清宣統三年,由新新小説社發行,共計四集,分四十回,内述當時上海之風俗人情,及富商、名妓、流氓、賭棍、姨太太、小白臉等等之秘史甚詳,文筆亦極暢達。近來翻印本中,絶無此書,不知何故。余偶有原本,於數日前重閲一遍,得富於興味之故事不少。三編二十九回中,大談賭博,有種種專門名詞,今日不知通行否?兹將名稱及解釋抄録於後,因他書所無也:

葉子(牌)　統葉子(帶牌進來)　急統(骰子挖空,中心全嵌鐵屑或水銀者)　急頭(骰子挖空一角或小半,暗嵌鐵屑或水銀者)　空子、老空、老大、阿大、老貴、阿貴(好户頭賭客)　干血癆(没有錢的賭客)　梢板、血路(洋錢)　尺寸丈(十元爲寸,百元爲尺,千元爲丈)　劈帳(拆份頭)　宕頭(份頭)　提客帳(拆份頭與知風不在場之人)　進門檻(曉得賭經的人)　失風(動手時偶然輸錢)　搭臺、扎場面(同道等候空子未來,先開場消遣)　扮搭客(空子不多,道中人湊數陪賭)　揩油、吃油餅(同道贏錢之後,不肯全數攤派,私行干没)　上盤(做上風)　下盤(做下風)　嘔吧(贏進的錢重行拿出,還給老空)　天打(臨場失敗)

(原載一九三八年一月二十二日《晶報》,署名州亞)

煤　燈

或問:“日本何時始設煤氣燈?”“何年採用電燈?”吾國之知之而能答之者較少,因吾國士子多不研究日本史也。余常閱東洋歷史,而幼時最讀者,重野安繹著之漢文《維新史》也。

《維新史》分上下兩卷,編年體,起於慶應三年,終於明治三十二年,大鉛字排印,半葉九行,行二十一字;前有著者序文及凡例,細目不另列,附印於上欄之外。依據重野安繹博士之言,煤電兩燈開始採用之年可分别作答如下:(一)煤氣燈,即瓦斯燈,明治五年因高島嘉右衛門之請,始設之於横濱;(二)電燈,即電氣燈,明治十五年因三野村利、助大倉喜八郎等之請,始設於東京。

《維新史》不專言物質文明,如電燈、工業也。其他如教育、軍備、外交等均有簡明之記載。明治十五年之朝鮮事變;十七年之朝鮮再變;二十七年東學黨之變;清兵守平壤及二十八年一月北洋艦隊之降,三月李鴻章與伊藤博文之議和等條,均與吾國有重大之關係,人人不可不知,人人不可不讀之文字也。清日和議既成,明治天皇之詔中有“戒驕泰,主謙和;益修武備,而無瀆武;益振文教,而無泥文”等語,誠聰智之辭,定爲萬世取法。原詔極長,約五百字,不便抄録於此。

關於昔日之中國戰争,余尚有《中東大戰演義》二十三回,甚佳,現不易得。

《維新史》出版於明治三十五年,即清光緒二十八年,亦即西曆一九零二年,現已絶版,亦極難獲得。

(原載一九三八年一月二十七日《晶報》,署名州亞)

寶户之度

去歲,美國紐約優生印刷公司出版一種新書,題曰《性智大全》,共計六卷,三十八章,五百六十七頁,著者高士德(Costler)、惠立(Willy)等。全書所述,淺顯易明,皆前人之所已言者,絶無所謂發明也;惟附録一卷,另成一小册,題名曰《女子性生活之圖解》者,非獨簡明,且合實用,誠妙品也。兹擇第七頁第五圖,詳細説明如後(原圖不便翻印,亦不必翻印):

圖爲五個圓圈(circle):最大者在外,以甲字表之;最小者居中,以戊字表之;其餘三個圓圈,以乙、丙、丁三字表之;依次繪於甲之内、戊之外也。五個圓圈,大小既不一,作用亦不同,請閲本《晶》者注意下述各點:(一)戊圈,即最小之圈,代表處女户之平均尺寸,余用公尺(Meter)仔細量度,其直徑(diameter)爲二公分三公厘,約英尺十五分(英尺每寸分成十六分,直徑亦稱對徑)。(二)丁圈之直徑,三公分三公厘,代表陽具之平均尺度也;三公分三公厘,約英尺一寸七分,依此可知女子初夜之苦。(三)丙圈直徑,三公分九公厘,約英尺一寸九分,代表已破瓜而未生育者之尺寸。(四)乙圈直徑,五公分二公厘,約英尺三寸一分,代表女子已生育者之尺度。(五)甲圈,即最大之圈,直徑九公分二公厘,即英尺三寸十分,代表嬰兒出户時之尺度。

西人西度,原來如此。想吾國必與之不同,未知有研究户之直徑者否?

(原載一九三八年二月三日《晶報》,署名州亞)

梅蘭芳的掉皮

余最近復閲一長篇小説,題曰《春江鶯花》,著者許廑父,出版於民國十二年,知當時雖稱亂世,實天下太平之至。"當時"者何時乎?曰,清末民初也,南北議和之時也,亦即"國體準改共和,總統讓之北方"之時也。(引語十二字,見原書第一百十一頁。)

原書共三十六回,亦名《歇浦鶯花誌》,前有趙苕狂序。其主旨在述一妓女之善,另一妓女之惡。善者吴薏卿,顔五所"做";惡者花小寶,顔三所戀。顔三者,顔五之叔父也。薏卿立志從良,雖卓子(另一嫖客)屢次誘惑,仍歸顔五爲妾;小寶詭計多端,於老顔付定金後,尚與優伶吊膀。兩者對比,知舊時娼妓中不皆有良心者,亦不皆無良心者。顏三、顏五，似實有其人，但無從攷求，無法索隱。小顏之表兄鄭震三，及友人張玉生、陳仰山、莫靄人、蔡軌生、王子融、沈百銘、金文治、吳君博、孫鳳雲、沈悦卿、沈俊卿等，想皆非真姓氏也。顏三係北政府之達官，與老阮友善，老阮當是袁世凱。顏五係美國留學生，於南北和議未開之前，應其叔父之召曾往北平一行，娶薏卿後則安居申江，爲某報館主筆。顏五或南或北婊子皆以“大少爺”視之；其叔顏三，不知嫖術，故不免戴臨時緑頭巾。顏五謂凡犯下列五事者，嫖必失敗：（一）性子太躁，（二）酒性太壞，（三）説話太不在行，（四）茶圍打得太勤，（五）相貌生得不雅。（見原書第八回）

書中妓女之名，如洪媛媛，高彩雲，張曼君，柳如是，老林黛玉等，皆當時懸牌者，不必索隱而後□□者。第三回下半，“琴寓有心慢都督”，言鄭蔭時（想是先烈陳英士？）與琴寓之關係也。第二十一回中梅蘭芳（在北京）請客，坐了主位相遜入席。彼此談了一回南北事情，蘭芳笑問顏五爺：“您瞧南北打起仗來，到底哪一邊靠得住點？”顏五笑道：“你問他做什麼？”蘭芳説：“倘使北方得勝，我們就别走。要是南方勢强，我們還是趕早到上海去，免得他們打進來，又要逃難。”由此可知，梅畹華素來會“掉皮”㉛者也。

《春江鶯花》，用四號鉛字排，印刷者上海寶山路國民圖書館，雖出版已十有五年，想市上尚有出售之者。此書言南北之妓，富於史料，閲之有味。

（原載一九三八年二月四日《晶報》，署名州亞）

大教育家黄炎培

十年前出版有兩種長篇小説：一題《新山海經》，一題《海市鶯花》，作者百花同日生，即張秋蟲君，皆含譏諷黄炎培（任之）先生之辭。黄先生熱心公益，熱心教育，爲海内外所其知，但當時國内少數人民，常妒忌之。秋蟲所記，想是“反對派”之謡言也。

《海市鶯花》中稱黄先生“王冷植”，原書云：

有一個什麼門的破靴黨首領王冷植先生，雖然是個浦東老，却

最喜歡説兩句"藍青官話"。(見一集回十四頁)

又《新山海經》中稱黄先生爲"梁同超",原書云:

梁同超笑道:"學什麼?那是邵女士十年前的生活,現在不必學,而且也不能生。要生要等到幾年後她有了先生,才能够像我一般説官話。眼前衹好説是教□。"邵女士伸過纖纖玉手在他背上打了一下嗔道:"你的浦東官話,就少説兩句罷。"(見三集二十七回一百十九頁)

前文中之邵女士,名君静,想是張君默之隱名。張女士後嫁邵先生,"君"字未易,"静"者"默"也。

復次,書中之"柳蕙芬"即梅蘭芳。"章"督辦即張宗昌,文冰閣即郭秉文,亦大教育家也。二十七回一百十六頁睡車上一段情形,描摹得荒唐淫污之至,不便轉録於此。

秋蟲所著兩書,均出版於民國十八年。均用大鉛字(四號)排印,均有插圖,係魯少飛與張狄寒兩君所繪。《新山海經》,前有黄秋岳題字,已成過筆矣。

(原載一九三八年二月八日《晶報》,署名州亞)

猶遲耶速

猶者,猶太人也;耶者,耶教徒也。猶人多行割禮(Circumcision),故龍頭肉不易感動,交好之時間較長;耶徒不行此禮,故易感觸,神經太敏,不能持久也。烏男最善保持,終夜不歇,白婦有好之者,豈皮肉厚耶?抑如吾國之冶游專家"久煉成鋼"耶?

往昔有猶人甲者,俄籍,在瑞士留學,其同鄉友乙,耶徒也。乙悦一女,與之同居共活已一年有餘矣。某日之晨,甲往訪乙,叩門,其"婦"曰:"請進來!"甲進門後見乙已出,其姘婦所穿者,只單薄之睡衣,即向外倒退。婦曰:"不要出去,進來,進來……"同時,婦謂甲曰:"余之男子,即汝友乙君,耶而不猶,未行割禮,皮靈性速,余不能滿足,不能盡興。刻前彼與余一帖而去,余正饑餓,意欲自愛;自愛每使余頭眩腦脹,故不敢常爲。幸汝來臨,汝已受割禮之猶人也,余得安心樂意矣。"

按：割禮者，割去包皮也。猶民視此爲宗教上之聖禮，男子於相當時必行之。

（原載一九三八年二月二十四日《晶報》，署名州亞）

紳董現形

余近以銅元數枚，購獲四號大字鉛印本小說一册，題曰《紳董現形記》。全書十回，出版於清光緒三十四年五月，印刷者滙通印書館，作者自號白蓮室主人。

《紳董現形記》述淮南省平江府梧縣紳董之劣行。淮南者江蘇也，平江者蘇州也，梧縣者吴縣也。書之主人翁姓查名延賓字乾齋，翰林院檢討，決意不上京當差，而在本地"做"紳士。當時前輩中之最有勢力者，姓宫，名人杰，字易周。其子長福字墅平者，又其門客王萓從字芷萍者，雖非正式紳董，常在暗中助桀爲虐。

延賓於正式作紳董之前，先往人杰處請教。人杰告彼云："賢侄將來要在家鄉做一個大紳士，創一番大事業，千萬不可自以爲是，一人任意做去，并自己信服自己，以爲勢力充足，不怕不轟轟烈烈。説到底，誰敢到老虎面上來捋鬚？若是這樣思想，那就錯誤了。俗云：'牡丹雖好，緑葉扶持。'總要收拾三五個同志的小輩，以爲爪牙。更要用點假仁假義，搜羅幾個無用之士，買他們的心。如此，方好放手做事，絶不患外人攻擊。凡才智過人，手段高强者，切不放他越雷池一步，此等人一進山門，即要打師父的。雖地方善堂的小董，亦不可讓他插足。此係做愚叔的閲歷之言，今番告訴賢侄，千萬秘密，勿爲外人道也。"

延賓"做"紳董，辦學入手，經費則勒令行户按月繳納，如猪羊每隻二十文；棉花菜子，每石五十文是也。學務辦事處房屋及學校校舍，則由驅逐和尚，改化寺院而成之。受苦最大且最早者，東方寺也；寺中師徒兩人，師名清静，徒名悟真。慧覺寺和尚，勢力極大，延賓無法處置，恨之入骨。學務處成立後，即開辦高等小學，招孜章程，荒謬不堪。最奇者"一學生的身家，第一要清白，凡手藝工匠的子弟，一概不取。一報名時，務要繳取雜費一元。一給單須由廩生畫押。一年齒以十二歲至二十五歲爲限。一攷經義策論各一篇。一每半年,繳學膳費二十五元。一學業不終,半途告退者,須繳罰金二百元"等條也。當時有不同黨者,發批評反對之言,延賓不得已派寵信之人如王芷萍等,赴日本,入速成師範,經費則取諸一種公款,即所謂賓興者是也。

後來延賓又辦商會,所舉各董,非獨不能保商,反使同業相欺,互作對頭。共辦民團時,團長馮瑞華,包攬詞訟,無惡不作。縣長詹如誠,完全不知,可謂昏庸之至。

本書係有所爲而作,故著者特隱其真姓氏,且恐有人追究,故假懸洋商牌子,稱出版者爲"日商株式會社"也。此書稀見,海内外或無第二本,亦未可知。惜余非蘇省老前輩,且年代相隔太久,書中名人,不能一一爲閲者索隱。

(原載一九三八年二月二十八日《晶報》,署名州亞)

易起易竭

陽性易起易竭,陰性難起難竭。年輕丈夫於十分盡力而已意滿足後,覺其妻之興味尚未開始而奇怪之,不知陰陽不同,起竭有判之故耳。

年少活潑且生活貞潔之婦,於性交甫開始時,常覺一個丈夫有不敷應用之苦,何哉？性量亦陰陽大異也,陽有每月一次以爲足者,陰非每晚一次不能滿意。

但個性不同,昔某姓夫婦兩人,每夜合作,繼續二十年以上,永不間斷,亦不告竭,歡樂一生,可謂難得之至。

在新婚時,性量必大。西土有夫於一夜中發實料七次,妻發十四次者。久别後亦然,羅女某,不見其夫約三十日,於九十分鐘内共發二十六次,夫只二次。

德人古脱齋脱(Guttceit)稱二十二至二十八歲之男子,每晚可登臺十次,但第四次後不能發實料矣。德氏在羅國行醫多年,此蓋指羅人而言也。

(原載一九三八年三月二十二日《晶報》,署名州亞)

好屍病

世有不好活人，而好死體者。此種毛病，西人以“揑骷髏非禮”(necrophilia)稱之，即“好屍病”也。醫史中載阿迪孫(Ardisson)將某幼女之屍掘起，藏之頂閣中，夜夜犯之，直至腐爛而止，此古時事也。但十餘年前，尚有類似者發生，請閱下文：

某甲之妻於一九二四年因病而亡，安葬後，彼費兩月之力，由家中掘一地道直通墓所，每夜秘往謁。後爲他人所覺，詢之，不肯直言，只認祭妻、獻果兩事，惟棺蓋已經開動，傍又多香料，則其所以欲近死妻之屍者，可以明矣。

據云，甲妻生存時，每次工作，甲必囑其閉目穩卧，不準表情，不準言語，因此愈足以見其天性好静而不好動，天性好死屍而不好活人矣。

余曰，世之喜“玩”熟睡或狂醉之女子者，或禁其妻發言張目者，其意像中皆以活人作死體之用也，不過病未深犯，尚無膽力接近屍身而已。

(原載一九三八年三月三十一日《晶報》，署名州亞)

愛老病

心理學中有所謂“愛老病”者，西名“結攏圖非禮”(gerontophilia)，即少壯之男女不與年歲相若者結合，而喜與年歲長大者兜搭也。犯此種病者，陽性居多數，陰性亦非絶對無有。廿歲青年丢妻不顧，而侍奉滿面縐紋之老寡婦；二八嬌女不願嫁人，而姘識滿頭白髮之老頭子，世間不少也。但大多皆屬異性，而非同性。下述者，乃同性愛老病之故事，見赫許費羅德(Hirschfeld)醫師之著作中，今翻譯之如下：

某甲自幼即喜好交結五十至六十歲之男子。一日，彼遇一長者面貌唐皇、鬚髮濃厚，不覺心意顛倒，再三勾引而對方全不知曉。彼恐關係之不能持久而立時斷絶也，遂與長者之女結婚，而同時繼續向岳父求愛。後來翁婿兩人竟互相擁抱,互相接吻,惟夫妻之間全無深情,而真愛則在長幼兩男之間也。

與愛老病相反者,曰"愛幼主義",西名"嬰芳得利神"(infantilism),此即年長者玩弄少年男女孩之器而自以爲樂之意。

(原載一九三八年四月十三日《晶報》,署名州亞)

許多兒字

近來復閱《海上繁華夢》,見續集卷四,第二十回中有數語多用"兒"字,以贊戲館内包厢中一女子之美麗,妙極妙極,兹録原文如下:

祖詒(書中蕩子之名)舉眼向女子(名麗鴻)一瞧,見他嬌怯怯一個身兒,光致致一張臉兒,細彎彎兩道眉兒,水汪汪一雙眼兒,紅馥馥兩個頰兒,圓丢丢一個鼻兒,笑盈盈一張口兒,香噴噴兩片唇兒,白皙皙一個頸兒,軟兜兜一對耳兒,耳上戴着亮晶晶一副水鑽環兒,光油油一條辮兒,辮寓里繫一個輕飄飄的泰西緞粉紅髻兒,真好一個絶色女郎,不覺暗暗喝采。

《繁華夢》係海上警夢痴仙潄石氏(孫家振)所著,計有下列各書:

(一)《海上繁華夢》初集三十回(笑林報館及商務印書館版),二集三十回(笑林及商務版),後集四十回(笑林及商務版)。

(二)《續海上繁華夢》初集三十回(民權出版部版),二集三十回(進步書局版),三集四十回(進步書局版及文明書局版)。

(三)《新海上繁華夢》三十二回(中華圖書館版)。

上述《繁華夢》之版本,與孫氏書目一八一頁所載者,略有出入,請閱者注意。再,此書富於史料,有閲讀及保存之價值,然已不易購買矣。

(原載一九三八年四月十七日《晶報》,署名州亞)

海上書市

上海售古書者,向以大慶里之中國書店,三馬路之來青閣、譚隱廬、富晋書店，四馬路之漢文淵、受古書店爲最著。“八·一三”之後，各店或暗停交易，或轉租門面，或拆去電話，或外出擺攤，其種種衰落情形，難以言語形容。但同時有新開之鋪二：(一)魯殿書社，在西摩路安凱第商場，(二)傳新書店，在四馬路一家春樓下。魯殿係中國之分支，傳新即昔日之二酉。魯殿印有書目，以明清善本爲號召，余曾往訪多次；傳新則新舊雜陳，以多收速售爲宗旨，故顧客日夜擁擠。近日南京路哈同大厦，又有所謂中華書畫市場者，數家合辦，非一家獨設，實臨時擺攤之大者也。

戰時書攤，以法界霞飛路、英界河南路爲最多。英界已由捕房干涉，全消滅矣。去歲九十月間，各攤開始之時，其所售者大半皆良友之出版物，後來滬西南市開放，則《四部叢刊》、《百衲本廿四史》、《四部備要》等等亦隨處發現。聞此類書本之進價，每册不過五分至七分，售價亦不過一角至一角半；西書每册至多五角。封面破損者，或多日無人問價者，法幣一元可購五六册。倘有人以千元辦一圖書館，五百元購中籍至少可得五千册；五百元購西書，至少可得二千册。重要之科學文學，經史子集，無不備矣。惜目今時局艱難，衣食住尚不周全，無人顧及此事也。有謂租界上進出書籍，其價并不低廉，徐匯、浦東等地，法幣一元可購中西書四十斤，不知確否。若果如是，可見書之真不值錢。

書不值錢，實不起於“八·一三”，戰前書業早已干枯矣。一因好貨來源稀少，所進之書不含“你搶我奪”之性質，非顧客所欲；二因價格日低，舊時之貨不能照原價脱售，何況賺錢？所以許多書鋪，除錦文堂早已改售翻版西書外，其他如忠厚(與佩文齋合在一處)，積學、樹仁、文匯等，莫不收售“一折八扣”之新書，賺錢雖少，倒能穩銷，封面“美麗”可代裝飾也。

古書鋪失敗，尚有一大原因，即不善招待，無術兜售是也。余日前在某鋪聞得顧客與店伙之對話，并以證明此事，兹記之如下：

(顧客)生意好麽?

(店伙)不好。

(顧客)有新到的書麽?

(店伙)没有。

（顧客）你們有《春秋繁露》麽？

（店伙）没有。

（顧客）詞曲書有麽？

（店伙）也没有。

（顧客）請不招待，讓我自己隨便在架上看看。

（店伙）那些書有什麽看頭？你都有了。

但古書店中，非全無招待之人者，“中國”之郭石麒君，“傳新”之徐紹樵君，皆有工夫之人也。

最末，愛多亞路近有書攤十餘處，中西兼售，惜乏佳本。又大世界旁之“污”書攤，存而陳列者，不及二月前三分之一，似以改售日報爲目的矣。

（原載一九三八年四月二十一日《晶報》，署名州亞）

閏　哥

余在某小説中獲見一稱呼，曰“閏哥”。奇極。兹改節原書以爲説明，如下：

浪子梅彦卿，娶再醮婦李文妃爲妻。有姣童陸珠者，彦卿以妾待之，居之於正房之後。文妃見其模樣標致，心亦愛之，但礙於浪子之眼，不能有所作爲。一夜，彦卿暗將陸珠引至前房，而自己伏於一旁。文妃佯作不知。事畢，始駡其夫曰：“臭忘八！我道是你。”

浪子曰：“陸珠便是吾妾，你便是吾正夫人。三人俱是親骨肉，有甚做人不得？”

文妃曰：“如今兩個都是吾的了，若要他陸珠，不好相叫。”

浪子曰：“叫他閏哥便了。”

文妃問曰：“怎的叫他閏哥？”

浪子答曰：“閏如閏月之閏。十二個月又增加一個月便叫閏月，我夫妻二人，一增一人，豈不是閏哥？”

文妃曰：“妙！妙！”

友人丁老夫子云，伶人某，龍陽也，妻某氏問之曰：“聞某老與汝有類似夫妻之關係，然乎否乎？”伶曰：“然也。”其妻又問曰：“然則余當以何稱之?”伶曰:“稱之曰夫夫可也。”

(原載一九三八年四月二十四日《晶報》,署名州亞)

《忍不住》

《忍不住》係一文言小說之名,著者安徽沈友蓮,出版於光緒三十一年,孫子書小說目不載,恐未見也。書分四卷,鉛字排印,每半葉十三行,每行三十五字,書之前後無序無跋,題簽者季英,印行者上海科學書局。

此書敘述顧友直一生行事。友直字愚庵,中丞之子,原籍江西,能詩,嗜酒色;父死後,將武昌城外舊置之憩園建造樓屋二十餘所,而移家居焉。妻王氏,賢淑且解文義,生四子,曰興仁,曰興義,曰興禮,曰興智。妾十六人,最寵者歡娘,次則愛娘、俊娘、荔娘、紫娘、巧娘、珠娘、翰娘七人。歡娘工書法,能吟咏,其與愚庵唱和詩章,積久成帙,題曰《瑶琪集》。

歡娘忽得病而死,愚庵心痛之極,嘗撫園中老樹而嘆曰:“此樹婆娑,生意盡矣。”未幾,巧、翰、俊、珠亦相繼病亡。愚庵遂得鬱悶症,胸膈氣不能舒,卧則阻塞尤甚,夜間危坐,常至天明,延醫診治,毫無效驗。是時長子興仁,年已弱冠,見父病母憂,心竊慮之,因與同社友謀挽回之術,請得博通古今之李芙初君至家,日日與愚庵談說笑,而愚庵之病逐漸瘳矣。

末卷述愚庵與芙初往大覺寺謁一禪師。禪師作偈曰:“來時一身赤,去後終無跡;跳出生死關,所以有我佛;我佛常勸人,勿與萬緣敵;一身敵萬緣,方寸無可歇;我佛本慈悲,不是徒寂滅;若有學佛心,此心常惻惻。”

愚庵自此深明佛理,一味清修,後來得道,芙初亦相依以終去。

歡娘亡而愚庵病,忍不住也;聞偈語而悟佛理,忍得住也。此書以忍不住始,以忍得住終,暗贊愚庵之聰明,故能由迷戀而開悟也。《忍不住》早已絶版,市上亦不多見,結構雖鬆,而詩詞極美,讀之不厭。

(原載一九三八年四月三十日《晶報》,署名州亞)

“味拉吸”

“品蕭”二字，吾國小說中之雅辭也，英德法美有其事而無其名，故專家不得不借用拉丁語以稱之曰“味拉吸”(fellatio)。“味拉吸”即品蕭，陰接陽也。陰所用以接者，雙唇也，而舌副之。陽與陰接，西人另有一名，亦拉丁語，曰“克膩靈可施”(cunnilingus)，陽所用以接者，舌尖也，而唇副之。

古代希臘人與羅馬人，性嗜“克膩”(簡稱)，此於當時諸名家之著作中見之，彼等稱此乃近東腓尼基人(Phoenicians)所發明。其實不然，用舌用唇，古今皆有，萬國通行，所不同者，常、暫而已，常行者爲病，暫行者激情。

“味拉”(亦簡稱)與“克膩”，犬亦行之。德人莫魯(Moll)氏謂彼曾見雌雄二犬上下壘立，雌者忽然轉身，用唇舌以激雄者，待其具發脹後，始歸返原來俯伏之位置，任其工作，可謂奇矣。

“味拉”與“克膩”，亦有行之同性間者。

(原載一九三八年五月四日《晶報》，署名州亞)

《續金瓶梅》

余近獲舊抄本《續金瓶梅》，其卷首有“鎮洋畢沅”及“靈岩山館藏書”等印記，知是畢沅舊物也。沅字纕蘅，一字秋帆，自號靈岩山人，乾隆進士，官至湖廣總督；經史、小學、金石、地理之學，無所不通；好著書，有《經典辨正》、《續資治通鑒》、關中、山左《金石記》、《靈岩山人詩文集》等等。

《續金瓶梅》者，借小說之名，作《感應篇》注解；借飲食男女，講陰陽報復，戒色戒淫，勸人爲善之書也。余舊藏之木刻本與近購之舊抄本，卷數回數均不相同，文字亦略有出入，兹一一說明之如下：

(一)舊抄本八卷五十四回，木刻本十二卷六十四回，所多十回，似係後人補寫，其回目另見本篇下文。

(二)舊抄本題“紫陽道人編，湖上鈞史評”，木刻本不題“湖上鈞史評”。

（三）舊抄本有目録無序跋，木刻本除目録外有南海愛日老人序，煙霞洞茧隱序、西湖鈞叟序、凡例四則、《太上感應篇》、《陰陽無字解》（即功過格）、引用書目、圖像二十四葉。

（四）舊抄本第一回云：“我今爲衆生説法，因這佛經上説的因果輪回，遵着當今聖上頒行的《勸善録》、《感應篇》，都是戒人爲惡，勸人爲善，就着這部《金瓶梅》，講出陰曹報應，現世輪回……”木刻本缺中間“遵着當今聖上頒行的《勸善録》、《感應篇》”十五字。此言兩本文字之不同。文字不同之處，不止此也，今因限於篇幅，不及細述。

（五）舊抄本每半葉十行，每行廿四字，木刻本同。

（六）舊抄本第一回後有總評，木刻本無評。抄本之評云：“此第一回爲一部書之開案，將西門慶等死人名目，盡從月娘眼中看去，綫索在手，後千頭萬緒，盡發源於此。作者真才識高曠，閲之闊人心目。”

木刻本中溢出之十回，其目如下：

（一）夢截發大士解冤　不食牛帝君救劫

（木刻十四回，插入抄本十三、十四回之間）

（二）宋道君隔帳琵琶　張邦昌御床半臂

（木刻十九回，插入抄本十七、十八回之間）

（三）宋宗澤單騎收東京　張邦昌伏法赴西市

（木刻廿一回，插入抄本十八、十九回之間）

（四）清河縣李銘傳信　齊王府銀姐逢時

（木刻三十五回，插入抄本三一、三二回之間）

（五）俊公子枉受私關節　鬼門生親拜女房師

（木刻四十六回，插入抄本四一、四二回之間）

（六）劉學官棄職歸山　龐大師傳舟入海

（木刻五十二回，插入抄本四六、四七回之間）

（七）韓世忠伏兵走兀術　梁夫人擊鼓戰金山

（木刻五十四回，插入抄本四七、四八回之間）

（八）遼陽洪皓哭徽宗　天津秦檜别撻懶

（木刻五十八回，插入抄本五十、五一回之間）

（九）活閻羅消罪了前生　死神仙坐化知來世

（木刻六十回，插入抄本五三、五四回之間）

（十）三教全歸感應天　普世盡成極樂地

（木刻六十四回，加於抄本末回之後）

《續金瓶梅》一名《金瓶梅後集》，作者紫陽道人，即丁耀亢，字西生，號野鶴，清山東人，繼《金瓶梅》而作之勸善小説；除此之外，尚有《隔簾花影》及《金屋夢》兩種。後一種，鉛字排印，係前一種之改化。《續金瓶梅》有九行廿字之刊本，余未之見。

（原載一九三八年五月七日《晶報》，署名州亞）

酒市不衰

余不入熱酒店，一月餘矣。昨晚某公因欲與人談話，預先約定在高長興飲酒，邀余作伴作陪。余雖性不好酒，不得不同往也。

余不好酒，但能飲酒，并能辨酒之年歲、味之優劣。余之不好酒，有許多證據：（一）家中不備酒，（二）見酒可以不飲，（三）三個月或半年以上不飲酒，亦不想及之。惟余酒量不小，不飲則已，一飲非二三斤不可；當自稱海量者胡言亂語時，無所無不爲時，東倒西歪時，或吐或逃時，余尚安然無事，不酩酊也。

余昨晚入高長興時，約在六點半左右，天色尚明，而樓下統間之座已滿；三樓聲音甚響，想已有客；二樓酒客不多，只有三四桌。半小時後，舉目一望則已無空座矣。是時，向導社（亦稱伴舞社）之陽性掮客漸漸上場，按桌分發傳單，出示照相，口稱"第某號頂好，我能介紹"。一體瘦身長者來兜攬時，余告之曰："現在我還没有吃醉，等我吃醉了你再來罷。"此外尚有二掮客，皆小孩也，一面肥，綽號"神經病"；一瘦細，其名不知。余呼肥者曰："小烏鷄，來，來！"彼問曰："什麼事？"余曰："叫你的姐姐來。"彼曰："我的姐姐已經死了。"余曰："那末我當守節，不再叫向導了。"面瘦之小孩來兜生意時，余友弗貝君暗暗在彼背上貼一龜形之紙片（即以傳單改化者），其色淡紅。衆酒客見之，莫不狂拍其手。惜膠輕紙重，中途墜落，得不到全堂彩也。

後來又有陰性掮客，及向導本人發傳單，皆不講話，并皆自避其面，畏羞乎？抑藏丑耶？

向導社雖有許多掮客在高長興兜搭，然營業并不甚佳，二樓不過三人，樓下統間不過二人，走上三層樓者似有七八人，實數不知。向導傳單之紙張尺寸微小，昨晚接得者，有三張極大，高約四英寸半，廣約八英寸。

余等昨晚每人飲酒五壺六壺不等。在座五人均覺清醒異常，有不滿意。但過量之酒不可飲，飲者傷身傷性，故停止，各自返家。因爲時極早，唱娘如愛寶等，尚未到也。

歸來時，在車中聞得三馬路及静安寺路之某某菜館，樓上猜拳之聲甚大，可見近來飲酒者，不專往熱酒店也。又友人某君云，王寶和樓上小間，花與酒并備，天天客滿；童寶泰從前不代客叫條子，現在因爲營業較他家略差，也逐漸改良了，其對門某君謂每晚至少有六七女子應召上樓。依此，則熱酒店之酒客，其志又不在酒矣。其他熱酒店，如毛長順、馬上候、善元泰等等，想仍老老實實，堅守其不賣熱菜、不叫堂差之宗旨，銷售其新陳真假之各類“紹”酒也。他日余將一一巡禮之。

最末，余當補記一事。上次（約六星期前）余等在高長興時，有售糖果之某婦，硬欲舍親木易君購花生米一紙袋，其時木易已醉，問曰：“價鈿多少？”女子答曰：“一角大洋。”木易曰：“我答應買一袋，不過，不過我要香你一次面孔。”女子不聲不響，帶笑而以自己之臉來就。當時余高聲曰：“買花生米，可以香面，倘要親嘴，應買什麽？”六星期未見，此女子已腹便便將分娩矣；再過幾時，可以分贈紅蛋，或竟發售，亦無不可；倘趕得上端午節，最好改賣咸鴨蛋，而以握手爲禮節，爲贈品。

（原載一九三八年五月十五日《晶報》，署名州亞）

阿　祥

阿祥，紹縣人，王寶和之酒保也。體肥而不高，面帶笑容；客人有所吩咐，彼不作反對之色，亦不發反對之辭，和氣之至，客氣之至。星期日之晚，余巡禮至王寶和，同往有家兄、内子、次侄、大侄婿及長次兩兒。

是晚，余兄弟二人，衹飲太雕二瓶，不敢盡興。其餘諸人，酒量淺狹，皆不多飲，雖阿祥隨時侍立，帶斟帶勸，彼等全不還“面子”。吸收力小者，無可如何也。

阿祥年約四十，有六種本領：(一)面現笑容，(二)言語柔順，(三)稱呼響亮，(四)一叫即應，(五)服侍周到，(六)肯自責備。酒保之具此六者，不常遇到，而阿祥又能見機而作，不呆立取厭，有問必答，不濫報新聞，可稱熱酒界中之全才矣。余與之相識大概在豫豐泰西遷之前，至少十年，余每次所給小帳，自信較給他人者爲多，但阿祥待我真誠，不在金錢，而在感情也。

阿祥目光亦佳。内子未曾進過南移之王寶和，而前次與余同往豫豐泰吃蟹，離今已一年有半；前晚阿祥見之，立時叫得出“二太太”，非精明之酒保，不能如此。

星期日之晚，王寶和花事極盛，幾乎無室無女。娼妓乎？社女[32]乎？未曾細查，不敢決定。但向導掮客極多，皆面露笑容而不“發極”，可知其營業佳也。余是晚共得傳單三十餘張；前在高長興所得者，不到二十張。現今之王寶和仍豫豐泰之舊慣，自備熱菜，酒客不必向外面“喊叫”，惟零點不賤，以吃和菜爲最合算。與阿祥最熟者，可先問明本日有何好菜，再托其去厨房内關照好手下鍋，則無不美妙。

王寶和樓下統間内，酒客不多，且向導女全無。高長興樓下客最多，且到得最早，六點時已有盡多碗者。此種人，余衹能以“急酒兒”名之。王寶和罕有急酒兒，但室室有女，大半是臨時召來者，豈其酒客皆“急色兒”乎？

最末，阿祥聲音尖亮，其言語全是紹白，毫無申氣，自稱已名，頗近“阿强”二字。阿祥上菜斟酒，手略震顫，想是多飲之故。

(原載一九三八年五月二十日《晶報》，署名州亞)

書估偷書

書估偷書，乃黑幕以外之黑幕，知之者絶少，兹特揭揚於此，購古書者或售古書者皆不可不知也。篇中所用姓氏、鋪號及書名等，均虛構而非實有，願閱者注意之。

先言書估偷購書者之書。近來滬上有何姓者，家富厚，以博採精本著稱。書估之携書求售者，幾乎無日無之，内有一人常喜闖入書室，主人在時，則出示破爛之本；主人不在，則提包緩步而退。一日，何姓發覺一大怪事，即架上桌上精本不翼而飛者約二百餘册。主人仔細盤問，知盜書者決非本宅僕人，而爲書店掮客也，於是雇用暗保，守於隔室，同時囑門役任各兜售書籍者自由進出。某日下午，一少年輕步闖入書房，東張西望，見無人在，即取架上精本六册，提起長衫插入褲帶中，正擬向外行走，而隔室之偵探已潛步而出，除抓住此人大打耳光外又欲帶之入捕房辦罪。少年跪地哀求，謂彼實由推磨書局主姑女之指使而來，非本人意也；前盜各書，當全數送還。

據書業中人云，推磨書局非獨夥友之手段靈敏，即其長幼局主亦莫不精於暗取之術。最近有人以桃花紙《全唐詩》百册向彼脱卸，局主夥友四五人環之而立，或代開包袱，或翻書葉……未幾，姑女之長者曰："你一共拿來幾册？"售者曰："一百册。"姑女曰："不全，衹有九十八册了。"售者曰："我數了出門的，哪里會少呢？"姑女曰："那末，你自己數罷。"又曰："不全的我們也可以收買。"售者曰："我要二百元。"姑女曰："全的是值此數，不全的至多三十六元。"售者因他鋪均不願收受殘本，次日果然售與推磨。再隔數日，余友某君在該局購《全唐詩》全部，價五百元，非獨本子全不缺少，即葉子毫不損欠。或問，此何故耶？曰，長幼姑女環立之時，即手忙脚亂之時，全書中已移去兩册矣；待交易成就，暗暗湊齊售與吾友。倘交易不成，殘書被他鋪購，則遲早總有人來配兩册也。

上節言書估偷售書者之書也。書估偷售書者之書，尚有一驚人之舊聞。五年前，上海東區某路邢姓，不能守其家傳之書，計三百三十餘箱，推磨書局允出價三千五百元購之。惟有一條件，即付款之前，必先仔細檢查書本是也。邢氏以爲先查貨後付款合情，允之。於是推磨書局連主帶僕共去五六人，翻箱倒篋，忙碌三四日，乃告邢氏曰："你們書中不全的有一百三十多種，都是大部頭，或缺首册，或欠尾本，故不值三千五百元，倘然不大大減價，我們不要買了。"邢氏托人粗粗一查，果然如此，只得自動減價售與推磨。其實，在所謂檢查期中，推磨之人已將頭本尾册之重要者，默默運出，邢氏不知，真受欺也。

（原載一九三八年五月三十一日《晶報》，署名州亞）

美國小報

美國亦有所謂“小報”也者，其名頗似“它披露的”（Tabloid）四字之音，皆主張直言披露隱事，不尚虚飾，不裝假道學也。數年前，最著者有三種：（一）《新聞》，（二）《面鏡》，（三）《寫實》。

《寫實》出現最遲，文字亦最明露，其宣布宗旨之發刊詞云：“本報爲民衆而奮斗，以求得政府取消檢查，社會削除私弊爲目的。”總之，《寫實》所述祇真理而不及其他也。發行後數星期内，即發現種種驚人之題目，如《未婚之母公然在法庭上受辱》、《我（女子自稱）未曾與家兄結婚》、《婦女與馬相比，較多安全性，故應娶前者而善守之》。據云，此小型報專述“性”與“幣”兩事，銷路極廣。平時不閲大報者，亦購而讀之。其主筆名馬法登（Macfadden）。

美國在一九二零年前，本無所謂小報也，後來忽然有許多小報出現，搶去大報不少生意，於是大報不得不抛棄其不談性、幣之宗旨，而刊登風花雪月之文字矣。一九二五年十一月十三日，素不主張發表瑣事之《紐約時報》亦載一極妙之詩，即小報上所常見者，兹譯成白話如下：

吾愛，從你那方面來的吻，雖在我昏悶時，也能使我快樂。
你温柔的雙唇，總能完全感動我的心。
我又需要擁抱，
你每次吻我，我覺得一種難以言語表達的歡欣。

（原載一九三八年六月三日《晶報》，署名州亞）

“馬　立”

英語中有一字，其音頗似“馬立”（molly）兩字，普通辭書作“柔弱之男子”解，其實包含“男妓”、“像姑”、“小弟弟”等義；引申之，男同性愛者，不論主動被動，均稱“馬立”。

當十八世紀之前半，瀛國首都陽風大盛，其上慕爾地（街名）“馬立”尤多。一日，警察署所雇用之暗探閑步至上慕爾地，捉住一人帶入署内，其陳述經過情形趣極妙極，兹翻譯如下：

我（暗探自稱）到了那邊，就靠墻立定。不久，他（指被拿之人）經過我的身旁，向我仔細一看，又在近我的地方面墻而立，彷彿要小便了。慢慢，他倒身近我，并對我説：“今夜天氣好得很！”我回答他説：“可不是麽？”他馬上就捏住我的手，玩弄了一回，竟把它引入他的小衣内。我立刻攫住他的性具，全不放鬆，直至巡警到達，遂把他逮捕。

當時瀛京有葛（Klap）姓者，人皆以“葛姆”稱之，開設大規模之馬立聚會屋於田弄（街名），每夜往彼處者，有三十至四十人之多，星期日則至少五十人。

葛姆所設之“屋”有密室極多，各備床鋪。室中之“客”或互相接吻，或互相撫摸；亦有互相坐於膝上或起立跳舞者，更有仿效婦女之聲音而調笑者。其調笑所用之字句，有下列者：（一）阿呀，先生；（二）先生，請呀；（三）好先生，親先生；（四）老闆，你竟這樣待我呀！（五）我要叫喊了！（六）你是一個惡魔；（七）你真不要臉；（八）唉，小蝦蟆；（九）雜種，來呀！

（原載一九三八年六月四日《晶報》，署名州亞）

死亡與放發

人臨死將斷氣之感覺，據醫師云，與“爲人”時將“放發”之感覺頗爲相同，是以世人有“快活死了”一語。快活，樂也；死亡，苦也。苦樂二者，性質相反；既然“快活”，何以“死”耶？曰，大樂頗似大苦，至大之度，至高之點，不論樂也苦也，使人心亂，使人惶惑，不能辨别何者屬死，何者屬樂。

世有因樂極而真死者。史載匈奴國王阿提拉（Attila）[生於四零六年（?），卒於四五三年]薨於少年之后之臂中，蓋脱陽耳。數年前,《柏林臨床週刊》謂某少年正與其新娶之婦行周公之禮時,其岳母忽然推門而入,少年一驚而死,因大動脈(aorta)破裂之故,報告此事者,赫德(Hert)醫師也。

醫報中載樂極而死之事甚多,兹述近年西洋所發現者,翻譯其大題數則如後:

(一)六十老人與素不相識之少婦合體,事畢出門,即倒地而死。

(二)旅館經理與好行方便之某寡婦接合,事畢即死。

(三)著名之某某,即第某軍之軍長也,與某妓合體,事未畢而身已亡矣。

(四)某某,鄉村人也,年七十,入妓院,死於事將畢而未畢之際。

樂極而死,大概不是脱陽必是恐懼,但世有祇顧快樂而全不恐懼者,希臘哲學家葛賴提施(Crates)是也。一日,葛與某女在雅典(城名)某廟内之廊下偷偷"行禮",其時適有人經過,高聲問曰"你們在那邊干什麽?"葛既不放手,又不驚懼,淡淡答曰:"我正在種一個人(Hominem planto)。"

(原載一九三八年六月十二日《晶報》,署名州亞)

時間問題

"爲人"之道,其主要因素在時間也。時間有長短,長者全夜,短者數秒;長者討厭,短者不滿,皆非正理。西洋心理學家有研究時間者,施德蓋(Stekel)氏謂男子能超過五分鐘者,世間極少;狄更生(Dickenson)與皮慕(Beam)兩氏謂男子之十分之四,總在三分鐘内了事。

依世事言,三分鐘實在不短。飛機每三分鐘可行十二英里,快馬可行一英里半,雷電(radio)幾可環行地球二周。但世事不得與"人道"相比,科學發明全在競賽,而陰陽體合,不在賭快也。

西方似多速捷之陽性,醫師所常聞之怨言有下列者:

(一)那來得太快。

(二)我無法撑住。

（三）我祇能够拍幾拍。

（四）我很像一隻美洲西部的野兔（jack rabbit）。

（五）我是氣短的。

（六）我的手指按在彈機（trigger）上，故一動即發。

據云，此類口出怨言之人，其侵襲之數至多六進六退，少者二進二退。男子如此，非身心兩弱，必爲"極生"也無疑，和好不易，得嗣亦難。

（原載一九三八年六月十五日《晶報》，署名州亞）

西人之姓

英美人姓氏之怪，莫如"棺材"一字。以"棺材"爲姓者，倘在吾國，元旦日決不敢出門，喜慶時亦不敢往賀，恐人見而恨之，且不之理也。但西人亦有以吉利之字爲姓者，如"福"（Fortune）是也，惟"禄"與"壽"則至今未見採用。

西人之姓，大多有義，如"長漢"（Longfellow）言身體高也，"黑人"（Blackman）言皮膚不白也，至於棕色（Brown）、白色（White）、黑色（Black）、淡紅（Pink）則所表之意更顯露矣。惟黄、紅、紫、緑等色，西人不以爲姓。

身體諸部，西人亦有採之爲姓者，如"手"（Hand）、目（Eye）是也。惟耳、口、鼻、舌、足、臂、胸頸、頭、股不以爲姓。

西姓中又有"筆"（Pen）、"石"（Stone）、"樹"（Tree）、"玫瑰"（Rose）、"街道"（Street）、"田地"（Field）等等。再"孩子"（Child）、與"兒子"（Son）爲極通常之姓，而父、母、兄、弟則無有採之爲姓者，不知何故。"孫子"（Grandson）亦無。

言方向東（East）、南（South）、西（West）、北（North）四字，西人皆以爲姓，此猶吾國之以東門、西門、南宫、北宫爲姓也。

吾國有取笑姓氏種種"壞話"，如"周"爲硬殼蟲，"尤"爲蹺脚狗是也，并有謎語歪詩等，余所聞頗多，惜善忘，又無記録，不能轉述焉。

（原載一九三八年六月十六日《晶報》，署名州亞）

蘇俄婚律

蘇俄婚律，吾國知之者極少，兹述其大要如下：

（一）結婚非登記不可，此法律所規定也。但事實上之婚姻，亦承認之。所謂事實上之婚姻者，以（甲）同居，（乙）共户及（丙）夫婦關係三者合而成之。

（二）無論男女，已與一人結婚後，同時不得再與第二人結婚。

（三）不論夫或婦提出離婚之請求時，法律即準許之。

（四）結婚前夫或婦之財産，於結婚後仍爲特有物（私産）；婚姻中夫或婦所得之財産，則爲共有物（公産）。

（五）貧病時，或離婚後一年内，夫或婦各有支付及索取生活費之義務與權力。

（六）嫡出子及私生子，法律不歧視之，而其父母亦必同負教養之責。争執之點，法律皆有規定。親權施行不正當時，法庭得干涉之。

由此觀之，蘇俄法律并不重視男子而輕視女子，但“家庭神聖”“婚姻可結而不可離”等歐西高調，現已不唱矣。

蘇俄婚律之英譯本，由莫斯科之合作出版社發行。

（原載一九三八年六月十九日《晶報》，署名州亞）

碩德乃仰

湖州人最喜駡人，自稱“老子”。此種詈駡自尊，此種討小便宜，大概可分兩派：（一）雅，（二）俗。雅者，文人用之；俗者，粗人用之。今先言雅者，如下：

（一）某富豪，年六十，其子爲之做壽。同城名士某甲送一綢幛，上題大字四個：“碩德乃仰”。賀客之見之者，多反復朗誦，主人聞其音之怪也而心生疑惑。仔細敁量，乃知駡人。因湖人“碩”與“入”同音（入，接觸也），“到”字急讀成“德”或“得”（到通也），“乃”與“那”又相似（那，入聲，你的也），“仰”與“娘”平仄不同，音實相同。故“碩德乃仰”等於“入到那娘”。贈幛之名士題此四字之本旨,蓋在仿效粗人之駡人以自尊耳。

(二)一木匠,一鐵匠,一泥水匠,一成衣匠,四人共飲於酒樓[33]。木匠曰:“我們來行酒令,好麽?”其餘三人答曰:“好。”木匠曰:“我們不能吟詩作對,只能説一句老古話,并且那古話要有一個宗旨,就是:有其話無其事。譬如我的一句‘拳頭上立得人起’,你們想必贊成的。你們哪一個倘然説不出,要罰酒一碗。”鐵匠曰:“有了,有了。我的是‘臂膀上跑得馬過’。”泥水匠曰:“好的,好的。我的也有了,就是‘宰相肚里好撑船’。”成衣匠人最狡猾,思索好久,一無所得。後忽然大喊曰:“那媽搭伍(那,你也;媽,母親也;搭,和同也;伍,我也。土音)。”木匠、鐵匠、泥水匠皆大大不樂,怒目向成衣匠言曰:“你既然想不出老古話來,罰酒一碗就罷了,何必駡人呢?”成衣匠曰:“我并不駡人,我的也是一句大家所知道的老話,也很合你們的條件,就是有其話無其事。你們的媽,我還没見過,那能搭呀?”

(原載一九三八年七月二日《晶報》,署名州亞)

昂舉病與色慾狂

昂舉病,西名“排筆形”(priapism),患之者勃然挺起,久而不衰,一再合體,仍不解脱也。昂舉病與色慾狂不同,昂舉者無性意也,不欲追求女子也;色慾狂者有性意也,急欲獲得異性也。

色慾狂有男女性之别。男性色慾狂,西名“薩帝獵西施”(satyriasis);女性色慾狂,西名“年婦媚倪爺”(nymphomania)。古書中有男女色慾狂之故事,兹述數則如下:

(一)男性色慾狂,即“薩帝獵西施”

希臘神話稱,大力士胡顧烈士(Hercules)在世時,功跡之大者共計十二,内中以一夜之内使某姓女子五十人全體受孕爲最奇妙。又羅馬國王倪禄(Nero)能於二三日内破女子百人之身。此狂也,但非體力超群者,不能爲之。

(二)女性色慾狂,即“年婦媚倪爺”

世傳昔時名妓胡寶玉有“屋”三處,定時而往(上午、下午、夜間),各擇健者爲侍,有武生,有拳師,非此則心不樂,未知確否,然不足爲奇也。最奇者莫如羅馬王妃梅沙賫納(Messalina)也,梅妃在宫中已淫亂非常,但猶以爲未足,每晚必往城中之妓院多處,自稱“賫弟”(Lydia),免費任下等男子“蹂躪”,天明歸來雖精疲力盡,然意尚未滿也。當時羅人一句土話曰:“彼歸家時,身倦,而心不足。”(lassatased non satiataexit.)

羅馬詩人裘維納(Juvenal)述王妃羅飛樂(Saufeia Laufela)一日與衆妓賭賽,謂凡作體最佳,真能使旁觀之男子動心者,得上賞。據云,羅妃表情超越妓衆,故自賞自得,莫敢争執。但妃用心過甚,用意過専,表現之後不能自主,遂高聲曰:“衆人,來! 衆男子,都來! 此其時矣! 此其時矣!”

羅妃者,趙飛燕之匹也(羅妃決然不能勝過飛燕),本《晶》閲者想已早見《昭陽趣史》一書,内所述者,皆飛燕之“年婦媚倪爺”也。《金瓶梅》所述者,大半是西門慶之“薩帝獵西施”。

色慾狂之總稱,即不分男女性者,西名“意樂多美女”(erotomania)。

(原載一九三八年七月十二日《晶報》,署名州亞)

游秦淮河

本月十二,書友徐君贈余稾本日記一厚册,清光緒四年(一八七八)八月起,至七年(一八八一)八月止,共計三個足年。著者似爲吴淞人,名南周,姓不詳。記中言六十年前之粤省風俗人情,富而且趣。余當擇興味較濃者,分日抄録,以實本《晶》。南周去粤之前,先與至友數人往白下(南京)一游,其記秦淮河之妓館如下:

余(南周自稱)擬先遠後近,議定秦淮坐船至南門出城。(中略)舟行自西東,船户指云:此那家,這某家;某姑娘精何技藝,人材若何,善串某戲,能唱何曲。舟傍諸館背,其屋臨河,悉係湖房。水榭裝以長窗,啓以即可上下如一埭,多者五七間,少亦三間。中裝水榭，兩傍和合短窗，撑開，全湖在目，諸妓就作卧室於是，臨窗梳洗，對鏡整妝。或□窗茗話，或倚立看船；拈花微笑者有之，群聚嬉謔者有之，側目媚望者有之，端坐勿顧者有之；或吸水煙，或弄琵琶，或露全身，或現半體……種種態狀，莫不齊備。雖秉性端沉、輕浮、狂賤，自有不同，然不能云娼妓一定淫賤而論（“而論”二字似可省）也。（中略）花酒每臺二千有奇，過三五臺不定，亦看人材高下，略同都中窑子，滬瀆娼寮。

下次當録南周游妓館時之情形。

（原載一九三八年七月十六日《晶報》，署名州亞）

秦淮妓

南周與其友人決意“去看數家”（家即妓館也），先至顧二家，原記云：

費公（南周之友）派回舟向東，至第一大水榭，維舟而登，詢爲顧二家。坐次，諸妓接續入，調弦，唱淮調《滿江紅》等曲。（中略）唱遍，始請姓氏居處，知上海人，均甚羡慕欽歆。此間妓館，不論何等人，每去一次，人數不計，需錢六百；携錢不雅，在錢店製票。余輩罕臨斯地，議從豐厚大方，每到一家，賞洋一枚，甚感激，凡數家，均一律。末至王楚家，乃亦兄（南周之友）舊游之地；先在小房坐，正唱曲間，一姬續至，在門首周看，進房招呼亦兄，而亦兄勿識，詢之，爲小嗓子，蓋所好胞妹，因其姐善唱大喉，曰大嗓子，以小名其妹。（中略）視其人，温文秀麗，神采飄揚，肌膚幽柔，并通書算，洵不虚此一訪。（中略）此人若去上海，以其品貌，可壓群芳，别立一幟。總論等次，以顧家如意爲最，該處本稱狀元，生客非年輕貌美、花酒十臺不接，然二十餘千非大價；次則王三家小妮子，年尚輕，甚艷美，榜花未見其人；以大嗓子列三名，可耳。

余曰，南周嗜花，并善品評，雖賞賜從豐，決非瘟生。六十年前，花酒二千，茶會六百，價真廉也。

下篇當録粤之妹仔。

（原載一九三八年七月十七日《晶報》，署名州亞）

粵之妹仔

下文節録南周之日記(稾本)。南周似爲吴淞人(尚未查明),姓孫(已查出),對於粵人,絶無好評。言語不通,所以發生誤會乎?抑六十年前,惡習尚然流行耶?余從未游粵,又鮮粵友,對於下文所述,頗多疑惑,但無法攷查其虚實。姑録之以實本《晶》報,閲者作小説看可也:

凡市面之背,多有居民。凡(此字之下,似脱一"至"字)其家化數十錢,隨便(?)奸宿,并不罕靳。推原其故,緣粵地多鴇頭。俗稱妹仔,化數千、十數千買得一個,養使數年嫁出,亦得二三十千,好者不等("不等",想是不止此數之意)。所以大者小者,巨家十個八個,多至十餘二十,少家一二個,常事(也)。用度既無多,勿支工價。挑柴擔米,買物奔馳,悉憑差遣。况粵地衣穿更易,單夾亦得過冬,冷極烤以柴火,出街買物,常打寒戰,受者不爲苦,只怪天凍,見者不足奇,乃是常事,習慣自然,真可憐可嗤!但情竇早開,(中略)十二歲便知慾事。(中略)完全者百無三五。即客居公館衙門,家法嚴肅,亦所難周,洶陋習也。是以每討妹仔爲妻妾,問之主人肯包猪(有元紅,以金猪送贈親家者)否?則主人雖未知其有,亦不敢曰必無。莫説妹仔,即閨女禁不出門,尚常有不謹之事。送親者做手脚,賺厚資,比比。是以燒猪之例,雖俗不可奈,然亦禁約中斷不可缺之舉,非此更乏防範戒儆焉。每有嫁女之家,得無愧燒猪之信,欣欣然有喜色。

下次擬録日記中粵省六十年前防賊之妙法。

(原載一九三八年七月十九日《晶報》,署名州亞)

粵省之賊

孫南周之日記中,對於粵人粵事,罕有好評。惟關於防賊之法,則大大稱許之。兹録其原文如後:

此間墻垣堅實,無從下手,而竊匪充斥,悉自屋面施其伎倆,吾鄉所爲賊最能之白龍挂也。所以城外更巡，悉結伴行於瓦面。城内則高搭更棚於街口，約七八丈，以巨竹接續縛繫爲之。頂有望棚，攀援而上，至棚上用丈許竹梯，登畢曳起，且不敢一人也，爲恐盜賊挾詐而殺云。致拒捕傷人，乃常常有之事，且無不帶刀刃之賊。晚間更點，絡繹不絶，且甚嚴明。火盜有號，其工食亦貴，蓋既須輕捷勇健，并要誠實可靠，有室有家，衆所信托，并要學習攀援，始能上去。法良意密，可傳□需防之處，不無裨益，故縷誌之。

上述粤地六十年前之防賊法，想係確實。清末採用警察，此製必同時取消。下次擬節録“黄埔中之妓船”。

（原載一九三八年七月二十日《晶報》，署名州亞）

黄埔中之妓船

孫南周之日記中，詳述埔中妓船，其原文云：

黄埔中間，臨五仙門外，有穀埠，乃集穀船而名之。今則所謂河下妓船，匯椗於此，約三十餘艘。艙中揩抹潔净，器皿精致，各物周備，應酬勝於三江娼寮。手巾以茉莉蒸燻，香氣撲鼻，花多可知。能擺酒，而每宴必另雇一種高棚平底之紫洞艇，取其能流動耳。其艇棚甚敞，不特行立裕如，且懸燈繫彩、字畫單條、匾對洋燈；器用既極精良，家什悉紅木紫檀，嵌綴靈石；席面碗碟，五彩博古，莫不講究。別省士大夫及商賈人等，即游狎之事，終存斂迹忌憚之心。而粤中大吹大唱，窗悉洞開，如恐人之不見。（中略）妓女陪酒，生熟皆可。（中略）菜盛豐，淡而且甜。酒黄白均備，主人一舉，約二十兩以外。惟舟人以數尺之船，始不見一物，吩咐擺酒，霎時羅列，誠可喜。（中略）陪酒妓，該一洋，必始終其事，須至客散主人歸，方可抽身。且席散之後，客煙茶久坐，妓唱歌侑歡，接續勿斷，勝於三江之例。如叫其陪酒，已該一元，即在其人處住宿，再一元足矣。船上者，另加雇船過夜，不準在船上住，不知何意，莫非亦取其便游眺耶？其船名鴛鴦艇，又曰姻缘船，床帳齊整，茶點潔備，水漿褻布均全。（中略）世事煞有奇者，如愛住夜者——老契（土稱相好）辭體□，意謂假托月事而謝絶也，而余則（中略）反蒙錯愛，雇便鴛鴦，再四挽留。

（下略）。

南周不是小白臉，必是大牛皮。初吹吃揩油花酒，叫來之“局”，即再四挽留。六十年前之粵妓，其如此之賤乎？下次擬録南周在港與王韜遇見時之情形。

（原載一九三八年七月二十一日《晶報》，署名州亞）

王韜在香港

孫南周在粵時，曾與友人同往香港游歷。下文記其會見王韜後，所生之感想也。王韜，長洲人，字紫銓，號仲弢，晚號天南遁叟，官粵省，以偏袒太平軍去職，遠適重洋，歸來後，先後在香港上海等處辦報講學，能詩，工駢文，有著作多種行世。下文節録南周之日記稾本：

商定瀚兄（南國之友）擬觀吸水機器（即自來水廠）、博物院各處，定明日先去伊窗友所開《循環日報》館，拜王紫銓，托其派友同去游歷。

二十五日（中略）飯圓出棧，由上環街而登百步梯。至報館，知王君尚須遲久方出，要晤非上山去伊家才好，即拉瀚兄逕上，至第三層坡是矣。登樓，屋雖不寬，幽静精潔，顔其堂曰“天南遁室”，好大口氣。俄頃人出，肥黑且魯，目短於視；貌既不揚，形甚疏慢，口音蘇多滬少。詢知向居上海麥家園教讀，本蘇人，長於滬。讀書時與瀚兄同涵丈。咸豐年間，因筆墨開罪於大吏，擬捕治，褫其衣頂。伊乃棄其儒業，亡來斯土，創開報館，獲利，置産業，蓄妻妾，但生女，年已垂暮，尚虚嗣續。然筆墨著述頗富，不患不傳淹没。詢余家世，傾告之，甚起敬。蓋僑寓滬瀆，先人及叔輩，伊素□佩。且紅亂軍興時，曾與先君有一面，且以父執自居。然哲人有後之語，似太自大。（下略）

下次續録南周會見王韜後之感想。

南周對於王紫銓，多貶損語，原記中云：

洋務各大員，及在粵到港各官員，莫不樂與之游，而反有伊不願交者，稱許更爲罕事。其勢力甚大，不特本港商、鋪户、巡捕、妓館、娼寮，識之熟而憚之；即洋官、兵頭輩，亦敬而懼，以其報詞肆無顧忌，而外國亦購閱，恐其造謗，而洋人頗探聽云，統稱曰“王師爺”。港中交涉大事筆墨，悉出其手。月有常俸不菲，難得有事要做。如李中堂、丁中丞，暨出洋諸星使，凡交涉中外事務，各大員均有信札往還，并有脯修致送，實則亦畏指謫疵議而已。亦妙人妙事，讀幾句書，手無縛鷄力，而敢藐視官長。既得罪之人，怕官惟恐勿及，敢使官怕者，知機識務，挾有洋勢所能。致揚眉海嶼，吐氣荒山，亦小丈夫之善覓機緣也。

孫南周好弄筆墨，而詩與散文均不甚佳。其爲八股試帖所拘乎？但彼見聞所及，莫不詳盡評述，吾輩閱之，頗能明了六十年前之情形。可知文字不必顯等，善擇事實，亦能傳世也。

（原載一九三八年七月二十二日《晶報》，署名州亞）

第一好戲

清光緒五年，南周在香港過新年，其記景象詩云：“爆竹聲如舊，街坊門似新；衣冠斯地禁，鞋履簇然新。”

元旦日，南周及其友人看戲、賭博、宿娼，無所不爲。兹將記中原文節録如後：

（上略）貴太尊（中略）邀看戲，據云今日第一天，做廣東第一班中第一好之《綉戈袍全傳（一）》。（中略）座位甚臟，緣粤人不好坐而好蹲，所以斷不能坐，購紙襯之。其戲乃《倭袍》改樣，關節全非，所存惟刁南樓劉氏素娥，而奸夫并非王廷貴，乃張姓，種種不同矣。

下午，策翁邀云：“今日宜快活一天，去暢逛爲宜。”至一處，入視，乃咸水妹館，主人亞五（亞五，即阿五之意），共有五人（五人，即五個妓女也）。悉中下品。（中略）五姑（想即亞五）請曰：“四位老爺，言語相通，何不打天九？”諸公咸諾，余難獨異，雖不諳而不能辭，瞎打兩副，倩妓代之，終場且赢，當作粉資。（中略）貴公已辦菜，而棧司來邀吃正席。（中略）祁費及余至棧見（中略）男女三十餘，亂坐無次，喧嚷非常。菜十大碗，且用火鍋，其味如生硬炙□，酸甜苦辣全，獨不鮮。但聞主人曰：“好嘛！甜（鮮字之土音）嘛！”自稱自贊乃其常度，無足怪。飯完菜罷，(中略)各妓均勒定過宿之約，貴費已定共二，餘三則迫急争媚，瀚兄囑僞應之，以免其擾，姑半許之。

余曰，孫南周好弄筆墨，而詩與散文均不甚佳，其爲八股試帖所拘乎？但彼見聞所及，莫不詳盡評述，吾輩閱之，頗能明了六十年前情形。可知文字不必顯等，善擇事實，亦能傳世也。

(原載一九三八年七月二十四日《晶報》，署名州亞)

在北海打水碗

孫南周游北海時，有友人邀打水碗，打水碗者，茶集也，入妓院看花之專門名詞。六十年前，北海無清潔之妓院。兹録其日記中之原文如後：

日逐，有革錦壁、陶子漁邀去打水碗。街名砂瘠街，牛東路，有十餘間，四十餘人，服式素布，首飾白銀，床帳破爛，房間暗黑，潮濕霉蒸，奇臭難忍，且莫非畜猪，其穢可知。客到又不費事，瓦茶壺内斟牛眼杯半盅，雙手敬之。本地水煙，黄銅煙袋，每客二口，無多勿少，即此就算應酬矣。如吾鄉之小茶碗，此處曰各盅，非盛客不用；其名妓陳設亦如之，但房中稍潔，臭氣淡薄，猪不進房；怪詢之，(曰)"吃飯在别處，則猪到房中，無所得吃，自能勿來"，床上物件、房中器用，均另有存放别處。其俗流氓賭棍，又有一等曰捞家，即吃空手飯之謂，總名爛仔，既多且惡，見好物非弄至極爛，即竊盗而去。(中略)吾鄉妓女，形如閨閣，穿綺羅，吃珍饈；出則車轎，入有娘姨大姐，飾金珠翡翠，卧羅帳香房；好客視同掌珍，調護且恐不盡；惡客難免勿遇。斷勿致十分過不去，且下流之人奚敢公然欺侮耶？相形確有天淵之别。

下次擬節録北海送燈之風俗。

(原載一九三八年七月二十六日《晶報》，署名州亞)

北海送燈

生男育女，夫婦間合作之事也，豈親朋所能爲之助乎？六十年前，北海之民有送燈之舉，即代人祈子也，誠愚魯之極！兹録孫南周游粤時（稾本）日記中所載者如後：

土俗有娶久而勿孕，親朋斂資爲之送燈者，鑼鼓喧天，人聲震地，神道御牌，官府儀仗，頭鑼執事，頂馬大轎之外，加以鸞架幾對，後擁小孩子數十名，各執器械，骨牌燈幾十對，白心彩邊，中書紅字吉利語句，甚俚鄙，若"千孫百子"、"傳流萬代"等。另有一燈，或六八角，或四方角，垂紙穗，平面寫字，色間紅白，做工甚拙，句曰"早生貴子"、"天降玉麟"之類，鼓吹送至其家，携挂卧房。夫婦則沐浴更衣，受之而寢，愚蠢至不可思議！正月最多，北海一墟，夜凡二三家；并有用琵琶仔（即年輕清唱之妓）扮春色，厚顔人裝醉漢，漁翁漁婆，彼此相謔，作諸惡態者，更無謂可鄙之極！此等事，非小家所能，蓋衆人之資易集，一經生子，酬神待客答謝，諸非數十千奚能了事？

送燈之事，不知現尚流行否？本《晶》同志倘有北海藉者，乞賜高見。

（原載一九三八年七月二十七日《晶報》，署名州亞）

廉陽婦女

孫南周之稾本日記中，記廉城之婦女云：

男弱女强，女勤男惰，當家做事，女掌男權。（中略）男人游蕩、賭博、吹煙，反向老婆支錢用度，所以淫風日熾，外遇不足爲奇。如狎久相投，女願嫁，則化數十千立一退據了之，永無後言，甚快爽。即所生兒女，亦不顧戀云。其婦女賣奸，曰賣茹藤，乃番茹之苗葉，土人以餵猪畜者；碩大一擔，既輕且賤，惟詆鄉下婦女欲出奸宿，無可推托，去田内割些，擔而出就之謂，故奸宿之處曰茹藤館，自稱曰便店，其便於粥飯過夜故云，甚多，且不甚避忌，蓋習俗如此，無須顧忌故也。大抵廉陽婦女，非奇丑者，斷無從一而終之人；即不改嫁，必有外遇，爲其易而不爲耻耳。（中略）身穿之衣，日夜勿脱，懶於漿洗，其氣息確濃，如剃頭、轎夫之輩，莫不臭氣逼人。（中略）并土俗（上二字，不通之極）多狐騷，彼自若别人無鼻者，余每作嘔。（中略）不特男子，即妓女——俗曰貨仔，清妓曰琵琶仔——亦然，蓋在家弄吃等力作，而勿勤洗換故也，每叫陪酒，錢千文，付洋一元，便闊極，上午來燒煙唱曲，直至半夜始去。所唱西皮二黄梆子，皆不同本來腔口板眼，弦索音調尚高亢，誠辛苦，一曲終，每汗流如沈也。

余曰，上段材料極佳，惜無文字以達之也。

（原載一九三八年七月二十八日《晶報》，署名州亞）

瞽目單眼

孫南周謂粵地多瞽目單眼者，此六十年前事也，想早已不然矣。兹節録其日記中之原文如後：

粵地瞽目甚多，單眼亦夥。省垣有糧，每逢其期，街市接聯不絶，手牽細竹而行，輿馬爲之難走，且口毒詈人。是以有盲妹一業（盲妹，即瞽女），擇其文秀聲清者，教其彈唱，以曲多練熟爲優劣，上至衙門、公館、富紳，下至鋪户、民居，悉可招來，每日夜需二三兩銀；至低步街賣藝者，亦一兩（或）一元，糊口有餘；有招夫者，有零折者，有夫婦二人一目者。瞽女尚可，瞽男實苦倍於女，既無可做之工，又乏糊口之技。水土温暖，胎産較密，生齒日蕃，人浮於事，明目者且工價日輕，栖身無所，瞽者惟丐食耳；而求者日多，施者難爽；求之不易想出討厭之法：鳴金擂鼓，結隊成群，滋擾喧嘩，異常可恨；（中略）而鋪户亦吝，不肯速施，必待其始而立，繼而跪，以至接聯横卧，至（此字似可省）不能進出，甚至（自）刺頭面，血流如沈。（下略）

余曰，乞丐强索，到處有之，不皆瞽者也，不獨粵地也。“八·一三”後，申江討“銅板”之老少男女逐日增加，有□潑横者。一晚，余自某菜館出，即爲三四人所圍，作“不給銅子，不能通行”之態。余曰：“没有，没有；跑開，跑開。”余上自備之車後，一年老者竟敢以手中之竹竿擊余之車背，并大呸而特呸之。彼輩所以擊車而呸我者，因“没有”、“跑開”等語太輕視且不吉利之故。吾輩不給錢時，最好説“没有帶錢，上拉帳上”。

（原載一九三八年七月三十日《晶報》，署名州亞）

擺七巧

六十年前，粵地婦女喜擺七巧，未知現今尚有行之者否？關於此種風俗，孫南周日記中所載如後：

粵俗閨女之擺七巧，乃顯其技能焉。每年七月初六晚，堂中設案結彩，懸張書畫，燈燭輝煌，重門洞啓。桌上所陳，如果子、碟子、茶杯、碗盞之類，并旗幟、御牌、傘扇等，凡所應用，莫不悉有；均明亮之紙爲質，粘以芝麻、緑豆、米谷之類，染色配成，芝麻最多，甚工細。有渡銀河之船，艙棚槳櫓，窗能啓閉，甚周備，工略粗，亦非易。□具花紋甚多，如芝麻、古老錢等是也。有閨女未嫁，而稍堪温飽，定擺無疑；亦有妯娌仍爲之者，事屬偶然。即北邊乞巧會之變相，蓋乞巧乃其賜，此則呈其技耳。惟粵人輕視而浮淺，爲父母者不能教之正道，於此等事，則已勿能做，轉乞代做，只需精細，不惜重資，多方購致，務極其巧，使人稱許。據云，已聯姻，冀速嫁；未對親，希同名。試思廉恥二字尚有否？且更有可嗤者，凡擺設之家，婦女悉濃妝盛飾，端坐其旁，髮上貼金，頰紅似火，三寸不滿之脚蹺出，惟恐人之勿見，盡人觀視，真不識是何居心？是何綱紀？人擁時，婆媽美仔，以身屏蔽，佻達者特擠之，互相詆駡。年輕人及駐防游人鬧事，此夜最夥；官禁勿遵，惟有派人彈壓耳。其俗相看閨女美婦，必在此夜，易而且勿禁忌；後生小子，指謫批評，無所顧憚，誠難聞，實陋習也；靡費嬌縱的謾藏誨淫，兼而有之。此非乞巧，□弄巧反拙耳，録以其誌佚居無數之大端，并各省迥異之一事也。

余曰，南周仇視粵人，可謂無微不至矣。

（原載一九三八年八月一日《晶報》，署名州亞）

赤　頰

據《孫南周日記》中所載，粵地婦女，似無一貞潔者，其言未免過分，未免太苛，不可信也。茲姑録一節於此，閱者作小說看可也：

余居鄉時,見粵婦并畫照等,均赤其兩頰,其屬不鮮。及履粵境,亦莫不然。及(及字太多,此處應省)詢其由,半多吞吐,而心中疑也。迨後言語稍通,朋友略有稍沾曲游之習,浮浮問故,悉諱其真。及登鴛鴦艇,果問其情,始尚支吾,直至頰暈臉赤,始含羞帶笑而述其的。爲其難得,姑録其緣起。蓋粵土熱多淫,晝夜無度,婦女悉以胭脂涂頰,如三江之神,模然委因,浮火時昇,慾心易萌,頃刻之間,紅暈上頰,形諸於外,自覺堪羞,思慾止之奚得。别出心裁,而用胭脂,涂使至紅而赤,如此庶掩其醜態。即慾火上升,房事偶動,亦無所妨而匆覺矣。可見南中婦女之淫賤,半由生性,半乃沿習,從中秉體、氣蘊、服食,悉有不能遏止處也。

余曰,南國之論,怪而可笑,余未之前聞也。下次擬録日記中之“西關媽”。

(原載一九三八年八月二日《晶報》,署名州亞)

西關媽

孫南周之日記(稾本)中云:

粵有梳頭媽,又曰“西關媽”,蓋住羊城之西門,爲該處行鋪。有錢之人,多在斯住,此輩亦隨居相近,便於往來也,實外省喜娘之流,蓋替人梳髻(音記)而得名。粵婦之髻,形與臨嫁所上大頭相似,確非自己可梳。是以無事居家,則梳便頭;有事出門,必用若輩梳之。(中略)有包月,有總計,一頭非銀一二錢匆可。人家閨閣,此輩最稔,且易出入,所謂走千家者也。若輩無夫者多,即有夫亦盲龜,每於静處,三五人合租一室,群叙售奸,外宿亦肯;年稍大則引逗閨女,拉攏美好,一切關核,莫不爛熟。至有閨女破瓜,包送夫家,包做元紅等事,的係好手。若打私胎,勾引婦女做眼綫,牽動情人,非有若輩,必難入馬。敢作敢爲,揮金如土。若有真本領與之結納,竟有受其培植而起者,余見不乏人,是以及之,無所忌憚,洵爲可惡。

余曰,三姑六婆到處有之,何止粵哉?

(原載一九三八年八月三日《晶報》,署名州亞)

做人家莫便於粵

孫南周日記中云：

同鄉胡景雲（中略）一日閑坐，貿然曰："做人家莫便於粵，勿論良賤，只要有錢，終日之間，妻妾兒女，鴉頭美仔，婆媽小使，家人厨役，出則華輿，入有妾侍，家具精備，衣履完好，别省斷乎不能，如能以數兩微貲買閳姓中之，奚啻平地昇天？請細思之——妻妾争媚之，兒女呼叫之。别處妾或能之，而難免昂貴，若妻安能？現成子女恐難即得，且有糾葛。"（中略）又曰："更有一事，勝於别省。家人小使，及肩擔小貿、手藝傭工輩，咸識嫻禮貌，工應對，并落落大方，有南陽諸葛童子之風。不論尊客貴官到來，悉能從容不迫，氣態自如，毫無自慚形穢、局促慌張景像。非擅長乎？"思之，闔座狂笑。蓋若輩愚蠢異常，髼頭赤脚，直立人前。凡逢客至，彼必招呼，斟茶奉煙，雙手拱上，口曰"老爺適煙"（土謂吃曰適，一曰食，似是）；客去必曰"好行"。凡小貿剃頭來，早必曰"老爺早辰"（似乎起早之意），中午必曰"適過飯"，剃好頭必呼"恭喜"，臨去必曰"伍該你"（上海土音稱謝），乃驚動匆怪之類，的是有禮，所以云云也。

州亞按：此篇既罵婦女又罵僕役。南周對於粵人，真無一句好話也。"早辰"，疑是"各得罵人"（Good Morning）一西語之直譯，"早間萬福"也，非"早起"之意。粵人與英人接觸最早，故有此類言語。

（原載一九三八年八月四日《晶報》，署名州亞）

自愛之婦女

婦女與男子同，有嗜"自愛"者，自愛之西名曰"拗肚一意樂提神"（auto—erotism）。

自愛者，暗中私行之事也，除自己外，他人似無以知之。但近世醫師及心理學家之探究其事者，謂自愛之婦女有種種表象，不難認辨也，兹將法人布依埃（Pouillet）氏致查所得之結果譯其大意如下：

自愛之婦女,現露三種表象:(甲)屬於身者,(乙)屬於心者,(丙)屬於"器"者。

(甲)屬於身者:自愛之婦女,皮色青白,目現憂狀,眼皮紅腫,下露灰白半圓形,雙目向下呆視;手臂震動,立脚不定,頭痛,暈厥;胃痛,夜間多夢出汗。

(乙)屬於心者:此種婦女,静默不多言語,面現不樂之色;膽小,惟常發脾氣;畏見父母,怕見生客;不善工作,記憶不强;不好游戲,惟好獨居;推托唐突,倒是專家。

(丙)屬於"器"者:自愛者之"器"門,較常人外展,其内膜已破(不一定破,有不破者);門外、道中,異常潮濕,異常擴大,且門色灰而不鮮;陰核加長,必有擦損之處。

(原載一九三八年八月六日《晶報》,署名州亞)

資遣其餘而留其一

本篇,孫南周自言留妓過夜之情形也,原文如後:

(上略)未刻已見烏家嶺,喜而吟曰:"去路仍來往,臨岐日未沉,復來投栖止,還認樹皮門(山鄉村店,悉用大樹之皮拼湊,夾之以竹爲扉,故云)。"

既到宿店,諸妓又來,資遣其餘而留其一。問知劉姓行三,有母無兄弟,欲得良人而事,居常骨氣頗自負。嫁人不需身價,并養其母;有少蓄,靠賭博亦足自贍,非專以夜□□爲活云。談次,伊母來叩頭,竟有願從之意。辭以家有老親,且妻妾均備,子將娶媳,不日歸鄉,斷不能做此事。思之可哂,隨於其壁題曰:"遍擇山花興轉豪,細詢鄉貫意如膠;休疑蝶夢同鄉夢,惟錯無寥慰寂寥。一見留情洵不凡,爲憐旅寄一身單(有孤旅何堪,願從服役,不當自苦若此之勸,余辭以貧);錯將雅意殷留戀,野鶩家鷄不并栖。"次早從豐遣發,母女固卻,再四始感而收。登橋起身,頻訂後會,步送下嶺,含泪而返,殊多情也。

余曰,咸肉灌迷湯,謂爲多情,可笑可笑!

(原載一九三八年八月八日《晶報》,署名州亞)

不必規定時間

夜間接合者，常道也，人類百分之九十莫不如此，其原因有二：（一）晨間、午間、黄昏，在有父母者或有子女者之家庭中，無法關鎖房門，禁人出入；即使上無父母，下無子女，僕役中難免有好奇而故意來敲門探問者。（二）行禮必先去衣，事畢重穿，需時需力，且調整枕被、理髮美容，亦極繁瑣，人多惰性，不願於公後疲倦時爲之，是故家庭中絶少"吃熱炒"者也。

"熱炒"，諧音，白晝接合之别名也。本《晶》某公前告我云，清代名人紀某（乾隆進士）嗜食熱炒，常於賓客滿堂之時向衆人言曰："請稍坐，我去去就來。"數分鐘後，彼已完畢而出來酬應矣。紀公姬妾甚多，皆待於廳後，任其選擇而應用也。某次，有至友問彼云："公何不在夜間耶？"彼答曰："夜間我要睡覺，哪里有工夫呢？"

吃熱炒最忌飽腹，又忌受冷，二者易致成傷寒，生命危險，宜注意之。晨醒行事，吾鄉以"水破蛋"稱之；午夜無名，"半夜餐"未知當否？

余意規定時間，似太單調，似太呆板；興到即辦，較多快樂，不知以爲然否？興到即辦，不拘時刻，最宜行於外室，因上無長輩，下無下輩之故，即使有老太婆與拖油瓶，吾輩亦不必顧忌之。

（原載一九三八年八月十二日《晶報》，署名州亞）

鼠　疫

清光緒五年正月，孫南周在廉州時，適有鼠疫發現，其所記如下：

廉州時疫發，遍地死鼠，奇極。好好活鼠由穴中走出數步，似覓食而滯於步，倏倒地，檢視氣已絶。凡土人一見死鼠，如避鋒鏑，不遑覓屋，人口先逃，無屋堪栖，通宵露天兀坐。其病曰冷子（亦稱癘子），發無定處，四肢周身無忌；先寒熱，而不終朝巨逾鵝蛋，小亦似鷄蛋，不週日必死，百無一二得全；非體弱塊小，或幸輕減；然弱者少染斯症,反有壯盛毒重。其癘暴裂,血液流溢者,誠絶症。以余揆之,擬用西法剖洗,冀可施救,姑待也。

鼠疫西名 Bubonic Plague,中國之南部及印度之孟買,最易發現。西土已幾絶跡,惟一九零零年舊金山曾發現鼠疫,蓋由東方航船中之鼠傳入也。鼠易染此種瘟疫而傳之人,故西人之注重衛生者,莫不以殺鼠爲要務。鼠疫一名"黑死"。

(原載一九三八年八月十四日《晶報》,署名州亞)

跳　鬼

孫南周日記中,謂廉州有跳鬼之惡俗。跳鬼者,以淫戲、淫曲敬神也。南周所記如下:

其俗有跳鬼者,諸如症險許願,祈禳禱告悉用之,甚有運氣不佳亦用。凡道士三四人,多至四五人,呼之道公老,以紅黄之紙書符箓遍貼門道,植竹爲長幡,鮮誦經咒,但唱俚歌,甚鄙褻,雜以鼓吹,淫詞穢調,甚蠢俗。每多通宵,白晝罕觀(覯)。更有大法事曰跳老羊公,人數略加一二人,桌上供設假臉十餘,以男裝女互相狎抱,歌詞唱曲,房幃隱秘悉陳焉;少頃,跳躍追逐,兩相扭結、翻斤斗、發虎跳、越板凳、登臺坐桌,作諸醜態。化數廿千文,始克完此宏願。凡在親鄰,莫不畢集聽視,忘廉鮮恥。至廉州婦女及娼妓,有勿要聽,勿敢仰看,其措詞態狀可想而知矣。

余曰,跳鬼者敬神也,以淫詞淫戲教神,非敬之也,實媚之也。南方多淫神乎?否則何必以污狀污調媚之耶?目下文化展達,跳鬼等俗,想廉州早已無有矣。

(原載一九三八年八月十九日《晶報》,署名州亞)

粵人不肯留鬚

孫南周之稾本日記中,謂粵人不肯留鬚,半是習慣,半爲女色,想非通例也。兹姑録其原文如下:

余昔居鄉,常聞粵人不發財勿肯留鬚,以爲挖苦之談,殊不知竟有相像之處。每有年逾花甲，兩鬢蒼蒼而頷上光光者。市儈鄉愚，固不足論，衣食未足，讀書行道先生均如此。詢之，據云，有求於人，衣食未足，自蓄妻子，有鬚更覺可羞云。鋪户店主之類，似應留得，殊亦不然。據云，要發了大財，方可無愧。余揆其情，大半是習慣，小半爲漁色耳。婦女見有鬚人，如吾鄉之禁忌，人路遇尼姑，必吐口水（俗呼唾沫爲口水）。（中略）古稱男子爲鬚眉，於粵人宜減作眉男可矣。此亦任性妄爲，好勝僞詐之一端也。

余曰，粵人不喜留鬚，南周罵其任性妄爲、好勝僞詐，以爲非好色，即貪財也。南周對於粵人，何其苛耶？

（原載一九三八年八月二十一日《晶報》，署名州亞）

你呢？我呢？

下列之故事，余幼時所常聞而喜轉述者也：

一人行路，黑夜無寓，因敲一家門投宿。其家衹一婦人，在門内應曰："我家無人。"投宿者曰："你呢？"婦曰："我家無男人。"投宿者曰："我呢？"

上述一類故事，即所謂笑話者，余自幼即喜聽講，而尤喜學講。惟家藏閑書不多，可作爲"課本"之用者，只《笑林廣記》一種，而《笑林》一書名"廣"而實不廣，文字又多丑陋，閱之可厭，故余不能盡興學習。後來研究西文，所得多而且佳；但笑話有國性，如上列之"你呢？我呢？"西土文學中絕對無有，且不及此之佳也。

上引之故事，原題《投宿》，見《笑得好》下卷七葉。此書余於近日在申市得之。茲再引短簡者數則，以見本書之文字及内容焉：

（一）女勾死鬼

閻王差勾死鬼到世勾人，空身回來，閻王問故。鬼曰："他身邊先有兩個標致女人跟着他，比我勾死鬼更狠；不久，他自己就來，不必去勾他。"

（二）有趣

有喜邪淫的，其妻問曰："一夫一妻，天生正配，你偏偏反喜歡別人家的婦人，是何緣故呢？"夫曰："但凡婦人的□□，越有多人合的，越覺有趣。"妻點頭曰:"怪道與我相交的人,個個説我有趣得很。"

(三)樵夫嫖妓

一樵夫每日挑柴幾擔,與娼家做嫖錢。一日,妓穿單裙,露出□物,樵夫笑曰:"你這物好像一座窑。"妓問故。樵夫曰:"若不是一座窑,怎麽燒的我許多柴去?"

(四)官妻飲叙

有税司妻,與閘官、獄官妻三人會飲。座中説及夫男做官賺錢之法。税妻曰:"我們需要人來睡(讀税)得多,銀子才索得多。"閘官妻曰:"我們全要水多,才有銀子用。"獄官妻曰:"我們全靠家伙緊,人才肯出些銀子。"

《笑得好》分上下兩卷,著者指迷道人。余所獲者,清光緒(七年)辛巳(一八八一年)連史紙印之小型刊本也。前有道人自叙,又細目,後有兩偈。每半葉九行,每行十八字,四周雙欄,白口,單魚尾。原序云:"……但願聽笑話者,入耳警心,則人性之天良頓復,遍地無不好之人,方知克毒語言有功於世者不小。全要聞笑即愧,即愧是即學好之人也。"

(原載一九三八年八月二十四日《晶報》,署名州亞)

無感情之婦

世有絶對冷淡而乏感覺之婦女。德國專家敖賚(Adler)氏云:"十個婦人之中,四個全無性覺,不因丈夫之運動而取得快樂,亦不因丈夫之達到而自獲外溢也。"婦科醫師白魯納(Brunner)氏云:"瑞士東部之婦女,關於性感一事,百分之五十完全不成問題(意謂不冷淡也),其餘一半則不知不覺,確不懂事。余查攷女性之機會頗多,故明此理。"

查攷女性冷熱,蘇俄最爲詳盡。一九二三年,莫斯科大學刊布下列之統計:

(一)得快樂者,百分之四十八。

(二)恨性交者,百分之十四。

(三)不關心者,百分之二十九。

(四)隨人變者,百分之九。

以上被調查者,皆大學校之女生也。“不關心者”,云不覺痛苦,亦無樂趣也。“隨人變者”,謂與異性情意相投則樂,否則不然。由此推之,可知冷淡之俄婦約百分之四十三。

同年(一九二三年)東俄喀山(Kazan)大學,作相似之研究,其刊布之結果如下:

(一)好性交者,百分之四十四。

(二)不關心者,百分之三十四。

(三)恨性交者,百分之二十二。

依上列統計,冷淡者之數爲百分之五十六。

蘇俄於革命後,對於從前一切成見,一切神秘,全部取消,故學校女生自願將實情告人也。

(原載一九三八年八月二十六日《晶報》,署名州亞)

羊城三大

孫南周之槀本日記中,有下列之滑稽記録:

羊城(中略)三大,曰:(一)南番知縣大,蓋首領事煩及伺侍憲轅,不時傳喚辦差等爲勞,所以外府州縣到省,定拜首臺,然向例不須回拜,差帖已爲親到,所以同寅説其架子大。(二)河下老舉大,即妓女之稱,其“舉”字,云古有名妓“關舉舉”,由此而名。余曰,“李師師”不更有名譽,何不稱“老師”?座有書生,色爲之愠。言出難收,宜痛改。緣粤妓不事迎送,傲慢懈惰,奇物自居,故云。(三)城隍燈籠大(按南周於另一葉云,直量三尺有奇,高約四尺)。(中略)又有一説,乃挖苦粤人者,曰花無香、肉無味、男無情、女無義,家家門前供土地,天天唱戲殺皇帝。雖不盡然,確有八成實話。(中略)粤有三事勝於三江者:轎華穩快,豆腐白細嫩,厠潔藏便。每街必有數處用短板裝,如盆湯,高約二尺,有門,可見首而勿露下身;底鋪砂,小便即消,而糞用器撥置密處,無重迭,少臭穢之氣,蓋糞值亦不賤云。

(原載一九三八年八月二十八日《晶報》,署名州亞)

好勝嗜利

孫南周在下文中狂罵粵人。據彼之意，南方士商無不想發大財，亦無不想做大官者，人人橫行，人人違法……持論太兇，不可靠也。原文如下：

南人好勝嗜利，乃本來面目，且性急欲速。如有子爲商賈，而身爲父兄者，心雖想其發財，而面上必須教其公道平準，理也。豈知不然，直以即刻發財督責之。不得，則失愛，苛咎之，鄙薄之。若讀書，自然皆想發達。發科發甲，應該度德量力，靜靜修德用功，以待時來，而殊非是，一經動筆，即要成文，一經粗定，多方想法，形諸於色，縻計勿施，己力少歉，假之他山，務使遂慾，而效鄉里之赫赫者之行爲，於是乎公局名始列，而族黨縱橫，合家吐氣，無所勿可矣。如此進身之士，而欲其居官廉仁，居鄉守分，奚啻望蕩婦守節，其能乎？富者之咎，但放重利，謀占田産等事，雖違犯，究之將本求利，事出有因，較之紳士之平地風波，陷人性命者，又爲安分多多，不足深責也。質之高明知粵事者，定謂然也。

上文言六十年前事也。余意吾國之急公好義者，首推粵人，南周一時偏見，決非通例，斷不可信。

（原載一九三八年九月七日《晶報》，署名州亞）

粵人好吃

孫南周在其日記中，稱粵人好吃，恐事實也。玆録其原文如下：

殺生一道，粵中較盛，□其咨口腹，嗜食鷄鴨，且有初二、十六之禡祭，大家小户莫不燒禡（音迓）。鋪頭自必一定，即挑步擔小販，凡有三五人合伙者，亦必宰鷄劏（音倘，即俗謂殺）鴨祀拜之，且有熏臘，□鋪中用路甚廣，即山僻鄉村，無力窮寒，雖不能如□祭祀，亦必一月或□月□燒也。其食鷄鴨之法，并不講究，只取其嫩，實尚未熟，剁開骨髓，鮮血淋漓，白醮而食，毫無可取。食必取母鷄未下蛋者，公者未啼；然母鷄較好，所以公者，非大種必閹割，飼養尚肥厚，可醃食。（中略）鷄鴨□哺，北邊只在春天夏初；十月小春間有，然甚少，怕西風冷也。而斯地不然，如有大鷄□對，凡下蛋必抱子，子大再下再抱，連綿接續而使無蛋，所以蛋亦不賤，天時温燠使然也。六畜成群，猪羊滿街，亂跑覓食，即宦官轎馬，常反讓之也。

（原載一九三八年九月十五日《晶報》，署名州亞）

南周游安南

孫南周游安南，雖去今已六十餘年，其所記經過之地尚有跡可尋也。下引者，南周游安南之情形：

（上略）到東興過河至茫街，墟市粗立，悉中人貿易。至海寧府，其城植竹爲圈，不堪登守。人民瘠苦，街市清廖，房屋均是茅棚，且不接續。衙門如府署，亦係茅草蓋面，黄土築□，并未見破瓦。詢悉伊國，磚瓦非皇宫勿用，民居衙署，悉是茅棚。省分不少，不知同否。余曾到其地名左京者，乃洋人踞佔者也，房舍一切，略同省會；生意繁盛，土産頗多，不似此地冷落。此處家無臺椅，祇有尺許高炕床一張，吃睡悉在於斯，坐乃席地。供祖先於炕之上面，壁上用竹簾蔽之。民不雉髮，玄布纏頭，官民一禮。進府署遞以巨帖，請入盤坐炕上，有侍候人跪頂檳榔盤獻之；少頃官出，亦穿長衣，外罩單長褂，略可三尺，赤脚，見余輩叩首，余照向例回揖，悉遵蕭文翁之教；跪獻茗碗；席地而坐，請其穿鞋，始敢穿，彼國以赤脚表敬也。惟言通粤語，彼此難懂，因去時匆忙，未及咨照，未邀通使，甚乏味。

安南早已改善，南周所述之情形想不存在矣。他日有暇，當親往觀之。

（原載一九三八年九月十八日《晶報》，署名州亞）

政治勿修

安南之亡，先割交趾支那，在清同治元年（一八六二年）；至光緒八年（一八八二年），法兵竟公然占據安南之東京，則地圖完全改色矣。孫南周南行，尚在東京未去之前（光緒六年），其時安南内政

不修,官員貪詐荒唐,人民淫賤怠惰,無怪侵掠者乘機而入也。南周日記(稾本)中所記如下:

(上略)伊國政治勿修,國富民窮,(中略)官均兩粤流民爲之,孜以詩賦,甚俚鄙,以賄得者多。品級大小,用傘蓋多少别之。其傘如吾里黑油廢傘,大可三尺許,綴以紅巨絨球,執事無見。該國之人,非檳榔不能過(活),是以不論上下男婦齒皆焦黑。男女之别,惟女衣稍長。男女一體悉圓領袖,(中略)辨别惟胸前略高耳。褲悉開襠,脚約尺許。(中略)身甚穢惡,淫賤特甚,且不擇地。使用爛板洋銀,銀錢少,泥錢多。(中略)民有千貫,官必抄没之。耕種工作一切,悉甚懶惰;口食有資,不肯再做。衙門治獄,全靠財賄。有小甲手托木匣,内藏紙筆,沿街問訊要告狀否。如有事,即代捉刀,曲直全憑財力,是非半屬人情。刑杖非輕,以拳大石球,裝柄槌腿,雖不見血,槌數百骨爲之損。枷用兩枝竹夾頸,長可七八尺,坐卧行走均不便。别國官懼訟多,怕理事煩難,伊國怕匿而不告,查察頗密,官要弄錢,小甲懼官究,且想分肥也。(下略)

余曰,内政如此,國焉得不亡乎。

(原載一九三八年九月二十四日《晶報》,署名州亞)

返欽州

下引者,孫南周自安南返飲州城之情形也:

(上略)談次,見湖中船只形如蛋殼,裝鹽穀等物,約不過二三十擔。船身光亮輕浮,迅如牛皮紙殼船也,緣該處山林叢雜,土曠山多,水淺□密,木船易於碎裂,土人用竹木爲骨,綴以牛皮,并用樹膠綿料之紙,既輕而耐撞碰,不致漏沉等病,異而記之。余於光緒六年五月二十五日返欽州,繪圖叙稾,悉有州署經理。爲幕友沈川如病,延擱多天。間時作游歷之行,見該處婦女黑蠢,頭綰銀絲圈,高可寸餘,綴以銀片二葉,形同圭式,高聳頭頂,略同古時紫金冠,盤以銀鏈,甚不壯觀,只覺俗氣迫人,且無嫌疑之避。淫賤盛於廉州,緣此間更不用錢靠做生意糊口,人以此陶情,如男人狎妓然耳。所歷各墟,虎皮虎骨常常有賣,惟虎肉非天天準有,然三日一期,謂之墟天,

鮮有無者,價約三四十文一斤,緣水土濕熱,人嗜凉味,虎肉全陽性温,少有人吃。(下略)

(原載一九三八年九月二十七日《晶報》,署名州亞)

苛哉苛哉

某甲無子,年四十得一女,乳名賽珠,愛之如夜明珠,六歲入學,聰穎異常,非獨最初之"人手刀尺",立能辨别,即後來之"哀皮西蹄"亦一學就會。賽珠面貌嬌美,而甲之境地又佳,故初中畢業後,作媒者與求婚者已不少矣。

一日晚餐後,父女閑談,時甲之妻亦在座。甲曰:"珠兒,你今年十六歲,來求婚的、作媒的如此之多,我完全没有主意。你娘以爲黄家的那個小子最合格,最合條件——黄什麽?黄伯潭,對不對?——你自己到底怎樣?有什麽意見,不妨説出來。現在是公開的時代,事事要公開,不要怕羞——説,説呀!"

賽珠曰:"爸爸,我不願嫁人,我不願離開父母。我,我守獨身主義。"

甲曰:"不願離開父母,倒是你的孝心。然而何必抱獨身主義呢?——獨身主義是抱的,不是守的,牢記,牢記——是了,是了,我想出一個法子來了,讓我招他進來罷。我看那個小子的面貌,家境未必十分富裕,入贅想是歡迎的,那麽,你不必離我們。將來你生了兒子,就是我的孫子。我雖然没有兒子,有了孫子,豈不等於有兒子麽?哈哈!就是這樣辦罷。"

黄伯潭入贅已一足年矣,非獨"孫子"養不出,連"孫女"亦毫無影響,因伯潭與賽珠成婚五個月後即經醫師證明有體皮(肺癆),夫婦不宜同房故也。在婚後第十五月之初,即民國廿七年之六月九日,黄伯潭竟棄岳父母與嬌妻而作泉下之行矣。

六月十日下午,甲殮其婿於某某殯儀館,親友之往弔者雖不甚衆,但到者莫不低聲静氣,以親切之辭安慰"老太爺"。

内有乙姓者,與之接談最久,而甲所言不外“她本抱獨身主義的,現在一場空,不如當初不嫁。我害了她了”數語之反復背誦而已。乙姓不敢稱是,又不敢言非。正在無可如何之際,忽爲其友人丙姓者招呼而去,并向之云:“你爲什麽呆立不作聲?你應當對他説:‘留得青山在,不怕無柴燒’,招新婿,養孫子,并非不可能的事。”

月船和尚曰:“苛哉苛哉,丙姓之言也,真是罪辜,真作孽——南無阿彌陀佛。”

(原載一九三八年九月二十九日《晶報》,署名月船)

清光緒初粤省之戲

下面引文,孫南周記清光緒初年粤中演戲之情形也。南周赴粤作親民之官,其對於粤人非獨毫無好感,且皆以“仇人”目之:男人個個懶惰,婦女個個淫蕩……難怪其失敗而歸,囊中只剩紋銀數兩也。本篇言戲,而謂其“惡至極惡,奸至極奸,淫亂反上,不一而足”。南周少見多怪乎?抑生性嗜駡人耶?原文如後:

按粤本化外,故朝廷薄賦少官,略示維繫而已。然吾朝定鼎及今,已將三百年,自應漸漬仁厚之風,而斂刀悍之俗,何故而愈趨愈下耶?竊有一事,有關人心風化,故縷及之:如歌唱弦索,本昇平樂事,惟弦索高亢,白口土話,鑼鼓器物,種種不同,而腔調亦自成一家,即識者亦初以爲廣東調也。及細詢之,始知是西皮二黄梆子,毫不入拍,盡失本來面目。若四川、河南、陝西、甘肅等省,雖微有不同處,要亦不失其真,且有愈翻愈好者,不若此間之生面别開耳。其演對雖屬小事,然有關人心世道,故導人不善者删之,奸淫叛逆者掩之,或稍露鋒即遭刑戮以儆之,所謂不失其真,而寓勸懲之意也。粤中班子甚多,價也不菲,而所演有正本、出頭之别。出頭略似外省而關目不同,開場必演蘇秦封相,仙女送子,而接正本。從中所演,惡至極惡,奸至極奸,淫亂反上,不一而足,既失其真,又有導人爲惡至極之嘆。每必邊關造反,失守請救,被困再救,定遣御弟二王、御妹皇姑救之。臨行必囑勿納西宫,勿用奸臣;既去,必納寵妃,信任權姧，忠良遭難，敗壞朝綱，乘機反叛；夾雜調喜奸淫，土人稱爲勾脂粉，極易得手，每多雌趕雄者。淫蕩本其天性，加以描摹盡致，而使淫穢之聲、狎褻之態，蠢俗至目不忍睹，耳不願聽。(中略)戲班之優劣，在花旦工價小，武生好歹爲斷。更有奇處，勿論貌之妍媸，而在淫俗之態狀，務盡其蠢，(中略)且年紀勿論也。

(原載一九三八年十月一日《晶報》，署名州亞)

賭　博

賭博一事，吾國最盛，淪陷區域無從查攷，至於孤島，則幾幾乎每里每弄必有牌聲，日夜不絶。余幼時亦喜此道，惟爲期不久，衹一年有餘，自廿八歲之春至廿九歲之秋也，今已多時不彈此調矣。非戒之也，實憎之也。緣分盡乎？抑精力衰耶？海鹽鄭昌棪之(稾本)《自求多福齋隨筆》中，有勸戒賭博之文，言頗近理，吾人應注意之。兹照録如後：

(上略)角八(?)盛行抄馬張，嘉興盛行倒銅旗，蘇州盛行碰和，男女混雜，連宵達旦，風俗之壞，大半由此。(下略)

碰和等賭博之害，雖較他賭略輕，然玩物喪志，儒門所斥。嘗見友人嗜好多端，一碰和則百事俱忘；每逢好風景，亦蕩舟中流，而目無所睹；有喜慶事，則聚圍一桌，正務轉廢，卜晝卜夜，邪徑潛生。謂散心乎？而心反勞；謂養身乎？而身轉苦；謂圖利乎？而利少且累多。然則彼何爲而樂此不疲耶？吾知之矣：人生福少患多，凡命薄者，有福亦不能享，置身佳山水間，而心目仍隘，寓居極繁榮地，而寢食不甘，蓋天所以限之，其人亦殊可憐矣。

廢時失業，莫甚於賭，島上人以爲非賭不成"公館"，其實書寓中亦常常雀戰，且島人有專以擺碰和桌爲職業者。

(原載一九三八年十月十六日《晶報》，署名州亞)

冤鬼索命

海鹽鄭昌棪，通格致，譯西書，清同光間之新學家也。其稾本

《隨筆》中記珊姑之死，雖多趣味，未免迷信。兹照録如後：

余女珊姑年二十八，被前世冤鬼索命而死，此陰律之不可解者也。珊姑前世是男子，有一婦爲其所害，以故今世受此慘報。此雖無稽之言，莫從顯究，以理斷之。此惡報當在前世，而今世何罪，乃爲是駭世之報應乎？（下略）

（上略）珊女於（庚辰）四月十一日自蘇來滬，二十七日往三昧庵進香還願，歸而即病。六月初病復劇，家中人延女巫問之，謂有前世女冤鬼，進香時適相值。嗣復詢他巫，言亦相同。家中女僕早起下樓，瞥見有一衣藍色婦女在梯下，倏不見。十三日珊女背臂間覺有數處作冷，忽亂戰。余亟執其手，六脉急疾，片時始平復。十四日早，婿汪寶卿至，言笑如平常；晚又病甚。十五日，小腹大痛，至午大腹又痛甚，壞症百出。至十六早遂卒。彌留時，怒視女僕曰："汝何害我，今不相讓矣。"舌縮又大言，聲變不知作何語。由是觀之，則巫者之言信然矣。（下略）

又一女巫能招魂作珊女，言"陽壽未絶，不幸爲冤鬼死。他無足戀，惟老母暨三齡女孩，不忍釋然耳。我魂常歸家，母勿以我肉身回蘇，不我食飼，謂母每日午餐，仍如女在日，給饌食我。我被拘，母常招我，得乘輿出，彼略索費而已。十月間可出罪"云云。其母爲余述之，涕泗滿襟；又云："某夜大叫，某夜又至，移桌椅聞否？"詢之家人，果相符。然則無謂鬼無靈也。

昌掞之《隨筆》中，有"魂靈説"一篇，確是當時之時髦古文，他日當録之，以實本《晶》。

（原載一九三八年十月十八日《晶報》，署名州亞）

蘇州被輕視

鄭昌掞，即《自求多福齋隨筆》之著者，對於蘇州及蘇州人，似無好感。兹先引最短者一則以見之：

蘇州無好炭用。予於己丑春嫁女彭門，内人病，晚間求茶水，因用炭團炖茶，屢次熄滅。遍訪好炭團，燒極紅，不多時仍熄滅，殊覺苦累之至！上海炭團甚好，予頗得其用。日後如赴蘇，須帶炭團去。

炭團好歹，與文化或道德之高下無關，蘇籍本《晶》閲者之見此者，不必惱怒也。己丑，即清光緒十五年（一八八九年），掞之長女名珊姑，已於光緒六年庚辰（一八八零年）逝世。此女不知何名，婿姓彭，名静一。掞之妻朱氏，於光緒十六年庚寅（一八九零年）逝世。其《隨筆》中云：

庚寅九月初，余病甚憊。内子朱孺人間有痰喘症，精力漸衰。因余病，憂急萬分，日夜禱神，願以身代。月既望，内子遂病，延至二十五，唤之應，次日即絶。彭婿静一輓以聯云："愛我等親生，兩載和依，甥館恩多慚未報。爲夫甘減算，半途永訣，瑶京人遠悵難追。"

蓋紀實也。

彭是蘇州葑門大姓，静一不知是現今名畫家彭恭甫兄之何人。下面引文中，昌掞簡直駡蘇州人矣：

蘇州風俗人心之弊，莫甚於"寫意"。"寫意"者，即大意也。事事大意，無一用心之處，遇有必不可草率之事，亦以糊涂了之，號曰"寫意"。苟有認真者，目之曰"戇"，尤屬奇談。若杭州風氣，則異於是。是以杭人之有才者，尚能干大事，若蘇人大半闒茸已耳。少年子弟，一沾蘇俗風氣，即不可救藥，慎之，慎之！

（原載一九三八年十月二十三日《晶報》，署名州亞）

靈魂説

人有靈魂乎？無靈魂乎？此問題曾經許多哲學家之研究，而仍無完美之解决。下面抄引之"靈魂説"，係海鹽鄭昌掞所作，見於其所著之《自求多福齋隨筆》中。吾輩閲之，似多腐氣，但在清光緒初年，却是一篇時髦論文也。鄭氏之文如後：

嗚呼！生死之際，豈不大哉？人身之生死，即靈魂之終始。靈魂由氣以生，有氣斯有身，有身斯有腦，腦爲靈魂所舍。苟無身，烏有腦？無腦，則靈魂何由存乎？人與萬物，莫不以氣爲生，以氣爲養。氣聚則生，氣散則死；氣清則靈，氣濁則蠢。靈魂即氣之類，而特不能指其實質。吾人不能名，仍名爲魂。彼西國格致家攷驗物質，雖極微渺，亦能辨之，獨於靈魂無質可辨，蓋人死而氣即散，無法使聚爲一質而取以致驗也。然則人求靈魂，烏可得而求之哉？夫靈之於人，如冷熱之於身，聲之於耳，力之於氣，可相覺而不可相求。西國不信鬼神，即由乎此。顧西教確有靈魂之説，大凡人之靈魂，非能自靈也，得憑腦髓之知覺而靈也。每驗病者，腦無恙則神清，腦有恙則神昏。至於死，則腦髓已敗，魂何由靈乎？然有鬼或靈，如輕生自盡，其腦本無病，魂本至靈，故死則神爽如生，素性不改，且有聲有力，可以憑物爲祟，久之風吹雨耗，雷驚日爍，其清爽亦漸漸澌滅而無復存矣。（中略）由是言之，人之身體，豈不寶貴？無腦髓，即無靈魂，人當夢寐之間，靈魂出舍，即已茫昧，人死而靈魂不更茫昧乎？然則欲靈魂永久靈明，如何則可？曰，其惟明明德乎？大忠大孝大節之人，一念精誠，至貞至固，與天地之氣，足相抗敵，不爲磨滅，所謂正氣是也，靈魂即離腦髓，猶得憑正氣以生。人生數十寒暑，不及早修省，以保衛我靈魂，後日追悔何及？吾願天下人相共寶貴之焉！

（原載一九三八年十月二十五日《晶報》，署名州亞）

中西妻妾

男子非獨可以娶妻，并且可以納妾，此吾國舊時所許也。交通便利，歐俗東來，生活與法律因之而變，而討小老婆者，則成刑事犯矣。鄭昌棪在其所著之《自求多福齋隨筆》中，提及娶妻納妾之道，兹録之如後；

俗稱娶妻娶德，娶妾娶色。吾以娶妻娶妾，先要娶才。婦人總以才德兼全爲貴，而色其次之。嘗觀富貴人家，中闈無人，奴欺僕侮，至敗壞不堪問。若有主婦才識高遠，能知大體，則約束内務，井井有條，人斷無由售其欺，光前啓後之美，即可由是而基。是以娶女之先，詳加探聽，不可造次，致貽後悔。閨閫有才德，誠祖宗子孫之福也，予深願之！

上論極是。其中"娶妾娶色"四字及下一語之"妾"字，倘然省去，則今日仍然適用。至於下段引文，言西俗男女，則昌棪未免誤謬矣。文曰：

（上略）西俗男女無别，任意混淆，每逢節會，聯翩接踵；曖昧苟且，所在多有；彼此相悦，遂訂婚媾；并不由父母之命，媒妁之言；相悦苟合，與禽獸何異？夫婦人女子，以廉耻爲本；中國大家婦女，無敢自逾短垣；所謂先王禮義之教，入於人心者深也。若一逾越，如娼妓淫尼，有何顧忌？彼西人婦女，人人自便，習以爲常，即爲其父母，爲其丈夫者，恬不知怪，故永無破案者也。然則中國周孔之聖，固宜爲萬國宗仰哉！

按，西女擇人而嫁，則凡男子之醜而貧者，終身不得娶。又西例不準娶妾，是以正室無子，則往往終嗣，西國生齒之寡以此。

（原載一九三八年十月二十九日《晶報》，署名州亞）

治家之道

海鹽鄭昌掞，道學家也，試觀下面引文即明：

紳富家蓄俊僕佼童，往往亂閨閫。又三姑六婆不進門，亦少曖昧之事。平日禁止觀劇、燒香，而多貞潔婦女往來。所謂近朱者赤，近墨者黑，蓋杜其漸也。僕婢愈少愈妙，若輩貪鄙污下，最爲難養。張友山任蘇藩時，予在幕中，司閽一老成人，跟僕二人，年皆四五十許，餘僕皆短雇，亦不過二三人，足給使令而已，清静簡約，内外肅然，可以爲法。

吾國當此抗戰時期，一切應當節約，昌掞所説，凡富家大宅，皆有採之之必要。下引者，用人之道也，亦録自《自求多福齋隨筆》：

用人之道（中略）恩多則濫而不振，威多則離而不安。鄙意（中略）僕媪察可用者倍其值，先令無内顧之憂，亦必令其家人骨肉聚居鄰近，衣食給足，便可安心仰事於我，而我隨時得以約束之；彼戀我之優值，懼有過失，累及家室，則皆效忠竭愚之不遑，何至有意外之變哉？（下略）

下面數語，亦有價值之勸告也：

姬妾婢媪多者，閨閫必能防範，往往有帷薄不修。余以爲深閨之内，宜延舊家□正婦人主持内政，每歲脩善優厚，如□一般，隨時教訓約束;而閨閫以外,有老成忠僕,往來無輕薄引誘之人,則可保無事矣。

(原載一九三八年十一月十三日《晶報》,署名州亞)

妙　語

土話之妙,莫如"上半天皮包水(吃茶),下半天水包皮(洗澡)"[見本《晶》六月廿九日油博士之《重游泮水》篇],因其能概括某地人之大半也。但上引兩語,尚不完全,其下再有七字曰:"黄昏後水又包皮",此時之水,非茶非浴;此時之皮,包而不包,皮只一部。水分三種,一日之間,所行者不外皮包水或水包皮,此種人之不事正經,可以知矣。

上段中所謂"此種人"者,非指南京人而言也。據傳説,真正老牌南京本地人已被洪秀全殺盡。現在之南京人,皆於一八六四年曾國荃拔金陵後,來自長江上游之某省,或下游之某州。包水水包之"享受",非原始金陵人之習慣,實下游某州人之癖性也。

數年之前,某君曾著一書,暢言某州風俗習慣,水包包水之事亦約略提及。出版後,大受攻擊,非獨要求出版者停止發行,并欲罰其在某某指定地點建造燈塔。後人訟多時,開審多次,判令出版人以停售毀版了事。某君之書,余曾於事後用九牛二虎之力,覓得一册。

吾國土語之妙而含性理者,甚多甚多,例如:"鐵門閂,紙褲子。"此似浙江口語,意謂最難者,進門而相識也;既相識矣,無不立時成就。本《晶》閱者,各省各城之人皆有,倘有願將此類妙語寫出寄下,則歡迎之至。

(原載一九三九年七月五日《晶報》,署名義舟)

駡妓詩

英國詩人赫立克(Herrick)生於一五九一年,卒於一六七四年,因作短歌而得大名。其所著者,無不易誦,評論家謂莎氏劇本與赫氏之短歌,係英國至貴重之兩大出品,非虚語也。兹將其駡妓歌二首直譯如下。被駡者，一名瓊(Jame)，一名貞(Zame)。

(一)瓊妓

瓊妓滿面脂粉，内心何嘗清静；有時閑步出門，無不做勢裝腔，冒取閨秀身份。

(二)貞媛

貞媛面目既嬌，天性又極乖巧；可惜吐氣不妙，聞之奇臭難聞——知此事者不少。

(注：吐氣，口中發出之氣也，中醫稱胃火也者，其氣極臭 。)

(原載一九三九年七月九日《晶報》，署名義舟)

西土之暗娼

今歐美禁妓，故公娼幾乎滅跡，但暗娼隨之而增，其數決不在公娼之下。

所謂暗娼者，大多以賣淫爲副業，或假冒他種行業而賣淫也。某少年閲報，見一告白，言某街某號二樓有年輕女子精於修整指甲之業。少年乘車而往，一按電鈴，即有嬌美者啓門招呼，細視之，不似妓也。女向少年微微一笑且言曰："君來修指甲麽？請樓上坐。"樓上之室，客堂而兼作卧室者也，陳設整潔，惟修甲器盛於一小匣中，置於沿窗桌上，備而不用者也。……少年與女，坐談有頃，即成好事；下樓時，心中暗暗自喜，以爲今日大交桃花運，一個良家女子被污矣。其實，此暗娼也。西土不論何國，不論何城均有之。

再，西土之做暗娼者，不皆爲修指甲者也，有業看護者，有業按摩者，有教跳舞者，有教語文者……(但執此種職務之女子，非全體以作暗娼爲副業者也，閲者萬萬不可誤會。)

暗娼不自今日始。耶教《舊約・箴言》第七章明言"淫婦"萬不可親近，淫婦專指暗娼而言。兹略引數語如下：

(上略)一個無知的少年人，從街上經過，(中略)看啦，有一個婦人來迎接他，(中略)并且説，我丈夫不在家，出門行遠路，(中略)少年立刻跟隨她，(中略)如同雀鳥急入網羅，却不知自喪己命(下略)。

歐美當公娼盛行之時，列寧格勒(聖彼得堡)有妓二萬五千人，紐約有官妓三萬五千人及非官妓二萬人,德國全國有妓一百萬至一百五十萬人,平均占人口之百分之二。

(原載一九三九年七月十九日《晶報》,署名義舟)

邗上蒙人

《風月夢》著者,自署"邗上蒙人"(參觀《晶報》一九三九年十月十日知止先生之《胡適之救國不忘讀書》篇),其真姓氏爲何,不見諸家記録,故博學如胡大使亦一無所知也。惟依《風月夢》之内容而言,邗上蒙人非獨精詩能文,并且善説故事,其才學必有記述之價值,維揚人士,如有知其真姓真名者,千乞不吝賜教。兹先代老友胡適之先生作一小攷據如下:

邗上蒙人喜用隱語,如書中鬭首第一人(見二回)袁猶,即"緣由"也,字友英,即"有因"也,其妻杜氏,即"妒氏"之隱;又在茶館所遇諸友如賈銘、吴珍、陸書、魏璧四人,即"假名、無真、録書、未必"之隱。除此之外,書中隱詞尚多,他日當再述之。

《風月夢》雖全涉花柳,實非淫書。清光緒間有喻姓者在筆記(稾本)中云:

作書者追恨無及,悔而且愧,憶昔錦衣紈袴之時,飫甜饜肥之日,背父母教育之恩,負師友規訓之德,以致一技無成,半生潦倒,終朝在花柳繁華之地,樂温柔富貴之鄉,而今財盡緣終,頓悟沉淪之夢,故爾閑揮翰墨,演説塵緣,由色生情,傳情入色,自色悟空,一把酸辛,滿紙荒唐,無非望世人看破迷團,引登彼岸。倘能渴不飲鴆酒,饑不食虎餐,見色如仇,知淫莫犯,不待求仙訪道,即算人聖超凡。(下略)

《風月夢》,余家所藏者,清光緒甲申上海江左書林木刻小字本,每半葉十二行,每行二十七字,全書三十二回,卷首有清道光戊申作者自序。此書有申報館鉛字體,又有石印小字本,即所謂《閑花野草臭姻緣》是也。木刻與鉛字二種,市上均易遇到,價亦便宜;石印者,四本頭之一也,現不多見。

(原載一九三九年十月十四日《晶報》,署名越)

《黑暗地獄》

《黑暗地獄》廿四回，清光緒三十二年印行，早經絶版，言林則徐禁煙以前華南販土之情况，名小説家張春帆之著作也。春帆先生另有《九尾龜》前後二十二集，凡嗜小説者無不知之，無不讀之；其推行之廣，聲望之隆，與孫家振海上漱石生之《海上繁華夢》相等。

此書文字既佳，又富於史料，其價值實在《九尾龜》之上，而一傳之極廣，一不然者，何哉？曰軼事勝過史事耳，説樂勝過政治耳。現當國府嚴密禁煙之時，本書有翻版之需要，其末回趙炳儀之議，今日尚有參攷採用之價值。

春帆先生尚有《宦海》、《未來世界》、《胭脂虎》等作。

《晶報》編者按：張春帆先生著作等身，爲本《晶》所寫《新九尾龜》、《漱六山房日記》，亘數年不輟；自歸道山，遂成絶響，讀者惜之！今蒙周越然先生以張之遺著《黑暗地獄》借抄，逐日付刊，其詳已見周序，不必贅述。斯作有特創新例，即每回回目僅有一句，而以下回回目爲偶，至對仗工整，猶其餘事也。

（原載一九四零年三月二日《晶報》，署名州亞）

本輯注釋：

① 此處兩英文詞，均爲“母性”之意。

② 我國古代稱翻譯官爲“舌人”。《國語·周話中》：“故坐諸門外，而使舌人體委與之。”韋昭注：“舌人，能達異方之志，象胥之官。”

③ “毛厕”，即 mouth 之譯音，即“口”。

④ “爛僚坯”，一般解爲“懶人”，即懶惰成性者。

⑤ “語法”，指湖州人的習慣用語。

⑥ 上海舞場俗語，在舞場坐觀而不舞，謂“擺測字攤”；不善舞，而由舞女帶動男方，舞姿生硬，謂“拉黄包車”。

⑦ “佛國百里城”，即法國巴黎。

⑧ 今通譯爲“阿姆斯特丹”，係荷蘭首都。

⑨ 即黑人，“義蓋路”係英文 Negro 之譯音。

⑩ 據《辭海》，袾，古朱字。袾宏（一五三五——一六一五），明高僧。本姓沈，字佛慧，號蓮池，仁和（今浙江杭州）人。三十二歲厭世出家。住杭州雲栖寺，弘揚净土法門，皈依者甚衆。

⑪ "天放教人"，係作者之别署。

⑫ 指上海著名的揚子飯店，位於三馬路（今漢口路）。

⑬ "上莊"，"拔蠟燭頭"，均爲上海俚語，指性交。

⑭ "酒排間"，今通稱"酒吧"。

⑮ 指男性在性交時，剛入陰門即泄。

⑯ 指男性在性交時，未入陰門即已散泄。

⑰ "帽"，指避孕套，下文"佛帽"即法國避孕套。

⑱ "二豎"，指性病中的梅毒和白濁。

⑲ "寶"，指女性生殖器。

⑳ "密力特"，即英語 minute 之音譯，意爲"一分鐘"。

㉑ "周越然"，在湖州人讀來，音似"舟一三"。

㉒ 即清代禁書《痴婆子傳》。

㉓ 此爲我國少數民族之一，分布在福建、浙江、廣東、江西等省山區。

㉔ "黑膏"，以及下文之"燈吸"，皆指鴉片。

㉕ 即陳果夫。

㉖ "蔬菜"，係蘇州話中之隱語，意爲不中用的朽物。

㉗ 今通譯爲馬克·吐温。

㉘ 隱語，指典當。舊時代的當鋪門首都標一極大的"當"字，故上海渾稱典當爲"大字庫"。

㉙ "阿媛篤"，或作"阿囡"，吴語，意爲幼小者、少年，是一種親切的稱呼。

㉚《三笑姻緣》原句爲"洞中水滴滴，岸上草萋萋"。

㉛ "掉皮"，即"調皮"。

㉜ "社女"，指向導社的向導女，舊上海的向導社，實質上是變相的妓院。

㉝ 此則故事，來自民間。然江浙民間有類此而更佳之傳聞，謂一士人、一道人、一商人、一匠人共行酒令，亦必須有其語無其事，且流行於市者。士人曰"宰相肚里好撑船"，道人曰"螺螄殼里做道場"，商人曰"銅錢眼里翻跟斗"。匠人聽罷，説你們三位所説，都是荒唐，不合情理，真是"放你媽的狗臭屁"。人放狗屁亦是"有其語無其事"之流行話也。而每人所舉一語，皆合其身份。

第三辑

修身小品

天氣與心理

空氣細微的震動,馬上可以改變風標的方向(日本人稱風標爲“風見”,似甚切合),這是我們看得見的;尚有看不見的,就是我們的心,我們的心理。心或心理,也隨天氣而變。狂風暴雨之日,我們的感覺,我們的喜怒哀樂,當然大異於清明温和之日的。在黄梅節那幾天中,法官往往施刑較重,因爲他自己悶得很呀。在大寒天氣,法官拿細小的案子,審了又審,問了又問,不肯速判,他并非有意延宕,實在因爲自己的身體有些畏縮呀。

我們寫“文章”的人,也是這樣。在晦暗之日,我們所寫的,無不悲慘;在晴明之日,我們寫的,大都歡悦。我們爲什麼駡人?因爲天氣惡劣,自己的情緒欠佳的緣故。我們爲什麼諂人?因天高氣爽,自己的情緒太佳的緣故。

所以,陰雨之時,最好不要出門,否則講不定受人欺侮。在温和之日拜訪朋友,決無被逐被譏等情。

希臘大詩人荷馬,有詩兩行,咏天氣與心理的關係。我今將其大意譯成四行如下:

心隨天氣而變兮——
隨寒隨熱又隨温。
或喜怒或哀樂兮,
風霜雨露爲之根。

(原載一九四四年四月二十二日《新中國報》)

人心不足

人心不足,可以拿二十個字的一首五言詩來描摹它。詩極劣極陋,是我自己做的,如下:

已經到手者,樣樣都惹氣。
倒是未得者,反覺多趣味。

這就是説："做了皇帝要登天"。——人總是不易滿足的動物。没有娶過妻子的少年，以爲自由結婚之後，一定夫唱婦隨，可以享盡人生之樂；等到蜜月旅行之後，他發現了他"夫人"的許許多多缺點，有些不滿意了；他又想跳舞，又想徵妓，又想喊向導女了。

讀書人也是這樣。——也往往自覺不滿。没有見過宋版《史記》者，立時立刻想要看一看；真的求到了，他不細讀，把它置之高閣而已。没有閲過明刻"瓶書"者，到處尋訪，以爲奇言異行，都在那部書中；等到購得了，又何嘗研究呢？

人總是不滿足的。坐人力車者，想坐汽車；住平屋者，想住樓房；穿布衣者，想穿綢服；吃便飯者，想吃大菜；生活已經解決者，還想發大財；已發大財者，還想發到一千萬，一萬萬。

知足與不知足，完全是個人的心境。我看你光景很好，理應知足；然而你自以爲很苦。你看我景況很苦，理應不滿；然而我以爲極樂。心境造成人之苦樂，不在乎財帛之多寡，也不在乎事物之新陳。多的、新的人，不一定知足；寡的、陳的人，不一定不知足。總之，人心不足，如蛇要吞象。

（原載一九四四年四月二十六日《新中國報》）

單純與虛飾

希臘哲學大家蘇格拉底的大名，我想大家早已聽見過了。他的聲譽最高，世界上不論哪一國的人，不論哪一教的人，没有不佩服他的。他雖然像我們的孔子，没有自己親筆寫成的著作，但是照他兩位弟子所記下的來看，已足見他的偉大了。他的兩位弟子，一位柏拉圖，其他一位是賽諾芬。

我稱他偉大，因爲他能單純而不虛僞。"單純"就是"簡易"，"虛僞"就是"做作"。蘇格拉底在談話中，所用的字，所引的事，都是平凡的，都是明白的。他不引經據典，他往往稱"某農夫這樣講"，"某姓婦那樣講"。他拿了靴鞋匠，泥水匠，木匠，車夫的言語和行爲，做他辯論的根基，做他哲理之前提。所以聽他講話的人，個個都心滿意足。因此，我們知道，與其説"伉儷"，不如説"夫婦"；

與其説“昔在齠齔”,不如説“我在八九歲的時候”。請閲下面四字歌:

庸言庸行,每含至理。

虚僞驕慢,不得與比。

我們現在看了蘇格拉底的講話,覺得不能明白的地方很多很多。爲什麼呢?因爲一方面我們不懂希臘當時的白話(方言),另一方面,我們没有好的譯本。英人裘偉德的譯文,可稱最佳的了,然而也不是最完美,無可改良的。

(原載一九四四年四月三十日《新中國報》)

人心不常

人心不常,等於日光。

我們稱日光爲光綫。綫總是連續不斷的。日光不連接,實在不是“綫”。日之發光,與射箭差得不遠——第一箭射過,第二箭再來;舊光先滅,新光後來。不過,發光較射箭快些;後先相繼,迅速之至,我們看不見,看不清楚就是了。

人心頗似日光,也是變動不已,新陳互易。識字讀書的人,今天看《水滸》,明天忽然要看《漢書》;已經結婚的人,此刻對於其妻,怒目視,遲一遲又要“達令,達令”地大喊大叫了。

人心的不常,另外還有證據,讓我再來講罷:

古時某大將,到外國去遠征,已經派定甲隊向甲路進攻,乙隊向乙路進攻,丙隊向丙路進攻了,他獨自一人在營中踱來踱去,坐了又立,立了又坐。忽然他用手向西一指,狂笑不已;他又板起面孔,拍臺拍凳,放聲大哭。他先笑後哭豈不痴狂麽?豈不發痴麽?不,不,他并不痴狂,也不發痴。他笑,因爲他知道他的兵士已經勝了。他哭,因爲他恐怕他的士兵死亡太多。

非獨行軍大事,就是日常小事,我們的心也是這樣不定,這樣變動。數日前,我在書室中静坐,忽然想到廿歲以前的情景。我想到我進秀才的時候,報子來敲鑼的時候,不覺狂喜。我跳起來,且大笑三聲……我又想到五年前家母棄世之時,不覺暗暗流泪。前後相隔，不過數分鐘，我的心變得快麼？我的心真與日光相似了。請觀下面的三字日光歌：

太陽光，如射箭，
舊者滅，新者見，
時時斷，刻刻變，
不連接，不是"綫"。

（原載一九四四年五月二日《新中國報》）

默　禱

不信教的人們，雖不求神拜佛，有時也作非正式的禱告，默默問天要這樣或那樣。未結婚者，向天索美妻；不生育者，向天索兒女；貧者病者，向天索財帛，索健康。今人如此，古人亦然。

希臘哲學大家蘇格拉底氏的禱告最妙，他不貪財，不愛寶——他不知道自己需要的是什麼，所以他對衆神"講話"的時候，總不説出自己的願望來。他不説"我要什麼"或"我求什麼"，他只説"請拿最適合我者賜我"。他自己不打主意，他要衆神替他打主意，他自己不選擇，他要衆神代他選擇。

那就是蘇格拉底的聰明呀！有許多人，理應一世愚笨的，忽然得了才智，反而不幸；有許多人，理應一世貧窮的，忽然發了横財，反而倒霉。近人近事不敢提，讓我來講一個可笑的古人罷，請閲下文：

兒童讀物中常載一個古時希臘嗜好黄金者的故事。那個貪黄金者，名字叫做馬達士(Midas)，他一天到晚，一年到頭想要黄金，他有了還要有，得了還要得。他所積集的黄金，已經不少，然而他仍不滿意，他常常求神，做禱告，要他們把"着手成金術"賜給他。"着手成金"，就是用手一觸，不論銅鐵瓦塊立即變爲黄金的意思。

他的祈禱，衆神果然準了，於是他的衣帽，他的床鋪，他的愛女，他的食物都變成黄金了，他富極了，然而他也窮極了。他有了這許多黄金，連一餐苦飯都吃不成功——豈不倒霉麽？豈不立時立刻要餓死麽？下面的四言歪歌是咏馬氏的：

"着手成金"，其術堪欽！
惜乎愛女，有形無音。
既缺飯食，又乏衣衾。
哀哉馬氏，險哉貪心！

我們不迷信則已，倘然我們天生迷信而好作祈告，那末勢非採用蘇氏的方法不可。蘇氏的方法，就是請神明代擇。神明倘然真的靈的，他們可以賜財賜福，也可以賜病賜死，請大衆注意。

（原載一九四四年五月五日《新中國報》）

譏與譽

譏就是駡，譽就是贊。兩者相較，駡容易受，贊反難受。這是我個人的意見，想他人未必皆然。

我個人的意見，非再細細説明不可，請諸君看下面所寫的：

倘然有人駡我爲"烏龜忘八"，我非獨不聲不響，不回駁，并且一點也不生氣，不發怒。爲什麽呢？因爲我不是烏龜，未曾忘八。他駡錯了人，他不駡我，他駡另一個人。那另一個人，或者真的忘八，或者其妻不"忠"。再倘然有人駡我爲嫖客，駡我爲賭徒……我也相等的冷淡。我不打茶會，不上跳舞廳，不叫向導社——我不是嫖客。我從廿八歲起到今年六十歲，没有玩過馬將，其他牌九、撲克，更不必提了，我不是賭徒。

現在回轉頭來，講贊譽：

倘然有人稱贊我年歲高，子孫多——"多福多壽"，那是存心玩笑，"吃豆腐"。我的年歲，與馬相伯比較起來，真的小巫見大巫了——我還是一個小孩子。我的子女，雖然比别人多些，然而他們要我撫育，要我嫁娶，多少受累呀！哪里是福？

或者有人稱我爲道學家，稱我爲科學家，……我决不歡迎，决不感謝。

我又要作歌了，如下：

（一）譽

人非鐵石，都喜佳譽。

“天比地低”——豈不是虛。

（二）譏

我不作惡，故不怕罵。

“烏龜忘八”——字字皆假。

最末，我們應該知道，譏與譽互比，譽實危險，譏則不然。臭罵我們的人，雖有惡意而無惡心；將我們大大罵過之後，他的怒氣出了，事情就完了。奉承我們的人，既有惡意，而又有惡心。錢謙益的弟子某某，常常來贊他，説他的某一詩如何美雅，某一聯如何卓越。錢氏總不大理睬，旁人問道：“他這樣稱贊，你何故這樣冷淡？”錢氏道：“他不是來贊，他是來探。將來拿了我的著作，去告發我的就是他，你們静待好了。”後來果然！所以對於臭罵者，我們不必注意；對於過譽者，我們應該謹防。

（原載一九四四年五月六日《新中國報》）

愈有愈要

没有的物，非要不可——這是正常的；等到有了，還想新的——這是異常的。不論男女老幼，凡屬人類，總有這兩種心理，總離不了先正常而後異常，先異常而後更加異常。

先言衣：當冬日下雪結冰的時候，我們要穿棉衣，這是正常的心理。得到了棉衣之後，要改穿皮衣，要裝置火爐，要添設水汀，這是“愈有愈要”，不正常了。

再言住：住平房的人，想住樓房；住樓房的人，想住洋房，想住大厦。人們總是這樣“得隴望蜀”的，總是這樣心不滿，意不足的。

末言行：軋電車的人，想叫黄包車；坐黄包車的人，想乘自備汽車。請閲者自己想一想，你有没有這種心理？

正常就是實惠，就是需要。異常就是虚飾，就是多餘。郵票用以寄信——正常，集郵以爲古玩——異常；購書校書——正常，收藏古本——異常。這種正常和異常的實例很多，隨處可見，隨時可見，我何必多舉呢?

不過,有一件事不得不講給諸君聽,就是:世界上靠異常心理吃飯的人多,靠正常心理吃飯的人少。你看,上海市上發售的唇膏、牙膏,發售的古磁、古畫,發售的補藥、補針……都是多餘之物。發售的人們,因爲明白心理學,明白人皆異常,所以能够賺錢,并且所賺的錢較"正常"商人爲多。請閲下面的四言詩:

人之心理,大都異常。
既有緑衣,還想紅裳。
既食螃蟹,還要蝦湯。
既得樓屋,還覓洋房。
所需已足,何事奔忙。
"得隴望蜀",荒唐荒唐!

(原載一九四四年五月八日《新中國報》)

獸之友誼與愛情

關於友誼與愛情兩事,人不如獸。人的友誼和愛情,反而不及獸的友誼和愛情。我們——人——自以爲"萬物之靈",既富友誼,又多愛情,其實不然。我們一言不合,馬上絶交。我們"柴米夫妻",真誠何在?我們人與人間的友誼和愛情是很有限的。我們的友誼,我們的愛情,大半是虚僞的,大半都含有特别目的。

獸之友誼和愛情,非獨真實誠篤,并且絶無目的。我先來講兩只狗的故事,以見上面所説者,并不虚謬。希臘古代貴族李時瑪葛氏蓄一犬,名字叫做閤家奴使,主人死了,它不飲不食,身不離主人之床,焚屍的時候(火葬),它投入火焰中自盡了。希臘另外還有一犬叫做碧緑絲的,也在主人死後殉葬。那兩只狗的故事,雖然衹見於野史,而不見於正史,然藉此亦可以知道它們對於人類的友誼。

獸對於人也有愛情,且極奇特。請閲下面的故事:

希臘——希臘又來了——希臘詩人亞立斯吐非尼司愛上了一個賣花女子。同時,城中有一巨象也愛上了那個賣花的。一人一獸,彼此争奪。亞氏每天早晨非到市上去看她、和她講話不可。象不能講話，但是它也每天去看她，并且非看她售貨完畢、離開市場不止。有時那只象，竟異想天開，拿鼻子去强捲別人的水果，丢入賣花女的籃内。有時——更加奇怪了——它拿鼻子在賣花女胸前，亂撞亂動……這不是愛情麽？

上面所講的，都是獸對於人的友誼和愛情。它們對於同類，也有友誼，也有愛情，讓我來約略述一二件事，如下：

馬之“愛”馬，不在面貌，而在毛色。厩中本來所有的兩匹白馬，交情甚爲淡薄。一日，主人新購一褐色者，牽入時，一白者馬上和它并立，和它親熱；另一白者，也有和它接近之意，但因有先占者，不再多露友誼。

獸之愛情最專，它們擇偶亦極嚴。它們的妒忌，恐怕不在我們之下罷。它們也要争風，也要“吃醋”，那種實例甚多，我想不必一一舉出來。現在請諸位費些時間，看下面的人獸歌：

（一）人歌

請飯請酒，都是朋友，
一旦失勢，大家分手。
爲什麽呢？“我無所受”，
照此講來，人不如獸。

夫婦子女，互索互負，
你拍我吹，類乎小醜。
一言蔽之，曰：“不怕醜”，
照此講來，人不如獸。

（二）獸歌

獸有真情，知愛其偶，
獸有友誼，待人謹厚。
爲主殉身，爲主奔走，
照此講來，人不如獸。

獸所得者，冷飯一口。

人遇歡樂，將它揉揉。
倘然發怒，東擊西毆，
照此講來，人不如獸。

（原載一九四四年五月九日《新中國報》）

作家成名之累

我所謂作家，指有書本出版的人而言。我所謂書本，指一百葉以上的文集、詩集，或專門著作而言。所以爲書局編教科書者，或爲日刊期刊寫小品者，我都不當他們爲作家。所以我自己不是作家。

作家有成名的，有不成名的。不成名的以爲成名之後，心中所要的"黃金屋"，心中所要的"顏如玉"——心中所要的一切——可以不求而得。其實何嘗如此？我現在以"作家成名之累"爲題，講他們的苦楚——是小説，也是實事：

張姓少年，是富家子弟。他在二十五歲大學畢業後，就注重文藝，立志創作，到了三十二歲已經成了《哲學論》一巨册，又《紀游詩》四百首。他把稟子送給"名家"批評的時候，大家都説好，大家都稱贊不已。

他決意將稟子付印，但自己又轉念道："還是賣稟呢？還是抽版税呢？"

全城大小出版家，都對他説道："目下時局不好，紙張缺乏，無力購買稟子，更無法實行版税制度。"

但是著作不出版，人們怎能知道他的能力呢？他怎能成名呢？他不得已，只好自己付排工、印工，自己付紙價，把他的著作來問世。

他每天到印刷所去看校樣。忙了六個月，一本文集，另外一本詩集都印成裝好了。他一共印成文集二千部，詩集一千部。他一共付去五萬餘元，告白費還不在内。

第一天出版的早晨，來了文藝界的好友二十餘人，各文集一册，詩集一册。

他們得了書，馬上就打開來唸，唸了就贊；唸之不已，贊之不已——到了十一點半，主人請他們到外邊去吃飯，他們還要唸，還要贊。主人開了四瓶白蘭地，四瓶香檳酒，總算把他們的讀書聲和贊美聲淹住了。

第二天早晨，又來三十多人，又每人各得文集一册，詩集一册。每人又各大唸大贊。主人又請他們去大吃大喝。

第三天早晨，第一天來過的朋友又來了。他們説道："文集詩集中，除了前日所見的那些優點外，我們又找到許多新奇的理論，精美的辭句。我們今天特地來作報告的。"那一班人又得到了好菜好酒。

那天下午，張"大家"自言自語道："他們每天有這許多人來，我要給他們詩文集，還要請他們吃喝，長此下去，怎樣好呢？我想我不如暫避的好。我把書托書坊代售。"

他真的搭火車離開了家鄉。三個月後歸來，看見房間里堆滿了自己的著作，都是書坊里退回來的。他印書，他請客，他游歷——他固然是一個作家了，并且許多朋友稱贊他好。然而實益呢？

我有五言歪詩是形容他的，如下：

看他稾子者，説他有前程，
等到書出版，完全賣不成。
請人去吃喝，個個是弟兄，
托他幫幫忙，大家心不誠。
奉勸文學士，最好不求名。
不付印刷費，袋中倒充盈。

（原載一九四四年五月十日《新中國報》）

弄假成真

裝假病者，真病立至。昔羅馬顯宦，因酬應繁忙，佯稱瘋癱，告假而不視事約一月。等到他回伍的時候，他的手脚真的麻木，不能健行了。因此可知我們的精神，愈用而愈大，不用則日損。

昔羅馬另有一人，因政治關係而遭通緝，他不能不出門，但是他又怕逮捕，不得已用藥物遮蔽左目，如是者一年，他確然變成了一個瞎子。上天以五官四肢賦人，原要我們應用的，倘然我們玩忽它們，它們無不失去效用。"一·二八"之後，"八·一三"之前，汽油極便宜,我天天坐自備汽車,不多走路,我的腿常常酸痛,不能步行,我的朋友笑我“提鳥籠”(性病之名)。現在我每天軋電車,還要多走路,我的腿反而不痛不酸了,我行走如“飛”了。這也是精神愈用而愈增的道理。羅馬格言家馬錫爾(生於公曆四十年?卒於一百零二年?)道:

誠心尋求之事物,
吾人終能得之。
裝瘋之人,定成瘋子;
裝病之人,定必死亡。

(原載一九四四年五月十二日《新中國報》)

良　心

良心是各人辨别是非的天能。我們中的大多數,以爲好人知道是非,所以有良心;歹人不知道是非,所以無良心。“知道是非”就是“辨别善惡”。劫人財貨,淫人妻女……都是惡事,善人知道那些是罪,故不敢犯。

其實,善人有良心,惡人也有良心,不過前者的良心比較後者多些罷了。舊時法官假定罪犯個個都喪盡天良,要他們招認,非動刑不可。現在文明國家雖然已經廢除刑訊,然而偷偷灌水、用電者,恐怕還不少。他們以爲犯人受到了極大的痛苦,一定肯把實情説出來。這是一個大誤。刑罰只能試探人的忍耐,不能取得罪的證據。刑訊的結果,不一定是真理;拷問的結果,不一定是實供。罪犯也有良心,好好地問他,他一定肯講。最初,他會説謊,經過多次審查,經過多次盤駁,真情自然暴露。

有時犯罪的人,不經法官審問,自己也會招供的。從前西洋有一個男子,名字叫做貝蘇四(Bessus),他殺死父親的事,完全没有人知道。後來别人看見他常常折雀巢殺幼雀,責備他道:“你何必呢?它們無知無識,并不害你呀!”他答道:“什麽!還不害我?它們天天駡我,説我——説我殺,殺殺父。”他良心發現,自己招了。詩曰:

天良發現，無法沮消。

任你怎刁，不打自招。

我還有一個全憑良心的故事。二千年前，某部隊抵達某鄉村後，把人民所有的洗劫一空，大家都不敢響，不敢告發。獨有一個老婦，直奔司令部，禀告司令道："我留給孩子的那一些菜湯，被你的士兵搶去吃了。"她又指定一個士兵道："就是這一個——就是他。"總司令道："憑你一個人胡説，似不公平，你另外有證據麼？"婦人道："東西已經搶去吃了，另外還有什麼證據？我憑良心講話，不會錯的。"總司令道："好，好！真是他吃的麼？我也可以憑良心代你找證據。"他立即吩咐把那個士兵的腹剖開來看，果然，士兵腹内多是菜湯。婦人得了大賞。

（原載一九四四年六月六日《新中國報》）

笑或哭

世界上的人，除了我自己之外，餘者都是可惡的呢？還是可憐的呢？倘然都是可惡的，我們應該怎樣對付？倘然都是可憐的，我們又應該怎樣對付？

古時希臘有兩位哲學大家，一個叫做狄毛葛李德舒，另外一個叫做黑拉葛李德舒。狄氏出門的時候，見了人就笑——不是冷譏，就是熱笑。黑氏出門的時候，見了人就哭——不是暗泣，就是明哭。後來羅馬詩人周費納魯咏他們道：

黑狄兩公，大妙大妙！

一個痛哭，一個狂笑。

黑氏爲什麼哭呢？狄氏爲什麼笑呢？笑是輕視，哭是哀憐。狄所以笑的緣故，因爲人皆虚驕——可惡。黑氏所以哭的緣故，因爲人皆愚蠢——可憐。他們兩位行動雖然不同，但是他們的用意是一樣的。

對於那兩個古人，我贊成狄氏，不是因爲我天性快樂，喜歡多笑——倒是因爲放聲大笑所含的輕視，較痛哭流涕更加大，更加多的緣故。

或者問道目下我國多痴愚之人,他們暗囤物品,明做黑市,得到的鈔票,都化在花天酒地上。他們只曉得投機,不知道生産。我們對於他們,還是哭的好?還是笑的好?到底他們是可憐呢?還是可惡呢?

我答道:"不管他們可惡不可惡,可憐不可憐,你笑他們也好,哭他們也好,我自己對他——對一切人——總是笑的。"

(原載一九四四年六月七日《新中國報》)

決意難

我們常常指鹿爲馬,常常顛倒黑白。喜歡鴉片的人,以爲是養身之物,雖魚肉谷類,亦不及大煙之有力;喜歡跳舞的人,以爲健身之道,雖拳術擲球,亦不及"彈性"①之衛生;贊成孔子的人,以爲耶穌全本幼稚;贊成耶穌的人以爲孔子一無所知……像我這樣微弱而無主意的人,碰到大事情的時候,怎樣取決呢?

我現在年歲較大,經驗較多,我的心志比較好得多了。我從前全無果斷的能力,别人在冬季中作預言,説明年夏季一定很寒,一定有凍冰之日,我會相信的;倘然他們在夏季中說今年冬季一定很熱,一定要出汗,一定要穿單衫,像南洋人的樣子,我也會相信的。

現在我好得多了,我也有些決意了。甲説"黄種人不黄"的時候,我絶對不相信,并且反駁他道"黄種人也不白";倘然甲説"黄種人不黄",同時乙説"白種人不白",那末我必定問他們道"黑種人黑不黑"。倘然他們一定要問到我,黄種人究竟黄不黄,白種人究竟白不白,那末我説"黄種人一定有白的,白種人一定有黄的。我的目力不佳,不能十全十美地辨别顔色"。

的確,我的辨别力仍舊不完全,我的決意不能稱爲"最後的",我實在是一個無用之人呀!但是世界上的事情,哪里有真理?各國的律例,各處的風俗,富多不合之點,我們不問猶可,倘然略加研究,他們的矛盾馬上就出現了,然而我們決無補修的能力。我們何必問呢?何必研究呢?我們的無意有何用處呢?請唱下面的歌:

“公説公有理，婆説婆有理。”
決意難，決意難！
明明是只羊，大家稱它猪。
決意難，決意難！

明明是旱荒，人皆稱大水。
決意難，決意難！

西方有耶穌，東方有孔子。
決意難，決意難！

（原載一九四四年六月九日《新中國報》）

讀書與講話

不論年少年老，讀書與講話，都是有益處的。兩者相較，講話的益處更加多些。何以故？因爲話是活的，書是死的。因爲對方的話，或順或逆，我們必需細聽；書中之言，或是或非，我們可不警心。因爲友人的話，倘然不合吾意，我們可以同他辯駁；書中之言，倘然不合吾意，我們只能把它丢棄。辯駁之後，可得真理；丢棄之後，全無收獲。

我最喜歡和人閑談，最喜歡和兩三位朋友談天説地，講故事，説笑話。碰到不同意的時候，倘然他人責問我，我總和聲軟氣地回答他們；倘然我反駁他們，我也不十分使得他們跼蹐。我在這種情形之下，所得到的益處，往往比較讀書所得的爲多。

我讀書很少，不過我所讀的總是合我意的。我不讀不合意的書，并且我從來不把書中之言背給朋友聽。拿書的内容，作爲討論題目，危險極了：合我意者，不合他人的意；我所見者，與他人所見者不同；彼此瞎説，有何結果？大家弄得面紅耳赤，分解無方，何必呢？至於戰事，至於政治，我也不敢作爲“論”題的，因爲它們的危險性更加大了。有一天（在七年前），某姓某名很堅決的對我們説：“某國一定失敗，他們至多可以支持五個月，到了本年八月，一切都完了。”我插嘴道:“没有這様快罷。”他答道:“一定的！不相信,我們可以賭東道——八塊錢,買花生米吃。”我道:“好,好。”後來他輸了,但是不肯拿出八塊錢來。滑稽者常常提醒他,請他不要“忘八”。

我想,賭東道倒是一個收束辯駁的好方法,我們不論何人,都可採用。自己出錢總能承認自己的失敗。倘然他人出錢,我們可吃花生米。

讀書哪里受得到這種實惠？書中雖有“黄金屋”,雖有“顔如玉”——那不過説説罷了。讀書一定讀不出花生米;我喜歡講話,倒講出來了。詩曰:

讀書與講話,兩者都有益。
彼此相互較,前叔而後伯。

笑話宜多説,辯駁毋刻責。
臉青或面赤,是授人以隙。

(原載一九四四年六月十二日《新中國報》)

寸 陰

“一寸光陰一寸金,寸金難買寸光陰。”這句古話,勸吾國人寶貴時間,與西洋人所謂“時間即金錢”的意思差不多。但寶貴(上兩字作動詞用)時間,也有個限制,也有一定的分寸;否則反而消耗,或鬧笑話。請閲下面所述的故事:

希臘有個寓言家叫作伊索(Aesop)(約公元前五六零年間人)的,我想諸君都知道他的大名。他多才多智,不過他是一個奴僕。他是希臘大族的家僮。我們幼時攻習西文時,幾幾乎人人都讀過他的著作。

有一天,他看見他的主人一邊解小便,一邊繼續前進——小解與走路同時舉行。他張了又張,望了又望,有些不懂。他自言自語道:“呀！什麽？又走路,又小便？爲什麽？走路時還要小便？小便時還要走路？喔！我知道了！他要節省時間,他存心節省時間。”

現在我問:"伊索的主人,究竟省了時間没有?"

我自己作答道,没有,没有,完全没有。

我説"没有"的理由如下:小便帶同走路,非獨走路要慢,即小便亦慢,兩者皆慢而合并的時間,等於兩者分辦而趕辦的時間。諸君以爲然否?

我幼時也有那種類似的僻好——不是走路時小便。我在早晨吃粥的時候,喜歡一邊看書一邊進食。我把書擺在右首,我捧碗持筷,先看幾行書,再吃幾口粥,或者先吃幾口粥,再看幾行書。我看不到三頁書,粥已經冷了,先母見了駡我,兄妹見了笑我。但是當時我自己很得意,我自以爲吃粥時看書,吃粥的時間可以省了。其實,吃粥時看書,吃粥的時間必須延長。因看書而延長的吃粥時間,何不在吃粥之後,爽爽快快拿來看書呢?

寶貴時間,就是惜陰,固然重要,但是走路時不必兼解小便,吃粥時不必兼閲書本。便歸便,路歸路——不是耗費光陰;書歸書,吃歸吃——也不是耗費光陰。應當做事的時候不做事,應當辦公的時候不辦公,而偷辦私事——這是耗費時間。閲衆倘然有"公私"不分者,延宕遲疑者,請注意下面的歪詩:

"一寸光陰一寸金,寸金難買寸光陰。"
古人説話真明達,今世誰能不仰欽?

(原載一九四四年六月十三日《新中國報》)

八十三歲學吹打

"八十三歲學吹打"是一句譏刺不及時的古話。老年人不是不可以求知識、求學問;不過,學習吹打,學習音樂,未免太遲了。老年人有老年人的知識與學問,少年人有少年人的知識與學問。老年人所應當研究者,康健的保持,身死時的無挂無礙;少年人所應當研究者,學科的進步,服務時的得心應手。换一句話來説,老年人應當偏重思想,少年人應當偏重實習。

今有六十餘歲的老年人於此,晨夕修習外國語文,會話、文法、造句、作文,統統顧到,全不懈怠。問他何用,不能作答。人到六十歲,還没有學好外國語,還要天天愛(A)呀,皮(B)呀,細(C)呀——試問到了什麽年紀才能學成?學成之後,有没有用的機會?"愛皮細"(包括一切外國語的字母)及其他中學校的功課,都是少年人學習的,老年人理應實用少年時所學習的功課。詩曰:

"八十三歲學吹打",氣短力弱成何樣?
要學當在二十前,那末身强而體壯。

年少怠惰不努力,老來决然無希望。
就是勤奮也没用,他人哪裏肯原諒?

一般人的缺點是這樣的:少年時不肯"知新",不肯學習;老年時想要"温故",想要補習。少年是預備時代,老年是應用時代,兩者不可顛倒,否則非獨鬧笑話,并且無結果。我的日文日語很不妙,本擬多多加習,後來一想,想到自己的年歲,馬上作罷。除了已經知道者之外,就自足了,不從師了,不"八十三歲學吹打"了。

(原載一九四四年六月十六日《新中國報》)

不怕死

人總好生惡死,但虚驕的哲學家及詩家有謗生而贊死者。哲學家贊死的話,大概如下:死是逃避人生風浪的海港——産生一切自由,消除一切病痛。

詩人怎樣説呢?

古時羅馬詩人劉根(Lucan,生於公元三十九年,卒於六十五年)云:

死神,死神!
準勇者死亡,準怯者生存!
允準,允準!

非獨哲學家及詩家贊死,就是國王有時也不怕死。希臘有個皇帝,名字叫做刁杜樂士,被他的叛臣李薛馬曲士在荒僻的地方,拖住了他,想要殺死他。李叛臣是一個武將,刁皇帝在這種情形之下,聲色不動地對他説道:"你要我死?我不怕死。你并不勇。殺我最易,一個毒蠅就够了，何必要一員大將自己動手呢？”

蘇格拉底的不怕死，是大家知道的。他在受刑的幾小時前，還要狂飲，還要講笑話。據説，金聖嘆也在刑場上開兒子的玩笑。

臨刑時開玩笑的故事極多，我略述幾則如下：

（一）甲在被絞之前，對行刑者道：“我最怕癢，請你萬萬不可碰我的頭頸，否則我非大笑不可。”

（二）乙是一個强盜，護兵將他押赴刑場時，他懇求他們道：“請你們不要走這條大街，我欠某某店鋪一千幾百元，他們見了我，一定要搶我進去還賬的。”

（三）丙將受刑，高聲索酒。行刑者以自己已經用過之杯盛滿了給他，丙怒目而罵道：“可惡，可惡！這樣臟的杯子！你當了我不怕傳染病麽？”

我們中國刑場上，也有一種“大”話，例如“再過十八年，還不如一個小伙子麽？”這是悔恨，不是滑稽，這是想再做人，不是不怕死。

我不知道古時爲國王殉身的大臣或妃子，到底怕死不怕死。

我是貪生怕死的。我總以爲：好死不如惡活，乞兒勝過菩薩。

（原載一九四四年六月二十日《新中國報》）

預備——死

除死之外，世間一切事物，都可由預備以取得真相。所謂預備者，指教育與經驗而言。人皆畏死，因吾人不論如何預備，終無法於未死之前，求知死的實情。

我們在大學所修的課程，倘然是工程，那麽畢業之後經過多年的練習，應該能够築鐵路，造橋梁，開公路……倘然我們修的是哲學，那末漸漸地應該知道安貧，知道忍苦。就是没有進過大學的人，倘然要明白痛的“味道”，不妨自割一下；倘然要明白病的過程，不妨自戕其身；倘然不知道饑的難受，不妨絶食兩天。……死——死是這樣疾速，無論何人，終不能預知它的真相——痛苦或快樂。已經死過的人，從没有回來過，從没有回來講它的實情。

古時羅馬有一位貴族，名字叫做葛細司（Canius），他富於道德，又精於哲理。當時的國王喀李戈臘(Caligula,在位五年,公曆三七年——四一年)是他的仇人,硬是要處他死刑。他的至友某姓——也是一個哲學家——聽到了這個消息,特地跑到法場上去看他,并且問道:"老兄,此刻你的魂靈到了什麽地步了?你的魂靈正在干什麽?你的思想是怎樣?"葛細司答道:"我正在細心研究在這絶迅絶速的一瞬間,魂靈如何脱離肉體。倘然我有所得,我當設法歸來,告知衆人。"據我所知,他并不歸來,并不復生,所以西洋哲學家不論如何研究,不論如何"預備",至今還講不清楚死的經過。詩曰:

"未知生,焉知死?"
說此者,孔夫子。
毋多懼! 不必喜!
明乎此,有所止。

或者以爲死與睡相差不遠——"大睏等於小死"(俗語),此喻雖妙,其實不然。睏者終能醒來,死者不得復生;睏者醒來時,當能詳述夢境,死者不回來,焉能細説魂靈。

(原載一九四四年六月二十一日《新中國報》)

朋　友

朋友爲五倫之一。軋上等的,軋到君子,我們容易學爲善人;軋下等的,軋得小人,我們馬上變成匪類。我們軋朋友——我們結交——總要抱定"無友不如己者"的那一個主義。

我們軋朋友,非擇善人不可。古書上説得好,與善人居,如入芝蘭之室,久而不聞其香,即與之化矣;與不善人居,如入鮑魚之肆,久而不聞其臭,亦與之化矣。孟郊的《審交》詩云:"種樹須擇地,惡土變木根。結交若失人,中道生謗言。君子芳桂性,春濃寒且繁。小人槿花心,朝在夕不存。莫躡冬冰堅,中有潛浪翻。惟當金石交,可與賢達論。"

孟郊,唐代詩人。"金石交"作堅固的友情解。除了金石交,古書中還有(一)刎頸交,(二)忘年交,(三)口頭交,(四)勢利交……等等。"刎頸交"是至交,雖死不悔的交情;"忘年交"是老者與青年輒朋友,祇顧才德,不論年歲的交情;“口頭交”是心口不一的虚僞交情;“勢利交”是小人之交;文中子云:“以勢交者,勢傾則絶;以利交者,利窮則敗。君子不與也。”另外尚有“膠漆”,“莫逆”,“面朋面友”等習語,不過我現在不編辭書,不把它們開列出來了。我繼續説一個古時西洋三友的故事:

尤笪米達士,有兩個至交,一個叫做蔡李葛薛諾士,一個叫做亞力秀士。尤極貧窮,蔡亞富有。尤在臨終之際,立了一個遺囑道:“……(一)致亞力秀士君:請你維持吾母親的生活。(二)致蔡李葛薛諾士君:吾女將嫁,請預備相當的妝奩。……倘亞蔡兩人有一人死亡,其子應代行父職。”

這種遺囑,全世罕有;這種交情,我國絶無。據書本講,尤的遺囑,亞蔡兩家,一一實行。

(原載一九四四年六月二十三日《新中國報》)

感　官

“感官”爲日本名詞,就是吾國“五官”的意思。

吾國舊時,或分五官爲耳目口鼻與心,或分五官爲口耳目及兩手。現代科學家分五官爲:(甲)眼(視覺器),(乙)耳(聽覺器),(丙)鼻(嗅覺器),(丁)舌(味覺器),(戊)皮膚(觸覺器)②。本篇所説,祇及視覺聽覺的不準確,不可靠。

先言耳與聽覺:

同一“叮鐺,叮鐺”的聲音,我們張開了耳朵聽,與包住了耳朵——請閲者抽些時間試一試——有什麽不同麽?同樣一句“哈咦,説得是”(日本語,作“是呀,對的”解),日本男人講的與婦女講的,有什麽不同?又日本男女講的與我們自己講的,有什麽不同麽?又自己先張開耳朵講,再包住耳朵聽,有什麽不同麽?請再試一次。

人耳與牛耳,除了尺寸有差别外,其構造似乎相同。爲什麽我們聽得懂音樂,爲什麽我們“對牛彈琴”時它完全不感興趣呀?牛耳與象耳,决然無差别,爲什麽象聽到了音樂,就會“跳舞”呢?

少數人耳中生毛,人們聽見的聲音與不生毛的人所聽見的,有無不同之處，有無輕重之別？年少時耳中無毛者，到了年老，也會生毛。

進言目與視覺：

戴黑眼鏡者，無物不黑；有黄疸病者，無物不黄；天生色盲者，紅黄不辨。明明一樣的一對眼睛——形式構造全同——爲什麽所見的顔色不一？用指按住雙目的下邊，同時向上略推，則所見的燈光，所見的人物，一個都變成兩個，什麽道理呀？將雙目半閉，則所見者無不加闊，又是什麽道理？

微微一蠅，非獨見了人不怕，并且還要飛到人身上來亂跑亂走。人的身體比蠅的身體大幾千倍，它應當快快兒逃，遠遠的避，但它竟輕視我們，爲什麽呢？因爲它眼睛小的緣故。眼睛小者，見大物皆小；反之，眼睛大者，見小物皆大，所以老虎見了人——虎比人大——一定要奔過來，因爲它實在怕得不得了——趕快攻打，其意倒在自衛。

蜂蜜性甜，其色似糞，吃得看不得；乾酪滋補，其氣惡濁，吃得聞不得。這是味官與視官的冲突，味官與嗅官的冲突。

視官與觸官，也有冲突。墻上懸一古畫——有房屋，有花草，又有山水，遠遠望去，凹者凹，凸者凸，用手一摸，全是平的。詩曰：

莫信目力好！所見不皆真。
凹者何嘗凹？黄金能化銀。

（原載一九四四年六月二十六日《新中國報》）

裝　作

裝作就是虚僞——説謊話，假客氣等等都包括在内。

他明明是一個尊重自己的人，見了你，横一鞠躬，竪一鞠躬地對你行禮，稱你爲“前輩”，贊你學問好；同時他心中已經想到各種劣迹——品行的不合潮流，學問的不合潮流，言語文字的不合潮流。像這樣一個人，還不虚僞麽？還不裝作麽？

虚僞裝作之事，非獨見於人類，就是獸類中也有這種情形。十多年前，某家畜了一猫一狗。猫捕鼠之外，常常在園中或室内捉飛蟲，以爲玩耍。狗看見了猫的那種游戲，也想倣效。猫不及狗的聰明，但是它能捉蠅，捉到之後，用口一含，就此吞了。狗能拜揖，又能接球，以媚主人。但是它不能捉蟲，它再三再四地模擬，終歸失敗，一個蒼蠅都捉不到手（脚），吞不進口。主人站在園中看了半天，不覺狂笑一聲。它似乎懂得主人的笑意，馬上跑到主人身邊來，雙脚在地上捧起一物，趕快塞入口中，然後摇頭擺尾地在主人四周行走，佯作大功已經告成的得意狀態。其實它所捧入口的，不是蒼蠅而是泥塊。

照這樣講，狗的虚僞比人更甚了。然而狗是不怕丢臉的動物，它的裝作在諂媚，不在羞恥。我們人不可不怕醜，我們人總要注重道德——不虚驕，也不説謊。詩曰：

佯裝最可恥，爲者非君子。
説謊和吹牛，應該受鄙視。

吹牛説謊，總有拆穿之日。羅馬政治家兼演説家西塞禄（生於公元前一零六年，卒於四三年）説道："説謊愈巧者，受人之疑愈多，遭人之恨愈深，以其人全無信用，早已失去忠實。"我不知道人類爲什麽要説謊，要虚僞。我們人對人，理應忠誠，理應講老實話。我們"與父言慈，與子言孝，與兄言友，與弟言恭"——倘然婉轉陳説，而不過度爽直——有什麽怕懼呢？我們何必裝腔作勢，欺騙我們的朋友？舊時的丫頭，因爲怕打，所以不得不虚僞，説謊，假恭敬。我們不是奴僕，我們是自由人呀！詩曰：

丫頭不説謊，定遭主婆打。
吾輩自主者，發言宜潔整。

（原載一九四四年六月二十九日《新中國報》）

錯誤的咎責

一個將近兩周歲的孩子，在房中摇擺而行，偶然不巧，他的額角碰在凳角上，他痛極了，放聲大哭。他的母親疾速地趕來，先把他抱起來，用左臂掰緊，然後再用右手將凳子狂擊，并且駡道："打，打，打！你欺侮我家囡囡，可惡！打，打，打！你下次還要這樣麽？……”那個小孩非獨停止哭泣，并且對他的母親説道：“媽媽，我不痛了。”

打凳罵凳，固然是錯誤的咎責，我們聽見了或者看見了覺得可笑。然而用這種方法來騙小孩子，真是靈呀！小孩子的額角真的不痛了！

這種方法，有的時候成人也用來騙自己。波斯國王壽葛西賜（Xerxes）因爲聯接歐亞兩洲的那個海峽，常常無風興浪，不容易行船，所以派了許多人用鞭子重擊海水。羅馬凱撒大將，某次到國外去征討的時候，在海洋中遇到狂風暴雨，他的船幾幾乎翻了，他吃過這驚嚇之後，就此大恨海神，歸國後參拜神廟的時候，他吩咐侍從人除棄海神的像，以爲報復。古時希臘司賚州人（Thracians），遇到打雷閃電的時候，大家都用弓箭向天空射去，以爲抵抗……

野史中那種誤責的故事，多極多極！我們看了，難免不笑。詩曰：

你犯法，我受罰。
世上事，真迷没。

但是，我們自己——二十世紀的我們——怎樣呢？我們也常常犯這種毛病。我腰酸脚軟，實因年老血衰的緣故；我的某姓朋友道：“不，不，不是血衰。你吃鹽食吃得太多了。你不可吃鹽蛋、吃鹽魚。……”腰酸脚軟，歸咎鹽食——我以爲是錯誤。

（原載一九四四年六月三十日《新中國報》）

才　藝

才藝定能博取聲譽。

名人的書畫、美術的攝影、秀麗的雕刻、甜蜜的歌唱，我們見了，聽了，能不贊美麽？其他如劍術、拳術、足球、賽跑等，雖武而不文，也是才藝——達到標準者，或超過記録者，無不受人稱贊。

這許多種類的才藝——（文的）書畫、攝影、雕刻、歌唱，（武的）劍術、拳術、足球、賽跑——都是有益於己的，或有益於人的；都是有益於身的，或有益於心的。簡單地説，那些才藝都有實益。

但是世人也有無益的才藝。請閱下文：

數年之前，我的同鄉某姓，能作極細極微、比螞蟻更小的楷書。他可以把國父遺囑寫在一方寸的白紙上，他又可把全部《金剛經》一字不漏地寫在扇面的一面。他小時候用過苦功，所以書法倒還不差。他雖然常常稱窮，然而他的衣食并不缺乏——聽説他賣字所入，每年總有好幾千元。但是我不知道他那種才藝，那種寫細字的才藝到底有什麽用處。我們寫字，志在使人看得見，使人看得明白。我們那位同鄉的細字，我用顯微鏡還看不清楚。

江北有一位刻扇骨的專家，他所刻的字，與我同鄉所寫的字，大小相差不遠——也是極微極細，也是非用顯微鏡不能閲讀的。别人都稱他所刻的扇骨爲美術品，然而我總以爲没有實益。我們所作所爲，總宜偏重實用。詩曰：

多才多藝者，到處受尊敬。

最好重功用，不宜有僻性。

古時西洋的"多才多藝者"，也有"僻性"的人。公曆前三世紀之末，馬基頓（在希臘北）國有一個巧於技者，能將穀類一粒一粒地擲入針眼内——百發百中，全不誤失。國王亞力山大差人去把他帶入宫中，親自攷查他的能力（才藝）。他已經進宫了，他的擲穀術固然累試累驗。亞力山大笑嘻嘻地吩咐侍衛道："他的藝術真巧！我理應重賞，賜他穀一斗，并且叫他每日實習。你們對他講得明白些，説我賜他的穀，不是賞他吃的，是要他練習的。我深信這種藝術，非日夜勤習，不能荒疏呀！哈哈！"當時的人，都稱亞力山大苛刻，不能提拔真才。我倒很贊成他，我贊成他不鼓勵無益於人，無益於己的才藝。

吾國好弄文墨者，能將受納人的名字嵌入所製之上下兩聯内。這種技巧，當然有人贊揚，有人稱許。但是爲什麽呢？有什麽意義呢？詩曰：

過於弄巧，反違真義。

吾人做事，焉能無忌？

（原載一九四四年七月一日《新中國報》）

音樂與詩歌

一日清晨，中年人郭姓在郊外閑步的時候，經過一個荒廟。他聽得“丁篤，丁篤，丁篤”的聲音，他站住脚，又聽得裏面念經的聲音——“觀世音菩薩……”。

他聽了約一刻鐘，正想要走，大門忽然打開。他望了一望，看見裏面倒很清潔。佛廟準許任何人入内參觀的——他就慢慢地，恭恭敬敬地走進去。

左邊厢房内念經的聲音已經停止，那位老和尚繼續帶歌帶唱地道：

我見世間人，
個個争意氣。
一朝忽然死，
只得一片地——闊四尺，長丈二。
汝若會出來争意氣，
我與汝立碑記。

和尚雖老，聲音甚亮。那個姓郭者，先聽見丁篤聲、念經聲，後又聽得歌聲，不覺受了感動。他步入和尚所在的厢房中，先對他拱手，然後同他講談。據説，自從那天起，郭君雖然生性暴躁，也變成一個心静且信佛的人。

由此可知，和美的聲調（包括詩歌與音樂）最能感動人心。古時希臘那位冷淡派的祖師瑟諾（Zeno），對於一切痛苦或快樂都不感興趣，但是他也贊成音樂與歌唱。他説道：“聲音是美的精華。”

非獨有宗教性的聲調，容易動心，就是普通的彈唱也是如此。舊時有旅行者，耳聞隔船女子（妓女）撥琵琶而唱道：“空有貌如花！嫁狂夫，負歲□，——倩鸚哥一句一句把前生駡。悔當初念差，恨相逢是他！紅顔薄命——敢怨誰家？衹落得泪珠兒濕透了鮫綃的帕。”樂止了，歌停了——隱隱似有悲泣之聲。繼而隔船又撥琵琶而歌道：“枉自説多情！曾幾時，又變更——倚欄干一節節向嫦娥問。奴心付與君，君負奴的心！相憐相愛——誰是知音？這就是女媧皇補不了終身的恨。”是時，那位旅行人也哭了。

這不是聲調感人麼？世界上没有聽到好音調而不動心的人。我們聽到軍樂（鼓和喇叭）的時候，自己雖然是“筆衫”（揑筆杆穿長衫者之簡稱），雖然手無搏鷄之力，也勇氣百倍，想加入隊伍，同士兵們去攻打我們的敵人。

（原載一九四四年七月二日《新中國報》）

自以爲是

自以爲是，就是自稱自贊，自尊自大，也就是“自屎不厭臭”的意思。我們不論受過任何高等教育，我們不論居心如何公正無私，總瞧得起自己，瞧不起别人；我們總以爲别人的金鋼鑽，不及自己的玻璃杯。等到自己得到了金鋼鑽，又看不中别人的玻璃杯了。

我們總以爲别人的綢衣不及自己的布衫（較爲挺刮），總以爲别人的魚肉不及自己的菜飯（較爲清潔），總以爲别人的大厦不及自己的單幢（較爲便利），總以爲别人的汽車不及自己的脚步（較爲安全）。俗話説得好：“癩頭兒子，是自己的好。”但是——但是忽然之間，我們發了一筆大財，我們也住大厦，也乘汽車，也吃魚肉，也穿綢衣；那個時候，我們又不贊成單幢了，不贊成步行了，不贊成布衣菜飯了。

上面所講的贊成或不贊成，都是物質方面的。關於思想，關於文字，也是自己的好——“天下文章，首推紹興。紹興人的文章，我的表兄總算第一了；但是他的文章，没有經過我批改過，他哪里敢發表呢？”

我們情願稱别人貌美，稱别人體健，稱别人大膽；我們决不肯真心真意地稱别人多才多智。我們在讀書之時，看到古人高妙的意見，往往自言自語道：“這是我素來就有的思想。真古怪！他也知道？什麽事他都知道？”我們不佩服古人，我們佩服自己。有時我們連帶“古人先得吾心”都不願意説！

就是最不固定的天氣，我們也常常預斷。我們常常説：“是不是？今天下雨，果然不出我之所料。”歌曰：

“自屎不臭”，人之常情。
自稱自贊，想增聲名。
倘然屬我，石不勝晶。
倘不屬我，鏡也失明。
虛者不實，充者必盈。
何必瞎説，何必瞎争？

（原載一九四四年七月六日《新中國報》）

外貌與内質

“那只黄狗的頸圈是銀質的，我們拿它來做獵犬，豈不好麽？”

這是外行話。獵犬的特點，不在頸圈，而在敏捷。頸圈是外貌，敏捷是内質。我們買獵犬，當然要撿能力大的，不撿裝飾美的。

我們評判人的優劣，也要内行，不可外行。我們不可因爲一個人穿的衣服破舊，就瞧不起他。我們也不可因爲一個人住的房屋很大，就瞧得起他。我們總要拋開他的外貌，研求他的内質。我們評判人的時候，心中可以存幾個問題：他的性情和平麽？他對於一切容易滿意麽？他的衣服，配合他的身體麽？他的智力，是不是能够對付他的職業和財産？有人拿了大刀長槍來恐嚇他的時候，他的態度怎樣？他有没有屈服的樣式？……倘然我們所答的，全屬肯定，那末他一定是個好人，一定是個超人。詩曰：

不顧功名不怕死，不貪財寶不虧心，
樂天知命萬事足——如此超人絶古今。

超人之反，則爲賤人。賤人好吹牛，好拍馬。賤人心志不定，東靠西倒。賤人好擺架子，脾氣惡濁，性情卑鄙。……簡而言之，賤人與超人的不同，好比地與天的相隔。不過天地的相隔，我們還不大覺得；超人與賤人的不同，我們一望而知。

（原載一九四四年七月八日《新中國報》）

明天的事

明天的事,今天不會知道的。今天所知道的,所接受的,都是今天的事。今天的事,今天應當趕辦。今天的事不可誤爲明天的事。

希臘有個暴君名阿甲司(Archias)者,在晚餐時,接到一封要信。他把那封信,塞入衣袋中,同時口中自言自語道:“明天的事。”明日黎明時,他的房屋(宫殿?)緊緊被圍了,算計他的人統統來了。四處都是喊殺之聲;他從夢中驚醒,跳出床來……吃了兩刀,倒地而死。他昨夜所接的信,實是暗探而得的報告,其中詳述“亂黨”的計劃,可惜他没有打開來看!否則他哪里會喪失生命呢?

由此可知“今日應爲之事,不可待至明日”。延宕的結果,不一定是死亡,但因延宕而死亡者,世間并非不多。請閱下面的故事:

凱撒(Caesar)是羅馬的大將。他東征西討,到處有功。後來歸國,仍然不免於難,仍然爲“小人”所算。他的被刺,也是因爲怠於看信。他到議會去的時候,有人在半路上很匆促地給他便條一紙,叫他不要去開會,叫他從速逃避。他不知不覺地將便條塞入衣袋中,不去看它。他到了議會,就有人突然冲上來,將他殺死了,共計二十三(?)個傷處。

所以我們對於信件,不論公文或便條,不可不趕看。除了廣告信之外,我們不論在白天或在夜間,總應該把收到之件立時打開來看。今天的信,是今天的事。今天的事,理應今天趕辦。

今天應爲之事,不可待至明日。
延宕實在危險,犯者定受損失。

(原載一九四四年七月九日《新中國報》)

知識的淺深

知識不足的人,無不自滿,無不驕傲;知識豐富的人,無不虚心,無不謙讓。高中畢業生,曾經學過本國文、外國語,曾經學過幾何、三角、微積分……自以爲上至天文，下至地理，無所不知，無所不曉了。他們中間的少數，成績甚爲優良，并且他們很信仰母校。以爲别的高中及多數不甚著名的大學，萬萬不及它；因此，自尊自大，自驕自矜，一切都不在他們的心中目中。

知識淺深，可比米穀的虚實：穗未成熟的時候，無不竪立；等到有了米穀，穗即下垂。竪立是驕傲，下垂是謙讓。人與知識也是這樣：知識淺薄的時候，人無不昂頸；等到學問豐富了，反而低首下心。詩曰：

才力不高者，時常賣本領。
根基堅固者，焉肯弄驕逞。

歐洲古時有所謂"七賢"者。他們對於一切學問，無不研求，真的"上至天文，下至地理"無所不知，無所不曉。其中一位，名字叫做費李賽底司（Pherecydes），在臨終的時候，對他的至友笪力斯（Thales）説道："我已經托朋友，在我落葬之後，將我寫作的稾件統統交給你。其他諸賢，倘然見了滿意，請你把它們刊好了。倘然他們不滿意，請你把它們焚毁好了。我稾件中所説的，實在没有什麽特别見解——連我自己都不能十分確定。我并没有發現真理，我不過打開了箱蓋，望里面一瞥而已。不，不，我不見真理；他没有走近真理。"

由此可知，學問愈高者，愈能謙恭。有人問世界上自古至今最聰智的一位高僧道："你所知道的是什麽？"他答道："我所知道的是我一無所知。"

浮淺者皆自以爲是，皆自作聰明。

古語説得好："初學三年，天下去得；再學三年，寸步難行。"這句話用以形容學拳術者，但用以形容求知識者，亦似適合。

（原載一九四四年七月十三日《新中國報》）

勇　氣

有勇氣就是有膽略，就是不怕死。要不怕死，要有膽略，非能忍痛不可。忍痛是勇氣的基本，勇氣是忍痛的結果。

古時歐洲的斯巴達(Sparta)人,因勇氣著名。他們“以寡亂衆”,他們用三百人保衛要塞,想要打退波斯的十萬(?)大軍,他們當然失敗;但是他們有勇氣不怕死——一個都不肯投降,一個一個地都被殺或自盡了。

斯巴達人,非獨戰士有勇氣,就是竊賊也有勇氣。某姓男孩,偷了别人家所蓄的狐狸,他把它塞入長袍内,褲襠中。狐狸是野獸,不喜幽閉,它東冲西冲,逃不出來,怒極了,大咬男孩的肚皮……血流了,腸露了,然而他搿住狐狸,捧住肚腸,依然向家中走,依然不露其秘。他真有勇氣,真能忍痛呀!

羅馬也有這種有勇氣、能忍痛的人。薛扶拉(Scaevola)自稱英雄,累欲刺死敵國國王包遜納(Porsenna)。他偷偷地溜入敵人的營中,正擬上前動手,已經被擒。他高聲對來擒的人説道:“放,放,放我!不必擒我。我是一個英雄好漢,不會逃走的。”包遜納向他笑笑,并説道:“哈哈,英雄好漢!英雄已經被人拿住了。被拿住的人,還算得英雄好漢麽?”薛扶拉答道:“英雄是天生的,與擒拿全無關係。我的成爲英雄,可以立時立刻表演給你們看。請你們預備一個大火鉢,拿來給我。”火鉢預備好了拿了過來之後,他露了左臂在火上焙炙,同時他舒舒齊齊地向大衆道:“我的左臂着火了,將要燒熟了,但是我不怕痛。你們看!我勇不勇?我還不是天生的英雄麽?像我這樣不怕死,不怕痛的人,我們營中至少有四五十人。”

上面所述者,有男子而無婦女。但世界上的婦女并非全是怕死,怕痛的人。那些以製籃,打鐵,賣卜,東游西蕩,到處爲家的吉普西(Gipsy)女子,也極“勇敢”。她們非獨分娩不請穩婆,并且今天生産,明天背了孩子就跟丈夫跑長路。她們産前産後不痛麽?我不相信。我相信她們不是不痛,我相信她們能够忍痛。

最末,痛有輕重。輕者易忍,重者難忍。你能忍痛,則痛去而能忍者存;你不能忍,則痛存而不忍者死。所以,無論何人,無論男女,不必怕痛。輕痛固然可忍,重痛不妨試熬。今日熬,明日再熬,熬到無法熬時,當然可走最後一步——死。詩曰:

輕痛易忍,何必啼號?
以火焚臂,真是英豪。
世之怯者,見血即逃;
苦無大小,皆不能熬。

(原載一九四四年七月十六日《新中國報》)

行爲與意向

行爲是所做的事——大家看得見的,意向是所存的心——大家看不見的。有時存心極佳,但所做的事,非獨受人譴責,并且自覺慚愧。有時行動正當,但所存的心,非獨不合道德,并且邪惡異常。詩曰:

(一)

想要攙扶人,反而將彼踏。
行爲與意向,往往不符合。

(二)

想要愚蒙人,反而助彼“馭”。
行爲與意向,往往不符合。

下面幾個譬喻,皆言行爲與意向不符:

(一)乞兒在路旁苦求行人“做做好事——給我幾個錢,買個大餅”。某少年人,將手中所有的一把銅板直向乞兒頭上擲過去。乞兒一躲,没有被打中,落在地上的銅板,在十枚以上。他一一拾起來,口稱“謝謝”。現在一個銅圓,市價約三元,乞兒固然發了一筆大財;但是那個少年的意向,實在不良,他想要擊乞兒;不過他的行爲——賜錢——似乎是合宜。

(二)鄉間兄妹兩人,共同摇自己家里的小船到外婆家去。傍晚回來的時候,途遇暴風暴雨,船上的櫓斷了,同時哥哥墜入河中。兄妹兩人,都熟於水性,尤其是哥哥,所以他妹妹一點不恐懼。她見她的哥哥撲通撲通地泅近船旁時,即以竿子投入水中。不料她的估計不確,反將竿子打中了哥哥的頭部——他立時下沉,溺死了!這是存心良善而行動錯誤的比喻。

（原載一九四四年七月十八日《新中國報》）

記憶與遺忘

我們應該記憶的事,最易遺忘。我們力求遺忘的事,反而記憶。

昨天我有要事,非立時立刻打電話到家里去關照不可。突然之間,匆促之中,電話號碼遺忘了,横想竪想,總想不出來。翻查電話簿,費了好幾分鐘,然後得與家中人講談。諸君以爲可笑麽?又三十五年前,我在蘇州北寺塔左近,看五六個盜犯受刑。這種可怕的事,本不必看;那時年少無知,我不加思索地隨了朋友同去。結果,非獨當日寒熱交作,就是現在還不能忘記那一天刑場上的怪象。家中的電話號碼,理應牢記的;刑場的殺人慘狀,理應遺忘的。然而世上的事,理論與實際,往往不合。愈應記憶者,愈易遺忘;愈應遺忘者,愈易記憶。

所以有時哲學家教導我們的話,是靠不住的。他們説道:“忘卻痛苦,專記快樂。”

他們所教導的,我們决然不能實行。現在有痛苦的人,一定想不到過去的快樂。倘然真的想到了,他非獨不能忘卻痛苦,并且他的痛苦反而增加了。爲什麽呢?因爲回憶過去的快樂,實受目今的痛苦——兩者相較,他焉得不愈加傷心?詩曰:

人心無定律,哀喜皆難求。

回想從前樂,反增目下愁。

專記過去的樂,不顧目前的苦者,非妄即愚。譬如一個丈夫甫亡的寡婦,膝下有三男兩女,屋中無隔室之糧,焉得不悲?焉得不放聲大哭?事變以前,他們自己有房屋,有田産,有珠寶首飾,有書畫古玩;現在吃盡當光,連丈夫都死了。她想到十五年前剛結婚的時候——蜜月旅行,夫唱婦隨,豐衣足食——她馬上跑,想跑到厨房中去拿菜刀——自殺;在半途中,她遇見她的大兒,喊她“媽媽”,問她“哪里去?”她軟了心,不去取刀。倘然她不這樣,倘然她想到以前的舒適,從前的幸福,從前的一切,忽而大笑,忽而歌舞起來,她的兒女一定會偷偷地報告近鄰,她的近鄰一定會送她入瘋人院。諸君以爲我所講的對不對。

(原載一九四四年七月二十五日《新中國報》)

一座高塔

本篇是寓言,是一個人生的寓言。讓我先來一首歪詩罷:

世間有高塔,分成一百層。
初昇似極易,愈上愈難登。

"塔"指人生,"層"指年歲。我們雖有活至百歲以上者,但大多數人總不能有此高壽。所以我祇把它分成百層。初昇之時,即孩提之時,我們既不知道天之高,又不知道地之深,內有父兄的保護,外受師長的訓導,一年一年地度上去,全不覺得困難。到後來,到長大成人之後——即昇到二十餘層,三十層,或四十層的時候——我們非自尋衣食不可,非自覓相當之職業不可。覓到職業,又非謀遷昇不可。得到遷昇,又非防降罰不可。種種煩惱,種種"吃力不討好"的情形,無不隨時發生,隨地發生,這不是愈上愈難麽?

上面我已經把高塔的大意,即人生的過度,寫明白了。現在我繼言塔的內部:

塔分百層,它的梯子九十九。每梯分爲十二步,高低不一,并且都不穩固。別的高塔,我們可以攀登,或不攀登;這個高塔,我們一定要攀登,我們絶無不攀登的自由。攀登第一梯,第二梯……第九、第十梯的時候,除少數缺乏天然力者之外——我們有人幫助,所以不大困難,總能上昇。等到攀登第十五六層,或第廿二三層的時候,我們不得不自己努力——吃苦得很。

塔中無窗而有小孔。孔即視孔,藉此得以通氣,并得略見外界。

你每次攀上一層,在同層的人必側目而視,在下層的人則表示嫉妒。倘然你經過千辛萬苦,果然爬到第六十層,第七十層,第八十層,那末同層或異層的人一定假心假意地高呼"恭賀恭賀"!其實他們想打把勢,想你招待他們。然而世界上能够爬到七八十層者很少。有時我們爬不上第一梯；有時爬了三四梯，八九梯，或者廿二三梯，卅五六梯，就被迫而停止了。

我在前面已經説過："這個高塔，我們一定要攀登，我們絶無不攀登的自由。"這個高塔，還有一種壞處：我們在上昇之後，無論如何，不能下回。我們到了第五十層，決然無法再回到第四十九層。

寓言完了，再來一首四言歪詩，以爲結束罷：

奇哉，高塔；高塔，奇哉！
爬得上去，爬不回來！

（原載一九四四年八月二日《新中國報》）

人體美

人體美是什麽？這三個字所指的究竟是什麽？

這三個字——人體美——所指的，還是赤裸呢？還是服裝呀？還是筋肉呢？還是柔弱呀？……

倘然這三字所指的，不是服裝而是筋肉，不是脂粉而是赤裸，那麽我們的問題，似乎容易解決了。但是不然，各哲學家對於人體美的意見，大不相同。巴拉圖主張球狀，快樂派主張方尖。球狀即曲綫，方尖即角錐。大臀就是曲綫，高眉就是方尖。兩者的相差，還不大麽？

至於世界各國一般人的標準——體美的標準——更加差異了。印第安人以黑膚爲美，以扁鼻爲美，以闊唇爲美，以鼻孔有鎖爲美。秘魯土人以長耳爲美；耳不長者，則懸重量之環以作"引伸"之具。墨西哥人以額角狹小爲美。北極一帶以女子削髮爲美。……

或者説道："這都是土人，野蠻人。他們的標準，當然不是標準，當然不可靠。"

但是，我們自己呢？我們自己以什麽爲標準？

我們自己是文明人，并且現代人。我們拿什麽做標準呢？

意國的標準與德國不同，法國的標準與俄國不同，英國的標準與美國不同，中國的標準與日本不同。……有以長臉爲美者，有以圓臉爲美者;有以肥壯爲美者,有以瘦弱爲美者;有以高大爲美者;有以矮小爲美者;有以膚白爲美者,有以膚赤爲美者。……種種標準——人人有一個標準,處處有一個標準。人人處處隨時取换標準;有標準,實在等於無標準。詩曰:

標準也者,人人應守。

倘然可改,等於無有。

人體美所以没有標準的緣故,因爲人體實在是不美。最大的證據,就是我們不能不穿衣服——不能裸露,不敢自露真相。我們的體美,大半由衣服造成。我們的衣服,大半由蟲獸製成。蟲就是蠶絲,獸就是毛皮。我們固然有以植物爲衣者,但棉花總不及紗綢和皮貨的美。我們利用下等動物以爲自己的裝飾,可見我們没有體美;至少,我們的體美,不及它們的體美。詩曰:

狐與鼠,皮真美,

人服之,借光耳!

(原載一九四四年八月八日《新中國報》)

選　擇

在兩個或多個中間,揀取其一——這叫做選擇。我們買鞋要揀,買帽也要揀,買柴要揀,買米也要揀,買魚肉也要揀,買水果也要揀;看電影要揀,入學校也要揀……

不過,揀——或者選擇——是世界最難行的事。請閱下文:

我的古玩橱中有硬幣多枚。我想它們擺在那邊并不美觀,不如散給諸孫罷。數天之前,我將它們全數取出來,陳列在桌子上。我先呼長孫來,對他説道:"這幾個銀元,你可以拿一個去。但是你不可亂取,你要先看,仔細地看。看見頂好的,最中意的,然後取去。"

他横揀竪揀,揀了好久,總打不定主意,最後他説道:"它們的形狀,像煞(似乎)是一樣(相同)的,但是花紋不同,顔色(?)不同。現在我吃不準(打不定主意),等一等再來揀好麽?"

閱者諸君,請你們不要笑他小孩子没有主見。我們成人,何嘗不像他呢?關於選擇,成人與小孩相等的没有能力。我再來説一個故事罷：

古時歐洲有一個饑而渴的中年人，忽然瞥見櫃中藏着汽水一瓶，麵包一塊，他想先喝汽水，再吃麵包。他正要動手的時候，主人説道："你或者吃麵包，或者喝汽水——隨便你。不過，我衹準你吃或喝；不準你吃了又喝，喝了又吃。你還是喝？還是吃？"

那中年人不能決定，他不知道還是吃的好，還是喝的好。他想而又想，把麵包捏捏，把水瓶動動，一聲不響地跑開了。詩曰：

甲乙兩念，何取何棄？
人在其中，全無意志。

故事之後，還有寓言：

歐洲有一個講驢子的寓言，據説是皮利淡（Buridan）的原著，所以大家都稱它爲"皮利淡的驢"。皮名祥（Jean），十四世紀時法國人。

那只驢子，已經餓了一天一夜了。他的飼者拿了兩把草，預備給它吃。那兩把草，一把放在它的左首，一把放在它的右首，各離驢子約二丈遠。

驢向左看，又向右看。他想到左邊去，走了一兩步又回來。它又想到右邊去，走了兩三步，仍回原處。它這樣左顧右盼，東奔西走地過了三天，一口草都没有吃到，竟硬硬的自己餓死了。歌曰：

有物不食——怪哉驢子！
草難自至，當然餓死。

我想那只驢子，不是不肯跑路，也不是不要吃草。它想要吃較好的草。一時打不定主意，所以有這種行爲。

人心總是不定。"不定"就是"無力選擇"。古人説得好："世界上最決定的事是——不定。"

（原載一九四四年八月十五日《新中國報》）

安　靜

"我此地這個地方，人多事多，太繁忙了，太噪雜了。我吃不住，我非告退不可。"

講上面兩句話的是一位縣長，他講那兩句話在一年前。昨天我在無意中又碰見他，我們寒喧幾句之後，他就説道："太麻煩！我的家事太麻煩！今天要米明天要柴，後天又要買布。小孩子又要學費，學費又大漲而特漲，我哪里還管得了這許多？太不安静！我要到外面去旅行。"

我想他今天還没有動身。我勸他不必出門，因爲心的安與不安，與場所是没有關係的。心定的人，在鬧市中也能讀書。心亂的人，在荒島中亦不能凝思。有人告希臘哲學大家蘇格拉底道："某某因心神不安，出外旅行。據説，他没有得到任何好處。"蘇答道："我深信你的話。他出門的時候，連自己都帶了去，没有把他的心放在家里，所以他一點進步都得不到呀！"

由此可知，人之安與不安，静與不静，忙與不忙，全在心境，不在地方。譬之病人：疾病在身上，雖天天搬場，今天到南京，明天飛北京，愈動愈劣，一無好處，反有壞處。詩曰：

心安與不安，豈在乎場所？
猴急已成性，廬山不解暑。

（原載一九四四年八月二十日《新中國報》）

偶然

"偶然"含"不一定"，"無自見"等意。這兩個字的正義是"不期然而然"。

我們可以偶然遭殃，也可以偶然得福。人不小心，偶然誤咽幾個蒼蠅子，數小時後，大吐大瀉——這是遭殃。某老年人，不常出門，那日下午，他異想天開地大喊包車夫備車，説要到"大世界"左近去玩玩。他與他的車夫已經出去多年了，那日恰巧是"大世界"面前十字街口落下炸彈的一天。他們到現在還没有歸家，想是當時打中了。——這也是遭殃。

但是所謂偶然者，不一定遭殃。人們偶然得福的故事，很多很多。請閲下文：

（一）某畫家已經繪成一只十分疲倦的獵犬。他看了一看，倒還滿意，不過尚有缺點，就是嘴巴邊的飛沫與流涎寫得不佳。改過之後，似乎更壞。他再三看，再四想，有點煩燥起來。……他真的動氣了，拿了桌上浸滿雜色的海棉，向畫上擲去，適中犬口，偶然成了沫和涎最合式的形狀。

（二）古時某將，忽患肺病。當時外科尚然幼稚，醫師無法治療，不敢爲他施用手術。他對醫師説道："你們不能除去這瘤，我自己倒有法子來除去它。"當時戰争正在猛烈進行中。第二天清早，他騎了一匹馬，冲入敵營。他的意思，不是打仗，實是在尋死，不料他未到敵營，已經被守兵看見了，飛來一箭適中其胸，瘤破膿流，繼以狂痛。他撥轉馬頭，歸回本營。他力竭而昏，醫師先止他的痛，他醒了；後來又醫他的瘡口，不到三星期，他痊愈了。

有了上面那幾個故事，已足以見"偶然"力的强大。我想不必多講了，且來一首歪詩以爲結束罷：

不期然而然，人稱之偶然。

偶然能得福，但亦入深淵。

（原載一九四四年八月二十四日《新中國報》）

遠來和尚

我們有句話道："遠來和尚念得好經。"和尚雖有高僧與俗僧之别，然而遠來的未必多高，近居的未必多俗，何以遠來的就念得好經，近居的不會念呢？

這是一般人的心理。生疏者，總是好的；熟習的，總不大佳。將得者，想得者，總是好的；已得者，久得者，總不大佳。好古玩者，忽然購到一個"雨過天青"的瓷瓶，他得意極了，非獨日夜陳列，并且到處告人，説它怎樣怎樣美觀，怎樣怎樣稀罕。他已經決定那個瓶是他的傳家之寶了。兩個月之後，他在市場上得了一軸唐伯虎的畫——觀音像，他馬上把它裝裱起來，懸挂在客室中，他又依舊到處告人，贊它的美雅。有人問他道："你的雨過天青怎樣了？"他答道："不必提了。冒充貨，假的，我真上當。"

他的雨過天青，未必一定是冒充貨。他的唐伯虎畫，未必一定不是冒充。瓶已看慣了,畫是將得的,所以他輕視前者而重視後者。

我在二十歲的時候,有人對我説道:"北京秋季的天,較南方爲高;秋季的月,較南方爲大。北京的人民,較南方忠厚;北京的馬路,較南方爲闊。……"因爲聽了這許多北京的好話,我年年想去北京,然而總不能成行。到了去年秋季,我得到一個游北京的機會,我樂極了,趕快利用它,以滿足我三十餘年來的希望。不料到了那邊,我所見到的人民,與南方無異;我所經過的馬路,反而多塵;并且天未嘗高,月也未嘗大。

據此可知無論人或物,總是不見的或不得的較佳。再來一句俗話罷:"老婆是别人家的好。"

羅馬大將凱撒曾經説過類似的話道:"人因爲天性短欠的緣故,往往最信——并且最懼——未見者,不知者。"詩曰:

别姓婆娘比我强,山荆眉目太參差。
倘然彼此肯交换,試問君情有幾時?

(原載一九四四年八月二十七日《新中國報》)

絶對懷疑

倘然我問你:"紅是紅的麽? 緑是緑的麽?"你一定很快的答我道:"紅當然是紅的,緑當然是緑的。"或者你還要加幾句道:"黑也是黑的,白也是白的。我們并非小孩子,這種問題值得研究麽?"

好的,讓我來掉换一個值得研究的問題罷。我的問題是:"現在的江浙人,是不是真正的漢人?"我不知道你的答案是怎樣,不過我知道你一定不肯説:"我們不是漢人。"并且我知道你一定不肯説:"我没有攷證,我不知道。"

從前有一派專説"我不知道"的哲學家。他們對於世間一切——對於顔色或人種,對於政治或哲理——無不絶對懷疑。他們對於萬事,總不肯作決定的斷語。他們在探究之後或辯論之後,總不肯堅決地説"是"或"非"。他們的主要結束語,有下列者:(一)我不能解決,(二)兩者相較,似乎彼善於此,(三) 彼此皆虚,(四)我全無意見,(五) 外形相似,不知内容如何,(六) 取此棄彼,或取彼棄此，均不成問題，(七)真者或假，假者可真。……這種哲學派的祖師，名字叫做畢禄(Pyrrho)，希臘人，約生於公曆前三六五年，卒於二七五年。他的主義我們稱爲“畢禄主義”。

我們不論談天，或者求學，總應該有決斷，總不可含含糊糊。我們總應該知道“十”以“三”除，必有餘數；就是説，“十”不能分成均勻“三”股，數學書中的式子是：

$$10 \div 3 = 3\frac{1}{3}$$

我們對於這個式子是決定的，全無疑惑的。但是畢禄派的人仍舊有些不信。他們一定會説道，“我們姑且來做一個試驗：把十寸長的一張紙條，均勻摺成三股(份)——要摺得均勻，摺得整齊。然後用鋒利的小刀，在兩個摺縫中間裁開，那豈不成爲均均勻勻的三份麽？十以三除，豈不是除得盡麽？”

我們不必譏畢禄派，也不必譽畢禄派。懷疑固然是多事，但世間許多進步皆由懷疑而來。我們的科學家，我們的醫學，已經達到極點、無可改良了麽？恐怕還在發明中——不，還在試驗中——不，不，還在懷疑中。詩曰：

(一)

不肯全信，亦非不信。
這樣態度，算得明慎。

(二)

不是不否，可是可否。
雖像滑頭，實慎重耳。

(原載一九四四年八月三十一日《新中國報》)

比上比下

“比上不足，比下有餘。”

這八個字，這一句口頭語，我想我國不知道的人，一定很少。我姑且把它的確義寫出來，如下：

“我固然是一個財翁，但是家産更大的人很多，我不及他們。然而我并不窮，世界上不及我的真多呀！”

這個定義太抽象了，讓我來换一個比較具體的罷：

“我每天吃的，淡粥菜飯而已，不及鄰家的山珍海味。但是當此大戰之時，連粥都不能入口的人，一定極多呀！”

有許多青年，痛駡這一句話。他們稱它爲不上進的哲學，不争氣的哲學；他們又稱它爲怠惰哲學。他們以爲人不前進，一定後退。换一句話來説，倘然我們不立時做成功一個全國或全世界的首富，那末我們必定漸漸成爲乞丐；或者，倘然我們現在不吃山珍海味，將來連淡粥菜飯也吃不成功。

的確，非獨青年，就是老人也喜歡“争氣”。我們自己坐在人力車中的時候，回頭看見許多步行者總趕不上來，心中不覺大樂——比下有餘。忽然間轟，轟，轟（喇叭聲）的幾聲，一部燃油的道洛牌新汽車超越而去了，無影無踪地去了，我們心中又不覺大恨——比上不足。

争氣，或者上進，是好事情。我們總要力求勝過他人，總要設法自做領袖；這是志願，當然可佩可敬。但是我們非力求不可，非設法不可，非顯些大才不可。倘然一天到晚在家中悶坐悶想，怨天尤人，想勝過人，想做首富，想吃山珍海味，我們一定失敗，恐怕漸漸地不獨比上不足，連比下也不足了。

所以我勸世人最好上進的，勝過他人。倘然不能，那末只好保守，不入下流。這種“怠惰”哲學，倒是處世哲學，不知閲衆以爲然否。詩曰：

比上不足，固然羞辱。
比下有餘，决無怨毒。

（原載一九四四年九月三日《新中國報》）

自己的形體

不論人類，不論鳥獸魚蟲，總尊重自己的形體，總以爲自己爲最美。我們常常説“其醜如鴨（as ugly as a duck）”。但爲鴨者，一定不會自以爲丑，它們一定以自己的形相爲全世之中心。它們的心理是這樣的：我是天之驕子，人類爲我造屋，爲我覓食——時時侍奉我，處處保護我；果然，他們有時殺我吃我，然而微蟲（病菌）也殺他們，吃他們，并且他們自己也互相殘殺……總之，上天爲我造地，俾我能走；爲我造日，俾我能見；爲我造水，俾我游泳。你看！我的脚多少闊，我的嘴多少長，我們鴨類，爲世界一切的中心點。

鶴與鴨同類。但它能“制空”，能高飛！它的思想與“言語”當然更妙。

其他如獅如虎，如蠅如蚊，依我推想，莫不各有自尊之心，莫不各有自尊其形相之心理。

萬物之中，惟人最靈。我們——人——言語，有文字，能製衣，能造屋……所以，我們自尊的心理與它們的不同了。

我們自尊之心理，如下：

最美麗，最大方的形相，是人的形相。因爲上帝的形相，就是人的形相。

這種心理，根基下面的推論：

人無道德，則不能快樂；無理性則道德不能存在；除了人形之外，理性無法安身；所以上帝之相與人之相無異。

這種推論，固然可笑，固然不合邏輯。但是一般人，哲學家，宗教家……都不能脱離類此的偏見。詩曰：

（一）

人之形，最潔整。
問何故？上帝影。

（二）

既膽小，又稱雄。
原來呢？也是蟲。

（原載一九四四年九月七日《新中國報》）

萬物之靈

人最老臉不知恥。人最傲慢，最能自尊自大。人自稱“人爲萬物之靈”——這一句話,足以表見他驕矜到極點。

“萬物”指一切動物——飛禽走獸,人當然在內。“靈”即聰明多智,能够利用,知道統制。萬物中的人類,總以爲自己等於神明,總以爲自己是“天之驕子”。人類中的男女老幼,總有這樣一個思想:

萬物之靈,是我與你。

飛禽走獸,皆不足齒。

然而人到底靈不靈呢?我們——人——到底怎樣超越?到底怎樣勝過飛禽走獸?

我們騎馬,我們玩猫玩狗,我們捕魚捕鳥,我們殺猪殺羊,吃猪肉吃羊肉。我們利用它們,它們不能利用我們。我們豈不是勝過它們麽?我們有理智,它們豈不是没有理智麽?

禽獸真的没有理智麽?

我不以爲然。一匹野馬,已經被你擒住了,但是你總騎不到它的背上去。後來你設法騎上去了,但是它向前狂奔,一小時中幾幾乎跑了百餘里路。你的力竭了,雙腿一鬆,它把你拋入山谷中。馬的頑强,就是它的理智。

禽獸并非没有理智,不過它們的理智,我們不大容易察覺罷了。我們不易察覺者,我們不可全説没有。地球的轉動,我們不覺得,并且看不見,我們應該説地球轉不轉動麽?

我們真是愚笨,真是痴癲——我們何嘗不説地球不轉動的一類話?我們自稱聖賢,自稱萬物之靈。其實我們不能高飛——不及禽類,我們不能遠行——不及獸類。我們離天極遠,以地爲家,我們真低能,我們自己倒是下等動物。

(原載一九四四年九月十日《新中國報》)

躬 親

我們求取知識,決不可借手他人,必定要親自實驗——躬親。知識有大的,有小的;大的如高深哲理,小的如人生雜事。我們所求取的,不論大者小者,不論雅者雜者,應該一律躬親。設或不然,我們一定達不到目的,一定得不到趣味。

譬如：一加三，再加五——那三個數目加起來，那當然是九。倘然小學生自己不學加法，自己不知加法的道理，他一定不會知道總數是九。倘然他强記他人的九，以爲是自己的答案，他哪里能够學得好數學呢？

山珍海味，都擺在桌上，自己不吃，專請人吃。别人吃完之後，揩揩嘴巴，説道："這樣真嫩，那樣真香，味道既好，吃了又飽。……"所謂好，所謂飽，所謂香嫩，都與你没有關係，因爲你没有嘗過，没有"躬親"。詩曰：

飽食與求學，意同而事異。
皆宜身自試，不可乞人"賜"。

現在我來講一個故事，以見古人求知之誠：

希臘哲學大家德莫葛李多士，吃了幾塊小胡瓜（黄瓜），覺得有蜜糖的氣味，甜極了，香極了。他吃吃聞聞，驚異之至。他問他的女僕道："這些瓜哪里來的？"僕答道："在市場上買來的。"德又問道："爲什麽這樣甜呀？"僕道："因爲我曾經把它們在蜜中浸過的緣故。"德道："你講話講得太明白了。在蜜中浸過的那一層，你頂好不對我講，讓我自己來搜查。以後碰到類似之事，你萬萬不可講得這樣明白。你去，你去。我不相信你的話；我没有聽見你的話，我仍舊要攷查。"

德氏繼續攷查。他親自到市場上去購些胡瓜，親自把它們浸在蜜中，然後用口來嘗，再三辨味，始信僕婦之言。德氏不肯濫用他人之答，他一定要自己一加三加五地一一實驗，始知九之不誤。

我們吃的東西，不一定滋補，但是我們總要細嚼緩吞，否則毫無味道。我們求的學問，不一定有用，但是我們總要東搜西索，否則毫無樂趣。東搜西索，固然耗費時間，然而不搜不索，不費時間，可以求得到學問麽？

（原載一九四四年九月二十一日《新中國報》）

苦去甘來

我們有句老古話，叫做"苦去甘來"（亦作"苦盡甘來"）——這是錯誤的。甘與苦是混合的,不是分開的:甘中有苦,苦中有甘。先享得純粹的甘,再遭受純粹的苦;或者先遭受純粹的苦,再享得純粹的甘——世上哪裏能有這種"境界綫"呢?

本來,世上的一切,没有純粹的,都是混成的。最清潔的空氣,難免塵埃、微蟲等等夾雜其間。最"正派"的黄金,倘然不加些銅質,不能製成手鐲,不能製成表鏈,不能製成種種飾物。……我們的身,我們的心,都喜好混合物,都不要純粹品。我們在受苦之時,未嘗無樂;在享樂之時,定必有苦。詩曰:

苦中有樂,樂中有苦。
此理至簡,不難覺悟。

讓我再來把"此理"説一説罷:

看戲,亦稱聽戲,是苦的事?還是樂的事?許多人視爲樂事,所以常常到戲園里去。但是看戲的時候,非受苦不可。唱工和諧,扮相適合,聽了看了,當然心喜——樂。同時鑼鼓喧噪,空氣惡濁,聽了聞了,實在可厭——苦。詩曰:

名角來登臺,大家去看戲。
唱工真動心,鑼鼓使人悸。

借觀劇一事,已足見苦樂有同時性——同起同滅,不能隔離。但世間更有苦樂不辨的事,例如,畫家起稾時的人面。我不能描人物,也不能繪山水,不過美術界的好友對我講過:他們起稾時所描的幾筆"筋肉"和"皺紋",不論笑臉或哭臉,是全然相同的。最初我不信。一天我見一位名畫家正在起稾——人臉,我看了又看,然後問道:"畫成之後,他(指畫中人)是不是有悲泣之狀?"那位畫家大怒道:"笑話,笑話!你以爲我是初學塗抹麼?這一張畫中可以有哭的臉面麽?真是……"我馬上告罪道:"對不起!我是外行,我錯了。他(仍指畫中人)笑,他笑。"道歉之後,我們都笑,畫家與我都哈哈大笑。我們笑了又笑,我們哄笑——到後來連眼泪都笑出來。哄笑和眼泪同來,也是"甘中苦,苦中有甘"的證據。

(原載一九四四年九月二十四日《新中國報》)

以己度人

“以己度人”有兩個意義：[甲]以小(己)度大(人)，[乙]以大(己)度小(人)。兩者皆譏。以小人之腹度君子之心，焉得不錯？以君子之腹度小人之心，亦不適合。

“度”作“量”，“較”，“正”，“計”等解。世上計較輕重，較正分量之器具，叫做秤。秤有大小，大者可量數千斤，小者不過十餘斤。大秤的杆，粗而且長；小秤的杆，細而且短。大秤鈎當然比小秤鈎堅些，大秤鉈當然比小秤鉈重些。我們倘然拿大秤來估計珠寶的重量，或者拿小秤來估計鋼鐵的重量，是以大度小，或以小度大，都要失敗。君子無法知道小人之心，猶大秤不能估量微細之物；小人不能明白君子之心，猶小秤不能估量巨物之重。

上面的譬喻，略有錯誤。小人之心，不必珠寶；君子之德，不必鋼鐵——請閱衆注意。我所欲表達者是這樣的：大器不合估計微物，等於小器不配估計巨物。换句話來講，小人不能原諒君子，猶君子不肯疑惑小人。我們——不論君子小人——都是已經釘成的秤，但是我們不知道自己到底是大秤或是小秤。有時我們自己是小秤，想量巨物；有時我們自己是大秤，想量細物——所以常常走投無路，常常走入迷途。

没有見過高山、經過大海的人，以爲天下皆是平原。倘然有人對他説爬山之苦及渡洋之險，他一定大笑，一定不信。没有聽過無綫電的人、没有坐過飛機的人，以爲那些發明都是新西游記，都是瞎説。他説道：“數百里以外的聲音，哪裏能够馬上聽得見？數千里的長途，哪裏能够在短時間内跑得到？”

自己知道的，以爲别人也知道；自己不知道的，以爲别人也不知道——以己度人。自己喜好的，以爲别人也喜好；自己不喜好的，以爲别人也不喜好——以己度人。自己不喜歡寫作而喜歡打牌的人，駡别人塗抹，勸别人打牌。詩曰：

自己不能文，怨人動筆墨。
“快來打馬將！何必費心力？”

反之,喜歡寫作的人,也怨恨喜歡打牌的人。詩曰:

世間萬般事,賭錢最下作。

"快丟馬將牌,文章饒歡樂。"

(原載一九四四年九月三十日《新中國報》)

小原因大結果

天下的事,不一定"種瓜(原因)得瓜(結果),種豆(原因)得豆(結果)"。有時我們在種瓜種豆之後,完全得不到瓜豆(有原因,無結果),但有時我們種的是豆而得的是瓜(小原因,大結果)。本篇不講有原因無結果,專講小原因大結果。我在下面先述一件四年以前發生的事件:

有人帶了兩包賽璐(Celluloid)製造品(玩具),趁十六路無軌電車由東而西。當時車中不擠,并且没有"禁煙"命令。那位乘客把包件塞入座位之下以後,即開始抽香煙(卷煙),剩下的煙屁股,他向地上一摜。不料這一摜,就發生一個大毛病:他没有摜在地上,摜到包中去了;不到半分鐘,轟的一響,賽璐製品着火了,乘客的衣服着火了,電車本身也着火了。開車者馬上停駛,逃下車去,售票人也逃了,多數乘客也逃了。不過一小部分的乘客,走不下來,都受重傷。這不是小小一個香煙頭鬧成一件大案子麼?這不是小原因大結果麼?詩曰:

小小香煙頭,毀車且害人。

粗心浮氣者,到處不留神。

我還要講一個歷史的故事——小蜜蜂逐退大軍隊的故事,也是小原因大結果。故事如下:

葡萄牙在從前最强盛的時代,常常到外國去攻擊他們的仇人。一次,他們的大軍已經抵達謝鼎(Xiatine)國的唐立(Tamly)城。那邊的人民,手無寸鐵,不能抵抗;但是他們不肯投降,他們先把城門一關,再想取勝的方法。

他們的方法,想出來了:他們有的是蜜蜂,多的是蜂房;他們搬了許許多多蜂房到城墻上,用火一熏,那些蜜蜂都向外飛,都順着風向葡軍飛去，直刺他們。葡軍中人人受痛，遂向後退——退，退，退，直退至本國。

這個故事，固然很幼稚，但是當時的戰爭也很幼稚。諸葛亮也很幼稚：兵臨城下，還要用“空城計”。現在我們當然要用大炮飛機，當然要用流星炸彈。不過我講小原因大結果，這個故事倒甚合宜。詩曰：

“星星之火，可以燎原。”
區區蜜蜂，保住城垣。

（原載一九四四年十月七日《新中國報》）

主有與享受

我們的處世哲學，是這樣的：東西不必多有，只要能够享受。換句話講：多有而不能享受，或者不知享受，等於没有；少有而知道享受，能够利用，等於多有。

好骨董者某姓，買了許多書畫，藏在箱子里，捨不得給人看，自己又没有研究的功夫——這是多有而不能享受。另外一個貧窮的少年，家中衹有一册石印《九成宫》、全部《芥子園畫譜》、一本殘缺的《唐詩三百首》、五六本《古文辭類纂》，他無力上學，在家中自修。他晨間讀古文，讀唐詩；午後習字，習畫；晚上作文，作詩，寫日記。這樣地用工夫五六年，他的詩文書畫都精通了——這是少有而能利用。

知道享受者，雖少有亦樂；不能享受者，雖多有仍苦。詩曰：

東西何必多？享受是前提。
不能辨味者，鷄肉類乎泥。

我現在繼續講多有而不能享受者的苦：

從前有一個人，自二十歲起，年年出外經商。最初每年歸家一次，住一二十天。後來營業日盛，忙碌異常，非過四五年不能返里。他很節省，很能刻苦，所賺的錢無不一一匯至老家。到了五十餘歲，他的家産大極了：他有房屋，有田地，有花園……六十歲的秋季，他正想歸家做壽，忽然染病而亡。他的新住宅，新花園，他還没有到過。這不是一個多有而苦的故事麽?

再言少有而能享受的樂:

少年夫婦兩人,拿了兩只矮凳,坐在路旁納凉。丈夫向鄰人借到一張報紙静閲的時候,他的妻子拿手中半新半舊的蒲扇,爲丈夫取風又帶扇自己。報看完了,妻子代他去歸還的時候,順便在家中帶來開水一杯。他們飲水談天——談往事,談新聞——直至十時後始携了矮凳而歸。他們所有的,實在不多,然而他們享受的,似乎極多。

由此可知,與其多有而不能利用,不如少有而能享受。詩曰:

體質欠康健,黄金難衛護。

有福不能享,確然錯走路。

(原載一九四四年十月十二日《新中國報》)

菩薩·仙人·天使

菩薩,仙人,天使——這三種,這三種"神明"(?)還是陰性的多呢? 還是陽性的多呀?

觀世音菩薩,在中國,在日本,是陰性的。觀世音菩薩在原來的印度,不是陰性而是陽性。我們爲什麽要改他的性? 爲什麽將他化成女人? 爲什麽不變其他的菩薩?

何仙姑是陰性。爲什麽八仙中要夾入一個陰性? 我們爲什麽不把八仙分爲四男仙,四女仙? 或者我們在男八仙之外,另加八個女仙,豈不均齊麽?

西洋的所謂"天使",亦稱"安吉兒",都是陰性,都是女人。爲什麽全體都是女人?

陰性是不是較陽性温柔些? 所以醫院中的看護,大家中的保姆,幾幾乎全是女人。我説"幾幾乎",因爲南洋有男保姆,醫院亦不乏男看護的緣故。但是男看護、男保姆,總不及女看護、女保姆的多。依此可知世人有許多事情,陰性辦起來較陽性合宜。據西人説,魔鬼來迷人的時候,或者假裝天使,或者僭取女相! 西人又説,男子是"墮落的天使"。

墮落的天使，雖然曾經做過天使，但是已經犯過事了。倘然我們要重做天使，我們應該接近真正的天使，求她們矯正我們的錯誤。所以我們娶妻，但是我們不可嫖妓。

妓不是天使，而是魔鬼的變相。你看！妓女的衣服何等美麗！魔鬼的顔色也不少，有許多西洋藝術繪成黑色，另外的繪成紅色白色……

倘然我們規規矩矩地娶妻而不嫖妓，我們一定可以接近天使麽？

也不一定，因爲有許多天使，學效魔鬼的行爲，終日終年地噪鬧，定要把丈夫趕到魔鬼那邊去。那些“天使”，倒是魔鬼的掮客。這個問題——家庭問題——似乎太大，我不敢講。

但是篇首那兩個問題：（一）爲什麽菩薩中衹有一個陰性，并且是改化的？（二）爲什麽八仙中夾入一位何仙姑？我無法解答。一切菩薩都是墮落的天使；八仙中只有一位天使，不知何年何月能够感化那七位再成天使。詩曰：

仙人非菩薩，亦不是天使。
道釋耶三教，主張全不似。

（原載一九四四年十月十九日《新中國報》）

講話與不講

講話，包括閑談，包括演説。

我們做人，還是多講話的好呢？還是不講話的好？講話可以現露才學；不講，豈不類乎傻子？但是古人中有深通七國語言而一言不發者，市場上有全無知識之人而大發謡言者。可見講話不一定現露才學，有時反而現露痴愚。

不久之前，我聽見一位職位極高者的演説。他的衣服何等整潔！他的聲音何等嚴厲！但是他所講的是什麽呀？他所講的，非獨全無發明，連三個月以前報紙上的陳話，都不能够明明白白地轉述出來！我恭然聽了半天——聽至十多分鐘時，眼睛閉了。好得他後來很響的“完了”兩字，將我驚醒，否則我一定打鼾。

擺開演説,且説閑談。

閑談怎樣?那更可笑了。有一天,我遇見了一位銀行家,他對我説道:“周先生你的學問這樣好,爲什麽不教訓教訓後輩?我們的茶房,多數没有知識,最好教他們識些字。”我道:“那很容易。你叫他們進補習學校讀夜課好了。”他道:“不對,不對!進學校不好,最好有靠得住的個人自自由由地盡盡義務。”他的意思欲我自盡義務,做他們茶房的認字教師。他未免視我太低——不過他也稱贊我“靠得住”。他不知道我曾經教過中學,教過大學,并且現在我年歲雖老,依舊以文學指導青年。

講外行話者,不止中國人,外國也有。請看下面:

古時西洋某高官去謁一位名畫家,參觀他的藝術室(Studio)。那位高官喜講“大話”,發表了許許多多藝術上的意見。講畢之後,他力促畫家作答。畫家再四辭謝。後來避無可避,只得勉勉强强地説道:“先生,你的相貌這樣大方,你的表鏈這樣粗重!你進門的時候,我以爲你是一個人才——出衆的人才。可惜你開過口,講過話!你所講的,太浮淺了。你所講的,我工作室中最下劣的學徒都知道了。你看!他們還在那邊暗笑哩!”詩曰:

精通學藝者,不妨常談話。
全本外行人,多言必失敗。

(原載一九四四年十月二十二日《新中國報》)

借來的學問

借來的學問,不是自己實得的學問,只能借用學問者,即不能實求學問者,一定没有真的、充分的智慧。請閱下面的譬喻:

在冬季很冷的早晨,家中雖然有煤有油,但是没有引火的火柴,無法“生”起爐子來。市上相隔太遠,不便去買,只好向鄰家借貸。

他——主人或者僕人——到了鄰家之後,見他們的爐子已經生好了——暖得很。他烘烘手,烘烘脚,坐在那邊長談,坐在那邊享火。坐了半天,全然忘記了原來的目的,没有向他們告借火柴。

現在的許許多多中學生,報名交費之後,不去上課;就是去上課,也不過像聽書式的聽教師"演説",自己不做功課,不願用心。這與上面譬喻中的借火者,似乎相同。借火者没有把火柴拿回家中,求學者没有把智慧裝入腦中。借火者在鄰家固然得些温暖氣,求學者在校中也固然聞些口頭譚,但兩者都不是自己的——至多是借來的。

我有一件借學問的實事,講(寫)給大衆聽(看):

某日——二年以前——來了一位深通(?)德語的友人。我問道:"你現在還研究德語麽?"他答道:"我没有間斷過,已經過十二年了,隨便什麽話,我都能聽得懂,隨便什麽書,我都看得懂。"我道:"好極了!我有一件小事情要請教。在《浮士德》的原文中,我有三個字不明白它們的確義,今天請你賜教。"説畢之後,我就翻出書來,指給他看。他看了好久,又想了好久,説道:"請你拿一本大的德華字典來,讓我查明白了,再講給你聽。"

字典上當然無奇不有!軍械呀,飛機呀,中飽呀,偷漏呀,貪污呀……那一樣没有?他會查字典,難道我不會麽?查字典,等於借學問。他去借,與我去借,有何分别?

我另外有一位朋友,家中收藏的鉛版書、石印書……真是不少。他走路像一個學者,講話也像一個學者,不過他從來没有將家藏之書,讀完一册。别人見他收藏豐富,誤以爲他是一個博學之士。其實,他没有學問,他的學問,他的名譽,是借來的。

從前有一個好名譽的富人,家中雇用許多有學之士。他對親友鼠牛比③地説道:"上至天文,下至地理,我無所不知,無所不曉。你們倘然遇到疑難的問題,盡管到我家裏來問我好了。我决不以此爲煩惱的。"後來别人屢試屢驗,固然不錯。再後來,别人漸漸知道那些解答,都不是他自己的,都借自他的雇士的。

學問最好由自己求獲,不可借手他人。自己得的,用之不竭;托人求的,分量有限。詩曰:

借火與修學,情形差不多。
自求最富足,代取無幾何。

(原載一九四四年十月二十五日《新中國報》)

互　助

在此適者生存的世界上，許多人以爲我們所見的，全是弱肉强食，全不合作，全不互助。這許多人，自稱爲達爾文派（Darwinion）。

達爾文的主義，美其名曰“進化”，美其名曰“天演”，實在是殘苛，實在是殺戮，我不十分贊成。他所見到的，固然有一部真理，但是另外一部份也是真理——另外的一部份真理，不是殘殺，而是互助。我在本篇中，略提世界上的真性合作——就是互助。請閱下文：

荒野的地方，尤其是絶無人跡的地方——例如，亞細亞洲北部——豈不是多虎多熊麽？多虎多熊的地方，一定多狗——野狗。野狗當然不及虎熊的强，但是狗能合群，能够保護自己，能够攻打虎熊。亞細亞北荒野地帶的虎熊，非獨不敢侵狗，并且還要防狗。又海鷗亦能合衆，故任何猛禽（鷹，梟）不能侵犯它們，見了它們，反而逃避。

這兩件事，足以證明合群的有力。合群就是合作，就是互助。

魚類也能互助。俗語道：“大魚吃小魚”；許多大魚固然吃小魚，但是例外的事也很不少。現在讓我來講一件：

鯨魚大不大？海中有類似白楊（Sea gudgeon）者，不是大魚。但是鯨魚決不吞食白楊。

鯨魚與白楊到處合作，到處互助，爲天然界中最好的伴友。鯨魚游泳時的前導，全是白楊，鯨魚自己不知方向；没有白楊引路，鯨魚寸步難行，東碰西撞，類似盲目人。

鯨魚可以吞船，可以吃人，但是白楊常常在鯨魚口中跑進跑出，絶無危險。并且白楊得在鯨魚口中“睡眠”。白楊一進鯨魚的口，則鯨魚停止一切，安身不動——要等白楊休息完畢，一一出來，然後隨它們前進。鯨魚好比一隻大船，白楊是它的舵。倘然摇船的人，不能與舵工合作，那末觸礁的危險能不發生麽？所以鯨魚雖大，不輕視體小的白楊，所以鯨魚與白楊合作，互相爲助。

又鰐魚那種怪物，也知道與“異族”合作。它的朋友是鷦鷯（Wren），它的仇人是猫鼬（Ichneumon）。它最喜歡瞌睡，猫鼬趁它瞌睡的時候往往作弄它。鷦鷯呢？鷦鷯做它的“哨兵”，一見猫鼬，不是大噪大叫，就啄它的背，使它醒來。鰐拿什麽做酬報呢？它準許鷦鷯跑入它的口中，一任其取食剩餘之物。它決不閉口，使鷦鷯悶死。

我講了半天禽與魚，没有講到人，因爲我們自己的互助或互害，歷史上及報紙上例子太多了，大家已經明白了，我何必再講呢？我想不必講人，我不如做一首歪詩罷：

强權雖日增，互助仍然有：
鯨腹白楊眠，鷦鷯爲鰐友。

（原載一九四四年十月二十八日《新中國報》）

蠶與羊

農夫飼蠶，日夜不安，既要顧到它們的食物，又要顧到它們的寒暖。倘然蠶是父親母親，農夫這樣地關心他們，真的孝子所不及了！然而結果呢？蠶的身被烘了，蠶的“皮”被剥了。農夫不是孝敬它們，農夫要它們爲他工作。農夫想它們的好處。

因此，我知道人不可專求舒服，專靠僕人的侍奉。我們非自己努力不可，我們不可做蠶。

與蠶相似者，即專靠外力者，或全賴外力的指導而缺乏自己的判斷者，是獸類的羊。

羊的智力，當然較蠶的智力爲高。羊有信仰心，羊有服從心。它們以爲牧羊人是它們的指導者，真心爲它們服務，不欺騙它們，不使它吃虧。

牧羊人固然爲羊群服務，他拿了手杖，口中“儆，儆，儆”地大喊，爲羊群“清道”。他引導全群，羊不必擇路，祇要跟他跑，決不會迷途的。即使偶爾有迷路的，他或者自己來找，或者差他的“警察”來找。

他的警察不是人而是狗。狗的作用二：防羊群走失，防豺狼來侵。狗非獨不可咬羊，并且不準狂吠。羊柔弱膽小，狂吠則受驚而病。

羊有病時，牧者時時去看它，撫它，抱它——安慰它。有時羊被狼偷吃了，羊主人，即牧羊者的老闆一定親到羊棚旁來仔細察看，一定賭咒似的説道：“還了得！非報復不可！它們敢吃我的羊！”

過了四五天,羊棚上果然懸了三個狼頭。狼被殺了。老母羊對它的兒女説道:“一隻羊的命,等於三隻狼的命,以後狼還敢來侵犯麽?”

老母羊又告訓它的兒女道:“我們的主人很慈悲,我們的牧人也能盡職。他們優待我們,我們祝他們長壽,祝他們安樂。他們給我們吃,給我們住,引領我們到外面去閑步,又引領我們安然回家。他們供養我們,保護我們。他們能够安樂長壽,我們一定也會安樂長壽……”

話猶未畢,忽的“哄,哄,哄”,來了一輛汽車。牧羊人將他們全體送上車去。半小時後,它們下車,走入一所大洋房。里面有些血腥氣,還有一個拿刀的凶人。

一隻小羊自言自語道:“什麽事?到此地來干什麽?”它回頭一看,見它們的保護者牧羊人尚未離去,繼續説道,“不要緊!他在此,别人不敢欺侮我們的。”

正在此時,那個凶人突然擒住小羊,縛住四足,輕而易舉地抽出刀來,向它的喉間一刺。牧羊人一聲不響,若無其事。小羊就此嗚呼哀哉了。詩曰:

(一)

牧羊人,護羊群;
防豺狼,防疫瘴。

(二)

牧羊人,羊之“神”,
爲彼輩,日夜巡。

(三)

羊肥嫩,羊長成,
入屠場,遭割烹。

(四)

“何主上,忘我們?”
話未畢,神已昏。

(原載一九四四年十一月二日《新中國報》)

孤單與結交

有許多人天性孤單,喜好獨來獨往。另有許多人天性熱鬧,喜好交結朋友。我們還是孤獨的好呢？還是熱鬧的好呀？

歐西有一種古諺,好像是歌,然而不是,它的大意如下：

一人孤單。

二人爲伴。

三人成群。

"一人,二人,三人"是指旅行而言的。我們出門旅行,還是獨自一人的好呢？還是兩人同行的好呢？或者聚了許許多多男男女女,組成一個團體,然後到外埠去的好？據我所知,一人獨行,果然寂寞無助,但是二人以上,無不發生歧見。出門旅行,最好兩人,談天説地,決不口角。

除了旅行之外,平時也不宜天翻地覆的亂軋朋友。你家中雖然没有大花園,圖書館……但是你總有幾扇窗子,總有幾册破書。你安安静静地坐在窗下看書,或者向窗外望望高厦,豈不享福麽？講得確實些：古代帝王想要得到這種清福,尚然想不到。

倘然你的心不肯安定,要亂交朋友,那末請閱下面的故事——從舊書中轉録下來的：

一士人謂僧曰："吾輩俗家,難除煩惱,不如上人安閑自在。"僧答曰："吾等雖居方外,亦須結交官場,酬應富商——必面面周到,方能得檀越④歡心,大非易事,安能及居士之逍遥自在耶!"某答曰："如此説來,做了和尚,還免不脱煩惱！奉勸我師,曷不於出家當中,再去出家呢!"僧聞而大慚。詩曰：

天生"熱鬧"者,何必做和尚？

我心若安寧,窗前有寶藏。

（原載一九四四年十一月六日《新中國報》）

膽怯爲殘酷之母

舊時歐洲人有一句話，叫做“膽怯爲殘酷之母”。粗粗一看，此話似乎矛盾，細細一想實在一點也不錯。你看歷史上那些喜好殺人的暴君，豈不是常常有婦女性的舉動麽？讓我來講一個故事，以闡明此理。故事如下：

羅馬的倪禄(Nero)王(生於公曆三七年，卒於六八年)，性嗜殺人，是一個著名的暴君。但是每次他在死罪令上劃押的時候，他不是悲泣，必定説道：“我希望我不識字，我希望我不能在死罪令上簽字。”

我還有一個類乎上面的故事：

另外一個國王，名字叫做亞力山大(Alexander)者，也是一個暴君，也喜歡殺人。但是他不敢到戲園里去看悲劇，因爲看見了那些扮演的慘事，非大哭不可。國王在戲園中哭泣，老百姓看見了，知道了，豈不要笑他麽？

兩個暴君，都好殺人；一個怕簽字，一個怕看戲。殺人是殘酷，怕懼是膽怯，膽怯就是不勇。他們的殺人，是弱而不是勇。

勇的殺人是決斗，是打仗。士兵在戰場上殺死敵人，是勇的表現。淫婦在私室中謀殺親夫，是怯的實證。我們做人，總宜明槍交戰，不可暗箭傷人。

明槍交戰者勇，暗箭傷人者怯。
自己既無膽略，何尚欺人枉法？

(原載一九四四年十一月十一日《新中國報》)

白天與夜晚

白天光明，夜晚黑暗。道義行於光明之時，罪惡成於黑暗之中。奸淫擄掠，雖有行於白天者，然終不如夜晚之多。規行矩步，雖有見於夜晚者，然終不及白天之廣。

白天的開始，叫做黎明。夜晚的頂點，叫做午夜。

在黎明時，萬物都醒了——鳥鳴了，花放了，日東昇了，人起身了。

人在黎明時，覺得腦筋很清爽，見理很真確。昨夜轉輾反側時的怨天尤人，都是自己的錯誤，與環境絶無關係。昨夜的無數惡夢——人來殺我，我欲殺人——真可怕！真是可笑！

午夜爲病人最難過的時間。病人在這個時候，無不呻吟，無不叫苦連天。他自説自話道："我此番的病，恐怕不起了罷。這樣痛！這樣難受！喔，這樣熱！快點拿些冷水來！我想我活不到明天了。……天就要亮麽？什麽時候天亮呀！"

將近天亮（黎明），病人鼾鼾地入睡了。一覺醒來，滿身大汗，他説道："外面的鳥，叫得很好聽。請你們把窗子打開少些。……我有些餓，想喝點米湯。……"

白天與夜晚的情形，真是不同！詩曰：

清晨腦力强，子夜心愚朦。
白日與昏夜，情形大不同。

（原載一九四四年十一月十六日《新中國報》）

激　情

激情（Passion）是異常的心境，例如，悲傷，狂喜——非獨無益於身體，并且能使人突然死亡。它的現象，頗似中魔（麻痺）。請閲下面的西洋故事：

（一）悲傷。——當費棣能（Ferdinand）國王與匈牙利皇后展開大戰的時候，大家都看見一位騎兵最勇，最能盡職。不料那位騎兵在將近收兵之際，受傷身死。

遺體已經携回來了，大家都去追悼他。大尉雷石克（Raisciac）也隨了衆人，跑過去看死者究竟是什麽人——何姓何名。

武裝卸除之後，騎兵的面目全露了，大家都嚎啕大哭。

雷石克近身一看，呆住了！他非獨一點眼泪也没有，并且一句閑話也不講。他看了又看，看了又看——雙目用盡全神，注視那個屍體。……他不聲不響，不哭不笑，看了半天，身體往後一倒，就此死了。

這是悲傷的故事。那位勇敢的,受傷身死的騎兵,是他的獨養兒子!

(二)狂喜。——狂喜也能使人昏迷失神。下面是情人所講的話。原文是韵文,譯文是白話:

克服衆人的李斯弼(Lesbia)呀!你的雙目已經把我的智力攫去了。

第一次尊目發出得勝之光對我看時,我似乎受了突然打擊的樣式,不知道應該講些什麽。

我有口難言;一種奇特的火焰,走入我的脉經。

我耳中似有鈴聲,聾了。

我的雙目之前都被一重一重的黑圈遮蔽了。

現在我把這詩,寫成中國的韵文。不過我無力盡達原詩之意,請閱衆原諒:

李姬有雙目,嬌柔奪我魂。
遭伊一顧盼,開口難成言。

三寸雖然在,六神早不存。
眼前皆黑影,耳内似車喧。

(原載一九四四年十一月十九日《新中國報》)

説目力

目力有特佳者,能看到較遠的地方;亦有不佳者,只能見近身的人物。但特佳者與不佳者互比,其差别并不甚大,至多不過五倍,十倍,或二十倍。目力最佳者,决不能在蘇州的虎丘山上,望見杭州城隍山的螞蟻打仗或者擺陣。目力最劣者,也不會誤認自己所伸出的五指爲擋路的栅門。人與人的目力,雖然有遠近之差,但到底有限。

人與禽的相差,真的大了!鳥的目力最强——大約勝人百倍。地上有米一粒,人在三英尺以外已經看不明白了;鳥在三百英尺以外,尚能看得明明白白。并且鳥目除望遠之外,還有顯微的能力。

蛇的目力最弱。不行動的物,無動作的物,它們全然看不見。它們全靠它們的叉狀舌來知道上下前後的"環境"。

蟲目的組織,甚奇甚奇！小小一個蒼蠅,有兩種眼睛:(一)複眼,(二)單眼。單眼在複眼中。複眼爲觀遠物之用,單眼爲觀近物之用。複眼所及,約長一丈的距離。

魚不能辨色——色盲。它們所見的,都是灰色——或淡或深。

兔目不類人目,在面之兩旁,不在面之正前。它們雙目所見的,不合成一人或一物,而分爲左一人右一人;左一物右一物。人的雙目,合見一人或一物。

人目轉動時,無不全盲。不過此乃一種極疾速的進行,我們自己不覺得,不知道。詩曰:

(一)

我今說目力:鳥類勝人群。

爬蛇不遥視,飛蠅善區分。

(二)

我今說眸子:優劣難增改。

人類不如禽,相差一百倍。

(原載一九四四年十一月二十三日《新中國報》)

自知之明

俗語道:"自屎不嫌臭。"這就是說,"自己的總是好的,别人的總是不好的",也就是說,"世上少有自知之明的人"。

自知之明,不是學問,也不是道德,然而最難求得——比科學,它更加難求,更加難得。我們萬萬見不到自己的醜態,想不到自己的糊塗。我們常常稱别人惡形,常常說别人錯誤。我們自己,其實與别人完全相同,但是我們批評别人,不批評自己。

提到專批評别人,不批評自己,我有一個實例:

中年人林君,性喜"鼠牛"(吹牛,說大話)。他一遇機會,就說他是世家子弟,他的父親曾任某省知府,他的祖父曾任某省學政,他的叔祖曾任某省巡撫,他的曾祖曾經拜相……聽他那些話的人,十九都不相信他。獨有趙君很注意他。趙君每次聽林君話的時候,無不細加盤詰。林趙兩君,都是我多年前的朋友。

一天趙君匆匆忙忙的跑到我家里來,對我説:"林君吹牛吹得太過份,他的話一點都靠不住。你知道他的父親是何種樣人?他的父親是一個遠省來的商人,同他的母親姘了兩三年不告而别地跑了。他的祖父,他的叔祖,他的曾祖,他當然不知道。就是他父親的真姓名,恐怕他也不知道。……我們的家譜——前兩個月我送給你的——你翻過没有?我們的老祖宗,我們能够追溯得明明白白。非獨宋太祖(趙匡胤),就是趙普(漢朝),也與我們有直接的血統關係。"

我點點頭,又向他微笑。我巴不得對他這樣地講:"他的喜談系統,與你的刊刻家譜,事情雖異,用意實同。他固然瞎三話四,但是你的證據在哪里呢?"然而我没有開口講出來!

我們譏笑别人,不譏笑自己。詩曰:

不知自己醜,但見他人短——
此態最尋常!斯情實怪誕!

(原載一九四四年十一月二十四日《新中國報》)

名與實

糞總是糞,蛆總是蛆。就是我們以較善的名稱給它們——就是我們稱"糞"爲"金餅",稱"蛆"爲"銀龍"——它們仍舊是臭的,仍舊是濁的。换句話説,名與實互相連貫,不能分離;美的名稱決然不能改善惡的物質。

人類(實)雖然不是物質,但榮譽(名)也不能改變我們的性情。某甲是天生的一個强盗,你稱他"豪士",呼他"先生",有什麽用呢?他依然明劫暗偷,敲竹杠,刨黄瓜④,無所不爲。他固然常常入廟進香,祈求後福;他又結交士紳,换帖子,拜兄弟,求取榮譽。他的後福,求得到或者求不到,我不知道;不過,他的榮譽,我知道他一定是求不到的。爲什麽呢?因爲他没有美質,哪里能够把美名附上去呢？惡人哪里能够得到榮譽呢？

但是世上的惡人，一定想得榮譽。那種喜得榮譽的惡人，好比饑餓之人，不去求飯吃，不去買柴買米，而向朋友借新帽、新鞋、新衣服，想穿了在路上東跑西跑地出風頭——豈不傻麽？詩曰：

肚皮最要緊，衣服比較輕。

爲何不務實？愚哉貪虚榮！

我們最好不求名譽，不引人稱贊。古時快樂派（哲學家）的格言是：隱匿自己。這四個字勸人不求虚名，勸人不以公事煩身；雖然有些消極，然而也有哲理。

（原載一九四四年十一月二十六日《新中國報》）

門第與才能

門第是遺傳的，才能是天生的。門第顯貴的人，不一定才能高大；才能高大的人，不一定門第顯貴。門第顯貴而一無所能者，不可自傲；才能高大而出身微賤者，不必自棄。門第與才能皆高者，固然可羨；但與其祇有門第而無才能，不如祇有才能而無門第。

上文所言，是人貴獨立，不宜依賴祖宗的意思。下面的寓言，表現依賴祖宗者的可恥：

黎明時，敵人突然來侵，守兵未察而衆鵝則狂叫不已。因此，兵與民都醒了，到城墻上一望，不得了！不得了！敵國大軍幾已抵達城門了，趕快武裝，趕快抵抗，敵軍全退。

這是古代羅馬的故事。羅馬人因爲鵝類有功，所以很敬重它們。

某次，羅馬人某姓養了幾隻肥鵝，拿了刀子要殺它們。其中之一忽作人言道："不可，不可，你不可殺我們。你應該知道我們的祖宗是有大功於羅馬的。你應該敬重它們的子孫，不應該殺死它們的子孫。"

那某姓人答道："你們的祖宗，固然有功，我也知道的。但是你呢？我養了你這許多時候，你吃了我這許多食品！你拿什麽來報答我呢？"那人提起刀來，就把它先殺了。

我今天喜講故事，讓我再講一個罷：

希臘國王亞力山大的大將名安狄戈努士（Antigonus）者（生於紀元前三八二年，卒於三零一年），手下缺了一名副將。某日，一少年人——即舊副將的兒子——來見安大將，説道："我父親是一個勇敢之人。他死了，他的遺缺，可不可以讓我繼續下去？"安大將答道："我的世侄呀，請你原諒我。你的出身固然可靠，但是我選擇將官，不管他們的門第，祇顧他們的能力。我不能請你爲副將，你一定要原諒我。"詩曰：

效力疆場上，但求能建功。
出身雖顯貴，未必是英雄。

最末：明朱之瑜，余姚人，少年伉爽有志概。有持了一册家譜來獻者道："朱文公的兒子，曾經做過余姚縣令，并且後來居家在此。我們此地所有姓朱的族人，想附入他的譜。你以爲怎樣？"之瑜答道："中有一世訛脱，即難徵信。且人貴自立，我們何必攀附紫陽呢？"紫陽即朱文公。之瑜字楚嶼，又字魯嶼，即舜水先生。明亂，載經史入海，流寓日本。

（原載一九四四年十一月三十日《新中國報》）

聲音的響輕

唱戲的聲音，應當響亮，否則看客聽不清楚。演講的聲音，應當洪大，否則座客聽不明白。在私室中談話的時候，我們的聲音，還是應當亮呢？還是應當低呀？

世上有許多男女，不論在房間中或在街道上，不論閑談或者辯論，聲音總是高高的，總是"嘩喇，嘩喇"的。倘然旁邊有人聽不慣，大膽地請求他們輕些，他們一定眼睛橫橫，怒然説道："在此地話都不能講麽？有什麽響不響？活人講話總有聲音的。你們不要我講話，我就不講。我不講，我不講！"最末的那"我不講，我不講"六字，當然比較前面所講的更加響亮，當然比較唱戲演説更加響亮洪大。

嘴巴生在我身上，喉嚨生在我身上，——我講話的聲音，由得我響，由得我輕。别人應該干涉麽？我肯讓别人干涉麽？

這是一般人的心理，錯誤的心理。

講話實在不是個人的事，講話是雙方面的，不是單方面的。好比玩網球者，二人打的與四人打的不同。二人打的有二人的打法，四人的有四人的打法。但無論如何，發球者總要注意到對方的受球者。發球者總要注意何時宜輕，何時宜重，何時宜急，何時宜緩 。

發言亦然。對聾子講話，理應加高聲音；對情人講話，決然不可咆哮。至親好友在客室中閑談，大皆都是面對面的，宜乎温温和和。詩曰：

放送與收受，聲音要相配。
或高或太低，聞者最難耐。

（原載一九四四年十二月二日《新中國報》）

在侍從的眼中

西洋有句俗話説道："在侍從的眼中，主人都不是英雄。"它的確義是這樣的：在公事室中似乎很漂亮，很正大的人，回到家中，無話不談，無惡不作。知道他全體的，知道他内外兩方面的，只有他親信的人。

人總是兩方面的：（一）内，（二）外。我們穿了規規矩矩的衣服，到外面去辦公，你看哪一個不是君子？等到回歸私宅，脱了外衣，還要脱鞋襪，坐既坐不定，立又立不穩，口中亂話三千，他還是一個君子麼？他不到一小時，已經變成一個"小人"了。

從前上海某大學有一位道貌岸然的國文教師。他蓬了頭，穿了大布長衫來上課的時候，常勸學生不賭不嫖。他出言極誠，因此衆學生很相信他。第二學期開始，多了一個插班生，那個學生與那位教師，同里而居。教師不認識學生，學生倒很認識教師。某日教師又在課堂上滔滔不絶地大發警告之言，那個新學生聽到了，咳了又笑，笑了又咳。散課後，同學責他道："老先生是一個好人。下次他講話的時候，你千萬不可這樣，你不可存心欺負好人。"新生大笑而答道："你相信他麼？他家里有一個大太太，三個小老婆。昨天他們五個人想要同時打馬將，搶不好。鬧了大半夜。我們是比鄰，我住在他的隔壁，他的私生活，我統統都知道。”

私生活哪里會與“公生活”一樣的呢？大官員出來的時候，當然穿禮服；他回“公館”後，也穿禮服麼？他在家中時，與小百姓有什麼不同？蚊蟲蒼蠅也要侵犯他；寒熱疾病，他也不能避免。人，有血肉的人，相差不多。不論皇帝或乞丐，不論大官小民，個個都有（一）内（二）外之分——（内）“戮亂五花星”，（外）“像煞有介事”。只見其外，不見其内者，以爲世上全是英雄；只見其内，不見其外者，以爲世上全無英雄。西洋的那句俗話，真聰智呀！詩曰：

衆生差不多，個個會歌哭。

若要做超人，除非無血肉。

（原載一九四四年十二月五日《新中國報》）

輾　轉

“輾轉”兩字，在本篇中，不指車輪，而指睡眠。不論老幼，不論貧富，我們於二十四小時内，不得不睡眠一次。據説，吾國的張之洞，美國的安迪生，能够三天三夜不睡覺。但是一般人，到了一日中相當的時間，眼睛干了，精神疲了，非上床休息，馬上就會生病。詩曰：

不論人禽獸，睡眠最重要。

三天不息止，大衆稱奇妙。

但根據最近的醫學，身體極强健者，可於二百三十一小時（幾幾乎十天）内，全不睡眠。三日三夜不息止，尚然稱不得奇妙。不過本篇所講，不是睡眠，而是睡眠中的輾轉——我似乎有些離題，讓我立刻勒馬回頭，言歸正傳：

輾轉，就是自動，就是翻身。我們在睡夢中常常講話。我們在睡夢中，有没有動作？多年以前，大家（包括科學家及普通人）以爲不動是睡眠的常規，翻身是睡眠的變態。現在經過專家（醫師）的研究，我們知道這是一個公共的錯誤。我們知道我們不論體强體弱，在睡夢中一定會自動，一定會翻身。平均計算，睡眠者於八小時中，變易他的姿勢三十五次，每次五分鐘至十分鐘。

最初（公曆一九三一年）得到此結果，是一位美國州立大學的教授，名莊遜赫立（Harry Johnson）。莊氏所研究的人，共計一百六十名，其中有一夜中只變二十次者，亦有一夜中變易六十次者——三十五次是平均數。有痛苦者，受刺激者，食不飽者或過量者，温度高者或便秘者，翻身甚勤，因此休息不多。疲乏過甚者，飲酒過量者，床鋪不良或被服不稱者，翻身太少，因此休息不全。前者易病，後者身僵。老年人常醒，小孩兒狂睡。工人較常人多睡，女人較男人多睡。一人獨睡時的輾轉，與夫婦同睡時輾轉，大不相同，其原因在床鋪的寬狹。被的厚薄，及墊的硬軟，也與輾轉有關係。

莊遜教授的著作，名字叫做《予休止以活力》（Vitalizing Rest），有圖有文，倒是一本值得研究的小册子。

（原載一九四四年十二月七日《新中國報》）

作品的優劣

作品的優劣，半在内容，半在文字。本篇所謂"作品"專指著述（亦稱著作，或稱文章）。

一個鄉下初來上海的麻臉老婦，忽然涂了脂粉，戴上西式帽，穿上高跟鞋，着了最時新、最高貴質料的旗袍，外加貂皮短大衣。她跑到街上來，你看見了，以爲怎樣？你以爲她時髦麽？你以爲她美不美？

另外一個城中的少婦，天生一只鵝蛋臉，皮肉既嫩，顔色又佳。她蓬了頭，赤了脚，身上着的都是破衣破褲。她跑到鬧市中來，雖不向你討飯，向你要錢，你總當她是乞丐，你一定不敢看她，一定不能見她的美麗。

形相是要緊的，妝扮也是要緊的。美麗的身體，當然可用合適的服裝以爲表現；醜陋的形相，決然不是時髦服裝所能掩蔽。麻臉總是麻臉，穿了貂皮大衣有什麽用？美貌總是美貌，换穿新衣新褲馬上改觀。

作品頗似婦女，内容就是形相，文字就是服裝。内容不良，用好文字來傳達它,必定變成美妝的麻臉老婦。這就是古人所謂"言之無物"。内容極良,没有文字來表達它,必定變成襤褸的美貌姑娘,這豈非有物不言麽?

古時雅典人,内容與文字并重。斯巴達人注重簡潔。喀里塔(Crete)人,專求内容的豐富,不求文字的優雅。這是大哲學家巴拉圖批評當時本國人的話。他的隱義是:雅典人最精明,因爲兼重内容與文字。我很贊成他的意思。我不喜歡見美妝的醜婦,也不喜歡見襤褸的美女。詩曰:

實質與形式,相聯成麗物。
文章固若是,美女何嘗不!

(原載一九四四年十二月九日《新中國報》)

裝腔做勢

不論你的道德怎樣高,不論你的學問怎樣好,我勸你不要擺架子。

擺架子,就是裝腔做勢。

裝腔做勢者,自以爲品學兼優,有許多地方是不肯去的,有許多言語是不肯講的。清代末年,浙江有一位全省聞名的道學先生,接到一個請吃花酒的帖子。他非獨不肯赴約,并且寫了一封長信,大大責備他那位出請帖的友人。他信中主要的一語是:"讀書人豈可挾妓飲酒?"後來那位老先生,到了六十多歲,身患惡疾而亡。據説他雖然不肯公然入堂子、吃花酒,他倒暗暗打野鷄、偷婆娘。那位老先生,真能擺空架子。

多年前的某夕,鄭公設宴,同座都是我的熟人。我不識相,鬧了一個大笑話,恐怕我多喝了酒罷。我忽然想到古小説《金瓶梅》,口中就説出潘金蓮、李瓶兒等名字來。我最初稱贊金、瓶美麗的時候,男客大家不響,女客大笑不止。等到後來我講到金、瓶招待西門慶的方法,男客對我怒目而視;兩位女客,一位垂頭,一位以手蔽面。我仍舊不識相,繼續妄言,繼續大嚼。……我真的醜極了,我竟不知道他們已經完全離席了。我一看,連主人也不見了。剩下來的我,只好獨酌獨嚼。其實我没大醉。我聽見隔壁客室中一個男子批評道："豈有此理！那種話能在大庭廣衆中講麽?"講那句話的人姓高,他是我多年的花酒朋友。他真能裝腔,我太不做勢。

那天晚上,我未免過分。有女客在座,我們本不應該提起那些風花雪月的事。不過那兩位女客,你知道是什麽出身？姓潘的由妓而妾,姓李的兩離兩嫁。

我們做人,——像我那樣過分,固然錯誤,但是上文的"老先生"也太虚僞。詩曰：

裝腔做勢,豈是君子；
極端直爽,亦受輕視。

所以,我們做人,不應該去的地方,倘然有人硬拖我們去,不妨去去;不應該講的話,倘然有人硬要我們講,不妨講講。否則我們一定變成討厭人、僞君子——一個朋友都没有。但是不可過度呀！奉勸諸君,一方面不必裝腔做勢,一方面不可過度爽直。

（原載一九四四年十二月十日《新中國報》）

長生之道

長生之道,包含在這四個字中——"平心静氣"。

"平心静氣"那四個字,倘然要講得明白些,就是"不管閑事"的意思。人總喜歡管閑事的——"吃自己的飯,問他人的事"。所以能够活足六十歲者,已經不多;一萬人中决無兩個活至百歲者。

有人説道:"人何必長壽呢？祇要三四十歲已經够了。"又有人説道:"年高者體弱,應該少動作,節飲節食——無法享受。人生在享受;與其年高而少享受,不如早死而多享受。"

倘然閲衆中有這種主張者,有存心早死者,那麽本篇對於他們完全無用,不必再看。否則請望下一瞥：

一般人的所以短壽,不是因爲工作繁忙,倒是因爲煩悶不安。因公事煩悶者,世間極少;因閑事煩悶者,到處都有。某家的"老頭子"——翁——將兒媳一把頭髮抓住了,想要打嘴巴,打耳光。兒媳大喊“救命”,近鄰闖進來做勸客。適在此時,你路過他們的門,你也闖進去,你狠霸霸地把那個老頭子抓住了,打他兩記耳光,又踢了一脚。近鄰中也有一個狠霸霸的人,也把你抓住了,亂打亂踢,并且問你:“爲什麽打人?”你答道:“我打抱不平。”衆鄰齊聲道:“我們不認識你,不要你打抱不平。”你同他們争論,他們送你入警局。……他們同你打官司——打了一年多,還没有解决。但是他們翁媳的事,早已解决了。

像你這樣無事尋煩惱的人,你想會長壽麽?——不是真的你,對不起呀!我們做人,總宜平心静氣;倘然喜歡打抱不平,只好用言語勸解,不可動手動脚。詩曰:

心性和平者,長生可預期。
斗争成習者,死亡無定時。

(原載一九四四年十二月十三日《新中國報》)

爲學與治生

潛心研究科學或文學者,不一定深明衣食住行之困難;博於學者,不一定精於營生之法。這一類衹知爲學,不知治生者,世人常常以“書獃子”或“活書橱”之名譏刺他們。

專門讀書,不顧生活,就是不重實際。專顧生活,全不讀書,未免太重實際。太重實際者,即生意人。不重實際者,即學問家。學問家往往輕視生意人,生意人亦往往嘲笑學問家。兩者皆誤。最好,學問家明白些三三見九,生意人知道些之乎者也。學問家當然要營生,生意人豈可無學問?許魯齋説得好:“爲學以治生爲本。”我加一句道:“治生以爲學爲輔。”

“書獃子”,或者“活書橱”,西洋也有。請閲下面的故事:

古時希臘某天文家,慢步前進,仰了頭細看天上的衆星。他向前慢慢的跑,跑,跑;他不知(不見)地上有一個穴——他跌了下去。他一時爬不出來,大喊道:“救我!救我!”鄰近的一個老婦聽見了。跑過去將他一把拖起來。她又向他看了兩眼,笑嘻嘻地説道:“先生,我認識你的。你是天文家。不過你太注重上面,不注重下面了。

哈哈。"

這是爲學不知治生的寓言。知識固然是要緊的,但是生活亦何嘗不要緊?二十四史,固然應常閲讀,但是柴米油鹽也不可不知。許多讀書人所以受騙,因爲不知治生;許多生意人所以失敗,因爲不知爲學。詩曰:

讀書與治生,兩事相牽連。
此理不難知,實行在力研。

(原載一九四四年十二月十六日《新中國報》)

静　待

静待爲噪急之反,百人中難得一二人能有這種天賦的美質。

或者説道:"大業成於迅速。坐而待,不如起而行。閑蕩不做工作,偷懶不做正事,算得美質麽?"

工作是要做的,正事是要做的。但是静待不是偷懶,不是閑蕩;静待是不噪急,不倉皇。静待是——及時行事。時機未到,任你怎樣性急,有何用處?春耕夏耘之後,當然可望秋收。倘然你不肯静候,倘然你採用拔苗助長的方法,倘然你想要春耕春耘而望春收,你一定失敗,一定吃不到飯。

時間是要緊的。不到時間,或者缺少時間,不論大事小事,都不能辦。西班牙國王查理第五世(生於一五零零年,卒於一五五八年)説道:"時間與我,可以抵抗任何敵人。"這就是"待時而動"的意思,也就是勝利成於静待的意思。

不能静待者,即無忍耐性者。不能静待而無忍耐性者,必然無緣無故地大發脾氣。我親友中有這樣一個人,他在夜間三四時一覺醒來,忽然想到一件非立時立刻去責備某某公司的事不可。他馬上起身,開了電燈,寫了一封長信。那時天還未明,他按了好幾次電鈴,男僕來問何事。他道:"快去送信——快,快!"

過了半天,男僕歸來,説道:"某公司還没有開門。今天星期日,恐怕要到下午才開門。"

他道："混帳，王八蛋！什麼星期不星期！趕快再去！等到他們開了門，馬上就送進去。"

下午一時後，男僕回來的時候説道："門開了，信送了。不過他們的經理不在，明日才能有回信。"

他對僕人横了一眼，又罵道："豈有此理！你滾，滚出去！"

性急有什麼用？時候不到，催什麼？趕什麼？時候不到，一點希望也没有，一點事情也辦不成功。某種事情，一定要到某個時間，然後可以完成。歌曰：

事業成敗，時機而已。

何必倉皇？静心可矣。

（原載一九四四年十二月二十一日《新中國報》）

希望與失望

人常常希望，亦常常失望。希望多者，失望亦多；希望大者，失望亦大。

天不下雨，已經一月有餘。大皆想雨，大皆希望立時立刻打大陣。今天望明天望——望了三日三夜，連一個小雨點都没有下來。大皆大失所望，因爲大皆的希望太大之故。在夏季大旱之時，最好先希望有小雲，再希望有大雲；先希望有微風，再希望有狂風。雲來了，風來了，雨當然也來了。同時我們也不會失望。

看見闊人住洋房，坐汽車，穿西裝，吃大菜，戴鑽戒……自己發了幾十萬國難財，也希做闊人，雇了一輛三輪車，要想找洋房。哪裏找得到？他這一點點財，連一所單幢的弄堂房子都頂不下來。想要買汽車——四十多萬還是破舊的；即使買成功了，又没有車間，又没有汽油。

我勸他不如把他的希望改小些——做一套西裝，吃幾次大菜，買一只手錶，剩下來的錢，倘然他依舊住在閣樓上，他還可以度日，還可以再做生意，還可以安心定神，不覺得苦，祇覺得樂。

希望是樂的，失望是苦的。不圓滿的希望，等於大失所望。由希望不圓滿而變成的大失所望，其苦之大，可想而知。

在人事中，固然有失望。在學問上，也不能避免。倘然你希望在二十年內，讀畢十三經，二十四(?)史，諸子百家……倘然你希望在二十或三十年內，讀盡天下名著，你非失望不可。就是你不失望，你更加苦了。爲什麽呢？因爲你不能再求新知識了，因爲你絶無新希望了。

所以我們的希望，愈小愈好。小的希望一定可以圓滿；大的希望，恐怕難達目的。詩曰：

志望不宜過奢，恐防難以圓滿。
願得微微一物，誰能使你腸斷？

（原載一九四四年十二月二十四日《新中國報》）

城中與鄉間

城中多大屋，鄉間多樹木；城中多繁華，鄉間多空氣……

爲什麽住在鄉間的人，喜歡到城中來？爲的是大屋與繁華麽？

爲什麽住在城中的人，不喜歡到鄉間去？他們不喜觀花草樹木與新鮮空氣麽？

那些問題，我一個都不能作答。不過我知道古代文學家，哲學家那一類的人，都贊成城中，不贊成鄉間，例如：英國的莊遜博士（Dr Johnson）與希臘的蘇格拉底（Socrates）。

莊遜就是那位大字典作者，就是那位因作大字典而成大名者。他固然也旅行，但不肯久居鄉間。他一生的事實太多了，我暫且不講。我今天專講蘇格拉底喜居城中的意見，如下：

蘇格拉底和費覺世（Phaedrus），同往鄉間作半日(?)的游玩。蘇氏到了鄉間，非獨寸步難行，并且一物不知。費要領他到溪旁樹蔭下去，他説道："好，好，衹要有可坐之處。"

費道："那邊有微風，那邊有青色，那邊的篠懸木（樹名）高不高？"

蘇道："高，高，只要有可坐之處。"

到了樹邊，蘇問費："這枝樹是不是□□木？此處是不是你要領我來的地點?”

費道:“是呀。這就是□□木。”

蘇道:“有樹蔭,可以休息。”

費道:“你到了鄉間,真像一個生客。你似乎没有出過城門。”

蘇道:“我的好友,對的。不過你要原諒我,我喜歡住在城中,不喜歡到鄉間來,因爲城中人多的緣故。鄉間固然有樹,但是不能做我的導師,人能做我的導師。”

因此我們知道哲學家和文學家所以住城中者,貪的是人——不是大屋,不是奢華。這是古代的情形,恐怕現在不這樣罷。詩曰:

樹木雖然雅,難爲人類師。
高明有此見,小己心生疑。

(原載一九四四年十二月二十七日《新中國報》)

大想小想

我們無日不思,無時不想。我們幾幾乎不分晝夜地亂作思想,到底所思所想者是些什麽?人類固然是富多思想的動物,不論大智大愚,不論聖賢呆子,總不能脱離思想。但是我們所思所想者,到底是些什麽?

我們所思所想者,還是邪事多呢?還是正事多呀?我們所思想者,還是我們的過去呢?還是我們的將來?我們是不是常常想到我們的身世?我們想報復麽?我們想發財麽?我們想的是大事情呢?還是小事情呀?

這許多問題,我都不能作答。不過我知道一個關於思想的原理,可以敬告閲衆。

這個原理,非獨簡明,并且易行,如下:

對於大事,應該大想;對於小事,不必大想。

我現在再把這個原理,約略説明。

宣戰與議和,是國家的大事。執政者碰到這些大事時,當然要仔細研究,仔細攷慮。倘不若此,倘執政者在那種緊要關頭,還以爲那些是小事情,不肯大想心思,他們豈不傻麽?豈不呆麽?

夫妻口角，是一件小事。鬧過之後，事就完了。倘然夫是錯的，他應該陪不是——笑笑，叫應一聲。倘然妻是錯的，她也應該如此。夫妻吵鬧，是小事情。俗語説得好："船頭上相駡，船梢上叫應。"他們何必大板面孔，日思夜想？——何必想報復？何必想脱離？

小事情不必大想，大事情不可小想。歌曰：

小事小想，大事大想。
倘能如此，真會思想。

（原載一九四四年十二月三十日《新中國報》）

顯與微

"顯"者，高貴；"微"者，低賤。人莫貪高貴而輕低賤。人莫貪高官厚禄，哪裏有喜做下級職員的人？

"高"豈不是較"低"總好些麽？站在山巔者，所見的風景總比站在平原者所見的多些。職位高者，所得的利益總比職位低者所得的優些。就是遇到貶降，高職者總不會一跌就倒，低級者一定永無翻身之日。

但是高的地位，非一"爬"即到。"爬"的時候，必定經過許許多多周折。并且爬到之後，還要時時刻刻當心，天天夜夜競争，否則怎樣能够維持？怎樣能够保全？在下面者當然也有競争，但是總不及在上面者的劇烈。在上面者，即職位高者，常常覺得有一種説不出、話不出的不安，那種不安，決非職位低者所有。

古時凱撒（Caesar）大將已經是羅馬（Rome）數一數二的人了，職位真的高了。他在遠征中經過阿爾潑斯山嶺（Alps）某小國的時候，有人對他講道："這里是一個小小的蠻邦——土地小，人口少，他們没有什麽教化，他們全不知道争取榮譽。"凱撒儼然答道："我情願在此地做第一人，不情願到羅馬去做第二人。"

他的意思，就是我們的"情願在矮子中做長人，不情願在長人中做矮子"。他是一位不肯屈居人下的人。他那個回答，面子上仍舊不失他好大之心，然亦足以見羅馬當日在高位者競争之烈。他自覺

有點苦惱,有點疲倦了,他有點貪安了,否則決不會説出這種話來!詩曰:

職高易貶降,刻刻要當心。
最好平平過,不昇亦不沉。

(原載一九四五年一月四日《新中國報》)

報告與事實

口頭的報告,是聽的,不是看的。真正的事實,是看的,不是聽的。外物的抵達我們,外物的傳到我們腦筋中來,聽與看爲最要的媒介,耳與目爲最大的門户。

倘然我們不聾不瞎,我們當然耳目并用。聾而不瞎者祇可用目,瞎而不聾者祇可用耳。世上不聾不瞎者,即能并用耳目者,比較有耳無目者多,比較有目無耳者也多。但是視聽兩覺均健全者,雖不人人以耳代目,總喜歡多用耳,少用目。他們聽到了任何人的閑話,十九信以爲真,不再細加攷查。

我們做人,當然要信任别人。别人告訴我們的"新聞",當然有可靠之點,我們何必每件事情都加以精密的攷查?不過,我們應該知道,閑話總是閑話,不必字字皆確;欲求真理,我們非親眼看見不可。

講閑話者,即作口頭報告者,教育不同,性情不一;事實經過了二三人或五六人的傳述,還可靠麽?戴藍眼鏡的人,所見的一切都是藍的,他口述的時候,紅色真理也藍化了。慢吞慢吐的人,所見一切皆遲鈍者,他口中的飛機,豈不等於古代的帆船麽?所以我們雖然不可不聽别人的話,但是不宜立刻信以爲真。講話的人,并非存心欺騙,他們無法改變他們的天性呀!

所以戴白眼鏡的甲姓,在我們面前稱贊乙姓的時候,或者戴黑眼鏡的丙姓,在我們面前痛駡丁姓的時候,我們不必喜,也不必怒——我們都不必相信。我們不必説他對,也不必説他不對。我們祇可嘻嘻的笑,静静的聽。倘然我們真的要明白乙姓丁姓的好歹,我們當然要親自調查,當然要仔細研究乙丁的品行——乙丁二人的日常生活。詩曰：

"報告"不全僞，然而不盡真。

贊譽或責駡，聞者須留神。

（原載一九四五年一月六日《新中國報》）

内視與外望

"内視"是觀察自己，"外望"是觀察别人。我們總喜歡少看自己，多看别人。我們不見自己的劣點，不知改善。我們妒忌别人的賢德，不肯效慕。我們不能比於善而作自進之階，比於惡而作自退之原。我們不能遵守孔子的教訓："見賢思齊焉，見不賢而内自省也。"（《論語》卷四，《里仁篇》）

孔子教人，兼重内外兩方，兼重内視（自省）與外望（見賢）。希臘古人，專重内視，他們最大最要的格言是"認識自己"（Know thyself）。粗粗看去，似乎較孔子的雙方面容易些，其實不然。單方無比較，不易實行。雙方有標準，能得實益。我現在將希臘人單方哲理的大意約略寫出如下：

希臘德魯發（Delphi）（都邑）的神明，叫做亞普禄（Apollo）（日神）。他給民衆的命令道："觀察自己，認識自己，握住自己。你的心志，遠在他方，叫唤它們回來。你的心志正向外流，散布在四方，從速凝集，從速拒抗。你被騙了，你被劫了。你的内外，全是虚驕。外展愈甚，虚驕亦愈甚。外展不甚，則虚驕減輕。人呀！速救自己！凡人當先明自己——自己的需要，自己的慾望，自己的工作——然後知何者應該限制。你意欲囊括四海，但你實爲弱而乏力者。你是一個學者，但無知識；你是一個長官，但無權力。總之，你是喜劇中的一個小醜。"

希臘這種神命，希臘這種哲理，豈不使人灰心麽？我們——人——怎樣能够單獨研究自己？我們總要有個比較，有個標準。依這一點言，我們的孔子，當然超越希臘的日神了。

孔門的曾子，似乎偏重内視，實在兼重外望。曾子説道："吾日三省吾身：（一）爲人謀而不忠乎？（二）與朋友交而不信乎？（三）

傳不習乎?”他省察自己(内視)的時候,將(一)對人,(二)朋友,(三)師長(外望)爲標準,就是内外兼重的意思。詩曰:

看他人作爲,做自己標準。

此事固方便,然而亦驚敏。

(原載一九四五年一月十一日《新中國報》)

適可而止

凡事固然可以苦干蠻干——干到底,什麽也不怕。但是所謂“苦干蠻干”者,是“努力”之意,而非“痴狂”之意。復次,“到底”是“適可而止”之意——不是到了底,還要“打底,穿底”之意。

患傷寒者的體温,一定極高,非至五個星期不下降。病人理應吃藥打針——保護心臟,保護肺部,保護膀胱。每天應吃多少藥,應打幾次針,醫家皆有成法。倘然病人性急,想要一星期内退熱,兩星期後起床,而加倍吃藥,再加倍打針,那末他的性命危險了。爲什麽呢?因爲他不能實行“適可而止”,因爲他想“打底,穿底”的緣故。

上面根據醫理的譬喻,不甚明顯。讓我來講兩件最容易知道的,最容易試驗的事情:

(一)橘含甜汁,你用器具榨取的時候,用力不可過猛,并且取到相當分量之後,立即停止。倘然你貪多,想要擠盡橘中之汁,那末其味必苦。

(二)雌牛多乳,每日所産者足够數人之食。但榨取之時,也應適可而止。倘然你榨而又榨,榨之不已,那末你所得的,不是牛乳而是牛血了。

古人云:樂極生悲。據此可知吾人對於辦事,對於享受,對於一切,都應該有個限制——適可而止。詩曰:

“過猶不及”,“適可而止”。

公私各事,都應如此。

(原載一九四五年一月十四日《新中國報》)

調 笑

調笑是嚴肅的對面(反面)。(調笑兩字,蘇松太杭嘉湖一帶的居民,往往讀成“逃仙”之音。)人生行樂耳,我們當然不必終日終年地板面孔(嚴肅),但是我們也不可隨時隨處地講笑話。

板面孔有板面孔的時候和地方;講笑話有講笑話的時候和地方。在辦事時,在辦事處,我們不應講笑話;在飯館里,在筵席間,我們何必板面孔?不應該講笑話而講笑話,是自失身份;不應該板面孔而板面孔,是裝腔作勢。我所謂講笑話,并非油腔滑調的意思,而是小“吃豆腐”的意思。

二十餘年前,我曾經碰到過一位最不知調笑,最不會吃豆腐的同事。當時我在某某高校當教授,那位同事是教務處的高級職員。學期攷試終了之後,我親自將全班(級)十六人的攷卷,連同分數單,送去交給他。第二天午刻,我正想回申的時候,忽然接得他的電話,説道:“你交來攷卷,衹十四本,并且分數單上學生的姓名也不全。請你補抄分數單,漏送的攷卷也請同時交下。”

我東找西找,居然尋到了分數單的副本。但是哪裏有漏送的攷卷呢?我昏了麼?在職業上犯這樣的一個大過誤!

我馬上拿了分數單的副本,趕到教務處去。見了他,我開口就説道:“怎樣辦?我那邊沒有漏送的攷卷呀!”他哈哈大笑道:“我同你開玩笑。攷卷同分數單均安然存在。你何必發急!”我恨極了,對他説道:“你開玩笑,是麼?你不要怪我板面孔。”

我立刻進校長室,將此事的前前後後詳説一遍。結果如何,閱衆可以推想而知,不必由我細述。

我自己也喜開玩笑,和人調笑,但是總有限制。我不常常調笑。我嚴肅的時間,比調笑的時間多。我嚴肅的時間,比調笑的時間,約多四百九十九倍;并且這千分之二的調笑時間,一定在相當之地點。詩曰:

謊言與調笑,豈是日常事?
兩者皆才智,然而何必試?

(原載一九四五年一月二十三日《新中國報》)

早　起

從前上海的大家，老爺非九時後不肯起身，太太則非十時後不肯起身，甚有睡至十二時或三時以後者。從前的九時，就是現在的十時；從前的十二時，三時，就是現在的一時，四時。他們起身這樣的遲，因爲他們上床太遲。他們抽鴉片，他們賭銅錢……都是電燈光下所做的事。現在的情形，好得多了，已經大大的改善了。現在我晨間七時出門，已經看見男男女女，人山人海在各個電車站排班，擺長蛇陣，擺盤香陣地軋電車了。

此種改善，大都由節約電力，限制電力而來——頗有益身體的健康。英人有一諺語道："早出來的鳥，可以捉得蟲。"他們還有一首孩曲道："早上床，早起身，非獨可以健身，并且可以得財寶，得智慧。"

英人那種諺語和孩曲，都得自歐北——不是英國自造的。歐北人勸人早起，語最懇切。我在無意中，見到短歌三首，翻譯如下：

第一首

（甲）直　譯

欲食他人之血者，務必早起；

欲奪他人之貨者，亦必早起。

閑蕩之狼，得不到肉；

貪眠之人，定無成就。

（乙）意　譯

世人成功者，皆爲努力人。

黎明即起身，到處是金銀。

第二首

（甲）直　譯

傭工少者，必自己早起，自己勤作。

遲起者不能辦每日應辦之事。

早起者無不事半功倍。

（乙）意　譯

自己要勤奮，傭工皆懈怠。

黎明即起身，事半而功倍。

第三首

（甲）直　譯

我赴會常較人早。

他人到會有極遲者。

舊酒已盡，新酒未成，

後來者一無所得。

（乙）意　譯

遲遲去赴宴，樣樣失權利。

（原載一九四五年一月二十五日《新中國報》）

從　衆

做人之道，莫要於——從衆。

“從衆”就是“服從大多數”。大多數不一定可靠，不一定有才識，不一定有鑒别力，不一定有審美眼。但是你倘然不服從他們，你的才識，你的鑒别力，你的審美眼，立時立刻化爲烏有。

今設一個譬喻，言一件小事：

六個好友——你是其中之一——同時出門散步。五個人要向西跑；一個人——就是你——要向東跑。他們問你：“爲什麽向東，不肯向西？”你道：“東面有公園，空氣很好，可以久坐共談。”他們道：“我們向西，可以到舞場中去坐坐，有咖啡可吃，有美女可看。公園中冷得很，有樹無葉，花早謝了，草已黄了，何必去呢？”他們硬硬的拖了你向西跑，你硬硬的不肯向西跑。後來，他們勸你不醒，只得任你一人向西跑，到你的公園中去。他們五位分道揚鑣之後，你覺得很自在，然而你孤獨了。

孤獨的人，一定是不從衆的人。當此人人理應合作的時代，吾人所最怕懼者，莫如孤獨。當然，我們不必天天跟着朋友去上跳舞場,或者做嫖賭等不道德的事。上面的"向西"譬喻,并非一個例子。

不獨娱樂,就是學問,也要從衆。你的衆友,都贊成甲骨文,反對許氏書。你精於秦篆,深知甲骨文之無足信賴,但大衆既有此偏嗜,你亦何强辭奪理地一定要别人以許氏《説文》爲研究小學之基本呢?碰到大衆所好的事,適爲我所不好者——不論金石書畫,不論古器古籍——你最好冷淡,不發表意見。倘然你的意見是合理的,他們怨恨你。倘然你的意見是錯誤的,他們譏笑你。詩曰:

棄衆衆人棄,合群群自附。
聲名難虚得?孤獨豈無故?

(原載一九四五年一月二十八日《新中國報》)

吹牛與傲慢

吹牛與傲慢,是人類所最易犯的兩種毛病。前者是鬧的,後者是静的。前者出自口中,後者藏於心内。

何謂吹牛?

這就是大言不慚。没有的事,講得像真的一樣。洗衣人的兒子,讀了幾年書,中學勉强畢業,因事到外省去,自稱日本留學生,稱他的父親爲衛生局長。他的皮面果然老,言語果然巧,但旁聽的人,總有識貨者,總有知道他吹牛者。

何謂傲慢?

這就是瞧不起人。自己淺學,倒以爲别人都不及他。剛巧攷入了某某里弄大學,已經目中無人,心中無人了。同學皆劣才,老師皆無才——皆在己下。古書無價值,新書無發明——皆不必讀。但他這種思潮,都存在心里,不用言語表露。

鬧與静是吹牛與傲慢的最大分别。犯鬧病者,即犯吹牛之病者,容易治療;犯静病者,即犯傲慢之病者,不易治療。我今先言治鬧病之法:

鬧病應用鬧藥治。救治犯吹牛病者,即好大言者,我們應當開口,不可不聲不響。我們應當吹得更大,我們應當發較大之言。譬如有人吹道:“敝處大寺中,千手觀音殿上有一大鼓,徑二十丈,聲聞百里。”我們就可以答道:“我們家鄉有一大牛,頭在江南,尾在江北,重三十萬斤。”倘然旁聽者不信,大笑而說道:“哈,哈! 世上哪裏有這樣大牛! 吹,吹!”那末我們可以帶笑而說道:“不吹,真的。你想:倘然没有我們那隻大牛,怎能够鞔他們的大鼓?”這樣一來,原吹者一定臉紅面赤,或者因此他後來就不再發鬧病,也未可知。

我繼言治静病之法:

静病不易醫治。别人心裏瞧你不起,你怎樣能够叫他瞧得起你呢?

也有辦法,也有辦法。對於静人,我們應該鬧,應該大鬧。倘然静人是文學家,我們可以大談東亞與西洋的作家,古代與現代的作家,——談他們的句法,談他們的軼事。他看見你這樣博學,他自己及不到你,——他當然不敢輕視你,并且他自大之心或即因此漸漸消滅。

人之所以傲慢,都因估計自己太大的緣故。他不明白自己的劣才,所以目空一切。今天有人提醒他,他當然要自抑了。詩曰:

鬧能治鬧,亦可醫静。
人間萬事,彼此響影。

(原載一九四五年一月三十一日《新中國報》)

喧　噪

喧噪與讀書或作文,有關係麽? 换句話説,我們在閲讀或者寫作的時候,喜歡近處有聲音的呢? 還是喜歡近處没有聲音?

大多數文人(包括閲讀者與寫作者),總貪寂静而避喧噪。他們因爲屋少人多,往往大開夜車,就是這個道理。但是曾國藩在他的家書中,似乎説過:凡有志學問者,雖在鬧市中,亦能讀書習字(此非原文,我家中有他的書,但在匆忙中竟找不到)。曾氏那些話,并不虚僞,并非有意欺人,他自己是不怕喧噪的。他在兵營中,能够作小楷,能够做詩文,能够寫極詳細的日記。詩曰:

静寂或喧噪，不關文學人。

"你們只管鬧，我更加留神。"

這種不怕喧噪的文人，世上甚多。讓我來講兩個小故事罷，如下：

（一）多年多年之前，法國有一位富而好學者。他的房屋極大，他的僕人也多。他很用功，然而他不設特别書室，他喜歡坐在大廳中的一角，或者閲讀或者寫作或者默想。

他的一角，用簾子與外面相隔。他在簾内用功的時候，準許任何男女僕人在簾外閑談；就是他們駡人打架，他也不管。有人問他道："你做這種細工夫的時候，爲什麽不叫他們跑開些？你不覺得鬧麽？"他答道："我要他們這樣。我特意要他造成這樣一個修羅場。他們愈鬧，我的心愈静。他們不鬧，我的心外行。他們的鬧聲，似乎可以把我的心趕入心内。我要作一個新計劃的時候，非待他們大鬧不可。"

（二）蘇格拉底（古代希臘哲學大家）的某姓門生問他道："先生，師母這樣噪鬧，全日全夜地這樣駡人，你怎樣能够忍受？"他答道："我聽不見師母駡人的聲音。我聽得見的，是風聲，樹聲，或流水之聲。"

（原載一九四五年二月三日《新中國報》）

身内身外

人的身内之物，祇有——意見。其他的，不論田地産業，不論金銀財寶，都是身外之物。

什麽叫做意見？

自私自利是意見，自以爲是也是意見。傲慢，假定……甚至於最高尚的所謂哲理，都是意見。

某甲極貧；他忽然大發其"財"——現在富了。某乙極賤；他忽然獲得官職——現在貴了。他們覺得很舒適，很安樂。甲對我説道："我一無所求了，我心安了。"乙對我説道："我取得地位了，我心安了。"他們的"心安"，就是意見——身内之物。他們的富貴是他們的身外之物。富貴是什麽？是他們的麽？

身内身外之分，身内身外之理，非獨今人不能明白，就是古人也要混合。諸君一定知道古時羅馬的那位演説家，兼政治家，兼文學家許西禄（Cicero）（生於公元前一零六年，卒於四三年）氏。他的"鼠牛比"，比上文甲乙兩人的好得多，然而也把身内身外混合了。許氏的話，直譯如下：

世界上没有比研究文字更美妙的事。我所以稱爲美妙的緣故，因文字能够把事物之始終，天地的高深，海陸的洪大，統統現露出來。它們教我們信仰，教我們節約，教我們大量；它們教我們脱離黑暗而入光明。它們拿天地間巨細各物，擺在我們目前。有了文字，我們才知道生活的方法，才能够安安逸逸地，快快活活地度日——不憂悶，不受苦。

許氏的文學，果然很好，但他的生平何嘗不吃苦？何嘗不憂悶？鄉間有一字不識的婦女，快活一生，實較許氏爲安逸。可見文字（身外之物）與安逸（身内之物），實在没有關係。詩曰：

功名與鈔票，皆不屬之身。
倘欲求安樂，心平且助人。

（原載一九四五年二月六日《新中國報》）

五官以外

五官以外，還有第六官麽？

大家以爲聲色嗅味觸，我們已經够用了，此外不必另有特種感覺。就是想要有，也恐怕不能。因爲上天只以五官賦人，我們哪裏可以有第六官呢？

"官"作"器"講。耳目鼻舌四肢之外，我們要另覓一官，似乎不能。但在實際上，我們已經取得第六種感覺，就是駕駛汽車或者駕駛飛機的感覺。那種感覺，固然没有特定的器官，但是決非耳目口舌四肢任何一官所司的事。耳目聰明的人，手足靈敏的人，能辨香味的人，不一定能駕汽車，不一定能駕飛機。能駕汽車飛機者，非富於那一種特别的感覺不可。那一種特别感覺，我們可以稱它爲第六種感覺。

并且,第六種感覺之外,還有第七種感覺,第八種感覺……例如,道德的感覺,榮譽的感覺,空間的感覺,時間的感覺,安全的感覺,羞耻的感覺,義務的感覺,幽默的感覺……這幾種感覺,也没有"場所",没有器官。

我以爲没有器官的感覺,較有器官的感覺,多而有用。同時我知道大家一定不相信我的話——不相信自己有第六官,第七官,第八官,第九官……且看下面:

盲子是缺乏視官的人,他祇有四官,没有五官。任你怎樣講,他們總不明白火光與顔色的功用,總不能够取得光的感覺及色的感覺。從前某富家有一個老頭子,他自幼即雙目失明,全然不覺得不能觀看的苦,全然不覺得自己身體上的欠缺。别人對於小孩子講的話,他聽慣了,學會了。一天,鄰家少婦抱了一個孩子到他家里來,對他説道:"老太爺,這是我新生的兒子。"他説道:"好!好!送過來讓我抱一抱。"少婦將男孩送給他,他抱了孩子,東一摸西一撫地説道:"乖孩子,你真美呀!你們看,他的面貌真滑稽呀!他真肥大,真玲瓏!你們看,他的目光多少好!"

他哪裏看得見?但是他所講的話,似乎是一個雙目健全的人。他没有視官,然而他不覺得没有視官。他没有視官,然而他有視覺。我們没有六官,七官,八官,然而我們何嘗不可有六覺,七覺,八覺呢?詩曰:

味觸嗅聽視,是名爲五官。
倘然能駕馭,感覺開新端。

(原載一九四五年二月八日《新中國報》)

畏　縮

年輕的人,不論男女,無有不畏縮者。等到年老,畏縮自去。年輕的人,是三十以内的人;年老的人,是四十二歲以上的人。

畏縮,亦稱"面嫩",其實是"手足無所措"。

面嫩,或者手足無所措,似乎是專屬生理的,然而不然,與心理亦大有關係。

陌陌生生地跑進富貴之家，雖有至親好友的介紹，然而見了主人，總覺得開不出口，總覺得没有放脚的地方，没有放手的地方。茶來了，不敢吃；煙來了，不敢接。主人問我"今年幾歲"，我答的是"今天才到"。主人一聲不響，我倒反而問長問短，同他談起天來了。我第一句話就説錯了，幾幾乎使主人口中的茶全噴出來。我問道："我剛巧在大門口遇見的那位老者——頸間生一個大瘤的——是不是尊府的門房？"

類此的錯話，皆因心的畏縮病而起。平常時，成年人的口中，哪里發得出這種話來？

身的畏縮病，也很稀奇。平時極沉着的人，神經没有受損的人，在拜客時，左脚踏傷主人的愛猫，右脚踢翻主人的痰盂；接茶杯時，茶倒了滿地，杯又摜碎了；坐下去的時候，椅子軋軋作響，似乎有脱底的樣式。

這兩種畏縮病，心的與身的，都易醫治。對付身的畏縮，用"緩和法"。慢進，慢退，少問，少看——仔細實行這四項，當然不會摜茶杯，踢猫狗，講錯話，鬧出種種笑話來。對付心的畏縮，可採用"冷淡法"——比較困難，非絶對不能。

冷淡法是這樣的：不論主人的相如何尊嚴，不論主人的家如何宏大，我祇當不見——我心中以常人待他，以常屋待他的家。他問我一句長話，我以簡語作答。他指定一幅古畫，説道："這是唐寅的墨迹，好得很，少得很！你看呀！"你輕輕的答道："是，是。"他又改口道："我説錯了，這是沈周的名作。"你又輕輕地道："是，是。"你全不露才，全不賣才，主人決不以你爲畏縮，他一定贊你是謙恭。

畏縮病不是惡病——是每個少年人應當有的病。倘然一個十六七歲的小伙子，大股闊步地跑入紳士家的大洋房，在客廳上，他看見大沙發上有一位中年美婦，他就點點頭，高聲道："某太太，坐，坐，不要起立。"

他不認識那位太太，那位太太不一定見了他就站起來。小伙子的話，豈不奇怪麽？小伙子變成那位太太的老長輩了。小伙子固然不畏縮，但是極不合宜。詩曰：

世間年輕人,陽性亦面嫩。
欲除此疾者,行緩而言遜。

(原載一九四五年二月十日《新中國報》)

貪 酒

貪酒者在發"癮"的時候,毒也要飲,醋也要飲——死亡疾病都不怕。《聊齋誌異》中的秦生(見卷十三)及同則附録中的邱行素,豈不是這樣麼?他們一個飲毒,一個吃醋,真是實行"快飲而死,勝於饞渴而死"主義。

西洋有狂飲成病,延醫戒酒者。醫師道:"府上不便,請你明晨到我的院中來。我那邊有一間很合宜的房間。"第二天,那位病家果然得到一間幽静房間,并且清潔萬分。其中除了床鋪之外,有各種古玩及精本書籍。另外還有一個玻璃瓶,中間有幾條用火酒浸死的大蛇。

那位病家初到房中的時候,抽抽卷煙,翻翻書報,現露很安逸的狀態。到了將近中午,他坐了又睡,睡了又坐,東張張,西望望,有點憂悶起來了。他忽然奔到那個玻璃瓶所在之處,把它的蓋子除去,雙手捧了瓶,就此大飲火酒——不顧瓶中的蛇毒與不毒。

正在此時,醫師走進房來,向他笑笑,并且説道:"你可以回府了。你不能戒酒,我已經得到證明了。你還是回去罷。那個瓶我特意擺在此地試你的。蛇并不毒,但是你何嘗怕毒呢?午餐馬上來了,吃過之後,請你回府。"

《聊齋》中的故事及西洋人的故事,都是形容好酒成癮的人,當然有些夸張。酒可以飲,但是不要狂飲,不要成癮。宋人的《酒戒》道:

少吃不濟事,多吃濟盛事?
有事壞了事,無事生出事。

然而我們在怎樣情形之下,可以飲酒呀?

陳徽亭説得最好,讓我把他的話引出來罷,如下:

名花忽開,小飲。好友敘談,小飲。凌寒出門,小飲。冲暑遠馳，不可遽食，小飲。珍醮不可多得，小飲。

（原載一九四五年二月二十一日《新中國報》）

善始善終

善始非善終不可，能善始而不能善終者，必遭失敗。

譬如玩球：甲乙兩人，若打乒乓（球戲）。在最初的時候，甲方發球很猛，接球亦佳；乙方手脚慌亂，似乎有些吃不住。數分鐘後，甲疲倦了，既不能發球，又不能接球；乙大顯本領，連赢好幾個，勝了一局。甲能善始，不能善終，所以失敗。乙不善始，然能善終，所以勝利。

照這樣講，與其祇求善始而不能善終，不如祇顧善終而不求善始。

除了玩球之外，世上許許多多大事小事，是重結果而不重方法（手段）的，是注重終點而不注重開始的。畫家繪馬，總先繪頭，再繪身繪足，最末繪尾。但是古時有個著名美術家，他不這樣：他先繪尾！外行人看他畫馬，無不大笑。但是他的作品，人人歡迎，個個道好。可見我們的成功，全在結局，不在開手。西洋人那句古話"善始之事，功已半成"（Well begun is half done），實在靠不住，實在不可信。成功的人，雖然手段不妥，别人無不贊美。失敗的人，即使方法全是，誰肯誠心佩服？詩曰：

人生多少事，全在乎歸結。
何必問方法？但求無失缺。

（原載一九四五年二月二十四日《新中國報》）

朋　友

除了父母弟兄之外，最能幫助我們的人，是——朋友。古語道得好："在家靠父母，出外靠朋友。"

我二十幾歲在蘇州做教師的時候，有一位老先生對我説道："朋友，朋友最要緊。已經軋到的朋友，不可放棄。没有軋到的朋友，要仔細軋。放棄一個朋友，等於造成一個仇人。……朋友的脾氣，個個不同，有暴性的，有和平的，有熱鬧的，有冷淡的……我們宜乎見人以人待之，見×以×待之，好的同他親愛，壞的也要敷衍。無論如何，我們應該多軋朋友。”

他同我講那些話的時候，我年歲尚輕，全然不明他的深意。我把他的話，當做老生常談（壽星唱曲）；我不知道他是暗暗地教導我。當時的我，最喜争辯，最喜口角；一言不合，就想動手動脚。我常常這様駡人打人，誰來同我親近？如此者數年，我一個朋友都没有了。

後來，我知道要别人幫助我，非我先幫助别人不可；要别人對我有好意，非我先對别人有好意不可。

再後來，我知道軋朋友的唯一方法是：（一）要封他們的口，（二）要得他們的心。什麽叫做封口？這就是使他們不在背面説你壞話。什麽叫做得心？這就是他們真心佩服你，感激你。倘然認識你的人，都是如此，你的朋友還不多麽？肯幫你忙的人，還不多麽？

朋友一定扶持你，仇人一定推倒你。朋友多了，你的生命一定平安，你的名譽一定優良。仇人多了，你的生命一定危險，你的名譽一定破壞。西人云：“朋友爲第二生命。”——誠哉是言！詩曰：

仇人不可有，朋友宜乎多。
事事要心平，時時不酷苛。

（原載一九四五年二月二十七日《新中國報》）

拍　馬

“拍馬”是俗話，在文言則爲“諂媚”或“阿諛”。據云，“萬世不穿的，只有拍馬。”這就是説，不論長幼，不論貧富，人總喜歡聽好話，喜歡别人拍他的馬。舊時有名師丁姓者，學博而性情爽直，生平最恨過譽之詞。一日，他的張姓大弟子來謁。見面後，張大弟子就説道：“老師，你的名譽，真的一天一天的大起來了。遠省的人，也知道老師的品行高，學問博。……”丁老夫子不待他説完，即阻止他道：“好了，好了！你的老調又來了！我的脾氣你不知道麽？我不喜聽贊我的話。我已經對你講過好幾次了。”

張姓去後，程大弟子繼來謁見。是時，丁老夫子餘怒未息，高聲對程弟子説道：“你的同學——那個姓張的東西——他剛巧又來過了——現在去了。真可惡！他一見我，就稱贊我。難聽麽？我最不喜歡拍馬。”程生答道：“老師，是，是。像老師這樣明白的人，世人還有麽？老師，請息怒——請原諒他。”丁老師哈哈大笑道：“你年紀雖小，倒是我的知己。請坐，隨便請坐。”

丁老師雖然不贊成張姓的馬屁，但是程姓的馬屁，他不知不覺地實受了。世事往往如此！然而拍馬屁亦有拍穿之時，請閲下面的西洋故事：

希臘國王亞力山大（生於公元前三五六年，卒於三二三年）的朝臣稱他是木星之子——不是凡人而是神明。某次遠征時他受傷流血，問朝臣道：“你們稱我神明，爲什麽我流的血，與普通士兵一樣的呢？據詩人荷馬説，神明的血濃厚不流。我的血不像他所描寫的。我是神明麽？”

這一問，馬屁穿了。詩曰：

拍馬屁，在乎氣。
拍不足，不够味。
拍過火，别浪費。
拍馬屁，氣爲貴。

最末，馬屁不一定是言語，有時則爲行爲。國王不愛其后，則群臣中之愛妻者，亦必常常假責其妻。國王短於目光，則群臣於上朝之時，無不與人互冲。國王忽患痛風（gout），則群臣之左右兩足，無均齊者。亞力山大的頭，歪而不正，而在朝諸臣，幾乎個個歪頭。野史中言此種以行爲拍馬之事很多，他日有暇，當再詳述。

（原載一九四五年三月一日《新中國報》）

觀察與判斷

觀察就是注視，判斷就是決定，這兩者并合起來，就是——見識。

人人都有眼睛，都喜歡觀察，但不一定能够透視事物。人人都有腦筋，都喜歡判斷，但不一定能够决定是非。爲什麽呢？因爲見得不明，决然不能斷得公平；就是見得明白，還要謹防錯覺謬想。照這樣講，世界上真有見識的人，雖非絶對無有，但恐怕不甚多罷。

有見識者與無見識者，有極大的分别：前者能够統治事物，後者則爲事物所統治。曾國藩道德這樣高，文章這樣好，總算得一個近代成功的人，有見識的人了。讓我來講他的一件軼事，講他看人評人的方法：

接見生客——在生客没有走進廳堂以前，他遠遠地望，看來者的相貌，看來者的步態。等到行禮坐定之後，他改看爲聽，聽來者的語音，聽來者語法。同時他雙目閃了又閃，很迅速地已經斷定了那個人的品行與道德。當時之人，皆稱曾國藩懂人相學。我不知道他懂不懂，我不是他的同時人。不過我推想他是一位真有見識者——善於觀察，精於判斷者。他决不是一個普通的人相學者。

普通人相學者，要問長問短，或者東撫西摸。曾國藩——曾文正公——不必這樣，他一見外表，即知内心。他有慧眼，他能推理。他衹需少許暗示，就能握住一切。詩曰：

曾公精鑒别，一眼見真性。
决斷不遲鈍，目光似快鏡。

（原載一九四五年三月六日《新中國報》）

自然與藝術

我們有句諺語，叫做“人要衣裝，佛要金裝”。人與佛是原質，衣與金是工作。原質就是自然，工作就是藝術。

照這樣講，藝術超越自然麽？工作勝過原質麽？衣與金，比較人與佛更貴重麽？

我的回答，是一半肯定，一半否定。肯定的——有佛無金，其相可憐。否定的——有金無佛，如何裝飾？人之與衣也是如此。原質不皆圓滿，有非加以人工作不可者。郊外所生的野草閑花（自然），當然不及廳中所植的薔薇牡丹（藝術）。

野的（自生自滅）花草的樹木，與"家"的（有人培植的）花草樹木——兩者相較，其孰優孰劣，不難辨別。因此，可知野的一定遜於家的。自然之物，加以人工之美，那末完備了。

非獨樹木應加人工，就是孩童，也需人工。樹木的人工是園藝，孩童的人工是教育。鄉間一個很伶俐的男孩，面貌大方，言語清楚——從各方面看起來，將來可得博士，或者可成大將。但他的父母，決不可任他天天在荒草白地上閑蕩。他們應當送他到相當的學校里去，受相當的教育。然後他將來可成就國家有用之人才。没有教育（人工），只有天才（自然），他至多成爲一個鄉間之傑。

請閲下面的四字歌：

不論人物，原多缺失。
倘欲完全，宜求美術。

（原載一九四五年三月十五日《新中國報》）

質與量

"質"的意思是"精"，"量"的意思是"多"。這是本篇的題旨。

你是尚質的呢？還是尚量的呀？你還是喜歡多的呢？還是喜歡精的呀？譬如你是一個讀書人，你還是喜歡"博覽群書"呢？還是喜歡專攻一書呀？换句話來説——不，换一個問題——你還是喜歡盡讀十三經，廿四史，諸子百家呢？還是喜歡專攻《論》、《孟》，或《史》、《漢》，或者《老》、《莊》呀？

博覽群書，當然多量；專攻一書，定然集中（精）。我以爲讀書應該集中心思，研究一種與自己性情相近的學問。貪食者，不能消化，造成胃病；貪讀者，博而不精，决無心得。

非獨讀書，就是寫作，也應該尚質而不尚量。我在前年，曾經讀過一篇五千字以上日報的社論。題目很好，很能吸引。内容呢？我讀了好幾遍，讀了又讀，全然不知道作者所欲表達的是什麽。我又在舊書中，讀過一篇九十八個字的《史八夫人傳》。不論何人，在讀過這篇短文之後，一定知道史八夫人是一個賢妻，是一個孝婦。原文如下：

上元烈婦史可模妻李氏，閣部可法弟婦也。可模爲順天庠生，娶李三載，以病卒。氏守節，事姑孝。侍太夫人，隨可法來金陵。國變後，有顯官欲娶之，以危言脅其必從。氏聞之，取利刃割耳截鼻。家人排户入，已死地下，夜半始蘇。後姑病，割股以療。年七十二卒。

上文作者，是古文名家桐城姚姬傳（鼐）。倘然貪多的話，他豈不是可以做成一部卅二折的傳奇（曲本），或者三百頁以上的哀情小説麽？成本的傳奇，成本的小説，哪裏及得到這九十八個字？詩曰：

物以稀爲貴，愈多愈普通。
文章或科學，最要在精工。

（原載一九四五年三月二十日《新中國報》）

禮儀與粗暴

禮儀是有禮貌，粗暴是無禮貌。兩者相較，有禮貌當然勝過無禮貌。有禮貌等於文雅，粗暴是文雅之反。不論何人，總贊成文雅，反對粗暴。

禮儀——文雅——爲教化的重要原質。人而粗暴無禮，人而不能文雅——這個人，或這班人，還不野蠻麽？還有教化麽？試問：閲衆中有喜歡與野蠻無教化者交游（軋朋友）的麽？

禮儀（不野蠻，有教化）是一種“魔力”，深能感動人心。凡有禮儀者，無不受人歡迎。粗暴（無禮儀，無教化）也是一種魔力，也能感動人心。凡粗暴者，無不遭人抵抗。試舉一最顯明之例：

街道上甲乙兩行人，在無意中互相一碰。甲是文雅者，馬上立停道歉，連説兩個“對不起，對不起”。乙是粗暴者，聽到了甲的謝罪語，無法發脾氣，祇得笑嘻嘻地答道：“不客氣，不客氣。”倘然甲是一個粗暴者，在互碰之後，對乙横眼（怒目而視），同時説道：“你的眼睛帶出來没有？爲什麽碰我？你看不見我麽？瞎子！”那麽，乙雖然是一個文雅人，也不得不答道：“老兄，請原諒！不過我們是彼此相碰的呀！我并非有意碰你的呀！”倘然乙也是一個粗暴者，他們一定要罵人，或者要相打。何必呢？碰已經碰定了，不道歉，多講話，相罵相打，有什麽用？爲人在世，還是不粗暴的好，還是重禮儀的好。

我們當然要重禮儀，我們當然不必粗暴。但是禮儀應有分寸。譬如：對於尊長，我們應該鞠躬；遇見茶役，點一點頭就够了。

或者問道：“對於仇人，怎樣？”

對於仇人？對於仇人，我們應當更加盡我們的禮。這不表示我們的怕懼，倒是表示我們的大方。歌曰：

與其失禮，情願多禮。

野蠻待人，終不能濟。

（原載一九四五年三月二十四日《新中國報》）

收藏與參觀

金石書畫，宋元刊本，及其他一切古玩或美術品，有喜好收藏以爲已産者，也有不喜購買專事參觀者。收藏者當然有不少箱篋；參觀者當然要到處奔跑。收藏者出錢，奔跑者出力。

出錢者，大多數爲富人。出力者，不一定是富人。兩者相較，還是出錢者得益多呢？還是出力者得益多呀？

一般人以爲能出錢者，想什麽就可以得到什麽，要什麽就可以得到什麽，總比東奔西跑，專門“揩油”者，得益多些。出錢者，即收藏家，或以隨時享受他自己所有的寶物。揩油者，即自己不購買者，非得到别人的同意，哪裏能够看見珍貴之品？

其實不然。收藏者天天要防失，天天要防壞，恐懼多而享樂少。揩油者全無恐懼，哪一家有古玩，他就設法到哪一家去看；哪一處有精品，他就趕快到哪一處去看。展覽會這樣多，博物館這樣大……他還怕看不到妙物麽？他衹有享受而無責任。

揩油者，當然也有不利之點，就是，得不到主人的允許——達不到目的。但是他一無損失。主人不允許他——那是主人的小氣，不是他的錯誤，然而主人的不利，反而大了。有了精品，不肯示人，不

肯借人——這樣的一個收藏家,一定"十親斷九眷",到處都是仇人。詩曰:

智者參觀,愚人採集。
半塊宋磚,親朋鬱悒。

(原載一九四五年三月二十九日《新中國報》)

大事小事

大事就是我們以爲重要的事。小事就是我以爲細微的事。

倘然我們將大事看得輕些,那末大事馬上變成小事。倘然我們將小事看得輕些,那末小事馬上變爲無事。反之,倘然我們不放鬆大事,倘然我們加意注重小事,那末我們一定不得安寧,時時刻刻在騷動中。吾國古人有句勸戒話道:"大事化爲小事! 小事化爲無事!"

一百人中,差不多九十九個都知道古人的話説得一點不錯,但是能够實行者恐怕很少——至多不過百分之二三罷。我們天性好(去聲)事,我們天性夸張。我們常常吹牛,常常説謊——將没有的事,講成有的……我們喜歡加油添醬,力求避免是非。你豈不時常聽見别人争辯不休麼? 他們的争點何在? 爲的是什麽 ? 他們爲什麽這樣面紅耳赤呀?

他們爲的是一個字——他們這樣面紅耳赤,這樣大大争辯,爲的是一個"章"字。他們兩人,都不是真正的學者。甲道:"那位姓章的,姓立早的朋友……"乙阻止他道:"慢慢,慢,慢慢講下去! 我衹知道音十章,不知道立早章。説立早章,不雅,不識字者的話。"甲怒,問道:"你以爲我不識字麽? 我進過大學的,你進過麽?"乙答道:"進過大學與没有進過大學,有何相關? 我研究過《説文》,無論如何,我總比你多識一個章字。"

那甲乙兩友,因爲這個章字,就此翻臉,永遠絶交。然而何必呢? 依照《説文》,章字固然是"音十",但依照俗語,哪一個不説"立早"? 我們從俗的事,真多哩! 上海許許多多漂亮人,常念"償"爲"賞",念"娱"爲"誤",念"廬"爲"驢"。四角號碼及字典專家王岫廬先生，稱自己爲"岫驢"——那是我多年前同他通電時，親自聽見的。倘然我像乙一樣，同他講語音學，倘然我也像乙那樣將小事弄成大事——我想我家中的電話早已打成碎塊。我聽見别人説"驢"，我跟他説"驢"；别人同我去"誤樂"，我就去"誤樂"；别人原諒我，不要我"賠賞"，我樂得不"賠賞"。

對於小事不注重，對於大事放鬆些——這是怠惰哲理，然而却是爲人之道。痛苦的事，倘然不讓它從肩膀上飛過去，那末它一定會進你的心。詩曰：

倘然天墜下，定有長人頂。
對於一"章"字，爲何硬挺挺？

（原載一九四五年四月三日《新中國報》）

擺架子

"擺架子"三字是俗話，作"裝腔作勢"解。擺架子的目的：（一）在顯露自己的職權，（二）在獲取他人的尊敬。有此行爲者，都是傻子。職位很高者，倘然辦事辦得不正派，哪裏有欽佩的人？辦事正派者，倘然一點架子都不擺，他也會有敬服的人。你以爲黄包車夫的地位高不高？你以爲三輪車夫的地位高不高？爲什麽有時我們叫他們的時候——爲什麽我們問他們"哪裏，哪裏去不去"的時候，他們或者摇摇頭，或者不理睬？他們是不是擺架子？

商店中的小伙計，你以爲他們的地位高不高？他們站在櫃臺旁閑談閑蕩，你進去購貨的時候，他們并不招呼你。他們"目中無人"，繼續閑談閑蕩。你問甲要什麽什麽，他向你歪一歪嘴，意思是"指示"你去問乙。你去問乙的時候，他東看一眼西看一眼——過了三四分鐘，才慢吞慢吐地，不清不楚地説道："缺貨。"這不是擺架子麽？

擺架子無非要現露自己的職權，獲取别人的尊敬——我在上文已經説過了。小伙計的、黄包車夫的、三輪車夫的地位高不高，我暫且不管,但是他們想要强得别人的敬視,哪裏能够達到目的？敬視不能自己强取的,一定要别人奉送的。

敬視不是由架子而來的,敬視大概由資格而來的。古代的帝王,地位還不高麽？他們爲什麽還要讀書作文？爲什麽還要實行親民之政？他們所以這樣,無非是造成一種使人佩服,使人敬愛的資格罷了。歌曰：

虚空架子,遭受譏駡。
優良品格,倒有身價。

（原載一九四五年四月七日《新中國報》）

適當其時

處世之道,應該不忘這四個字——適當其時。

無論辦什麽事情,無論允許别人,或者拒絶别人,都應該適當其時。延宕推托,是不中用的,是没有好結果的。我們那句俗語"敬酒不喫,喫罰酒",倒是一個警告。

欠人一筆款子,過期不還。今天來討,避不見面;明天來討,依然如此。債主寫信來,不作答復;律師寫信來,亦不理睬。欠款到期,理應本利清償,或者商得債主的同意,付息轉期。避不見面,不作答復,都是存心賴債。債可以賴麽？債賴得掉麽？

那個債主,因爲得不到債户的信息,因爲得不到債户的欠款,只好請律師告入法院。債户初傳不到,再傳不又到,第三次當然是拘票。在庭上被審時,債户承認款子是他借的,借據是他寫的。那末,除了本利清償外,還有什麽話可講？延宕推托,有什麽用？不理不睬,有什麽用？欠款全付,大失面子——這不是"敬酒不喫,喫罰酒"麽？

然而世上有這種顛倒的人,今日尚然不少。應該向左的時候,他們向右;應該捧人的時候,他們駡人;應該捉頭的時候,他們捉脚;應該立刻趕辦的事情,他們到了明天還不肯做。他們不知道"適當其時"的要理,所以他們有失無得。——不,不,他們固然有失,但是也有所得;他們失的是榮,得的是辱！詩曰：

有才有識者，做事不顛倒。

推托或延宕，徒勞并自暴。

（原載一九四五年四月十二日《新中國報》）

革 新

不論何事，不論何人——一切的一切——都應該革新，都應該隨時革新。非獨國家應該革新，就是個人也應該革新；非獨國家的政治應該革新，就是個人的行爲也應該革新。

新奇的物，漂亮的人，過了幾十天，或者一二年，雖然本質尚存，但是大衆以爲陳了老了，不敬重了，不羡慕了。次一等的物，或者次一等的人，倘然適於此時出現，那末大衆一定以它爲最新奇，以它爲最漂亮；舊物舊人的新奇與漂亮，完全被質地不及的新物新人所遮蔽了。所以，欲保持固有的聲譽，非革新不可。

我今天不談政治的革新，也不談事物的革新。我談個人的革新——才能的革新，名譽的革新。

你辦事的能力真大，所以大家佩服你，頌揚你。上上下下的人，上中下的三等的人，非獨目中有一個你，并且心中也有一個你。大街小巷中，茶樓酒館中，那一個不説你好？因此你的名譽一天大一天。但是過了一二月之後，大家漸漸地冷静起來了。那不是因爲你做事的能力減少，倒是因爲他們看慣見慣的緣故。看慣見慣的，無不陳舊，即佳亦不妙。在俗眼中，新奇者即佳妙者。

是故欲求終生受人贊者，決不滿於第一次的盛譽，而安定不動。他決不繼續他的老方法，以求取新頌揚。他一定顯露他的新計劃，新法術，他一定動而不静，一定隨時革新。

天空中的太陽，不是一件舊物麽？——不，不，它的體常動，它的光不一。它東昇，它西沉，它日間出來，夜間躲去——它真是一件最能隨時隨刻革新的物呀！詩曰：

更新改革，萬物回春。

仍其舊質，必定長貧。

（原載一九四五年四月十九日《新中國報》）

以友爲師

同我們交接者,是我們的朋友。我們的朋友,當然不皆聰智者,亦不皆愚魯者。我們的朋友,大概三分之一是真正聰智者,三分之一是真正愚魯者,其餘的三分之一在聰智與愚魯之間。他們——我們的朋友——不論聰智,或者愚魯,都可以做我們的師。聰智者,指導我們;愚魯者,警戒我們。

孔子曰:"無友不如己者。"那句話未免太私心了。我自己是一個中等人,我專想軋上等朋友,不肯軋下等朋友。上等朋友願意同我軋朋友麽?下等朋友同哪一個去軋朋友呀?中等人與上等人軋軋朋友,不知不覺地可以變成上等人。下等人不能與中等人軋朋友,永無變成上等人的機會了。

與勝於我們者軋朋友,我們可以受得許多金玉良言。與遜於我們者軋朋友,我們何不授與少些"金玉良言"呢?我們固然喜歡得益於人,然而也應該有益於人。朋友間的利益是互相的,不是單獨的,是雙方面的,不是一方面的。我們可以取,也應該予。我引孔子的話,并非有意批評他,我的主旨,無非要説明——交游之道,全在互助,互相爲師——一事。詩曰:

人人有劣點,個個有長處。
德義宜乎取,惡邪應該去。

(原載一九四五年四月二十一日《新中國報》)

自賣聰明

最能使人仇恨者,莫如自賣聰明。非獨我們的平輩要生憎惡之心,就是我們的尊長也要這樣。我們的平輩(兄弟朋友),我們的尊長(父母伯叔),當然不喜歡我們有愚魯的言行。但是我們在他們面前賣弄聰明,存心超越他們,與他們争勝,他們不是暗暗怨怒,必定公然責罵。

請閱下面的故事:

民初北京某巨公性喜下棋。他的手法并不高妙，但他與下屬或者門客“玩”的時候，總是大赢。一日大雨，他想要下棋，然而没有人來。他的兒子恰巧在旁，他説道：“我同你下幾盤，好麽？”兒子答道：“好，好。”他們連下三盤，父親每盤必負，兒子每盤必勝。到了第二盤結算時，父親已經不聲不響了。到了第三盤將畢未畢之際，父親大翻其臉，將桌子猛擊一記，開口大駡道：“不孝的東西，滚出去！你一子（指棋子言）都不肯鬆，你要我生氣，要氣死我，是不是？”

據此可知優越是犯衆怒的——在父子間，亦不能“原諒”。所以有才的少年，或者有才的下屬，決然不可在長輩前或長官前，賣弄聰明。少年與下屬對於長輩長官，祇可暗暗幫助，不可明明取勝。長輩或者長官同你下圍棋，你應當手鬆些，送他幾子；你可以“斷”他的地方，特意不斷；你可“取”他的地方，特意不“取”；他不知道“接”的地方，你關照他道：“這里你忘記接了。”

他忘記的，不是他不知道；他很聰明，我不賣聰明。這是小輩下屬，對於長輩長官最緊要的“道理”。

天上的星，不賣聰明。它們發光，但是它們總不超越月亮的光。

小輩下屬，好比天上的衆星。長輩長官，好比天上的月亮。倘然個個星光都勝過中秋月光，那末地球上的男男女女，焉有不大喊大叫之理？彗星偶然出現，陰陽家一定駡它大災大兆。詩曰：

貌美患人指，才高遭鬼忌。
聰明睿智者，處處要留意。

（原載一九四五年四月二十六日《新中國報》）

毋輕信

你聽了别人所講的話，還是常常相信的呢？還是常常懷疑的呀？

世上有許多人，聽了别人的話，立時立刻就相信，個個字都相信，并且相信到底。世上還有許多人，聽了别人的話，完完全全不相信，一個字都不相信，并且永不相信。

這兩種人，都是錯誤的。我們不能不懷疑，我們也不能不相信。

我們應該懷疑,然而我們不必事事懷疑;我們應該相信,然而我們不應該事事相信。這就是我今天的題目“毋輕信”的主旨。

輕信者,不知辨别。聽見有人説“紅”,我就信以爲紅;聽見有人説“黑”,我就信以爲黑。不輕信者,善作辨别。他知道他人説的“紅”,實是黄的;他人説的“黑”,實是灰的。他相信一半,懷疑一半:他知道顔色是有的,不過不是“報道”者所述的顔色。懷疑者不然,以爲全是空白,以爲没有顔色。

事事懷疑者,一定受人輕視,因爲他人之言不一定字字靠不住。疑信各半者,一定受人尊重,因爲世上祇有大才大智者,始能這樣辨别是非。

但是才智者,祇要自己能够辨别是非,決然不可當面道破説謊者,賣自己的聰明,損他人的顔面。歌曰:

輕信易,辨别難。

才能大,眼界寬。

(原載一九四五年五月三日《新中國報》)

智與勇

智是聰明,勇是膽量。聰明者没有膽量,不能成就大事。聰明者加上膽量,決能成就大事。聰明與膽量合起來,適成偉大。

勇者能够殺敵,殺敵非有膽量不可。但最後的勝利,還仗智力。楚霸王身經七十二戰,戰無不利,然而不能成功,到底失敗,爲什麽呢?因爲他勇而無謀,因爲他的膽量與他的聰明不均平,因爲他不是一個智勇兼全的人。

非獨打仗殺敵要智勇兼全,就是讀書用功,也要智勇兼全。理化博物,都是有實用的科學。怎樣開始?怎樣繼續?何者爲先?何者爲後?公式應該硬記麽?試驗應該多作麽?……解決這種問題,全仗智力。解決之後,要實心實意地實行,要繼續不斷地實行——這是勇氣。

勇氣(膽量)好比人的雙手,智力(聰明)好比人的雙目。有手無目,是一個盲子還能辦事麽?手巨而目光不明者,祇能用他的氣力，做些粗笨工作。目明而力大者，才能完成與文化有關或與藝術有關的工作。歌曰：

智勇雙全，偉大，偉大！
勇而無謀，有害，有害！

（原載一九四五年五月五日《新中國報》）

毋出怨言

我們爲什麽常出怨言？我們還是怨自己呢？還是怨别人呀？

倘然你所怨者是不在目前的别人，那末在目前聽你講話的，聽你苦訴的，也是别人。不在目前的别人，與在目前的别人，有分别麽？不在目前的别人，在過去既然敢虧待你，在目前的别人——你知道他們將來一定不會虧待你麽？你對他們説前因後果的時候，他們一定表同情麽？你總説自己好，别人壞，他們能够相信麽？

聽你講話的人，倘然是道德高尚的，那末他們微笑，或者稱是；倘然是不懷好意的，那末事情就大了。他們心中暗思道："原來你是這樣的一個人！大家都瞧你不起，我到今天才知道。你所講的，你的怨言，皆足以證明你自己的錯誤，自己的短欠。……"

倘然你所怨者，確實是自己，確實是自己的錯誤與短欠，——倘然你明明白白把自己的缺點，告訴别人——那末你豈不是"授人以柄"麽？你已經失敗了，何必將細情告訴别人？我們不能無過，古人云"知過必改"。將自己的疵瑕，在親友前"宣傳"——這豈是改過？這是請求他們原諒——是不是？你想他們肯原諒你麽？他們一定輕視你。

要不受人輕視，宜乎不出怨言，而常作贊語。譬如你是一個中學生，你對親友説道："我的資質這樣壞，上學期的功課又這樣難！没有某老師的殷勤指導，我哪裏能够升級呢？"能作此類贊語的青年，將來到社會中去辦事，無不受歡迎。詩曰：

怨言何必出？贊語討人歡。
意欲求榮者，宜乎氣量寬。

（原載一九四五年五月十日《新中國報》）

好非難者

“非難”兩字,是個比較新的名詞,作“批判”,“責咎”,“找缺點”等解。世上有專見短處,不見長處的人。他們對於任何事情,對於任何人物,總不肯講好話,總喜歡講壞話。他們講的話,十九不公平,所以他們的親友不願意碰見他們——怕他們,恨他們。

我們自己不宜做這樣的討厭人。

這樣的討厭人,對於過去,固然不能滿意,對於未來,也要大加批判。他們對於家庭,對於社會,對於宗教,對於科學文學,對於形而上及形而下的一切,總覺得缺陷不全。好好的一個“天堂”——倘然他們一進來——馬上變成“地獄”。他們并非有意害人,他們真是天性殘苛。

殘苛的天性,我們應該設法棄除它——用修養功夫來棄除它。我們何必做天性殘苛的人?

天性殘苛的人,就是品行卑劣的人。他們常常在“豆腐里尋骨頭”(俗語),講無益之話,作無益之事,——祇見他人之短,不見自己之短。他們以他人的微瑕(小),比自己的缺陷(大)。耶教《新約》上有下面所引的十幾句話,就是教訓這種人的:

“你們不要論斷人,免得你們被論斷,因爲你們怎樣論斷人,也必怎樣被論斷。你們用甚麽量器量人,也必用甚麽量器量你們。爲甚麽看見你弟兄眼中有刺,却不想自己眼中有梁木呢?你自己眼中有梁木,怎能對你弟兄説——容我去掉你眼中的刺呢?你這假冒爲善的人,先去掉自己眼中的梁木,然後纔能看清楚,去掉你兄弟眼中的刺。”

非難(批判)當然要先己後人。詩曰:

先責己,再評人。
能若是,近乎仁。

(原載一九四五年五月十九日《新中國報》)

容　忍

應該容忍什麽？什麽應該容忍？

容忍是不是肯吃虧，不占便宜？

本篇所講，不是吃虧的容忍，而是寬赦的容忍。本篇所講，專在一點，就是寬赦親戚朋友的短處。

讓我先設一個譬喻：

家中娶了一個麻面娘子，面貌很醜，但品性極佳。她的丈夫，還是應該注重她的品性呢？還是應該注重她的臉孔？她的丈夫，還是應該天天細視她的臉孔而時加批評的好呢？還是全然不視她的臉孔而不加批評的好？兒女已有，不能離婚；家務繁重，她能料理。爲了一隻麻臉，大鬧起來，豈非笑話？所以麻臉娘子，爲丈夫者，還是不仔細觀看的好。結婚已經多年了，兒女已經生過了，當初既然不看，現在何必細看？容忍罷！

上面的譬喻，固然是一個極端的例子。妻的麻面，要丈夫容忍；夫的麻臉，要妻子容忍——真是不容易的事呀！本篇勸人容忍，并不這樣困難。本篇勸人寬赦親戚朋友的短處。

人非聖人，焉能無過？我不喜歡多講閑話。我的至戚某，我的至友某，喜歡自稱自贊，自説自話——今天講述之後，明天還要復述。這是他們的短處，然而我總容忍他們，我總不説穿他們，我總是“是，是的”，應酬他們。

我另外有幾個親戚朋友，常常到我家裹來。不管我忙不忙，健不健，他們來了，總不肯去。他們久坐，他們不言不語，我不下逐客令。我敬茶敬煙，并且有時留飯。我能容忍他們的缺點。

别人短處，在最初碰到的時候，覺得很可厭，等到慣常了，一點事情也没有。第一次遇見一個麻臉，豈不可怕麽？等到看慣了，有什麽稀奇？

或者問道：“你的容忍，有什麽效果？”

下面是我的答復：

多言者，我在需要之時，請他們代辦交涉。久坐者，我在出門之時,請他們看守書室。他們都是我的至親好友,我從來没有輕視過他們,所以他們情願爲我所用。人類總是互助的。你今天得罪了他,他明天還肯爲你所用麽?你不能容忍你妻子的麻臉,她肯爲你生男育女,料理家務麽?詩曰:

多言容易赦,麻臉極難堪。

前後雖差别,均宜不説穿。

(原載一九四五年五月二十六日《新中國報》)

一笑了之

世上有許多事情,都可以一笑了之。譬如别人駡你猪玀,你天生不是猪玀,何必認真呢?你何必臉紅耳赤地大發脾氣,與人大鬧呢?你祇要假裝不聽見,或者嘻嘻一笑就罷了。

從前真的有這樣一個性情温和的人。他是朱古微(祖謀)。那年他得了學差,到廣東去的時候,途經申江。某同鄉爲他餞行,陪客中有個舉人,是個狂人,素來自賣聰明,喜好駡人。他看見古微先生身體生得不大,衣服穿得不佳,有些瞧不起他,問道:“你到廣東去,搭什麽船?”古微先生道:“搭某某(船名已忘)輪船,後天啓程。”那個人狂道:“啊呀,不好了!這隻船從前是專裝小猪玀的呀!你知道麽?”古微先生笑而不答。他又問道:“你爲什麽笑?”古微先生道:“我姓朱。湖州人朱猪兩字同音,算我姓猪好了,算我是隻猪玀好了。哈哈,哈哈。”

古微先生的氣量大不大?脾氣好不好?設或不然,他將那個舉人高聲高氣地大責一番,大駡一頓,豈不自失身份?設或那個舉人不服氣,兩個人扭起辮子來,打起架來,他還像個將赴任的學臺麽?

他很認真,我不認真;他存心駡我,我稱他滑稽;他臉紅面赤,我心平氣和;他怒目而視,我面帶笑容。旁人看起來,還是我好呢,還是他好呀?

脾氣好的人,性情温和的人,總得便宜,總不吃虧。駡生困難,笑除危險。你駡我駡——大家打起來;你駡我笑——事情就完了。許多事情——困難,危險——都可以一笑了之。歌曰:

笑，笑，笑！今天我大笑。
笑，笑，笑！大家快快笑！
笑，笑，笑！爲何你不笑？
笑，笑，笑！人人應該笑。

（原載一九四五年五月三十一日《新中國報》）

識　人

俗言道得好："不識天容易做人，不識人不能做人。"識人就是能够知道好人與歹人，能够辨别人的善惡與智愚。

能够辨别他人的好歹，能够辨别他人的善惡與智愚——這樣的一個人，當然是個聰明人。反之（倘然不能這樣），或將好人當個惡人，或將惡人當做好人——那樣的一個人，還算得聰明麽？

能識人是智者，不識人是愚者。好好的一個智者，倘然誤認傻子爲俊才，那末自己也變成一個傻子。就是他不以傻子爲才子，就是他知道傻子是傻子，然而依舊和傻子軋朋友，依舊和傻子同進同出，共坐共談，他自己比那個傻子更加傻了。

傻子爲世界上最危險的人。你的小秘密，給他曉得了，他一定詳詳細細地，夸夸張張地告知有關各方。即使你擋住他，叫他不要隨便講給人聽，他無不答應。但是過了幾天之後，他熬不住了。他横想竪想，總想要講。他竟講了——并且講的時候，加上一個"帽子"，説道："那是一件大秘密。他們再三再四不準我告訴别人的呀。……"

這樣傻的人，我們理應避開他。我們不應該同他談天，不應該同他軋朋友。爲什麽呢？因爲這種人對我們有損無益的。同他們軋朋友，小者敗壞名譽，大者傷害生命。

傻子對於我們，一點用處都没有。——不，不，他們也有用處。我們可以拿他們來做道標（Signpost），做警告。詩曰：

做人要識人，否則遭傷失。
傻子不成人，避離爲第一。

（原載一九四五年六月五日《新中國報》）

言　行

“言”是言語(講話),“行”是行爲(事實)。言語不一定能够成爲事實,事實也不一定根據言語。言語多而事實亦多者,上等。言語多而事實絶無者,卑下。判别人品,不可專聽其言語,還要細察其行爲。

古希臘某甲,白天點了燈籠在街道上,一聲不響地東看西看地閑行。第一旁人問他道:“爲什麽?”他答道:“我想找個好人。”第二旁人是一個學者,向某甲道:“你想做哲學家,是不是?然而哲學家非動筆做好文章不可。你這種離奇古怪的行爲,哪裏會成哲學家?我手中有本哲學書,讓我念幾句出來給你聽,要不要?”

某甲道:“我不要,我不要聽。我天性注重實際,不注重虚言。書上的字句雖妙,然而總是畫餅。你肚子饑餓的時候,看書看得飽麽?你要强健身體的時候,還是注重體操呢?還是專看體育書籍呀?”

看了上面的故事,我們可以知道言與行是應該并重的,是應該合一的。并且我們可以知道智識不是人生的裝飾,而是人生的規例。我們應該知道富時要能節約,貧時要能忍耐,計劃推進企業,讀書不忘救國。

斯巴達人民最重體育,然而不定章則。或者提議道:“我們何不制定體育章程,俾後世青年得以遵從?”當時有名家答道:“不必!我們的目的,在操練少年人的身體,不在教導少年的文字。”詩曰:

虚言與實際,相去八千里。
專説不勞力,誠然可恥矣!

(原載一九四五年七月十二日《新中國報》)

天　命

何謂天命？

人人不瞭解何為天命，迄今仍然如此。假如你自問什麼是天命，你將支吾其詞；如果問你的智友，也不會得到滿意的答復。

科學家，或自命為科學家的人，說：沒有天命，整個宇宙是可以征服的，一切都由人掌握。我不是科學家，不知其說是對還是錯。

迷信的人說：世上一切事物，皆由神管轄，事之來也，皆由天定，我們控制不了；我們決不是自己命運的主人。我不知其說是對還是錯，因為我不迷信。

我既不科學，又不迷信，我介於兩者之間。介於科學和迷信之間，即既不科學，又不迷信——據我所知，在英語中迄今無對應之詞可用來敍述這種情緒或精神。

然而，日本最近發生的悲哀事件⑤，使我傾向迷信，或者說稍離科學。地震和因潮而起之浪，毀壞了萬億財物，死亡幾萬無辜之人，使我更信天命。我採用“天命”一詞，是受美國滑稽家兼詩人 Bret Harte（一八三九——一九零二）一首詩的影響。

Bret Hart 之短詩，敍述了一個故事：

當海面上發生暴風雨時，擬出外旅行之人，明智地不再遠航；獵人，因森林中的野獸變得更瘋狂，明智地不再繼續行獵。然而，當遊船平安地返航，獵人們也歡然回到家裏，其時，建於礁上之小鎮，看似十分安全，卻毀於地震。依 Hart 之意，此為天命。

讓我們來讀這首詩：

(1)

The sky is clouded, the rocks are bare ;
The spray of the tempest is white in air ;
The winds are out with waves at play ;
And I shall not tempt the sea today.

（2）

The trail is narrow, the wood is dim,
The panther clings to the arching limb;
And the lion's whelps are abroad at play,
And I shall not join the chase today.

（3）

But the ship sailed safely over the sea,
And the hunters came from the chase in glee;
And the town that was builled upon a rock,
Was swallowed up in the earthquake shock.

——Bret Harte.

（原載一九二三年十一月三日《英語週刊》第四百二十二期，周炳輝譯）

人力車夫紳士

世無通例。若認為有，則非明智即愚蠢。

在上海租界和閘北的黃包車夫，品行很惡劣：他們污穢，他們吶喊、他們詐欺，他們怠惰，他們瘋狂；他們嗜睡似醉，他們偷竊，他們打架、喧嘩；天下雨時，他們顯得很驕傲，用驕傲的語氣說話；如果你不滿足他的要價，他就罵你。

就在昨天，我於閘北聽到一個黃包車夫對他的雇主說："多……多少錢？五個銅板到火車站！可能嗎？你……你還是坐你的兩腳車去吧。豬頭三！"

"豬頭三"是上海底層市民在發怒時的罵人語，是"豬頭三牲"的簡略語。由於"牲"與"生"發音相似，其意為"豬的頭和另外三樣生的東西"。生的豬頭和另外三樣生的東西——一條魚，一隻雞，一條肉——是舊式祭祀中的供品。

現在，這個"生"和"祭牲"已經沒有關係了，它只表示"生的"，"未煮過的"，"未熟的"或"嫩的"。當底層市民省略那個"生"字時，其語氣表明是在罵“愚昧的，無用的人”。

如果你生於上海，或曾來上海呆過一週或兩週，那末你一定會同意我所說的，認為我說的是實話。你的結論是所有的黃包車夫都是很壞的；你會說，他們與驢差不多，他們祇是具有一些人性的畜牲；你覺得作出這一通論是很正確的。

然而，若按此通論來思攷，那就很危險了。不是所有的黃包車夫都是壞的；即使他們中的大多數是流氓，而有些還是君子。上週五的晚上，我就遇到這樣一位君子：

那晚，我要去一個遠處，天上下著小雨，街上祇有少數幾個黃包車夫，我叫住首見到的一個，並承諾付他三角小洋。我說不清目的地的確切地名，因為我祇去過一次。我告訴他那條街的大概名稱，而目的地位於遠的一端；我叫他繼續拉，繼續拉。他跑了約一英里之四分之三，較預先約定的遠許多。他毫不出怨言，祇是輕聲地用平和的語氣說：這條街真長。到目的地時，我於心不安，給了他四角錢。他數了數，說：“先生，這是四角，不是三角。”“是的，”我說，“這第四個角子是付你多拉的路。”“哦，謝謝，謝謝你！你真客氣，多拉這幾步路，還要加錢給我。謝謝你，謝謝你！”

此人說話的聲音，實在像一個紳士，我湊近去看他，他的臉上也顯露出紳士般的氣質。於是我問他：“誰教你說客氣話的？”

“我的老師，”他答曰，“我小時候進學校讀過書，我會讀，會寫，會算。我來上海是希望到親戚的一爿小店當會計，但是來得太遲了，被別人占了，我無事可做；我必須工作，我要供養雙親，於是成了車夫。開頭是非常困難的，現在行了。謝謝你另加的錢，我很滿足。”

他鞠躬，拉了車離去。

我呆立在那裏好一會兒，我自言自語：一個車夫，他竟懂得怎樣讀，怎樣寫，怎樣算；他有著一張紳士般的臉，說話的音調也像紳士，他不肯收受約定之外的錢！

（原載一九二三年十二月十五日《英語週刊》第四百二十八期，周炳輝譯）

離　去

一個朋友突然去世,使我十分悲痛。我有所感,我沉思,我自言自語:他已死去,去得那麼突然!我們都會死,他去了何處?我們又將去哪裏?

好像有一個聲音,進入我的耳中:

“正直之人,進入天堂;餘者,皆去地獄。”

然而,我的朋友在哪裏?何處是天堂?哪裏是地獄?我們的祖先、親戚、朋友以及相識者,在地獄還是在天堂?

啊!這些問題使我煩悶(也會使人人煩悶),沒有人能回答這種問題。我停止自問,開始閱讀。我曾有幸讀過詩集中的一首詩,題曰《離去》,係美國詩人 James Whitcomb Riley(一八五三——一九一六)所作。我感到,文學能寬慰人,而哲學則非。Riley 的這首詩,使人得到寬慰。

我再次誦讀這首詩,對自已說:離去,是離去,不是死去;我的朋友並非死去,他衹是離去,他剛離去;他衹不過去了一個未知之處,在那裏享樂著,逗留著。

至友的突然去世,不再使我悲傷。從那天起,“死”對我意味著“睡眠”,“休息”和“安寧”。甚而,對於正直之人,“死”意味著愉快而光榮地脫離勞苦,獲得自由和永生。

Riley 的詩,如此慰藉人、有助於我們,我把它抄錄下來,供一讀:

I cannot say, and I will not say
That he is dead. — He is just away.

With a cheery smile, and wave of the hand,
He has wandered into an unknown land,
And left us dreaming how very fair
It needs must be, since he lingers there.

It ain't no use to grumble and complain;
It's just as cheap an easy to rejoice:
When God sorts out the weather, and sends rain,
W'y, rain's my choice.

——James Whitcomb Riley

（原載一九二四年一月十二日《英語週刊》第四百三十二期，周炳輝譯）

自　察

下面講一個關於自察的故事：

一旅行者，偶至某礦區，發現礦工的習俗很粗魯，且茫然於普通社會之生活。在他離開礦區時，給與工頭一面鏡子。工頭一照這面鏡子，就被驚呆了，其他的礦工都圍過來，也要照一照自己。旅行者繼續他的旅程，並約定一個月內再來此地。當他重返礦區時，發現那裏已發生了巨大的變化，人們由鏡子而獲知不修面的人是多麼醜；他們改變了容貌，顯得清潔而雅觀。這衹是他們在視覺方面的改革。

這個故事，含有許多哲理和人生哲學。

許多人在生活中未獲成功，他們失敗了；他們愁歎，他們嫉妒成功之人；他們不去尋找別人為什麼能成功，而自已卻失敗的原因。

他們說：自己的命運不好；在成功者的眼裏，他們是錯的，總是錯的；他們處處被成功者欺瞞，處處失敗。

他們愁歎，愁歎，再愁歎。他們譴責別人，但決不譴責自己。他們不作自察。

其實，沒有不能成功之人。失敗，是我們必經之鍛練，是成功之延續。失敗是一門必修的課程，並非被戰敗。

成功是天賦，它是我們的天性。

我們失敗，是因為不瞭解我們的天性。我們失敗，是因為做了某些不該做，或不能做的事。

我們失敗，是因為沒有像礦工那樣利用“鏡子”。

因此，不必愁歎，好好地生活，常嘻嘻，多愛心——這樣，纔顯出你懂得自己，並將因有才智而受到尊重。

（原載一九二四年二月十六日《英語週刊》第四百三十七期，周炳輝譯）

命運

嚴格地說，"命運"係指某些突然來到的事物。譬如，口吃者在一次重要發言中，意外地一變其或緩或急、顛來倒去之狀，而能清晰地表述，此為命運，或稱好運；與此相反，某人突然死亡，此謂壞運，或稱不幸。

用以表述與命運相近概念的詞和短語，略有：機遇（chance），定數（destiny），天命（fate），預定……的命運（foredoom），事變（accident），運氣（luck），偶然的事（hazard），或然（probability），運（lot），聽天由命（fatalism），不可避免（inevitableness），無緣由（causeless），不得已的（unavoidable），不能防止的（irresistible），被魅惑的（spellbound），必然的（perforce），發生（turn up），偶遇（stumble on），神之意願（will of Heaven），盲目的衝動（blind impulse），失福（run of luck），等等。

英國大詩人稱命運為"無恒"：

命乎命乎，眾人視汝若無恒！

——莎士比亞（Shakespeare）

又有大著作家稱命運為"盲目"者：

世人之命運，從不受制於人之驅使，

終維繫於盲目之掌控，盲目之饋贈。

——詹森（Johnson）

我不知命運是無恒亦或明哲，是盲目還是慧眼；我只深知，侍奉命運乃愚蠢之舉，命運非情婦，我們不要試圖當她的僕役。命運本身也受功與過之支配，我們不該過多地仰仗命運。

"吾人於命運，當若寶貴吾之康健：順，則享之；逆，則忍之。"

（拉羅什福科）與其被命運抓住，不如爭取獲得好運。

當得到命運之給予，不要驕傲；而與幸運背離時，不要厭惡。有一吟詠命運之詩頗佳：

每當命運掀起狂風，你總得鎮定與果敢。

若當命運愈益肆虐，索性卷起你的風帆。

（原載一九二五年十月十日《英語週刊》第五百二十三期，周炳輝、金小明譯）

寬 容

"寬容"，係指性情中之寬恕和寬宥，它類似寬仁、忍耐、溫和、慈悲或親切，它是人性中最美好者，它能把憤怒所生膽汁化作乳汁，用微笑把仇人的怒容醫治。

寬容與殘酷、嚴厲相反。後者意味著"無論何事，凡有頭者必被斬"。

讓我講個故事，說一個寬容的實例：

從前，有一位英軍團長，他勇敢而又仁慈。一天，他不得不叱罵違規的年輕團副。團副性急易怒，而團長冷靜鎮定。團副因受叱斥深感悲痛，遂掏出手槍射擊團長之臉，幸未擊中。

團長對於年輕軍官的不法手段和放縱行為，並不發怒，祇是很鎮靜地說："我判你拘禁四十八小時，並解除你的武裝。"

年輕團副本該被處以死刑或無期徒刑。但，那祇是他收受到的懲罪而已；而拘禁，足以懲治其輕率之病。他活了下來，以感恩之情講述團長寬容他的故事。

的確，寬容是居高位者應有的性情，以此品質來判定每一種罪惡，它賜與大多數惡人以憐憫，並寬宥敗亡者。

（原載一九二五年十二月十九日《英語週刊》第五百三十三期，周炳輝譯）

希 望

"希望"是萬物。它是病者之康健，乞者之財富，俘虜之自由——人們的萬病之藥。它使我們看到事物光明的一面,它意味著靠托、自信、無畏、鼓舞和活力。

的確,希望是活力。糧已盡,船已漏,浪興起,力已竭,衹剩下難忍之渴。恰見水平線上升起桅杆,大輪船隨之出現,希望油然而升。憑著剩餘的一點體力,發出求救信號。輪船看見了它,應答了它。輪船的行向改變了,救助就在身邊。

衹要希望尚存,人們就會勇敢地面對生活和未來。從前,有一婦人,神經質地以為自己成為了新娘,並已臨近婚禮前夕。早晨醒來,她乞得一件白色禮服和花冠。她微笑著臨鏡梳妝,"今天他會來。"她說。黃昏,在無聊的等待後,悲傷壓抑著她,她脫去白色禮服。然而,次日清晨,隨著天明,她的自信恢復了,"就在今天"她說。她的生命就在這種堅執中渡過了,雖然曾經欺騙、確信——脫去給予她希望之長袍,衹要給她再次穿上。

失去希望,就失去一切。朗費羅說得好:"大望之沒落,猶如太陽之下沉。我們生命的光明就要逝去,夜影即將把我們吞沒,而世界看似一團微光——廣大的陰影。我們朝前迎來孤寂的夜色;勇氣退避,於是星星升起,完全是黑夜。

(原載一九二六年四月二十四日《英語週刊》第五百五十一期,周炳輝譯)

記　憶

記憶力,記憶的功能,乃奇妙之物。我們有時會清楚地記得曾經有過的一瞥一聽,有時卻又說不清兩三年前舊居的門牌號碼。這看似奇怪,卻是普遍現象——無論對青年還是老人。

英國著名日記作家佩皮斯曾談及一個印度人。他於希臘文和猶太文全然不識,然而,若對他誦讀用這兩種文字寫成的長篇文章,衹要一遍,他就能復述出來。新近的一本雜誌,介紹了一個故事:說一位博聞強識的商人突然失去一部分閱讀和計算的能力,他不再認識字母 d,g,q,x,y 和數字 6,7,8;也不再能閱讀或寫信,看著表也說不清時間。失去了這些,衹好終止他的經商生涯。

我們不必嫉妒那個印度人,也不必憐憫這位商人。我們或多或少具有與那特殊的印度人、商人相似的天性:我們能追憶看似遺忘之事,卻忘卻本已熟知之事。

文末所錄的一首詩,題曰《記憶》,作者是湯瑪斯·巴里·奥爾德瑞奇,所述與前述幾乎相同:

多少物事從記憶中流逝:
戰爭的紀年、諸王的忌日……
但總有縈懷不忘的時辰,
——鄉村的塔樓提醒著人們,
記住五月裏鬱悶的正午,
疾風吹進了鄉間的小路,
吹皺起路邊的一灣溪流,
停下來歇歇步子,又遺留
松香的氣味,慵懶地搖落
野玫瑰樹上的兩片花朵。

(原載一九二六年十月三十日《英語週刊》第五百七十七期,周炳輝、金小明譯)

本輯注釋:

① "彈性",英文 dance 的音譯,即跳舞。

② 此説有誤。今人分五官爲鼻、目、口(唇)、舌、耳,皮膚不列其中,乃繼承中醫學《靈樞·五閲五使》之説:"鼻者肺之官也,目者肝之官也,口唇者脾之官,舌者心之官,耳者腎之官也。"以爲五官與五臟有其内在聯繫。

③ "鼠牛比",上海土話,即"吹牛"。

④ "檀越",梵文 Danapati 的意譯,即施主,指向寺院施舍財物的世俗信徒。

⑤ "刨黄瓜",係浙江杭州俗語,意與"敲竹杠"相近。

⑥ 指一九二三年九月一日發生在日本關東的大地震。

《夾竹桃集:周越然集外文》編後記

金小明

近十幾年來,民國時期著名的藏書家、編譯家、散文家周越然(一八八五年——一九六二年),在沉寂了半個多世紀以後,其人、其文又漸漸進入人們的視野。當年,他為商務印書館等出版機構編纂了《英語模範讀本》等數十種英語學習書本,風行天下紙、"樂煞天下兒"(顧佛影《贈周越然》詩句),因以多金,助其庋藏了豐贍的中外圖籍(小說、詞曲)。儘管"言言齋"的前期藏書,已毀於"一·二八"戰火之厄,但他的兩卷文史、書話合集——《書 書 書》(一九四四年五月上海中華日報社初版)、《版本與書籍》(一九四五年八月上海知行出版社初版),卻仍讓今人領略到一位"湖州老少年""買書買盡宋元版,讀書窮探滄瀛奇"(顧氏詩句)的翩翩風雅。而周氏的《六十回憶》(一九四四年十二月上海太平書局初版)一書,輯入了他的一些追懷往昔歲月的散文作品,則成為窺察他在近、現代文化啟蒙、傳播、教育等方面事功與心跡的一扇窗戶。

上海淪陷時期,周越然未能"輟筆明志",卻與日偽文化勢力多有瓜葛乃至有所依附:不但曾在"汪記"報刊上大量發表作品,還曾出席拼湊的"第二屆大東亞文學者大會",上述三本"代表作"也都由汪偽背景的出版機構印行。當然這並不等同於靦顏事敵,但其虧於民族氣節,連周氏自己也深自愧悔(見周文《從林庚白想到南社》),後人更不必諱言。"人歸人,文歸文",這一說法衹是從價值判斷的角度,強調"人"與"文"各自的獨立性,卻並不意味著在認識論的角度上,可以無視或忽視兩者的關聯——"人"與"文"之間保有著不同維度、程度相互詮釋的可能,雖不必"因人廢文",但不妨"由文及人"。時下,人們已然認識到"淪陷區文學歷史確有澄清並加以真實的歷史描述的必要"(徐迺翔、黃萬華《中國抗戰時期淪陷區文學史》前言)。對於彼時彼地,包括周氏在內的一些文人,他們在覆巢之下所面臨的"精神和物質兩重壓迫的艱困環境"(朱樸《〈蠹魚篇〉序》語)、汪偽掌控下的文學生產機制,以及他們各自的生存狀態與寫作過程,因其本身的複雜和詭譎,兼及時代迷霧的籠罩,要想在文學史乃至文化史、社會史上予以相對客觀的認識、適當的評判,最迫切的恐怕"不是立意在理論方法上要有什麼大作為"(楊揚《〈上海淪陷時期文學期刊研究〉序》語),而是首先要去重新解讀他們那些塵封較久的作品,並進一步搜集、整理和挖掘相關的歷史材料和文本,這無疑是一項不可或缺的基礎性工作。從這個意義上講,周越然作為上海淪陷時期一位比較重要的作家、一位不無爭議的文化人物,他的這三本代表作,已然進入研究者的視野和書目,其中的大部分篇章得以新刊。同時,人們也期待著有更多的他的集外佚文"出土"。

周越然於中、西文化浸淫日久,涉獵甚廣,撰述亦豐,不少文字在他生前未及匯訂成集,曾使後人有"文字飄零誰為拾"之歎(周退密、宋路霞《上海近代藏書紀事詩》)。上個世紀末以來,這一狀況有所改變。新文學史料專家陳子善先生所編《周越然書話》(浙江人民出版社一九九九年三月出版)一書,將周氏一九二三年九月發表在《小說月報》上的《"給我力量"》一文及上海淪陷時期發表在《古今》、《雜誌》、《風雨談》的幾篇文章,合列為《書裹書外的著作家》一輯。滬上周炳輝先生,亦致力於蒐集、整理其祖父的集外佚文,"拾先人之墜緒,使之不終閟於叢雜之中"(周退密語),挖掘、整理出大量的"言言齋"遺文,其中少部分篇章曾揭載於《萬象》等刊物,或被編入《言言齋書話》(徐雁、譚華軍編,一九九八年九月陝西師範大學出版社出版)一書。除此之外,更有系統地將其分類彙編成《言言齋古籍叢談》、《言言齋西書叢談》(二零零一年二月、二零零三年三月遼寧教育出版社出版)、《言言齋性學劄記》(二零零四年十二月廣西師範大學出版社出版),流布於眾,方便學人。近年來,炳輝先生借助周越然筆名攷訂等文學史料研究的成果,又陸續"打撈"出不少佚文,並相信這些佚文在今天同樣具有一定的研究和出版價值。為此,炳輝先生邀我一起將新發現的這部分佚文整理、匯輯為《周越然集外文》一編,並圖梓行。

按照佚文體裁、題材及發表情形,本編共分以下三輯:

第一輯《文史雜記》,收錄作者的幾篇書序和發表在《小說月報》、《雜誌》、《古今》、《天地》、《大眾》、《風雨談》、《上海藝術月刊》、《宇宙風》、《英文雜誌》(*The English Student*)等刊物上的文史隨筆,合計四十篇。除了《上海藝術月刊》、《宇宙風》、《英文雜誌》,這幾種雜誌都是上海淪陷時期比較重要的文學刊物,顯現出"以文學為主,卻又都溢出文學的範圍,觸伸到科學、學術、藝術甚至政治領域"的特點,而《古今》(出版地爲南京)這一類的刊物,也因其"政治上的尷尬處境",走的是一條"'偏於古而忽於今'的回避現實的高蹈之路"(李相銀《上海淪陷時期文學刊物研究》)。周氏的這些文章不出文史範圍,大多也就是這樣一個路數:涉及對幾位外國作家及其作品的介紹,對歷史人物(如馬建忠、嚴復、蘇曼殊、林庚白等)和個人生活的回憶,對中國古籍版本及私藏的評述,對日本文化觀察和研究的心得等內容,從一個側面反映了作者藏書、讀書、著書、教書的一些情況,不但對瞭解作者的生活經歷及文化觀念有一定的幫助,而且因其包含著比較豐富的社會、歷史、文化訊息,也為後人的相關研究工作提供了一些佐證和資料。比如,輯中有兩篇原刊於商務印書館《英文雜誌》的文章(中譯):《江蘇省小學英語教師的資格評審》、《國立南京高等師範的英語教學》。前者記述了當年江蘇省一次小學英語教師資格攷試的策劃、命題、閱卷以及評審的簡要過程,並附列四份攷卷;後者則是周氏擔任南高師英語教職期間,在江蘇省教育協會英語教師科研協會會員大會上宣讀的文稾,對南高師英語課程設置及教務情況,敍述較詳。這兩篇文章以及輯中《湖城英語教師之先鋒》等文,對研究清末民初江南地區英語教學史誌以及周越然英語受教、從教經歷,就都有一定的參攷價值。

第二輯《〈晶報〉隨筆》,收錄作者於一九三三年至一九四零年間,發表在上海《晶報》的部分"遊戲"文字,合計兩百五十七篇。作者長期為這份"小報中的大報"(又號稱"小報之王")撰文,題材廣泛,篇數可觀,社會影響也很大。這些隨筆,兼有書話、掌故、趣聞、軼事乃至"花邊新聞"的一些特點,或紹介古籍版本,或譯述性學新知,或報導社會時事,或記錄習俗諧語,或評論異邦文化,或攷訂中土故實，多能涉筆成趣，言之有物，增廣讀者的見聞。當然，為適應“稻粱謀”的需要，作者就要迎合一般市民社會的審美需求，每每不脫獵奇的眼光，時有佻薄之辭、謬誤之論，後人自當有所鑒別和取捨。從另外的角度看，這些隨筆文字對我們今天研究近代文化史、社會史、風俗史等都有獨特的參攷價值。上海小報作為中、下社會階層的文化讀物，是人們認識中國現代市民社會、市民文化的視窗。“小報中充斥著市民的日常起居、生活情趣、風俗習慣、人際交往等等，這些看似不起眼的庸常內容，卻正是城市風貌的底色，最具生命的活力。因此，要攷察中國市民社會和市民文化的衍變歷程，小報是重要的‘活化石’之一。”（李楠《晚清民國時期上海小報》）有意味的是，周越然當年就曾寫過一篇介紹美國小報的短文，以他特有的方式，將英文“Tabloid”諧譯為“它披露的”（直譯“小報”），並以“直言披露隱事，不尚虛飾，不裝假道學”概括其旨趣（原載一九三八年六月三日《晶報》，並收入本輯）。這不但是他關於小報取材與立場的夫子自道，而且也正是他本人這些小報文字社會文化研究價值之所在。前些年，周越然當年的“忘年小友”周劭（黎庵）先生曾答復徐雁先生有關諮詢，將周氏的這部分隨筆一律斥為“黃色文字”（徐雁《言言齋書話》代序），言下似有徹底否定之意，這就有些輕率和片面了。

第三輯《修身小品》，主要收錄作者於一九四四年四月至一九四五年七月間，在上海《新中國報》的《學藝》欄目中連載的一百零五篇說教、言志性質的短文。《新中國報》表面上是上海淪陷時期汪偽背景的報紙，實際卻為中共掌握，社長袁殊、總編輯鄒魯風、編輯惲逸群等都是中共地下黨員，承擔著特殊的宣傳任務（趙風《袁殊傳略》，附載於南京出版社一九九二年版《袁殊文集》）。周越然的文章並未涉及現實政治，談論的多是修身、養性、從善之道，其中還穿插著淺白的或自撰、或譯述的歌謠之類，清新別致，文風樸實，體式也有特點。這些小品文與作者發表在《晶報》上的那些“小報”文字相比，雖然仍保持著通俗化的語言、修辭方式（比如常以小故事來設譬取喻），但卻表現出更多的新文學的追求和自由抒寫的意趣，也滲透出比較自覺的文體意識。梁遇春曾說：“小品文是用輕鬆的文筆,隨隨便便地來談人生,並沒有儼然地排出冠冕堂皇的神氣,所以這些漫話絮語能夠分明地將作者的性格烘托出來,小品文的妙處也全在於我們能夠從一個具有美好性格的作者眼睛裏去看一看人生。"(《小品文選》序)從這個意義上講,周氏的這些通俗化的文學寫作,確從一個側面反映了他對社會與人生平實而開朗的態度,若以一種"文化—審美"的批評角度去審視,不無一定的價值。至於對發表這些小品是否合乎時宜、合乎世運的社會學、倫理學拷問,則自當允許有見仁見智的回答。耿德華(Edward M. Gunn)在《被冷落的繆斯:中國淪陷區文學史(一九三七—一九四五)》一書的《導論》中說:"淪陷區的大量文學作品都屬於超脫這一類",並將"與抗日無關的逃避現實的作品和主題"視為"超脫文學"(張泉譯本,新星出版社二零零六年八月出版)。編者以為,周氏的這些小品文,固然發散出濃烈的超逸氣息,卻仍以一種個人化的生存哲學思路,探討天道自然、個體心性以及社會倫常問題,觀照著淪陷區——"一個低氣壓的時代,水土特別不服的地方"(傅雷語)——芸芸眾生庸常的現實生活,並非不食人間煙火,亦不無悲天憫人的感懷,似乎就不全是"逃避"。周文的"超脫",與其說是作品主題上的,不如說是美學風格上的。其時,曾有人稱周越然為"道學家",從這些文章中也可以看出些許端倪。

需要特別說明的是,周越然於上世紀二十年代初期,還曾在上海商務印書館出版的《英語週刊》(*English Weekly*)上開設《越然雜談》(*Yizan's Talks*)專欄,發表了一些英文隨筆,似為《新中國報》所載"修身小品"之濫觴。目前,這部分文章尚未全部譯成中文。此次衹在炳輝先生譯稾中酌選八篇(目次為:《天命》、《人力車夫紳士》、《離去》、《自察》、《命運》、《寬容》、《希望》、《記憶》),收錄於本輯之末,以窺一斑。

上述三部分作品,共計四百一十篇,體式各異,文白夾雜,原本是可以編成三本書的。現在這樣以"集外文"爲標準連綴在一起,倒是有些象一卷獨特的"書 書 書"了。宥於編者的見聞和能力,周越然的集外佚文仍有不少失收(如,已知他還曾在楊樺創辦的《文帖》雜誌上發表過隨筆,此次因故未及查攷、輯錄),而一九三六年上海天馬書店出版的周越然《性情故事集》、《性知性識》兩書，以及《六十回憶》所載《我所知道的陳獨秀》一文，因流傳不廣，似亦不無重刊的必要。這些遺珠之憾，相信今後仍有彌補之舉。

在編次方面，本編第一輯的文章兼顧發表時間與內容歸列，第二、三輯各文則基本按發表時間排序。為便於查攷，編者將原文發表時間、出處及原署本名、筆名（限於第二輯），標列於文末（失攷者除外）。

在校勘方面，編者對原版明顯的排、校錯誤，逕行改正，不另出校記；對當時慣用的標點、通假字及帶有周氏個人風格的"英譯中"詞句等語文現象，則一般並不按現行標準求得統一，以保持歷史原貌；對文中涉及的部分人名、風習、俗語等需要適當解釋、說明的，則請文史專家躲齋先生酌加註解，分輯編列於正文之後。

在出版方面，編者原先曾起意會集若干同志"捨金上梓"，僅以"非正式"的方式，自印少量紙本，公諸同好。當年，江南文士盧冀野曾集合友朋，組織"襄社"、"南京書會"刊行文史圖籍。他還曾寫過一篇《書會》的短文，說是宋代就已有所謂"書會"，"遇到珍貴的名籍，大家相傳鈔一部，所費的錢就不少，不如合起來將它印上百把部，每人分幾部，或十幾部"。那時，他不但已用此法印過吳應箕的《留都見聞錄》、《倪文貞詩》、鈔本《東山談苑》、陳師曾印譜等，"還準備刊行《江南餘載》、《江表誌》幾部談南唐故事的書"（原載一九四九年十一月八日上海《大報》）。不過，周越然的集外稾，雖非"珍貴的名籍"，但其文史資料價值則已如前所述，若是僅以"書會"這種偏重版本鑒賞的方式面世，傳播不廣，反而無法滿足廣泛研究的需要。因此，編者最終還是決定將其交付北京中央編譯出版社刊佈於眾。

至於將本編命名為"夾竹桃集"，主要還是受周越然文章的啟發。他在《〈六十回憶〉自序》中說：這本書"內容的混合，內容的夾湊，一望而知。評論大家，或將以'夾竹桃'之名，譏我的書。但我幼時不學，長入'異'途，文既不文，白又不白——桃不成桃，竹不成竹——恐怕還不能收受這個雅俗兼具的花名。"夾竹桃，是一種原產西域的長綠灌木，國中廣有栽培，其花似桃，其葉如竹，雖然性味苦寒，毒性甚強，但具有較高的藥用價值和觀賞價值。“夾竹桃（花）”，是一個常與“掛枝兒”並舉的詞牌，我曾見過同題的文人潤飾過的民間情歌合集，確有一些“雅俗兼具”的氣味。夾竹桃的意象，正可以用來影射周氏文章——多元混搭的文化趣味、新舊夾雜的語言風格，及其可能給讀者帶來的利弊共生的閱讀效果。此外，夾竹桃的披針形葉子，都是三片一組，恰好可以對應編本中相對獨立的三輯。而周越然當年對夾竹桃之名的拒受，編者的理解是，與其說是一種自嘲，不如說是一種自謙。

最後，對惠允將所作《一位飽受非議的藏書家——“言言齋”主周越然》（曾刊《萬象》二零零六年第五期）作為本書“代序”的躲齋先生，以及曾熱心關注、幫助本編匯輯、出版工作的王成兵、吳小鐵、沈文沖、邵磊、周晨、胡彬、陳子善、張建智、陳思龢、徐雁、徐雷、孫志洋、馮克力、臧傑、薛原、謝其章、嚴曉星（前列排名以姓氏筆劃為序）等先生，謹致謝忱。對最終促成本編付梓的北京中央編譯出版社及其主事者和龔先生、賈宇琰女士等，特申敬意。

二零一零年八月二十日識於金陵心遠齋